ROBIN COOK

Tödliche Geschäfte

Buch

Sean Murphys Karriere scheint nichts mehr im Weg zu stehen. Der ehrgeizige Medizinstudent und Harvard-Doktorand hat ein zweimonatiges Stipendium am renommierten Forbes-Krebsforschungszentrum in Miami erhalten, wo er die Behandlungserfolge bei der Bekämpfung von Krebs erforschen will. Doch aus unerfindlichen Gründen wird ihm die Mitarbeit an dem interessanten Projekt verweigert. Enttäuscht über die Zurückweisung trägt sich Sean mit dem Gedanken, das Institut zu verlassen. Da aber taucht Janet, eine Geliebte aus früheren Zeiten, in Miami auf. Eigentlich wollte Sean keinen Kontakt mehr zu ihr. Doch als sie ihm nun vorschlägt, auf eigene Faust die Wahrheit über das streng geheimgehaltene Projekt herauszubekommen, willigt er ein. Und schon bald sind die beiden einer schockierenden Wahrheit über die scheinbar so segensreichen Heilmethoden der Klinik auf der Spur ...

»Tödliche Geschäfte« ist ein hochbrisanter Thriller über fehlgeleiteten Ehrgeiz und die bedenkliche Gewissenlosigkeit mancher Mediziner, denen wissenschaftlicher Ruhm wichtiger ist als das Wohl der Patienten.

Autor

Robin Cook ist Absolvent der Medizinischen Fakultät der Columbia-Universität. Inzwischen hat er seine Tätigkeit als Arzt aufgegeben und widmet sich ganz dem Schreiben seiner erfolgreichen Romane. Der Autor lebt heute in Florida.

Außerdem bei Goldmann erschienen:

Blindwütig (42944), Das Experiment (43447), Fieber (42448), Gottspieler (42447), Das Labor (43312), Narkosemord (42325), Todesengel (43136)

Robin Cook

Tödliche Geschäfte

Roman

Aus dem Amerikanischen
von Kristian Lutze

GOLDMANN

Die Originalausgabe erschien 1993 unter dem Titel
»Terminal«
bei G. P. Putnam's Sons, New York

Dieses Buch lag 1994 bereits unter dem Titel »Unheilbar«
in deutscher Sprache vor.

Umwelthinweis:
Alle bedruckten Materialien dieses Taschenbuches
sind chlorfrei und umweltschonend.

Der Goldmann Verlag
ist ein Unternehmen der Verlagsgruppe Bertelsmann GmbH

Genehmigte Taschenbuchausgabe 2/99

Umschlaggestaltung: Design Team München
Umschlagfoto: Look/Bernd Müller
Druck: Elsnerdruck, Berlin
Titelnummer: 44283
BH · Herstellung: Heidrun Nawrot
Made in Germany
ISBN 3-442-44283-4

1 3 5 7 9 10 8 6 4 2

Für Jean in Liebe und Dankbarkeit

Wissenschaft ohne Gewissen kann nur im Ruin der Seele enden.

François Rabelais

Prolog

Montag, 4. Januar, 7.05 Uhr

Helen Cabot erwachte langsam, während die winterliche Nacht über Boston, Massachusetts, allmählich der ersten Dämmerung wich. Blasse, blutleere Lichtfinger durchdrangen die Dunkelheit des Schlafzimmers im dritten Stock ihres Elternhauses am Louisburg Square. Sie öffnete ihre Augen zunächst nicht, sondern räkelte sich genüßlich unter der Daunendecke ihres Himmelbetts. Sie war vollkommen zufrieden und ahnte gnädigerweise nichts von den grausamen molekularen Ereignissen, die tief in ihrem Hirn geschahen.

Ihre Ferien waren alles andere als angenehm verlaufen. Um keinen ihrer Kurse in Princeton zu verpassen, wo sie seit drei Jahren studierte, hatte sie den Termin für die Ausschabung zwischen Weihnachten und Neujahr gelegt. Die Ärzte hatten ihr versprochen, daß die Entfernung ihrer ungewöhnlich stark ausgeprägten Gebärmutterschleimhaut den heftigen Krämpfen ein Ende machen würde, die sie jedesmal völlig außer Gefecht gesetzt hatten, wenn sie ihre Periode bekam. Sie hatten auch gesagt, es sei reine Routine. Doch es war anders gekommen.

Helen wandte den Kopf und blinzelte in das sanfte Morgenlicht, das durch die Spitzenvorhänge in ihr Zimmer fiel. Sie hatte keine bösen Vorahnungen. Eigentlich ging es ihr so gut wie seit Tagen nicht mehr. Der Eingriff war, abgesehen von leichten postoperativen Beschwerden, gut verlaufen, doch am dritten Tag nach der Operation hatte sie unerträgliche Kopfschmerzen bekommen, gefolgt von Fieber,

Schwindel und, das beunruhigte sie am meisten, Sprachstörungen. Zum Glück verschwanden die Symptome ebenso schnell, wie sie aufgetreten waren, doch ihre Eltern bestanden weiterhin darauf, daß sie den Termin bei dem Neurologen im Massachusetts General Hospital einhielt.

Während sie wieder eindöste, hörte Helen das kaum wahrnehmbare Klicken der Computertastatur ihres Vaters aus seinem Arbeitszimmer neben dem Schlafzimmer. Sie öffnete die Augen eben lange genug, um zu sehen, daß es erst kurz nach sieben war. Sie fand es immer wieder erstaunlich, wie hart ihr Vater arbeitete. Als Gründer und Aufsichtsratsvorsitzender einer der weltweit größten Softwarefirmen hätte er es sich leisten können, sich auf seinen Lorbeeren auszuruhen. Doch das tat er nicht. Er arbeitete wie ein Besessener, und seine Familie war darüber erstaunlich wohlhabend und einflußreich geworden.

Unglücklicherweise war die materielle Sicherheit, in der Helen aufgewachsen war, keine Garantie gegen die Launen der Natur, die keinen Respekt vor irdischer Macht und Reichtum kannten. Die Natur gehorcht ihren eigenen Gesetzen. Die Ereignisse, die sich unbemerkt in Helens Gehirn abspielten, wurden durch die DNA-Moleküle diktiert, die ihre Gene festlegten. Und an jenem Tag Anfang Januar wurden vier Gene in einigen Neuronen ihres Gehirns aktiviert und begannen, bestimmte codierte Eiweißkörper zu produzieren. Diese Gehirnzellen hatten sich nicht mehr geteilt, seit Helen ein kleines Kind gewesen war, was völlig normal war. Doch wegen dieser vier Gene und der Proteine, die sie produzierten, würden ihre Neuronen gezwungen sein, sich wieder und wieder zu teilen. Ein besonders bösartiger Krebs war im Begriff, Helen Cabots Leben zu zerstören. Mit zweiundzwanzig Jahren war sie potentiell »unheilbar«, und sie hatte nicht die leiseste Ahnung.

4. Januar, 10.45 Uhr

Mit einem leisen Surren wurde Howard Pace aus der Röhre der neuen Kernspintomographieanlage der Universitätsklinik von St. Louis geschoben. Nie zuvor in seinem Leben hatte er solche Angst gehabt. Krankenhäuser und Ärzte hatten ihm stets ein vages Unbehagen bereitet, doch jetzt war er richtig krank, und seine entfesselten Ängste drohten ihn zu überwältigen.

Howard war siebenundvierzig und kerngesund, das heißt, er war es gewesen bis zu jenem schicksalhaften Tag Mitte Oktober, als er im Halbfinale des alljährlichen Tennisturniers im Belvedere Country Club ans Netz gestürmt war. Man hatte ein kurzes Plop gehört, bevor er schmachvoll zu Boden stürzte und zusehen mußte, wie der Ball über ihn hinweg ins Feld segelte. Das vordere Kreuzband in seinem rechten Knie war gerissen.

Damit hatte es angefangen. Die Wiederherstellung seines Knies war einfach gewesen. Trotz einiger leichter Probleme, die die Ärzte den Nachwirkungen der Vollnarkose zugeschrieben hatten, war Howard nach wenigen Tagen an seinen Schreibtisch zurückgekehrt. Die Leitung eines der größten Flugzeugwerke des Landes war, zumal in Zeiten drastisch gekürzter Verteidigungsetats, kein leichter Job.

Howards Kopf steckte noch immer in dem schraubstockartigen Apparat für die Tomographieanlage, so daß er den technischen Assistenten erst bemerkte, als der ihn ansprach: »Alles in Ordnung?« fragte er, während er begann, Howards Kopf zu befreien.

»Alles in Ordnung«, brachte Howard hervor. Das war eine Lüge. Sein Herz pochte laut vor Angst. Er fürchtete sich vor dem Untersuchungsergebnis. Hinter einer Glaswand konnte er eine Gruppe von Menschen in weißen Kitteln erkennen, die den Tomographie-Bildschirm studierten. Einer von ihnen war sein Arzt, Tom Folger. Sie zeigten auf etwas, gestikulierten und, was noch beunruhigender war, schüttelten den Kopf.

Der Ärger hatte am Vortag begonnen. Howard war mit Kopfschmerzen aufgewacht, was selten vorkam, wenn er sich nicht am Abend zuvor »einen hinter die Binde gegossen hatte«, was nicht der Fall war. Er hatte vielmehr seit Silvester nichts mehr getrunken. Nachdem er ein Aspirin genommen und gefrühstückt hatte, hatte der Schmerz nachgelassen. Aber am späteren Vormittag hatte er sich mitten in einer Aufsichtsratssitzung und ohne jede Vorwarnung erbrochen. Es war so heftig und unerwartet gekommen, ohne vorheriges Ekelgefühl, daß er sich nicht einmal hatte umdrehen können. Zu seinem unaussprechlichen Entsetzen hatte er sein unverdautes Frühstück auf den Konferenztisch gespuckt.

Nachdem sein Kopf jetzt befreit war, versuchte Howard, sich aufzusetzen, worauf die Kopfschmerzen sofort wieder mit unverminderter Stärke einsetzten. Er sank auf den Tomographie-Tisch zurück und schloß die Augen, bis sein Arzt ihn sanft an der Schulter faßte. Tom war seit mehr als zwanzig Jahren der Internist der Familie, und sie kannten einander gut. Was Howard in Toms Gesicht sah, gefiel ihm nicht.

»Es ist schlimm, oder nicht?« fragte Howard.

»Ich bin immer ehrlich zu dir gewesen, Howard...«

»Dann sei es jetzt auch«, flüsterte Howard. Er wollte nicht hören, was Tom ihm zu sagen hatte, aber er mußte.

»Es sieht nicht gut aus«, räumte Tom ein. Seine Hand lag noch immer auf Howards Schulter. »Es handelt sich um mehrere Tumore. Drei, um genau zu sein. So viele können wir zumindest erkennen.«

»Oh, Gott«, stöhnte Howard. »Es ist unheilbar, nicht wahr?«

»Es ist noch viel zu früh, das zu sagen«, meinte Tom.

»Zum Teufel, das ist es nicht«, fuhr Howard ihn an. »Du hast eben gesagt, daß du immer offen zu mir warst. Ich habe dir eine einfache Frage gestellt. Ich habe ein Recht, es zu erfahren.«

»Wenn du mich zu einer Antwort zwingst, müßte ich sagen, ja, es könnte unheilbar sein. Aber das wissen wir noch nicht mit Gewißheit. Fürs erste haben wir viel zu tun. Zunächst einmal müssen wir herausfinden, wo der Ursprung sitzt. Wenn gleichzeitig mehrere Gehirntumore auftreten, handelt es sich meistens um Metastasen eines Primärtumors an anderer Stelle.«

»Dann laß uns anfangen«, sagte Howard. »Wenn es eine Möglichkeit gibt, will ich dieses Ding besiegen.«

4. Januar, 13.25 Uhr

Als Louis Martin im Aufwachzimmer die Augen aufschlug, hatte er das Gefühl, als habe jemand seinen Hals mit einer Acetylenfackel versengt. Er hatte auch schon früher Halsschmerzen gehabt, aber das war gar nichts im Vergleich zu dem Brennen, das er verspürt hatte, als er versuchte zu schlucken. Zu allem Überfluß war sein Mund auch noch ausgetrocknet wie die Sahara.

Die Krankenschwester, die scheinbar aus dem Nichts neben seinem Bett aufgetaucht war, hatte ihm erklärt, daß seine Beschwerden Nachwirkungen des Beatmungsschlauchs waren, den der Anästhesist ihm vor der Operation eingeführt hatte. Sie hatte ihm ein feuchtes Tuch zum Saugen gegeben, und die Schmerzen hatten nachgelassen.

Nachdem man ihn in sein Zimmer zurückgerollt hatte,

war ein neuer Schmerz aufgetreten, dessen Ursprung irgendwo zwischen seinen Beinen lokalisiert war und bis ins Kreuz ausstrahlte. Louis kannte die Ursache dieser Beschwerden. Es war die Wunde, die der Eingriff an seiner vergrößerten Prostata hinterlassen hatte. Wegen des verdammten Dings hatte er vier- oder fünfmal pro Nacht aufstehen und urinieren müssen. Der Eingriff war am Tag nach Neujahr vorgenommen worden, weil das traditionell eine ruhige Zeit für den Computerkonzern war, den er im Norden von Boston leitete.

Als er glaubte, den Schmerz nicht mehr aushalten zu können, verabreichte ihm die Schwester durch die Kanüle, die noch immer an seiner linken Hand befestigt war, eine Dosis Demerol. An einem Gestell, das über seinem Bett aufragte, hing eine Flasche mit einer Flüssigkeit.

Das Demerol hatte ihn einschlummern lassen. Er wußte nicht, wie lange er geschlafen hatte, als er auf einmal eine Gestalt neben seinem Kopf bemerkte. Er mußte alle seine Kraft aufwenden, die Augen zu öffnen, so bleischwer waren seine Lider. Am Kopf des Bettes stand eine Schwester, die sich an dem Schlauch der Infusionsflasche zu schaffen machte. In ihrer rechten Hand hielt sie eine Spritze.

»Was ist denn das?« murmelte Louis wie betrunken.

Die Schwester schenkte ihm ein Lächeln.

»Sie hören sich an, als hätten Sie einen zuviel getrunken«, sagte sie.

Louis blinzelte und versuchte, sich auf das dunkelhäutige Gesicht der Frau zu konzentrieren, das er in seinem narkotisierten Zustand nur verschwommen erkennen konnte. Was seine Aussprache anging, hatte sie allerdings recht.

»Ich brauche keine Schmerzmittel mehr«, brachte Louis hervor. Er kämpfte sich, auf einen Ellenbogen gestützt, in eine halb sitzende Position hoch.

»Das ist auch kein Schmerzmittel«, sagte die Schwester.

»Oh«, sagte Louis. Während die Schwester die Injektion vornahm, wurde Louis klar, daß er noch immer nicht wußte, was man ihm verabreicht hatte. »Was für eine Medizin ist es denn?« fragte er.

»Eine Wunderdroge«, sagte die Schwester, während sie die Spritze rasch wieder verschloß.

Trotz seiner Schmerzen mußte Louis lächeln. Er wollte eben eine weitere Frage stellen, als die Schwester seine Neugier befriedigte.

»Es ist ein Antibiotikum«, sagte sie. Sie knuffte ihn aufmunternd in die Schulter. »Jetzt machen Sie schön die Augen zu und ruhen sich aus.«

Louis ließ sich grinsend aufs Bett zurücksinken. Er mochte Menschen mit Humor. In Gedanken wiederholte er, was die Schwester gesagt hatte: *eine Wunderdroge*. Na ja, Antibiotika waren tatsächlich so etwas wie Wunderdrogen. Ihm fiel ein, daß Dr. Handlin gesagt hatte, daß man ihm nach der Operation möglicherweise vorsichtshalber ein Antibiotikum verabreichen würde. Louis fragte sich, wie es in Krankenhäusern wohl zugegangen war, bevor man Antibiotika entdeckt hatte, und war dankbar, daß er in der Zeit lebte, in der er lebte.

Er schloß die Augen und entspannte, der Ermahnung der Schwester Folge leistend, seinen Körper. Der Schmerz war noch immer gegenwärtig, aber wegen der Narkotika störte er ihn nicht mehr. Narkosemittel waren auch Wunderdrogen, genau wie Schmerzmittel. Louis war jederzeit bereit zuzugeben, daß er, was Schmerzen anging, ein Feigling war. Zu einer Zeit, in der es noch keine »Wunderdrogen« gegeben hatte, hätte er einen Eingriff nie überstanden.

Beim Eindösen fragte er sich noch, welche Art von Drogen die Zukunft wohl bringen würde. Er mußte Dr. Handlin danach fragen.

4. Januar, 14.53 Uhr

Norma Kaylor beobachtete, wie die Flüssigkeit in die Kammer tropfte, die unter ihrer Infusionsflasche hing. Durch einen großlumigen Katheter sickerte die Infusionslösung in ihren linken Arm. Die Medikamente, die man ihr verabreichte, lösten gemischte Gefühle bei ihr aus. Einerseits hoffte sie, daß die starken chemotherapeutischen Mittel, die man ihr gab, ihren Brustkrebs heilen würden, der sich, wie man ihr gesagt hatte, bereits bis auf Leber und Lungen ausgedehnt hatte. Andererseits wußte sie, daß Medikamente im Grunde Zellgifte waren, die sowohl auf ihren Tumor als auch auf ihren restlichen Körper eine verheerende Wirkung hatten. Dr. Clarence hatte sie vor so vielen möglichen Nebenwirkungen gewarnt, daß sie sich bewußt angestrengt hatte, seine Stimme auszublenden. Sie hatte genug gehört. Sie hatte die Einwilligungserklärung mit einem Gefühl tauber Teilnahmslosigkeit unterschrieben.

Norma wandte den Kopf und sah vor ihrem Fenster den tiefblauen Himmel Miamis mit seinen weißen Kumuluswolken wie riesige Blasen. Nachdem man ihren Krebs diagnostiziert hatte, hatte sie sich angestrengt bemüht, sich nicht zu fragen: *Warum ich?* Als sie den Knoten zum ersten Mal ertastet hatte, hatte sie gehofft, er würde von selbst wieder verschwinden wie schon so viele andere Knoten davor. Erst als sich einige Monate später die Haut über der Verhärtung gekräuselt hatte, sah sie sich gezwungen, einen Arzt zu konsultieren, nur um zu erfahren, daß ihre Ängste begründet gewesen waren: Der Knoten war bösartig. So war ihr kurz vor ihrem dreiunddreißigsten Geburtstag die Brustdrüse vollständig entfernt worden, und noch bevor sie sich ganz von den Folgen der Operation erholt hatte, hatten die Ärzte mit der Chemotherapie begonnen.

Entschlossen, nicht in Selbstmitleid zu versinken, hatte sie gerade einen Roman zur Hand genommen, als die Tür ihres Privatzimmers aufging. Sie blickte nicht einmal auf. In der Forbes-Krebsklinik kam dauernd jemand herein, um ihre Infusion nachzustellen und neue Medikamente zu spritzen. Sie hatte sich so an das ständige Kommen und Gehen gewöhnt, daß es sie kaum noch beim Lesen störte.

Erst als die Tür sich wieder geschlossen hatte, spürte sie, daß man ihr diesmal ein neues Mittel gegeben haben mußte. Die Wirkung war einzigartig, sämtliche Kraft wich aus ihrem Körper. Selbst das Buch, das sie gehalten hatte, fiel ihr aus den Händen. Noch mehr Angst bereitete ihr jedoch der Effekt, den es auf ihre Atmung hatte; es war, als würde sie ersticken. Qualvoll rang sie nach Luft, was zunehmend schwieriger wurde, bis sie mit Ausnahme ihrer Augen völlig gelähmt war. Die sich leise öffnende Tür war das letzte, was sie sah.

1

Freitag, 26. Februar, 9.15 Uhr

»Oh, mein Gott, da kommt sie!« rief Sean Murphy. Panisch griff er nach einem Stapel Krankenblätter und verschwand in dem Raum hinter dem Schwesternzimmer im siebten Stock des Weber Building des Boston Memorial Hospital.

Verwirrt über die plötzliche Unterbrechung, ließ Peter Colbert, ein Harvard-Kommilitone, der wie Sean im dritten Jahr Medizin studierte, seinen Blick über den Flur schweifen. Er konnte nichts Außergewöhnliches entdekken. Es sah aus wie eine ganz normale, geschäftige, internistische Station eines Krankenhauses. Im Schwesternzimmer ging es zu wie in einem Bienenkorb, eine Sekretärin und vier staatlich geprüfte Krankenschwestern waren emsig bei der Arbeit. Pfleger schoben Patienten in Krankenliegen über den Flur. Aus dem Aufenthaltsraum drangen die Orgelklänge der Titelmelodie einer vormittäglichen TV-Seifenoper. Die einzige Person, die sich dem Schwesternzimmer näherte und nicht hierhergehörte, war eine gutaussehende Krankenschwester, der Peter bei einem Schönheitswettbewerb acht oder neun von zehn möglichen Punkten gegeben hätte. Ihr Name war Janet Reardon, und sie war keine Unbekannte für Peter. Er wußte, daß sie aus einer alten, hochvornehmen Bostoner Familie stammte, unnahbar und unberührbar.

Peter stieß sich vom Tresen ab, wo er neben der Ablage für die Krankenblätter gesessen hatte, und öffnete die Tür zum Hinterzimmer. Es war ein Allzweckbüro mit Arbeitsflächen in Schreibtischhöhe, einem Computerterminal und einem kleinen Kühlschrank. Hier drinnen fand nach jeder Schicht das Übergabeprotokoll der Schwestern statt, und wer sich etwas zu essen mitbrachte, benutzte die Kammer als Pausenraum. Eine Tür an der Rückwand führte zur Personaltoilette.

»Was, zum Teufel, ist eigentlich los?« wollte Peter wissen. Er war, gelinde gesagt, neugierig. Sean lehnte, die Krankenblätter an die Brust gepreßt, an der Wand.

»Mach die Tür zu!« bellte er.

Peter trat ins Zimmer. »Du hast es mit der Reardon getrieben?« Es war halb Frage, halb verblüffte Erkenntnis. Vor fast zwei Monaten, zu Beginn des turnusmäßigen medizinischen Praktikums im dritten Studienjahr, hatte Sean Janet entdeckt und sich bei Peter nach ihr erkundigt.

»Wer um alles in der Welt ist denn das?« hatte er gefragt und vergessen, den Mund zu schließen. Vor ihm stand die schönste Frau, die er je gesehen hatte. Sie war vom Tresen geklettert, nachdem sie irgend etwas aus dem unerreichbaren obersten Regal eines Wandschranks gefischt hatte. Er sah, daß ihre Figur jedem Hochglanzmagazin alle Ehre gemacht hätte.

»Sie ist nicht dein Typ«, hatte Peter erwidert. »Also klapp den Mund wieder zu. Verglichen mit dir ist sie von geradezu königlichem Geblüt. Ich kenne ein paar Typen, die versucht haben, mit ihr auszugehen. Es ist unmöglich.«

»Nichts ist unmöglich«, hatte Sean gesagt und Janet weiter bewundernd angestarrt.

»Ein Stadttyp wie du würde es bei ihr nicht mal bis zur Mittellinie schaffen«, hatte Peter erwidert, »geschweige denn, einen Treffer zu landen.«

»Wollen wir wetten?« hatte Sean ihn herausgefordert. »Fünf Dollar dagegen. Bis zum Ende des Praktikums habe ich sie so weit, daß sie ganz wild auf meinen Körper ist.«

Damals hatte Peter nur gelacht. Jetzt musterte er seinen

Partner mit neuem Respekt. Er hatte geglaubt, ihn in den letzten beiden Monaten voller strapaziöser Arbeit recht gut kennengelernt zu haben, und nun war es Sean doch gelungen, ihn am letzten Tag ihres Praktikums zu überraschen.

»Mach die Tür einen Spalt auf und sieh nach, ob sie weg ist«, sagte Sean.

»Das ist doch lächerlich«, sagte Peter, öffnete die Tür jedoch trotzdem ein paar Zentimeter und spähte hinaus. Janet stand am Tresen und sprach mit Carla Valentine, der Oberschwester. Peter ließ die Tür wieder zufallen.

»Sie steht direkt davor«, sagte er.

»Oh, verdammt!« rief Sean. »Ich will im Moment nicht mit ihr reden. Ich habe zu viel zu tun und kann keine Szene gebrauchen. Sie weiß noch nicht, daß ich für ein freiwilliges Praktikum ans Forbes-Krebsforschungszentrum in Miami gehe. Ich will es ihr erst am Samstag abend sagen. Ich weiß, daß sie stocksauer reagieren wird.«

»Dann bist du also tatsächlich mit ihr ausgegangen?«

»Ja, es ist ziemlich eng und heftig geworden«, sagte Sean. »Was mich daran erinnert, daß du mir fünf Dollar schuldest. Es war nicht leicht, das kann ich dir sagen. Am Anfang hat sie praktisch nicht mit mir geredet. Aber im Laufe der Zeit haben sich mein vollkommener Charme und meine Hartnäckigkeit doch noch ausgezahlt. Ich vermute, es war in der Hauptsache die Hartnäckigkeit.«

»Hast du sie flachgelegt?« fragte Peter.

»Sei nicht so ordinär«, sagte Sean.

Peter lachte. »Ich ordinär? Das mußt ausgerechnet du sagen.«

»Das Problem ist nur, daß sie anfängt, eine richtig ernste Sache draus zu machen«, sagte Sean. »Sie glaubt, bloß weil wir ein paarmal miteinander geschlafen haben, muß eine dauerhafte Beziehung draus werden.«

»Hör ich da Hochzeitsglocken läuten?« fragte Peter.

»Also, von mir aus bestimmt nicht«, erwiderte Sean. »Aber ich glaube, ihr schwebt so etwas vor. Es ist völlig verrückt, zumal ihre Eltern mich nicht ausstehen können. Und ich bin doch verdammt noch mal erst sechsundzwanzig.«

Peter öffnete erneut die Tür. »Sie ist noch immer da und redet mit einer der anderen Schwestern. Wahrscheinlich hat sie Pause oder so.«

»Toll!« meinte Sean sarkastisch. »Na, dann muß ich wohl hier arbeiten. Ich muß diese Abschlußberichte fertigmachen, damit meine Zulassung verlängert wird.«

»Ich leiste dir Gesellschaft«, sagte Peter. Er verließ das Zimmer und kehrte mit ein paar eigenen Krankenblättern zurück.

Sie arbeiteten schweigend. Dabei stützten sie sich auf die Karteikarten, die sie in der Tasche trugen und auf denen die letzten Laborergebnisse der ihnen zugeteilten Patienten notiert waren. Der Gedanke, der dahintersteckte, war, jeden Fall für die Medizinstudenten zusammenzufassen, die am 1. März turnusgemäß mit ihrem Praktikum begannen.

»Die hier war bisher mein interessantester Fall«, sagte Sean nach etwa einer halben Stunde. Er hielt die dicke Krankenakte hoch. »Wenn sie nicht wäre, hätte ich nie etwas vom Forbes-Krebszentrum gehört.«

»Meinst du Helen Cabot?« fragte Peter.

»Genau«, sagte Sean.

»Du bekommst alle interessanten Fälle, du Schweinehund. Und Helen sieht dazu auch noch klasse aus. Zum Teufel, in ihrem Fall haben die Fachärzte darum gebettelt, hinzugezogen zu werden.«

»Stimmt, Helen sieht zwar klasse aus, aber sie hat außerdem multiple Gehirntumoren«, sagte Sean.

Er öffnete das Krankenblatt und überflog einige der insgesamt zweihundert Seiten. »Es ist wirklich traurig. Sie ist erst zweiundzwanzig und offenkundig unheilbar krank. Ihre einzige Hoffnung ist eine Aufnahme in die Forbes-Klinik. Die haben in letzter Zeit phänomenales Glück mit dieser Art Tumor gehabt.«

»Ist der abschließende pathologische Bericht schon da?«

»Ja, seit gestern«, sagte Sean. »Sie hat ein Medulloblastom. Das ist eine ziemlich seltene Krebsart; dieser Typus macht nur zwei Prozent aller Hirntumore aus. Ich habe ein bißchen was nachgelesen, um bei der Visite zu glänzen. Es tritt normalerweise bei kleinen Kindern auf.«

»Sie ist die unglückliche Ausnahme«, bemerkte Peter.

»Nicht direkt eine Ausnahme«, sagte Sean. »Zwanzig Prozent aller Medulloblastome treten bei Patienten über zwanzig auf. Was alle überrascht hat und weswegen niemand auch nur annähernd auf den richtigen Zelltyp getippt hat, war das multiple Wachstum. Ursprünglich hat der behandelnde Arzt an einen metastasierenden Tumor gedacht, vermutlich ausgehend von einem Eierstock. Jetzt will er für das *New England Journal of Medicine* einen Artikel über den Fall schreiben.«

»Jemand hat gesagt, daß sie nicht nur schön, sondern auch reich sein soll«, sagte Peter und beschwerte sich noch einmal, daß nicht er sie als Patientin bekommen hatte.

»Ihr Vater ist Vorstandsvorsitzender von Software, Inc.«, sagte Sean. »Den Cabots geht es also bestimmt nicht schlecht. Mit ihrem Geld können sie sich eine Klinik wie das Forbes-Krebsforschungszentrum bestimmt leisten. Ich hoffe, die Leute in Miami können etwas für sie tun. Sie ist nicht nur hübsch, sie ist auch ein nettes Mädchen. Ich habe ziemlich viel Zeit bei ihr verbracht.«

»Denk dran, daß Ärzte sich nicht in ihre Patientinnen verlieben sollen«, sagte Peter.

»Helen Cabot könnte selbst einen Heiligen in Versuchung führen.«

Janet Reardon stieg die Treppe wieder hinunter zur Kinderstation im fünften Stock. Sie hatte ihre fünfzehnminütige Kaffeepause damit verbracht, Sean zu suchen. Die Schwestern im siebten Stock hatten gesagt, sie hätten ihn eben noch an seinen Abschlußberichten arbeiten sehen, wüßten jedoch nicht, wohin er verschwunden war.

Janet war unruhig. Sie hatte seit Wochen nicht mehr richtig geschlafen, war morgens um vier oder fünf Uhr, lange bevor der Wecker klingelte, aufgewacht. Das Problem war Sean und ihre Beziehung. Als sie ihn kennengelernt hatte, hatte sein ungehobeltes und großspuriges Auftreten sie eher abgestoßen, obwohl sie seine mediterranen Züge, sein schwarzes Haar und die strahlend blauen Augen durchaus attraktiv fand. Bevor sie Sean traf, hatte sie nie gewußt, was die Bezeichnung »Schwarzer Ire« eigentlich bedeutete.

Als er ihr anfangs nachgestellt hatte, hatte Janet Sean zurückgewiesen, weil sie spürte, daß sie nichts gemeinsam hatten, doch er hatte sich geweigert, ein Nein als Antwort zu akzeptieren. Und seine wache Intelligenz hatte ihre Neugier geweckt.

Schließlich ließ sie sich zu einem Treffen überreden in der Hoffnung, daß ein Abend mit ihm die Faszination beenden würde. Aber es war anders gekommen. Sie hatte bald bemerkt, daß seine rebellische Haltung ein machtvolles Aphrodisiakum war. In einer überraschenden Kehrtwendung hatte Janet entschieden, daß all ihre bisherigen Freunde zu berechenbar und langweilig gewesen waren, zu sehr die übliche Myopia-Jagdclub-Meute. Mit einem Mal wurde ihr klar, daß ihre ganze Identität an die Erwartung einer Ehe geknüpft war, ähnlich der ihrer Eltern und mit einem durch und durch konventionellen Mann. Und in diesem Moment hatte Seans rauher Charlestown-Charme ihr Herz erobert. Janet hatte sich verliebt.

Als sie das Schwesternzimmer der Kinderstation erreichte, sah Janet, daß ihr noch ein paar Minuten von ihrer Pause blieben. Sie stieß die Tür zum Hinterzimmer auf und steuerte auf die gemeinschaftliche Kaffeemaschine zu. Sie brauchte einen Energieschub, um den Rest des Tages zu bewältigen.

»Du siehst aus, als hättest du gerade einen Patienten verloren«, sagte eine Stimme hinter ihr.

Janet wandte sich um und sah Dorothy MacPherson, eine Stationsschwester, mit der sie sich angefreundet hatte, die ihre bestrumpften Füße auf den Tresen legte.

»Vielleicht ist es genauso schlimm«, sagte Janet, während sie sich einen Kaffee eingoß. Sie genehmigte sich lediglich eine halbe Tasse. Sie ging zu Dorothy und ließ sich schwerfällig auf einen der Schreibtischstühle aus Metall sinken. »Männer!« fügte sie mit einem entnervten Seufzer hinzu.

»Eine vertraute Klage«, sagte Dorothy.

»Meine Beziehung mit Sean Murphy tritt auf der Stelle«, sagte Janet schließlich. »Sie macht mir ernsthafte Kopfschmerzen, ich muß irgend etwas unternehmen. Außerdem«, fügte sie mit einem gezwungenen Lachen hinzu, »möchte ich wirklich als allerletztes zugeben müssen, daß meine Mutter, was ihn angeht, von Anfang an recht hatte.«

Dorothy lächelte. »Das kann ich verstehen.«

»Es ist schon so weit gekommen, daß ich den Verdacht habe, er geht mir aus dem Weg«, sagte Janet.

»Habt ihr schon mal darüber geredet?« fragte Dorothy.

»Ich habe es immer wieder versucht«, sagte Janet. »Aber über Gefühle zu reden zählt nicht unbedingt zu seinen Stärken.«

»Trotzdem«, sagte Dorothy. »Vielleicht solltest du ihn heute abend einfach einladen und ihm sagen, was du mir gerade erzählt hast.«

Janet stieß ein verächtliches Lachen aus. »Heute ist Freitag. Das geht nicht.«

»Hat er Bereitschaft?« fragte Dorothy.

»Nein«, sagte Janet. »Jeden Freitag trifft er sich mit seinen Kumpels aus Charlestown in einer Bar. Freundinnen und Ehefrauen sind unerwünscht. Der klassische Herrenabend. Und in seinem Fall ist es sogar irgendeine irische Tradition, mit Raufereien und allem.«

»Klingt ja widerlich«, sagte Dorothy.

»Nach vier Jahren Harvard, einem Jahr Molekularbiologie am MIT und jetzt drei Jahren an der medizinischen Fakultät sollte man meinen, er sei dem entwachsen. Aber offenbar sind ihm diese freitagabendlichen Eskapaden wichtiger denn je.«

»Das würde ich nicht aushalten«, sagte Dorothy. »Ich habe immer gedacht, der Golftick meines Mannes wäre schlimm, aber im Vergleich zu dem, was du mir erzählst, ist das ja gar nichts. Sind irgendwelche Frauen im Spiel?«

»Manchmal fahren sie rauf nach Revere in ein Striplokal. Aber meistens sind es nur Sean und die Jungs, sie trinken Bier, erzählen sich Witze und schauen sich auf einem Großbildschirm Sportübertragungen im Fernsehen an. Zumindest erzählt er es so. Ich war natürlich nie dabei.«

»Vielleicht solltest du dich fragen, warum du mit diesem Mann zusammen bist«, meinte Dorothy.

»Das habe ich schon«, erwiderte Janet. »Besonders in letzter Zeit, und vor allem, seit wir so selten miteinander reden. Er hat ja nicht nur sein Pensum aus dem Studium am Hals, er hat auch noch seine Forschungsarbeit. Er nimmt an einem medizinisch-philosophischen Doktorandenprogramm in Harvard teil.«

»Er muß ja ziemlich intelligent sein«, vermutete Dorothy.

»Das ist seine einzige wirklich sympathische Eigenschaft«, sagte Janet. »Das und sein Körper.«

Dorothy lachte. »Zumindest gibt es ein paar Dinge, die dein Leiden rechtfertigen. Aber ich würde meinem Mann diesen pubertären Freitagabend-Quatsch bestimmt nicht durchgehen lassen. Ich würde verdammt noch mal direkt dort aufkreuzen und ihn vor seinen Kumpels bis auf die Knochen blamieren. Männer werden immer große Jungen bleiben, aber was zuviel ist, ist zuviel.«

»Ich weiß nicht, ob ich das könnte«, sagte Janet. Aber während sie an ihrem Kaffee nippte, hing sie dem Gedanken kurz nach. Ihr Problem war, daß sie ihr ganzes Leben lang passiv gewesen war. Sie hatte die Dinge geschehen lassen und dann entsprechend reagiert. Vielleicht war sie so überhaupt erst in den Schlamassel hineingeraten. Vielleicht sollte sie sich zu einem entschiedeneren Auftreten durchringen.

»Verdammt noch mal, Marcie!« brüllte Louis Martin. »Wo, zum Teufel, sind die Unterlagen über die Berechnungen? Ich habe Ihnen doch gesagt, daß Sie sie auf meinen Schreibtisch legen sollen.« Er schlug ärgerlich mit der Hand auf eine ledergebundene Kladde. Diverse Papiere wurden aufgewirbelt und segelten durch die Luft. Seit er heute morgen um halb fünf mit einem dumpfen Kopfschmerz aufgewacht war, war er gereizt. Als er im Bad nach Aspirin gesucht hatte, hatte er sich ins Waschbecken übergeben müssen. Der Zwischenfall hatte ihn schockiert. Der Brechreiz war ohne jede Vorwarnung oder Ekelgefühl aufgetreten.

Marcie Delgado eilte ins Büro ihres Chefs. Er hatte sie schon den ganzen Tag angebrüllt und kritisiert. Zaghaft beugte sie sich über den Schreibtisch und schob ihm einen von einer Metallklammer zusammengehaltenen Stapel Papier direkt unter die Nase. Auf dem Deckblatt stand in großen Blockbuchstaben: BERECHNUNGEN FÜR DIE AUFSICHTSRATSSITZUNG AM 26. FEBRUAR.

Ohne sie weiter zu beachten, geschweige denn sich zu entschuldigen, schnappte sich Louis die Unterlagen und stürmte aus dem Büro. Doch er kam nicht weit. Nach ein paar Schritten konnte er sich nicht mehr erinnern, wohin er gehen wollte. Als ihm schließlich einfiel, daß er unterwegs zum Konferenzraum war, wußte er nicht mehr, welche Tür es war.

»Guten Tag, Louis«, sagte einer der Direktoren und öffnete eine Tür zu seiner Rechten.

Louis betrat den Raum mit einem Gefühl von Orientierungslosigkeit. Er riskierte einen verstohlenen Blick auf die Menschen, die um den langen Konferenztisch versammelt saßen. Zu seinem Entsetzen erkannte er nicht ein einziges Gesicht. Er senkte den Blick und starrte auf den Pakken Papier, den er bei sich trug, bevor ihm die Blätter entglitten. Seine Hände zitterten.

Louis Martin stand einen weiteren Moment lang einfach da, während die Stimmen im Raum erstarben. Alle Blicke waren auf ihn gerichtet, seine Gesichtsfarbe war zu einem gespenstisch fahlen Grau verblaßt. Dann verdrehte Louis die Augen nach innen, und sein Rückgrat wölbte sich. Er stürzte nach hinten, sein Kopf schlug dumpf auf dem Teppich auf. Gleichzeitig mit dem Aufprall begann Louis am ganzen Leib zu zittern, bevor er von heftigen Krämpfen geschüttelt wurde.

Keiner der Direktoren von Louis' Aufsichtsrat hatte je zuvor einen epileptischen Anfall gesehen, und einen Moment lang waren sie alle wie gelähmt. Schließlich überwand einer von ihnen seinen Schock und eilte seinem gestürzten Aufsichtsratsvorsitzenden zur Seite. Erst jetzt reagierten auch die anderen und stürzten zu den nächsten Telefonen, um Hilfe zu rufen.

Als die Mannschaft des Rettungswagens eintraf, war der Anfall vorbei. Bis auf nachwirkende Kopfschmerzen und eine allgemeine Lethargie fühlte sich Louis relativ normal. Er hatte auch seine Orientierung wiedergefunden und war regelrecht bestürzt, als man ihm von seinem Anfall berichtete. Er konnte sich lediglich daran erinnern, daß er ohnmächtig geworden war.

Der erste, der Louis in der Notaufnahme des Boston Memorial Hospital untersuchte, war der diensthabende Arzt, der sich als George Carver vorstellte. George schien zwar gestreßt zu sein, ging aber sorgfältig vor. Nach einer ersten Voruntersuchung erklärte er Louis, daß er ihn stationär aufnehmen müsse, auch wenn Louis' Hausinternist Clarence Handlin noch nicht konsultiert worden sei.

»Ist so ein Anfall was Ernstes?« fragte Louis. Nach seiner erst zwei Monate zurückliegenden Prostata-Operation war er wenig begeistert über die Aussicht, erneut im Krankenhaus zu liegen.

»Wir werden einen neurologischen Befund erstellen lassen«, sagte George.

»Aber was ist *Ihre* Meinung?« fragte Louis.

»Ein plötzlich einsetzendes Anfallsleiden bei einem Erwachsenen deutet in der Regel auf einen strukturellen Gehirndefekt hin«, sagte George.

»Wie wär's, wenn Sie Klartext mit mir reden«, erwiderte Louis. Er haßte medizinischen Fachjargon.

Der Arzt wand sich. »Strukturell heißt das eben«, sagte er ausweichend. »Irgendwas mit dem Gehirn an sich ist nicht in Ordnung, es handelt sich also nicht nur um eine Funktionsstörung.«

»Sie meinen einen Gehirntumor?« fragte Louis.

»Es könnte auch ein Tumor sein«, räumte George widerwillig ein.

»Gütiger Gott!« sagte Louis. Er spürte, wie ihm der kalte Schweiß ausbrach.

Nachdem George den Patienten nach Kräften beruhigt hatte, ging er in die »Grube«, wie das Zentrum der Notaufnahme von denen, die dort arbeiteten, genannt wurde. Zunächst fragte er nach, ob Louis' Hausarzt sich gemeldet hatte. Das war nicht der Fall. Dann ließ er den diensthabenden Neurologen ausrufen und erklärte der Sekretärin der Notaufnahme, daß sie den Medizinstudenten herbeizitieren solle, der als nächster für die Zulassung dran war.

»Ach, übrigens«, fragte George die Sekretärin schon auf dem Weg in die Kabine, in der Louis Martin wartete, »wie ist sein Name?«

»Sean Murphy«, erwiderte sie.

»Mist!« sagte Sean, als der Piepser losging. Er war sicher, daß Janet längst verschwunden war, doch er öffnete die Tür sicherheitshalber zunächst nur einen Spalt, um die Lage zu peilen. Als er sie nirgends sah, trat er hinaus. Er mußte wohl oder übel das Telefon im Schwesternzimmer benutzen, weil Peter den Anschluß im Hinterzimmer blokkierte, um in letzter Minute an die neuesten Laborberichte zu kommen.

Bevor Sean irgend jemand anrief, sprach er Carla Valentine, die Stationsschwester, an. »Kann es sein, daß ihr mich sucht?« fragte er erwartungsvoll. Er hoffte, daß das der Fall war, weil es sich dann lediglich um ein paar Routinearbeiten handeln würde, die schnell erledigt wären. Er fürchtete jedoch, daß der Ruf entweder aus der Aufnahme oder aus der Notaufnahme kam.

»Im Augenblick liegt nichts an«, sagte Carla.

Daraufhin ließ Sean sich mit der Zentrale verbinden und

erhielt die schlechte Nachricht. Es war die Notaufnahme mit einem dringenden Fall.

Je eher er die Anamnese und die körperliche Untersuchung hinter sich brachte, desto besser, dachte Sean. Er verabschiedete sich von Peter, der noch immer am Telefon hing, und begab sich nach unten.

Unter normalen Umständen mochte Sean die Notaufnahme mit ihrer Atmosphäre permanenter Spannung und Dringlichkeit. Aber am Nachmittag des letzten Tages seines klinischen Praktikums konnte er keinen neuen Fall gebrauchen. Der durchschnittliche Untersuchungsbericht eines Harvard-Medizinstudenten umfaßte vier bis zehn eng beschriebene Seiten.

»Ein interessanter Fall«, sagte George, als Sean eintrat. Er hatte einen Telefonhörer in der Hand und wartete auf eine Verbindung zur Radiologie.

»Das sagst du immer«, meinte Sean.

»Wirklich«, erwiderte George. »Hast du schon mal ein Papillenödem gesehen?«

Sean schüttelte den Kopf.

»Schnapp dir ein Ophthalmoskop und sieh dir die Nervenenden in seinen beiden Augen an. Sie sehen aus wie Miniaturberge. Das heißt, der intrakranielle Druck ist erhöht.« George schob Sean das Klemmbrett mit den Patientenunterlagen über den Tresen.

»Was hat er denn?« fragte Sean.

»Ich würde auf einen Hirntumor tippen«, sagte George. »Er hatte einen Anfall bei der Arbeit.«

In diesem Moment meldete sich am Telefon jemand aus der Radiologie, und George arrangierte eine Notfall-Computertomographie.

Sean nahm das Ophthalmoskop und betrat die Kabine, in der Mr. Martin saß. Er war noch längst kein Experte im Umgang mit einem Augenspiegel, aber dank seiner Hartnäckigkeit und Louis' Geduld gelang es ihm, ein paar flüchtige Blicke auf die hügelartigen Nervenenden zu werfen.

Die Erstellung einer Krankengeschichte und die körperliche Untersuchung waren selbst unter günstigen Umständen eine mühsame Angelegenheit, und die Durchführung in den Räumen der Notaufnahme und dann oben in der Radiologie, während sie auf die Computertomographie warteten, machte alles noch komplizierter. Sean bestand darauf, so viele Fragen wie möglich zu stellen, vor allem über den aktuellen Krankheitsverlauf. Er erfuhr, was bisher niemand erfahren hatte, daß nämlich Louis Martin etwa eine Woche nach seiner Prostataoperation Anfang Januar begonnen hatte, periodisch unter Kopfschmerzen, Fieber, Ekelgefühl und Brechreiz zu leiden. Auf diese Information war Sean gerade gestoßen, als die Computertomographie begann und der Röntgenassistent Sean aufforderte, den Aufnahmeraum zu verlassen und sich in den Kontrollraum zu begeben.

Neben dem technischen Assistenten, der den Scanner bediente, hielten sich noch eine Reihe weiterer Personen im Kontrollraum auf, unter ihnen Dr. Clarence Handlin, Louis Martins Internist, George Carver, der Aufnahmearzt, und Harry O'Brian, der Klinikneurologe im Bereitschaftsdienst. Sie alle standen um den Bildschirm und warteten darauf, daß die ersten »Schnitte« erschienen.

Sean zog George beiseite und erzählte ihm von Louis' Kopfschmerzen, Fieber und Ekelgefühl.

»Gut recherchiert«, sagte George und rieb sich nachdenklich das Kinn. Er versuchte offensichtlich, eine Verbindung zwischen diesen früher aufgetretenen Symptomen und dem akuten Problem herzustellen. »Das Fieber ist merkwürdig«, sagte er. »Hat er gesagt, wie hoch es war?«

»Mäßig hoch«, sagte Sean. »Zwischen 38,9 und 39,5. Er

meinte, es sei wie bei einer Erkältung oder einer leichten Grippe gewesen. Was immer es war, es ist völlig abgeklungen.«

»Möglicherweise besteht ein Zusammenhang«, sagte George. »Wie auch immer, der Typ ist auf jeden Fall echt krank. Die orientierende Computertomographie hat zwei Tumore gezeigt. Erinnerst du dich an Helen Cabot?«

»Wie könnte ich sie vergessen?« sagte Sean. »Sie ist schließlich nach wie vor meine Patientin.«

»Der Tumor dieses Mannes sieht ihrem sehr ähnlich«, sagte George.

Die Ärzte um den Bildschirm begannen aufgeregt durcheinanderzureden. Die ersten Schnitte erschienen. Sean und George stellten sich hinter die anderen und blickten über ihre Schultern.

»Da sind sie wieder«, sagte Harry und wies mit der Spitze seines Reflexhammers auf den Bildschirm. »Es handelt sich garantiert um Tumore. Es besteht nicht der geringste Zweifel. Und hier ist ein weiterer kleiner.«

Sean bemühte sich, etwas zu erkennen.

»Höchstwahrscheinlich Metastasen«, sagte Harry. »Solche multiplen Tumore gehen meist von einem Primärtumor an anderer Stelle aus. Waren die Wucherungen in seiner Prostata gutartig?«

»Völlig«, sagte Dr. Handlin. »Er war sein ganzes Leben lang bei bester Gesundheit.«

»Raucher?« fragte Harry.

»Nein«, sagte Sean. Die Männer vor ihm machten Platz, damit er einen besseren Blick auf den Bildschirm hatte.

»Wir müssen ihn gründlich auf Metastasen untersuchen«, sagte Harry.

Sean beugte sich näher zum Bildschirm. Die Bereiche geringerer Dichte waren selbst für sein unerfahrenes Auge deutlich zu erkennen. Was seine Aufmerksamkeit jedoch wirklich fesselte, war die verblüffende Ähnlichkeit mit Helen Cabots Tumoren, genau wie George gesagt hatte. Und genau wie bei ihr befanden sich alle Wucherungen im Großhirn. Das war bei Helen Cabot ein Punkt von besonderem Interesse gewesen, weil Medulloblastome normalerweise nicht im Großhirn, sondern im Kleinhirn auftraten.

»Ich weiß, daß man statistisch von einer Lungen-, Dickdarm- oder Prostata-Metastase ausgehen muß«, sagte George. »Aber wie stehen die Chancen, daß wir es mit einem Tumor wie dem von Helen Cabot zu tun haben? Mit anderen Worten, mit einem multifokalen, primären Gehirntumor, zum Beispiel einem Medulloblastom.«

Harry schüttelte den Kopf. »Denk dran, daß man bei Hufgetrappel immer zuerst an Pferde, nicht an Zebras denken sollte. Helen Cabots Fall ist einzigartig, obwohl es in jüngster Zeit Berichte über ähnliche Fälle gegeben hat. Trotzdem bin ich bereit, mit jedem zu wetten, daß wir es hier mit metastatischen Wucherungen zu tun haben.«

»Wo soll er liegen?« fragte George.

Harry zuckte die Schultern. »Wenn er in die Neurologie kommt, müssen wir für die Metastasensuche einen Internisten hinzuziehen. Wenn er auf die Innere kommt, brauchen wir neurologische Zusatzdiagnosen.«

»Wir haben die Cabot genommen«, meinte George, »warum nehmt ihr dann nicht ihn? Ihr habt sowieso einen besseren Draht zur Neurochirurgie.«

»Von mir aus«, sagte Harry.

Sean stöhnte innerlich. Die ganze Arbeit, die er sich mit der Krankengeschichte und der Untersuchung gemacht hatte, war umsonst. Da der Patient in die Neurologie eingewiesen wurde, würde der Medizinstudent, der sein Praktikum dort absolvierte, die Lorbeeren ernten. Doch es bedeutete zumindest, daß Sean jetzt freihatte.

Er machte George ein Zeichen, daß sie sich später bei der Visite noch sehen würden, und schlich leise aus dem Kontrollraum. Obwohl er mit seinen Abschlußberichten im Rückstand war, nahm er sich die Zeit für einen Besuch. Nachdem er vorhin ständig an Helen Cabot gedacht und von ihr gesprochen hatte, wollte er sie jetzt kurz sehen. Er verließ den Fahrstuhl im siebten Stock, ging direkt zum Zimmer 708 und klopfte an die halb geöffnete Tür.

Trotz ihres kahlrasierten Schädels und einer Reihe von blauen Markierungen auf ihrer Kopfhaut schaffte es Helen Cabot immer noch, attraktiv auszusehen. Sie hatte feine Gesichtszüge, die ihre hellgrünen Augen betonten. Ihre Haut war von durchscheinender Zartheit wie die eines Fotomodells. Doch sie war blaß und unverkennbar krank. Trotzdem hellte sich ihre Miene auf, als sie Sean sah.

»Mein Lieblingsdoktor«, sagte sie.

»Angehender Doktor«, verbesserte Sean sie. Im Gegensatz zu vielen Medizinstudenten machte es ihm keine Freude, sich als Arzt auszugeben. Seit er die High School abgeschlossen hatte, war er sich stets wie ein Schwindler vorgekommen, ein Hochstapler, der zuerst die Rolle eines Harvardstudenten, dann die eines MIT-Stipendiaten gespielt hatte und der jetzt einen Doktoranden der medizinischen Fakultät von Harvard mimte.

»Haben Sie die gute Nachricht schon gehört?« fragte Helen. Sie richtete sich, obwohl von zahlreichen Anfällen geschwächt, im Bett auf.

»Erzählen Sie«, sagte Sean.

»Die Forbes-Krebsklinik hat mich als Patientin angenommen«, sagte Helen.

»Das ist ja toll!« sagte Sean. »Jetzt kann ich Ihnen auch erzählen, daß ich ebenfalls dorthin gehen werde. Ich hatte Angst, es zu erwähnen, solange ich nicht wußte, ob es bei Ihnen auch klappen würde.«

»Was für ein wunderbarer Zufall!« sagte Helen. »Dann habe ich dort schon einen Freund. Sie wissen vermutlich, daß sie mit meinem speziellen Tumor eine Remissionsrate von hundert Prozent haben.«

»Ich weiß«, sagte Sean. »Die dort erzielten Ergebnisse sind unglaublich. Aber es ist kein Zufall, daß wir beide dorthin gehen. Ihr Fall hat mich erst auf die Forbes-Klinik aufmerksam gemacht. Ich habe Ihnen ja erzählt, daß es bei meinem Forschungsprojekt auch um die molekulare Grundlage von Krebs geht. Eine Klinik, in der man bei der Behandlung einer bestimmten Krebsart eine hundertprozentige Erfolgsquote vorweisen kann, ist für mich außerordentlich interessant. Eigentlich erstaunlich, daß ich in der medizinischen Fachliteratur vorher nichts darüber gelesen hatte. Egal, ich möchte jedenfalls in dieser Klinik arbeiten und herausfinden, was sie dort im einzelnen tun.«

»Ihre Behandlungsmethode befindet sich nach wie vor in einem experimentellen Stadium«, sagte Helen. »Darauf hat mein Vater mich ausdrücklich hingewiesen. Vermutlich haben sie ihre Ergebnisse bisher nicht publiziert, weil sie sich ihrer Erfolge erst absolut sicher sein wollen. Aber ob veröffentlicht oder nicht, ich kann es kaum erwarten, dorthin zu kommen und mit der Behandlung anzufangen. Es ist der erste hoffnungsvolle Tag, seit dieser Alptraum begonnen hat.«

»Wann fliegen Sie?« fragte Sean.

»Irgendwann nächste Woche«, sagte Helen. »Und Sie?«

»Ich will Sonntag bei Anbruch der Dämmerung mit dem Wagen aufbrechen. Dienstag morgen sollte ich dort sein. Ich warte dann auf Sie.«

Sean streckte seine Hand aus und drückte Helens Schulter.

Helen lächelte und legte ihre Hand auf seine.

Nachdem sie ihren Bericht fertiggestellt hatte, kehrte Janet auf der Suche nach Sean noch einmal in den siebten Stock zurück. Wieder sagten die Schwestern, daß er noch vor wenigen Augenblicken dort gewesen, aber offenbar wieder verschwunden sei. Sie schlugen vor, ihn ausrufen zu lassen, aber Janet wollte ihn unvorbereitet erwischen. Da es jetzt kurz nach vier war, dachte sie, daß sie ihn wohl am ehesten in Dr. Clifford Walshs Labor antreffen würde. Dr. Walsh war Seans Doktorvater.

Um dorthin zu gelangen, mußte Janet das Krankenhaus verlassen, durch den kalten Winterwind ein Stück die Longfellow Avenue hinunterlaufen, den Innenhof der medizinischen Fakultät überqueren und in den dritten Stock gehen. Schon bevor sie die Tür zum Labor öffnete, wußte sie, daß sie richtig geraten hatte. Sie erkannte Seans Gestalt durch die Milchglasscheibe. Vor allem seine Art, sich zu bewegen, kam ihr unendlich vertraut vor. Für einen Mann mit einem derart stämmigen und muskulösen Körperbau war er überraschend graziös. Ohne eine überflüssige Bewegung erledigte er seine Aufgaben rasch und effizient.

Nachdem Janet den Raum betreten und die Tür hinter sich geschlossen hatte, zögerte sie. Einen Moment lang genoß sie es, Sean zu beobachten. Außer Sean arbeiteten noch drei weitere Personen konzentriert und schweigend vor sich hin. Nur aus einem Radio plätscherte leise klassische Musik.

Es war ein recht altmodisches, vollgestopftes Labor. Die Experimentiertische hatten Specksteinplatten. Das Neueste an Ausrüstung waren die Computer und eine Reihe Analysiergeräte von der Größe eines Schreibtischs. Zwar hatte Sean ihr die These seiner Doktorarbeit schon öfter erläutert, doch Janet war sich nach wie vor nicht sicher, daß sie es hundertprozentig verstanden hatte. Er suchte nach spezialisierten Genen namens Onkogenen, die über die Fähigkeit verfügten, Zellen in Krebszellen zu verwandeln. Sean hatte erklärt, daß Onkogene offenbar aus normalen »Regulator-Genen« entstanden, die von bestimmten Virusarten, den sogenannten Retroviren, eingefangen wurden, um die Virusreduplikation in zukünftigen Wirtszellen in Gang zu setzen.

Bei seinen Ausführungen hatte Janet in angemessenen Abständen genickt, sich jedoch stets dabei ertappt, mehr von Seans Enthusiasmus als von dem eigentlichen Thema fasziniert zu sein. Ihr war klar, daß sie sich ein paar Grundkenntnisse im Bereich der Molekulargenetik anlesen mußte, wenn sie Seans ganz spezielles Forschungsgebiet verstehen wollte. Er neigte dazu, ihr mehr Wissen zu unterstellen, als sie tatsächlich hatte, und das in einem Fachgebiet, das sich mit schwindelerregendem Tempo weiterentwickelte.

Nachdem Janet ihn eine Weile so von der Tür aus beobachtet und das V bewundert hatte, das seine breiten Schultern und seine schmalen Hüften bildeten, fragte sie sich mit einem Mal, was er da eigentlich machte. Er bereitete keines der Analysiergeräte für einen Einsatz vor, wie er es bei ihren häufigen Besuchen in den letzten beiden Monaten immer getan hatte. Statt dessen schien er diverse Objekte wegzuräumen und sauberzumachen.

Nachdem sie in der Hoffnung, er würde sie bemerken, etliche Minuten zugesehen hatte, trat Janet schließlich vor und stellte sich neben ihn. Mit ihren ein Meter achtundsechzig war sie relativ groß, und da Sean nur ein Meter fünfundsiebzig maß, waren ihre Augen etwa in einer Höhe, vor allem, wenn Janet Absätze trug.

»Darf ich fragen, was du tust?« sagte Janet plötzlich.

Sean fuhr zusammen. Er hatte so konzentriert gearbeitet, daß er ihre Anwesenheit gar nicht bemerkt hatte.

»Ich mache nur ein wenig sauber«, sagte er schuldbewußt.

Janet beugte sich vor und sah in seine unglaublich blauen Augen. Einen Moment lang hielt er ihrem Blick stand, bevor er die Augen abwandte.

»Du machst sauber?« fragte Janet. Sie ließ ihren Blick über die makellosen Experimentiertische schweifen. »Das ist eine echte Überraschung.« Janet sah ihn wieder direkt an. »Was geht hier vor? So sauber ist deine Arbeitsfläche noch nie gewesen. Hast du mir irgendwas verschwiegen?«

»Nein«, sagte Sean. Er zögerte, bevor er hinzufügte: »Na ja, also das heißt, doch. Ich mache ein zweimonatiges freiwilliges Forschungspraktikum.«

»Wo?«

»In Miami, Florida.«

»Du wolltest es mir nicht erzählen?«

»Doch, natürlich wollte ich das. Ich hatte vor, es dir morgen abend zu sagen.«

»Wann fährst du?«

»Sonntag.«

Janet ließ ihren Blick wütend durch den Raum schweifen, während ihre Finger unbewußt einen Rhythmus auf die Tischplatte trommelten. Sie fragte sich, womit sie eine derartige Behandlung verdient hatte. Dann sah sie wieder Sean an und fragte: »Du wolltest bis zum Abend vor deiner Abreise warten, um mir das zu sagen?«

»Es hat sich erst im Laufe dieser Woche ergeben. Bis vor zwei Tagen war es nicht mal sicher. Ich wollte den passenden Moment abwarten.«

»In Anbetracht des Stands unserer Beziehung wäre der passende Moment wohl der gewesen, als es sich ergeben hat. Miami? Warum gerade jetzt?«

»Erinnerst du dich noch an die Patientin, von der ich dir erzählt habe? Die Frau mit dem Medulloblastom?«

»Helen Cabot? Die attraktive Studentin?«

»Genau die«, sagte Sean. »Als ich über ihren Tumor gelesen habe, habe ich entdeckt...« Er hielt inne.

»Was hast du entdeckt?« wollte Janet wissen.

»Nun, es hatte eigentlich nichts mit meiner Lektüre zu tun«, verbesserte sich Sean. »Einer der behandelnden Ärzte sagte, daß ihr Vater von einer Behandlungsmethode gehört hat, die offenbar eine Remissionsrate von hundert Prozent erzielt. Sie wird exklusiv im Forbes-Krebsforschungszentrum in Miami angewandt.«

»Also hast du beschlossen, dorthin zu gehen. Einfach so.«

»Nein, genau so war's nicht«, erwiderte Sean. »Ich habe mit Dr. Walsh gesprochen, der den Direktor, einen gewissen Randolph Mason, zufällig kennt. Sie haben vor ein paar Jahren zusammen am National Institute of Health gearbeitet. Dr. Walsh hat ihm von mir erzählt und mir ein Praktikum verschafft.«

»Das ist der absolut falsche Zeitpunkt für so was«, sagte Janet. »Du weißt doch, daß ich unsretwegen schon genug durcheinander bin.«

Sean zuckte die Schultern. »Tut mir leid. Aber ich habe gerade jetzt die Zeit, und es könnte sehr wichtig für mich sein. Bei meinem Forschungsprojekt geht es auch um die molekulare Grundlage des Krebses. Wenn sie dort für einen ganz bestimmten Tumor eine Remissionsrate von hundert Prozent erzielen, muß das auch Implikationen für alle anderen Krebsarten haben.«

Janet fühlte sich schwach. Daß Sean sie für zwei Monate verlassen wollte, kam ihr vor wie der psychische Super-GAU. Dabei waren seine Motive durchaus edler Natur. Er wollte schließlich keinen Urlaub im Club Med machen oder so etwas Ähnliches. Wie konnte sie da wütend oder mißgünstig sein. Sie war völlig verwirrt.

»Es gibt doch Telefon«, sagte Sean. »Ich fliege ja nicht zum Mond. Es sind nur ein paar Monate. Und du verstehst doch, daß das für mich sehr wichtig sein könnte.«

»Wichtiger als unsere Beziehung?« platzte Janet los. »Wichtiger als der Rest unseres Lebens?« Fast im selben Moment kam sie sich albern vor. Solche Fragen klangen immer pubertär.

»Wir wollen nicht anfangen, über Äpfel und Birnen zu streiten«, sagte Sean.

Janet seufzte schwer und kämpfte mit den Tränen. »Laß uns später darüber reden«, brachte sie schließlich hervor. »Das ist wohl kaum der passende Ort für eine Auseinandersetzung.«

»Heute abend nicht«, sagte Sean. »Es ist Freitag und ...«

»Und du mußt in diese blöde Kneipe gehen«, fuhr Janet ihn an. Sie sah, daß sich einige der anderen Anwesenden umdrehten und sie anstarrten.

»Schrei nicht so, Janet!« sagte Sean. »Samstag abend treffen wir uns wie verabredet. Dann können wir reden.«

»Du mußtest doch wissen, wie sehr mich diese Trennung aufregen würde! Ich kann nicht begreifen, warum du nicht einmal auf ein Besäufnis mit deinen billigen Freunden verzichten kannst.«

»Sei vorsichtig, Janet«, warnte Sean sie. »Meine Freunde sind mir wichtig. Das sind meine Wurzeln.«

Einen Moment lang trafen sich ihre Blicke mit einer Feindseligkeit, die fast mit den Händen greifbar war. Dann drehte Janet sich um und verließ mit entschlossenen Schritten den Raum.

Verlegen blinzelte Sean in die Runde seiner Kollegen. Die meisten von ihnen wichen seinem Blick aus, bis auf Dr. Clifford Walsh. Er war ein großer Mann mit einem Vollbart und trug einen langen weißen Kittel, dessen Ärmel bis zu den Ellenbogen aufgerollt waren.

»Innerer Aufruhr ist der Kreativität abträglich«, sagte er. »Ich hoffe, dieser etwas bittere Abschied wird sich nicht auf Ihr Verhalten in Miami auswirken.«

»Bestimmt nicht«, sagte Sean.

»Denken Sie daran, daß ich mich für Sie sehr weit aus dem Fenster gelehnt habe«, sagte Dr. Walsh. »Ich habe Dr. Mason versichert, daß Sie ein Gewinn für seine Einrichtung sein würden. Daß Sie eine Menge Erfahrung mit monoklonalen Antikörpern haben, hat ihm ganz besonders gefallen.«

»Das haben Sie ihm gesagt?« fragte Sean entsetzt.

»Ich habe im Verlauf unseres Telefongespräches herausgehört, daß er sich dafür interessiert«, erklärte Dr. Walsh. »Nun gehen Sie nicht gleich in die Luft.«

»Aber das habe ich vor drei Jahren am MIT gemacht«, erwiderte Sean. »Inzwischen habe ich mit Protein-Chemie nichts mehr zu tun.«

»Ich weiß, daß Sie sich jetzt für Onkogene interessieren«, sagte Dr. Walsh, »aber Sie wollten den Job, und ich habe meiner Ansicht nach mein Bestes getan, daß Sie ihn auch kriegen. Wenn Sie erst mal dort sind, können Sie erklären, daß Sie lieber in der Molekulargenetik eingesetzt werden wollen. So wie ich Sie kenne, werden Sie wohl kaum Probleme haben, Ihre Wünsche angemessen zu Gehör zu bringen. Seien Sie bloß taktvoll.«

»Ich habe ein paar Aufsätze von der Leiterin der Forschungsabteilung gelesen«, sagte Sean. »Das wäre absolut perfekt für mich. Ihr Fachgebiet sind Retroviren und Onkogene.«

»Sie meinen Dr. Deborah Levy«, sagte Dr. Walsh. »Vielleicht können Sie ja mit ihr zusammenarbeiten. Aber egal, ob Sie das können oder nicht, seien Sie schlicht dankbar, daß Sie so kurzfristig überhaupt noch eine Einladung bekommen haben.«

»Ich will bloß nicht die lange Reise machen, um dort die ganze Zeit über irgendwelchen Fleißarbeiten festzusitzen.«

»Versprechen Sie mir, daß Sie keinen Ärger machen«, sagte Dr. Walsh.

»Ich?« sagte Sean und zog die Augenbrauen hoch. »Da sollten Sie mich aber besser kennen.«

»Ich kenne Sie nur zu gut«, sagte Dr. Walsh. »Das ist ja das Problem. Ihre naßforsche Art kann bisweilen recht irritierend sein, um es vorsichtig auszudrücken, aber Sie sollten dem Herrgott zumindest für Ihre Intelligenz danken.«

2

Freitag, 26. Februar, 16.45 Uhr

»Nur eine Sekunde, Corissa«, sagte Kathleen Sharenburg, als sie stehenblieb und sich auf einen Verkaufstresen in der Kosmetikabteilung von Neimann Marcus stützte. Sie waren zu einem Einkaufszentrum im Westen Houstons gefahren, um Kleider für einen Schulball zu kaufen. Nachdem sie ihre Einkäufe erledigt hatten, hatte es Corissa eilig, nach Hause zu kommen.

Kathleen war von plötzlichem Schwindel und Übelkeit übermannt worden, der ganze Raum um sie herum schien sich zu drehen. Zum Glück hörte das Drehen sofort auf, als sie sich am Tresen festhielt. Sie schüttelte sich, als eine weitere Welle der Übelkeit sie erfaßte. Doch auch das ging vorbei.

»Alles in Ordnung mit dir?« fragte Corissa, ihre Klassenkameradin in der High School.

»Ich weiß nicht«, sagte Kathleen. Die Kopfschmerzen, unter denen sie in den letzten Tagen häufig gelitten hatte, waren wieder da. Sie war morgens davon aufgewacht, hatte sie ihren Eltern gegenüber jedoch mit keinem Wort erwähnt, weil sie Angst hatte, daß die Kopfschmerzen von dem Gras herrühren könnten, das sie am Wochenende geraucht hatte.

»Du bist blaß wie ein Gespenst«, sagte Corissa. »Vielleicht hätten wir doch lieber auf die Süßigkeiten verzichten sollen.«

»Oh, mein Gott!« flüsterte Kathleen. »Der Mann da belauscht uns. Er hat vor, uns im Parkhaus zu kidnappen.«

Corissa fuhr herum, in der bangen Erwartung, hinter sich einen furchteinflößenden Mann lauern zu sehen. Doch sie erblickte lediglich eine Handvoll friedlich einkaufender Damen, die um die Kosmetiktresen standen. Einen Mann sah sie nicht.

»Welcher Mann denn?« fragte sie.

Kathleen starrte, ohne mit der Wimper zu zucken, stur weiter geradeaus. »Der Mann da drüben bei den Mänteln.« Sie wies mit der linken Hand in die Richtung.

Corissas Blick folgte Kathleens ausgestrecktem Finger, bis sie schließlich in fast fünfzig Meter Entfernung einen Mann entdeckte. Er stand hinter einer Frau, die sich durch eine Stange mit Sonderangeboten wühlte. Er blickte nicht einmal in ihre Richtung.

Verwirrt wandte sich Corissa wieder ihrer besten Freundin zu.

»Er sagt, wir dürfen den Laden nicht verlassen«, sagte Kathleen.

»Wovon redest du überhaupt?« fragte Corissa. »Ich meine, du machst mir langsam richtig angst.«

»Wir müssen hier raus«, sagte Kathleen warnend. Sie drehte sich abrupt um und marschierte in die entgegengesetzte Richtung los. Corissa mußte laufen, um mit ihr Schritt zu halten. Sie packte Kathleens Arm und riß sie herum.

»Was ist los mit dir?« wollte Corissa wissen.

Kathleens Gesicht war angstverzerrt. »Jetzt sind es noch mehr Männer«, sagte sie drängend. »Sie kommen die Rolltreppe runter. Sie reden auch davon, daß sie uns schnappen wollen.«

Corissa wandte sich um. Tatsächlich kamen mehrere Männer die Rolltreppe herab. Aber aus dieser Entfernung konnte Corissa nicht einmal ihre Gesichter erkennen, geschweige denn verstehen, was sie sagten.

Kathleens Schrei ließ sie zusammenzucken, als ob sie einen elektrischen Schlag bekommen hätte. Sie fuhr herum und sah, daß Kathleen im Begriff war zusammenzubrechen. Sie streckte die Arme aus, um sie zu halten, verlor dabei jedoch das Gleichgewicht, so daß beide aneinandergeklammert zu Boden stürzten.

Bevor Corissa sich befreien konnte, begann Kathleen zu zucken. Ihr Körper schlug immer wieder heftig auf den Marmorfußboden.

Herbeieilende Passanten halfen Corissa auf die Beine. Zwei Frauen, die in der Nähe gestanden hatten, kümmerten sich um Kathleen. Sie verhinderten, daß ihr Kopf auf den Marmor aufschlug, und es gelang ihnen, ihr etwas zwischen die Zähne zu stopfen. Von Kathleens Lippen sikkerte Blut. Sie hatte sich auf die Zunge gebissen.

»Oh, mein Gott, oh, mein Gott«, sagte Corissa immer wieder.

»Wie heißt sie?« fragte eine der Frauen, die sich um Kathleen kümmerten.

»Kathleen Sharenburg«, sagte Corissa. »Ihr Vater ist Ted Sharenburg, der Boß von Shell Oil«, fügte sie noch hinzu, als ob das ihrer Freundin im Augenblick helfen könnte.

»Irgend jemand sollte einen Krankenwagen rufen«, sagte die Frau. »Der Anfall des Mädchens muß gestoppt werden.«

Es war bereits dunkel, als Janet versuchte, aus dem Fenster des Café Ritz zu sehen. Draußen auf der Newbury Street hasteten Menschen vorbei, die ihre Mantelaufschläge, Mützen oder Hüte umklammerten.

»Ich weiß sowieso nicht, was du an ihm findest«, sagte Evelyn Reardon. »Schon als du ihn das erste Mal mitgebracht hast, habe ich dir gesagt, daß er nichts für dich ist.«

»Er macht gerade seinen Doktor in Harvard, in Medizin und Philosophie gleichzeitig«, erinnerte Janet ihre Mutter.

»Das ist keine Entschuldigung für seine Manieren oder besser gesagt, seinen Mangel an Manieren«, erklärte Evelyn spitz.

Janet betrachtete ihre Mutter. Sie war eine große, schlanke Frau mit regelmäßigen Gesichtszügen. Die meisten Menschen erkannten auf den ersten Blick, daß es sich bei Evelyn und Janet um Mutter und Tochter handelte.

»Sean ist stolz auf seine Herkunft«, sagte Janet. »Er ist froh, aus einer alten Arbeiterfamilie zu stammen.«

»Dagegen ist auch gar nichts einzuwenden«, sagte Evelyn. »Das Problem ist nur, daß er aus dem Milieu nie herauskommen wird. Der Junge hat absolut keine Manieren. Und diese langen Haare...«

»Er sagt, Konventionen engen ihn ein«, erklärte Janet. Wie üblich fand sie sich in der wenig beneidenswerten Lage, Sean verteidigen zu müssen. Und gerade jetzt, nach ihrem Streit, schmeckte es besonders bitter. Sie hatte gehofft, von ihrer Mutter einen Rat zu bekommen und nicht bloß wieder die altbekannten Vorwürfe zu hören.

»Wie banal«, sagte Evelyn. »Wenn er wenigstens auf eine Karriere als ganz normal praktizierender Arzt hinarbeiten würde, bestände möglicherweise noch Hoffnung. Aber diese Molekularbiologie oder wie immer das heißt verstehe ich einfach nicht. Was erforscht er doch gleich noch?«

»Onkogene«, sagte Janet. Sie hätte sich denken können, daß von ihrer Mutter keine Hilfe zu erwarten war.

»Erklär mir noch einmal, was das ist«, sagte Evelyn.

Janet goß sich Tee nach. Ihre Mutter konnte wirklich anstrengend sein. Zu versuchen, ihr Seans Forschungsprojekt zu beschreiben, war, als würde der Blinde den Blinden führen. Doch sie versuchte es trotzdem.

»Onkogene sind Gene, die in der Lage sind, normale Zellen in Krebszellen zu verwandeln«, sagte Janet. »Sie entstehen aus normalen zellulären Genen, sogenannten Proto-Onkogenen, die in jeder lebenden Zelle vorhanden sind. Sean glaubt, daß man Krebs erst dann wirklich begreifen kann, wenn alle Proto-Onkogene und Onkogene entdeckt und analysiert sind. Und genau das macht er: Er sucht nach Onkogenen in spezialisierten Viren.«

»Das mag ja alles sehr lobenswert sein«, wandte Evelyn ein. »Aber es ist auch reichlich obskur und wohl kaum die berufliche Karriere, mit der man eine Familie ernähren kann.«

»Da wäre ich mir nicht so sicher«, erwiderte Janet. »Sean und ein paar Kommilitonen vom MIT haben eine Firma zur Herstellung von monoklonalen Antikörpern gegründet, während er seinen Magister gemacht hat. Sie haben sie ›Immunotherapy, Inc.‹ genannt. Vor etwas über einem Jahr wurde sie von Genotech aufgekauft.«

»Das klingt in der Tat ermutigend«, sagte Evelyn. »Hat Sean einen ordentlichen Profit gemacht?«

»Das haben sie alle«, antwortete Janet. »Aber sie haben gemeinsam beschlossen, den Gewinn in eine neue Firma zu investieren. Mehr kann ich dir im Augenblick nicht sagen. Er hat mich zu striktem Stillschweigen verpflichtet.«

»Ein Geheimnis vor deiner eigenen Mutter?« fragte Evelyn. »Klingt mir ein bißchen melodramatisch. Aber du weißt genau, daß dein Vater überhaupt nicht einverstanden wäre. Er sagt immer, man sollte es vermeiden, neue Unternehmungen mit eigenem Kapital zu starten.«

Janet seufzte entnervt. »Darum geht es doch auch gar nicht«, sagte sie. »Ich wollte dich fragen, was du davon halten würdest, wenn ich nach Florida gehe. Sean geht für zwei Monate dorthin. Dort unten hat er nur seine Forschung. Hier in Boston hat er sowohl die Forschungsarbeit als auch das normale Unipensum. Ich dachte, daß wir dort vielleicht eine bessere Chance haben, miteinander zu reden und alles zu klären.«

»Und was ist mit deinem Job im Krankenhaus?« wollte Evelyn wissen.

»Ich könnte unbezahlten Urlaub nehmen«, sagte Janet. »Und in Miami suche ich mir einen Job. Einer der Vorteile in meinem Beruf als Krankenschwester ist, daß man praktisch überall Arbeit findet.«

»Nun, ich halte das für keine sehr gute Idee«, meinte Evelyn.

»Warum nicht?«

»Es wäre verkehrt, diesem Jungen nachzulaufen«, sagte Evelyn. »Vor allem, wo du weißt, was dein Vater und ich von ihm halten. Er wird nie in unsere Familie passen. Und nach dem Fauxpas mit Onkel Albert wüßte ich nicht einmal, wo ich ihn bei einer Dinnerparty hinsetzen sollte.«

»Onkel Albert hat sich über seine Haare mokiert«, sagte Janet. »Er wollte einfach nicht aufhören.«

»Das ist noch lange kein Grund, einen Vertreter der älteren Generation so zu brüskieren.«

»Wir wissen schließlich alle, daß Onkel Albert ein Toupet trägt«, sagte Janet.

»Wir wissen es vielleicht, aber wir erwähnen es nicht«, sagte Evelyn. »Und vor allen Leuten von einem verfilzten Bettvorleger zu sprechen war schlicht unentschuldbar.«

Janet nippte an ihrem Tee und starrte aus dem Fenster. Es stimmte, die ganze Familie wußte, daß Onkel Albert ein Toupet trug. Es stimmte ebenfalls, daß darüber nie jemand eine Bemerkung verlor. Janet war in einer Familie aufgewachsen, in der es viele unausgesprochene Regeln gab. Individualität, vor allem bei Kindern, wurde nicht gefördert, während gutes Benehmen als extrem wichtig galt.

»Warum triffst du dich nicht mal mit dem netten jungen

Mann, der dich letztes Jahr zum Polomatch des Myopia-Jagdclubs mitgenommen hat«, schlug Evelyn vor.

»Er ist ein spießiger Trottel«, sagte Janet.

»Janet!« sagte ihre Mutter tadelnd.

Sie tranken eine Weile schweigend ihren Tee. »Wenn du so dringend mit ihm reden mußt«, sagte Evelyn schließlich, »warum machst du das dann nicht vor seiner Abreise? Du kannst dich doch heute abend mit ihm treffen?«

»Das geht nicht«, sagte Janet. »Am Freitagabend zieht er immer mit seinen Freunden los. Sie treffen sich alle in irgendeiner Kneipe in der Nähe seiner alten High School.«

»Dein Vater würde sagen, damit bin ich am Ende meiner Beweisführung«, sagte Evelyn mit unverhohlener Genugtuung.

Ein Kapuzen-Sweatshirt unter einer Wolljacke schützte Sean gegen den eisigen Sprühregen. Er hatte die Kapuze fest zugezogen und unter dem Kinn zugebunden. Er joggte die High Street in Richtung Monument Square hinunter und dribbelte abwechselnd mit der rechten und der linken Hand einen Basketball vor sich her. Er kam gerade von einem Basketballspiel im Charlestown Boys Club mit einer Truppe, die sich »Die Ehemaligen« nannte. »Die Ehemaligen« waren ein zusammengewürfelter Haufen von Freunden und Bekannten im Alter zwischen achtzehn und sechzig. Sean hatte sich gründlich ausgetobt und schwitzte noch immer.

Er erreichte den Monument Square mit seinem riesigen phallischen Denkmal zur Erinnerung an die Schlacht von Bunker Hill und lenkte seine Schritte zum Haus seiner Kindheit. Als Klempner hatte sein Vater, Brian Murphy senior, ein recht ordentliches Vermögen erwirtschaftet und lange bevor es schick wurde, in der City zu leben, ein großes viktorianisches Stadthaus gekauft. Zunächst hatten die

Murphys in der Maisonette-Wohnung im Erdgeschoß gewohnt, aber als sein Vater im Alter von sechsundvierzig Jahren an Leberkrebs starb, brauchten sie dringend Geld und vermieteten die große Wohnung. Als Seans älterer Bruder, der ebenfalls Brian hieß, fortging, um zu studieren, zogen Sean, sein jüngerer Bruder Charles und seine Mutter Anne in eine der eingeschossigen Wohnungen, in der Anne heute alleine lebte.

Vor der Haustür bemerkte Sean, daß hinter seinem Isuzu-Allrad ein Mercedes parkte, der ihm bekannt vorkam. Sein älterer Bruder Brian war zu einem seiner Überraschungsbesuche vorbeigekommen. Sean ahnte, daß er sich wegen seiner geplanten Reise nach Miami wieder alle möglichen Vorwürfe würde anhören müssen.

Er nahm zwei Stufen auf einmal, stürmte die Treppe hinauf und öffnete die Wohnungstür. Auf einem Sessel stand Brians schwarzer Lederaktenkoffer, und es duftete nach Schmorbraten.

»Bist du das, Sean?« rief seine Mutter aus der Küche. Sie tauchte im Türrahmen auf, als Sean gerade seine Jacke aufhängte. In ihrem schlichten Hauskleid und der abgetragenen Schürze sah sie deutlich älter aus als vierundfünfzig. Nach der langen, qualvollen Ehe mit Brian Murphy, einem exzessiven Trinker, war ihr Gesicht dauerhaft verhärmt, ihre Augen müde und stumpf. Ihr von Natur aus lockiges Haar, das sie zu einem altmodischen Dutt aufsteckte, war einst von einem attraktiven Dunkelbraun gewesen, mittlerweile jedoch von grauen Strähnen durchzogen.

»Brian ist hier«, sagte sie.

»Hab ich mir schon gedacht.«

Sean ging in die Küche, um seinen Bruder zu begrüßen. Brian saß am Küchentisch. Vor ihm stand ein Drink. Er hatte seine Jacke abgelegt und über einen Stuhl gehängt; über seinem Hemd trug er türkisch gemusterte Hosenträger. Wie Sean hatte er dunkle, attraktive Züge, schwarzes Haar und strahlend blaue Augen. Doch damit waren ihre Gemeinsamkeiten erschöpft. Während sich Sean vorlaut und lässig gab, war Brian umsichtig und exakt. Im Gegensatz zu Seans verwegenen Locken war sein Haar kurz geschnitten und ordentlich gescheitelt. Dazu trug er einen sorgfältig gepflegten Schnurrbart. Seine Kleidung war entschieden anwaltsgemäß, er bevorzugte blaue Nadelstreifen.

»Haben wir diese Ehre mir zu verdanken?« fragte Sean. Brian kam nicht oft zu Besuch, obwohl er ganz in der Nähe, in Back Ray, wohnte.

»Mutter hat mich angerufen«, gab Brian zu.

Sean brauchte nicht lange, um zu duschen, sich zu rasieren und Jeans und ein Rugbyhemd überzustreifen. Er war wieder in der Küche, bevor Brian mit dem Tranchieren des Schmorbratens fertig war. Sean half beim Tischdecken und beobachtete dabei seinen älteren Bruder. Es hatte eine Zeit gegeben, in der er ihn nicht hatte leiden können. Jahrelang hatte seine Mutter ihre Söhne als »meinen wundervollen Brian«, »meinen lieben Charles« und »Sean« vorgestellt. Charles lebte zur Zeit in einem Priesterseminar in New Jersey und studierte dort Theologie.

Wie Sean war auch Brian seit seinen Kindertagen ein Sportler, wenngleich weniger erfolgreich. Er war ein fleißiges Kind und ein Stubenhocker und hatte die Universität von Massachusetts und die juristische Fakultät der Boston University besucht. Brian war stets allgemein beliebt gewesen. Jeder hatte schon immer gewußt, daß er Erfolg haben und dem irischen Fluch von Alkohol, Schuld, Depression und Tragödie entfliehen würde. Sean hingegen war der Wildfang, der sich lieber mit den Rabauken aus der Nachbarschaft herumtrieb und wegen Schlägereien, kleinerer Einbrüche und Spritztouren in gestohlenen Autos häufig Ärger mit den Behörden hatte. Wäre er nicht so überdurchschnittlich intelligent und überdies begabt im Umgang mit einem Hockey-Schläger gewesen, dann hätte er ebensogut im Bridgewater-Gefängnis wie in Harvard landen können. In den Ghettos der Stadt war die Grenze zwischen Erfolg und Scheitern ein dünnes Seil, auf dem die Kinder all die turbulenten Jahre ihrer Jugend hindurch schwankten.

Bei den letzten Essensvorbereitungen wurde wenig gesprochen. Aber nachdem sie Platz genommen hatten, trank Brian einen Schluck Milch und räusperte sich. Ihre ganze Kindheit hindurch hatten sie zum Abendessen Milch getrunken.

»Mutter macht sich Sorgen wegen deiner Idee, nach Miami zu gehen«, sagte Brian.

Anne schlug die Augen nieder und starrte auf ihren Teller. Sie war schon immer zurückhaltend bis zur Selbstverleugnung gewesen, vor allem, als ihr Mann noch lebte. Er konnte furchtbar wütend werden, und der Alkohol, den er täglich genossen hatte, machte alles nur noch schlimmer. Nachdem Mr. Murphy verstopfte Abflüsse gereinigt, marode Boiler repariert und Toiletten installiert hatte, war er jeden Tag nach Feierabend in der Blue Tower Bar unter der Tobin-Brücke eingekehrt. Und fast jeden Abend war er betrunken, mürrisch und bösartig nach Hause gekommen. Normalerweise war seine Frau das Opfer, aber auch Sean hatte sein Teil an Schlägen abbekommen, wenn er versucht hatte, seiner Mutter zu helfen. Am nächsten Morgen war ihr Mann dann ernüchtert und von Schuldgefühlen geplagt am Frühstückstisch erschienen und hatte regelmäßig geschworen, daß er sich ändern würde. Aber er änderte sich nie. Selbst als er fast siebzig Pfund verloren hatte und dabei war, an Leberkrebs zu sterben, änderte er seine Gewohnheiten nicht.

»Ich gehe nach Miami, um dort weiterzuforschen«, sagte Sean. »Es ist keine große Sache.«

»In Miami gibt es jede Menge Drogen«, sagte Anne, ohne aufzublicken.

Sean verdrehte die Augen. Er beugte sich vor und legte seine Hand auf den Arm seiner Mutter. »Mom, Probleme mit Drogen hatte ich auf der High School. Inzwischen mache ich meinen Doktor in Medizin.«

»Und was ist mit dem Zwischenfall während deines ersten Jahres auf der Uni?« hakte Brian nach.

»Das war nur eine Party mit ein bißchen Koks«, sagte Sean. »Es war einfach Pech, daß die Polizei ausgerechnet in dem Laden Razzia machen mußte.«

»Und es war Glück, daß dein Jugendstrafregister auf mein Bemühen hin vorher geschlossen worden war. Sonst hättest du böse in der Klemme gesteckt.«

»Miami ist eine gewalttätige Stadt«, sagte Anne. »Es steht ständig was darüber in der Zeitung.«

»Himmel Herrgott noch mal!« rief Sean.

»Du sollst den Namen des Herrn nicht unnütz führen«, sagte seine Mutter.

»Mom, du hast einfach zu viele schlechte Fernsehsendungen gesehen. Miami ist eine Stadt wie jede andere, es gibt gute und schlechte Seiten. Doch das spielt auch keine Rolle. Ich werde dort forschen. Ich werde gar keine Zeit haben, Ärger zu bekommen, selbst wenn ich wollte.«

»Du wirst dort die falschen Leute kennenlernen«, sagte seine Mutter.

»Mom, ich bin erwachsen«, erwiderte Sean genervt.

»Hier in Charlestown hängst du auch immer noch mit den falschen Leuten herum«, warf Brian ein. »Moms Befürchtungen sind nicht unbegründet. Das ganze Viertel weiß, daß Jimmy O'Connor und Brady Flanagan an Einbrüchen und Schiebereien beteiligt sind.«

»Und der IRA Geld überweisen«, sagte Sean.

»Die beiden sind keine politischen Aktivisten«, sagte Brian. »Es sind ganz gewöhnliche Kriminelle, die du immer noch zu deinen Freunden zählst.«

»Ich trinke freitags abends ein Bier mit ihnen«, sagte Sean.

»Eben«, sagte Brian. »Genau wie bei unserem Vater, die Kneipe ist dein zweites Zuhause. Und von Moms Sorgen einmal abgesehen, ist jetzt ein denkbar ungünstiger Zeitpunkt für deine Abwesenheit. Die Franklin Bank wird in Kürze die letzte Rate für die Finanzierung von Onkogen bereitstellen. Ich habe die Papiere fast fertig. Es könnte alles ganz schnell gehen.«

»Falls du es vergessen haben solltest«, sagte Sean, stand auf und schob seinen Stuhl zurück, »es gibt Faxgeräte und Kurierdienste. Ich werde nach Miami gehen, egal was ihr dazu sagt. Ich glaube, daß das Forbes-Krebsforschungszentrum auf etwas außergewöhnlich Wichtiges gestoßen ist. Und wenn ihr beiden Verschwörer mich jetzt entschuldigt, ich treffe mich noch auf ein Bier mit meinen kriminellen Freunden.«

Gereizt schlüpfte Sean in den alten Kolani, den sein Vater gekauft hatte, als es die alte Marinewerft in Charlestown noch gab. Er zog sich eine Wollmütze über die Ohren, rannte die Treppe hinunter und trat in den eiskalten Regen. Der Wind hatte sich gedreht und kam jetzt von Osten. Sean konnte den salzigen Geruch des Meeres riechen. In der Bunker Hill Street leuchtete ihm das Licht der Neonreklamen hinter den beschlagenen Fenstern von Old Scully's Bar entgegen und strahlte ein Gefühl vertrauter Behaglichkeit und Geborgenheit aus.

Er betrat den Laden und ließ sich von der schummrigen lärmenden Stimmung einfangen. Die Kiefernholztäfelung war fast schwarz von Zigarettenqualm. Die Einrichtung war abgenutzt und verschrammt. Der einzig glänzende Fleck war eine Fußleiste aus Messing, blank gerieben von zahllosen Schuhen. In einer Ecke im hinteren Teil des Lokals war unter der Decke ein Fernseher montiert, in dem gerade ein Hockeyspiel der Bruins lief.

Die einzige Frau in dem überfüllten Raum war Molly, die mit Pete hinter der Bar stand. Bevor Sean irgend etwas sagen konnte, schob sie ihm einen randvollen Krug mit Ale über den Tresen. Jemand klopfte ihm auf die Schulter, und die Menge johlte begeistert. Die Bruins hatten ein Tor erzielt.

Sean seufzte zufrieden. Er fühlte sich wie zu Hause. Es war genau dasselbe Wohlbehagen, das er empfand, wenn er sich völlig erschöpft in ein weiches Bett sinken ließ.

Wie üblich gesellten sich Jimmy und Brady zu ihm und prahlten mit einem kleinen Job, den sie am Wochenende zuvor in Marblehead durchgezogen hatten. Das wiederum führte zum Austausch zahlloser Anekdoten aus der Zeit, als Sean noch »einer von ihnen« gewesen war.

»Wir haben schon immer gewußt, daß du schlau bist, so wie du Alarmsysteme knacken konntest«, meinte Brady. »Aber daß du mal nach Harvard gehen würdest, hätten wir uns nie träumen lassen. Wie hast du es bloß mit all den Arschlöchern ausgehalten.«

Es war eine Feststellung, keine Frage, und Sean sagte nichts, obwohl ihm durch diese Bemerkung klar wurde, wie sehr er sich verändert hatte. Er ging immer noch gerne in Scully's Bar, aber mehr als Beobachter. Die Erkenntnis bereitete ihm Unbehagen, weil er sich auch nicht als Teil der medizinischen Welt von Harvard empfand. Er kam sich vor wie eine Sozialwaise.

Ein paar Stunden und etliche Biere später war Sean wieder milder gestimmt und fühlte sich nicht mehr als Außenseiter. Er beteiligte sich an der lebhaften Entscheidungsfindung darüber, ob sie eine Spritztour zu einem Striplokal unweit der Docks von Revere machen sollten. Als die Debatte gerade ihrem lautstarken Höhepunkt zustrebte, wurde es plötzlich schlagartig still. Einer nach dem anderen drehte den Kopf zur Tür. Etwas Außergewöhnliches war geschehen, und alle waren schockiert. Eine Frau war in eine der letzten männlichen Bastionen eingedrungen. Und es war keine gewöhnliche Frau, nicht irgendein kaugummikauendes, übergewichtiges Mädchen aus dem Waschsalon. Es war eine schlanke, toll aussehende Blondine, die ganz offensichtlich nicht aus Charlestown stammte.

Die Tropfen in ihrem langen Haar glitzerten wie Diamanten und bildeten einen dramatischen Kontrast zu der tief mahagonifarbenen Nerzjacke. Ihre mandelförmigen Augen suchten keck den Raum ab, wanderten von einem Gesicht zum nächsten. Ihr Mund wirkte grimmig entschlossen. Die hohen Wangenknochen glänzten. Sie sah aus wie die gemeinschaftliche Halluzination eines fantastischen weiblichen Wesens.

Einige der Gäste begannen nervös auf der Stelle zu treten, weil sie vermuteten, daß sie die Freundin von irgend jemandem sein mußte. Sie war zu schön, um mit irgendeinem verheiratet zu sein.

Sean drehte sich als letzter um. Und als er das tat, klappte ihm die Kinnlade nach unten. Die Frau war Janet!

Sie entdeckte ihn etwa gleichzeitig, ging direkt auf ihn zu und drängte sich neben ihn an die Bar. Brady machte mit einer übertrieben angstvollen Geste Platz, als sei Janet ein besonders furchteinflößendes Wesen.

»Ich hätte gern ein Bier, bitte«, sagte sie.

Wortlos stellte Molly ein Glas vor sie hin.

Bis auf den Ton des Fernsehers war es noch immer vollkommen still.

Janet trank einen Schluck und sah Sean an. Da sie Pumps trug, konnte sie ihm beinahe direkt in die Augen blicken. »Ich möchte mit dir reden«, sagte sie.

Sean hatte sich nicht mehr so geschämt, seit er mit sechzehn ohne Hosen mit Kelly Parnell auf dem Rücksitz ihrer Familienlimousine erwischt worden war.

Er stellte sein Bier ab, packte Janet am Arm und zerrte sie vor die Tür. Angetrunken wie er war, dauerte es einen Augenblick, bis er sich von dem Schock erholt hatte und nur noch wütend war.

»Was willst du hier?« fragte er.

Sean ließ seinen Blick kurz über die finsteren Straßen des Viertels schweifen. »Ich kann es einfach nicht glauben. Du weißt doch, daß du nicht hierherkommen sollst.«

»Ich weiß nichts dergleichen«, sagte Janet. »Ich weiß zwar, daß ich nicht eingeladen war, wenn du das meinst. Aber ich hatte nicht gedacht, daß mein Erscheinen ein Kapitalverbrechen sein würde. Es ist wichtig, daß wir miteinander reden, und da du am Sonntag fährst, dachte ich, es wäre vielleicht wichtiger, als mit deinen sogenannten Freunden saufen zu gehen.«

»Und wer hat das zu entscheiden?« wollte Sean wissen. »Ich bestimme, was wichtig für mich ist, nicht du, und daß du hier so einfach reinplatzt, stört mich gewaltig.«

»Ich muß mit dir über Miami reden«, sagte Janet. »Es ist schließlich nicht meine Schuld, daß du bis zum letzten Moment gewartet hast, es mir zu erzählen.«

»Da gibt's nichts zu reden«, erwiderte Sean. »Ich fahre, und das ist endgültig. Weder du noch meine Mutter noch mein Bruder werden mich davon abhalten. Und wenn du mich jetzt entschuldigst, ich muß zurück in den Laden und sehen, was sich von meiner Selbstachtung noch retten läßt.«

»Aber es geht hier vielleicht um den Rest unseres Lebens«, sagte Janet. Tränen vermischten sich mit den Regentropfen, die über ihre Wangen kullerten. Mit ihrem Entschluß, nach Charlestown zu kommen, war sie ein hohes emotionales Risiko eingegangen, und allein der Gedanke, zurückgewiesen zu werden, war völlig niederschmetternd.

»Wir unterhalten uns morgen«, sagte Sean. »Gute Nacht, Janet.«

Ted Sharenburg wartete nervös darauf, daß ihm die Ärzte sagten, was seiner Tochter fehlte. Seine Frau hatte ihn in New Orleans erreicht, wo er geschäftlich zu tun gehabt hatte, und er war mit dem Gulfstream-Jet der Firma auf direktestem Wege nach Houston zurückgekehrt. Als Vorstandsvorsitzender einer Ölgesellschaft, die die Krankenhäuser Houstons mit großzügigen Spenden bedacht hatte, behandelte man Ted Sharenburg besonders zuvorkommend. In diesem Moment befand sich seine Tochter in einer riesigen, Multimillionendollar-Kernspintomographieanlage, wo eine Notfall-Tomographie ihres Gehirns durchgeführt wurde.

»Viel wissen wir noch nicht«, sagte Dr. Judy Buckley. »Diese ersten Bilder basieren auf sehr oberflächlichen Schnitten.« Judy Buckley war Leiterin der neuroradiologischen Abteilung und auf Bitten des Direktors selbstverständlich bereit gewesen, sofort zu kommen. Außerdem waren noch Dr. Vance Martinez, der Internist der Sharenburgs, und Dr. Stanton Rainey, der Leiter der Neurologie, anwesend. Es wäre zu jeder Tageszeit eine prominent besetzte Expertengruppe gewesen, ganz besonders jedoch um ein Uhr nachts.

Ted ging in dem winzigen Kontrollraum auf und ab. Er konnte einfach nicht stillsitzen. Was er über seine Tochter gehört hatte, war erschütternd.

»Sie hatte eine akute paranoide Psychose«, hatte Dr. Martinez erklärt. »Solche Symptome treten vor allem dann auf, wenn der Temporallappen in irgendeiner Weise mitbetroffen ist.«

Ted erreichte zum zigsten Mal die Wand und drehte sich um. Durch das Glasfenster warf er einen Blick auf die riesige Apparatur. Er konnte seine Tochter kaum sehen. Es war, als würde sie von einem Maschinen-Wal verschlungen. Er haßte dieses Gefühl völliger Hilflosigkeit. Man konnte nur zusehen und hoffen. Als sie ihr vor ein paar Monaten die Mandeln herausgenommen hatten, hatte er sich fast genauso verletzlich gefühlt.

»Wir haben etwas«, sagte Dr. Buckley.

Ted stürzte zum Kontrollmonitor.

»Um ihren rechten Schläfenlappen befindet sich ein umschriebener hyperdenser Bereich«, sagte sie.

»Was heißt das?« wollte Ted wissen.

Die Ärzte tauschten verstohlene Blicke. Es war unüblich, daß ein Verwandter des Patienten während einer derartigen Diagnose mit im Raum war.

»Wahrscheinlich eine Gewebeläsion«, sagte Dr. Buckley.

»Können Sie das auch in allgemeinverständlichen Worten ausdrücken?« fragte Ted, bemüht, ein Zittern in der Stimme zu unterdrücken.

»Sie vermutet einen Hirntumor«, sagte Dr. Martinez. »Aber zu diesem Zeitpunkt wissen wir noch sehr wenig und sollten keine voreiligen Schlüsse ziehen. Vielleicht ist die Läsion schon seit Jahren dort.«

Ted schwankte. Seine Ängste wurden wahr. Warum lag nicht anstelle seiner Tochter er in dieser Maschine?

»Oh!« sagte Dr. Buckley, ohne daran zu denken, welche Wirkung ein derartiger Ausruf auf Ted haben mußte. »Hier ist eine weitere Läsion.«

Die Ärzte drängten sich um den Bildschirm, gebannt von den sich vertikal aufbauenden Bildern. Einen Moment lang vergaßen sie Ted völlig.

»Das erinnert mich an den Fall in Boston, von dem ich Ihnen erzählt habe«, sagte Dr. Rainey. »Eine junge Frau, Anfang Zwanzig, mit multiplen, intrakraniellen Tumoren und negativer Primärtumorsuche. Wie sich herausstellte, hatte sie ein Medulloblastom.«

»Ich dachte, Medulloblastome treten gewöhnlich in der hinteren Schädelgrube auf«, sagte Dr. Martinez.

»So ist es normalerweise auch«, sagte Dr. Rainey. »Und in der Regel eher bei Kindern. Aber zwanzig Prozent aller Fälle sind Patienten über zwanzig, und gelegentlich kommt es nicht im Kleinhirn, sondern in anderen Partien des Gehirns vor. Im Grunde wäre es großartig, wenn es sich auch in diesem Fall um ein Medulloblastom handeln sollte.«

»Warum?« fragte Dr. Buckley. Die hohe Sterblichkeitsrate bei dieser Krebsart war ihr nicht unbekannt.

»Weil eine Gruppe von Medizinern in Miami bemerkenswerte Remissionsergebnisse bei diesem speziellen Tumor erzielt hat.«

»Wer?« wollte Ted wissen und klammerte sich an die erste vage hoffnungsvolle Nachricht des Abends wie an einen Strohhalm.

»Das Forbes-Krebsforschungszentrum«, sagte Dr. Rainey. »Sie haben ihre Forschungsergebnisse bisher noch nicht publiziert, aber derartige Resultate sprechen sich auch so schnell herum.«

3

Dienstag, 2. März, 6.15 Uhr

Als Tom Widdicomb um 6 Uhr 15 aufwachte, um seinen Arbeitstag zu beginnen, war Sean Murphy bereits seit mehreren Stunden auf der Straße. Er hatte vor, das Forbes-Zentrum am späten Vormittag zu erreichen. Tom kannte Sean nicht und wußte auch nicht, daß er erwartet wurde. Hätte er geahnt, daß sich ihre Wege in Kürze kreuzen würden, wäre seine Unruhe noch größer gewesen. Tom war immer nervös, wenn er beschlossen hatte, einer Patientin zu helfen, und in der Nacht zuvor hatte er entschieden, nicht nur einer, sondern gleich zwei Frauen behilflich zu sein. Sandra Blankenship im zweiten Stock würde die erste sein. Sie litt unter starken Schmerzen und bekam ihre Chemotherapie bereits mittels Infusion. Die andere Patientin, Gloria D'Amataglio, lag im vierten Stock. Das beunruhigte ihn ungleich mehr, denn Norma Kaylor, die letzte Patientin, der er geholfen hatte, hatte ebenfalls im vierten Stock gelegen. Tom wollte nicht, daß irgendwelche Muster erkennbar wurden.

Sein größtes Problem war die permanente Angst, jemand könne wegen seiner Aktivitäten Verdacht schöpfen, und an einem Tag wie heute, an dem er zum Handeln entschlossen war, konnte diese Angst regelrecht erdrückend werden. Doch obwohl er den Klatsch auf den Stationen nach wie vor aufmerksam verfolgte, hatte er keine Anzeichen dafür erkennen können, daß jemand argwöhnisch geworden war. Schließlich ging es um Frauen, die unheilbar krank waren. Man erwartete, daß sie starben. Tom ersparte allen Beteiligten nur unnötiges Leid, vor allem den Patientinnen.

Er duschte und rasierte sich und zog seine grüne Uniform an, bevor er in die Küche zu seiner Mutter ging. Sie war wie immer vor ihm aufgestanden, weil sie, solange er sich erinnern konnte, stets darauf bestanden hatte, daß er ein reichhaltiges Frühstück zu sich nahm, damit er so kräftig wurde wie die anderen Jungen. Seit dem Tod von Toms Vater hatten er und seine Mutter Alice gemeinsam in ihrer engen, geheimen Welt gelebt. Damals war er vier gewesen. Seit dieser Zeit hatten sie auch im selben Bett geschlafen, und sie hatte angefangen, ihn »ihren kleinen Mann« zu nennen.

»Ich werde heute wieder einer Frau helfen, Mom«, sagte Tom, als er sich an den gedeckten Tisch setzte. Er wußte, wie stolz seine Mutter auf ihn war. Sie hatte ihn immer gelobt, selbst als er noch das einsame Kind mit dem Sehfehler gewesen war. Seine Schulkameraden hatten ihn wegen seines Schielens gnadenlos gehänselt und ihn fast jeden Tag bis vor die Haustür verfolgt.

»Mach dir keine Sorgen, mein kleiner Mann«, hatte Alice immer gesagt, wenn er in Tränen aufgelöst heimkam. »Wir haben ja immer noch uns beide. Wir brauchen keine anderen Menschen.«

Und so hatte sich alles ergeben. Tom hatte nie das Bedürfnis verspürt, sein Zuhause zu verlassen. Eine Zeitlang arbeitete er bei einem örtlichen Tierarzt. Dann belegte er auf Vorschlag seiner Mutter, die meinte, er habe sich doch schon immer für Medizin interessiert, einen Kurs für Sanitäter. Nach der Ausbildung nahm er einen Job bei einem Krankentransportunternehmen an, hatte jedoch ständig Probleme mit seinen Arbeitskollegen. Er beschloß, daß er als Krankenpfleger besser zurechtkommen würde, weil er dann nicht mit so vielen Leuten auskommen müßte. Zuerst hatte er im Miami General Hospital gearbeitet, wo es jedoch zu einem Streit mit seinem Schichtleiter gekommen war. Danach hatte er in einem Beerdigungsinstitut gejobbt, bevor er die Anstellung als Putzhilfe in der Forbes-Klinik gefunden hatte.

»Die Frau heißt übrigens Sandra«, erzählte Tom seiner Mutter, während er seinen Teller abspülte. »Sie ist älter als du. Sie hat starke Schmerzen. Das Problem hat sich inzwischen bis zu ihrer Wirbelsäule ausgebreitet.«

Wenn Tom mit seiner Mutter sprach, benutzte er nie das Wort »Krebs«. Gleich zu Beginn ihrer Krankheit hatten sie sich darauf verständigt, dieses Wort zu vermeiden. Sie bevorzugten emotional weniger belastete Vokabeln wie »Problem« oder »Schwierigkeit«.

Ein Zeitungsartikel über einen Arzt in New Jersey hatte Tom auf Succinylcholin aufmerksam gemacht. Seine rudimentäre medizinische Ausbildung ermöglichte ihm das Verständnis der physiologischen Prinzipien. Sein Job als Putzhilfe erlaubte ihm den Zugriff auf die Medikamentenwägelchen der Anästhesisten. Er hatte nie Probleme gehabt, das Mittel zu beschaffen. Die Schwierigkeit war nur, es zu verstecken, bis er es brauchte. Dann hatte er eines Tages eine geeignete Nische über dem Wandschrank in der Putzmittelkammer im vierten Stock entdeckt. Er war hochgeklettert und hatte sich die Stelle angesehen, wo sich eine Menge Staub gesammelt hatte, und er hatte gewußt, daß sein Medikament hier völlig ungestört lagern würde.

»Mach dir keine Sorgen über irgendwas, Mom«, sagte Tom und machte sich zum Gehen fertig. »Ich bin so schnell es geht zurück. Ich werde dich vermissen, ich liebe dich.« Das hatte Tom seit seiner Einschulung jeden Morgen gesagt, und er sah nicht ein, warum er daran etwas ändern sollte, bloß weil er seine Mutter vor drei Jahren hatte einschläfern müssen.

Gegen halb elf stellte Sean seinen Jeep auf dem Parkplatz des Forbes-Zentrums ab. Es war ein strahlender, klarer, fast sommerlicher Tag. Die Temperatur lag knapp über zwanzig Grad, und nach dem eisigen Bostoner Regen fühlte sich Sean wie im Himmel. Auch die zweitägige Fahrt hatte er genossen. Er hätte es auch schneller schaffen können, aber er wurde erst heute am späten Nachmittag in der Klinik erwartet, so daß es keinen Grund zur Eile gab. Am ersten Abend hatte er in einem Motel an der Interstate 95 in Rocky Mount, North Carolina, übernachtet.

Am nächsten Tag war er bis nach Florida gekommen, wo es mit jedem zurückgelegten Kilometer ein wenig mehr Frühling zu werden schien. Die zweite Nacht hatte er, umgeben von Wohlgerüchen, in Vero Beach, Florida, verbracht. Als er sich an der Rezeption des Motels nach dem wunderbaren Aroma in der Luft erkundigte, erklärte man ihm, daß es von den nahe gelegenen Zitrushainen herüberwehte.

Das letzte Stück der Reise erwies sich als das schwierigste. Als er von West Palm Beach in südlicher Richtung weiterfuhr, geriet er vor allem bei Fort Lauderdale und in Miami mitten in die Rush-hour. Zu seiner Überraschung gab es selbst auf der achtspurigen I 95 ein Stop-and-Go-Chaos.

Sean schloß den Wagen ab, streckte sich und blickte zu den imposanten, bronzegetönten Zwillingstürmen des Forbes-Krebszentrums auf. Eine überdachte Fußgängerbrücke verband die beiden Gebäude. Den Schildern entnahm er, daß der linke Turm die Forschungs- und Verwaltungsabteilung beherbergte, während die Klinik im rechten untergebracht war.

Auf dem Weg zum Haupteingang dachte Sean über seine ersten Eindrücke von Miami nach. Sie waren gemischt. Als er die I 95 nach Süden hinuntergefahren war, hatte er kurz vor seinem Abzweig die glitzernden, neuen Wolkenkratzer der Innenstadt ausmachen können. Aber die Viertel entlang des Highway waren eine Mischung aus heruntergekommenen Einkaufszentren und billigen Wohnblocks. Auch die Gegend um die Forbes-Klinik, direkt am Miami River, war recht schäbig, obwohl zwischen den grauen Flachdach-Mietskasernen ein paar moderne Gebäude aufragten.

Als Sean durch die verspiegelte Tür trat, dachte er voller Ironie an die Schwierigkeiten, die ihm alle wegen dieses zweimonatigen Praktikums gemacht hatten. Er fragte sich, ob seine Mutter je über das hinwegkommen würde, was er ihr als Teenager zugemutet hatte. »Du bist genau wie dein Vater«, sagte sie immer, und das war ein Vorwurf. Abgesehen davon, daß auch er gelegentlich gerne in die Kneipe ging, konnte Sean bei sich wenig Gemeinsamkeiten mit seinem Vater entdecken. Andererseits hatte er weit mehr Entscheidungen treffen und Alternativen wahrnehmen können, als dies seinem Vater je möglich gewesen war.

Auf einer Anzeigentafel, die neben dem Eingang stand, war mit Plastikbuchstaben sein Name und eine Botschaft angeschlagen: Willkommen. Eine nette Geste, fand Sean.

Direkt hinter der Eingangstür befand sich eine kleine Empfangshalle. Der Zugang zum eigentlichen Gebäude war durch ein Drehkreuz versperrt. Daneben stand ein lederbezogener Tisch. Hinter dem Tisch saß ein dunkler, gutaussehender Hispanier in brauner Uniform mit Epauletten und einer militärisch anmutenden Mütze. Die Ausstattung erinnerte Sean an eine Kreuzung aus den Uniformen auf Marine-Rekrutierungs-Postern und denen, die Nazis in Hollywood-Filmen trugen. Ein kunstvolles Emblem am linken Ärmel wies den Träger als ein Mitglied des Wachdienstes, ein Namensschild über seiner linken Brusttasche als Mr. Martinez aus.

»Kann ich Ihnen helfen?« fragte Mr. Martinez mit schwerem südamerikanischem Akzent.

»Ich bin Sean Murphy«, sagte Sean und wies auf das Willkommenschild.

Die Miene des Wachmanns blieb unverändert. Einen Moment lang musterte er Seans Gesicht, bevor er einen von mehreren Telefonhörern zur Hand nahm. Er sprach in schnellem, abgehacktem Spanisch. Nachdem er aufgehängt hatte, wies er auf eine Ledercouch. »Einen Moment, bitte.«

Sean setzte sich, nahm eine Ausgabe von *Science* von dem flachen Couchtisch und blätterte müßig darin herum. Dicke Glaswände trennten den Empfangsbereich vom übrigen Gebäude. Das bewachte Drehkreuz war offenbar der einzige Eingang.

Da die Sicherheit in vielen Gesundheitseinrichtungen sträflich vernachlässigt wurde, war Sean positiv beeindruckt, was er auch dem Wachmann mitteilte.

»Es gibt hier in der Nähe ein paar üble Viertel«, erwiderte der, ohne weiter darauf einzugehen.

Wenig später tauchte ein zweiter, identisch gekleideter Wachmann auf. Das Drehkreuz gab ihm den Weg in die Empfangshalle frei.

»Mein Name ist Ramirez«, sagte er. »Wenn Sie mir bitte folgen wollen.«

Sean erhob sich. Als er durch das Drehkreuz ging, konnte er nicht erkennen, daß Martinez auf einen Knopf drückte. Vermutlich wurde das Kreuz mit einem Fußpedal bedient.

Sean folgte Ramirez ein kurzes Stück bis zum ersten Büro auf der linken Seite. »Security« stand in Blockbuchstaben auf der offenen Tür. Dahinter befand sich ein Kontrollraum mit einer Batterie von Monitoren, die eine ganze Wand bedeckten. Vor den Monitoren saß ein dritter Wachmann mit einem Klemmbrett. Selbst ein flüchtiger Blick auf die Monitore verriet Sean, daß man von hier aus verschiedenste Teile des Gebäudes einsehen konnte.

Er folgte Ramirez in ein kleines, fensterloses Büro. Hinter dem Schreibtisch saß ein vierter Wachmann, an dessen Mütze ein goldenes Zierband und an dessen Uniform zwei goldene Sterne prangten. Sein Namensschild identifizierte ihn als Mr. Harris.

»Das wäre dann alles, Ramirez«, sagte Harris, und Sean hatte das Gefühl, zur Armee eingezogen zu werden.

Harris musterte Sean, der ebenso zurückstarrte. Die beiden Männer waren sich auf Anhieb unsympathisch.

Mit seinem sonnengebräunten, fleischigen Gesicht sah Harris aus wie viele Männer, die Sean als Kind in Charlestown gekannt hatte. Sie hatten meist untergeordnete Stellungen mit geringer Machtbefugnis inne, übten ihr Amt jedoch mit großer Dienstbeflissenheit aus. Betrunken wurden sie bösartig. Nach zwei Bieren waren sie bereit, sich wegen der Fehlentscheidung eines Schiedsrichters im Fernsehen mit jedem zu schlagen, der es anders gesehen hatte. Es war schon verrückt: Sean hatte gelernt, diese Typen zu meiden. Und jetzt stand ihm auf der anderen Seite des Schreibtisches einer von ihnen gegenüber.

»Wir wollen hier keinen Ärger«, sagte Harris. Er hatte einen leichten Südstaatenakzent.

Sean fand, daß dies eine seltsame Gesprächseröffnung war. Er fragte sich, ob der Mann glaubte, daß Harvard ihm einen Sträfling auf Bewährung schickte. Harris war in erkennbar guter körperlicher Verfassung, seine kräftigen Muskeln quollen aus den kurzen Ärmeln seines Hemds, trotzdem sah er irgendwie ungesund aus. Sean erwog, dem Mann einen kurzen Vortrag über die Segnungen gesunder Ernährung zu halten, besann sich jedoch, Dr. Walshs Ermahnung noch im Ohr, eines Besseren.

»Sie sind doch angeblich Arzt«, sagte Harris. »Warum, zum Teufel, tragen Sie dann Ihr Haar so lang? Und rasiert haben Sie sich auch nicht, wenn ich mir die Bemerkung erlauben darf.«

»Immerhin habe ich für diesen Anlaß extra Hemd und Krawatte angelegt«, sagte Sean. »Ich fand mich eigentlich ganz schmuck.«

»Kommen Sie mir bloß nicht komisch, Freundchen«, sagte Harris ohne jede Spur von Humor in der Stimme.

Sean trat schwerfällig von einem Fuß auf den anderen. Das Gespräch und Harris selbst ödeten ihn schon jetzt an.

»Gibt es einen besonderen Grund, der meine Anwesenheit in diesem Büro erforderlich macht?«

»Sie werden einen Ausweis mit Photo brauchen«, sagte Harris. Er stand auf, ging um den Schreibtisch und öffnete die Tür zum Nebenzimmer. Er war ein gutes Stück größer als Sean und knapp zwanzig Pfund schwerer. Beim Eishokkey hatte es ihm immer Spaß gemacht, solche Typen niedrig abzublocken und dann direkt unter ihrem Kinn hochzuschnellen.

»Ich würde vorschlagen, daß Sie sich die Haare schneiden lassen«, meinte Harris und machte Sean ein Zeichen, ins Nachbarzimmer zu gehen. »Und lassen Sie sich auch Ihre Hose bügeln. Vielleicht sitzt sie dann besser. Wir sind hier nicht auf der Uni.«

Sean betrat das Nebenzimmer und sah, daß Ramirez mit einer Polaroidkamera auf einem Stativ herumfummelte. Er blickte auf und wies auf einen Stuhl vor einem blauen Vorhang. Sean setzte sich. Harris schloß die Tür zum Photoraum und nahm wieder hinter seinem Schreibtisch Platz. Dieser Murphy war noch schlimmer, als er befürchtet hatte. Die Vorstellung, daß irgend so ein klugscheißender Jungspund aus Harvard herkommen sollte, hatte ihm von Anfang an nicht gefallen, wenn er auch nicht erwartet hatte, daß der Gast aussehen würde wie ein Hippie aus den Sechzigern.

Harris zündete sich eine Zigarette an und verfluchte Typen wie diesen Sean Murphy. Er haßte diese progressiven Eliteuni-Schnösel, die glaubten, alles zu wissen. Harris hatte »The Citadel«, eine militärische Eliteschule, durchlaufen und war dann zur Armee gegangen, wo er eine harte Schule mitgemacht hatte, bevor man ihm sein erstes eigenes Kommando übertragen hatte. Er hatte sich bewährt und war nach dem Wüstensturm zum Captain befördert worden. Doch dann kam der Zusammenbruch der Sowjetunion, und die Friedensstärke der Armee wurde reduziert. Harris zählte zu den ersten Opfern.

Er drückte seine Zigarette aus. Sein Instinkt sagte ihm, daß dieser Sean Murphy Ärger machen würde. Er beschloß, ihn im Auge zu behalten.

Den neuen Ausweis samt Photo an die Brusttasche seines Hemdes geheftet, verließ Sean das Büro des Sicherheitsdienstes. Die hinter ihm liegende Erfahrung paßte überhaupt nicht zu dem Willkommenschild, und eine weitere Tatsache hatte ihn ebenfalls nachhaltig beeindruckt. Als er den wortkargen Ramirez nach dem Grund für die strengen Sicherheitsmaßnahmen gefragt hatte, hatte der ihm erklärt, daß im vergangenen Jahr mehrere Wissenschaftler des Instituts verschwunden waren.

»Verschwunden?« hatte Sean erstaunt gefragt. Er hatte schon davon gehört, daß Ausrüstung verschwand, aber doch keine Menschen!

»Hat man sie gefunden?« hatte er sich weiter erkundigt.

»Ich weiß nicht«, erwiderte Ramirez. »Ich hab erst dieses Jahr hier angefangen.«

»Wo kommen Sie her?« hatte Sean gefragt.

»Aus Medellin in Kolumbien«, hatte Ramirez erklärt.

Sean hatte keine weiteren Fragen gestellt, doch Ramirez' Antwort hatte sein Unbehagen noch verstärkt. Ein frustrierter Armeeoffizier als Sicherheitschef einer Truppe von Schlägern, die auch der Privatarmee eines kolumbianischen Drogenbosses entstammen konnten, das alles schien ihm leicht übertrieben. Als er mit Ramirez den Aufzug zum siebten Stock betrat, begann sein erster positiver Eindruck des Forbes-Zentrums bereits zu verblassen.

»Treten Sie ein, treten Sie ein«, wiederholte Dr. Randolph Mason und hielt seine Bürotür auf. Sofort wich Seans Unbehagen wieder dem Gefühl, aufrichtig willkommen zu sein. »Wir sind froh, Sie bei uns zu haben«, meinte Dr. Mason. »Ich war überglücklich, als Clifford anrief und den Vorschlag machte. Möchten Sie Kaffee?«

Sean bejahte die Frage und hielt wenig später eine Tasse in der Hand, während er dem Direktor des Forbes-Zentrums gegenübersaß. Dr. Mason sah aus wie die romantische Vorstellung eines typischen Arztes. Er war groß und hatte fast aristokratische Züge, klassisch angegrautes Haar und einen ausdrucksvollen Mund. Seine Augen wirkten sympathisch, die Nase war leicht gebogen. Er sah aus wie ein Mann, dem man seine Probleme freimütig offenbaren konnte, weil er imstande schien, sie zu lösen.

»Als erstes«, schlug Dr. Mason vor, »müssen Sie die Leiterin unserer Forschungsabteilung, Dr. Levy, kennenlernen.« Er nahm den Telefonhörer zur Hand und bat seine Sekretärin, Deborah heraufzubitten. »Ich bin sicher, Sie werden beeindruckt sein. Es würde mich nicht überraschen, wenn sie demnächst in die engere Auswahl für den großen skandinavischen Preis käme.«

»Schon ihre früheren Arbeiten mit Retroviren haben mich beeindruckt«, sagte Sean.

»Da sind Sie nicht der einzige«, erwiderte Dr. Mason. »Noch etwas Kaffee?«

Sean schüttelte den Kopf. »Ich muß ein bißchen vorsichtig sein mit dem Zeug«, sagte er. »Es macht mich immer ganz zappelig. Wenn ich zuviel davon trinke, komme ich tagelang nicht zur Ruhe.«

»Mir geht es genauso«, sagte Dr. Mason. »Nun zur Frage Ihrer Unterkunft. Hat schon irgend jemand mit Ihnen darüber gesprochen?«

»Dr. Walsh meinte nur, daß Sie mir bestimmt weiterhelfen könnten.«

»In der Tat«, sagte Dr. Mason. »Ich bin froh, daß wir so vorausschauend waren, vor einigen Jahren einen hinreichend großen Apartmentkomplex zu erwerben. Er liegt nicht direkt in Coconut Grove, aber ganz in der Nähe. Wir benutzen ihn für zeitweilige Mitarbeiter und die Familien der Patienten. Wir freuen uns, Ihnen für die Dauer Ihres Aufenthaltes ein Apartment anbieten zu können. Ich bin sicher, es wird Ihren Ansprüchen genügen, und die Nähe zu Coconut Grove dürfte Ihnen auch gefallen.«

»Ich bin froh, daß ich mich nicht selbst darum kümmern muß«, sagte Sean. »Aber was meine Freizeitgestaltung angeht, so bin ich eher an der Arbeit hier interessiert als daran, den Touristen zu spielen.«

»Man sollte im Leben stets auf ein gewisses Gleichgewicht achten«, meinte Dr. Mason. »Aber seien Sie versichert, daß wir hinreichend Arbeit für Sie haben. Wir wollen, daß Ihr Aufenthalt eine gute Erfahrung für Sie wird, und hoffen, daß Sie uns später, wenn Sie einmal selbst praktizieren, viele Patienten überweisen.«

»Ich habe vor, in der Forschung zu bleiben«, sagte Sean.

»Ich verstehe«, erwiderte Dr. Mason, und seine Begeisterung schien etwas abzuflauen.

»Im Grunde genommen bin ich hergekommen, um…«, setzte Sean an, aber bevor er den Satz zu Ende bringen konnte, betrat Dr. Deborah Levy den Raum.

Sie war eine schlanke, überaus attraktive Frau mit dunklem Teint, großen, beinahe mandelförmigen Augen und Haaren, die noch schwärzer waren als Seans. Sie war schlank. Unter ihrem Laborkittel trug sie ein dunkelblaues Seidenkleid, und sie bewegte sich mit der Anmut und Selbstsicherheit der wahrhaft Erfolgreichen.

Sean wollte sich erheben.

»Bleiben Sie sitzen«, sagte Dr. Levy mit rauchiger, aber sehr weiblicher Stimme und streckte ihre Hand aus.

Sean nahm sie, während er mit der anderen Hand immer noch seine Kaffeetasse balancierte. Ihr Griff war unerwartet fest, und sie schüttelte seine Hand so heftig, daß die Tasse in der anderen auf der Untertasse klapperte. Dabei fixierte sie ihn mit einem durchdringenden Blick.

»Man hat mir aufgetragen, Sie willkommen zu heißen«, sagte sie und nahm ihm gegenüber Platz. »Doch ich finde, wir sollten von Anfang an ehrlich zueinander sein. Ich bin keineswegs davon überzeugt, daß Ihr Besuch bei uns eine gute Idee ist. In unserem Labor herrscht ein strenges Regiment. Entweder Sie passen sich an, oder Sie dürfen sich ganz schnell wieder verabschieden und sitzen im nächsten Flugzeug zurück nach Boston. Ich möchte nicht, daß Sie glauben...«

»Ich bin mit dem Wagen gekommen«, unterbrach Sean sie. Er wußte, daß er bereits begann, sich provokativ zu verhalten, aber er konnte nicht anders. Eine derart brüske Begrüßung hatte er von der Leiterin der Forschungsabteilung nicht erwartet.

Dr. Levy starrte ihn einen Moment an, bevor sie fortfuhr. »Das Forbes-Krebsforschungszentrum ist kein sonniges Urlaubsdomizil«, fügte sie noch hinzu. »Habe ich mich verständlich ausgedrückt?«

»Ich bin nicht zur Erholung hier. Wenn die Forbes-Klinik in Bismarck, North Dakota, läge, hätte ich mich dort genauso um ein Praktikum beworben. Ich habe von den phänomenalen Erfolgen gehört, die Sie bei der Behandlung von Medulloblastomen erzielt haben.«

Dr. Mason hustete, beugte sich in seinem Stuhl vor und stellte seine Kaffeetasse auf den Tisch. »Ich hoffe, Sie haben nicht erwartet, in dem Medulloblastom-Projekt eingesetzt zu werden«, sagte er.

Seans Blick wanderte zwischen den Ärzten hin und her. »Ehrlich gesagt, schon«, erwiderte er leicht alarmiert.

»Als ich mit Dr. Walsh gesprochen habe«, entgegnete Dr. Mason, »hat er ausdrücklich betont, daß Sie umfangreiche und erfolgreiche Erfahrung bei der Anzüchtung von monoklonalen Antikörpern in Mäusen haben.«

»Das war in meinem Jahr am MIT«, erklärte Sean. »Aber mein Interessengebiet hat sich mittlerweile verschoben. Ich habe, offen gestanden, den Eindruck, daß diese Technologie bereits überholt ist.«

»Den Eindruck haben wir gar nicht«, sagte Dr. Mason. »Wir glauben, daß sie kommerziell noch immer rentabel ist und auch noch für einige Zeit bleiben wird. Wir haben einige gute Erfolge bei der Isolation und Produktion eines Glykoproteins von Patienten mit Kolonkarzinom erzielt. Jetzt brauchen wir einen monoklonalen Antikörper, weil wir hoffen, daß er uns bei der Früherkennung hilfreich sein wird. Aber Sie wissen ja, daß Glykoproteine recht knifflig sein können. Bis jetzt haben wir es nicht geschafft, bei den Mäusen eine Reaktion auf das Antigen hervorzurufen, und auch an der Kristallisation der Substanz sind wir gescheitert. Dr. Walsh hat mir versichert, daß Sie ein wahrer Künstler der Protein-Chemie sind.«

»Das war ich früher einmal«, sagte Sean. »Ich habe so etwas schon eine ganze Weile nicht mehr gemacht. Mein Interessenschwerpunkt ist jetzt die Molekularbiologie, vor allem Onkogene und Onkoproteine.«

»Genau das hatte ich befürchtet«, sagte Dr. Levy zu Dr. Mason. »Ich habe gleich gesagt, daß es keine gute Idee ist. Wir sind nicht auf Praktikanten eingestellt. Ich bin viel zu beschäftigt, um für einen Medizinstudenten den Babysitter zu spielen. Wenn Sie mich jetzt bitte entschuldigen wollen, ich muß zurück an meine Arbeit.«

Dr. Levy stand auf. »Ich möchte Sie bitten, meine Unhöflichkeit nicht persönlich zu nehmen. Ich bin sehr beschäftigt und arbeite unter Hochdruck.«

»Tut mir leid«, sagte Sean, »aber es fällt mir schwer, das nicht persönlich zu nehmen, da die Ergebnisse Ihrer Medulloblastom-Studie der Grund dafür waren, daß ich mich überhaupt für dieses Praktikum beworben und die ganze lange Fahrt hierher gemacht habe.«

»Das ist, offen gesagt, nicht mein Problem«, erwiderte sie und schritt zur Tür.

»Dr. Levy«, rief Sean. »Warum haben Sie Ihre Medulloblastom-Ergebnisse bisher noch nicht veröffentlicht? So ganz ohne Publikationen wären Sie doch, wenn Sie eine akademische Laufbahn anstrebten, wahrscheinlich demnächst auf Arbeitssuche...«

Dr. Levy blieb stehen und warf Sean einen mißbilligenden Blick zu. »Impertinenz bekommt einem Studenten nur selten gut«, sagte sie und schloß die Tür hinter sich.

Sean blickte zu Dr. Mason und zuckte die Schultern. »Das mit der gegenseitigen Offenheit war schließlich ihre Idee. Und außerdem hat sie wirklich seit Jahren nichts veröffentlicht.«

»Clifford hatte mich schon gewarnt, daß Sie nicht der diplomatischste wären«, bemerkte Dr. Mason.

»Ach, tatsächlich?« fragte Sean arrogant. Er begann ernsthafte Zweifel zu hegen, ob seine Entscheidung, nach Florida zu kommen, wirklich so gut gewesen war. Vielleicht hatten alle anderen doch recht gehabt.

»Aber er meinte auch, Sie seien außergewöhnlich intelligent. Und ich glaube, Dr. Levy hat auf Sie vielleicht ein wenig schroffer gewirkt, als es ihre Absicht war. Wie dem auch sei, sie hat in letzter Zeit tatsächlich unter erheblichem Druck gestanden. Wie wir alle übrigens.«

»Aber die Ergebnisse, die Sie bei der Behandlung von Medulloblastom-Patienten erzielt haben, sind doch phantastisch«, wandte Sean ein, in der Hoffnung, etwas für seine Sache tun zu können. »Daraus müssen sich doch Rückschlüsse ziehen lassen auf die Behandlung von Krebs im allgemeinen. Ich will Ihre Methode unbedingt kennenlernen. Mit einem frischen, unverbrauchten und objektiven Blick fallen mir möglicherweise Dinge auf, die Ihre Leute übersehen haben.«

»An Selbstbewußtsein mangelt es Ihnen jedenfalls nicht«, sagte Dr. Mason. »Und vielleicht können wir eines Tages ja tatsächlich einen unverbrauchten Blick gebrauchen. Ich will offen zu Ihnen sein und Ihnen ein paar vertrauliche Informationen geben. Es gibt verschiedene Gründe, warum Sie nicht an unserem Forschungsprojekt über Medulloblastome mitarbeiten können. Zum einen wird die Behandlungsmethode bereits klinisch erprobt, während Sie hier sind, um Grundlagenforschung zu betreiben, was Ihrem Doktorvater auch deutlich mitgeteilt wurde. Zweitens können wir Fremden generell keinen Zutritt zu unseren aktuellen Forschungsprojekten gewähren, weil wir für einige der einzigartigen biologischen Prozesse noch nicht die entsprechenden Patente beantragt haben. Diese Vorgehensweise wird uns von unseren Geldgebern vorgeschrieben. Wie viele Forschungsinstitute mußten wir uns um alternative Möglichkeiten der Kapitalbeschaffung bemühen, seit die Regierung begonnen hat, Fördermittel mit Ausnahme der Gelder für die AIDS-Forschung drastisch zu kürzen. Wir haben uns an die Japaner gewandt.«

»Wie das Massachusetts General Hospital in Boston?« fragte Sean.

»So ähnlich«, sagte Dr. Mason. »Wir haben einen Vierzigmillionendollar-Deal mit Sushita Industries abgeschlossen, die seit einiger Zeit in den Bereich Biotechnologie expandieren. Die Vereinbarung lautet, daß Sushita uns für einen gewissen Zeitraum Gelder vorschießt, wofür wir ihnen im Gegenzug die Rechte an all unseren Patenten überlassen. Das ist einer der Gründe, warum wir den monoklonalen Antikörper für das Antigen aus den Kolonkarzinomen brauchen. Wir müssen ein paar kommerziell einträgliche Produkte entwickeln, wenn wir weiterhin auf Sushitas jährliche Zahlung hoffen wollen. Bisher sind wir in dieser Hinsicht nicht sehr erfolgreich gewesen. Wenn wir den Bestand unserer Mittel nicht sichern können, müssen wir unsere Tore schließen, wovon natürlich auch die Allgemeinheit betroffen wäre.«

»Ein trauriger Zustand«, sagte Sean.

»In der Tat«, stimmte Dr. Mason ihm zu. »Doch das ist die Realität des modernen Forschungsbetriebs.«

»Aber Ihr kurzfristiges Geschäft muß doch auf lange Sicht zu einer japanischen Dominanz führen.«

»Dasselbe ließe sich auch von den meisten anderen Industriezweigen sagen«, sagte Dr. Mason. »Das ist nicht auf die medizinische Biotechnologie beschränkt.«

»Aber warum verwenden Sie die Einnahmen aus den Patenten denn nicht zur Finanzierung weiterer Forschungsprojekte?«

»Weil man nirgendwo das nötige Startkapital bekommt«, erwiderte Dr. Mason. »Nun ja, das ist in unserem Fall nicht ganz richtig. In den letzten zwei Jahren haben wir beträchtliche Erfolge mit der guten, alten Wohltätigkeit erzielt. Eine Reihe von Geschäftsleuten hat uns mit überaus großzügigen Spenden bedacht. Apropos, heute abend findet ein hochformelles Abendessen für potentielle Spender statt, zu dem ich auch Sie sehr gerne einladen würde. In meinem Haus auf Star Island.«

»Ich habe nichts Passendes anzuziehen«, sagte Sean, überrascht, daß er nach der Szene mit Dr. Levy noch eingeladen wurde.

»Daran haben wir schon gedacht«, sagte Dr. Mason. »Wir haben bei einem Frackverleih eine Vorbestellung aufgegeben, Sie müssen nur noch Ihre Größe durchgeben, dann wird man den Anzug in Ihr Apartment bringen.«

»Das ist wirklich sehr aufmerksam«, sagte Sean. Er fand es zunehmend schwierig, sich auf dieses Wechselbad aus Gastfreundschaft und Feindseligkeit einzustellen.

Plötzlich wurde die Tür zu Dr. Masons Büro aufgerissen, eine Furie in weißer Schwesterntracht kam hereingerauscht und blieb direkt vor Dr. Mason stehen. Sie war sichtlich erschüttert.

»Schon wieder eine, Randolph«, platzte sie los. »Das ist schon die fünfte Brustkrebspatientin, die an Atemlähmung gestorben ist. Ich hab dir doch gesagt, daß...«

Dr. Mason sprang auf. »Margaret, wir haben Besuch.«

Die Frau zuckte zusammen, als ob man sie geohrfeigt hätte, drehte sich um und nahm jetzt erstmals auch Sean wahr. Sie war eine Frau um die Vierzig, mit stämmigen Beinen, rundem Gesicht und grauem Haar, das sie zu einem strengen Dutt aufgesteckt hatte. »Verzeihung!« sagte sie, und alle Farbe wich aus ihren Wangen. »Es tut mir schrecklich leid.« Wieder an Dr. Mason gewandt, fügte sie hinzu: »Ich wußte, daß Dr. Levy bei Ihnen war, aber als ich sie herauskommen sah, dachte ich, Sie seien allein.«

»Macht ja nichts«, sagte Dr. Mason. Er machte Sean mit Margaret Richmond, der Oberschwester des Krankenhauses, bekannt und fügte für sie hinzu: »Mr. Murphy wird zwei Monate lang bei uns bleiben.«

Ms. Richmond schüttelte Sean flüchtig die Hand und murmelte, daß es ihr ein Vergnügen sei, ihn kennenzulernen. Dann packte sie Dr. Mason am Ellenbogen und führte ihn nach draußen. Er zog die Tür hinter sich zu, doch sie fiel nicht ins Schloß, sondern ging langsam wieder auf.

Sean konnte nicht umhin, das Gespräch mitzuhören, vor allem dank Ms. Richmonds schriller, durchdringender Stimme. Offenbar war eine weitere Patientin, die einer konventionellen Chemotherapie gegen Brustkrebs unterzogen wurde, unerwartet gestorben. Man hatte sie völlig zyanotisch in ihrem Bett gefunden, genauso blau angelaufen wie die anderen.

»So kann das nicht weitergehen!« fauchte Ms. Richmond. »Irgend jemand muß es vorsätzlich tun. Es gibt keine andere Erklärung. Es ist immer die gleiche Schicht, und es versaut uns die ganze Statistik. Wir müssen etwas unternehmen, bevor der Gerichtsmediziner Verdacht schöpft. Wenn die Medien erst Wind davon bekommen, gibt es eine Katastrophe.«

»Wir besprechen das mit Harris«, sagte Dr. Mason beruhigend. »Wir sagen ihm, er soll alles andere zurückstellen und dafür sorgen, daß es aufhört.«

»So kann es jedenfalls nicht weitergehen«, wiederholte Ms. Richmond. »Harris muß mehr unternehmen, als nur routinemäßig die persönlichen Verhältnisse der Angestellten zu durchleuchten.«

»Unbedingt«, sagte Dr. Mason. »Wir werden sofort mit Harris reden. Einen Moment noch, ich will nur kurz dafür sorgen, daß Mr. Murphy eine Führung durch unsere Einrichtung bekommt.«

Die Stimmen entfernten sich. Sean beugte sich auf der Couch vor in der Hoffnung, noch mehr zu hören, aber das Vorzimmer blieb still, bis auf einmal erneut die Tür aufflog. Diesmal war es eine attraktive Frau Mitte Zwanzig, die einen karierten Rock und eine weiße Bluse trug. Sie war sonnengebräunt, strahlte übers ganze Gesicht und wirkte auch sonst sehr temperamentvoll.

»Hi, mein Name ist Claire Barington.«

Sean erfuhr, daß Claire in der Public-Relations-Abteilung der Klinik arbeitete. Sie ließ ein paar Schlüssel vor seiner Nase baumeln und sagte: »Die passen zu Ihrem königlichen Apartment im Cow's Palace.« Sie erklärte ihm, daß die Residenz der Klinik den Spitznamen »Kuh-Palast« den Ausmaßen einiger ihrer ehemaligen Bewohner verdankte.

»Ich fahre Sie hin«, sagte Claire. »Nur um sicherzugehen, daß alles in Ordnung ist und Sie sich wohl fühlen. Aber zunächst hat Dr. Mason mir aufgetragen, Ihnen unsere Einrichtung zu zeigen. Was halten Sie davon?«

»Klingt wie eine gute Idee«, meinte Sean und erhob sich von der Couch. Er war erst seit etwa einer Stunde in der Forbes-Klinik, aber wenn diese Stunde ein Vorgeschmack auf die nächsten zwei Monate war, dann versprach es ein äußerst interessanter Aufenthalt zu werden, immer vorausgesetzt natürlich, daß er so lange blieb. Als er der gutgebauten Claire Barington aus Dr. Masons Büro folgte, dachte er ernsthaft daran, Dr. Walsh anzurufen und sich auf den Rückweg nach Boston zu machen. Dort würde er garantiert mehr erledigen als hier, wenn man ihn wirklich zu stumpfsinniger Fleißarbeit mit monoklonalen Antikörpern vergattern wollte.

»Dies ist natürlich unsere Verwaltungsabteilung«, begann Claire mit ihrer Standardtour. »Neben Dr. Masons Büro ist das von Henry Falworth, dem Direktor für das nichtmedizinische Personal. Dahinter liegt das Büro von Dr. Levy. Aber sie hat natürlich noch ein weiteres Büro im Hochsicherheitslabor.«

Sean spitzte die Ohren. »Sie haben hier ein Hochsicherheitslabor?« fragte er überrascht.

»Aber sicher«, sagte Claire. »Dr. Levy hat es als Bedingung für ihre Mitarbeit gestellt. Außerdem ist die Ausstattung des Forbes-Krebsforschungszentrums generell auf dem allerneuesten Stand.«

Sean zuckte die Schultern. Ein Hochsicherheitslabor, nur um mit infektiösen Mikroorganismen zu arbeiten, kam ihm ein wenig übertrieben vor.

Claire wies in die entgegengesetzte Richtung, wo das Büro lag, das sich Dr. Stan Wilson, der Chef des klinischen Personals, Margaret Richmond, die Oberschwester, und Dan Selenburg, der Verwaltungschef der Klinik, teilten. »Natürlich haben alle zusätzlich noch ein privates Büro im obersten Stockwerk des Krankenhausgebäudes.«

»Das interessiert mich eigentlich nicht besonders«, sagte Sean. »Zeigen Sie mir die Forschungsabteilung.«

»Hey, entweder Sie kriegen die große Besichtigungstour oder gar keine«, sagte sie streng. Dann lachte sie. »Heitern Sie mich auf! Damit ich nicht aus der Übung komme.«

Sean lächelte. Claire war die aufrichtigste Person, die er bisher in der Klinik getroffen hatte. »Also gut. Gehen Sie voran!«

Claire führte ihn in den angrenzenden Raum, an dem hinter acht Schreibtischen geschäftige Menschen saßen. An einer Wand ratterte ein riesiges Kopiergerät vor sich hin. Daneben befand sich ein verglaster Raum, in dem wie eine ausgestellte Trophäe ein großer Computer mit etlichen Modems stand. Ein ebenfalls verglaster kleiner Lift von der Größe eines Speiseaufzugs nahm eine weitere Wand ein. Darin lagerten Dokumente, die aussahen wie Krankenakten.

»Das ist der wichtigste Raum von allen!« sagte Claire lächelnd. »Hier werden die Rechnungen für die stationäre und ambulante Versorgung geschrieben und verschickt. Diese armen Menschen schlagen sich mit den Krankenversicherungen herum. Außerdem stellen sie meinen Gehaltsscheck aus.«

Nachdem er mehr von der Verwaltung gesehen hatte, als ihm lieb war, führte Claire Sean endlich nach unten zu den Laboreinrichtungen, die sich in den mittleren fünf Stockwerken des Gebäudes befanden.

»Im ersten Stock sind die Vortragssäle, eine Bibliothek und die Sicherheitsabteilung untergebracht«, leierte Claire herunter, als sie den sechsten Stock betraten. Sean folgte ihr durch einen langen Flur, der auf beiden Seiten von Labors gesäumt war. »Dies ist das Zentrum der Forschungsabteilung. Hier stehen auch die meisten Geräte.«

Sean steckte seinen Kopf in diverse Labore und war ziemlich bald enttäuscht. Er hatte futuristische Einrichtungen erwartet, luxuriös und mit der neuesten Technologie ausgestattet. Statt dessen sah er ganz normale Räume mit Standardausrüstung. Wenn sie in einem Labor jemanden antrafen, stellte Claire ihn vor. So wurde er nacheinander mit David Lowenstein, Arnold Harper, Nancy Sprague und Hiroshi Gyuhama bekannt gemacht. Von diesen vier Menschen zeigte nur Hiroshi ein mehr als flüchtiges Interesse an ihm. Er verbeugte sich tief, als er ihm vorgestellt wurde, und schien ernsthaft beeindruckt, als Claire erwähnte, daß Sean von Harvard kam.

»Harvard ist eine sehr gute Universität«, sagte Hiroshi mit schwerem Akzent.

Auf ihrem Weg den Flur hinunter fiel Sean auf, daß die meisten Räume leer waren.

»Wo sind denn alle?« fragte er.

»Sie haben bereits so ziemlich die gesamte Belegschaft der Forschungsabteilung kennengelernt«, antwortete Claire. »Es gibt noch einen Techniker namens Mark Halpern, aber ich kann ihn im Moment nirgends entdecken. Zur Zeit haben wir noch nicht viel Personal, obwohl, wie man hört, in nächster Zeit eine Erweiterung geplant ist. Wie alle Unternehmen haben auch wir magere Zeiten hinter uns.«

Sean nickte, aber die Erklärung trug wenig dazu bei, seine Zweifel zu zerstreuen. Angesichts derart beeindrukkender Resultate bei der Behandlung von Medulloblastomen hatte er eine große Schar von Wissenschaftlern erwartet, die auf Hochtouren vor sich hinforschte. Statt dessen wirkten die Räumlichkeiten ziemlich verlassen, was Sean wieder an Ramirez' beunruhigende Bemerkung erinnerte.

»In der Sicherheitsabteilung hat man mir erzählt, daß einige Forscher verschwunden sind. Wissen Sie irgend etwas darüber?«

»Nicht viel«, gab Claire zu. »Das war letztes Jahr, und es hat deswegen einen Riesenaufruhr gegeben.«

»Was ist passiert?«

»Sie sind tatsächlich verschwunden«, sagte Claire. »Sie haben alles zurückgelassen: ihre Wohnungen, ihre Autos, sogar ihre Freundinnen.«

»Und man hat sie nie gefunden?« fragte Sean.

»Doch, sie sind schon wieder aufgetaucht«, sagte Claire. »Die Klinikleitung spricht nicht gerne darüber, aber offenbar arbeiten sie jetzt für eine Firma in Japan.«

»Sushita Industries?« fragte Sean.

»Das weiß ich nicht«, erwiderte Claire.

Sean hatte schon davon gehört, daß Firmen einander Mitarbeiter abwarben, aber daß es heimlich geschah, war ihm neu. Und dann gleich nach Japan. Ihm wurde klar, daß das wahrscheinlich nur ein weiteres Indiz dafür war, wie rasch sich die Zeiten im Bereich der Biotechnologie änderten.

Vor einer dicken Tür aus getöntem Glas, die den Zugang zum anderen Teil des Flurs versperrte, blieb Claire stehen.

KEIN ZUTRITT stand in Blockbuchstaben darauf. Sean sah sie an und erwartete eine Erklärung.

»Dahinter befindet sich der Hochsicherheitstrakt«, sagte sie.

»Können wir ihn uns ansehen?« fragte Sean. Er drückte die Nase an die Tür, schirmte die Augen mit den Händen ab und spähte durch das dunkle Glas. Alles, was er sah, waren weitere Türen, die von dem Korridor abgingen.

Claire schüttelte den Kopf. »Betreten verboten«, sagte sie. »Hier führt Dr. Levy die meisten ihrer Forschungsarbeiten durch. Zumindest, wenn sie in Miami ist. Sie pendelt zwischen Miami und Key West, wo sich unser Labor Basic Diagnostics für Grundlagenanalysen befindet.«

»Was ist das?« fragte Sean.

Claire blinzelte und sagte hinter vorgehaltener Hand, als würde sie ein Geheimnis verraten: »Es ist eine Art Filiale der Forbes-Klinik«, sagte sie. »Dort werden Basisanalysen sowohl für unsere Klinik als auch für einige weitere Krankenhäuser in den Keys durchgeführt. Leider gibt es einige unternehmens- und steuerrechtliche Probleme wegen der Landesgesetzgebung des Staates Florida.«

»Und wieso können wir da nicht rein?« fragte Sean, auf die Glastür weisend.

»Dr. Levy sagt, es bestünde irgendein Risiko, aber ich weiß auch nicht, worum es geht. Ich bin, ehrlich gesagt, ganz froh, daß ich draußen bleiben muß. Aber fragen Sie sie selbst. Sie wird Ihnen die Einrichtung gerne zeigen.«

Sean war sich nicht sicher, ob Dr. Levy ihm nach ihrer ersten Begegnung noch irgendeinen Gefallen tun würde. Er packte den Türknauf und öffnete die Tür einen Spalt. Man hörte ein leises Zischen, als sich der Unterdruck ausglich.

Claire packte seinen Arm. »Was machen Sie denn da?« rief sie entsetzt.

»Ich war nur neugierig, ob abgeschlossen ist«, sagte er und ließ die Tür wieder zufallen.

»Sie sind vielleicht eine Nummer«, meinte sie.

Sie gingen den Flur zurück und stiegen ein Stockwerk tiefer. Der fünfte Stock wurde auf einer Seite des Flures von einem großen Labor beherrscht, gegenüber lag eine Reihe von kleineren Büros. Claire führte Sean in das große Labor.

»Man hat mir gesagt, daß Sie in diesem Labor arbeiten werden«, sagte Claire. Sie schaltete die Deckenbeleuchtung ein. Gemessen an den Labors, in denen Sean am MIT und in Harvard gearbeitet hatte, wo die Kämpfe um Laborplätze so verbissen waren, daß sie bereits zur Legende geworden waren, war es ein riesiger Raum. In der Mitte befand sich ein verglastes Büro mit Schreibtisch, Telefon und Computerterminal.

Sean wanderte umher und betrachtete die Ausstattung. Sie war schlicht, aber funktional. Die imponierendsten Ausrüstungsgegenstände waren ein Lumineszenz-Spektrophotometer und ein binokulares Fluoreszenzmikroskop. Sean dachte, daß er damit unter den richtigen Umständen eine Menge Spaß haben könnte, war sich jedoch nicht sicher, ob das Forbes-Krebsforschungszentrum die passende Umgebung dafür bot, zumal ihm dämmerte, daß er in nächster Zeit wahrscheinlich allein in diesem riesigen Raum arbeiten würde.

»Wo sind die Reagenzien und dergleichen?« fragte er.

Claire machte ihm ein Zeichen, ihr zu folgen, und gemeinsam stiegen sie wieder ein Stockwerk tiefer, wo Claire ihm einen Vorratsraum zeigte. Dieser war für Sean die bisher beeindruckendste Räumlichkeit der ganzen Klinik. Hier fand sich alles, was ein molekularbiologisches Labor brauchte. Es gab sogar eine reichhaltige Auswahl an Zellreihen vom National Institute of Health.

Nach einem flüchtigen Rundgang durch die übrigen Laboreinrichtungen führte Claire Sean in den Keller. Mit gekräuselter Nase führte sie ihn in den Raum, wo die Tiere gehalten wurden. Hunde bellten, Affen starrten sie wütend durch die Gitterstäbe an, Ratten und Mäuse huschten in ihren Käfigen hin und her. Die Luft war feucht und von einem stechenden Geruch erfüllt. Claire stellte Sean Roger Calvet vor, den Tierpfleger der Klinik. Er war ein kleiner Mann mit einem ausgeprägten Buckel.

Sie blieben nur eine Minute, und als die Tür wieder hinter ihnen ins Schloß gefallen war, wirkte Claire sichtlich erleichtert. »Das ist für mich immer der unangenehmste Teil der Tour«, gestand sie. »Ich weiß nicht genau, wie ich eigentlich zum Tierschutz stehe.«

»Tierversuche sind grausam«, räumte Sean ein. »Aber wir brauchen sie. Mir macht es bei Ratten und Mäusen nicht so viel aus wie bei Hunden oder Affen.«

»Ich soll Ihnen auch noch das Krankenhaus zeigen«, sagte Claire. »Haben Sie Lust?«

»Warum nicht?« sagte Sean, der Claires Gesellschaft sehr angenehm fand.

Sie nahmen den Aufzug zurück in den zweiten Stock und gingen über die Fußgängerbrücke zur eigentlichen Klinik hinüber. Die Türme standen knapp zwanzig Meter voneinander entfernt.

Der zweite Stock des Klinikgebäudes beherbergte die diagnostischen Einrichtungen und Behandlungszimmer sowie die Intensivstation und die Operationssäle. Außerdem befanden sich hier noch das chemische Labor, die Radiologie, das Schreibzimmer und das Archiv. Claire machte Sean mit ihrer Mutter bekannt, die als eine der medizinischen Archivarinnen hier arbeitete.

»Wenn ich Ihnen irgendwie behilflich sein kann«, sagte Ms. Barington, »rufen Sie mich einfach an.«

Sean bedankte sich und machte Anstalten zu gehen, aber Ms. Barington bestand darauf, ihn durch ihre Abteilung zu führen. Sean bemühte sich, einen interessierten Eindruck zu machen, während sie ihm die Computerkapazitäten der Klinik, die Laser-Drucker und den Lastenaufzug zeigte, mit dem Patientenakten aus dem Lagerraum im Keller hochgekarrt wurden. Dann machte sie ihn noch auf die phantastische Aussicht auf den träge dahinfließenden Miami River aufmerksam.

Als Claire und Sean wieder auf dem Flur standen, entschuldigte sie sich.

»Das hat sie noch nie gemacht«, fügte sie hinzu. »Sie müssen ihr gefallen haben.«

»Das ist mein Schicksal«, sagte er. »Ältere Damen und Mädchen vor der Pubertät sind immer ganz entzückt von mir. Nur mit den Frauen dazwischen habe ich Probleme.«

»Und das soll ich vermutlich glauben«, entgegnete Claire sarkastisch.

Es folgte ein schneller Rundgang durch das moderne Achtzigbetten-Krankenhaus. Es war sauber, geschmackvoll eingerichtet und offenbar personell gut ausgestattet. Obwohl viele der hier liegenden Patienten schwer krank waren, wirkten die Stationen mit ihren tropischen Farben und den frischen Blumen fröhlich. Auf diesem Teil der Tour erfuhr Sean auch, daß sich das Forbes-Zentrum mit dem National Institute of Health zusammengetan hatte, um fortgeschrittene Melanome zu behandeln.

Nach Beendigung des Rundgangs erklärte Claire Sean, daß es Zeit wurde, zum Cow's Palace zu fahren, damit er sich ein wenig häuslich einrichten konnte. Er versuchte anzudeuten, daß er schon allein zurechtkommen würde, doch sie wollte nichts davon hören. Mit der strikten Anweisung, dicht hinter ihr zu bleiben, folgte er ihrem Wagen vom Parkplatz der Klinik weiter südlich entlang der 12th

Avenue. Er fuhr vorsichtig, weil er gehört hatte, daß in Miami die meisten Autofahrer Pistolen im Handschuhfach hatten, weswegen die Stadt auch die weltweit höchste Sterblichkeitsrate bei Auffahrunfällen hatte.

Am Calle Ocho bogen sie links ab, und Sean erhaschte einen kurzen Blick auf die bunte kubanische Kultur, die das moderne Miami so nachhaltig geprägt hatte. An der Brickell Street ging es dann rechts ab, und die Stadt veränderte erneut ihr Gesicht. Jetzt fuhr er an den Glitzerpalästen der Banken vorbei, jeder von ihnen ein unverhohlenes Zeugnis für die Macht des illegalen Drogenhandels.

Cow's Palace war, gelinde gesagt, wenig eindrucksvoll. Wie viele andere Gebäude in der Gegend war es ein zweistöckiger Betonkasten mit Schiebetüren und -fenstern aus Aluminium. Er erstreckte sich über fast einen ganzen Block mit asphaltierten Parkplätzen auf der Vorder- und Rückseite. Das einzig Attraktive an dem Apartmentkomplex waren die tropischen Pflanzen, von denen viele gerade in voller Blüte standen.

Sean parkte seinen Wagen neben Claires Honda.

Sie las die Nummer auf dem Schlüssel und führte Sean dann nach oben. Sein Apartment lag etwa in der Mitte des Flurs hinten heraus. Während Claire mit dem Schlüssel am Schloß herumfummelte, ging die Tür direkt gegenüber auf.

»Ziehen Sie gerade ein?« fragte ein etwa dreißigjähriger blonder Mann mit nacktem Oberkörper.

»Sieht so aus«, erwiderte Sean.

»Ich heiße Gary«, sagte der Mann. »Gary Engels aus Philadelphia. Ich bin Röntgentechniker. Nachts arbeite ich, und tagsüber suche ich eine Wohnung. Und Sie?«

»Ich bin Medizinstudent«, sagte Sean, als Claire endlich die Tür öffnete.

Es war ein möbliertes Zweizimmerapartment mit komplett ausgestatteter Küche. Schiebetüren führten sowohl vom Wohnzimmer als auch vom Schlafzimmer auf den Balkon, der um das gesamte Gebäude lief.

»Und, wie finden Sie es?« fragte Claire und öffnete die Schiebetür zum Wohnzimmer.

»Es ist mehr, als ich erwartet hatte«, sagte Sean.

»Die Klinik hat zum Teil große Schwierigkeiten, Personal zu bekommen«, sagte Claire, »vor allem hochqualifizierte Krankenschwestern. Da müssen sie schon eine passable vorübergehende Wohnmöglichkeit anbieten, wenn sie mit den anderen hiesigen Krankenhäusern konkurrieren wollen.«

»Vielen Dank für alles«, sagte Sean.

»Noch eins«, sagte Claire. Sie gab ihm einen Zettel. »Das ist die Telefonnummer des Frackverleihs, den Dr. Mason erwähnt hat. Ich nehme doch an, daß Sie heute abend kommen.«

»Das hatte ich schon wieder völlig vergessen«, gestand Sean.

»Sie sollten auf jeden Fall kommen«, meinte Claire. »Diese Dinnerparties gehören zu den Belohnungen für die harte Arbeit in der Klinik.«

»Finden sie häufig statt?« fragte Sean.

»Ziemlich«, erwiderte Claire. »Bisher war's immer sehr nett.«

»Das heißt, Sie werden auch dort sein?« fragte Sean.

»Auf jeden Fall.«

»Na ja, dann komme ich vielleicht auch«, sagte er. »Ich hatte in meinem Lehen noch nicht allzu oft Gelegenheit, einen Frack zu tragen. Es könnte ja ganz unterhaltsam werden.«

»Wunderbar«, sagte Claire. »Und damit Sie keine Probleme haben, Dr. Masons Haus zu finden, kann ich Sie gerne abholen. Ich wohne nur ein kleines Stück weiter, in Coconut Grove. Wie wär's um halb acht?«

»Ich werde Sie erwarten«, sagte Sean.

Hiroshi Gyuhama war in Yokosuka, südlich von Tokio, geboren. Seine Mutter hatte auf dem dortigen U.S.-Marinestützpunkt gearbeitet, und Hiroshi hatte sich schon von frühester Kindheit an für die westliche Lebensart interessiert. Seine Mutter teilte seine Gefühle nicht und verbot ihm sogar, in der Schule Englisch zu lernen. Als gehorsamer Sohn fügte sich Hiroshi ihren Wünschen, ohne zu fragen. Deshalb konnte er erst nach ihrem Tod, als er bereits Biologie studierte, einen Englischkurs belegen, doch dann legte er schon nach kurzer Zeit eine außergewöhnliche Begabung an den Tag.

Nach seinem Examen wurde Hiroshi von einer großen Elektronikfirma engagiert, die im Begriff war, in den Bereich der Biotechnologie zu expandieren. Die Firma hieß Sushita Industries. Als seine Vorgesetzten entdeckten, daß er fast fließend Englisch sprach, schickten sie ihn nach Florida, wo er eines ihrer Investitionsobjekte, das Forbes-Zentrum, überwachen sollte.

Mit Ausnahme einiger Anfangsschwierigkeiten in Gestalt zweier Mitarbeiter der Klinik, die sich einer Zusammenarbeit widersetzt hatten – ein Problem, das man prompt gelöst hatte, indem man die beiden nach Japan brachte und ihnen ein phantastisches Gehalt anbot –, waren während Hiroshis Aufenthalt in Miami keine gravierenden Probleme aufgetreten.

Sean Murphys unvermutete Ankunft hingegen war eine völlig andere Geschichte. Für Japaner im allgemeinen und Hiroshi im besonderen war jede Überraschung irritierend. Außerdem war Harvard für sie eher ein Mythos als eine bestimmte Bildungseinrichtung. Harvard war der Inbegriff amerikanischer Großartigkeit und Genialität. Dementsprechend machte sich Hiroshi Sorgen, daß Sean einige der im Forbes-Forschungszentrum entwickelten Ideen mit nach Harvard zurücknehmen könnte, wo die akademische Intelligenz Amerikas sie zu Patenten weiterverarbeiten würde. Da Hiroshis weiteres Fortkommen bei Sushita von seiner Fähigkeit abhing, Schaden von deren Investitionsobjekt abzuwenden, betrachtete er Seans Anwesenheit in der Klinik als potentielle Bedrohung.

Als erstes hatte er über seine private Faxleitung Kontakt mit seinem japanischen Vorgesetzten aufgenommen. Die Japaner hatten von Anfang an darauf bestanden, mit Hiroshi kommunizieren zu können, ohne daß dies über die Telefonzentrale der Klinik lief. Das war eine ihrer Bedingungen gewesen.

Anschließend hatte Hiroshi Dr. Masons Sekretärin angerufen, um zu fragen, ob es möglich sei, den Direktor zu sprechen. Er hatte einen Termin um zwei Uhr bekommen. Als er jetzt die Treppen zum siebten Stock hochstieg, war es drei Minuten vor zwei. Hiroshi war ein überaus korrekter Mensch, der wenig dem Zufall überließ.

Als er Masons Büro betrat, sprang der Direktor auf. Hiroshi verbeugte sich in scheinbarer Ehrerbietung, obwohl er in Wirklichkeit keine hohe Meinung von dem amerikanischen Arzt hatte. Er fand, daß es Dr. Mason an dem eisernen Willen mangelte, über den ein guter Manager verfügen mußte. Hiroshi vermutete, daß Dr. Mason unter Druck unberechenbar reagieren würde.

»Dr. Gyuhama, wie nett, daß Sie sich zu mir heraufbemühen«, sagte Dr. Mason und wies auf die Couch. »Darf ich Ihnen etwas anbieten? Kaffee, Tee oder Saft?«

»Saft, bitte«, erwiderte Hiroshi mit einem förmlichen Lächeln. Er hatte zwar keinen Durst, wollte jedoch unter keinen Umständen unhöflich erscheinen.

Dr. Mason nahm ihm gegenüber Platz, doch er war nicht so entspannt wie sonst. Hiroshi bemerkte, daß er auf der äußersten Kante des Sessels hockte und sich nervös die Hände rieb, was ihn in seiner schlechten Meinung über den Mann als Geschäftsführer nur bestätigte. Man durfte seine Gefühle nicht derart offenbaren.

»Womit kann ich dienen?« fragte Dr. Mason.

Hiroshi lächelte erneut und dachte, daß kein Japaner je so direkt sein würde.

»Man hat mir heute einen jungen Studenten vorgestellt«, sagte Hiroshi.

»Sean Murphy«, sagte Dr. Mason. »Er ist ein Medizinstudent aus Harvard.«

»Harvard ist eine sehr gute Uni«, bemerkte Hiroshi.

»Eine der besten«, stimmte Dr. Mason ihm zu. »Vor allem im Bereich medizinischer Forschung.« Dr. Mason beäugte sein Gegenüber mißtrauisch. Er wußte, daß Hiroshi direkte Fragen mied, weswegen er ständig erschließen mußte, worauf der Japaner hinauswollte. Eine frustrierende Übung, aber Hiroshi war, wie Mason wußte, Sushitas Außenposten, weswegen es wichtig war, ihn respektvoll zu behandeln. Und jetzt nahm Hiroshi offenkundig Anstoß an Seans Anwesenheit.

Genau in diesem Moment kam der Saft, worauf Hiroshi sich verbeugte und mehrfach bedankte. Er nahm einen Schluck und stellte das Glas dann auf dem Couchtisch ab.

»Vielleicht wäre es hilfreich, wenn ich den Grund für Mr. Murphys Anwesenheit erläutern würde«, schlug Dr. Mason vor.

»Das wäre in der Tat sehr interessant«, fand Hiroshi.

»Mr. Murphy ist ein Doktorand der Medizin«, sagte Dr. Mason. »Im Verlauf des dritten Studienjahres sind Blockpraktika vorgesehen, in denen die Studenten an einer Institution ihrer Wahl hospitieren oder in ihrem Spezialgebiet weiterforschen. Mr. Murphy interessiert sich für die Forschung. Er wird zwei Monate bei uns bleiben.«

»Das ist sehr schön für Mr. Murphy«, meinte Hiroshi. »Er kommt während des Winters in die Sonne von Florida.«

»Ein gutes System«, stimmte Dr. Mason ihm zu. »Der Aufenthalt vermittelt ihm die Erfahrung eines unter normalen Bedingungen arbeitenden Labors, und wir bekommen eine zusätzliche Arbeitskraft.«

»Möglicherweise interessiert er sich für unser Medulloblastom-Projekt«, vermutete Hiroshi.

»Das tut er in der Tat«, erwiderte Dr. Mason. »Aber wir werden nicht erlauben, daß er daran mitarbeitet. Statt dessen wird er in der Entwicklung unseres Kolonkarzinom-Glykoproteins eingesetzt. Er soll versuchen, das Protein zu kristallisieren. Ich muß Ihnen nicht erklären, wie gut es für das Forbes-Zentrum und Sushita wäre, wenn er schaffen würde, woran wir bisher gescheitert sind.«

»Meine Vorgesetzten haben mich nicht über die Ankunft von Mr. Murphy unterrichtet«, sagte Hiroshi. »Es ist merkwürdig, daß sie es vergessen haben.«

Plötzlich begriff Dr. Mason, worum es in dieser Unterhaltung, die sich im Kreis drehte, wirklich ging. Sushita hatte sich ausdrücklich vorbehalten, alle potentiellen Angestellten vorher zu begutachten. Normalerweise handelte es sich dabei um eine Formalität, und da es in diesem Fall lediglich ein Student war, hatte Dr. Mason keinen Gedanken daran verschwendet, zumal es sich nur um ein befristetes Praktikum handelte.

»Die Entscheidung, Mr. Murphy zu einem Praktikum einzuladen, ist sehr kurzfristig gefallen. Vielleicht hätte ich Sushita vorher informieren sollen, aber er ist kein Angestellter im eigentlichen Sinne. Er bekommt kein Gehalt. Außerdem ist er nur ein Student mit begrenzter Erfahrung.«

»Trotzdem wird man ihm Glykoprotein-Proben anvertrauen«, stellte Hiroshi fest. »Und er wird Zugang haben zu den Hefen, in denen die Rekombination für die Produktion des Proteins stattfindet.«

»Natürlich wird er mit den Proteinen arbeiten«, sagte Dr. Mason. »Aber warum sollte man ihm die Rekombinationstechnologie zeigen, mit der sie produziert werden?«

»Was wissen Sie über diesen Mann?« fragte Hiroshi.

»Er kommt auf Empfehlung eines vertrauenswürdigen Kollegen«, sagte Dr. Mason.

»Vielleicht wäre meine Firma an seinem Lebenslauf interessiert«, gab Hiroshi zu bedenken.

»Wir haben keinen Lebenslauf«, sagte Dr. Mason. »Er ist nur ein Student. Wenn es etwas von Bedeutung gäbe, was wir über ihn wissen müßten, hätte mein Freund Dr. Walsh mich bestimmt darüber informiert. Er sagte, Mr. Murphy sei ein wahrer Künstler, wenn es um die Kristallisation von Proteinen und die Anzüchtung von monoklonalen Antikörpern in Mäusen geht. Und wir brauchen einen Künstler, wenn wir mit einem patentierbaren Produkt auf den Markt wollen. Außerdem ist das Harvard-Gütesiegel sehr wertvoll für die Klinik. Es wird uns bestimmt nicht schaden, einen Harvard-Doktoranden ausgebildet zu haben.«

Hiroshi erhob sich und verbeugte sich noch immer lächelnd, wenn auch nicht so tief und lange wie zur Begrüßung. »Vielen Dank, daß Sie mir Ihre Zeit geopfert haben«, sagte er und verließ den Raum.

Als die Tür hinter Hiroshi ins Schloß gefallen war, schloß Dr. Mason die Augen und rieb sich mit den Fingerspitzen die Lider. Er war viel zu nervös, und wenn er nicht aufpaßte, würde sich sein Magengeschwür verschlimmern. Und gerade jetzt, wo die Möglichkeit im Raum stand, daß irgendein Psychopath Brustkrebspatientinnen ermordete, war Ärger mit Sushita das letzte, was er gebrauchen konnte. Er bereute es bereits, Clifford Walsh den Gefallen getan zu haben, seinen Doktoranden einzuladen. Es war eine unnötige und lästige Komplikation.

Andererseits wußte Dr. Mason, daß er den Japanern etwas bieten mußte, sonst würden sie ihre Subventionen, ungeachtet anderer Überlegungen, womöglich ganz einstellen. Wenn Sean ihr Problem im Zusammenhang mit der Herstellung eines Antikörpers zu ihrem Glykoprotein lösen konnte, würde sich seine Anwesenheit vielleicht als Geschenk des Himmels erweisen.

Dr. Mason fuhr sich nervös durchs Haar. Das Problem, auf das ihn Hiroshi aufmerksam gemacht hatte, war nur, daß er kaum etwas über Sean Murphy wußte, obwohl dieser Zugang zu ihren Labors haben würde. Er konnte sich mit anderen Mitarbeitern unterhalten, die Computer anzapfen. Und Dr. Mason hatte den dezidierten Eindruck, daß Sean Murphy eher zu den neugierigen Typen gehörte.

Er griff nach dem Telefonhörer und bat seine Sekretärin, ihm eine Verbindung mit Clifford Walsh in Boston herzustellen. Während er wartete, schlenderte er zu seinem Schreibtisch und fragte sich, warum er nicht früher an Clifford gedacht hatte.

Nach ein paar Minuten war Dr. Walsh am Apparat. Dr. Mason setzte sich. Da sie erst in der vergangenen Woche miteinander telefoniert hatten, beschränkten sie die Höflichkeitsfloskeln auf ein notwendiges Minimum.

»Ist Sean gut angekommen?« fragte Dr. Walsh.

»Ja, heute morgen.«

»Ich hoffe, er hat nicht schon jetzt irgendwelchen Ärger bekommen«, sagte Dr. Walsh.

Dr. Mason spürte ein Brennen in der Magengrube. »Das ist eine merkwürdige Aussage«, sagte er. »Vor allem, nachdem du ihn mir so dringend empfohlen hast.«

»Alles, was ich über ihn gesagt habe, stimmt«, entgegnete Dr. Walsh. »Wenn es um Molekularbiologie geht, ist der Bursche fast ein Genie. Aber er ist auch ein Junge aus der Stadt, und seine gesellschaftlichen Umgangsformen sind nicht annähernd so entwickelt wie seine Intelligenz. Er kann ziemlich stur sein. Und er ist kräftig wie ein Ochse. Er hätte es in die Eishockey-Profiliga schaffen können. Eben der Typ, den man gerne auf seiner Seite hat, wenn es eine Schlägerei gibt.«

»Hier bei uns gibt es nur selten Schlägereien«, meinte Dr. Mason mit einem kurzen Lachen. »So daß wir seine Fertigkeiten auf diesem Gebiet wohl kaum in Anspruch nehmen müssen. Aber etwas anderes. Hat er je etwas mit der biochemischen Industrie zu tun gehabt, möglicherweise als Werkstudent in den Semesterferien? Irgendwas in der Richtung?«

»Aber sicher«, erwiderte Dr. Walsh. »Er hat nicht nur dort gearbeitet, er war selbst Unternehmer. Er und eine Gruppe von Freunden haben eine Firma namens ›Immunotherapy‹ zur Produktion von monoklonalen Antikörpern gegründet. Soweit ich weiß, waren sie recht erfolgreich. Aber was die kommerzielle Seite unserer Disziplin angeht, bin ich nicht so auf dem laufenden.«

Der Schmerz in Masons Magengegend wurde intensiver. Das hatte er nicht hören wollen.

Er bedankte sich bei Dr. Walsh, legte auf und schluckte zwei säurehemmende Tabletten. Jetzt mußte er sich auch noch darüber Sorgen machen, daß Sushita möglicherweise von Seans Verquickung mit dieser Immunotherapy-Firma erfuhr. Denn wenn sie davon erfuhren, würden sie das möglicherweise zum Anlaß nehmen, ihre Vereinbarung mit dem Forbes-Krebsforschungszentrum aufzulösen.

Dr. Mason lief hektisch in seinem Büro auf und ab. Sein Instinkt gebot ihm zu handeln. Vielleicht sollte er diesen

Murphy nach Boston zurückschicken, wie Dr. Levy vorgeschlagen hatte. Aber das würde bedeuten, daß sie auf seinen möglichen Beitrag zu dem Glykoprotein-Projekt verzichten mußten.

Plötzlich hatte Dr. Mason eine Idee. Er konnte zumindest alles Verfügbare über Seans Firma in Erfahrung bringen. Er griff erneut zum Telefon. Diesmal ließ er sich nicht von seiner Sekretärin verbinden, sondern wählte die Nummer selbst. Er rief Sterling Rombauer an.

Claire hielt Wort und stand um Punkt halb acht vor Seans Apartment. Sie trug ein schwarzes Kleid mit Spaghettiträgern und lange, baumelnde Ohrringe. Ihr dunkelbraunes Haar war an den Seiten mit Spangen zurückgesteckt, die mit Rheinkieseln besetzt waren. Sean fand, daß sie phantastisch aussah.

Was seine eigene Ausstattung anging, war er sich nicht so sicher. Den geliehenen Frack konnte er ohne Hosenträger nicht tragen, die Hose war zwei Nummern zu groß angeliefert worden, und es war keine Zeit gewesen, sie umzutauschen. Auch die Schuhe waren zu groß ausgefallen, aber Jacke und Hemd paßten einigermaßen. Er hatte sein Haar an den Seiten mit Gel zurückgekämmt, das er sich von seinem Nachbarn Gary Engels geliehen hatte, und sich sogar rasiert.

Sie nahmen Seans Jeep, weil er geräumiger war als der winzige Honda. Claire dirigierte sie an den Wolkenkratzern der City vorbei und weiter den Biscayne Boulevard hinunter. Menschen aller Rassen und Nationalitäten bevölkerten die Straßen. Sie kamen an einem Rolls-Royce-Händler vorbei, und Claire erzählte, daß sie gehört hatte, daß die meisten Geschäfte nur mit Bargeld liefen. Leute kamen einfach mit einem Aktenkoffer voller Zwanzigdollarnoten hereinspaziert.

»Wenn der Drogenhandel von heute auf morgen gestoppt würde, würde es die Stadt wohl ziemlich hart treffen«, vermutete Sean.

»Die Stadt würde zusammenbrechen«, erwiderte Claire.

Sie bogen nach rechts auf den McArthur-Damm ab und hielten auf die Südspitze von Miami Beach zu. Zu ihrer Rechten lagen etliche große Ausflugsdampfer im Seehafen von Dodge Island vor Anker. Kurz vor Miami Beach bogen sie links ab und überquerten eine kleine Brücke, wo sie an einem Wachhäuschen von einem bewaffneten Posten angehalten wurden.

»Muß ja eine echt noble Gegend sein«, bemerkte Sean, als sie durchgewinkt wurden.

»Sehr«, meinte Claire.

»Demnach geht es Mason also recht gut«, sagte Sean. Die palastartigen Villen zu beiden Seiten der Straße wirkten eine Nummer zu groß für den Direktor eines Forschungszentrums.

»Ich glaube, sie ist diejenige mit dem Geld«, sagte Claire. »Ihr Mädchenname ist Forbes, Sarah Forbes.«

»Das ist nicht Ihr Ernst!« Sean warf ihr einen Blick zu, um sicherzugehen, daß sie ihn nicht auf den Arm nehmen wollte.

»Ihr Vater hat das Forbes-Krebszentrum gegründet.«

»Wie passend«, sagte Sean. »Und nett von dem alten Herrn, seinem Schwiegersohn einen Job zu geben.«

»Es war nicht so, wie Sie denken«, sagte Claire. »Eigentlich ist es eine ziemlich rührselige Story. Der alte Herr hat die Klinik gegründet und in seinem Testament Sarahs älteren Bruder Harold zum Nachlaßverwalter bestimmt. Harold hat den Großteil der Stiftungsgelder bei irgendwelchen Immobilienspekulationen in Zentralflorida verloren. Dr. Mason ist erst später dazugestoßen, als das Zentrum gerade Bankrott zu machen drohte. Er und Dr. Levy haben das Ruder herumgerissen und den Laden auf Vordermann gebracht.«

Mit einem schwungvollen Bogen hielten sie vor einer riesigen weißen Villa mit einem auf kannelierten, korinthischen Säulen ruhenden Vordach. Ein Parkplatzwächter kümmerte sich unverzüglich um ihren Wagen.

Das Innere des Hauses war ebenso eindrucksvoll. Alles war weiß: weißer Marmorfußboden, weiße Möbel, weißer Teppich und weiße Wände.

»Ich hoffe, der Innenarchitekt hat nicht soviel Geld für die farbliche Gestaltung bekommen«, meinte Sean.

Sie wurden durchs Haus auf die Terrasse geführt, von der man einen phantastischen Blick auf die Biscayne Bay hatte. Zahllose Lichter von den anderen Inseln und Hunderten von Booten schimmerten über dem Wasser. Auf der anderen Seite der Bucht glitzerte Miami im Mondlicht.

In der Mitte der Terrasse befand sich ein großer nierenförmiger Pool, der von unten beleuchtet war. Links daneben stand ein rosa-weiß gestreiftes Zelt, in dem sich lange Tische unter geschmackvoll arrangierten Speisen und Getränken bogen. Neben dem Haus spielte eine Calypso-Steel-Drum-Band und erfüllte die samtene Nacht mit melodiösem Getrommel. An einem Pier unterhalb der Terrasse lag eine gigantische weiße Yacht vor Anker, an deren Heck ein weiteres Boot festgemacht hatte.

»Da kommen unsere Gastgeber«, warnte Claire Sean, der sich einen Moment lang von der Szenerie hatte verzaubern lassen.

Sean wandte sich um und sah Dr. Mason in Begleitung einer drallen, unechten Blondine auf sie zukommen. In seinem offensichtlich nicht geliehenen Frack, einer schwarzen Fliege und den lässigen schwarzen Lederslippern wirkte er sehr elegant. Sie hatte sich in ein schulterfreies, pfirsichfarbenes Kleid gezwängt, das so eng saß, daß Sean befürchtete, jede ihrer Bewegungen könnte ihre eindrucksvollen Brüste bloßlegen. Ihre Frisur wirkte leicht ramponiert, und ihr Make-up wäre passender für ein Mädchen gewesen, das halb so alt war. Außerdem war sie sichtlich angetrunken.

»Willkommen, Sean«, sagte Dr. Mason. »Ich hoffe, Claire hat sich gut um Sie gekümmert.«

»Bestens«, sagte Sean.

Dr. Mason stellte Sean seiner Frau vor, die ihre mascaraschweren Wimpern klappern ließ. Sean drückte ihr pflichtschuldig die Hand, verweigerte jedoch den von ihr erwarteten Kuß auf die Wange.

Dr. Mason winkte ein weiteres Paar herüber und stellte Sean als einen Medizinstudenten aus Harvard vor, der ein Praktikum an ihrem Institut absolvieren würde. Sean hatte das unangenehme Gefühl, herumgezeigt zu werden.

Der Name des Mannes war Howard Pace, und Dr. Masons Vorstellung entnahm Sean, daß er Vorstandsvorsitzender eines Flugzeugherstellers in St. Louis war und das Forbes-Zentrum in Kürze mit einer großzügigen Spende bedenken wollte.

»Wissen Sie was, mein Junge«, sagte Mr. Pace und legte einen Arm um Seans Schulter. »Meine Spende soll dazu beitragen, daß junge Frauen und Männer wie Sie an der Forbes-Klinik ausgebildet werden können. Sie werden dort eine Menge lernen. Studieren Sie eifrig!« Und mit diesen Worten gab er Sean einen letzten Klaps von Mann zu Mann auf die Schulter.

Dann wandte sich Dr. Mason ab, um Mr. Pace einigen anderen Gästen vorzustellen, und Sean stand auf einmal allein da. Er wollte sich gerade einen Drink besorgen, als hinter ihm jemand mit schwankender Stimme sagte: »Hallo, schöner Mann!«

Sean drehte sich um und blickte in die blutunterlaufenen Augen von Sarah Mason.

»Ich möchte Ihnen was zeigen«, sagte sie und packte Sean am Ärmel.

Sean sah sich verzweifelt nach Claire um, die jedoch nirgends in Sicht war. Mit einer für ihn seltenen Schicksalsergebenheit ließ er sich die Treppe von der Terrasse hinunter zum Pier führen. Alle paar Schritte mußte er Sarah festhalten, weil sie mit ihren Absätzen zwischen den Planken hängenblieb. Auf dem Steg zur Yacht stand Sean dann auf einmal einem knurrenden, ausgewachsenen Dobermann mit beschlagenem Halsband und gefletschten Zähnen gegenüber.

»Das ist mein Boot«, sagte Sarah. »Es heißt Lady Luck. Soll ich Ihnen die Yacht mal zeigen?«

»Ich glaube, das Untier an Bord ist nicht besonders erpicht auf Gesellschaft«, meinte Sean.

»Batman?« fragte Sarah. »Machen Sie sich wegen ihm keine Sorgen. Solange Sie in meiner Nähe bleiben, ist er lammfromm.«

»Vielleicht sollten wir später noch einmal herkommen«, sagte Sean. »Ich bin, ehrlich gesagt, völlig ausgehungert.«

»Ich habe etwas zu essen im Kühlschrank«, beharrte Sarah.

»Ja, aber ich hatte mich schon so auf die Austern gefreut, die ich im Zelt gesehen habe.«

»Austern, was?« meinte Sarah. »Hört sich gut an. Wir können uns das Boot auch später noch ansehen.«

Sobald er Sarah wieder sicher an Land gebracht hatte, ließ er sie in Gesellschaft eines nichtsahnenden Paares zurück, das auf die Yacht zugeschlendert kam, und verschwand zwischen den anderen Gästen. Als er in der Menschenmenge nach Claire suchte, wurde er auf einmal von einer kräftigen Hand am Arm gepackt. Sean wandte sich um und blickte in das aufgedunsene Gesicht von Robert Harris, dem Chef des Sicherheitsdienstes. Mit seinem Ledernacken-Kurzhaarschnitt sah er selbst im Frack fast unverändert aus. Offenbar war sein Kragen zu eng, denn seine Augen quollen förmlich aus ihren Höhlen.

»Ich möchte Ihnen einen Rat geben, Murphy«, sagte Harris mit unverhohlener Verachtung.

»Ach, wirklich?« fragte Sean. »Das wird bestimmt sehr interessant und nützlich, wo wir doch so vieles gemeinsam haben.«

»Sie sind ein Klugscheißer«, zischte Harris.

»War das der Rat?« fragte Sean.

»Halten Sie sich von Sarah Forbes fern«, sagte Harris. »Ich sage es Ihnen nur einmal.«

»Verdammt«, erwiderte Sean. »Dann muß ich unser Picknick morgen wohl wieder absagen.«

»Provozieren Sie mich nicht!« warnte Harris ihn noch, bevor er mit einem letzten wütenden Blick davonstapfte.

Schließlich fand Sean Claire am Buffet, wo sie vor einem Tisch mit Austern, Garnelen und Krabben stand. Während er seinen Teller vollpackte, beschwerte er sich, daß sie ihn den Krallen von Sarah Mason überlassen hatte.

»Ich hätte Sie vermutlich warnen sollen«, meinte Claire. »Sie ist berüchtigt dafür, Jagd auf alles zu machen, was Hosen trägt, wenn sie trinkt.«

»Und ich hatte mich schon für unwiderstehlich gehalten.«

Sie waren noch immer mit ihren Meeresfrüchten beschäftigt, als Dr. Mason das Podium betrat und gegen das Mikrophon klopfte. Sobald die Menge sich beruhigt hatte, stellte er Howard Pace vor und bedankte sich ausgiebig für dessen großzügige Spende. Nachdem der Applaus verhallt war, überreichte Dr. Mason dem Ehrengast das Mikrophon.

»Ich finde das Ganze ein bißchen schmalzig«, flüsterte Sean.

»Seien Sie brav«, ermahnte Claire ihn.

Howard Pace eröffnete seine Rede mit den üblichen Platitüden, aber seine Stimme brach immer wieder vor innerer Bewegung. »Selbst dieser Scheck über zehn Millionen Dollar ist kein angemessener Ausdruck für meine Gefühle. Das Forbes-Krebszentrum hat mir eine zweite Lebenschance geschenkt. Bevor ich hierher kam, hielten sämtliche Ärzte meinen Hirntumor für unheilbar. Ich hatte fast aufgegeben. Gott sei Dank habe ich das nicht getan. Und ich danke Gott außerdem für die aufopferungsvollen Ärzte in der Forbes-Klinik.«

Unfähig weiterzusprechen, wedelte Pace mit dem Scheck. Tränen strömten über seine Wangen. Sofort war Dr. Mason an seiner Seite und rettete den Scheck, bevor er in der Dunkelheit über die Biscayne Bay wehte.

Es gab erneut Applaus, und damit war der formelle Teil des Abends beendet. Die Gäste drängten zum Podium, überwältigt von der Emotionalität des Augenblicks. Sie hatten nicht erwartet, daß ein so mächtiger Mensch wie Howard Pace so vertraulich und menschlich sein konnte.

Sean wandte sich an Claire. »Ich will Ihnen ja nicht auf die Nerven gehen«, sagte er. »Aber ich bin seit heute morgen um fünf Uhr auf den Beinen. Meine Kondition läßt rapide nach.«

Claire stellte ihren Drink ab. »Ich habe auch genug. Außerdem muß ich morgen früh raus.«

Sie suchten Dr. Mason und bedankten sich, aber er war abgelenkt und bekam kaum mit, daß sie gehen wollten. Ms. Mason war dankenswerterweise verschwunden.

Als sie über den Damm zurückfuhren, war Sean der erste, der etwas sagte. »Diese Rede war wirklich ergreifend«, sagte er.

»Für solche Momente lohnt sich die ganze Arbeit«, stimmte Claire ihm zu.

Sean parkte neben Claires Honda. Einen Moment lang entstand ein peinliches Schweigen zwischen ihnen. »Ich habe heute nachmittag Bier gekauft«, sagte er schließlich. »Wollen Sie noch ein paar Minuten mit raufkommen?«

»Gerne«, sagte Claire begeistert.

Als Sean hinter ihr die Treppe hochstieg, fragte er sich, ob er sein Stehvermögen nicht doch überschätzt hatte. Er schlief fast im Gehen ein.

Vor der Tür seines Apartments fummelte er unbeholfen mit den Schlüsseln herum, bis er schließlich den richtigen fand, die Tür entriegelte und nach dem Licht tastete. Als seine Finger gerade den Schalter berührten, ertönte ein gellender Schrei. Als er sah, wer drinnen auf ihn wartete, gefror ihm das Blut in den Adern.

»Vorsichtig jetzt!« sagte Dr. Mason zu den beiden Sanitätern. Mit einer Spezialtrage hoben sie Helen Cabot aus dem Lear-Jet, der sie nach Miami gebracht hatte. »Achtung bei den Stufen!«

Dr. Mason trug noch immer seinen Frack. Margaret Richmond hatte gegen Ende der Party angerufen, um mitzuteilen, daß Helen Cabot in Kürze landen würde. Ohne einen Moment zu zögern, war Dr. Mason in seinen Jaguar gesprungen.

So behutsam wie möglich hoben die Sanitäter Helen in den Krankenwagen. Dr. Mason setzte sich zu der schwerkranken Frau.

»Liegen Sie bequem?« fragte er.

Helen nickte. Die Reise war anstrengend gewesen. Auch mit den Medikamenten hatten sie ihre Anfälle nicht völlig unter Kontrolle bekommen. Zu allem Übel waren sie über Washington, D. C., auch noch in Turbulenzen geraten.

»Ich bin froh, daß ich jetzt hier bin«, sagte sie und lächelte matt. Dr. Mason drückte aufmunternd ihren Arm und stieg aus dem Krankenwagen, um sich ihren Eltern zuzuwenden, die der Trage vom Jet aus gefolgt waren. Gemeinsam entschieden sie, daß Ms. Cabot im Krankenwagen mitfahren sollte, während John Cabot mit Dr. Mason fahren wollte.

Dr. Mason folgte dem Krankenwagen vom Flughafengelände.

»Ich bin gerührt, daß Sie sich persönlich herbemüht haben, um uns zu empfangen«, sagte Cabot. »Nach Ihrer Kleidung zu urteilen, haben wir, fürchte ich, Ihren Abend ruiniert.«

»Nein, eigentlich war das Timing perfekt«, sagte Mason. »Kennen Sie Howard Pace?«

»Den Flugzeug-Magnaten?« fragte John Cabot.

»Genau den«, sagte Dr. Mason. »Mr. Pace hat dem Forbes-Zentrum eine sehr großzügige Spende zukommen lassen, und wir hatten eine kleine Feier. Aber sie neigte sich gerade ihrem Ende zu, als Sie angerufen haben.«

»Trotzdem ist Ihre Fürsorglichkeit ermutigend«, sagte John Cabot. »So viele Ärzte sind heutzutage von ihren eigenen Terminplänen abgelenkt. Sie interessieren sich mehr für sich selbst als für ihre Patienten. Die Krankheit meiner Tochter war eine Erfahrung, die mir die Augen geöffnet hat.«

»Leider hört man derartige Klagen nur zu oft«, sagte Dr. Mason. »Doch bei uns in der Forbes-Klinik zählt nur der Patient. Wir würden auch noch mehr tun, wenn unsere Mittel nicht so begrenzt wären. Seit die Regierung die Fördermittel gekürzt hat, haben wir wirklich zu kämpfen.«

»Wenn Sie meiner Tochter helfen können, werde ich gerne einen Beitrag zur Deckung Ihres Kapitalbedarfs leisten.«

»Wir werden alles tun, was in unserer Macht steht.«

»Sagen Sie mir, wie stehen ihre Chancen?« fragte er. »Ich möchte die Wahrheit wissen.«

»Die Chancen einer völligen Genesung stehen sehr gut«, sagte Dr. Mason. »Mit dem Tumor, den Helen hat, haben wir bemerkenswerte Erfolge erzielt. Wir müssen allerdings unverzüglich mit der Behandlung beginnen. Ich habe versucht, ihre Verlegung zu beschleunigen, aber ihre Ärzte in Boston haben den Eindruck gemacht, als würden sie sie nur widerwillig entlassen.«

»Sie kennen doch die Ärzte in Boston. Wenn es noch irgendeinen Test gibt, den man durchführen könnte, wollen sie ihn machen. Und dann wollen sie ihn natürlich wiederholen.«

»Wir haben versucht, sie davon abzubringen, den Tumor zu biopsieren«, sagte Dr. Mason. »Wir sind mittlerweile in der Lage, ein Medulloblastom mit einer hochentwickelten Kernspintomographieanlage zu diagnostizieren. Aber sie wollten nicht auf mich hören. Wir müssen ohnehin noch einmal biopsieren, unabhängig davon, ob sie es schon getan haben oder nicht. Wir müssen einige Tumorzellen in Gewebekultur ansetzen. Das ist integraler Bestandteil unserer Behandlung.«

»Wann wird das gemacht?« fragte John Cabot.

»Je eher, desto besser«, erwiderte Dr. Mason.

»Aber du mußtest doch nicht gleich loskreischen«, sagte Sean. Er hatte sich noch immer nicht von seinem Schrekken erholt.

»Ich habe nicht gekreischt«, sagte Janet. »Ich habe ›Überraschung‹ gerufen. Wobei ich nicht weiß, wer mehr überrascht war, ich, du oder diese Frau.«

»Diese Frau ist eine Mitarbeiterin des Forbes-Zentrums«, sagte Sean. »Das habe ich dir doch schon zig Mal erklärt. Sie ist in der PR-Abteilung. Sie sollte sich um mich kümmern.«

»Und das heißt auch, daß sie nach zehn Uhr abends mit in dein Apartment kommen muß?« fragte Janet verächtlich. »Verkauf mich nicht für blöd. Ich kann es einfach nicht glauben. Du bist noch keine vierundzwanzig Stunden hier und empfängst schon Damenbesuch in deinem Apartment.«

»Ich wollte sie an sich gar nicht einladen«, sagte Sean. »Aber es war irgendwie komisch. Sie hat mich heute nachmittag hergefahren und mich heute abend mit zu dem Empfang genommen. Als wir hier ankamen und neben ihrem Wagen gehalten haben, habe ich nur versucht, gastfreundlich zu sein. Ich habe sie auf ein Bier eingeladen. Ich hatte ihr schon gesagt, daß ich todmüde bin. Du beschwerst dich doch sonst immer über meine mangelnden Manieren.«

»Ist ja ein schöner Zufall, daß du dich deiner Manieren gerade noch früh genug besonnen hast, um damit eine junge, attraktive Frau zu beeindrucken«, zischte Janet. »Ich finde meine Skepsis wirklich nicht unbegründet.«

»Nun, du machst mehr daraus, als es war«, sagte Sean. »Wie bist du überhaupt hier reingekommen?«

»Man hat mir das Apartment zwei Türen weiter gegeben«, sagte Janet. »Und du hast deine Schiebetür aufgelassen.«

»Und wieso lassen sie dich hier wohnen?«

»Weil ich ab sofort Angestellte der Forbes-Krebsklinik bin«, sagte Janet. »Das gehört auch noch mit zu der Überraschung. Ich werde hier arbeiten.«

Zum zweiten Mal an diesem Abend gelang es Janet, Sean zu verblüffen. »Hier arbeiten?« wiederholte er, als habe er nicht richtig verstanden. »Wovon redest du überhaupt?«

»Ich habe die Forbes-Klinik angerufen«, sagte Janet. »Sie bemühen sich zur Zeit sehr um die Anstellung neuer Krankenschwestern. Sie haben mich vom Fleck weg engagiert und mit den hiesigen Behörden eine Übergangsregelung vereinbart, während der Formularkram für meine endgültige Zulassung als Krankenschwester im Staate Florida bearbeitet wird.«

»Und was ist mit deinem Job im Boston Memorial?« fragte Sean.

»Kein Problem«, sagte Janet. »Sie haben mir ab sofort unbezahlten Urlaub gewährt. Einer der Vorteile als Krankenschwester ist, daß man sehr gefragt ist. Wir haben mehr Mitspracherecht bei unseren Vertrags- und Arbeitsbedingungen als jede andere Berufsgruppe.«

»Nun, das ist ja alles sehr interessant«, sagte Sean. Mehr wollte ihm im Moment partout nicht einfallen.

»So arbeiten wir auch weiterhin in derselben Einrichtung.«

»Ist dir je der Gedanke gekommen, diese Idee vielleicht vorher mit mir zu besprechen?« fragte Sean.

»Das konnte ich ja nicht«, sagte Janet. »Du warst schon unterwegs.«

»Und was war vor meiner Abreise?« fragte Sean. »Oder hättest du nicht warten können, bis ich hier angekommen war. Ich finde, wir hätten darüber reden sollen.«

»Genau darum geht es ja«, sagte Janet.

»Was soll das heißen?«

»Ich bin hergekommen, damit wir reden können«, sagte Janet. »Ich finde, daß dies eine perfekte Gelegenheit ist, über uns zu reden. In Boston bist du ja ständig mit der Uni und deiner Forschungsarbeit beschäftigt. Hier in Miami wird dein Stundenplan bestimmt nicht so vollgepackt sein, so daß wir all die Zeit haben, die uns in Boston fehlt.«

Sean stand von der Couch auf und ging zu der offenen

Schiebetür. Ihm fehlten die Worte. Diese ganze Floridageschichte entwickelte sich zu einer mittleren Katastrophe. »Wie bist du hergekommen?« fragte er.

»Ich bin geflogen und habe am Flugplatz einen Wagen gemietet«, antwortete Janet.

»Dann ist also noch nichts endgültig?« fragte Sean.

»Wenn du glaubst, daß du mich einfach so wieder nach Hause schicken kannst, irrst du dich«, sagte Janet, und der scharfe Unterton kehrte in ihre Stimme zurück. »Dies ist wahrscheinlich das erste Mal in meinem Leben, daß ich mich für etwas, das ich für wichtig halte, so zerreiße.« Sie klang noch immer wütend, doch Sean spürte, daß sie jeden Moment in Tränen ausbrechen konnte. »Vielleicht spielt unsere Beziehung in deinen Plänen ja keine so große Rolle...«

»Darum geht es doch gar nicht«, unterbrach Sean sie. »Das Problem ist nur, daß ich nicht weiß, ob ich überhaupt hierbleibe.«

Janet klappte den Mund auf. »Was soll das heißen?« fragte sie.

Sean kehrte zur Couch zurück und setzte sich. Er sah direkt in Janets hellbraune Augen, als er ihr von dem irritierenden Empfang in der Klinik erzählte, bei dem die Hälfte der Menschen gastfreundlich, die andere regelrecht grob gewesen war. Vor allem aber erzählte er ihr, daß Dr. Mason und Dr. Levy ihm die Mitarbeit an der Medulloblastom-Therapie verweigern wollten.

»Was sollst du denn statt dessen tun?« fragte Janet.

»Stumpfsinnige Routinearbeit, soweit es mich betrifft«, erwiderte Sean. »Sie wollen, daß ich versuche, einen monoklonalen Antikörper zu einem bestimmten Protein herzustellen. Wenn das nicht klappt, soll ich es auskristallisieren, damit seine dreidimensionale molekulare Konfiguration bestimmt werden kann. Das ist für mich reine Zeitverschwendung. Dabei kann ich nichts lernen. Da fahre ich besser zurück nach Boston und arbeite an dem Onkogen-Projekt für meine Dissertation weiter.«

»Vielleicht kannst du ja beides machen«, schlug Janet vor. »Ihnen mit ihrem Protein helfen und als Gegenleistung an dem Medulloblastom-Projekt mitarbeiten.«

Sean schüttelte den Kopf. »In diesem Punkt waren sie sehr entschieden. Ich glaube nicht, daß sie ihre Meinung ändern werden. Sie haben gesagt, die Medulloblastom-Studie sei bereits in einer klinischen Erprobungsphase, während ich zur Grundlagenforschung hergekommen sei. Unter uns glaube ich, daß ihre Zurückhaltung irgendwas mit den Japanern zu tun hat.«

»Den Japanern?« fragte Janet.

Sean erzählte ihr von dem enormen Zuschuß, den das Forbes-Zentrum als Vorauszahlung für alle patentierbaren biotechnologischen Produkte angenommen hatte. »Irgendwie habe ich den Eindruck, daß die Medulloblastom-Therapie Teil dieses Deals ist. Anders kann ich mir nicht erklären, warum die Japaner dem Forbes-Zentrum so viel Geld geben sollten. Sie erwarten ganz offensichtlich, daß sich ihre Investition eines Tages rentiert – und wahrscheinlich lieber früher als später, wenn es nach ihnen geht.«

»Das ist ja schrecklich«, fand Janet, doch sie meinte es ganz persönlich. Es hatte nichts mit Seans Karriere als Forscher zu tun. Nach Florida zu kommen war für sie so anstrengend gewesen und hatte sie so beschäftigt, daß sie auf eine derartige Wende der Ereignisse nicht vorbereitet war.

»Und es gibt ein weiteres Problem«, fuhr Sean fort. »Die Person, die mir den mit Abstand kühlsten Empfang bereitet hat, ist zufälligerweise auch die Direktorin der Forschungsabteilung, meine direkte Vorgesetzte.«

Janet seufzte. Sie überlegte bereits, wie sich alles, was sie in Bewegung gesetzt hatte, um an die Forbes-Klinik zu kommen, wieder rückgängig machen ließ. Wahrscheinlich mußte sie im Boston Memorial zunächst wieder auf der Nachtschicht anfangen, zumindest für eine Weile. Sie erhob sich aus dem tiefen Sessel, in dem sie gesessen hatte, und schlenderte zu der Schiebetür. In Boston war ihr der Trip nach Florida noch wie eine großartige Idee vorgekommen. Jetzt schien es, als sei es das Dümmste, worauf sie sich je eingelassen hatte.

Doch plötzlich fuhr sie herum. »Moment mal!« rief sie. »Ich habe vielleicht eine Idee.«

»Und?« fragte Sean, als Janet nicht weitersprach.

»Ich denke nach«, erwiderte sie und machte ihm ein Zeichen, still zu sein.

Sean betrachtete ihr Gesicht. Noch vor wenigen Minuten hatte sie deprimiert ausgesehen. Jetzt blitzten ihre Augen.

»Okay, hier ist mein Vorschlag«, sagte sie. »Laß uns hierbleiben und diese Medulloblastom-Geschichte gemeinsam erkunden. Wir arbeiten als Team.«

»Was soll das heißen?« Sean klang skeptisch.

»Ganz einfach«, sagte Janet. »Du hast doch gesagt, daß das Projekt in die klinische Erprobungsphase eingetreten ist. Na also, kein Problem. Ich werde auf den Stationen arbeiten und kann dort die Behandlungsrichtlinien herausfinden: die Applikationsintervalle, Dosierung und Rahmenbedingungen. Du bist im Labor und kannst dort deinen Teil machen. Diese monoklonalen Dingsda dürften wohl kaum deine ganze Zeit in Anspruch nehmen.«

Sean biß sich auf die Unterlippe, während er über Janets Vorschlag nachdachte. Um ehrlich zu sein, hatte er selbst auch schon daran gedacht, sich nebenbei heimlich mit dem Medulloblastom-Projekt zu befassen. Sein Hauptproblem war genau das, was Janet ihm als Schwester beschaffen konnte, nämlich klinische Informationen.

»Du müßtest mir die Krankenblätter besorgen«, sagte Sean. Er war nach wie vor mißtrauisch. Janet hatte immer auf der strikten Einhaltung der üblichen Verfahren und gültigen Regeln bestanden, und zwar nicht nur im Krankenhaus.

»Wenn ich ein Kopiergerät auftreibe, sollte das kein Problem sein«, sagte sie.

»Ich werde Proben sämtlicher Medikamente brauchen.«

»Ich werde die Medizin wahrscheinlich selbst austeilen«, erwiderte sie.

Er seufzte. »Ich weiß nicht. Das klingt ziemlich dubios.«

»Also wirklich«, meinte Janet. »Was soll das jetzt sein, ein Rollentausch? Du bist doch derjenige, der mir sonst immer erzählt, daß ich ein zu behütetes Leben lebe und nie ein Risiko eingehe. Jetzt will ich mal ein Risiko eingehen, und plötzlich wirst du vorsichtig. Wo bleibt dein rebellischer Geist, auf den du immer so stolz warst?«

Sean mußte lächeln. »Wer ist diese Frau, mit der ich rede?« fragte er rhetorisch. Dann lachte er. »Okay, du hast recht. Ich will schon alles hinschmeißen, bevor wir es versucht haben. Also gut, laß es uns probieren.«

Janet warf ihre Arme um Sean. Er erwiderte die Umarmung. Nach einer Weile sahen sie sich in die Augen und küßten sich.

»Nachdem wir die Intrige jetzt fertig geschmiedet haben, könnten wir ja ins Bett gehen«, schlug Sean vor.

»Moment«, sagte Janet. »Wir werden jetzt bestimmt nicht miteinander schlafen, wenn du das meinst. Das wird erst wieder passieren, wenn wir uns ernsthaft über unsere Beziehung unterhalten haben.«

»Ach, komm schon, Janet«, jammerte Sean.

»Du hast dein Apartment, und ich habe meins«, erklärte Janet und zwickte ihm in die Nase. »Was das Reden angeht, ist es mir sehr ernst.«

»Ich bin zu müde zum Diskutieren«, sagte Sean.

»Gut«, erwiderte Janet. »Diskutieren wird dir sowieso nicht weiterhelfen.«

Eine halbe Stunde vor Mitternacht war Hiroshi Gyuhama die einzige Person, die sich noch im Forbes-Forschungsgebäude aufhielt, mit Ausnahme des Wachmanns, der, so vermutete Hiroshi, auf seinem Posten am Eingang schlief. Seit David Lowenstein um neun Uhr gegangen war, war er allein im Gebäude. Doch es war nicht seine Forschungsarbeit, die Hiroshi so lange aufhielt; er wartete vielmehr auf eine Nachricht. In Tokio war es jetzt ein Uhr dreißig am Mittag des folgenden Tages, und er wußte, daß seine Vorgesetzten normalerweise nach dem Mittagessen von ihren Direktoren über alles, was Hiroshi übermittelte, informiert wurden.

Wie auf ein Stichwort leuchtete in LCD-Schrift die Empfangsanzeige des Faxgeräts auf. Begierig riß Hiroshi das Blatt heraus, sobald es durchgelaufen war. Leicht beklommen lehnte er sich in seinen Stuhl zurück und las die Direktive.

Der erste Teil war wie erwartet. Die Geschäftsleitung von Sushita war irritiert über die unerwartete Ankunft des Harvard-Studenten. Ihrer Ansicht nach verstieß das gegen den Geist der Vereinbarung mit dem Forbes-Zentrum. Weiter betonte die Direktive die feste Überzeugung der Firma, daß die erfolgreiche Diagnose und Behandlung von Krebs die größte biotechnisch-pharmazeutische Errungenschaft des einundzwanzigsten Jahrhunderts sein werde. Ihrer Ansicht nach würde es die Goldgrube des zwanzigsten Jahrhunderts, die Antibiotika, noch übertreffen.

Es war der zweite Teil der Nachricht, der bei Hiroshi Panik auslöste. Dort hieß es, daß das Management kein Risiko eingehen wolle und daß Hiroshi Tanaka Yagamuchi anrufen solle, um ihn mit Ermittlungen über Sean Murphy zu beauftragen. Anschließend sollte er nach Lage der Dinge handeln. Wenn Sean Murphy eine Bedrohung darstellte, hatte er dafür zu sorgen, daß er umgehend nach Tokio gebracht wurde.

Hiroshi faltete die Faxseite mehrmals der Länge nach und verbrannte sie über dem Waschbecken. Danach spülte er die Aschenreste in den Ausguß. Dabei fiel ihm auf, daß seine Hände zitterten.

Hiroshi hatte gehofft, daß ihn die Direktive aus Tokio beruhigen würde. Doch jetzt war er noch aufgeregter als vorher. Die Tatsache, daß Hiroshis Vorgesetzte den Eindruck hatten, daß er die Lage nicht im Griff hatte, war kein gutes Zeichen. Sie hatten es nicht ausdrücklich gesagt, aber die Anweisung, Tanaka anzurufen, war deutlich genug. Sie implizierte, daß man sich in Fragen von entscheidender Bedeutung nicht auf Hiroshi verlassen konnte, und wenn man sich nicht auf ihn verlassen konnte, war sein Aufstieg in der Hierarchie von Sushita automatisch in Frage gestellt. Er hatte, anders konnte er es nicht deuten, sein Gesicht verloren.

Trotz seiner wachsenden Nervosität war sein Gehorsam unbeirrbar, und er holte die Listen mit den Telefonnummern für Notfälle hervor, die man ihm vor seinem Dienstantritt im Forbes-Zentrum vor mehr als einem Jahr mitgegeben hatte. Er fand Tanakas Nummer und wählte. Während das Klingelzeichen ertönte, spürte Hiroshi Wut und Abneigung gegen diesen Medizinstudenten aus Harvard in sich aufwallen. Wenn der junge angehende Arzt nie an die Forbes-Klinik gekommen wäre, wäre auch seinem Ansehen in den Augen seiner Vorgesetzten nicht derart geschadet worden.

Nach einem Piepston folgte eine knappe japanische Ansage, die den Anrufer aufforderte, Namen und Rufnummer zu hinterlassen. Hiroshi tat, wie ihm geheißen, und fügte noch hinzu, daß er auf den Rückruf warten würde. Er legte auf und dachte über Tanaka nach. Er wußte nicht viel über den Mann, doch was er wußte, war beunruhigend genug. Tanaka wurde von diversen japanischen Firmen häufig für Industriespionage jeder Art eingesetzt. Was Hiroshi jedoch weitaus mehr irritierte, war Tanakas angebliche Verbindung mit der Yakuza, der brutalen japanischen Mafia.

Als wenige Minuten später das Telefon klingelte, hallte es in der Stille des verlassenen Labors unnatürlich laut und schrill nach. Hiroshi fuhr zusammen und griff nach dem Hörer, noch bevor das erste Läuten verklungen war.

»Moshimoshi«, sagte er viel zu hastig und hörbar nervös.

Die Stimme am anderen Ende war scharf und schneidend wie ein Stilett. Es war Tanaka.

4

Mittwoch, 3. März, 8.30 Uhr

Als Sean morgens um halb neun die Augen aufschlug, war er sofort hellwach. Er warf einen Blick auf seine Armbanduhr und ärgerte sich über sich selbst. Er hatte vorgehabt, an diesem Tag früh ins Labor zu gehen. Wenn er Janets Plan eine Chance geben wollte, mußte er sich mehr anstrengen.

Nachdem er einigermaßen züchtige Kleidung in Form einer Boxershorts angelegt hatte, tapste er den Balkon entlang und klopfte sanft an Janets Schiebetür. Nachdem er ein zweites Mal fester geklopft hatte, tauchte hinter der Scheibe ihr verschlafenes Gesicht auf.

»Hast du mich vermißt?« fragte Sean grinsend, als sie die Schiebetür öffnete.

»Wie spät ist es?« fragte Janet und blinzelte ins helle Licht.

»Es geht auf neun«, sagte Sean. »Ich mache mich in fünfzehn bis zwanzig Minuten auf den Weg. Wollen wir zusammen fahren oder was?«

»Ich glaube, ich fahre lieber selbst«, sagte Janet. »Ich muß mir noch eine Wohnung suchen. Ich kann hier nur ein paar Nächte lang bleiben.«

»Dann bis heute nachmittag«, sagte Sean und wandte sich zum Gehen.

»Sean!« rief Janet.

Er drehte sich noch einmal um.

»Viel Glück!« sagte Janet.

»Dir auch«, erwiderte Sean.

Nach dem Ankleiden fuhr er sofort zum Forbes-Zentrum, wo er seinen Wagen vor dem Forschungsgebäude parkte. Es war kurz nach halb zehn, als er durch die Eingangstür trat. Sofort richtete sich Robert Harris hinter dem Tisch auf, wo er dem diensttuenden Wachposten scheinbar etwas erklärt hatte. Sein Gesichtsausdruck lag irgendwo zwischen wütend und mißmutig.

»Auch schon aufgestanden, der Herr?« fragte er provozierend.

»Mein Lieblings-Ledernacken«, erwiderte Sean. »Ist es Ihnen gelungen, Ms. Masons Keuschheit zu wahren, oder war sie etwa verzweifelt genug, Sie auf die Lady Luck einzuladen?«

Robert Harris starrte Sean wütend an, während dieser sich gegen das Drehkreuz lehnte und dem Wachmann hinter dem Tisch seinen Hausausweis zeigte. Harris fiel auf die Schnelle keine passende Entgegnung ein, der Posten hinter dem Tisch entriegelte die Sperre und ließ Sean passieren.

Sean war sich nicht sicher, wie er seinen Arbeitstag beginnen sollte, und nahm zunächst den Aufzug in den siebten Stock, wo er Claires Büro ansteuerte. Beim Gedanken an das Treffen war ihm unbehaglich, da sie sich am Abend zuvor unter recht peinlichen Umständen verabschiedet hatten. Doch er wollte die Sache bereinigen.

Claire teilte sich ein Büro mit ihrem Vorgesetzten, die beiden Schreibtische standen einander direkt gegenüber. Glücklicherweise war sie allein, als er den Raum betrat.

»Morgen!« sagte Sean fröhlich.

Claire blickte von ihrer Arbeit auf. »Ich hoffe, Sie haben gut geschlafen«, sagte sie spöttisch.

»Es tut mir leid wegen gestern abend«; entschuldigte sich Sean. »Ich weiß, es war für alle Beteiligten unangenehm und peinlich. Es tut mir auch leid, daß der Abend so enden mußte, aber ich versichere Ihnen, daß mich Janets Ankunft total überrascht hat.«

»Das glaube ich Ihnen aufs Wort«, erwiderte Claire kühl.

»Bitte«, sagte Sean, »werden Sie jetzt nicht auch noch unfreundlich. Sie waren einer der wenigen Menschen, die nett zu mir waren. Ich habe mich entschuldigt. Was kann ich sonst noch tun?«

»Sie haben recht«, sagte Claire, und ihre Miene wurde endlich freundlicher. »Vergessen wir das Ganze. Was kann ich heute für Sie tun?«

»Ich vermute, ich sollte mich mit Dr. Levy unterhalten«, sagte Sean. »Haben Sie eine Idee, wie ich sie finden kann?«

»Lassen Sie sie ausrufen«, sagte Claire. »Alle Ärzte und Wissenschaftler im Haus haben einen Piepser bei sich. Sie sollten sich auch einen besorgen.« Sie griff zum Telefon, fragte, ob Dr. Levy im Haus war, und ließ sie dann ausrufen.

Claire konnte Sean gerade noch erklären, wo er sich seinen Piepser abholen mußte, als das Telefon klingelte. Eine Sekretärin erklärte, Dr. Levy warte in ihrem Büro nur ein paar Türen den Flur hinunter.

Zwei Minuten später klopfte Sean an ihre Tür und fragte sich, wie der Empfang diesmal ausfallen würde. Als Dr. Levy ihn hereinbat, nahm er sich vor, höflich zu bleiben, selbst wenn sie es nicht war.

Dr. Levys Büro war der erste Raum, der Sean an seine gewohnte akademische Umgebung erinnerte. Es herrschte das übliche Durcheinander aus Fachzeitschriften und Büchern, dazwischen ein Binokular-Mikroskop, diverse Objektträger, Mikrophotographien, verstreute Farbdias, Erlenmeyerkolben, Kulturträger, Reagenzgläser und Labornotizbücher.

»Einen wunderschönen guten Tag«, sagte Sean in der Hoffnung, das Gespräch angenehmer beginnen zu lassen als am Tag zuvor.

»Ich habe Mark Halpern gebeten raufzukommen, als ich hörte, daß Sie hier sind«, sagte Dr. Levy, ohne Seans Höflichkeiten zu beachten. »Er ist unser leitender und zur Zeit auch einziger Labortechniker. Er wird Ihnen alles zeigen. Er kann Ihnen auch neues Material und Reagenzien bestellen, falls Sie irgend etwas benötigen, was wir nicht vorrätig haben, obwohl wir ein gut sortiertes Lager haben. Aber jede Bestellung muß vorher von mir genehmigt werden.« Sie schob Sean eine Phiole über den Tisch. »Hier ist das Glykoprotein. Ich rechne auf Ihr Verständnis, wenn ich Ihnen erkläre, daß diese Probe das Gebäude nicht verlassen darf. Und was ich Ihnen gestern gesagt habe, war mein voller Ernst: Halten Sie sich an Ihren Auftrag. Damit sollten Sie hinreichend beschäftigt sein. Viel Glück, und hoffentlich sind Sie wirklich so gut, wie Dr. Mason offenbar glaubt.«

»Wäre es nicht angenehmer, wenn wir die ganze Sache ein wenig freundlicher angehen würden?« fragte Sean und griff nach dem Glasfläschchen.

Dr. Levy strich sich ein paar eigensinnige Strähnen ihres glänzenden Haars aus der Stirn. »Ich weiß Ihre Offenheit zu schätzen«, sagte sie nach einer kurzen Pause. »Unsere Beziehung hängt ganz von Ihrer Leistung ab. Wenn Sie gut arbeiten, werden wir bestens miteinander auskommen.«

In diesem Moment betrat Mark Halpern Dr. Levys Büro. Während sie einander vorgestellt wurden, betrachtete Sean den Mann. Er schätzte sein Alter auf etwa dreißig Jahre. Er war ein paar Zentimeter größer als Sean und makellos gekleidet. Mit seinem fleckenlosen weißen Kittel über dem Anzug erinnerte er Sean eher an einen der Männer, die Sean an Kosmetiktresen in Kaufhäusern gesehen hatte, als an den Techniker eines wissenschaftlichen Labors.

Während der nächsten halben Stunde half Mark ihm,

sich in dem großen leeren Labor im fünften Stock einzurichten, das Claire ihm am Tag zuvor gezeigt hatte. Als sie fertig waren, war Sean mit seinen Arbeitsbedingungen durchaus zufrieden; er wünschte nur, daß er an etwas arbeiten könnte, was ihn wirklich interessierte.

Er nahm die Phiole, die Dr. Levy ihm gegeben hatte, schraubte den Deckel ab und betrachtete das feine, weiße Pulver. Er schnupperte daran, doch es war völlig geruchlos. Er zog sich den Hocker näher an die Arbeitsfläche und machte sich ans Werk. Zunächst löste er das Pulver in diversen Reagenzien auf, um eine Vorstellung seiner allgemeinen Löslichkeit zu bekommen. Dann bereitete er eine Trägerelektrophorese vor, um das ungefähre Molekulargewicht zu bestimmen.

Nach einer Stunde konzentrierter Arbeit wurde Sean auf einmal von einer Bewegung abgelenkt, die er aus den Augenwinkeln wahrgenommen zu haben meinte. Als er in die Richtung blickte, sah er bis zu der Tür zum Treppenhaus nur leere Fläche. Er hielt inne. Das einzig wahrnehmbare Geräusch war das Brummen eines Kühlkompressors und das Surren der Rührautomatik, mit deren Hilfe Sean eine übersättigte Lösung herstellen wollte. Er fragte sich, ob die ungewohnte Einsamkeit ihn Gespenster sehen ließ.

Er hatte sich einen Arbeitsplatz in der Mitte des Raumes aufgebaut. Jetzt legte er seine Utensilien beiseite und schritt das gesamte Labor ab, wobei er einen Blick in jeden der Seitengänge warf. Je länger er suchte, desto unsicherer wurde er, ob er überhaupt etwas gesehen hatte. Er kam zu der Tür zum Treppenhaus und riß sie auf, um einen Blick ins Treppenhaus zu werfen. Er hatte nicht wirklich erwartet, etwas zu finden, und hielt unwillkürlich den Atem an, als er sich plötzlich Auge in Auge mit einer Person sah, die direkt hinter der Tür gelauert hatte.

Rasch erkannte er, daß vor ihm der ebenso verschreckte

Hiroshi Gyuhama stand. Sean erinnerte sich, daß Claire sie einander vorgestellt hatte.

»Verzeihung«, sagte Hiroshi mit einem nervösen Lächeln und verbeugte sich tief.

»Keine Ursache«, sagte Sean und verspürte einen unwiderstehlichen Drang, die Verbeugung zu erwidern. »Mein Fehler. Ich hätte durch das Fenster schauen sollen, bevor ich die Tür aufgerissen habe.«

»Nein, nein, es war mein Fehler«, beharrte Hiroshi.

»Ganz bestimmt, es war wirklich mein Fehler«, entgegnete Sean. »Aber das ist eine alberne Diskussion.«

»Mein Fehler«, insistierte Hiroshi.

»Wollten Sie gerade reinkommen?« fragte Sean und wies auf das Labor hinter sich.

»Nein, nein.« Hiroshis Lächeln wurde noch breiter. »Ich bin auf dem Weg zurück zu meinem Arbeitsplatz«, sagte er, ohne sich von der Stelle zu rühren.

»Woran arbeiten Sie denn?« fragte Sean höflichkeitshalber.

»Lungenkrebs«, sagte Hiroshi. »Vielen herzlichen Dank.«

»Danke Ihnen«, erwiderte Sean aus purem Reflex, bevor er sich fragte, wofür er dem Mann eigentlich dankte.

Hiroshi verbeugte sich noch mehrmals, drehte sich dann um und stieg die Treppe hoch.

Sean zuckte die Schultern und kehrte an seine Laborbank zurück. Er fragte sich, ob es Hiroshi gewesen war, den er aus dem Augenwinkel wahrgenommen hatte, vielleicht durch das kleine Fenster zum Treppenhaus. Das würde jedoch bedeuten, daß er schon die ganze Zeit dort gestanden hatte, was für Sean keinen Sinn ergab.

Ohnehin aus seiner Konzentration gerissen, nahm er sich die Zeit, in den Keller hinabzusteigen, um Roger Calvet aufzusuchen. Als er ihn gefunden hatte, war es ihm unangenehm, mit dem Mann zu sprechen. Sein deformierter Rücken machte es ihm unmöglich, Sean in die Augen zu sehen, wenn sie miteinander redeten. Trotzdem gelang es Mr. Calvet, eine Anzahl geeigneter Mäuse einzufangen, denen Sean das Glykoprotein spritzen konnte in der Hoffnung, eine Antikörperreaktion hervorzurufen. Sean erwartete nicht, daß gleich seine ersten Versuche erfolgreich verlaufen würden. Das hatten andere vor ihm bestimmt auch schon probiert. Doch er mußte zunächst systematisch vorgehen, bevor er Zuflucht bei einem seiner »Tricks« suchte.

Im Aufzug wollte er gerade den Knopf für den fünften Stock drücken, als er es sich anders überlegte und statt dessen auf den sechsten drückte. Er hätte es von sich nicht vermutet, doch er fühlte sich isoliert, ja sogar ein wenig einsam. Die Arbeit am Forbes-Zentrum war eine dezidiert unangenehme Erfahrung, und das nicht nur wegen der Ansammlung unfreundlicher Menschen. Es waren einfach nicht *genug* Leute. Der Ort war zu leer, zu sauber, zu ordentlich. Sean hatte die akademische Kollegialität, die an seinen bisherigen Arbeitsstätten geherrscht hatte, stets für selbstverständlich gehalten. Jetzt empfand er das dringende Bedürfnis nach menschlicher Interaktion. Also machte er sich auf den Weg in den sechsten Stock.

Die erste Person, die er dort traf, war David Lowenstein. Er war ein ernsthafter, hagerer Mann, der über seine Laborbank gebeugt saß und Reagenzgläser mit Gewebekulturen untersuchte. Sean stellte sich links neben ihn und sagte Hallo.

»Verzeihung?« sagte David, von seiner Arbeit aufblikkend.

»Wie läuft's?« fragte Sean und stellte sich noch einmal vor für den Fall, daß David vergessen hatte, wer er war.

»So gut, wie man es erwarten kann«, sagte David.

»Woran arbeiten Sie?« fragte Sean.

»Melanome«, antwortete David.

»Oh«, sagte Sean.

Von da an wurde das Gespräch immer schwieriger, so daß Sean schließlich weiterschlenderte. Er bemerkte, daß Hiroshi ihn beobachtete, aber nach dem Zwischenfall im Treppenhaus mied er ihn lieber. Statt dessen ging er zu Arnold Harper, der geschäftig unter einer Haube zugange war. Sean vermutete, daß er mit Hilfe von Hefen an Rekombinationen arbeitete.

Seine Konversationsbemühungen mit Arnold verliefen in etwa so erfolgreich wie die mit David Lowenstein. Sean erfuhr lediglich, daß Arnold sich mit Dickdarmkrebs beschäftigte. Obwohl er das Glykoprotein, mit dem Sean arbeitete, hergestellt hatte, schien er nicht im geringsten daran interessiert, darüber zu reden.

Sean spazierte weiter und kam an die Glastür zum Hochsicherheitstrakt mit der Aufschrift »Kein Zutritt«. Wieder versuchte er durch die Scheibe zu spähen. Wie am Vortag konnte er nur einen Flur mit Türen erkennen. Er drehte sich um, um sicherzugehen, daß niemand in Sicht war, öffnete dann die Tür und betrat den Flur. Mit einem leisen Zischen wurde die Schleuse wieder versiegelt. In diesem Teil des Labors herrschte permanenter Unterdruck, damit keine Luft entweichen konnte, wenn die Tür aufging.

Einen Moment lang stand Sean hinter der Tür und spürte, wie sein Puls raste. Es war dasselbe Gefühl der Anspannung, das er als Teenager empfunden hatte, wenn er mit Jimmy und Brady nach Swampscott oder Marblehead oder einer der anderen reichen Schlafstädte im Norden von Boston gefahren war, um in ein paar Häuser einzusteigen. Sie hatten nie etwas wirklich Wertvolles gestohlen, nur Fernsehgeräte und dergleichen, und sie hatten auch nie

Probleme, die Ware in Boston zu versetzen. Das Geld ging an einen Mann, der es angeblich an die IRA weiterleitete, obwohl Sean sich nicht sicher war, wieviel davon je nach Irland gelangte.

Als offenbar niemand Anstoß an Seans Aufenthalt in der »Betreten-Verboten«-Zone nahm, ging er weiter. Die Räumlichkeiten sahen nicht aus wie ein Hochsicherheitslabor und fühlten sich auch nicht so an. Tatsächlich war der erste Raum, in den er einen Blick riskierte, bis auf ein paar Laborbänke völlig leer. Überhaupt keine Ausstattung. Sean betrat den Raum und untersuchte die Arbeitsflächen. Sie waren irgendwann einmal benutzt worden, wenn auch nicht ausgiebig. Er sah die Abdrücke eines Geräts auf dem Tresen, doch ansonsten konnte er keine Anzeichen für irgendwelche Aktivitäten erkennen.

Er bückte sich, öffnete einen Schrank und blickte hinein. Auf den Regalbrettern standen ein paar halbleere Flaschen mit Reagenzien sowie eine Ansammlung von Glasgefäßen, zum Teil zerbrochen.

»Keine Bewegung!« rief plötzlich eine Stimme, die Sean herumfahren und hochschnellen ließ.

Es war Robert Harris, der mit gespreizten Beinen, die Hände in die Hüften gestemmt, auf der Schwelle stand. Sein fleischiges Gesicht war knallrot. Schweißperlen standen auf seiner Stirn. »Haben Sie in Harvard nicht lesen gelernt?« knurrte er.

»Ich glaube nicht, daß es sich lohnt, sich wegen eines leeren Labors aufzuregen«, sagte Sean.

»Diese Zone darf nicht betreten werden«, sagte Harris.

»Wir sind doch hier nicht bei der Armee«, erwiderte Sean.

Harris machte drohend ein paar Schritte nach vorn. Er hoffte, Sean mit seiner überlegenen Körpergröße und Leibesfülle zu beeindrucken. Aber Sean rührte sich nicht vom

Fleck. Er spannte lediglich seine Muskeln an. Mit seiner Straßenerfahrung wußte er instinktiv, wo er Harris hart treffen mußte, wenn dieser Anstalten machte, ihn zu schlagen, obwohl er einigermaßen zuversichtlich war, daß Harris es nicht versuchen würde.

»Sie sind wirklich ein echter Klugscheißer«, sagte Harris. »Schon als ich Sie zum ersten Mal gesehen habe, wußte ich, daß wir beide Ärger bekommen würden.«

»Merkwürdig! Das Gefühl hatte ich bei Ihnen auch gleich«, erwiderte Sean.

»Ich habe Sie gewarnt, mich nicht zu provozieren, Freundchen«, sagte Harris und blieb direkt vor Sean stehen.

»Sie haben da ein paar Mitesser auf der Nase«, sagte Sean. »Nur für den Fall, daß Sie es nicht wußten.«

Harris starrte wütend auf Sean herab und sagte einen Moment lang nichts. Sein Gesicht wurde noch röter.

»Ich glaube, daß Sie sich zu sehr aufregen«, sagte Sean.

»Was, zum Teufel, haben Sie hier drin zu suchen?« wollte Harris wissen.

»Reine Neugier«, sagte Sean. »Man hat mir gesagt, daß sich hier ein Hochsicherheitslabor befinden würde, und das wollte ich mir mal anschauen.«

»Ich will, daß Sie innerhalb von zwei Sekunden hier verschwunden sind«, sagte Harris. Er machte einen Schritt zurück und wies auf die Tür.

Sean betrat den Flur. »Die anderen Räume hätte ich mir auch gern noch angesehen«, sagte er. »Wie wär's, wenn Sie mich herumführen?«

»Raus!« brüllte Harris und wies auf die Glastür.

Am späten Vormittag hatte Janet einen Termin mit der leitenden Oberschwester Margaret Richmond. Nachdem Sean sie geweckt hatte, hatte sie lange geduscht, ihre Beine rasiert, ihr Haar gefönt und ihr Kleid gebügelt. Obwohl sie wußte, daß ihr der Job in der Forbes-Klinik sicher war, machten sie Treffen wie das bevorstehende stets nervös. Außerdem machte sie sich immer noch Sorgen, daß Sean zurück nach Boston aufbrechen könnte. Alles in allem hatte sie jede Menge Gründe, sich aufzuregen, und keine Ahnung, was die nächsten Tage bringen würden.

Margaret Richmond war nicht, was Janet erwartet hatte. Am Telefon hatte sie wie eine zarte und zierliche Person geklungen. Statt dessen stellte sie sich als eine kräftige und recht strenge Frau heraus. Doch sie war herzlich und geschäftsmäßig und vermittelte Janet das Gefühl, daß sie sich ernsthaft über ihre Ankunft in der Forbes-Klinik freute. Janet durfte sogar ihre Schicht wählen und war froh, sich für die Tagesschicht entscheiden zu können. Sie hatte befürchtet, mit dem verhaßten Nachtdienst anfangen zu müssen.

»Sie haben angegeben, daß Sie am liebsten auf einer Station eingesetzt würden«, sagte Ms. Richmond und warf einen Blick auf ihre Notizen.

»Das ist richtig«, sagte Janet. »Im Stationsdienst ergibt sich am ehesten die Möglichkeit zu der Art Patientenkontakt, wie ich ihn persönlich am befriedigendsten finde.«

»Wir haben gerade eine Vakanz im vierten Stock«, sagte Ms. Richmond.

»Klingt gut«, erwiderte Janet fröhlich.

»Wann würden Sie gern anfangen?« fragte Ms. Richmond.

»Morgen«, antwortete Janet. Sie hätte zwar lieber noch ein paar Tage Zeit gehabt, um eine Wohnung zu finden und sich einzurichten, aber sie wollte so bald wie möglich mit ihren Nachforschungen über die Medulloblastom-Therapie beginnen.

»Heute würde ich mir gerne eine Wohnung oder ein Apartment in der Nähe suchen«, fügte Janet noch hinzu.

»Meiner Ansicht nach sollten Sie lieber nicht in der unmittelbaren Nachbarschaft bleiben«, sagte Ms. Richmond. »Ich an Ihrer Stelle würde mich irgendwo in Strandnähe umsehen. Sie haben die Gegend in letzter Zeit ganz schön aufgemöbelt. Entweder das oder Coconut Grove.«

»Ich werde mich an Ihren Ratschlag halten«, sagte Janet und stand auf, da sie annahm, das Gespräch sei beendet.

»Wie wär's mit einem kurzen Rundgang durch die Klinik?« fragte Ms. Richmond.

»Gerne«, erwiderte Janet.

Zunächst führte Ms. Richmond Janet zum Büro gegenüber, um Dan Selenburg, den Verwaltungschef des Krankenhauses, kennenzulernen, der jedoch im Moment nicht zu sprechen war. Statt dessen begaben sie sich in den ersten Stock, wo sie die Behandlungsräume für die ambulanten Patienten, den Vortragssaal des Krankenhauses und die Kantine besichtigten.

Im zweiten Stock warf Janet einen Blick in die Intensivstation, die OP-Säle, das chemische Labor, die Radiologieabteilung und das Archiv mit den Patientenunterlagen. Von dort ging es in den vierten Stock.

Janet war von der Klinik beeindruckt. Sie wirkte fröhlich, modern und personell gut ausgestattet, was aus Sicht einer Krankenschwester besonders wichtig war. Sie hatte Bedenken gehabt wegen der Arbeit auf einer Onkologie-Station, wo sie ausschließlich mit Krebspatienten zu tun haben würde, aber angesichts der ansonsten angenehmen Umgebung und der Vielzahl verschiedener Patienten, die sie sah – einige alt, andere offensichtlich schwer krank, wieder andere in scheinbar ganz normaler Verfassung –, entschied sie, daß die Forbes-Klinik auf jeden Fall ein Ort war, an dem sie es aushalten konnte. In vielerlei Hinsicht war sie dem Boston Memorial Hospital nicht unähnlich, nur moderner und angenehmer eingerichtet.

Der vierte Stock war genauso angelegt wie alle Stationen, ein einfaches Rechteck mit Privatzimmern links und rechts des Mittelkorridors. In der Mitte des Stockwerks, unweit der Aufzüge, befand sich ein langer, U-förmiger Tresen, der den Arbeitsplatz der Schwestern umgab. Dahinter lag ein Vorratsraum und eine Medikamentenkammer mit einer quergeteilten Tür. Gegenüber dem Schwesterntresen befand sich der Aufenthaltsraum für die Patienten, vis-a-vis der Aufzüge eine Putzmittelkammer mit Schmutzwasserbecken. An jedem Ende des langen Flures führten Türen ins Treppenhaus.

Nach Beendigung des Rundgangs überließ Ms. Richmond Janet der Obhut von Marjorie Singleton, der leitenden Schwester der Tagesschicht, die Janet auf Anhieb sympathisch war. Marjorie Singleton war ein kleiner Rotschopf mit zahllosen Sommersprossen auf der Nase. Sie schien ständig mit irgend etwas beschäftigt und hatte immer ein Lächeln auf den Lippen. Janet traf auch noch weitere Kolleginnen und Kollegen, aber es waren einfach zu viele Namen auf einmal, um sie alle zu behalten. Janet glaubte nicht, daß sie sich, außer an Ms. Richmond und Marjorie sowie an Tim Katzenburg, den Stationssekretär, an einen einzigen der Menschen erinnern würde, die ihr vorgestellt worden waren. Katzenburg war ein blonder Adonis, eher Beach-Boy als Stationssekretär. Er erklärte Janet, daß er sich in der Abendschule auf ein Medizinstudium vorbereitete, seit er erkannt hatte, wie beschränkt der Nutzen eines philosophischen Abschlusses war.

»Wir sind wirklich froh, Sie hier zu haben«, sagte Marjorie, nachdem sie sich noch rasch um einen kleineren Notfall gekümmert hatte. »Pech für Boston, gut für uns.«

»Ich bin auch froh, daß ich hier bin«, sagte Janet.

»Seit der Tragödie mit Sheila Arnold waren wir unterbesetzt«, sagte Marjorie.

»Was ist denn passiert?«

»Die arme Frau wurde in ihrem Apartment vergewaltigt und erschossen«, erwiderte Marjorie. »Und das ganz in der Nähe des Krankenhauses. Willkommen in der Großstadt.«

»Das ist ja schrecklich«, sagte Janet und fragte sich, ob Ms. Richmond ihr deshalb von einer Wohnung in unmittelbarer Nachbarschaft abgeraten hatte.

»Wir haben zur Zeit ein kleines Kontingent von Patienten aus Boston«, sagte Marjorie. »Möchten Sie sie kennenlernen?«

»Gern«, sagte Janet.

Marjorie hüpfte los, und Janet mußte praktisch rennen, um mit ihr Schritt zu halten. Gemeinsam betraten sie ein Zimmer auf der Westseite der Klinik.

»Helen«, rief Marjorie leise, als sie neben dem Bett standen. »Sie haben eine Besucherin aus Boston.«

Helen schlug die Augen auf, deren strahlendes Grün einen Kontrast zu der blassen Haut bildete.

»Wir bekommen eine neue Schwester«, sagte Marjorie und machte die beiden Frauen miteinander bekannt.

Der Name Helen Cabot ließ bei Janet sofort ein Lämpchen aufleuchten. Trotz der vagen Eifersucht, die sie in Boston verspürt hatte, war sie froh, daß auch Helen in der Forbes-Klinik lag, weil ihre Anwesenheit zweifellos dazu beitragen würde, Sean zum Bleiben zu bewegen.

Nachdem Janet kurz mit ihr gesprochen hatte, verließen die beiden Krankenschwestern das Zimmer.

»Ein trauriger Fall«, sagte Marjorie. »So ein süßes Mädchen. Sie hat heute einen Termin zum Biopsieren. Ich hoffe, daß sie auf die Behandlung anspricht.«

»Ich habe gehört, daß ihr hier bei ihrer speziellen Tumorart eine Remissionsrate von hundert Prozent habt«, sagte Janet. »Warum sollte sie nicht darauf reagieren?«

Marjorie blieb wie angewurzelt stehen und starrte Janet an. »Ich bin beeindruckt«, sagte sie. »Offenbar sind Sie nicht nur mit unseren Medulloblastom-Resultaten vertraut, sondern Sie haben soeben auch noch eine korrekte Spontandiagnose erstellt. Verfügen Sie über geheime Kräfte, von denen wir wissen sollten?«

»Wohl kaum«, erwiderte Janet lachend. »Helen Cabot war Patientin an meinem Krankenhaus in Boston. Ich hatte schon vorher von ihrem Fall gehört.«

»Na, da fühle ich mich ja gleich besser«, meinte Marjorie. »Einen Moment lang habe ich schon geglaubt, ich wäre Zeugin übernatürlicher Ereignisse geworden.« Sie ging weiter. »Ich mache mir Sorgen wegen Helen Cabot, weil ihre Tumore bereits sehr weit fortgeschritten sind. Warum habt ihr sie so lange dortbehalten? Sie hätte schon vor Wochen mit der Behandlung anfangen sollen.«

»Darüber weiß ich nichts«, mußte Janet zugeben.

Der nächste Patient war Louis Martin. Im Gegensatz zu Helen wirkte er kein bißchen krank. Er saß vielmehr vollständig angekleidet auf einem Stuhl. Er war erst an diesem Vormittag angekommen und durchlief noch die Aufnahmeprozedur. Er sah zwar nicht krank aus, doch er machte einen ängstlichen Eindruck.

Wieder stellte Marjorie sie vor und fügte hinzu, daß Louis dasselbe Problem habe wie Helen, zum Glück jedoch schneller in ihre Klinik überwiesen worden sei.

Janet schüttelte seine Hand und bemerkte, daß seine Handfläche feucht war. Sie blickte in seine verängstigten Augen und wünschte sich, etwas sagen zu können, was ihn trösten würde. Sie fühlte sich ein wenig schuldig, weil es sie insgeheim gefreut hatte, von Louis' Leiden zu erfahren, da sie mit zwei Patienten in der Medulloblastom-Therapie ungleich mehr Gelegenheit haben würde, die Behandlungsmethode zu studieren, was Sean bestimmt gefallen würde.

Als sie ins Schwesternzimmer zurückgekehrt waren, fragte Janet Marjorie, ob alle Medulloblastom-Patienten im vierten Stock lagen.

»Um Himmels willen«, sagte Marjorie. »Wir legen unsere Patienten doch nicht nach Tumorarten zusammen. Die Aufteilung ist völlig willkürlich. Wir haben eben im Moment zufällig drei. In diesen Minuten nehmen wir gerade noch eine dritte Medulloblastom-Patientin auf, eine junge Frau aus Houston. Sie heißt Kathleen Sharenburg.«

Janet bemühte sich, ihre Euphorie zu verbergen.

»Wir haben noch eine weitere Patientin aus Boston«, sagte Marjorie und blieb vor Zimmer 409 stehen. »Sie ist ein Schatz mit einer unglaublich positiven Einstellung, die allen anderen Patienten Kraft und Mut gibt. Wenn ich mich recht erinnere, kommt sie aus einem Stadtteil namens North End.«

Marjorie klopfte an die geschlossene Tür. Man hörte ein gedämpftes »Herein«. Marjorie öffnete die Tür und betrat das Zimmer. Janet folgte ihr.

»Gloria«, rief Marjorie. »Wie läuft die Chemo?«

»Wunderbar«, scherzte Gloria. »Ich habe gerade mit meiner heutigen IV-Dosis angefangen.«

»Ich habe Ihnen jemand mitgebracht«, sagte Marjorie. »Eine neue Schwester. Sie kommt aus Boston.«

Janet betrachtete die Frau in dem Bett. Sie schien etwa in ihrem Alter. Noch vor wenigen Jahren hätte der Anblick sie schockiert. Bevor sie angefangen hatte, in einem Krankenhaus zu arbeiten, war auch sie dem Irrglauben erlegen, Krebs sei ein Leiden der Alten. Sie hatte die schmerzhafte Erfahrung machen müssen, daß praktisch jeder ein Opfer der Krankheit werden konnte.

Gloria hatte dunkle Haut, dunkle Augen und früher offensichtlich einmal schwarzes Haar gehabt. Jetzt war ihr Kopf mit dunklem Flaum überzogen. Sie mußte einst eine üppige Figur gehabt haben, aber unter ihrem Nachthemd war eine Seite jetzt völlig flach.

»Mr. Widdicomb!« sagte Marjorie auf einmal ärgerlich und überrascht. »Was machen Sie denn hier?«

Weil ihre ganze Aufmerksamkeit der Patientin gegolten hatte, hatte Janet gar nicht bemerkt, daß sich eine weitere Person im Zimmer aufhielt. Sie drehte sich um und sah einen Mann in einer grünen Uniform und mit einer leicht gebogenen Nase.

»Schimpfen Sie nicht mit Tom«, sagte Gloria. »Er wollte mir nur helfen.«

»Ich hab Ihnen doch gesagt, Sie sollen Zimmer 417 saubermachen«, sagte Marjorie, ohne Gloria zu beachten. »Was haben Sie hier verloren?«

»Ich wollte gerade das Bad wischen«, sagte Mr. Widdicomb matt. Er wich ihrem Blick aus und fummelte an dem Stiel des Mobs herum, der aus dem Putzeimer ragte.

Fasziniert beobachtete Janet die Szene. Die kleine Marjorie hatte sich vor ihren Augen von einem liebenswürdigen Rotkäppchen in eine befehlsgewohnte Furie verwandelt.

»Und was sollen wir mit der neuen Patientin anfangen, wenn ihr Zimmer nicht fertig ist?« wollte sie wissen. »Sehen Sie zu, daß Sie dorthin kommen und Ihre Arbeit erledigen.« Sie wies auf die Tür.

Nachdem der Mann gegangen war, schüttelte Marjorie den Kopf. »Tom Widdicomb ist noch mal irgendwann mein Ende hier in der Forbes-Klinik.«

»Er meint es doch nur gut«, sagte Gloria. »Zu mir ist er der reinste Engel. Er kommt täglich, um nach mir zu sehen.«

»Er ist hier nicht als Pfleger eingestellt«, sagte Marjorie. »Zunächst mal muß er seine Pflichten erledigen.«

Janet lächelte. Sie arbeitete gerne auf gut organisierten

Stationen unter kompetenter Leitung. Nach dem, was sie gerade gesehen hatte, war sie sicher, daß sie mit Marjorie Singleton prima auskommen würde.

Das Putzwasser schwappte über den Rand des Eimers, als Tom Widdicomb den Flur hinunter zum Zimmer 417 rannte. Er löste den Stopper, ließ die Tür zufallen und lehnte sich dagegen. Sein Atem ging pfeifend und keuchend, die Panik, die ihn erfaßt hatte, als er das Klopfen an Glorias Tür gehört hatte, war noch nicht ganz abgeklungen. Sekunden später, und Marjorie hätte ihn erwischt, wie er Gloria das Succinylcholin verabreichte.

»Alles in Ordnung, Alice«, versicherte Tom seiner Mutter. »Es gibt überhaupt keine Probleme. Du mußt dir keine Sorgen machen.«

Nachdem Tom seine Angst in den Griff bekommen hatte, erwachte jetzt seine Wut. Er hatte Marjorie noch nie leiden können, vom ersten Tag an nicht. Diese überschwengliche Gutmütigkeit war nichts als Fassade. In Wirklichkeit war sie eine Hexe, die sich in alles einmischen mußte. Alice hatte ihn vor ihr gewarnt, aber er hatte nicht hören wollen. Er hätte etwas unternehmen sollen wie bei dieser anderen Wichtigtuerin von einer Schwester, Sheila Arnold, die angefangen hatte, Fragen zu stellen, und wissen wollte, warum er in der Nähe eines Medikamentenwägelchens herumlungerte. Er mußte sich nur das nächste Mal, wenn er in der Verwaltung saubermachte, Marjories Adresse besorgen. Dann würde er ihr ein für allemal zeigen, wer hier das Sagen hatte.

Nachdem er sich mit solchen Rachegedanken einigermaßen beruhigt hatte, löste sich Tom von der Tür und musterte das Zimmer. Das eigentliche Putzen machte ihm wenig Spaß, er genoß nur die Freiheiten, die seine Position ihm gab. Der Job auf dem Krankenwagen hatte ihm besser gefallen, wenn er dort nur nicht dauernd Kontakt mit anderen Sanitätern gehabt hätte. Als Reinigungskraft mußte er sich mit niemandem auseinandersetzen, von gelegentlichen Zusammenstößen wie dem mit Marjorie eben einmal abgesehen. Außerdem konnte er sich praktisch jederzeit überall im Krankenhaus frei bewegen. Der Nachteil war nur, daß er hin und wieder putzen mußte. Aber die meiste Zeit mogelte er sich mit seinem Eimer hantierend so durch, da ihn ohnehin niemand beachtete.

Wenn Tom ehrlich war, mußte er zugeben, daß er am liebsten bei dem Tierarzt gearbeitet hatte, der ihm direkt nach der High School einen Job gegeben hatte. Tom mochte Tiere. Nachdem er eine Weile dort gearbeitet hatte, hatte der Arzt ihn mit der Aufgabe betraut, die unheilbar kranken Tiere einzuschläfern. Meistens waren sie alt und gebrechlich und litten große Schmerzen. Der Job war für Tom äußerst befriedigend gewesen. Er erinnerte sich noch, wie enttäuscht er gewesen war, als Alice seine Begeisterung nicht teilen konnte.

Tom öffnete die Tür und spähte in den Flur. Er mußte zurück zur Putzkammer, um seinen Wagen zu holen, wollte jedoch ein weiteres Zusammentreffen mit Marjorie vermeiden, damit sie nicht wieder anfing. Tom hatte Angst, sich nicht kontrollieren zu können. Er hatte schon öfter den Drang verspürt, sie zu schlagen, weil es das war, was sie brauchte. Doch er wußte, daß er sich das nicht leisten durfte, auf gar keinen Fall.

Außerdem wußte er, daß es jetzt, nachdem man ihn in ihrem Zimmer gesehen hatte, noch schwieriger werden würde, Gloria zu helfen. Er mußte noch vorsichtiger sein als sonst. Außerdem mußte er noch ein oder zwei Tage warten und hoffen, daß sie dann noch immer am Tropf hing. Er wollte ihr das Succinylcholin nicht intramuskulär injizieren, weil man es dort möglicherweise nachweisen konnte, falls ein Gerichtsmediziner auf die Idee kam, danach zu suchen.

Tom huschte aus dem Zimmer und ging den Flur hinunter. Als er an 409 vorbeikam, warf er einen Blick hinein. Marjorie sah er nicht, und das war gut so, aber er sah diese andere Schwester, die Neue.

Tom verlangsamte seine Schritte, und neue Furcht erfaßte ihn. Was, wenn man die neue Schwester, die als Ersatz für Sheila gekommen war, in Wahrheit nur engagiert hatte, um ihn zu entlarven? Vielleicht war sie eine Spionin. Das würde auch erklären, warum sie auf einmal mit Marjorie in Glorias Zimmer aufgetaucht war!

Je länger Tom darüber nachdachte, desto sicherer wurde er, vor allem, weil sich die neue Schwester noch immer in Glorias Zimmer aufhielt. Sie wollte ihm eine Falle stellen und seinen Kreuzzug gegen den Brustkrebs beenden.

»Mach dir keine Sorgen, Alice«, versicherte er seiner Mutter. »Diesmal werde ich auf dich hören.«

Anne Murphy fühlte sich so gut wie seit Wochen nicht mehr. Als sie von Seans Plänen, nach Miami zu gehen, erfahren hatte, war sie tagelang deprimiert gewesen. Irgendwie hatte sie die Neuigkeit jedoch nicht überrascht. Sean war von frühester Kindheit ein böser Junge gewesen, wie Männer im allgemeinen, und er würde sich trotz seiner erstaunlichen Leistungen auf der High School und später an der Uni bestimmt nicht mehr ändern. Als er angefangen hatte, von einem Medizinstudium zu sprechen, war ihr das wie ein Hoffnungsstrahl erschienen. Aber diese Hoffnung hatte sich wieder zerschlagen, als er ihr erklärt hatte, daß er nicht vorhatte, als Arzt zu praktizieren. Wie so oft in ihrem Leben hatte Anne erkannt, daß sie es einfach hinnehmen und aufhören mußte, für ein Wunder zu beten.

Trotzdem quälte sie die Frage, warum Sean nicht so sein konnte wie Brian oder Charles. Was hatte sie falsch gemacht? Es mußte ihr Fehler sein. Vielleicht lag es daran, daß sie ihn als Baby nicht gestillt hatte. Oder auch daran, daß sie ihren Mann nicht davon hatte abhalten können, den Jungen manchmal in seinen volltrunkenen Wutanfällen zu schlagen.

Es blieb ihrem jüngsten Sohn Charles vorbehalten, in den düsteren Tagen nach Seans Abreise für einen Lichtblick zu sorgen. Er hatte von seinem Priesterseminar in New Jersey mit der beglückenden Nachricht angerufen, daß er am folgenden Abend zu einem Besuch vorbeikommen würde. Der wunderbare Charles! Seine Gebete würden sie alle retten.

In Erwartung seiner Ankunft war Anne am Morgen einkaufen gegangen. Sie plante, den Tag über zu backen und das Abendessen vorzubereiten. Brian hatte gesagt, daß er auch versuchen wollte vorbeizuschauen, obwohl er an diesem Abend eine wichtige Sitzung hatte, die möglicherweise bis in die Nacht dauern würde.

Sie öffnete den Kühlschrank, um die Einkäufe zu verstauen, während sie still für sich die Vorfreude auf den heutigen Abend genoß. Doch dann rief sie sich zur Ordnung. Sie wußte, daß solche Gedanken gefährlich waren. Glück und Vergnügen waren Einladungen zur Tragödie. Einen Moment lang quälte sie sich mit dem Gedanken, was sie empfinden würde, wenn Charles auf der Fahrt nach Boston ums Leben käme.

Die Türklingel riß sie aus ihren düsteren Phantasien. Sie drückte den Knopf der Gegensprechanlage und fragte, wer dort sei.

»Tanaka Yagamuchi«, sagte eine Stimme.

»Was wollen Sie?« fragte Anne. Es kam nicht oft vor, daß jemand klingelte.

»Ich möchte mit Ihnen über Ihren Sohn Sean reden«, sagte Tanaka.

Sämtliche Farbe wich aus Annes Gesicht. Sie schalt sich dafür, in Träumereien geschwelgt zu haben. Sean hatte wieder Probleme. Hatte sie irgend etwas anderes erwartet?

Sie drückte den Türknopf und ging zur Wohnungstür, um ihren unerwarteten Gast zu empfangen. Es überraschte Anne Murphy, daß sich jemand die Mühe eines Hausbesuches machte. Die Tatsache, daß der Besucher Asiate war, hatte sie noch gar nicht richtig zur Kenntnis genommen.

Der Fremde war etwa so groß wie sie, jedoch untersetzt und kräftig, mit pechschwarzem, kurzgeschnittenem Haar und sonnengebräunter Haut. Er trug einen dunklen, leicht glänzenden Anzug mit einem weißen Hemd und einer dunklen Krawatte. Über seinem Arm hing ein Burberry-Mantel.

»Ich bitte um Verzeihung«, sagte Tanaka. Er hatte einen kaum wahrnehmbaren Akzent. Er verbeugte sich und zückte eine Visitenkarte. Darauf stand schlicht: Tanaka Yagamuchi, Industrieberater.

Eine Hand an die Kehle gedrückt, mit der anderen die Visitenkarte umklammernd, wußte Anne Murphy nicht, was sie sagen sollte.

»Ich muß mit Ihnen über Ihren Sohn Sean sprechen«, wiederholte Tanaka.

Als hätte sie einen Schlag bekommen, fand Anne ihre Stimme nur langsam wieder. »Was ist passiert? Hat er wieder irgendwelchen Ärger gemacht?«

»Nein«, sagte Tanaka. »Hat er denn früher schon mal Ärger gemacht?«

»Als Teenager«, sagte Anne. »Er war ein sehr eigensinniger Junge. Sehr lebhaft.«

»Amerikanische Kinder können äußerst schwierig

sein«, meinte Tanaka. »In Japan lehrt man Kinder, ihre Eltern zu ehren.«

»Seans Vater konnte aber auch schwierig sein«, sagte Anne, überrascht von ihrer eigenen Offenheit. Sie war nervös und wußte nicht, ob sie den Mann hereinbitten sollte.

»Ich interessiere mich für die geschäftlichen Angelegenheiten Ihres Sohnes«, sagte Tanaka. »Ich weiß, daß er in Harvard als ausgezeichneter Student gilt, aber hat er auch irgend etwas zu tun mit Firmen, die biologische Produkte herstellen?«

»Er hat zusammen mit ein paar Freunden eine Firma namens Immunotherapy gegründet«, sagte Anne, erleichtert darüber, daß sich das Gespräch den positiveren Momenten der Vergangenheit ihres Sohnes zuwendete.

»Hat er noch immer mit Immunotherapy zu tun?« fragte Tanaka.

»Er spricht nur sehr selten mit mir darüber«, sagte Anne.

»Vielen herzlichen Dank«, sagte Tanaka mit einer weiteren Verbeugung. »Und einen schönen Tag noch.«

Anne beobachtete, wie der Mann sich umdrehte und die Treppen hinabstieg. Das abrupte Ende ihrer Unterhaltung hatte sie fast genauso überrascht wie der Besuch selbst. Sie trat in den Flur und hörte, wie zwei Stockwerke tiefer die Haustür ins Schloß fiel, bevor auch sie in die Wohnung zurückkehrte und die Tür hinter sich schloß und verriegelte.

Sie brauchte einen Moment, um sich nach dieser seltsamen Episode wieder zu fassen. Sie warf einen Blick auf Tanakas Karte und steckte sie in ihre Schürzentasche. Dann kehrte sie in die Küche zurück, wo sie fortfuhr, ihre Einkäufe in den Kühlschrank zu räumen. Sie überlegte, ob sie Brian anrufen sollte, entschied jedoch, daß sie ihm auch noch heute abend vom Besuch des Japaners erzählen konnte. Vorausgesetzt natürlich, daß Brian kam. Sie beschloß ihn anzurufen, wenn er nicht kam.

Eine Stunde später war sie gerade mit dem Backen eines Kuchens beschäftigt, als es erneut klingelte. Zunächst sorgte sie sich, der Japaner könne zurückgekommen sein, um ihr weitere Fragen zu stellen. Vielleicht hätte sie doch Brian anrufen sollen. Ängstlich drückte sie auf den Knopf der Gegensprechanlage und fragte, wer da sei.

»Sterling Rombauer«, antwortete eine tiefe männliche Stimme. »Spreche ich mit Anne Murphy?«

»Ja...«

»Ich würde mich sehr gerne mit Ihnen über Ihren Sohn Sean Murphy unterhalten«, sagte Rombauer.

Anne hielt den Atem an. Sie konnte nicht glauben, daß schon wieder ein Fremder aufgetaucht war, um sie nach ihrem Zweitgeborenen zu befragen.

»Was ist mit ihm?« fragte sie.

»Ich würde lieber mit Ihnen persönlich reden«, erwiderte Rombauer.

»Ich komme nach unten«, sagte Anne.

Sie wusch das Mehl von ihren Händen und stieg die Treppe hinab. Der Mann stand im Foyer, einen Kamelhaarmantel über den Arm geworfen. Wie der Japaner trug er einen Anzug und ein weißes Hemd. Seine Krawatte war aus hellrotem Foulard.

»Tut mir leid, Sie zu stören«, sagte Sterling durch die Glastür.

»Warum fragen Sie nach meinem Sohn?« wollte Anne wissen.

»Ich bin im Auftrag des Forbes-Krebszentrums in Miami hier«, erklärte Rombauer.

Anne erkannte den Namen der Einrichtung, an der Sean zur Zeit arbeitete. Sie öffnete die Tür und musterte den Fremden. Er war ein gutaussehender Mann mit einem breiten Gesicht und einer geraden Nase. Er hatte hellbraunes, leicht gelocktes Haar. Anne dachte, daß er, bis auf den Namen, Ire sein könnte. Er war über einsachtzig groß und hatte Augen, die so blau waren wie die ihrer Söhne.

»Hat Sean irgend etwas angestellt, wovon ich wissen müßte?« fragte sie.

»Soweit ich weiß, nicht«, erwiderte Rombauer. »Die Klinikleitung läßt routinemäßig alle Mitarbeiter durchleuchten. Sicherheit wird im Forbes-Zentrum ganz groß geschrieben. Ich wollte Ihnen lediglich ein paar Fragen stellen.«

»Zum Beispiel?« fragte Anne.

»Hat Ihr Sohn Ihres Wissens je etwas mit biotechnischen Firmen zu tun gehabt?«

»Sie sind heute schon der zweite, der das wissen will«, bemerkte Anne.

»Ach?« sagte Rombauer. »Wer, wenn ich fragen darf, hat sich denn schon vor mir danach erkundigt?«

Anne griff in die Tasche ihrer Schürze, zog Tanakas Visitenkarte hervor und gab sie Rombauer. Sie konnte beobachten, wie seine Augen schmal wurden. Er gab ihr die Karte zurück.

»Und was haben Sie Mr. Yagamuchi erzählt?« fragte er.

»Ich habe ihm erzählt, daß mein Sohn zusammen mit ein paar Freunden eine eigene biotechnologische Firma gegründet hat«, sagte Anne. »Sie nannten sich Immunotherapy.«

»Vielen Dank, Ms. Murphy«, sagte Rombauer. »Ich weiß es zu schätzen, daß Sie sich die Zeit genommen haben, meine Fragen zu beantworten.«

Anne sah, wie der elegante Fremde die Stufen zum Haus hinabstieg und auf den Rücksitz einer wartenden schwarzen Limousine stieg. Sein Fahrer trug eine Uniform.

Noch verwirrter als zuvor ging Anne wieder nach oben, unschlüssig, was sie tun sollte. Schließlich rief sie doch Brian an. Nachdem sie sich für die Störung entschuldigt hatte, erzählte sie ihm von den beiden seltsamen Besuchern.

»Das ist in der Tat merkwürdig«, sagte Brian, als sie fertig war.

»Müssen wir uns wegen Sean Sorgen machen?« fragte seine Mutter. »Du kennst doch deinen Bruder.«

»Ich werde ihn anrufen«, sagte Brian. »Wenn bis dahin noch jemand vorbeikommt und Fragen stellt, erzähl ihm nichts. Schick ihn einfach zu mir.«

»Ich hoffe, ich habe nichts Falsches gesagt«, sagte Anne.

»Bestimmt nicht«, versicherte Brian ihr.

»Kommst du später noch?«

»Ich will es versuchen«, sagte Brian. »Aber wenn ich bis acht nicht da bin, eßt ohne mich.«

Mit Hilfe eines Stadtplans von Miami, der aufgeklappt neben ihr auf dem Beifahrersitz lag, fand Janet den Weg zurück zur Forbes-Residenz. Sie war froh, Seans Isuzu auf dem Parkplatz stehen zu sehen. Sie hoffte, ihn in seinem Apartment anzutreffen, weil sie, wie sie fand, gute Nachrichten brachte. Sie hatte ein geräumiges und geschmackvoll möbliertes Apartment auf der Südspitze von Miami gefunden, aus dessen Badezimmerfenster man sogar einen Blick aufs Meer hatte, wenn er auch stark eingeschränkt war. Zu Beginn ihrer Wohnungssuche hatte man ihr wenig Mut gemacht, weil zur Zeit »Saison« war. Das Apartment, das sie schließlich gefunden hatte, war bereits seit einem Jahr vorbestellt, doch die Mieter hatten unerwartet abgesagt. Ihre Stornierung war gerade eingegangen, als Janet das Maklerbüro betrat.

Sie nahm ihre Handtasche und die Kopie des Mietvertrags, ging zu ihrem Apartment, wusch sich kurz das Gesicht und tauschte ihr Kleid gegen Shorts und T-Shirt, bevor sie, den Vertrag in der Hand, den Balkon entlang bis zu

Seans Tür ging. Sie traf ihn trübsinnig auf der Couch hokkend an.

»Gute Nachrichten«, rief sie fröhlich und ließ sich in den Sessel ihm gegenüber fallen.

»Die kann ich gebrauchen«, sagte Sean.

»Ich hab ein Apartment gefunden«, verkündete Janet und präsentierte stolz den Mietvertrag. »Es ist keine Luxussuite, aber es ist nur einen Block vom Strand entfernt und liegt zudem direkt an der Schnellstraße zur Forbes-Klinik.«

»Janet, ich weiß wirklich nicht, ob ich hier bleiben kann«, sagte Sean. Er klang deprimiert.

»Was ist passiert?« fragte Janet, und ihre Angst wuchs von neuem.

»Das ganze Forbes-Zentrum ist verrückt«, sagte Sean. »Die Atmosphäre stinkt zum Himmel. Zum einen gibt es da diesen japanischen Spinner, von dem ich schwören könnte, daß er mich beobachtet. Jedesmal, wenn ich mich umdrehe, ist er auch da.«

»Was sonst noch?« fragte Janet. Sie wollte zunächst alle seine Einwände hören, um sich eine Strategie zurechtzulegen, diese zu entkräften. Mit der Unterzeichnung eines zweimonatigen Mietvertrags für ein Apartment war ihr Entschluß, in Miami zu bleiben, ein gutes Stück unwiderruflicher geworden.

»Irgendwie ist in dem ganzen Laden grundsätzlich der Wurm drin«, sagte Sean. »Die Leute sind entweder freundlich oder unfreundlich. Alles ist so schwarz-weiß. Das ist unnatürlich. Außerdem muß ich hier alleine in einem riesigen Raum arbeiten. Es ist völlig verrückt.«

»Du hast dich doch immer über Platzmangel beklagt«, meinte Janet.

»Erinnere mich dran, daß ich mich nie wieder beschwere«, sagte Sean. »Mir war das nie so klar, aber ich brauche Menschen um mich. Und noch was: Es gibt einen Hochsicherheitstrakt, den angeblich niemand betreten darf. Ich bin trotzdem reingegangen. Und weißt du, was ich gefunden habe? Nichts. Alles leer. Ich habe allerdings nicht alle Räume gesehen. Ich war, ehrlich gesagt, noch nicht sehr weit vorgedrungen, als dieser frustrierte Marineinfanterist, der die Sicherheitsabteilung leitet, reingestürmt kam und mich bedroht hat.«

»Womit?« fragte Janet bestürzt.

»Mit seinem fetten Wanst«, sagte Sean. »Er ist ganz nah rangekommen und hat mich dabei böse angesehen. Ich war so kurz davor, ihn in die Eier zu treten.« Sean zeigte mit Daumen und Zeigefinger den Abstand von gut einem Zentimeter an.

»Und was ist passiert?« fragte Janet.

»Nichts«, sagte Sean. »Er hat klein beigegeben und mir gesagt, daß ich verschwinden soll. Aber er ist total ausgerastet, als er mich in dem leeren Raum erwischt hat, als ob ich etwas Schlimmes angestellt hätte. Es war verrückt.«

»Aber die anderen Räume hast du nicht gesehen«, sagte Janet. »Vielleicht richten sie den Raum, in dem du warst, gerade neu ein.«

»Schon möglich«, gab Sean zu. »Es gibt eine Menge möglicher Erklärungen. Trotzdem ist es seltsam, und alle Merkwürdigkeiten zusammengenommen, kommt es einem vor, als sei der ganze Laden schlichtweg irre.«

»Und was ist mit der Arbeit, die du für sie erledigen sollst?«

»Das ist okay«, sagte Sean. »Ich weiß, ehrlich gesagt, nicht, warum sie solche Probleme damit hatten. Heute nachmittag kam Dr. Mason, der Direktor, vorbei, und ich habe ihm gezeigt, was ich mache. Ich hatte schon ein paar Mini-Kristalle. Ich habe ihm erklärt, daß ich wahrscheinlich binnen einer Woche ein paar anständige Kristalle hinkriegen müßte, was ihm offenbar gefallen hat. Aber nachdem er weg war, habe ich darüber nachgedacht und mir überlegt, daß ich nicht scharf darauf bin, Geld für irgendeine japanische Aktiengesellschaft zu scheffeln. Aber genau das würde ich im Grunde tun, wenn ich Kristalle bekomme, denen sie die Struktur des Proteins entnehmen können.«

»Aber das ist nicht alles, was du tust«, wandte Janet ein.

»Was denn sonst noch?«

»Zur gleichen Zeit wirst du die Medulloblastom-Therapie studieren«, sagte Janet. »Morgen fange ich im vierten Stock an, und rate mal, wer dort liegt?«

»Helen Cabot«, vermutete Sean und richtete sich auf.

»Genau«, sagte Janet. »Sowie ein weiterer Patient aus Boston, ein gewisser A. Louis Martin.«

»Hat er dieselbe Diagnose?« fragte Sean.

»Ja«, sagte Janet. »Medulloblastome.«

»Das ist ja erstaunlich«, bemerkte Sean. »Und sie haben ihn verdammt schnell hierhergebracht!«

Janet nickte. »Das Forbes-Zentrum ist ein wenig beunruhigt darüber, daß man Helen so lange in Boston behalten hat«, sagte sie. »Die Stationsschwester macht sich Sorgen wegen ihr.«

»Es gab eine lange Auseinandersetzung darüber, ob man sie biopsieren und welchen ihrer Tumore man untersuchen sollte«, erläuterte Sean.

»Außerdem ist noch eine weitere junge Frau aufgenommen worden, während ich dort war«, sagte Janet.

»Auch mit Medulloblastom?« fragte Sean.

»So ist es«, erwiderte Janet. »Auf meinem Flur liegen also drei Patienten, die gerade erst mit der Behandlung beginnen. Ich würde sagen, das ist doch recht günstig.«

»Ich brauche Kopien ihrer Krankenblätter«, sagte Sean. »Ich brauche Medikamentenproben, sobald sie mit der eigentlichen Therapie beginnen, es sei denn, wir haben die genaue Bezeichnung der verwandten Medikamente. Aber das wird nicht der Fall sein. Bei diesen Patienten werden sie nicht die übliche Chemo einsetzen, zumindest nicht ausschließlich. Wahrscheinlich sind die Medikamente codiert. Außerdem brauche ich den Therapieplan jedes einzelnen Patienten.«

»Ich werde tun, was ich kann«, sagte Janet. »Bei den Patienten auf meiner Station dürfte ich keine Schwierigkeiten haben. Vielleicht kann ich es sogar so einrichten, daß ich für einen von ihnen persönlich zuständig bin. Außerdem habe ich noch ein geeignetes Kopiergerät entdeckt. In der Abteilung mit den Patientenunterlagen.«

»Sei aber vorsichtig«, warnte Sean. »Die Mutter der Frau aus der PR-Abteilung ist eine der Archivarinnen.«

»Ich paß schon auf«, sagte Janet. Besorgt musterte sie Sean, bevor sie fortfuhr. Sie begriff langsam, daß es ein Fehler war, ihn zu irgendwelchen Schlüssen zu drängen, bevor er bereit war, sie selbst zu ziehen. Aber jetzt konnte sie nicht anders. »Das heißt, du bist weiter mit von der Partie?« fragte sie. »Du bleibst? Selbst wenn du dann diesen Auftrag mit den Proteinen erledigen mußt und trotz des Japaners?«

Sean beugte sich mit gesenktem Kopf vor und stützte seine Ellenbogen auf die Knie, während er seinen Hinterkopf rieb. »Ich weiß nicht«, sagte er. »Die ganze Situation ist absurd. Was für eine Art, Forschung zu betreiben!« Er blickte zu Janet auf. »Ich frage mich, ob irgend jemand in Washington eine Ahnung hat, was die Kürzung der Fördermittel für die betroffenen Forschungseinrichtungen bedeutet. Und das ausgerechnet zu einem Zeitpunkt, in dem das Land die Forschung dringender braucht denn je.«

»Um so mehr Grund für uns zu versuchen, etwas dagegen zu tun«, sagte Janet.

»Und das ist wirklich dein Ernst?« fragte Sean.

»Absolut«, erwiderte Janet.

»Du weißt, daß wir äußerst raffiniert vorgehen müssen«, sagte Sean.

»Ich weiß.«

»Und wir werden auch einige Regeln und Vorschriften brechen müssen«, fügte er hinzu. »Bist du sicher, daß du das kannst?«

»Ich glaube schon«, sagte Janet.

»Und wenn wir erst einmal angefangen haben, gibt es kein Zurück mehr«, sagte Sean.

Janet wollte etwas antworten, aber das Klingeln des Telefons ließ sie beide zusammenfahren.

»Wer, zum Teufel, kann das sein?« fragte sich Sean. Er ließ es klingeln.

»Willst du nicht rangehen?« fragte Janet.

»Ich überlege noch«, sagte Sean. Was er nicht erwähnte, war seine Befürchtung, es könne erneut Sarah Forbes sein. Sie hatte heute schon einmal angerufen, aber trotz der Verlockung, damit Harris ärgern zu können, wollte Sean mit dieser Frau nichts zu tun haben.

»Ich finde, du solltest abheben«, sagte Janet.

»Geh du doch dran«, schlug Sean vor.

Janet sprang auf und griff nach dem Hörer. Sean beobachtete ihren Gesichtsausdruck, während sie fragte, wer dran sei. Sie zeigte keine besonders heftige Reaktion, sondern reichte ihm nur den Hörer weiter.

»Es ist dein Bruder«, sagte sie.

»Was zum Teufel?« murmelte Sean, während er sich von der Couch erhob. Das sah seinem Bruder gar nicht ähnlich. Ihr Verhältnis war nicht so, daß sie dauernd miteinander telefonierten. Außerdem hatten sie sich erst am Freitag abend gesehen.

Sean nahm den Hörer. »Was gibt's?« fragte er.

»Das wollte ich dich auch gerade fragen«, sagte Brian.

»Willst du eine ehrliche Antwort oder unverbindliche Floskeln?« fragte Sean.

»Ich glaube, du sagst mir lieber ganz offen, was los ist«, sagte Brian.

»Dieses Zentrum ist ziemlich bizarr«, sagte Sean. »Ich bin mir nicht sicher, ob ich hierbleiben will. Es könnte sich als eine einzige Zeitverschwendung herausstellen.« Sean warf Janet einen Blick zu, die verzweifelt die Augen verdrehte.

»Hier ist auch etwas Merkwürdiges passiert«, sagte Brian. Er erzählte Sean von den beiden Männern, die ihre Mutter besucht und nach Immunotherapy gefragt hatten.

»Immunotherapy ist längst Geschichte«, sagte Sean. »Was hat Mom ihnen erzählt?«

»Nicht viel«, erwiderte Brian. »Behauptet sie zumindest. Aber sie ist ein bißchen nervös geworden. Sie hat nur gesagt, daß du die Firma zusammen mit einigen Freunden gegründet hast.«

»Sie hat nicht gesagt, daß wir verkauft haben?«

»Offenbar nicht.«

»Und was ist mit Onkogen?«

»Sie sagt, sie hätte es mit keinem Wort erwähnt, weil wir ihr verboten hätten, mit jemandem darüber zu sprechen.«

»Gut für sie«, meinte Sean.

»Wieso kommen diese Leute und fragen Mom aus?« wollte Brian wissen. »Dieser Rombauer hat gesagt, er käme im Auftrag des Forbes-Krebszentrums. Er hat behauptet, daß die Angestellten aus Sicherheitsgründen routinemäßig überprüft würden. Hast du irgendwas angestellt, was dich als Sicherheitsrisiko erscheinen lassen könnte?«

»Himmel, ich bin doch gerade mal vierundzwanzig Stunden hier«, sagte Sean.

»Wir kennen beide deine Neigung, Unruhe zu stiften. Und deine schmeichelhafte Art würde selbst die Geduld eines Hiob strapazieren.«

»Meine schmeichelhafte Art ist nichts im Vergleich zu deinem Gelaber, Bruderherz«, spottete Sean. »Du hast ja sogar eine feste Einrichtung daraus gemacht, indem du Anwalt geworden ist.«

»Da ich heute gute Laune habe, werde ich diese Bemerkung ignorieren«, erwiderte Brian. »Aber ernsthaft, was glaubst du, geht da vor?«

»Ich habe nicht die leiseste Ahnung«, sagte Sean. »Vielleicht ist es so, wie der Mann gesagt hat: reine Routine.«

»Aber die beiden schienen nichts voneinander zu wissen«, sagte Brian. »Das klingt mir nicht nach Routine. Der erste Mann hat sogar eine Karte dagelassen. Sie liegt hier direkt vor mir. Darauf steht: Tanaka Yagamuchi. Industrieberater.«

»Industrieberater kann alles bedeuten«, sagte Sean. »Ich frage mich, ob sein Auftauchen irgendwas mit der Tatsache zu tun hat, daß ein japanischer Elektrokonzern namens Sushita Industries groß in die Forbes-Klinik investiert hat. Sie sind offensichtlich auf lukrative Patente aus.«

»Warum können sie nicht bei ihren Kameras, elektronischen Geräten und Autos bleiben«, sagte Brian. »Sie bringen die Weltwirtschaft doch schon genug durcheinander.«

»Dafür sind sie zu schlau«, sagte Sean. »Die haben längerfristige Perspektiven. Aber warum sie sich für meine Verbindung mit einem Fliegenschiß wie Immunotherapy interessieren sollten, ist mir trotzdem völlig schleierhaft.«

»Nun ja, ich dachte, du müßtest es wissen«, sagte Brian. »So wie ich dich kenne, kann ich immer noch nicht so recht glauben, daß du da unten keinen Staub aufwirbelst.«

»Hast du schon mal daran gedacht, daß du mit deinen losen Reden meine Gefühle verletzen könntest?« fragte Sean scheinheilig.

»Ich setze mich mit dir in Verbindung, sobald die Franklin Bank die Finanzierung für Onkogen fertig hat«, sagte Brian. »Und versuch, dich aus allem Ärger rauszuhalten.«

»Wer, ich?« fragte Sean unschuldig.

Sean legte den Hörer auf die Gabel, sobald Brian sich verabschiedet hatte.

»Hast du es dir wieder anders überlegt?« fragte Janet offensichtlich enttäuscht.

»Wovon redest du denn?« fragte Sean.

»Du hast deinem Bruder doch gesagt, du wärst dir nicht sicher, ob du bleiben willst«, sagte Janet. »Ich dachte, wir hätten beschlossen, den Plan durchzuziehen.«

»Das haben wir auch«, sagte Sean. »Aber ich wollte Brian nichts davon verraten. Er würde ganz krank vor Sorge. Außerdem würde er es wahrscheinlich meiner Mutter erzählen, und wer weiß, was dann passiert.«

»Das war wirklich sehr gut«, bedankte sich Sterling Rombauer bei der Masseurin. Sie war eine attraktive, kernige Finnin. Sie trug Kleidung, die als Tennisausrüstung durchgegangen wäre. Er gab ihr fünf Dollar Trinkgeld extra. Als er die Massage über den Portier des Ritz gebucht hatte, hatte er bereits darauf geachtet, daß in dem Betrag, den er auf seine Hotelrechnung setzen ließ, ein angemessenes Trinkgeld enthalten war, doch er hatte bemerkt, daß sie die festgesetzte Zeit überschritten hatte.

Während die Masseurin ihren Klapptisch zusammenklappte und ihre Öle zusammensuchte, zog Sterling einen dicken weißen Frotté-Bademantel über und löste das Handtuch, das er um seine Hüfte geschlungen hatte. Er ließ sich in einen Sessel am Fenster fallen, legte seine Füße auf die Ottomane und goß sich ein Glas von dem Begrüßungschampagner ein. Sterling war ein regelmäßiger Gast im Ritz-Carlton in Boston.

Die Masseurin rief ihm von der Tür einen Abschiedsgruß zu, und Sterling bedankte sich erneut. Er nahm sich vor, sie beim nächsten Mal nach ihrem Namen zu fragen. Regelmäßige Massagen gehörten zu den Spesen, die Sterlings Kunden lernen mußten zu tolerieren. Gelegentlich beschwerte sich einer von ihnen, worauf Sterling nur erklärte, daß der Kunde entweder seine Bedingungen akzeptieren müsse, oder einen anderen engagieren könne. Die Kunden hatten sich stets für ersteres entschieden, weil Sterling das, was er machte, sehr gut machte: Industriespionage nämlich.

Es gab andere, weniger anstößige Umschreibungen für seine Profession wie zum Beispiel Handels- oder Geschäftsberater, aber Sterling selbst zog die ehrliche Bezeichnung Industriespionage vor, obwohl er das aus Gründen der Schicklichkeit nicht auf seine Visitenkarte gedruckt hatte. Dort stand lediglich »Berater«. Nicht »Industrieberater«, weil das Wort Industrie eine Beschränkung auf Herstellung von Produktion nahelegte, während sich Sterling für jede Art von Geschäften interessierte.

Er nippte an seinem Glas, sah aus dem Fenster und genoß die phantastische Aussicht. Wie üblich hatte er ein Zimmer in einem der oberen Stockwerke mit Blick auf den wunderbaren Boston Garden.

Als das Sonnenlicht verblaßte, gingen im Park die Laternen an, die die gewundenen Pfade säumten und den Schwanen- und Bootsteich mit seiner Miniatur-Hängebrücke erleuchteten. Obwohl es bereits Anfang März war, hatte ein plötzlicher Kälteeinbruch die Oberfläche des Teiches fest zufrieren lassen. Wie kleine Punkte drehten Schlittschuhläufer auf seiner spiegelglatten Fläche ihre Kreise und beschrieben scheinbar ohne jede Anstrengungen sich kreuzende Bögen.

Sterling hob seinen Blick und konnte in der Ferne die goldene Kuppel des Massachusetts State House erkennen. Traurig beklagte er die Tatsache, daß der Gesetzgeber sein eigenes Steuerfundament zerstört hatte, indem er kurzsichtige, wirtschaftsfeindliche Gesetze erlassen hatte, durch die Sterling eine Reihe guter Kunden verloren hatte, die sich entweder gezwungen sahen, in einen industriefreundlicheren Staat überzusiedeln oder sich ganz aus dem Geschäftsleben zurückzuziehen. Trotzdem genoß Sterling seine Reisen nach Boston, weil es eine so zivilisierte Stadt war.

Sterling zog das Telefon zu sich herüber, weil er sein Tagewerk erst beenden wollte, bevor er sich einem guten Abendessen widmete.

Nicht, daß er seine Arbeit lästig fand. Ganz im Gegenteil. Sterling liebte seine momentane Beschäftigung, vor allem deshalb, weil er eigentlich gar nicht arbeiten mußte. Er hatte einige Jahre Informatik in Stanford studiert, ein paar Jahre lang für Big Blue gearbeitet, bevor er eine eigene, sehr erfolgreiche Mikrochip-Firma gegründet hatte, alles bevor er dreißig Jahre alt war. Aber mit Mitte Dreißig hatte er die Nase von seinem unbefriedigenden Leben voll, von einer schlechten Ehe und der abgestumpften Routine eines Geschäftsführerdaseins. Zunächst ließ er sich scheiden, dann ging er mit seiner Firma an die Börse und machte ein Vermögen. Anschließend organisierte er einen Ausverkauf und machte ein weiteres Vermögen. Mit vierzig hätte er sich einen ansehnlichen Teil des Staates Kalifornien kaufen können, wenn ihm danach gewesen wäre.

Etwa ein Jahr lang versuchte er, seiner Jugend nachzujagen, die er irgendwie verpaßt zu haben glaubte. Aber mit der Zeit begannen Orte wie Aspen ihn unendlich zu langweilen, und als ihn wenig später ein Geschäftsfreund bat, sich für ihn um eine private Angelegenheit zu kümmern, hatte Sterling eine neue, aufregende Karriere gestartet, in der es keine Routine und selten Langeweile gab und bei der er sowohl seine Computerkenntnisse als auch seine Erfahrung als Geschäftsmann, sowohl seine Phantasie als auch sein intuitives Gespür für menschliches Verhalten einbringen konnte.

Sterling rief Randolph Mason zu Hause an. Dr. Mason nahm den Anruf auf seiner Privatleitung in seinem Arbeitszimmer entgegen.

»Ich bin nicht sicher, ob Ihnen das, was ich in Erfahrung gebracht habe, gefallen wird«, sagte Sterling.

»Dann sollte ich es besser jetzt als später erfahren«, erwiderte Dr. Mason.

»Dieser Sean Murphy ist ein beeindruckender junger Bursche«, sagte Sterling. »Er hat noch als graduierter Student am MIT eine eigene Biotechnik-Firma namens Immunotherapy gegründet. Die Firma hat mit der Vermarktung von Diagnosepräparaten praktisch vom ersten Tag an Profit gemacht.«

»Und wie geht es ihr jetzt?«

»Wunderbar«, sagte Sterling. »Ein echter Treffer, so erfolgreich, daß Genotech sie vor gut einem Jahr komplett aufgekauft hat.«

»Tatsächlich!« sagte Dr. Mason. Ein Sonnenstrahl fiel auf das düstere Bild. »Und was heißt das für Sean Murphy?«

»Er und seine jungen Freunde haben einen beträchtlichen Gewinn gemacht«, erwiderte Sterling. »Verglichen mit ihrer ursprünglichen Investition war es in der Tat ein extrem lukratives Geschäft.«

»Sean hat also nichts mehr mit der Firma zu tun?« fragte Dr. Mason.

»Er ist völlig ausgestiegen«, antwortete Sterling. »Hilft Ihnen das weiter?«

»Das kann man wohl sagen«, meinte Dr. Mason. »Ich könnte die Erfahrung des Jungen mit monoklonalen Antikörpern gut gebrauchen, aber nicht, wenn er eine eigene Produktionseinrichtung im Rücken hat. Das wäre zu riskant.«

»Er könnte die Informationen immer noch weiterverkaufen«, sagte Sterling. »Vielleicht arbeitet er auch für jemand anderen.«

»Können Sie das herausfinden?«

»Höchstwahrscheinlich«, sagte Sterling. »Wollen Sie, daß ich die Sache weiterverfolge?«

»Unbedingt«, sagte Dr. Mason. »Ich möchte den Jungen gerne benutzen, aber nur, wenn er kein Industriespion ist.«

»Ich habe noch etwas herausbekommen«, sagte Sterling und goß sich Champagner nach. »Außer mir stellt offenbar eine weitere Person Nachforschungen über Sean Murphy an: Tanaka Yagamuchi.«

Dr. Mason glaubte zu spüren, wie sich die Tortellini in seinem Magen umdrehten.

»Haben Sie je von dem Mann gehört?« fragte Sterling.

»Nein«, erwiderte Dr. Mason. Er hatte noch nie von ihm gehört, aber der Name legte bestimmte Schlüsse nahe.

»Ich würde vermuten, daß er für Sushita arbeitet«, meinte auch Sterling. »Und ich weiß, daß er von Sean Murphys Verbindung mit Immunotherapy Kenntnis hat, weil Seans Mutter es ihm erzählt hat.«

»Er hat Seans Mutter aufgesucht?« fragte Dr. Mason alarmiert.

»Genau wie ich«, erwiderte Sterling.

»Aber dann wird Sean doch wissen, daß man Nachforschungen über ihn anstellt«, platzte Dr. Mason heraus.

»Das schadet gar nichts«, sagte Sterling. »Wenn er ein Industriespion ist, wird ihn das nachdenklich stimmen. Wenn nicht, ist es lediglich eine Frage der Neugier oder schlimmstenfalls einer leichten Irritation. Seans Reaktion muß nicht Ihre Sorge sein. Sie sollten sich lieber Gedanken wegen Tanaka Yagamuchi machen.«

»Was wollen Sie damit sagen?«

»Ich habe Tanaka nie persönlich getroffen«, erwiderte Sterling. »Aber ich habe viel von ihm gehört, weil wir in gewisser Weise Konkurrenten sind. Er ist vor vielen Jahren zum Studium in die Vereinigten Staaten gekommen. Er ist der älteste Sohn einer wohlhabenden Industriellenfamilie, Schwerindustrie, glaube ich. Das Problem war, daß er sich im Sinne der Familienehre ein wenig zu schnell an die ›degenerierte‹ amerikanische Lebensart gewöhnte. Er hatte sich rasch amerikanisiert und war für japanische Verhältnisse viel zu individualistisch geworden. Die Familie entschied, daß sie ihn zu Hause in Japan nicht brauchen konnten, also finanzierten sie ihm ein Luxusleben in den Staaten. In gewisser Hinsicht ein Exil, doch Yagamuchi war clever genug, seine Mittel zu vergrößern, indem er dasselbe getan hat, was ich tue, nur für in den USA tätige japanische Firmen. Doch gleichzeitig ist er eine Art Doppelagent, der häufig sowohl die Yakuza, die japanische Mafia, als auch eine legale Firma repräsentiert. Er ist gerissen, er ist skrupellos, und er ist effektiv. Die Tatsache, daß er mit der Sache betraut ist, beweist, daß Ihre Freunde von Sushita es ernst meinen.«

»Sie meinen, er war auch am Verschwinden unserer beiden Wissenschaftler beteiligt, die Sie später als zufriedene Angestellte von Sushita in Japan aufgespürt haben?«

»Das würde mich zumindest nicht überraschen«, antwortete Sterling.

»Ich kann es mir nicht leisten, daß hier ein Harvard-Student verschwindet«, sagte Dr. Mason. »Das wäre genau die Art Medienereignis, die das Forbes-Zentrum ruinieren könnte.«

»Ich glaube, deswegen müssen Sie sich im Augenblick keine Sorgen machen«, beruhigte ihn Sterling. »Ich habe Informationen, daß sich Tanaka noch immer hier in Boston aufhält. Da er Zugang zu mehr oder weniger denselben Informationen hat wie ich, muß er annehmen, daß Sean Murphy noch etwas anderes im Schilde führt.«

»Etwas anderes?« fragte Dr. Mason.

»Ich bin mir nicht sicher«, sagte Sterling. »Es ist mir bis jetzt noch nicht gelungen, sämtliches Geld aus dem Verkauf von Immunotherapy zu lokalisieren. Weder Sean noch seine Freunde haben irgendwelche nennenswerte Rücklagen, keiner fährt einen teuren Wagen oder leistet sich sonst einen Luxus. Ich glaube, sie haben irgendwas mit dem Geld vor, und ich nehme an, daß Tanaka dasselbe glaubt.«

»Gütiger Gott!« rief Dr. Mason. »Ich weiß nicht, was ich tun soll. Vielleicht sollte ich den Jungen einfach nach Hause schicken.«

»Wenn Sie glauben, er könnte Ihnen behilflich sein bei der Arbeit mit den Proteinen, von der Sie mir erzählt haben«, meinte Sterling, »dann halten Sie still. Ich glaube, daß ich alles unter Kontrolle habe. Ich habe diverse Nachfragen bei meinen Kontaktleuten hier gestartet; wegen der Computerindustrie habe ich in der Gegend ziemlich gute Verbindungen. Sie müssen mir lediglich sagen, daß ich an dem Fall dranbleiben soll, und weiter meine Rechnung zahlen.«

»Tun Sie das«, sagte Dr. Mason. »Bleiben Sie dran, und halten Sie mich auf dem laufenden.«

5

Donnerstag, 4. März, 6.30 Uhr

Janet war zeitig aufgestanden, hatte ihre weiße Uniform angelegt und das Apartment zügig verlassen, um pünktlich ihren Dienst anzutreten, der von sieben Uhr morgens bis drei Uhr nachmittags ging. So früh am Morgen war die I 95 ziemlich leer, vor allem in nördlicher Richtung. Sean und sie hatten überlegt, gemeinsam zu fahren, jedoch dann beschlossen, jeder den eigenen Wagen zu nehmen, um unabhängig zu sein.

Als Janet die Forbes-Klinik an diesem Morgen betrat, war ihr nicht ganz wohl. Ihre Unruhe ging über das übliche Maß an Nervosität bei Antritt eines neuen Jobs hinaus. Die Vorstellung, Regeln und Vorschriften zu brechen, machte sie reizbar und angespannt. Bis zu einem gewissen Grad fühlte sie sich bereits jetzt schuldig; vorsätzlich schuldig.

Janet erreichte den vierten Stock ein paar Minuten vor Schichtbeginn. Sie goß sich einen Kaffee ein und sah sich ein wenig um. Sie merkte sich den Aufbewahrungsort der Krankenblätter, registrierte den Medikamentenschrank und die Vorratskammer, Örtlichkeiten, mit denen sie als Krankenschwester im Stationsdienst vertraut sein mußte. Als sie sich mit den Schwestern der Nachtschicht und den Kolleginnen im Tagesdienst zur Übergabe hinsetzte, war sie schon bedeutend ruhiger als bei ihrer Ankunft, wozu sicherlich auch Marjories fröhliche Anwesenheit beitrug.

Es hatte im Laufe der Nacht keine besonderen Vorkommnisse gegeben, nur Helen Cabots Zustand hatte sich dramatisch verschlechtert. Die arme Frau hatte mehrere

Anfälle erlitten, und die Ärzte meinten, daß ihr intrakranieller Druck anstieg.

»Glauben Sie, daß das mit der computertomographisch gesteuerten Biopsie gestern zusammenhängt?« fragte Marjorie.

»Nein«, sagte Juanita Montgomery, die Oberschwester der Nachtschicht. »Dr. Mason war heute nacht um drei hier, nachdem sie wieder einen Anfall hatte. Er meinte, es sei wahrscheinlich auf die Therapie zurückzuführen.«

»Sie hat schon mit der Therapie begonnen?« fragte Janet.

»Aber sicher«, erwiderte Juanita. »Die Behandlung wurde noch in der Nacht von Dienstag auf Mittwoch, direkt nach ihrer Ankunft, begonnen.«

»Aber die Biopsie war doch erst gestern.«

»Das betrifft nur den zellulären Aspekt ihrer Therapie«, schaltete sich Marjorie ein. »Heute wird eine Plasmapherese durchgeführt, um T-Lymphozyten zu gewinnen, die wir anzüchten und für ihren Tumor sensibilisieren können. Aber mit der humoralen Behandlung wurde sofort begonnen.«

»Sie haben ihr Mannit gegeben, um den intrakraniellen Druck abzusenken«, fügte Juanita hinzu. »Offenbar hat es funktioniert, denn sie hat keinen weiteren Anfall gehabt. Nach Möglichkeit wollen sie den Einsatz von Kortison und einen Shunt vermeiden. Es ist unbedingt notwendig, ihren Zustand aufmerksam zu beobachten, vor allem nach der Plasmapherese.«

Sobald der Übergabebericht beendet und die übermüdete Nachtschicht gegangen war, begann die eigentliche Arbeit. Janet hatte gleich von Anfang an extrem viel zu tun. Auf ihrer Station lagen zahlreiche Patienten mit den verschiedensten Krebsarten und einem jeweils individuellen Therapieplan. Besonders ans Herz ging Janet die Begegnung mit einem engelhaften, neunjährigen Jungen, der zu seinem eigenen Schutz isoliert werden mußte, während er auf eine Knochenmarktransplantation wartete, um sein Mark wieder mit blutbildenden Zellen zu populieren. Man hatte ihn einer hochdosierten Strahlen- und Chemotherapie unterzogen, um sein leukämisches Knochenmark völlig zu zerstören. Deshalb war er im Augenblick allen Mikroorganismen wehrlos ausgeliefert, auch solchen, die für Menschen normalerweise nicht gefährlich waren.

Am späten Vormittag fand Janet endlich Gelegenheit, einen Moment lang Luft zu holen. Die meisten Schwestern gönnten sich eine Tasse Kaffee in dem Allzweckraum hinter dem Bereitschaftstresen, wo sie ihre müden Beine hochlegen konnten. Janet beschloß, die Zeit zu nutzen, um sich von Tim Katzenburg das Forbes-Computersystem erklären zu lassen. Jeder Patient hatte sowohl eine traditionelle Krankenakte als auch eine Computerdatei. Janet ließ sich von Computern in der Regel nicht einschüchtern, weil sie am College im Nebenfach Informatik belegt hatte. Aber es war trotzdem hilfreich, sich von jemandem, der mit dem System vertraut war, einweisen zu lassen.

Als Tim einen Moment lang durch ein Telefongespräch abgelenkt war, rief Janet Helen Cabots Datei auf. Da Helen noch nicht einmal achtundvierzig Stunden Patientin der Klinik war, war die Datei nicht sehr umfangreich. Es gab eine Computergraphik, die anzeigte, welcher ihrer drei Tumoren biopsiert worden war und die den Punkt der Schädeltrepanation direkt über dem linken Ohr markierte. Das Biopsat wurde oberflächlich als fest, weiß und von ausreichender Menge beschrieben. Weiter war angegeben, daß man es verpackt und an Basic Diagnostics geschickt hatte. Über die Therapie hieß es, sie habe mit einer täglichen Dosis von 100 mg/kg Körpergewicht MB300C und MB303C begonnen, verabreicht als 0,05 ml/kg/Minute.

Janet warf einen Blick zu Tim, der noch immer telefonierte, bevor sie die Behandlungsinformationen auf einem Zettel notierte. Daneben schrieb sie die Kennummer T-9872, die unter der Rubrik *Diagnose* neben der Bezeichnung »Medulloblastome, multiple« stand.

Mit Hilfe dieser Schlüsselnummer rief sie dann die Namen aller zur Zeit im Krankenhaus behandelten Medulloblastom-Patienten auf. Mit den dreien im vierten Stock waren es insgesamt fünf. Die beiden anderen waren Margaret Demars im dritten Stock und Luke Kinsman, ein achtjähriger Junge, der auf der Kinderstation lag.

»Irgendwelche Probleme?« fragte Tim über Janets Schulter.

»Überhaupt keine«, sagte Janet und löschte rasch den Bildschirm, damit Tim nicht sah, was sie aufgerufen hatte. Schließlich durfte sie sich nicht gleich am ersten Tag verdächtig machen.

»Ich muß nur rasch diese Laborergebnisse eingeben«, sagte Tim, »dauert keine Sekunde.«

Während Tim am Computerterminal beschäftigt war, suchte Janet den Krankenblattbehälter nach den Namen Cabot, Martin und Sharenburg ab. Leider war keine der drei Akten an ihrem Platz.

In diesem Augenblick kam Marjorie hereingefegt, um etwas aus dem Medikamentenraum zu holen. »Sie haben jetzt Kaffeepause«, rief sie Janet zu.

»Bin dabei«, sagte Janet und hielt ihren Styroporbecher hoch. Sie nahm sich vor, morgen einen eigenen Becher mit zur Arbeit zu bringen. Jeder hatte hier seinen eigenen Becher.

»Ich bin schon genug beeindruckt von Ihnen«, scherzte Marjorie aus dem Nebenraum. »Sie müssen nicht auch noch die Pause durcharbeiten. Lehnen Sie sich zurück, Mädchen, legen Sie mal die Beine hoch.«

Janet lächelte und erklärte, daß sie sich zunächst mit dem Ablauf auf der Station vertraut machen wolle. Als Tim am Computer fertig war, fragte Janet ihn nach den fehlenden Krankenblättern.

»Die sind alle im zweiten Stock«, sagte Tim. »Die Cabot bekommt eine Plasmapherese, und Martin und Sharenburg werden biopsiert. Ihre Krankenblätter haben sie natürlich bei sich.«

»Natürlich«, wiederholte Janet. Sie fand, es war außerordentliches Pech, daß keines der drei Krankenblätter an seinem Platz war, wo sie doch gerade die Gelegenheit gehabt hätte, einen Blick darauf zu werfen. Ihr schwante, daß die Klinikspionage, der sie sich verschrieben hatte, vielleicht doch nicht ganz so leicht werden würde, wie sie gedacht hatte, als sie Sean den Plan vorgeschlagen hatte.

Sie gab die Suche nach den Krankenblättern zunächst auf und wartete, bis Dolores Hodges, eine der anderen Schwestern, in der Medikamentenkammer fertig war. Nachdem sie im Flur verschwunden war, vergewisserte Janet sich, daß niemand sie beobachtete, bevor sie in die winzige Kammer schlüpfte. Jeder Patient hatte ein Fach mit seinen Medikamenten, die aus der Zentralpharmazie im ersten Stock angeliefert wurden.

Janet fand Helens Fach und ließ ihren Blick rasch über die Fülle der Phiolen, Fläschchen und Röhrchen gleiten. Es gab anfallshemmende und übelkeitsmindernde Medikamente, Tranquilizer und nicht narkotisierende Schmerzmittel. Behälter mit der Aufschrift MB300C oder MB303C konnte sie nirgends entdecken. Sie überprüfte den Schrank mit den Narkotika für den Fall, daß die MB-Medikamente dort verschlossen wurden, doch auch hier wurde sie nicht fündig.

Als nächstes nahm sich Janet Louis Martins Fach vor. Es lag ganz unten. Bevor sie hinknien und es durchsuchen konnte, mußte Janet die untere Hälfte des quergeteilten Medikamentenschranks schließen, um Platz zu schaffen. Doch genausowenig wie in Helens Fach fand sie irgendwelche Gefäße, die mit einem besonderen MB-Code beschriftet waren.

»Du meine Güte, haben Sie mich erschreckt«, rief Dolores. Sie war eilig zurückgekehrt, über die vor Louis Martins Fach kauernde Janet gestolpert und fast der Länge nach hingeschlagen. »Tut mir schrecklich leid«, sagte Dolores. »Ich wußte nicht, daß jemand drinnen ist.«

»Mein Fehler«, sagte Janet und spürte, wie sie rot anlief. Sofort hatte sie Angst, sich verraten zu haben und daß Dolores sich fragen könnte, was sie hier eigentlich machte. Doch Dolores zeigte keinerlei Anzeichen von Argwohn. Als Janet zur Seite getreten war, kam sie vielmehr herein, um zu holen, was sie vergessen hatte, und war im nächsten Moment wieder verschwunden.

Zittrig verließ Janet die Medikamentenkammer. Heute war erst ihr erster Tag, und obwohl eigentlich gar nichts passiert war, wußte sie nicht, ob sie die Nerven für all die Heimlichkeiten hatte, die die Spionage nun mal erforderte.

Vor Helen Cabots Zimmer blieb Janet stehen. Die Tür wurde von einem Gummistopper aufgehalten. Janet betrat das Zimmer und sah sich um. Sie erwartete nicht, hier irgendwelche Medikamente zu finden, aber sie wollte sicherheitshalber trotzdem nachsehen. Wie vorausgesehen, fand sie nichts.

Nachdem sie sich wieder gefaßt hatte, machte sie sich auf den Rückweg zum Schwesterntresen. Dabei kam sie an Gloria D'Amataglios Zimmer vorbei. Sie nahm sich einen Moment Zeit und steckte den Kopf durch die offene Tür. Gloria saß aufrecht in ihrem Sessel und hielt eine stählerne Nierenschale umklammert. Ihre Infusion lief immer noch.

In dem kurzen Gespräch am Vortag hatte sich herausgestellt, daß Gloria genau wie Janet das Wellesley College besucht hatte, allerdings einen Jahrgang unter Janet. Nachdem Janet vor dem Einschlafen darüber nachgedacht hatte, wollte sie Gloria nun nach einer Freundin fragen, die in deren Klasse gegangen war. Als Gloria aufblickte, sprach sie sie darauf an.

»Sie kennen Laura Lowell!« rief Gloria mit künstlicher Begeisterung. »Unglaublich! Sie war eine gute Freundin von mir. Ich mochte auch ihre Eltern.« Es war schmerzhaft offensichtlich, daß sie sich bemühte, gesellig zu sein, obwohl ihr von der Chemotherapie übel sein mußte.

»Das dachte ich mir schon«, sagte Janet. »Jeder kannte Laura.«

Sie wollte sich gerade entschuldigen und Gloria in Ruhe lassen, als sie hinter sich ein Klappern hörte. Sie drehte sich um und sah gerade noch, wie der Mann vom Reinigungsdienst im Türrahmen auftauchte und sofort wieder verschwunden war. Janet befürchtete, daß sie seinen Plan durcheinandergebracht hatte. Sie verabschiedete sich mit dem Versprechen, später noch einmal bei Gloria vorbeizuschauen, und betrat den Flur, um dem Mann zu sagen, daß das Zimmer jetzt frei war. Doch er war verschwunden. Sie blickte den Flur auf und ab und sah sogar in einigen der Nachbarzimmer nach. Aber es war, als hätte er sich in Luft aufgelöst.

Janet begab sich zurück zum Schwesterntresen. Als sie bemerkte, daß ihr noch ein paar Minuten von ihrer Pause blieben, nahm sie den Aufzug in den zweiten Stock in der Hoffnung, einen Blick auf eins oder mehrere der fehlenden Krankenblätter werfen zu können. Helen Cabot war immer noch bei der Plasmapherese, wo sie auch noch geraume Zeit bleiben würde. An ihr Krankenblatt konnte sie also nicht rankommen. Kathleen Sharenburg wurde zur Zeit biopsiert, und ihr Krankenblatt lag im Sekretariat der

Radiologieabteilung. Aber bei Louis Martin hatte Janet Glück. Er sollte im Anschluß an Kathleen Sharenburg biopsiert werden. Janet entdeckte ihn in seinem Rollbett auf dem Flur. Er stand unter schweren Beruhigungsmitteln und schlief fest. Sein Krankenblatt war mit einem Klemmbrett an seinem Bett befestigt.

Nachdem sie von einem Radiologieassistenten erfahren hatte, daß Louis frühestens in einer Stunde biopsiert wurde, ergriff Janet die Chance und nahm das Krankenblatt. Mit hastigen Schritten, wie auf der Flucht vom Tatort eines Verbrechens, ging sie damit ins medizinische Archiv. Nur mit Mühe gelang es ihr, nicht loszurennen. Sie mußte sich eingestehen, daß sie für derartige Abenteuer denkbar ungeeignet war. Die Panik, die sie in der Medikamentenkammer erfaßt hatte, war sofort wieder da.

»Natürlich können Sie den Kopierer benutzen«, erklärte eine der Archivarinnen, als sie danach fragte. »Dafür sind sie ja da. Tragen Sie die Kopie einfach unter dem Kontingent des Pflegepersonals ein.«

Janet fragte sich, ob die Archivarin die Mutter der Frau aus der PR-Abteilung war, die sie am Abend ihrer Ankunft in Seans Apartment getroffen hatte. Sie mußte auf jeden Fall vorsichtig sein. Als sie zum Kopierer ging, sah sie sich kurz um. Die Frau saß wieder über die Arbeit gebeugt, bei der Janet sie gestört hatte, und schenkte der neuen Schwester nicht die geringste Beachtung.

Rasch kopierte Janet Louis' komplette Akte. Es waren mehr Blätter, als sie erwartet hatte, zumal er gerade erst eingewiesen worden war. Sie warf einen Blick darauf und erkannte, daß es sich überwiegend um Untersuchungsergebnisse aus dem Boston Memorial handelte.

Als sie fertig war, lief sie eilig zurück zu dem Bett. Erleichtert stellte sie fest, daß es nicht bewegt worden war. Sie klemmte das Krankenblatt wieder fest und bemühte sich, alles unverändert aussehen zu lassen. Louis rührte sich nicht.

Auf dem Weg zurück in den vierten Stock geriet Janet plötzlich in Panik. Sie hatte nicht darüber nachgedacht, wo sie die Kopien verstecken wollte. Sie waren zu groß, um sie in der Handtasche zu verstauen, und sie konnte sie auch nicht einfach so herumliegen lassen. Sie mußte ein vorübergehendes Versteck finden, einen Ort, an dem die anderen Schwestern sie höchstwahrscheinlich nicht finden würden.

Die Pause war praktisch zu Ende, und Janet sah sich zu einer schnellen Entscheidung gezwungen. An ihrem ersten Tag wollte sie unter keinen Umständen überziehen. Sie überlegte verzweifelt. Zunächst zog sie den Patientenaufenthaltsraum in Betracht, der aber besetzt war. Dann dachte sie an die unteren Schränke in der Medikamentenkammer, verwarf die Idee jedoch als zu riskant. Schließlich fiel ihr die Putzmittelkammer ein.

Janet blickte den Flur auf und ab. Es waren zwar jede Menge Leute unterwegs, doch jeder von ihnen schien von seiner Tätigkeit völlig in Anspruch genommen. Sie sah den Wagen der Putzhilfe vor einem Patientenzimmer stehen, woraus sie schloß, daß der Mann drinnen beschäftigt sein mußte. Janet atmete tief durch und schlüpfte in die Kammer. Sofort fiel die Tür hinter ihr ins Schloß, so daß sie im Dunkeln stand. Sie tastete nach dem Lichtschalter und knipste die Lampe an.

Der winzige Raum wurde von einem großen Schmutzwasserbecken beherrscht. An der gegenüberliegenden Wand befand sich eine Arbeitsfläche mit Unterschränken, eine Reihe schmaler Wandschränke, die über der Arbeitsfläche hingen, sowie ein Besenschrank. Sie öffnete ihn. Über dem Fach mit den Besen und Mobs waren noch mehrere Regalbretter eingezogen, doch sie waren zu leicht einzusehen. Janets Blick wanderte an den Wandschränken hoch.

Sie stieg mit einem Fuß auf den Rand des Beckens und kletterte auf den Tresen. Wie erwartet, klaffte zwischen den Wandschränken und der Decke eine schmale, leicht abgesenkte Nische. Überzeugt, gefunden zu haben, wonach sie suchte, schob Janet die Kopien des Krankenblatts über die schmale, leicht erhöhte Kante und ließ sie in den Zwischenraum dahinter gleiten. Eine kleine Staubwolke wirbelte auf.

Zufrieden stieg Janet vom Tresen, wusch sich die Hände und trat wieder auf den Flur. Wenn irgend jemand sich gefragt hätte, womit sie beschäftigt gewesen war, ließ sie es sich nicht anmerken. Eine vorbeikommende Kollegin lächelte sie vielmehr freundlich an. Janet kehrte zum Schwesterntresen zurück und stürzte sich in die Arbeit. Nach fünf Minuten hatte sie sich einigermaßen beruhigt. Nach zehn Minuten ging sogar ihr Puls wieder normal. Als wenig später Marjorie auftauchte, war Janet schon wieder so gelassen, daß sie es wagte, nach Helen Cabots Arznei mit dem verschlüsselten Namen zu fragen.

»Ich habe mir die Medikamente der Patienten angesehen, damit ich vorbereitet bin, wenn ich einen von ihnen betreuen soll. Ich habe Hinweise auf MB300C und MB303C gesehen. Was ist das, und wo kann ich es finden?«

Marjorie richtete sich von dem Tisch auf, über den sie sich gebeugt hatte, griff nach einem Schlüssel, der an einer silbernen Kette um ihren Hals hing, und hielt ihn hoch. »Die MB-Medikamente bekommen Sie von mir«, sagte sie. »Wir bewahren sie in einem verschließbaren Kühlschrank hier im Schwesternzimmer auf. Die diensthabende Stationsschwester übernimmt die Verteilung. Wir kontrollieren die MBs so ähnlich wie Narkotika, nur etwas strenger.«

»Na, da konnte ich sie ja im Medizinschrank auch nicht finden«, sagte Janet mit einem gezwungenen Lächeln. Ihr wurde schlagartig klar, daß die Beschaffung der Medikamentenproben noch um etliches schwieriger werden würde, als sie befürchtet hatte. Sie war sich nicht einmal sicher, ob es überhaupt möglich war.

Tom Widdicomb versuchte, sich zu beruhigen. Noch nie in seinem Leben war er derart in Panik geraten. Normalerweise gelang es seiner Mutter immer, ihn zu beruhigen, aber jetzt weigerte sie sich, überhaupt mit ihm zu sprechen.

Er war heute morgen absichtlich besonders früh gekommen und hatte die neue Krankenschwester, Janet Reardon, von Anfang an im Auge behalten. Er war ihr vorsichtig gefolgt und hatte jede ihrer Bewegungen beobachtet. Nach etwa einer Stunde war er zu dem Schluß gekommen, daß seine Befürchtungen unbegründet gewesen waren. Sie hatte sich benommen wie jede andere Krankenschwester auch, und Tom war erleichtert gewesen.

Aber dann war sie wieder in Glorias Zimmer erschienen! Tom konnte es kaum glauben. Gerade als er seine Deckung verlassen hatte, war sie erneut aufgetaucht. Daß ein und dieselbe Frau seinen Versuch, Gloria von ihrem Leiden zu erlösen, nicht nur einmal, sondern gleich zweimal vereitelt hatte, konnte kein Zufall mehr sein. »An zwei aufeinanderfolgenden Tagen«, hatte Tom in die einsame Stille der Putzmittelkammer gezischt. »Sie muß eine Spionin sein!«

Sein einziger Trost war gewesen, daß er diesmal eher sie überrascht hatte als umgekehrt. Im Grunde war es sogar noch besser. Er hätte sie beinahe überrascht. Er wußte nicht, ob sie ihn gesehen hatte oder nicht, obwohl er davon ausging, daß sie ihn bemerkt hatte.

Danach war er ihr wieder gefolgt. Mit jedem ihrer Schritte wuchs seine Überzeugung, daß sie hier war, um ihn zu entlarven. Sie benahm sich nicht wie eine gewöhnliche Krankenschwester, ganz bestimmt nicht. Nicht mit all ihrer Herumschleicherei und -schnüffelei. Das schlimmste war, daß sie sogar seine Putzmittelkammer betreten und angefangen hatte, sämtliche Schränke zu öffnen. Er hatte sie vom Flur aus gehört, und er wußte, wonach sie suchte. Die Sorge, sie könnte das Zeug finden, hatte ihn ganz krank gemacht. Sobald sie die Kammer wieder verlassen hatte, war er hineingeschlüpft, auf den Tresen geklettert und hatte in seinem Versteck auf dem Wandschrank ganz in der Ecke blind nach seinem Succinylcholin und den Spritzen getastet. Zum Glück lagen sie noch unberührt an Ort und Stelle.

Nachdem er wieder heruntergestiegen war, bemühte sich Tom, seine Fassung wiederzugewinnen. Immer wieder sagte er sich, daß er sicher war, weil das Succinylcholin noch an seinem Platz lag. Zumindest war er für den Moment noch sicher. Aber er mußte sich um Janet Reardon kümmern, keine Frage, genauso wie er sich um Sheila Arnold gekümmert hatte. Er konnte nicht zulassen, daß sie seinen Kreuzzug aufhielt. Wenn er das tat, riskierte er, Alice zu verlieren.

»Mach dir keine Sorgen, Mutter«, sagte er laut. »Alles wird gut.«

Aber Alice wollte nicht hören. Sie hatte Angst.

Nach einer Viertelstunde hatte sich Tom so weit beruhigt, daß er glaubte, sich der Welt wieder stellen zu können. Er atmete tief durch, riß die Tür auf und trat auf den Flur. Sein Putzwagen stand rechts neben ihm an der Wand. Er begann, ihn den Flur hinunterzuschieben.

Den Blick zu Boden gerichtet, steuerte er die Aufzüge an. Als er am Schwesterntresen vorbeikam, hörte er, wie

Marjorie ihm etwas von einem Zimmer nachrief, das er putzen sollte.

»Ich bin in die Verwaltung gerufen worden«, sagte Tom, ohne aufzublicken. Gelegentlich wurde er dorthin zitiert, wenn es einen Unfall gegeben hatte wie eine Tasse verschütteten Kaffee, den er aufwischen sollte. Die regelmäßige Reinigung der Büroräume war Aufgabe der Nachtschicht.

»Na, dann sehen Sie zu, daß Sie so schnell wie möglich wieder zurück sind«, rief Marjorie.

Tom fluchte leise.

In der Verwaltung schob er seinen Putzwagen direkt in das große Zentralbüro. Dort ging es stets sehr geschäftig zu, und niemand beachtete ihn weiter. Er stellte seinen Wagen direkt vor einer Wandtafel mit dem Zimmerplan der Forbes-Residenz im Südwesten von Miami ab.

Die Forbes-Residenz umfaßte zehn Apartments auf jeder Etage, unter jedem Apartment befand sich ein kleiner Schlitz für ein Namensschildchen. Rasch hatte Tom den Namen Janet Reardon in dem Schlitz unter Apartment 207 gefunden. Noch praktischer war ein Schlüsselkasten, der direkt unter der Tafel hing. Darin befanden sich zahlreiche Schlüsselsätze, jeder von ihnen mit einer Nummer gekennzeichnet. Der Kasten sollte eigentlich verschlossen sein, aber der Schlüssel steckte immer im Schloß. Da der Kasten von seinem Putzwagen verdeckt war, konnte sich Tom in aller Seelenruhe die Schlüssel für das Apartment 207 heraussuchen.

Um seine Anwesenheit zu rechtfertigen, leerte er anschließend ein paar Papierkörbe, bevor er seinen Wagen zurück zu den Aufzügen schob.

Als er auf den Lift wartete, spürte er, wie er von einer Welle der Erleichterung überflutet wurde. Sogar Alice war jetzt wieder bereit, mit ihm zu sprechen. Sie erklärte ihm, wie stolz sie auf ihn war, jetzt, wo es in seiner Macht lag, alles selbst zu regeln. Sie sagte, sie sei besorgt gewesen wegen dieser neuen Schwester, dieser Janet Reardon.

»Ich hab dir doch gesagt, du brauchst dir keine Sorgen zu machen«, erklärte Tom. »Niemand wird uns je belästigen.«

Sterling Rombauer hatte das Sprichwort, das so etwas wie das Lebensmotto seiner Mutter, einer Lehrerin, gewesen war, immer gemocht: *Wer Glück haben will, darf nichts dem Glück überlassen.* Er überlegte, daß es in Boston nur eine begrenzte Anzahl von Hotels gab, die Tanaka Yagamuchi akzeptabel finden würde, und er beschloß, ein paar der Hotelangestellten anzurufen, deren Bekanntschaft er in den letzten Jahren gepflegt hatte. Seine Anstrengungen waren sofort erfolgreich. Sterling mußte lächeln, als er erfuhr, daß er und Tanaka nicht nur derselben Profession nachgingen, sondern auch, was Hotels anging, den gleichen Geschmack hatten.

Dies war eine günstige Wendung der Ereignisse. Dank seiner häufigen Aufenthalte im Ritz-Carlton von Boston pflegte Sterling die besten Kontakte zu den Mitarbeitern. Einige diskrete Nachfragen ergaben durchaus nützliche Informationen. Erstens hatte Tanaka denselben Fahrdienst gebucht wie Sterling, was nicht weiter überraschend war, da es bei weitem der beste war. Zweitens hatte er sein Zimmer für mindestens eine weitere Nacht gebucht. Und drittens hatte er für das Mittagessen im Café Ritz einen Tisch für zwei Personen reserviert.

Sterling machte sich sofort an die Arbeit. Er rief im Café an, einem gut besuchten und ziemlich intimen Ort. Der Maître versprach ihm, daß Mr. Yagamuchi und sein Gast am entfernten Ende einer langen gepolsterten Bank plaziert würden, während für Mr. Sterling Rombauer der angrenzende, nur Zentimeter entfernt stehende Ecktisch reserviert bleiben würde. Der Inhaber des Fahrdienstes, den Rombauer ebenfalls anrief, versprach, den Namen von Mr. Yagamuchis Fahrer sowie eine Liste der angefahrenen Orte zu besorgen.

»Dieser Japse muß gute Beziehungen haben«, meinte der Besitzer des Fahrdienstes noch. »Wir haben ihn am Flugplatz abgeholt. Er ist in einem Privatjet eingeflogen, und es war keine von diesen Spielzeugmaschinen.«

Ein Anruf beim Flughafen bestätigte, daß die Sushita Gulfstream III dort stand, und Sterling ließ sich die Kennnummer der Maschine geben. Anschließend rief er einen Kontaktmann bei der Luftfahrtbehörde in Washington an, der ihm versprach, ihn über die Bewegungen des Jets auf dem laufenden zu halten.

Nachdem er all das so erfolgreich erledigt hatte, ohne sein Hotelzimmer zu verlassen, und ihm bis zu seiner Verabredung zum Mittagessen noch ein wenig Zeit blieb, ging Sterling in den Burberry-Laden auf der anderen Seite der Newbury Street, um sich ein paar neue Hemden zu gönnen.

Mit unter dem Tisch gekreuzten und ausgestreckten Beinen saß Sean auf einem der Plastikstühle der Klinikkantine. Er hatte den linken Ellenbogen auf den Tisch gestützt und rieb sich das Kinn, während sein rechter Arm über die Rückenlehne baumelte. Stimmungsmäßig befand er sich etwa in demselben Zustand, in dem ihn Janet am Nachmittag zuvor in seinem Apartment angetroffen hatte. Der Vormittag war eine zermürbende Wiederholung des Vortages gewesen, was ihn in seiner Ansicht bestärkt hatte, daß das Forbes-Zentrum ein reichlich bizarrer und überwiegend unfreundlicher Arbeitsplatz war. Hiroshi folgte ihm noch immer wie ein tolpatschiger Detektiv.

Praktisch jedesmal, wenn Sean im sechsten Stock zu tun hatte, weil im fünften die entsprechende Ausstattung fehlte, und er sich umsah, entdeckte er den Japaner. In dem Moment, in dem Sean ihn erblickte, wandte er sich stets rasch ab, als ob Sean ein Idiot wäre, der nicht bemerkte, daß er beobachtet wurde.

Sean sah auf seine Uhr. Er hatte sich um halb eins mit Janet verabredet. Jetzt war es schon fünf nach halb, und obwohl zahlreiche Mitglieder des Pflegepersonals in die Kantine strömten, war Janet noch immer nicht aufgetaucht. Sean stellte sich vor, wie es sein würde, einfach aufzustehen, zum Parkplatz zu gehen, in seinen Isuzu zu steigen und abzuhauen. Aber dann kam Janet durch die Tür, und allein ihr Anblick besserte seine Laune.

Obwohl sie für hiesige Verhältnisse noch immer recht blaß war, hatten die Tage in Miami einen deutlichen rosigen Schimmer auf ihrer Haut hinterlassen. Sean fand, daß sie nie besser ausgesehen hatte. Während er bewundernd zusah, wie sie sich mit sinnlichen Bewegungen einen Weg zwischen den Tischen bahnte, hoffte er, daß er ihr das, was sie davon abhielt, in seinem Apartment zu übernachten, ausreden konnte, was immer es sein mochte.

Mit einem kaum hörbaren Hallo nahm sie ihm gegenüber Platz. Unter ihrem Arm klemmte eine zusammengefaltete Lokalzeitung. An ihrem Blick, den sie immer wieder wie ein ängstlicher, verletzlicher, kleiner Vogel durch den Raum wandern ließ, erkannte er, wie nervös sie war.

»Janet, wir sind doch nicht in einem Spionagethriller«, sagte Sean. »Nun beruhige dich doch.«

»Genau so komme ich mir aber vor«, erwiderte sie. »Ich bin den ganzen Tag hinter dem Rücken von anderen Leuten rumgeschlichen, immer ängstlich darauf bedacht, keinen Verdacht zu erregen. Trotzdem habe ich das Gefühl, daß jeder weiß, was ich mache.«

Sean verdrehte die Augen. »Meine Komplizin ist eine hoffnungslose Amateurin«, meinte er spöttisch, um dann ernster hinzuzufügen: »Ich weiß nicht, wie das je klappen soll, wenn du schon jetzt ein einziges Nervenbündel bist, Janet. Dies ist erst der Anfang. Im Vergleich zu dem, was noch kommt, hast du praktisch noch gar nichts getan. Aber wahrscheinlich bin ich in Wirklichkeit nur neidisch. Du kannst zumindest etwas tun, während ich den Großteil des Vormittags unter der Erde verbracht habe, um etlichen Mäusen das Forbes-Protein plus Freunds Adjuvans zu spritzen. Es gab keine Intrigen und erst recht keine Aufregung. Der Laden hier macht mich völlig verrückt.«

»Was ist mit den Kristallen?« fragte Janet.

»Damit lasse ich mir absichtlich Zeit«, erwiderte Sean. »Ich war einfach zu schnell. Ich werde denen nicht erzählen, wie weit ich schon bin. Dann kann ich mir, wenn nötig, für unsere Nachforschungen zusätzliche Zeit nehmen und trotzdem bei Bedarf Ergebnisse vorweisen. Und wie ist es dir ergangen?«

»Nicht so toll«, mußte Janet zugeben. »Aber ich habe einen Anfang gemacht. Ich habe ein Krankenblatt kopiert.«

»Nur eins?« fragte Sean, sichtlich enttäuscht. »Wegen eines Krankenblatts veranstaltest du so ein Theater?«

»Nun mach du mich deswegen nicht auch noch an«, warnte Janet ihn. »Das alles ist wirklich nicht leicht für mich.«

»Das habe ich auch nie behauptet«, fuhr Sean sie an. »Nie. Ich nicht. Das ist nicht meine Art.«

»Ach, halt doch den Mund«, sagte Janet und schob ihm unter dem Tisch die Zeitung herüber. »Ich tu ja mein Bestes.«

Sean nahm die Zeitung, legte sie auf den Tisch, breitete sie aus und entnahm die fotokopierten Seiten. Dann schob er die Zeitung beiseite.

»Sean!« keuchte Janet, während sie sich verstohlen im Raum umsah. »Geht das vielleicht ein bißchen subtiler?«

»Ich hab keinen Bock mehr, subtil zu sein«, sagte er und begann, die Blätter der Krankenakte durchzugehen.

»Nicht mal für mich?« fragte Janet. »Vielleicht sind Leute von meiner Station hier. Sie könnten gesehen haben, wie ich dir diese Kopien gegeben habe.«

»Du traust ihnen zuviel zu«, sagte Sean abgelenkt. »Die Menschen sind lange nicht so aufmerksam, wie du denkst.« Dann fügte er hinzu: »Louis Martins Krankenblatt besteht nur aus Untersuchungsergebnissen aus dem Boston Memorial. Die Krankengeschichte und die körperliche Untersuchung habe ich selbst gemacht. Der faule Sack aus der Neurologie hat meinen Bericht einfach nur abgeschrieben.«

»Woher willst du das wissen?« fragte Janet.

»Die Formulierungen«, sagte Sean. »Hör dir das an: Der Patient ›durchlitt‹ vor drei Monaten eine Operation zur Entfernung der Prostata. Ich verwende in meinen Berichten gerne Formulierungen wie ›durchlitt‹, um zu überprüfen, wer sie liest und wer nicht. Es ist eine Art Spiel, das ich mit mir selbst spiele. Ich bin der einzige, der solche Redewendungen in medizinischen Berichten verwendet. Eigentlich soll man nur Fakten angeben, keine Beurteilungen schreiben.«

»Imitiert zu werden ist das größte Kompliment, also solltest du dich wohl geehrt fühlen«, sagte Janet.

»Das einzig Interessante sind die Medikationsanweisungen«, sagte Sean. »Er hat zwei codierte Medikamente erhalten: MB300M und MB303M.«

»Das entspricht dem Code, den ich in Helen Cabots Computerdatei gesehen habe«, sagte Janet und gab ihm den Zettel, auf dem sie die Therapieinformationen aus dem Computer notiert hatte.

Sean warf einen Blick auf Dosierung und Applikationsintervall.

»Was glaubst du, was das ist?« fragte Janet.

»Keine Ahnung«, antwortete Sean. »Hast du eine Probe bekommen?«

»Noch nicht«, gab Janet zu. »Aber ich weiß immerhin schon, wo sie aufbewahrt werden: in einem extra verschließbaren Schrank, zu dem nur die jeweils diensthabende Stationsschwester den Schlüssel hat.«

»Das ist ja interessant«, sagte Sean, der noch immer das Krankenblatt studierte. »Wenn Datum und Zeitangabe stimmen, wurde mit der Behandlung sofort nach seiner Ankunft begonnen.«

»Genau wie bei Helen Cabot«, sagte Janet. Sie erzählte Sean, was Marjorie ihr erklärt hatte, daß nämlich mit der humoralen Behandlung sofort begonnen wurde, während sie mit der zellulären Therapie erst nach der Biopsie und der T-Lymphozytengewinnung anfangen konnten.

»So früh mit der Behandlung anzufangen kommt mir trotzdem merkwürdig vor«, sagte Sean. »Es sei denn, bei den Medikamenten handelt es sich lediglich um Lymphokinine oder andere allgemeine Immunstimulanzien. Ein neues Medikament wie beispielsweise ein neues Chemo-Mittel kann es auch nicht sein.«

»Warum nicht?« fragte Janet.

»Weil man dafür eine Genehmigung der Gesundheitsbehörde braucht«, erwiderte Sean. »Es muß ein bereits zugelassenes Mittel sein. Wie kommt es, daß du nur Louis Martins Krankenblatt hast? Was ist mit Helen Cabots?«

»Ich hatte schon Glück, an Martins zu kommen«, entgegnete Janet. »Cabot wird in diesem Moment einer Plasmapherese unterzogen, und Kathleen Sharenburg wird gerade biopsiert. Martin war der nächste zur Biopsie, so daß ich an sein Krankenblatt herangekommen bin.«

»Das heißt, all diese Menschen liegen zur Zeit auf dem zweiten Stock?« fragte Sean. »Direkt über uns?«

»Ich glaube schon«, sagte Janet.

»Vielleicht sollte ich das Mittagessen auslassen und dort oben mal vorbeischauen«, sagte Sean. »Bei dem allgemeinen Durcheinander, das normalerweise in Diagnose- und Behandlungsräumen herrscht, liegen die Krankenblätter meistens irgendwo rum. Wahrscheinlich könnte ich sie mir einfach so ansehen.«

»Du jedenfalls eher als ich«, meinte Janet. »Du bist in so was bestimmt besser als ich.«

»Ich habe nicht vor, deinen Job zu übernehmen«, sagte Sean. »Ich möchte nach wie vor Kopien der beiden anderen Krankenblätter sowie die täglichen Updates. Außerdem brauche ich eine Liste sämtlicher Medulloblastom-Patienten, die bisher in der Klinik behandelt worden sind. Dabei interessieren mich in erster Linie die Behandlungsergebnisse. Außerdem brauche ich Proben der codierten Medikamente. Das ist überhaupt das Allerwichtigste. Ich muß dieses Mittel haben, je eher, desto besser.«

»Ich werde mein möglichstes tun«, sagte Janet. Nach den Schwierigkeiten, die es ihr schon bereitet hatte, nur Martins Krankenakte zu kopieren, hatte sie Bedenken, ob es ihr so ohne weiteres gelingen würde, zu beschaffen, was Sean haben wollte, vor allem in dem Tempo, das ihm offenbar vorschwebte. Nicht, daß sie diese Befürchtungen Sean gegenüber äußerte. Sie hatte Angst, daß er dann aufgeben und sich auf den Rückweg nach Boston machen könnte.

Sean stand auf. Er faßte Janets Schulter. »Ich weiß, daß das nicht leicht für dich ist«, sagte er. »Aber denk dran, es war deine Idee.«

Janet legte ihre Hand auf Seans. »Gemeinsam werden wir es schaffen«, sagte sie.

»Ich seh dich dann im Cow's Palace«, sagte er. »Vermutlich bist du so gegen vier zu Hause. Ich werde versuchen, etwa zur selben Zeit dort zu sein.«

»Bis später dann«, sagte Janet.

Sean verließ die Kantine und nahm die Treppe in den zweiten Stock. Auf der Südseite des Gebäudes verließ er das Treppenhaus. Der zweite Stock war ein Zentrum der Aktivität, und es ging genauso hektisch zu, wie er erwartet hatte. Alle Bestrahlungen und Röntgendiagnosen wurden hier durchgeführt, ebenso sämtliche Operationen und alle anderen Behandlungen, die nicht auf dem Zimmer vorgenommen werden konnten.

Sean drängte sich durch das Gewirr von Betten, in denen Patienten lagen, die entweder auf ihre Therapie warteten oder sie gerade hinter sich hatten. Weitere Patientenbetten waren entlang der Wand geparkt, während wieder andere Patienten in Krankenhauskitteln auf Bänken saßen.

Sean bahnte sich, Entschuldigungen murmelnd, einen Weg durch das Gedränge, wobei er ständig mit Pflegepersonal oder ambulanten Patienten zusammenstieß. Mit einigen Schwierigkeiten arbeitete er sich den zentralen Korridor entlang, wobei er unterwegs die Schilder an den Türen las. Auf der linken Seite befanden sich die Radiologie und die klinische Chemie, während auf der rechten Seite Behandlungsräume, Intensivstation und Operationssäle untergebracht waren. Da er wußte, daß eine Plasmapherese eine lange, jedoch wenig betreuungsintensive Prozedur war, beschloß Sean, Helen Cabot zu finden. Er wollte nicht nur einen Blick auf ihr Krankenblatt werfen, sondern sie auch kurz begrüßen.

Er entdeckte eine Hämatologie-Assistentin, die er an dem Stauschlauch in ihrer Gürtelschlaufe erkannte, und fragte sie, wo es zur Plasmapherese ging. Die Frau führte ihn durch einen Nebenflur und wies auf zwei nebeneinanderliegende Türen. Sean bedankte sich und sah im ersten Zimmer nach, wo ein Mann auf einem Bett lag. Sean entschuldigte sich und öffnete dann die zweite Tür. Selbst von der Schwelle aus erkannte er die Patientin: Es war Helen Cabot.

Sie war allein im Zimmer. Von ihrem Arm liefen Schläuche zu einer Maschine, in der die Lymphozyten isoliert wurden, bevor das Blut wieder in Helens Körper zurückgepumpt wurde.

Helen wandte ihren bandagierten Kopf in Seans Richtung. Sie erkannte ihn sofort und versuchte zu lächeln. Statt dessen füllten sich ihre großen, grünen Augen mit Tränen.

An ihrer Gesichtsfarbe und ihrer allgemeinen Erscheinung erkannte Sean, daß ihr Zustand sich dramatisch verschlechtert hatte. Die Anfälle, die sie erlitten hatte, hatten einen hohen Tribut gefordert.

»Schön, Sie wiederzusehen«, sagte Sean und beugte sich über sie. Er unterdrückte den Drang, sie in den Arm zu nehmen und zu trösten. »Wie geht's?«

»Es war ziemlich schlimm«, brachte Helen hervor. »Gestern ist eine weitere Biopsie durchgeführt worden. Das war kein Vergnügen. Man hat mich auch gewarnt, daß es noch schlimmer werden könnte, wenn ich mit der Therapie anfange, und das habe ich jetzt. Sie haben gesagt, ich dürfe den Glauben nicht verlieren. Aber das ist verdammt schwer. Meine Kopfschmerzen sind unerträglich geworden. Sogar das Sprechen tut weh.«

»Sie müssen durchhalten«, sagte Sean. »Denken Sie immer dran, daß jeder Medulloblastom-Patient dieser Klinik in die Remission gekommen ist.«

»Das sage ich mir auch immer«, erwiderte Helen.

»Ich werde versuchen, von jetzt an jeden Tag nach Ihnen zu sehen«, versprach Sean. »Nun will ich nur noch rasch einen Blick auf Ihr Krankenblatt werfen. Wo ist es denn?«

»Ich glaube, es liegt im Wartezimmer«, sagte Helen und wies mit der freien Hand auf einen kleinen Nebenraum.

Sean schenkte ihr ein freundliches Lächeln und betrat das angrenzende Zimmer, das ebenfalls eine Tür zum Flur hatte. Auf einem Tresen lag, wonach er suchte: Helens Krankenblatt.

Sean nahm es und ging die Medikationsinformationen durch. Wieder waren ähnliche Medikamente angegeben wie die, die er schon in Martins Krankenblatt gesehen hatte: MB300C und MB303C. Dann blätterte er zum Anfang der Akte zurück und erkannte seinen eigenen Bericht, der als Teil der Überweisungsunterlagen mitgeschickt worden war.

Sean überflog die Seiten, bis er zum aktuellen Stand kam, wo er einen Eintrag über die Biopsie las, die direkt über dem rechten Ohr vorgenommen worden war. Außerdem war noch vermerkt, daß die Patientin die Prozedur gut überstanden habe.

Sean war gerade zu dem Abschnitt mit den Laborergebnissen vorgedrungen, um festzustellen, ob eine Gefrierschnittanalyse vorgenommen worden war, als er gestört wurde. Die Tür zum Flur flog auf und krachte mit solcher Wucht gegen die Wand, daß die Klinke einen Abdruck im Putz hinterließ.

Das Geräusch ließ Sean zusammenfahren. Er warf die Krankenakte auf die Resopaloberfläche des Tresens. Vor ihm stand, den gesamten Türrahmen füllend, die beeindruckende Gestalt von Margaret Richmond. Sean erkannte sie als die leitende Oberschwester wieder, die neulich in Dr. Masons Büro geplatzt war. Die Frau neigte offenbar zu dramatischen Auftritten.

»Was haben Sie hier zu suchen?« wollte sie wissen.

»Und was machen Sie mit der Krankenakte da?« Ihr breites, rundes Gesicht war wutverzerrt.

Sean wollte ihr erst eine schnoddrige Antwort geben, besann sich jedoch eines Besseren.

»Ich habe eine Freundin besucht«, sagte er. »Miss Cabot war in Boston eine Patientin von mir.«

»Sie haben kein Recht, ihre Akte zu lesen«, tobte Ms. Richmond los. »Patientenunterlagen sind grundsätzlich vertraulich und nur dem Patienten und den behandelnden Ärzten zugänglich. Wir nehmen unsere diesbezügliche Verantwortung sehr ernst.«

»Ich bin sicher, die Patientin würde mir den Zugang jederzeit erlauben«, entgegnete Sean. »Vielleicht sollten wir nach nebenan gehen und sie fragen.«

»Sie sind nicht als Arzt im Praktikum bei uns«, brüllte Ms. Richmond, ohne Seans Vorschlag zu beachten. »Sie sind nur zur Grundlagenforschung hier. Die Annahme, Sie hätten das Recht, in diese Klinik einzudringen, ist anmaßend und unverzeihlich.«

Plötzlich sah Sean hinter Ms. Richmonds Schultern ein vertrautes Gesicht. Es war die selbstgefällige Fratze des frustrierten Ledernacken Robert Harris. Sean begriff, was geschehen sein mußte. Eine der Überwachungskameras hatte ihn erfaßt, wahrscheinlich im Flur des zweiten Stocks. Harris hatte die Richmond angerufen und war selbst herübergeeilt, um Zeuge des Schlachtfests zu werden.

Da jetzt auch noch Robert Harris beteiligt war, konnte Sean dem Drang, sich zu wehren, nicht länger widerstehen, vor allem, weil Ms. Richmond auf all seine Bemühungen, vernünftig zu sein, nicht reagiert hatte.

»Da die Damen und Herren offenbar nicht in der Stimmung sind, die Angelegenheit wie erwachsene Menschen zu besprechen«, sagte er, »werde ich jetzt wohl am besten ins Forschungsgebäude zurückkehren.«

»Ihre Dreistigkeit macht alles nur noch schlimmer«, zischte Ms. Richmond. »Sie betreten unbefugt diese Räumlichkeiten, dringen in die Privatsphäre von Patienten ein und zeigen keine Spur von Reue. Es überrascht mich, daß das Direktorium von Harvard jemanden wie Sie an ihrer Bildungseinrichtung zuläßt.«

»Ich will Ihnen ein Geheimnis verraten«, sagte Sean. »Von meinen Umgangsformen waren sie auch nicht sonderlich beeindruckt. Es war meine Fertigkeit mit einem Puck, die ihnen gefallen hat. Aber so gerne ich noch bleiben und ein Weilchen mit Ihnen plaudern würde, ich muß jetzt zurück zu meinen Mäusefreunden, die im übrigen weit angenehmere Wesen sind als ein Großteil des an der Forbes-Klinik beschäftigten Personals.«

Sean beobachtete, wie Ms. Richmonds Gesicht dunkelrot anlief, während er dachte, daß er von lächerlichen Zwischenfällen langsam die Nase voll hatte. Vielleicht bereitete es ihm deswegen eine geradezu perverse Lust, diese Frau zu reizen und weiter in Rage zu versetzen, die problemlos in der Innenverteidigung der Miami Dolphins hätte eingesetzt werden können.

»Verschwinden Sie, bevor ich die Polizei rufe«, kreischte Ms. Richmond.

Sean fand, daß das eine interessante Idee war. Er konnte sich den armen Streifenbeamten förmlich vorstellen, wie er versuchte, den Straftatbestand in Worte zu fassen. Sean sah die Schlagzeile schon vor sich: Harvard-Praktikant liest Krankenblatt!

Er machte einen Schritt nach vorn, bis er direkt vor Ms. Richmond stand. Er lächelte sie mit gewohntem Charme an. »Ich weiß, Sie werden mich vermissen«, sagte er, »aber ich muß jetzt wirklich gehen.«

Sowohl Ms. Richmond als auch Harris folgten ihm bis zur Fußgängerbrücke, die sich zwischen Klinik und Forschungsgebäude spannte. Den ganzen Weg über lamentierten sie über die Unverschämtheit der Jugend von heute. Sean kam sich vor, als würde er aus der Stadt vertrieben.

Während er die Brücke überquerte, wurde ihm klar, wie sehr er davon abhängig war, daß Janet Material über die Medulloblastom-Studie beschaffen konnte, vorausgesetzt natürlich, er blieb.

Sean kehrte in den fünften Stock des Forschungsgebäudes zurück und versuchte, sich in seine Arbeit zu stürzen, um die Wut und Enttäuschung zu vergessen, die er angesichts seiner lächerlichen Lage empfand. Genau wie die leeren Laborräume ein Stockwerk höher hatte Helens Krankenblatt nichts enthalten, was eine derartige Erregung gerechtfertigt hätte. Doch als er sich wieder beruhigt hatte, mußte Sean zugeben, daß Ms. Richmond nicht völlig unrecht hatte. Sosehr ihn das Eingeständnis wurmte, das Forbes-Zentrum war ein Privatkrankenhaus. Es war keine Universitätsklinik, wo Lehre und Patientenversorgung Hand in Hand gingen. Hier war Helens Krankenblatt in der Tat vertraulich. Trotzdem war Ms. Richmonds Wutanfall über seinen Regelverstoß völlig unangemessen.

Fast gegen seinen eigenen Willen war Sean trotz alledem nach etwa einer Stunde wieder tief in seinen Kristallisations-Bemühungen versunken. Als er dann einen Kolben gegen das Deckenlicht hielt, nahm er aus dem Augenwinkel erneut eine Bewegung wahr. Es war wie eine Wiederholung des gestrigen Zwischenfalls. Wieder hatte sich im Treppenhaus etwas bewegt.

Ohne auch nur in die Richtung zu blicken, erhob sich Sean langsam von seinem Hocker und ging in die Vorratskammer, als wolle er dort etwas holen. Der Vorratsraum hatte eine Tür zum Zentralkorridor, und von dort gelangte Sean unbemerkt auf die andere Seite des Gebäudes zum gegenüberliegenden Treppenhaus.

Er stürmte eine Treppe tiefer und rannte den Flur im vierten Stock hinunter, bis er wieder das Treppenhaus auf der anderen Seite erreicht hatte. Dort schlich er so leise wie möglich die Stufen hoch, bis der Absatz der fünften Etage in Sicht kam. Wie Sean erwartet hatte, stand dort Hiroshi, der verstohlen durch das Glasfenster spähte, offenbar erstaunt, daß Sean noch immer nicht aus der Vorratskammer zurück war. Auf Zehenspitzen stieg Sean die verbleibenden Stufen hoch, bis er direkt hinter Hiroshi stand. Dann schrie er, so laut er konnte, und war selbst beeindruckt von dem Lärm, den seine Lungen und der Widerhall im Treppenhaus hervorbrachten.

Sean hatte ein paar Kung Fu-Filme mit Chuck Norris gesehen und war besorgt, daß Hiroshi sich wie auf Reflex in einen Karate-Crack verwandeln könnte. Statt dessen brach der Japaner fast zusammen. Glücklicherweise hatte er eine Hand an der Klinke, die ihm Halt gab.

Als er sich so weit erholt hatte, daß er begriff, was geschehen war, wich er von der Tür zurück und begann, eine Erklärung zu murmeln. Gleichzeitig bewegte er sich zentimeterweise rückwärts, bis sein Fuß die erste Stufe erreicht hatte. Dann drehte er sich um und stürzte davon.

Stocksauer lief Sean hinterher, nicht um Hiroshi nachzusetzen, sondern um Dr. Levy aufzusuchen. Er hatte die Nase von Hiroshis Herumspioniererei endgültig voll. Er glaubte, daß er diese Angelegenheit am besten mit Dr. Levy besprach, da sie die Leiterin des Labors war.

Er stieg in den siebten Stock und marschierte den Flur zu ihrem Büro hinunter. Die Tür stand offen, er sah hinein, das Büro war leer.

Die Sekretärin hatte keine Ahnung, wo sie sein könnte, schlug jedoch vor, Sean solle sie ausrufen lassen. Statt dessen begab er sich in den sechsten Stock, um Mark Halpern zu suchen, der in seinem blütenweißen Laborkittel genauso schick aussah wie immer. Sean vermutete, daß er ihn jeden Tag wusch und bügelte.

»Ich suche Dr. Levy«, sagte er gereizt.

»Sie ist nicht hier«, erwiderte Mark. »Kann ich Ihnen vielleicht weiterhelfen?«

»Kommt sie heute noch hierher?« fragte Sean.

»Heute nicht mehr«, erklärte Mark. »Sie mußte nach Atlanta. Sie ist beruflich viel unterwegs.«

»Wann wird sie zurück sein?«

»Ich bin nicht sicher«, sagte Mark. »Wahrscheinlich erst morgen am späten Abend. Sie sagte etwas davon, daß sie auf dem Rückweg noch in unserem Labor in Key West vorbeischauen wollte.«

»Hat sie dort oft zu tun?« fragte Sean.

»Ziemlich«, sagte Mark. »Einige Wissenschaftler, die ursprünglich hier im Forbes-Zentrum gearbeitet haben und nach Key West gehen sollten, haben uns wieder verlassen. Dadurch hat Dr. Levy eine große Last zu tragen, weil sie den Arbeitsrückstand allein kompensieren muß. Ich glaube, das Forbes-Zentrum hat Probleme, adäquaten Ersatz zu beschaffen.«

»Sagen Sie ihr, daß ich sie sprechen will, wenn sie zurückkommt«, sagte Sean. Die Personalprobleme des Forbes-Zentrums interessierten ihn herzlich wenig.

»Und Sie sind sicher, daß ich nichts für Sie tun kann?« fragte Mark.

Einen Moment lang erwog Sean die Idee, Mark von Hiroshis seltsamem Benehmen zu erzählen, aber er ließ es dann doch. Er mußte mit einer Autoritätsperson reden. Mark würde ihm nicht helfen können.

Frustriert darüber, daß er seine Wut nicht abreagieren konnte, machte sich Sean auf den Rückweg zum Labor. Er wollte gerade das Treppenhaus betreten, als ihm doch noch eine Frage einfiel.

Er ging zurück in das winzige Büro des Laborassistenten und fragte ihn, ob es eine Kooperation zwischen den Pathologen der Klinik und der Forschungsabteilung gab.

»Hin und wieder«, sagte Mark. »Dr. Barton Friedburg ist Co-Autor einer Reihe von Forschungsberichten, bei denen eine pathologische Diagnose erforderlich war.«

»Und was für ein Mensch ist er?« fragte Sean. »Freundlich oder unfreundlich? Ich habe nämlich den Eindruck, daß die Leute hier entweder das eine oder das andere sind.«

»Auf jeden Fall freundlich«, sagte Mark. »Außerdem verwechseln Sie möglicherweise unfreundlich mit ernsthaft und beschäftigt.«

»Meinen Sie, ich könnte ihn anrufen und ihm ein paar Fragen stellen?« erkundigte sich Sean. »Ist er so freundlich?«

»Unbedingt«, sagte Mark.

Sean ging in sein Labor, wo er sich an den Schreibtisch in dem Glaskasten setzte und Dr. Friedburg anrief. Er nahm es als ein gutes Zeichen, daß der Pathologe das Gespräch selbst entgegennahm.

Sean erklärte, wer er war und daß er sich für die Ergebnisse der gestrigen Biopsie von Helen Cabot interessierte.

»Einen Moment bitte«, sagte Dr. Friedburg. Sean hörte, wie er mit einem Labormitarbeiter sprach. »Wir haben kein Biopsat von Helen Cabot bekommen«, sagte er, als er wieder am Apparat war.

»Aber ich weiß bestimmt, daß sie gestern biopsiert wurde«, erwiderte Sean.

»Dann ist es zu Basic Diagnostics gegangen«, erklärte Dr. Friedburg ihm. »Dort müssen Sie anrufen, wenn Sie Informationen brauchen. Diese Art von Analysen werden nie in unserem Labor erstellt.«

»Und nach wem muß ich fragen?« wollte Sean wissen.

»Nach Dr. Levy«, sagte Dr. Friedburg. »Seit Paul Roger gegangen ist, schmeißt sie den Laden da unten alleine. Ich weiß nicht, wer ihr jetzt die Gewebeproben macht, aber wir sind es nicht.«

Sean bedankte sich und legte auf. Im Forbes-Zentrum schien auch gar nichts einfach zu sein. Dr. Levy würde er bestimmt nicht nach Helen Cabot fragen. Sie würde sofort wissen, was er vorhatte, vor allem, nachdem sie von Ms. Richmond gehört haben würde, daß er Helens Krankenblatt gelesen hatte. Sean seufzte und blickte auf seine Kristallisierungsversuche mit dem Forbes-Protein. Er hätte das ganze Zeug am liebsten in den Abfluß gespült.

Für Janet verging der Nachmittag wie im Flug. Mit all den Patienten, die zu Tests oder zur Therapie gebracht oder von dort wieder abgeholt werden mußten, gab es ein permanentes Organisationsproblem. Zusätzlich mußten komplizierte Medikationspläne mit genauen Dosierungs- und Zeitangaben eingehalten werden. Doch trotz dieser hektischen Aktivitäten konnte Janet beobachten, wie die Betreuung der Patienten auf das Personal verteilt wurde. Ohne große Tricksereien gelang es ihr, am nächsten Tag für Helen Cabot, Louis Martin und Kathleen Sharenburg eingeteilt zu werden.

Obwohl sie nicht selbst damit zu tun hatte, beobachtete sie, wie Marjorie die Ampullen mit dem codierten Medikament an die an diesem Tag für die Medulloblastom-Patienten zuständigen Schwestern ausgab. Nach Erhalt nahmen die Schwestern die Ampullen mit in die Medikamentenkammer, wo sie sie auf Spritzen aufzogen. MB300 wurde in Zehnkubikzentimeter-Ampullen geliefert, während das MB303 in kleineren Fünfkubikzentimeter-Ampullen kam. Die Verpackungen sahen nicht anders aus als die anderer injizierter Medikamente auch.

Üblicherweise stand jeder Mitarbeiterin neben der Kaffeepause am Vormittag eine weitere Pause am Nachmittag zu. Janet nutzte ihre, um ins Archiv zu gehen. Dort wandte sie denselben Trick an wie mit Jim. Sie erklärte einer der Archivarinnen, einer jungen Frau namens Melanie Brook, daß sie neu im Forbes-Zentrum sei und sich gerne mit dem Computersystem vertraut machen wollte. Sie sagte, daß sie sich mit Computern im allgemeinen auskannte, sich jedoch bei der Benutzung des hauseigenen Rechners gerne helfen lassen würde. Die Archivarin war von Janets Interesse beeindruckt und überglücklich, ihr mit Hilfe des Archiv-Zugriffscodes die Formatierung der Dateien zu demonstrieren.

Nachdem Melanie sie nach einer kurzen Einführung allein gelassen hatte, rief Janet alle Patienten mit der Kennziffer T-9872 auf, die sie am Stationsterminal zum Aufruf der aktuellen Medulloblastom-Fälle verwendet hatte. Diesmal erschien eine andere Liste auf dem Bildschirm. Erfaßt waren insgesamt achtunddreißig Fälle aus den letzten zehn Jahren. Die fünf zur Zeit in der Klinik behandelten Patienten waren nicht verzeichnet.

Janet fiel auf, daß es in letzter Zeit einen signifikanten Anstieg von Fällen gegeben hatte, und sie befahl dem Computer, die Fälle nach Jahren zu ordnen. Die graphische Darstellung war in der Tat verblüffend.

Janet betrachtete die Graphik und bemerkte, daß es in den ersten fünf Jahren nur insgesamt fünf Medulloblastom-Fälle gegeben hatte, während es in den letzten zwei Jahren dreiunddreißig gewesen waren. Dieser Zuwachs kam ihr merkwürdig vor, bis ihr einfiel, daß die enormen Behandlungserfolge der Forbes-Klinik erst aus den letzten drei Jahren datierten. Derartige Erfolge zogen natürlich weitere Überweisungen von Patienten nach sich. So ließ sich der Zustrom erklären.

MEDULLOBLASTOM-FÄLLE: FORBES-KREBSZENTRUM

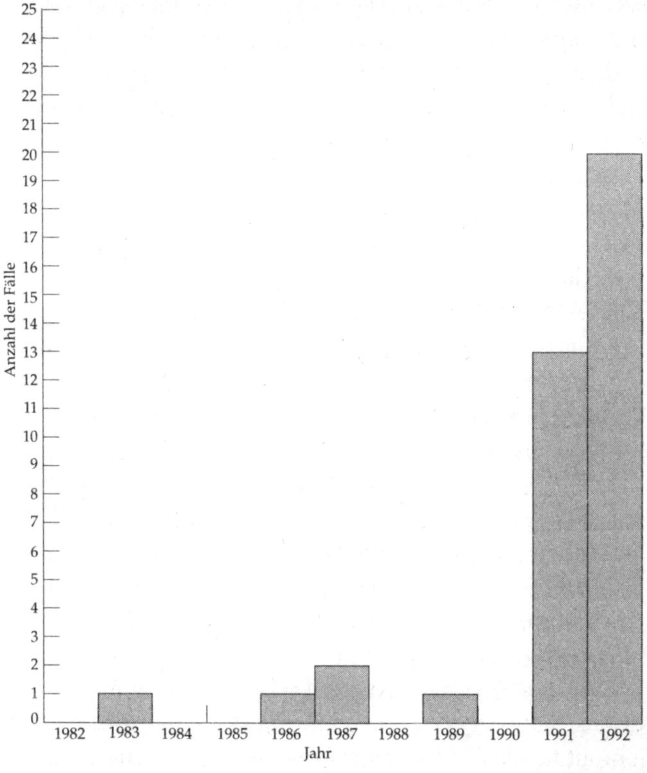

Nun wollte Janet etwas über die demographische Verteilung der Fälle wissen und befahl dem Computer, eine Aufschlüsselung nach Alter und Geschlecht zu erstellen. Bei den dreiunddreißig jüngsten Fällen ergab sich ein deutliches Übergewicht von sechsundzwanzig männlichen gegenüber nur sieben weiblichen Patienten, während unter den ersten fünf Fällen drei Frauen und zwei Männer waren.

Die Aufschlüsselung nach Alter ergab, daß von den ersten fünf Patienten einer zwanzig Jahre alt gewesen war, während die anderen vier jünger als zehn Jahre alt gewesen waren. Unter den dreiunddreißig neueren Fällen waren nur sieben Patienten jünger als zehn Jahre, zwei zwischen zehn und zwanzig Jahren und die restlichen vierundzwanzig älter als zwanzig Jahre.

Was die Behandlungserfolge anging, so waren sämtliche der ersten fünf Patienten binnen zwei Jahren nach der Diagnose gestorben, drei von ihnen sogar in den ersten Monaten. Bei den meisten der dreiunddreißig Fälle jüngeren Datums hatte die neue Therapie dramatische Wirkung gezeigt. Alle dreiunddreißig Patienten lebten noch, wobei sich jedoch erst drei von ihnen der Zweijahresmarke näherten. Hastig notierte Janet sämtliche Informationen, um sie Sean zu geben.

Als nächstes pickte sie sich wahllos den Namen Donald Maxwell von der Liste und rief seine Datei auf. Beim Durchrollen fiel ihr auf, daß die Informationen sehr knapp gehalten waren. Sie fand sogar einen Eintrag, der besagte: *Für weitere Informationen s. Krankenakte.*

Janet war so in ihre Recherche vertieft, daß sie gar nicht auf die Uhr geschaut hatte. Als sie dies jetzt nachholte, stellte sie fest, daß sie wie schon am Vormittag ihre Kaffeepause überzogen hatte.

Rasch ließ sie den Computer eine Liste der dreiunddreißig Fälle mit Alters- und Geschlechtsangabe sowie ihrer Patientennummer ausdrucken. Nervös zog sie das Blatt aus dem Laserdrucker. Als sie sich umdrehte, erwartete sie förmlich, daß jemand hinter ihr stand und eine Erklärung verlangte. Doch niemand schien von ihren Aktivitäten Notiz genommen zu haben.

Bevor sie auf ihre Station zurückkehrte, wollte Janet Melanie noch eine letzte Frage stellen. Sie fand die Archivarin am Kopierer.

»Was muß ich tun, um an die Krankenakte eines entlassenen Patienten zu kommen?« fragte Janet.

»Sie wenden sich an uns«, sagte Melanie. »Sie müssen uns nur eine entsprechende Erlaubnis vorlegen, die in Ihrem Fall die Pflegeabteilung ausstellen würde. Dann dauert es keine zehn Minuten. Wir bewahren die Akten in einem Lagerraum im Keller auf, der sich zwischen den beiden Gebäuden befindet. Es ist ein effizientes System. Wir brauchen die Akten zu Pflegezwecken, beispielsweise wenn Patienten zur ambulanten Nachbehandlung in die Klinik kommen. Und die Verwaltung braucht die Akten für das Rechnungswesen und für versicherungsstatistische Zwecke. Sie werden in Lastenaufzügen transportiert.« Melanie wies auf einen kleinen, in die Wand gelassenen, verglasten Lift.

Janet bedankte sich und hastete zum Aufzug. Das mit der offiziellen Erlaubnis klang entmutigend. Sie konnte sich nicht vorstellen, wie sie die bekommen sollte, ohne sich zu verraten. Sie hoffte, daß Sean eine Idee hatte.

Während sie ungeduldig auf den Knopf des Aufzugs drückte, fragte sie sich, ob sie sich entschuldigen sollte, weil sie ihre Pause schon wieder überzogen hatte. Sie wußte, daß sie das nicht ständig tun konnte. Es war nicht fair, und Marjorie würde sich bestimmt beschweren.

Sterling war mit dem weiteren Verlauf des Tages überaus zufrieden. Er lächelte still vor sich hin, als er jetzt im getäfelten Lift des Stammsitzes der Franklin Bank in der Federal Street in Boston nach oben fuhr. Es war ein perfekter Tag gewesen mit minimaler Anstrengung und maximalem Erfolg. Und die Tatsache, daß er für sein Amüsement auch noch großzügig entschädigt wurde, machte das Ganze noch befriedigender.

Das Mittagessen im Ritz war himmlisch gewesen, vor allem, weil der Maître so zuvorkommend gewesen war, einen weißen Meursault aus dem Weinkeller des Hauptspeisesaals kommen zu lassen. Sterling hatte so nah bei Tanaka und seinem Gast gesessen, daß er hinter seinem *Wall Street Journal* praktisch das gesamte Gespräch hatte mitverfolgen können.

Tanakas Gast war ein leitender Angestellter der Personalabteilung von Immunotherapy. Nach dem Aufkauf hatte Genotech die Firma praktisch unangetastet gelassen. Sterling wußte nicht, wieviel Geld in dem schlichten weißen Umschlag war, den Tanaka auf den Tisch gelegt hatte, doch er bemerkte, daß der andere ihn, ohne mit der Wimper zu zucken, in seiner Jackentasche verschwinden ließ.

Die Informationen, die Sterling mitbekam, waren äußerst interessant. Sean und die anderen Gründungsgesellschafter hatten Immunotherapy verkauft, um das Kapital für ein völlig neues Unternehmen aufzubringen. Tanakas Informant war sich nicht hundertprozentig sicher, doch seines Wissens sollte auch die neue Firma im Bereich Biotechnologie tätig werden. Doch er konnte Tanaka weder den Namen noch die vermutliche Produktpalette nennen.

Er wußte allerdings, daß es eine Verzögerung bei der Gründung der neuen Firma gegeben hatte, als Sean und seinen Partnern klargeworden war, daß es ihnen am nötigen Stammkapital fehlte. Das wußte der Mann, weil man ihm eine Anstellung in der neuen Firma angeboten hatte, die er bereitwillig angenommen hatte, nur um zu erfahren, daß es bei der Bereitstellung ausreichender Mittel Verzögerungen gegeben habe. Am Tonfall, in dem der Mann davon erzählte, konnte Sterling hören, daß es deswegen zu erheblichen Mißstimmungen gekommen war.

Die letzte Information, die der Mann geliefert hatte, war der Name des Managers bei der Franklin Bank, der für die Kreditverhandlungen mit der zu gründenden Firma zuständig war. Sterling kannte eine Reihe von Mitarbeitern der Franklin Bank, doch Herbert Devonshire zählte leider nicht zu ihnen. Aber das würde sich in Kürze ändern, denn in diesem Moment war Sterling unterwegs zu einem Treffen mit dem Mann.

Beim Mittagessen hatte er auch Gelegenheit gehabt, Tanaka aus der Nähe zu beobachten. Er wußte einiges über die japanische Mentalität und Kultur, vor allem in bezug auf das Geschäftsleben, und war beeindruckt von Tanakas Vorstellung. Er war ausgesucht höflich und respektvoll, und ein uneingeweihter Amerikaner hätte die Indizien dafür, daß er seinen Mittagsgast ganz offensichtlich verachtete, bestimmt übersehen. Doch Sterling hatte die subtilen Zeichen sofort zu deuten gewußt.

Das Treffen zwischen Tanaka und Herbert Devonshire zu belauschen war ihm leider unmöglich gewesen. Er hatte es nicht einmal in Erwägung gezogen. Aber er wollte den Treffpunkt kennen, damit er in seinem Gespräch mit Mr. Devonshire vorgeben konnte, auch über den Inhalt der Unterredung informiert zu sein. Deshalb veranlaßte er den Direktor des Fahrdienstes, dafür zu sorgen, daß Tanakas Fahrer die Lokalität telefonisch meldete, damit der Direktor sie an Sterlings Fahrer durchgeben konnte.

Kurz nach Erhalt der Information hatte Sterling das City Side betreten, eine beliebte Bar im Südgebäude des Faneuil Hall Market. Natürlich hätte Tanaka ihn vom Mittagessen wiedererkennen können, doch Sterling beschloß, das Risiko einzugehen. Er hatte nicht vor, den beiden zu nah zu kommen. Er beobachtete Tanaka und Devonshire lediglich von weitem, merkte sich, wo sie gesessen und was sie bestellt hatten. Außerdem prägte er sich die Uhrzeit ein, zu der Tanaka sich entschuldigt hatte, um einen Anruf zu tätigen.

Mit diesen Informationen fühlte sich Sterling für die

Konfrontation mit Devonshire gewappnet. Er hatte einen Termin am Nachmittag bekommen.

Nach kurzem Warten, das seiner Ansicht nach allein dazu diente, ihn zu beeindrucken, führte man Sterling in das imposante Büro des Bankiers. Die Fenster gingen nach Norden und Osten und boten einen spektakulären Blick auf den Bostoner Hafen und den Logan International Airport im Osten der Stadt sowie die Mystic River Bridge, die sich nach Chelsea hinüber erstreckte.

Mr. Devonshire war ein kleiner Mann mit einer Glatze, die wie poliert glänzte, Nickelbrille und konservativem Anzug. Er erhob sich hinter seinem antiken Schreibtisch und schüttelte Sterling die Hand. Der schätzte, daß Devonshire kaum größer als ein Meter fünfundsechzig sein konnte.

Sterling reichte dem Mann seine Visitenkarte, und sie nahmen beide Platz. Mr. Devonshire legte die Karte auf seine Schreibtischunterlage und richtete sie parallel zu den Rändern aus. Dann faltete er seine Hände.

»Es ist mir ein Vergnügen, Sie kennenzulernen, Mr. Rombauer«, sagte er schließlich und hielt den Blick fest auf Sterling gerichtet. »Was kann die Franklin Bank für Sie tun?«

»Offen gestanden interessiert mich weniger die Franklin Bank als vielmehr Sie persönlich, Mr. Devonshire«, erklärte Sterling. »Ich möchte mit Ihnen ins Geschäft kommen.«

»Der persönliche Service ist uns von jeher ein besonderes Anliegen gewesen«, sagte Devonshire.

»Ich werde gleich zur Sache kommen«, sagte Sterling. »Ich bin bereit, mit Ihnen eine Partnerschaft zum gegenseitigen Nutzen einzugehen. Es gibt bestimmte Informationen, die ich brauche, und bestimmte Informationen, von denen Ihre Vorgesetzten lieber nichts erfahren sollten.«

Herbert Devonshire schluckte. Ansonsten rührte er sich nicht.

Sterling beugte sich vor und durchbohrte sein Gegenüber mit Blicken. »Die Fakten sind denkbar einfach. Sie haben sich heute mittag mit Mr. Tanaka Yagamuchi in der City Side Bar getroffen, ein nicht gerade üblicher Treffpunkt für ein Geschäftsgespräch, würde ich sagen. Sie haben einen Wodka-Gimlet bestellt und Mr. Yagamuchi dann gewisse Informationen gegeben, was zwar nicht direkt illegal, aber doch moralisch überaus fragwürdig ist. Wenig später wurde ein beträchtlicher Teil der Gelder, die Sushita Industries bei der Bank von Boston liegen hatte, zur Franklin Bank transferiert, wobei Sie ausdrücklich als Treuhänder des Vermögens genannt wurden.«

Devonshire wurde blaß.

»Ich habe ein ausgedehntes Netzwerk von Kontakten in der gesamten Geschäftswelt«, sagte Sterling und lehnte sich in seinen Stuhl zurück. »Ich würde Sie sehr gerne als Mitglied in dieser vertraulichen, absolut anonymen und exklusiven Gesellschaft begrüßen. Ich bin sicher, wir können uns im Laufe der Zeit gegenseitig mit nützlichen Informationen dienen. Die Frage ist also, machen Sie mit? Sie müssen sich nur verpflichten, die Quelle der Informationen, die ich an Sie weiterleite, nie, unter keinen Umständen, preiszugeben.«

»Und wenn ich mich dagegen entscheide?« fragte Devonshire mit belegter Stimme.

»Dann sehe ich mich gezwungen, die Information über Sie und Mr. Yagamuchi an ein paar Leute hier bei der Franklin Bank weiterzuleiten, die einen gewissen Einfluß auf Ihre berufliche Zukunft haben.«

»Das ist Erpressung«, sagte Devonshire.

»Ich nenne es freien Handel«, erwiderte Sterling. »Und was Ihre Aufnahmegebühr angeht, so wüßte ich gerne ganz genau, was Sie Mr. Yagamuchi über einen gemeinsamen Bekannten von uns, Sean Murphy, erzählt haben.«

»Das ist eine Unverschämtheit«, sagte Mr. Devonshire.

»Aber, aber«, warnte Sterling. »Wir wollen diese Unterhaltung doch nicht mit dem Austausch selbstgerechter Worthülsen beenden. Tatsache ist, daß Sie unverschämt waren, Mr. Devonshire. Ich verlange lediglich einen kleinen Preis für die Vergünstigungen, die Sie durch die Akquisition eines so bedeutenden Kunden wie Sushita Industries zweifelsohne genießen werden. Und ich kann Ihnen versichern, daß ich Ihnen in der Zukunft sehr nützlich sein werde.«

»Da gibt es wenig zu erzählen«, sagte Devonshire. »Völlig belanglos im Grunde genommen.«

»Wenn Sie das gerne glauben wollen, um sich besser zu fühlen, habe ich nichts dagegen«, sagte Sterling.

Es entstand eine Pause. Die beiden Männer starrten sich über den Mahagonischreibtisch hinweg an. Sterling hatte alle Zeit der Welt.

»Ich habe ihm nur gesagt, daß Mr. Murphy zusammen mit einigen Partnern einen Kredit zur Gründung einer neuen Firma aufnehmen will«, sagte Devonshire schließlich. »Ich habe keine konkreten Zahlen genannt.«

»Der Name der Firma?« fragte Sterling.

»Onkogen«, sagte Devonshire.

»Und die Produktpalette?«

»Pharmazeutische Produkte zur Diagnose und Therapie von Krebserkrankungen«, sagte Devonshire.

»Welcher Zeitrahmen?«

»Die Gründung der Firma steht unmittelbar bevor, im Laufe der nächsten Monate.«

»Sonst noch was?« fragte Sterling. »Ich sollte vielleicht hinzufügen, daß ich über Möglichkeiten verfüge, diese Informationen zu überprüfen.«

»Nein«, sagte Devonshire mit einem inzwischen gereizten Unterton.

»Wenn ich erfahre, daß Sie mir Dinge vorsätzlich verschwiegen oder falsch dargestellt haben«, warnte Sterling ihn, »wird die Konsequenz dieselbe sein, als wenn Sie nicht kooperiert hätten.«

»Ich habe noch weitere Termine«, sagte Devonshire knapp.

Sterling erhob sich. »Ich weiß, wie ärgerlich es ist, zu etwas gezwungen zu werden«, sagte er. »Aber denken Sie daran, daß ich jetzt in Ihrer Schuld stehe, und ich zahle meine Schulden immer zurück. Rufen Sie mich an.«

Sterling nahm den Aufzug bis ins Erdgeschoß und eilte zu seiner Limousine. Der Fahrer hatte die Türen verriegelt und war eingeschlafen. Sterling mußte ans Fenster klopfen, damit er ihn hinten einsteigen ließ. Vom Wagen aus rief Sterling seinen Kontaktmann bei der Luftfahrtbehörde an. »Ich spreche von einem tragbaren Telefon aus«, warnte er ihn.

»Der Vogel fliegt morgen früh ab«, sagte der Mann.

»Mit welchem Ziel?«

»Miami«, sagte der Mann und fügte noch hinzu: »Ich wünschte, ich könnte auch dorthin fliegen.«

»Und wie findest du es?« fragte Janet, als Sean seinen Kopf durch die Schlafzimmertür steckte. Sie war mit ihm nach Miami Beach gefahren, um ihm das Apartment zu zeigen, das sie gemietet hatte.

»Ich finde es perfekt«, sagte er und ließ seinen Blick wieder durchs Wohnzimmer schweifen. »Ich weiß zwar nicht, ob ich diese Farben lange ertragen könnte, aber es ist original Florida.« Die Wände waren hellgelb, der Teppich lindgrün, und auf den weißen Korbmöbeln lagen Kissen mit tropischen Blumenmustern.

»Es ist ja nur für ein paar Monate«, sagte Janet. »Du mußt noch den Meerblick aus dem Bad genießen.«

»Da ist es!« sagte Sean und spähte durch die Lamellen der Jalousie. »Jetzt kann ich zumindest sagen, ich hab es gesehen.« Zwischen zwei Gebäuden konnte man einen schmalen Streifen Ozean erkennen. Da es schon nach sieben und die Sonne bereits untergegangen war, sah das Wasser in der heraufziehenden Dämmerung eher grau als blau aus.

»Die Küche ist auch nicht schlecht«, sagte Janet.

Sean folgte ihr und beobachtete, wie sie sämtliche Schränke und Schubladen aufriß, um ihm Geschirr und Gläser zu zeigen. Sie war aus ihrer Schwesterntracht wieder in Shorts und T-Shirt geschlüpft. So spärlich bekleidet fand Sean sie ganz besonders sexy. Er dachte, daß er angesichts ihrer Kleidung im Nachteil war, vor allem, wenn sie sich vorbeugte, um irgendwelche Töpfe und Pfannen zu zeigen. Es fiel ihm schwer, einen klaren Gedanken zu fassen.

»Hier kann ich richtig kochen«, sagte sie sich aufrichtend.

»Großartig«, meinte Sean, der in Gedanken mit einem ganz anderen Hunger beschäftigt war.

Sie gingen zurück ins Wohnzimmer.

»Hey, von mir aus ziehe ich noch heute hier ein«, sagte Sean. »Ich finde es toll.«

»Einen Moment mal«, sagte Janet. »Ich hoffe, du denkst nicht, daß wir hier einfach so zusammen einziehen. Wir müssen uns wirklich ernsthaft unterhalten. Deswegen bin ich doch überhaupt hergekommen.«

»Also, zunächst mal müssen wir uns weiter um diese Medulloblastom-Kiste kümmern«, sagte Sean.

»Ich dachte nicht, daß sich die beiden Themen grundsätzlich ausschließen«, sagte Janet.

»Das wollte ich damit auch gar nicht gesagt haben«, erwiderte Sean. »Es fällt mir im Moment nur schwer, über meine Zeit am Forbes-Zentrum und meine Rolle dort und darüber, ob ich überhaupt bleiben soll, hinauszudenken. Ich bin eben im Moment vordringlich mit meiner eigenen Situation beschäftigt, und das finde ich auch verständlich.«

Janet verdrehte die Augen.

»Außerdem sterbe ich vor Hunger«, fügte Sean lächelnd hinzu. »Du weißt doch, daß ich nicht reden kann, wenn ich hungrig bin.«

»Für den Moment will ich mich noch in Geduld üben«, sagte Janet. »Aber damit das klar ist, wir müssen uns wirklich ernsthaft aussprechen. Was das Abendessen angeht, hat man mir beim Makler ein beliebtes kubanisches Restaurant ein Stück die Collins Avenue hoch empfohlen.«

»Kubanisch?« fragte Sean.

»Ich weiß, daß du nur selten und höchst ungern etwas anderes ißt als Fleisch und Kartoffeln«, sagte Janet. »Aber solange wir in Miami sind, können wir ja mal das eine oder andere kleine Abenteuer wagen.«

»Stöhn«, murmelte Sean.

Das Restaurant war bequem zu Fuß zu erreichen, so daß sie Seans Jeep auf dem Parkplatz gegenüber dem Apartment stehenließen. Hand in Hand schlenderten sie über die Collins Avenue in nördlicher Richtung. Am Himmel ballten sich gewaltige, silbern und golden schimmernde Wolken, in denen sich das letzte Abendrot über den in der Ferne liegenden Everglades brach. Sie konnten das Meer zwar nicht sehen, doch sie konnten die Wellen hören, die auf der Rückseite eines frisch renovierten und aufgeputzten Art-deco-Blocks an den Strand brandeten.

Das gesamte Viertel wimmelte von Menschen, die durch die Straßen schlenderten, auf Stufen und Verandas saßen, Rollschuh liefen oder mit dem Auto um den Block kurvten.

Einige von ihnen hatten ihre Stereoanlage so laut aufgedreht, daß Sean und Janet die Bässe als Vibrieren in ihrer Brust spüren konnten, wenn sie vorüberfuhren.

»Spätestens mit dreißig haben sich die Typen ihr Mittelohr ruiniert«, bemerkte Sean.

Das Restaurant wirkte mit seinen vollbesetzten Tischen, die in jede noch so kleine Ecke gezwängt worden waren, wie ein einziges hektisches Chaos. Die Kellner und Kellnerinnen waren durchgängig schwarz-weiß gekleidet, und alle trugen eine bekleckerte Schürze über der Uniform. Zwischen zwanzig und sechzig Jahren war jede Altersklasse vertreten. Während sie zwischen den Tischen hin und her wuselten, verständigten sie sich untereinander und mit der Bedienung hinter dem Tresen in wortschwallartigen spanischen Ausbrüchen. Über dem ganzen Tumult hing ein Duft von geröstetem Schwein, Knoblauch und schwarz gebranntem Kaffee.

Von einem Menschenstrom mitgerissen, fanden sich Sean und Janet eingezwängt zwischen anderen Gästen an einem langen Tisch wieder. Wie durch Zauberei standen wenig später eisgekühlte Corona-Flaschen mit Limonenscheiben vor ihnen.

»Davon kann ich nichts essen«, beschwerte sich Sean, nachdem er etliche Minuten die Speisekarte studiert hatte. Janet hatte recht, er variierte seine Eßgewohnheiten praktisch nie.

»Unsinn«, sagte Janet und übernahm die Bestellung.

Sean war angenehm überrascht, als das Essen kam. Das marinierte und heftig mit Knoblauch gewürzte Stück Rostbraten, das Janet für ihn ausgesucht hatte, war köstlich, genau wie der gelbe Reis und die Bohnen mit Zwiebelringen. Das einzige, was ihm nicht zusagte, war die Yucca.

»Das Zeug schmeckt wie Kartoffeln mit Schleimexsudat«, rief Sean.

»Ist ja ekelhaft!« maulte Janet. »Hör auf zu reden wie ein Medizinstudent.«

In dem lärmigen Restaurant war ein Gespräch praktisch unmöglich, so daß sie nach dem Essen zum Ocean Drive und weiter in den Lummus Park schlenderten, wo sie unter einem breiten bengalischen Feigenbaum eine Bank mit Blick auf den Ozean und die Lichter der Handelsschiffe und Yachten fanden.

»Kaum zu glauben, daß es in Boston noch Winter ist«, sagte Sean.

»Manchmal frage ich mich, wie wir den ganzen Matsch und Eisregen eigentlich aushalten«, meinte Janet. »Aber damit genug übers Wetter. Wenn du, wie du sagst, im Moment nicht über uns reden kannst, dann laß uns die Situation im Forbes-Zentrum besprechen. Ist es dir heute nachmittag besser ergangen als heute vormittag?«

Sean stieß ein kurzes, freudloses Lachen aus. »Es war noch schlimmer«, sagte er. »Ich war noch keine fünf Minuten im zweiten Stock, als die leitende Oberschwester wie ein wilder Stier brüllend und tobend ins Zimmer gestürmt kam, weil ich es gewagt hatte, einen Blick auf Helens Krankenblatt zu werfen.«

»Margaret Richmond wütend?« fragte Janet.

Sean nickte. »Mit der ganzen Wucht ihrer gut zweihundert Pfund. Sie war völlig außer sich.«

»Zu mir war sie immer sehr höflich«, sagte Janet.

»Ich habe sie bisher erst zweimal gesehen«, erwiderte Sean. »Und beide Male war sie bestimmt nicht das, was ich höflich nennen würde.«

»Woher wußte sie, daß du dort warst?« fragte Janet.

»Sie hatte ein Eingreif-Kommando der Ledernacken dabei«, sagte Sean. »Eine der Überwachungskameras muß mich erfaßt haben.«

»Oh, toll!« meinte Janet. »Noch etwas, worüber ich mir

Sorgen machen muß. An die Überwachungskameras habe ich gar nicht gedacht.«

»Deswegen mußt du dir keine Sorgen machen«, meinte Sean. »Schließlich bin ich derjenige, den der Sicherheitschef nicht ausstehen kann. Außerdem sind die Kameras höchstwahrscheinlich nur in den öffentlich zugänglichen Fluren und nicht auf den Stationen angebracht.«

»Hast du mit Helen Cabot gesprochen?« fragte Janet.

»Kurz«, erwiderte Sean. »Sie sieht überhaupt nicht gut aus.«

»Ihr Zustand hat sich verschlechtert«, sagte Janet. »Sie überlegen, ob sie einen Shunt anlegen sollen. Hat dir ihr Krankenblatt irgendwelche neuen Erkenntnisse gebracht?«

»Nein«, sagte Sean. »Ich hatte keine Zeit, alles zu lesen. Sie haben mich im wahrsten Sinne des Wortes über die Brücke zurück ins Forschungsgebäude getrieben. Dort ist dann als Krönung des Nachmittags wieder dieser Japaner aufgetaucht und hat mich vom Treppenhaus aus im Labor beobachtet. Ich weiß nicht, was mit ihm los ist, aber diesmal habe ich ihn erwischt. Ich hab mich von hinten angeschlichen und einen Schrei ausgestoßen, daß ihm das Blut in den Adern gefroren ist. Muß ihm einen mörderischen Schrecken eingejagt haben. Er wäre fast aus den Latschen gekippt.«

»Der Ärmste«, sagte Janet.

»Von wegen der Ärmste!« sagte Sean. »Der Typ spioniert mir seit meiner Ankunft nach.«

»Nun, ich war ein bißchen erfolgreicher«, sagte Janet.

Seans Miene hellte sich auf. »Wirklich? Super! Hast du eine Probe des Medikaments bekommen?«

»Nein, nein, kein Medikament«, sagte Janet. Sie griff in ihre Tasche und zog den Computerausdruck und das Blatt mit ihren hastig hingekritzelten Notizen hervor. »Aber hier ist eine Liste aller Medulloblastom-Patienten der letzten zehn Jahre: insgesamt achtunddreißig, davon dreiunddreißig in den letzten zwei Jahren. Ich habe die Daten auf dem Blatt zusammengefaßt.«

Begierig griff Sean nach den Papieren. Um sie jedoch zu lesen, mußte er sie hochhalten, damit das Licht der Straßenbeleuchtung vom Ocean Drive darauf fiel. Während er ihre Notizen überflog, erzählte Janet ihm, was die Aufschlüsselung der Patienten nach Alter und Geschlecht ergeben hatte. Außerdem erklärte sie ihm, daß die Computerdateien nur gekürzte Fassungen der eigentlichen Krankenakten waren, auf die in einem Vermerk verwiesen wurde. Schließlich berichtete sie, was Melanie über die leichte Beschaffbarkeit der Akten gesagt hatte, vorausgesetzt natürlich, man hatte die entsprechende Erlaubnis.

»Ich muß diese Krankenakten haben«, sagte Sean. »Werden sie im Archiv selbst aufbewahrt?«

»Nein.« Janet erzählte von der Aktenkammer, die sich im Kellergeschoß zwischen den beiden Gebäuden befand.

»Wirklich?« fragte Sean. »Das könnte sich als recht praktisch erweisen.«

»Wie meinst du das?« fragte Janet.

»Ich meine, daß ich möglicherweise vom Forschungsgebäude aus an die Akten rankommen kann«, sagte Sean. »Nach der heutigen Episode ist es ziemlich offensichtlich, daß ich in der Klinik eine unerwünschte Person bin. Aber so kann ich trotzdem versuchen, an die Krankenakten zu kommen, ohne daß mir Ms. Richmond und Konsorten in die Quere kommen.«

»Du denkst doch nicht etwa daran, in das Aktenlager einzubrechen?« fragte Janet alarmiert.

»Ich wage zu bezweifeln, daß sie extra für mich die Tür auflassen«, erwiderte Sean.

»Aber das geht zu weit«, sagte Janet. »Das wäre dann

doch nicht nur ein Verstoß gegen die Krankenhausregeln. Du würdest das Gesetz brechen.«

»Ich hab dich gewarnt«, sagte Sean.

»Du hast gesagt, wir müßten vielleicht Regeln und Vorschriften brechen, aber keine Gesetze«, erinnerte Janet ihn.

»Wir wollen jetzt nicht mit linguistischen Spitzfindigkeiten anfangen«, sagte Sean genervt.

»Aber das ist ein Riesenunterschied«, entgegnete Janet.

»Gesetze sind festgeschriebene Regeln«, sagte Sean. »Mir war von Anfang an klar, daß wir früher oder später auf die eine oder andere Weise auch Gesetze brechen müßten, und ich dachte, dir sei das auch klar. Aber wie auch immer, findest du unsere Tat nicht gerechtfertigt? Die Forbes-Leute haben offensichtlich eine sehr wirksame Therapie gegen Medulloblastome entwickelt. Leider haben sie beschlossen, ein Geheimnis daraus zu machen, wahrscheinlich, um die Therapie patentieren zu lassen, bevor irgend jemand dahinterkommt. Und genau das ist es, was mich an der privaten Förderung wissenschaftlicher Forschung so stört. Nicht mehr das Allgemeinwohl ist oberstes Ziel, sondern die Amortisation einer Investition. Das Gemeinwohl kommt erst an zweiter Stelle, wenn überhaupt. Diese Behandlungsmethode für Medulloblastome muß Konsequenzen für alle Krebsarten haben, doch diese Informationen werden der Öffentlichkeit vorenthalten. Dabei spielt es dann auch keine Rolle mehr, daß der Großteil der Grundlagenforschung, auf der die Arbeit der privaten Labors basiert, in akademischen Einrichtungen geleistet wurde, finanziert mit öffentlichen Mitteln. Diese Privatlabors nehmen nur und geben nichts. Und dabei wird die Allgemeinheit betrogen.«

»Der Zweck heiligt nie die Mittel«, wandte Janet ein.

»Sei du nur selbstgerecht«, erwiderte Sean. »Du vergißt

wohl, daß das Ganze deine Idee war. Na ja, vielleicht hast du recht und wir sollten aufgeben. Vielleicht sollte ich nach Boston zurückfahren und an meiner Dissertation weiterarbeiten.«

»Schon gut!« sagte Janet frustriert. »Schon gut, wir tun, was getan werden muß.«

»Wir brauchen die Krankenakten, und wir brauchen die Wundermedizin«, sagte Sean. Er stand auf und streckte sich. »Also, auf geht's.«

»Jetzt?« fragte Janet entsetzt. »Es ist schon fast neun.«

»Die erste Regel bei Einbruch und unbefugtem Betreten«, sagte Sean. »Man macht es, wenn niemand zu Hause ist. Jetzt ist ein idealer Zeitpunkt. Außerdem habe ich einen ganz legalen Vorwand: Ich sollte einigen weiteren Mäusen ihre erste Dosis Glykoprotein spritzen.«

»Himmel hilf«, seufzte Janet und ließ sich von Sean von der Bank hochziehen.

Tom Widdicomb steuerte seinen Wagen in die hinterste Ecke des Parkplatzes der Forbes-Residenz. Zentimeter für Zentimeter vorwärts, bis seine Vorderreifen die Bordsteinkante berührten. Der Wagen stand jetzt im Schatten eines großen Gummibaums. Alice hatte ihm gesagt, er solle ihn dort abstellen, nur für den Fall, daß ihn jemand bemerkte. Es war Alices Wagen, ein hellgrünes 69er Cadillac-Cabriolet.

Tom öffnete die Wagentür und stieg aus, nachdem er sich vergewissert hatte, daß ihn niemand beobachtete. Er streifte ein Paar Gummihandschuhe über und faßte dann den Griff des Küchenmessers, das er von zu Hause mitgebracht hatte. Das Licht blitzte auf der geschliffenen Klinge. Ursprünglich hatte er eine Pistole nehmen wollen. Aber als er dann an den Knall und die dünnen Wände der Residenz gedacht hatte, hatte er sich statt dessen für das Messer entschieden. Der einzige Nachteil war, daß es eine Sauerei geben würde.

Vorsichtig ließ Tom das Messer in seinen rechten Ärmel gleiten, wobei er den Griff weiter umfaßt hielt. In der anderen Hand hatte er die Schlüssel für Apartment 207.

Er schlich sich zur Rückseite des Gebäudes und zählte die Türen bis zur Nummer 207. Drinnen brannte kein Licht. Entweder war die Schwester schon im Bett oder noch unterwegs. Tom war das egal. Beides hatte seine Vor- und Nachteile.

Er ging zur Vorderseite des Gebäudes, wo er warten mußte, weil ein Bewohner herauskam und zu seinem Wagen ging. Nachdem der Mann losgefahren war, verschaffte Tom sich mit seinem Schlüssel Zugang zum Gebäude. Drinnen bewegte er sich schnell, weil er nicht gesehen werden wollte. Vor der Tür zu Nummer 207 blieb er stehen, steckte dann mit raschen, fließenden Bewegungen den Schlüssel ins Schloß, öffnete die Tür, betrat das Apartment und zog die Tür hinter sich zu.

Drinnen verharrte er etliche Minuten regungslos und lauschte auf jedes noch so geringe Geräusch. Er konnte mehrere Fernsehgeräte hören, doch ihr Ton kam aus den Nachbarapartments. Er steckte die Schlüssel ein und ließ das Messer mit der langen, spitzen Klinge aus seinem Ärmel gleiten. Er packte den Griff wie einen Dolch.

Vorsichtig schlich er weiter. Im Licht der Laternen des Parkplatzes konnte er die Umrisse der Möbel und die Tür zum Schlafzimmer erkennen. Sie stand offen.

Im Schlafzimmer war es wegen der zugezogenen Vorhänge dunkler, und Tom konnte nicht sehen, ob jemand im Bett lag. Wieder lauschte er. Außer dem gedämpften Geräusch der Fernseher und dem Brummen des Kühlschranks, der gerade angesprungen war, hörte er nichts. Auch nicht das gleichmäßige Atmen einer Schlafenden.

Schritt für Schritt arbeitete Tom sich ins Schlafzimmer vor, bis er gegen die Bettkante stieß. Mit der freien Hand tastete er nach einem Körper. Erst jetzt war er sich völlig sicher: Das Bett war leer.

Tom hatte gar nicht bemerkt, daß er die Luft angehalten hatte. Als er sich jetzt wieder aufrichtete, atmete er tief aus. Er spürte, wie sich seine Anspannung löste, doch er war auch enttäuscht. Die Erwartung der Gewalt hatte ihn erregt, und die Befriedigung war nun aufgeschoben.

Mehr nach Gefühl als nach Sicht tastete er sich ins Bad vor. Drinnen glitt er mit der freien Hand an der Wand neben der Tür entlang, bis er den Schalter gefunden hatte. Er blinzelte in das gleißende Licht, doch als sich seine Augen an die Helligkeit gewöhnt hatten, gefiel ihm, was er sah. Über dem Wannenrand hingen ein pastellfarbenes Spitzenunterhöschen und ein BH.

Tom legte das Küchenmesser auf den Waschbeckenrand und nahm den Slip in die Hand. Nicht zu vergleichen mit der Unterwäsche, die Alice trug. Er wußte auch nicht, warum ihn die Dinger so faszinierten, aber so war es nun mal. Er saß auf dem Wannenrand und betastete den seidigen Stoff. Für den Moment war er zufrieden, weil er wußte, daß er sich beim Warten nicht langweilen würde, die Badezimmerlampe angeknipst und das Messer in Griffweite.

»Was ist, wenn wir erwischt werden?« fragte Janet nervös. Sie saß auf dem Beifahrersitz, und sie waren unterwegs zum Forbes-Zentrum. Sie hatten kurz bei einem Home-Depot-Eisenwarenladen haltgemacht, wo Sean einige Werkzeuge gekauft hatte, von denen er behauptete, daß sie fast so gut funktionieren würden wie eine Brechstange und ein Dietrich.

»Wir werden nicht erwischt«, erklärte er. »Deswegen

fahren wir ja jetzt dorthin, wenn keiner da ist. Ganz sicher wissen wir das nicht, aber wir werden es checken.«

»Im Klinikgebäude werden bestimmt jede Menge Leute sein«, warnte Janet ihn.

»Deswegen halten wir uns ja auch vom Krankenhaus fern«, sagte Sean.

»Was ist mit den Wachleuten?« fragte Janet. »Hast du daran gedacht?«

»Kinderspiel«, sagte Sean. »Mit Ausnahme des frustrierten Ledernackens haben sie keinen großen Eindruck auf mich gemacht. Am Haupteingang kontrollierten sie jedenfalls völlig lasch.«

»Ich bin gar nicht gut in so was«, gestand Janet.

»Das ist ja ganz was Neues!« meinte Sean spöttisch.

»Und wieso kennst du dich so gut aus mit Schlössern, Dietrichen und Alarmanlagen?« wollte Janet wissen.

»Als ich ein kleiner Junge war, war Charlestown noch ein reines Arbeiterviertel«, sagte Sean. »Die Verbürgerlichung hatte noch nicht eingesetzt. Jeder unserer Väter ging einem anderen Handwerk nach. Mein Vater war Klempner. Timothy O'Brians Vater war Schlosser. Der alte O'Brian hat seinem Sohn ein paar Tricks seiner Zunft beigebracht, und Timmy hat sie dann uns gezeigt. Am Anfang war es nur ein Spiel, ein Wettbewerb. Wir gefielen uns in dem Glauben, daß es in der ganzen Gegend kein Schloß gab, das vor uns sicher war. Und Charlie Sullivans Vater war Elektrikermeister. Er hat hypermoderne Alarmanlagen installiert, vor allem in Beacon Hill. Charlie mußte oft mit. Also konnte er uns einiges über Alarmsysteme erzählen.«

»Solche Kenntnisse sind für Jugendliche ganz schön gefährlich«, meinte Janet. Der Kontrast zu ihrer Kindheit mit Privatschulen, Musikstunden und Sommerurlauben am Meer hätte nicht krasser sein können.

»Das kann man wohl sagen«, stimmte Sean ihr zu. »Aber in unserem Viertel haben wir nie etwas gestohlen. Wir haben bloß die Schlösser geknackt und uns einen Spaß daraus gemacht, die Türen offenstehen zu lassen. Mit einem älteren Jungen, der schon autofahren durfte, haben wir dann irgendwann angefangen, Ausflüge in die Vorstädte wie Swampscott oder Marblehead zu machen. Erst haben wir das Haus eine Weile beobachtet, dann sind wir eingebrochen, haben uns aus der Hausbar bedient und ein paar Elektrogeräte mitgehen lassen. Du weißt schon, Fernseher, Stereoanlagen und so.«

»Du hast gestohlen?« fragte Janet entsetzt.

Sean musterte sie kurz von der Seite, bevor er wieder auf die Straße blickte. »Natürlich haben wir gestohlen«, antwortete er. »Wir fanden es damals aufregend, und wir haben gedacht, daß jeder, der am North Shore wohnt, ein Millionär ist.« Er erzählte weiter, wie er und seine Kumpel die Waren in Boston versetzt, den Fahrer bezahlt, sich Bier gekauft und den Rest des Geldes einem Mann gegeben hatten, der Spenden für die IRA sammelte. »Wir haben uns vorgemacht, daß wir junge politische Aktivisten waren, obwohl wir nicht den leisesten Schimmer hatten, was in Nordirland eigentlich vor sich ging.«

»Mein Gott! Ich hatte ja keine Ahnung!« sagte Janet. Von seinen Schlägereien als Jugendlicher und selbst von den Spritztouren in gestohlenen Autos hatte sie gewußt, aber diese Einbrüche waren eine ganz andere Geschichte.

»Wir sollten uns mit moralischen Urteilen zurückhalten«, sagte Sean. »Meine Kindheit und deine Kindheit waren eben grundverschieden.«

»Manchmal frage ich mich nur, ob es für dich überhaupt irgendwelche Grenzen gibt«, sagte Janet. »Du kannst alles und jedes rechtfertigen. Ich fürchte, das könnte zur Gewohnheit werden.«

»So was habe ich zum letzten Mal mit fünfzehn gemacht«, sagte Sean. »Seitdem ist eine Menge Wasser den Charles River runtergeflossen.«

Sie bogen auf den Parkplatz des Forbes-Zentrums ein und fuhren zum Forschungsgebäude. Sean schaltete den Motor ab und das Licht aus. Einen Moment lang blieben beide regungslos sitzen.

»Willst du die Sache nun durchziehen oder nicht?« brach Sean endlich das Schweigen. »Ich will dich nicht unter Druck setzen, aber ich kann es mir nicht leisten, hier zwei Monate mit stumpfsinniger Fleißarbeit zu verdaddeln. Entweder ich befasse mich mit der Medulloblastom-Therapie, oder ich fahre zurück nach Boston. Leider kann ich die nötige Recherche nicht allein erledigen, wie mein Zusammenstoß mit der schwergewichtigen Ms. Richmond deutlich gezeigt hat. Entweder du hilfst mir, oder wir blasen die Chose ab. Aber laß mich noch eins sagen: Wir stehlen keine Fernseher, wir besorgen Informationen. Und es ist für eine verdammt gute Sache.«

Janet starrte eine Weile vor sich hin. Es war nicht einmal so, als könnte sie einen Moment der Unentschiedenheit genießen. Trotzdem herrschte in ihrem Kopf ein Durcheinander verwirrender Gedanken. Sie sah Sean an. Sie glaubte, sie liebte ihn.

»Okay!« sagte sie schließlich. »Laß es uns machen.«

Sie stiegen aus dem Wagen und gingen zum Eingang. Die Werkzeuge, die sie gekauft hatten, trug Sean in einer Papiertüte.

»Abend«, sagte er zu dem Wachmann, der mehrmals blinzelte, während er angestrengt Seans Ausweis studierte. Es war ein untersetzter Hispanier mit einem bleistiftdünnen Schnurrbart. Offenbar fand er Gefallen an Janets Shorts.

»Ich muß meine Ratten noch spritzen«, sagte Sean.

Der Wachmann machte ihnen ein Zeichen einzutreten. Er sagte nichts und wandte seinen Blick auch nicht von Janets unterer Hälfte. Als sie das Drehkreuz passierten, bemerkte Sean, daß auf der obersten Reihe der Überwachungsmonitor, ein tragbarer Minifernseher, aufgestellt war, in dem ein Fußballspiel lief.

»Siehst du, was ich wegen der Wachen gemeint habe?« sagte Sean, als sie die Treppe ins Kellergeschoß hinabstiegen. »Er war mehr an deinen Beinen als an meinem Ausweis interessiert. Ich hätte ihm auch einen Paß mit dem Photo von Charlie Manson zeigen können, und er hätte es nicht gemerkt.«

»Wieso hast du Ratten anstatt Mäuse gesagt?« fragte Janet.

»Weil sich die meisten Menschen vor Ratten ekeln«, erwiderte Sean. »Ich wollte nicht, daß er auf die Idee kommt, uns zu begleiten und zuzugucken.«

»Du denkst aber auch an alles«, meinte Janet.

Der Keller war ein Labyrinth aus Fluren und verschlossenen Türen, jedoch immerhin vernünftig beleuchtet. Sean war schon etliche Male im Tierraum gewesen und fand sich bis dorthin recht gut zurecht, aber weiter war er noch nie vorgedrungen. Beim Gehen hallte das Echo ihrer Absätze in dem kahlen Betonflur wider.

»Hast du eine Ahnung, wohin wir gehen?« fragte Janet.

»So ungefähr«, erwiderte Sean.

Sie folgten dem gewundenen Mittelkorridor, bis sie an einen Punkt kamen, wo es nur noch links oder rechts weiterging.

»Hier muß es zur Klinik gehen«, sagte Sean.

»Woher willst du das wissen?«

Sean wies auf ein Kabelbündel, das an der Decke entlanglief. »Der Hauptgenerator ist in der Klinik«, sagte er. »Diese Kabel versorgen das Forschungsgebäude. Jetzt müssen wir nur noch rauskriegen, auf welcher Seite das Aktenlager ist.«

Sie nahmen den Korridor Richtung Klinik. Nach gut zwanzig Metern durch den schmalen Gang kamen sie an zwei einander gegenüberliegende Türen. Sean versuchte, sie zu öffnen, doch sie waren beide verschlossen.

»Dann wollen wir es doch mal hiermit versuchen«, sagte er. Er stellte die Tasche ab und zog die Werkzeuge hervor, darunter einen schmalen Inbusschlüssel und ein paar Stücke kräftigen Draht. Er nahm den Inbusschlüssel in die eine, ein Stück Draht in die andere Hand und schob beide ins Schloß.

»Jetzt kommt der schwierige Teil«, sagte er. »Man muß die Widerstände ertasten.«

Er schloß die Augen und arbeitete nach Gefühl weiter.

»Und, wie sieht's aus?« fragte Janet, während sie den Gang auf und ab blickte und jeden Moment damit rechnete, daß jemand auftauchte.

»Kinderspiel«, sagte Sean. Man hörte ein Klicken, und die Tür sprang auf. Sean tastete nach dem Lichtschalter und knipste die Deckenbeleuchtung an. Sie waren in den Elektroraum eingebrochen. Drinnen befanden sich nur zwei riesige Sammelschienen, die die beiden Seitenwände bedeckten.

Sean knipste das Licht aus und schloß die Tür wieder. Dann versuchte er es gegenüber. Er bekam die Tür noch schneller auf als die erste.

»Diese Werkzeuge funktionieren ganz prima«, meinte er. »Kein Vergleich zu einer Originalausrüstung natürlich, aber nicht schlecht.«

Er schaltete das Licht an, und sie erkannten, daß sie sich in einem langen schmalen Raum mit Metallregalen befanden. Darin aufgereiht standen die Krankenakten. Etliche Regale waren noch fast leer.

»Das ist es«, sagte Sean.

»Ist ja noch reichlich Platz«, bemerkte Janet.

»Bleib einen Moment hier stehen«, sagte Sean. »Ich will nur sichergehen, daß es keine Alarmanlage gibt.«

»Heiliger Himmel!« erwiderte Janet. »Warum sagst du mir so was nicht vorher?«

Sean sah sich in dem Raum rasch nach Infrarotsensoren oder Bewegungsmeldern um. Er fand nichts, also kehrte er zu Janet zurück, zog den Computerausdruck hervor und sagte: »Am besten, wir teilen die Krankenakten zwischen uns beiden auf. Ich brauche nur die Fälle aus den letzten zwei Jahren. In dieser Zeit wurde mit der erfolgreichen Behandlung begonnen.«

Janet übernahm die obere Hälfte der Liste, Sean die untere. Binnen zehn Minuten hatten sie einen Stapel von dreiunddreißig Akten zusammen.

»Man erkennt gleich, daß dies keine Uniklinik ist«, sagte Sean. »An einer Uniklinik hätte man Glück, auch nur eine Akte zu finden, geschweige denn alle dreiunddreißig.«

»Was willst du mit ihnen machen?« fragte Janet.

»Kopieren«, erwiderte Sean. »In der Bibliothek steht ein Kopierer. Die Frage ist nur, ob die Bibliothek offen ist. Ich möchte nicht, daß der Wachmann mich auf frischer Tat beim Knacken eines Schlosses erwischt. Dort oben gibt es wahrscheinlich eine Kamera.«

»Laß uns nachsehen«, schlug Janet vor. Sie wollte das Ganze möglichst schnell hinter sich bringen.

»Warte«, sagte Sean. »Ich glaube, ich habe eine bessere Idee.« Er marschierte zu dem Ende des Aktenlagers, das ans Forschungsgebäude grenzte. Janet hatte Mühe, Schritt zu halten. In die Wand hinter der letzten Batterie von Metallregalen war eine Glastür eingelassen, rechts daneben zwei Knöpfe. Sean drückte den unteren der beiden, und ein tiefes, surrendes Geräusch durchbrach die Stille.

»Vielleicht haben wir Glück«, sagte er.

Nach mehreren Minuten kam der Lastenaufzug. Sean öffnete die Tür und begann, die Regalböden auszubauen.

»Was machst du denn da?« fragte Janet.

»Ein kleines Experiment«, antwortete Sean. Als er genug Bretter herausgenommen hatte, stieg er selbst in den Aufzug. Er mußte sich ganz klein machen, die Knie ans Kinn gezogen.

»Mach die Tür zu und drück auf den Knopf«, sagte er.

»Bist du sicher?« fragte Janet.

»Mach schon!« sagte Sean. »Wenn der Motor ausgeht, warte ein paar Takte, bevor du auf den anderen Knopf drückst, um mich wieder nach unten zu holen.«

Janet befolgte seine Anweisungen, und Sean entschwebte winkend nach oben.

Als er weg war, wurde sie noch ängstlicher. In seiner Gegenwart war ihr gar nicht bewußt geworden, wie schwerwiegend ihre Taten eigentlich waren. Aber in der unheimlichen Stille, die sie umgab, traf sie die Erkenntnis, wer sie war und was sie hier tat, wie ein Schlag: Sie war Janet Reardon, die in das Aktenlager des Forbes-Krebszentrums einbrach.

Als das Surren aufhörte, zählte Janet bis zehn und drückte dann auf den anderen Knopf. Zum Glück tauchte Sean wenig später wieder auf. Sie öffnete die Tür.

»Klappt super«, sagte Sean. »Geht direkt hoch in die Finanzverwaltung. Und das allerschönste ist, daß sie dort einen der besten Kopierer der Welt stehen haben.«

Sie brauchten nur wenige Minuten, um die Akten zu dem Lastenaufzug zu tragen.

»Du zuerst«, sagte Sean.

»Ich weiß nicht, ob ich das wirklich will«, sagte Janet.

»In Ordnung«, erwiderte Sean. »Dann warte hier unten, während ich die Akten kopiere. Es wird wahrscheinlich etwa eine halbe Stunde dauern.« Er wollte wieder in den Aufzug klettern.

Janet packte seinen Arm. »Ich hab's mir doch anders überlegt. Ich will nicht hier unten alleine bleiben.«

Sean verdrehte die Augen und stieg wieder aus, um für Janet Platz zu machen. Als sie in den Aufzug gekrabbelt war, klemmte er ihr einen Großteil der Akten in den Arm, schloß die Tür und drückte auf den Knopf. Als der Motor anhielt, holte er den Lift zurück. Dann zwängte er sich mit den restlichen Akten im Arm ein weiteres Mal in den Aufzug und wartete ein paar unbequeme Minuten lang, daß Janet ihn nach oben holte.

Als sie ihm in der Verwaltung die Tür öffnete, sah er, daß sie schon wieder panisch wurde.

»Was ist denn jetzt los?« fragte er, während er aus dem Aufzug kletterte.

»Alle Lichter hier oben sind an«, sagte sie nervös. »Hast du sie angemacht?«

»Nee«, sagte Sean und kramte die Akten zusammen. »Die waren schon an, als ich eben oben war. Wahrscheinlich eine Putzkolonne.«

»Darauf bin ich gar nicht gekommen«, sagte Janet. »Wie kannst du bei all dem so ruhig bleiben?« Sie klang fast wütend.

Sean zuckte die Schultern. »Muß am Training liegen.«

Am Kopierer entwickelten sie rasch ein effektives System. Wenn sie jede Akte auseinandernahmen, konnten sie jeweils einen Stapel Bögen in den automatischen Einzelblatteinzug legen. Mit einem Tacker, den sie auf einem der Schreibtische fanden, hefteten sie die Kopien zusammen, während sie die Originale sofort wieder in die Akten sortierten.

»Hast du den Computer in dem Glaskasten gesehen?« fragte Janet.

»Ja, auf meinem Rundgang am ersten Tag«, sagte Sean.

»Er läßt irgendein Programm durchlaufen«, sagte Janet. »Als ich hier oben auf dich gewartet habe, habe ich einen Blick hinein geworfen. Er ist an diverse Modems und automatische Wählverbindungen angeschlossen. Offenbar irgendeine Datenabfrage.«

Sean sah Janet überrascht an. »Ich wußte gar nicht, daß du dich so gut mit Computern auskennst. Das ist doch eher ungewöhnlich für eine Literaturstudentin.«

»Ich war zwar in Wellesley für Literatur eingeschrieben, aber Computer haben mich immer fasziniert«, erklärte sie. »Ich habe auch viele Informatik-Seminare belegt. Einmal hätte ich sogar fast das Hauptfach gewechselt.«

Nachdem sie den Kopierer mit weiteren Akten geladen hatten, gingen Sean und Janet zu dem Computer. Auf dem Monitor blinkten Zahlen auf. Sean drückte auf die Klinke, die Tür war offen, und sie traten ein.

»Ich frage mich, warum sie den Apparat in einen Glaskasten gesteckt haben?« sagte er.

»Um ihn zu schützen«, sagte Janet. »Solche großen Rechner reagieren manchmal selbst auf Zigarettenqualm empfindlich. Wahrscheinlich sitzen in diesem Büro ein paar Raucher.«

Sie betrachteten die Ziffernreihen, die auf dem Monitor aufleuchteten. Es waren neunstellige Zahlen.

»Was, glaubst du, machen die da?« fragte Sean.

»Keine Ahnung«, antwortete Janet. »Es sind jedenfalls keine Telefonnummern. Sonst wären sie entweder sieben- oder zehnstellig. Außerdem kann man nicht in einem derartigen Tempo Telefonnummern anrufen.«

Plötzlich wurde der Monitor schwarz, bevor eine zehnstellige Zahl aufleuchtete. Sofort wurde eine automatische Wähleinrichtung in Gang gesetzt, die man trotz der surrenden Lüftung deutlich hören konnte.

»Das ist jetzt aber eine Telefonnummer«, sagte Janet. »Ich hab sogar die Vorwahl erkannt. Es ist irgendwo in Connecticut.«

Der Bildschirm wurde wieder schwarz, bevor weitere neunstellige Zahlen durchliefen. Nach gut einer Minute blieb die Ziffernkolonne plötzlich bei einer bestimmten Nummer stehen, und der Drucker wurde aktiviert. Sowohl Sean als auch Janet blickten hinüber und konnten die neunstellige Nummer erkennen. Darunter stand: *Peter Ziegler, Alter 55, Valley Hospital Charlotte, North Carolina, Achillessehnen-Naht, 11. März.*

Plötzlich ging irgendwo ein Alarm los. Während der Computer fortfuhr, Zahlen aufzurufen, sahen sich Sean und Janet an, er verwirrt, sie panisch.

»Was geht hier vor?« rief sie. Der Alarm klingelte weiter.

»Ich weiß es nicht«, gab Sean zu. »Aber es ist kein normaler Einbruchsalarm.« Er hatte sich eben umgedreht und seinen Blick suchend durch das Büro schweifen lassen, als die Tür zum Flur aufging.

»Runter!« zischte er Janet an und drückte sie zu Boden. Sean vermutete, daß derjenige, der zu dieser Zeit das Büro betrat, wegen des Computers kam. Er machte Janet hektische Zeichen, hinter die Bedienungskonsole zu kriechen. Panisch vor Angst befolgte sie seine Anweisung und krabbelte über aufgewickelte Computerkabel. Sean folgte ihr. Sie waren kaum außer Sicht, als die Tür zu dem Glaskasten aufging.

Aus ihrem Versteck konnten sie nur die Beine sehen, die den Raum betraten. Wer immer es war, es war eine Frau. Der Alarm wurde abgestellt. Die Frau griff nach einem Telefonhörer und wählte.

»Wir haben einen weiteren potentiellen Spender«, sagte sie. »In North Carolina.«

In diesem Moment sprang erneut der Laserdrucker an, und wieder ertönte kurz der Alarm.

»Hast du das gehört?« fragte die Frau. »Was für ein Zufall. Während wir noch sprechen, kriegen wir wieder einen.« Sie machte eine Pause und wartete auf den Drucker. »Patricia Southerland, Alter 42, San Jose General Hospital, San Jose, Kalifornien, Brustbiopsie. Klingt auch gut.« Es entstand eine erneute Pause, bevor sie sagte: »Ich weiß, daß das Team unterwegs ist. Aber uns bleibt noch genug Zeit. Glaub mir. Das ist schließlich meine Abteilung.«

Die Frau legte auf. Sean und Janet hörten, wie sie den frischen Ausdruck abriß, sich umdrehte und ging.

Ein paar Minuten lang sagten beide kein Wort.

»Was, zum Teufel, meinte sie mit ›ein potentieller Spender‹?« flüsterte Sean schließlich.

»Ich weiß es nicht, und es ist mir auch egal«, erwiderte Janet ebenfalls flüsternd. »Ich will hier raus.«

»Spender?« murmelte Sean. »Klingt irgendwie unheimlich. Was ist denn das hier? Eine Clearingstelle für Körperorgane? Erinnert mich an einen Film, den ich mal gesehen habe. Ich sage dir, dieser Laden ist total verrückt.«

»Ist sie weg?« fragte Janet.

»Ich seh mal nach«, sagte Sean. Langsam robbte er sich aus ihrem Versteck und spähte über den Tisch. »Scheint gegangen zu sein«, sagte er. »Ich frage mich, warum sie den Kopierer nicht bemerkt hat.«

Janet folgte ihm und hob zögernd den Kopf. Auch sie ließ ihren Blick durch den Raum schweifen.

»Beim Reinkommen hat vermutlich der Computeralarm das Geräusch übertönt«, sagte Sean. »Aber beim Rausgehen müßte sie es gehört haben.«

»Vielleicht war sie zu beschäftigt«, vermutete Janet.

Der Monitor, auf dem zuvor zahllose neunstellige Zahlen aufgetaucht waren, wurde plötzlich wieder schwarz.

»Das Programm scheint durchgelaufen zu sein«, sagte Sean.

»Laß uns verschwinden«, sagte Janet mit zittriger Stimme.

Sie wagten sich in den Raum vor. Der Kopierer war mit der letzten Ladung Aktenblätter fertig und schwieg.

»Jetzt wissen wir auch, warum sie ihn nicht gehört hat«, sagte Sean und ging hinüber, um den Apparat zu kontrollieren. Dann lud er die letzten Akten nach.

»Ich will hier raus« sagte Janet.

»Nicht, solange ich nicht meine Akten habe«, sagte Sean. Er drückte auf den Startknopf, und der Kopierer ratterte los. Dann heftete er die bereits kopierten Originale in die Akten und tackerte die Kopien zusammen.

Zunächst sah Janet ihm nur zu, panisch vor Angst, die Frau könne jeden Moment zurückkommen. Doch dann wurde ihr klar, daß sie um so schneller hier wegkommen würden, je eher sie fertig waren, also half sie mit, und ohne weitere Störungen hatten sie wenig später sämtliche Akten kopiert.

Sie gingen zum Lastenaufzug zurück, und Sean entdeckte, daß man den Knopf bei angelehnter Fahrstuhltür auch von innen drücken konnte. Sobald man sie dann ganz schloß, setzte sich der Lift in Bewegung. »Jetzt muß ich mir zumindest keine Sorgen mehr machen, daß du mich hier oben vergißt«, neckte er Janet.

»Mir ist nicht zum Spaßen zumute«, meinte Janet und kletterte in den Fahrstuhl. Dann streckte sie die Arme aus, um so viele Akten wie möglich mitzunehmen.

Genauso wie sie sich und die Unterlagen in den siebten Stock transportiert hatten, kehrten sie wieder in den Lagerraum im Kellergeschoß zurück. Zu Janets Kummer bestand Sean darauf, daß sie die Akten wieder an ihren ursprünglichen Platz stellten. Nachdem das erledigt war, gingen sie in den Tierraum, wo Sean die Kopien unter seinen Mäusekäfigen versteckte.

»Ich sollte die Viecher wirklich spritzen«, sagte Sean, »aber ich habe, ehrlich gesagt, nicht die geringste Lust.«

Janet war froh, endlich wegzukommen, doch erst als sie im Wagen saßen und den Parkplatz verließen, begann sie, sich zu entspannen.

»Das war eine der schlimmsten Erfahrungen meines Lebens«, sagte sie, als sie durch Little Havana fuhren. »Ich kann es gar nicht fassen, daß du so ruhig geblieben bist.«

»Mein Puls ging auch schneller«, gab Sean zu. »Aber es ist doch alles ganz glatt gelaufen, bis auf die kleine Episode im Computerraum. Aber jetzt, wo alles vorbei ist, fandest du es nicht auch irgendwie aufregend? Nur ein bißchen?«

»Nein!« erklärte Janet nachdrücklich.

Sie fuhren schweigend weiter, bis Sean erneut das Wort ergriff: »Ich weiß immer noch nicht, was dieser Computer gemacht haben könnte. Und was das alles mit Organspenden zu tun haben soll? Denn sie werden wohl keine Organe von verstorbenen Krebspatienten verwenden. Das Risiko, daß man nicht nur das Organ, sondern auch den Krebs verpflanzt, ist viel zu groß. Hast du eine Idee?«

»Im Moment kann ich über gar nichts nachdenken«, sagte Janet.

»Mensch, guck dir mal das Caddy-Cabriolet da an«, sagte Sean. »Was für ein Schiff. Barry Dunhegan hatte früher genauso einen, nur daß seiner rosa war. Er war Buchmacher bei uns im Viertel, und wir Kids fanden ihn alle obercool.«

Janet schenkte dem Ungetüm mit den Heckflossen, das im Schatten eines exotischen Baumes parkte, einen flüchtigen Blick. Sie bewunderte Seans Talent, nach einer derart traumatischen Erfahrung gleich wieder an Autos zu denken.

Sean stoppte den Wagen und zog die Handbremse an. Schweigend stiegen sie aus und betraten das Gebäude. Sean dachte, wie nett es wäre, die Nacht mit Janet zu verbringen. Er konnte die Stielaugen des Wachmanns gut verstehen. Als er jetzt hinter Janet die Treppe hochstieg, wurde er wieder daran erinnert, was für phantastische Beine sie hatte.

Als sie an seine Tür kamen, zog er sie an sich und umarmte sie. Einen Moment lang blieben sie einfach so stehen.

»Wie wär's, wenn wir heute nacht zusammenbleiben?« brachte Sean schließlich verlegen hervor. Seine Stimme klang zögerlich; er fürchtete eine Zurückweisung. Janet antwortete nicht sofort, und je länger sie sich Zeit ließ, desto optimistischer wurde er. Schließlich zog er mit der linken Hand die Schlüssel aus seiner Tasche.

»Ich glaube nicht, daß das eine so gute Idee ist«, sagte sie schließlich.

»Komm schon«, drängte Sean. Er hatte noch ihren Duft in der Nase.

»Nein!« sagte Janet nach einer weiteren Pause, und es klang endgültig. Sie hatte geschwankt, doch sie hatte sich entschieden. »Ich weiß, daß es schön wäre, und nach diesem Abend könnte ich auch das Gefühl der Geborgenheit gut gebrauchen, aber zuerst müssen wir miteinander reden.«

Sean verdrehte frustriert die Augen. Sie konnte wirklich unglaublich stur sein. »Okay«, sagte er trotzig, eine neue Taktik probierend. »Wie du willst.« Er ließ sie los, öffnete die Tür und betrat das Apartment. Bevor er die Tür hinter sich zuzog, blickte er ihr noch einmal direkt in die Augen. Er hatte gehofft, dort Besorgnis über seine plötzliche Verstimmung zu entdecken. Statt dessen sah er nur Verärgerung. Janet drehte sich auf dem Absatz um und ging.

Nachdem er die Tür geschlossen hatte, fühlte Sean sich auf einmal schuldig. Er ging zur Schiebetür, öffnete sie und trat auf den Balkon. Er sah, wie ein paar Türen weiter das Licht in ihrem Wohnzimmer anging. Er zögerte, unschlüssig, was er tun sollte.

»Männer«, rief Janet laut, zornig und erschöpft. Hinter der Tür zu ihrem Apartment blieb sie einen Moment stehen und ging das Gespräch mit Sean im Kopf noch einmal durch. Es gab keinen Grund, daß er wütend auf sie war. Hatte sie nicht bei seinem riskanten Plan mitgemacht? Fügte sie sich nicht überhaupt fast allen seinen Wünschen? Warum konnte er nicht einmal versuchen, ihre Bedürfnisse zu verstehen?

Janet wußte, daß sie heute abend nichts mehr klären würden. Sie betrat ihr Schlafzimmer und knipste das Licht an. Obwohl sie sich später daran erinnern sollte, fiel ihr in diesem Moment nicht auf, daß die Tür zum Bad geschlossen war. Wenn Janet allein war, schloß sie nie irgendwelche Türen, eine Angewohnheit, die sie schon als Kind entwickelt hatte.

Sie zog ihr T-Shirt aus, schlüpfte aus dem BH und warf beides auf den Sessel neben dem Bett. Dann löste sie ihre Haarklammer und schüttelte ihr langes Haar. Sie fühlte sich ausgelaugt, gereizt und, wie ihre Zimmergenossin auf dem College immer zu sagen pflegte, gut durch. Janet nahm den Fön, den sie am Morgen in Eile aufs Bett geworfen hatte, öffnete die Badezimmertür und ging hinein. In dem Moment, in dem sie das Licht anmachte, bemerkte sie die Gestalt, die links neben ihr lauerte. Instinktiv hielt sie abwehrend die Hände vor ihren Körper, als könne sie den Eindringling so vertreiben.

Sie wollte zu einem Schrei ansetzen, doch die Scheußlichkeit des Anblicks, der sich ihr bot, ließ jeden Laut in ihrer Kehle ersticken. Im Bad stand ein Mann in dunklen, ausgeleierten Klamotten. Er hatte sich einen Nylonstrumpf über den Kopf gezogen, der seine Gesichtszüge bizarr verzerrte. In der erhobenen rechten Hand hielt er drohend ein Schlachtermesser.

Einen Moment lang bewegte sich keiner von beiden. Janet hielt zitternd den völlig nutzlosen Fön wie einen Magnum-Revolver auf die schaurige Fratze gerichtet, während der Eindringling entsetzt auf die Trommel starrte, bis er begriff, daß es nicht der Lauf einer Waffe, sondern Heizspulen waren, in die er blickte.

Er faßte sich als erster und riß Janet den Fön aus der Hand. Mit einem Wutausbruch warf er das Ding beiseite. Es krachte in den Spiegel des Medizinschränkchens. Das Klirren riß Janet aus ihrer Lähmung, und sie stürzte aus dem Bad.

Tom reagierte schnell, und es gelang ihm, Janets Arm zu packen, doch mit ihrem Schwung zerrte sie ihn taumelnd mit ins Schlafzimmer. Er hatte sie ursprünglich im Bad erstechen wollen. Der Fön hatte ihn aus dem Konzept gebracht. Er hatte nicht vorgehabt, sie wieder entwischen zu lassen. Und er wollte auch nicht, daß sie schrie. Doch sie tat es trotzdem.

Wenn Janets erster Schrei durch den Schock erstickt worden war, machte sie das mit ihrem zweiten Versuch mehr als wett. Der Schrei hallte in ihrem kleinen Apartment wider, drang durch die billigen Leichtbauwände und war wahrscheinlich in der ganzen Residenz zu hören. Tom lief ein eiskalter Schauer über den Rücken. Er war noch immer wütend, aber er wußte auch, daß es verdammt eng für ihn wurde.

Weiter ihren Arm festhaltend, riß er Janet herum, daß sie an der Wand entlangschrammte, bevor sie aufs Bett fiel. In diesem Moment hätte Tom sie an Ort und Stelle töten können, aber er wagte es nicht, sich die Zeit noch zu nehmen. Statt dessen stürzte er zur Balkontür, riß Vorhänge und Tür auf und verschwand in der Nacht.

Sean hatte auf dem Balkon vor Janets Apartment herumgelungert und sich selbst Mut gemacht, hineinzugehen und sich bei ihr zu entschuldigen, weil er versucht hatte, sie mit Schuldgefühlen unter Druck zu setzen. Sein eigenes Verhalten war ihm peinlich, um Verzeihung zu bitten jedoch nicht unbedingt seine Stärke, und so fand er es schwierig, sich durchzuringen.

Sein Zögern war wie weggeblasen, als er das Klirren des Spiegels hörte. Er fummelte hektisch an der Balkontüre herum und versuchte sie aufzuschieben. Als er dann Janets markerschütternden Schrei, gefolgt von einem lauten dumpfen Knall vernahm, gab er den Versuch, die Tür manierlich zu öffnen, auf, warf sich statt dessen mit aller Macht dagegen und landete, die Beine noch immer im Fliegengitter verheddert, auf dem Wohnzimmer-Läufer. Er riß sich los und stürzte ins Schlafzimmer. Janet lag auf dem Bett, die Augen panisch aufgerissen.

»Was ist los?« fragte Sean.

Janet richtete sich auf, schluckte ein paar Tränen herunter und stammelte: »Da war ein Mann mit einem Messer in meinem Badezimmer.« Dann zeigte sie auf die offene Balkontür. »Er ist da lang.«

Mit einem Satz war Sean an der Schiebetür und riß den Vorhang beiseite. Doch statt eines Mannes waren da plötzlich zwei. Sie kamen im Tandem durch die Tür geschossen und stießen Sean zurück ins Zimmer, wo man sich schließlich erkannte. Die Neuankömmlinge waren Gary Engels und ein weiterer Mieter, die genau wie Sean auf Janets Schrei hin zur Hilfe geeilt waren.

Hektisch erklärte Sean ihnen, daß der Eindringling über

den Balkon geflüchtet war, und führte sie nach draußen. Als sie das Geländer erreicht hatten, hörten sie vom Parkplatz auf der anderen Seite des Gebäudes das Geräusch quietschender Reifen. Während Gary und sein Kollege zur Treppe rannten, kehrte Sean zu Janet zurück.

Sie hatte sich einigermaßen wieder gefaßt und ein Sweatshirt übergestreift. Als Sean eintrat, saß sie auf der Bettkante und beendete eben einen Notruf an die Polizei. Sie legte den Hörer auf und blickte zu Sean auf, der vor ihr stand.

»Alles in Ordnung?« fragte er sanft.

»Ich glaube schon«, sagte sie, aber er sah, daß sie noch immer zitterte. »Gütiger Gott, was für ein Tag!«

»Ich hab dir ja gesagt, du hättest bei mir bleiben sollen.« Sean setzte sich neben sie aufs Bett und legte seinen Arm um ihre Schulter.

Janet mußte unwillkürlich lachen. Typisch Sean, die Situation mit Humor zu überspielen. In seinen Armen geborgen zu sein war ein wunderbares Gefühl.

»Ich hatte ja gehört, daß Miami eine recht lebhafte Stadt ist«, sagte sie und ging auf seinen humorvollen Ton ein, »aber das geht nun doch ein bißchen zu weit.«

»Hast du eine Ahnung, wie der Kerl hier reingekommen ist?« fragte Sean.

»Ich hab die Balkontür im Wohnzimmer offengelassen«, gestand Janet.

»Wer nicht hören will, muß fühlen«, sagte Sean.

»Das Schlimmste, was mir in Boston je passiert ist, war ein obszöner Anruf«, sagte Janet.

»Ja, und ich habe mich hinterher dafür entschuldigt«, meinte er.

Janet grinste und warf mit dem Kopfkissen nach ihm.

Die Polizei brauchte zwanzig Minuten. Sie fuhren mit Blaulicht, aber ohne Sirene vor. Zwei uniformierte Beamte des Miami Police Departments betraten das Apartment. Der eine war ein schwarzer Riese mit einem Vollbart, der andere ein dürrer Hispanier mit Schnauzer. Sie hießen Peter Jefferson und Juan Torres. Eifrig, höflich und professionell ließen sie sich eine halbe Stunde Zeit, um Janets Geschichte aufzunehmen. Als sie erwähnte, daß der Täter Gummihandschuhe getragen hatte, bestellten sie die Spurensicherung wieder ab, die nach Untersuchung einer Mordsache ursprünglich noch vorbeikommen sollte.

»Weil niemand verletzt wurde, fällt der Zwischenfall natürlich in eine andere Kategorie«, meinte Torres. »Morde werden verständlicherweise wichtiger genommen.«

»Aber dies hätte leicht ein Mord werden können«, protestierte Sean.

»Hey, wir tun, was wir können – mit den uns zur Verfügung stehenden Kräften«, sagte Jefferson.

Noch während die Polizisten mit der Ermittlung der Fakten beschäftigt waren, tauchte eine weitere Person am Tatort auf: Robert Harris.

Robert Harris hatte sein Verhältnis zur Polizei von Miami sorgfältig gehegt und gepflegt. Obwohl er den Mangel an Disziplin und die miese körperliche Verfassung der Beamten beklagte, die sich bei den meisten etwa ein Jahr nach Beendigung der Polizeischule einzustellen begannen, war Harris pragmatisch genug zu begreifen, daß er sich mit ihnen gut stellen mußte. Dieser Überfall auf eine Krankenschwester in der Forbes-Residenz bestätigte das aufs neue. Hätte er sich nicht so gute Verbindungen aufgebaut, hätte er wahrscheinlich erst am nächsten Vormittag von der Sache erfahren. Und Harris fand, daß dies für den Chef des Sicherheitsdienstes untragbar gewesen wäre.

Der Anruf des diensthabenden Sergeants hatte Harris

auf seinem Trimmfahrrad vor dem Fernseher ereilt. Leider hatte man ihn erst eine halbe Stunde, nachdem der Streifenwagen losgeschickt worden war, benachrichtigt, aber Harris war nicht in der Position, sich zu beschweren. Zu spät zu kommen war immer noch besser, als gar nicht zu kommen. Harris wollte nicht, daß der Fall schon kalt war, bevor er eingeschaltet wurde.

Auf der Fahrt zur Residenz war ihm die Vergewaltigung und Ermordung von Sheila Arnold wieder eingefallen. So unwahrscheinlich es klang, er wurde den Verdacht nicht los, daß Arnolds Tod irgend etwas mit dem Tod der Brustkrebspatientinnen zu tun hatte. Harris war kein Arzt, also mußte er sich darauf verlassen, was Dr. Mason ihm vor einigen Monaten erzählt hatte, daß nämlich die Brustkrebspatientinnen seiner Ansicht nach ermordet worden waren. Die Tatsache, daß ihre Gesichter blau angelaufen waren, war ein verräterisches Indiz, ein Zeichen dafür, daß irgend jemand sie irgendwie kaltgemacht hatte.

Dr. Mason hatte betont, daß die lückenlose Aufklärung dieser mysteriösen Todesfälle Harris' vordringlichste Aufgabe war. Wenn die Presse davon erfahren würde, konnte das Forbes-Zentrum nicht wiedergutzumachenden Schaden nehmen. Ja, es hatte ganz so geklungen, als wollte Dr. Mason Harris' Weiterbeschäftigung an der Klinik von einer schnellen und unauffälligen Lösung dieses potentiell peinlichen Problems abhängig machen. Je schneller, desto besser für alle Beteiligten.

Aber in den letzten Monaten hatte Harris kaum Fortschritte gemacht. Dr. Masons Vermutung, daß es sich bei dem Täter wahrscheinlich um einen Arzt oder eine Schwester handelte, hatte sich nicht erhärten lassen. Eine umfassende Überprüfung des persönlichen Hintergrunds des gesamten medizinischen Personals hatte keinerlei Verdachtsmomente oder Unregelmäßigkeiten ergeben. Auch

Harris' Bemühungen, unauffällig ein Auge auf die Brustkrebspatientinnen der Forbes-Klinik zu halten, hatten nichts gebracht. Er hatte sie natürlich nicht alle gleichzeitig überwachen können.

Sein Verdacht, daß Miss Arnolds Tod etwas mit dem Tod der Brustkrebspatientinnen zu tun haben könnte, war ihm am Tag nach ihrer Ermordung auf der Fahrt zur Arbeit gekommen. Ihm war eingefallen, daß am Tag vor dem Mord wieder eine Brustkrebspatientin gestorben und blau angelaufen war.

Harris fragte sich, ob Sheila Arnold möglicherweise etwas gesehen hatte. Vielleicht war sie Augen- oder Ohrenzeugin einer Begebenheit geworden, deren Bedeutung ihr gar nicht aufgegangen war, was wiederum der Täter nicht wissen konnte, weswegen er sich trotzdem bedroht gefühlt hatte. Die Idee klang ganz vernünftig, obwohl Harris sich fragte, ob sie nicht nur das Hirngespinst eines verzweifelten Mannes war.

Wie auch immer, sein Verdacht hatte ihm kaum Anhaltspunkte für weitere Ermittlungen geliefert. Von der Polizei hatte er erfahren, daß ein Zeuge beobachtet hatte, wie ein Mann in der Mordnacht Miss Arnolds Apartment verließ, aber die Personenbeschreibung war hoffnungslos vage gewesen: ein Mann von mittlerer Größe mit Durchschnittsfigur und braunem Haar. Das Gesicht hatte der Zeuge natürlich nicht gesehen. In einer Einrichtung von der Größe des Forbes-Zentrums war diese Beschreibung nur von geringem Nutzen gewesen.

Als Harris jetzt von einem weiteren Überfall auf eine Schwester der Forbes-Klinik gehört hatte, war ihm erneut der Verdacht einer möglichen Verbindung zu den mysteriösen Sterbefällen von Brustkrebspatientinnen gekommen. Denn am Dienstag hatte es wieder einen verdächtigen blauen Tod gegeben.

Als Harris Janets Apartment betrat, war er ganz begierig gewesen, sie zu befragen. Zu seinem großen Ärger traf er sie in Gesellschaft dieses Klugscheißers von einem Medizinstudenten an, diesem Sean Murphy.

Da die Polizei die Krankenschwester noch immer befragte, sah sich Harris rasch in der Wohnung um. Er begutachtete den zerschlagenen Spiegel und den demolierten Fön im Bad und registrierte auch das Höschen inmitten der Scherben auf dem Boden. Dann ging er ins Wohnzimmer und bemerkte das riesige Loch im Fliegengitter. Man konnte deutlich erkennen, daß jemand auf diesem Weg in das Apartment eingedrungen und nicht durch diese Tür geflohen war.

»Ihr Zeuge«, sagte Peter Jefferson spöttisch, als er das Wohnzimmer betrat. Sein Partner folgte in seinem Windschatten. Harris hatte Jefferson schon ein paarmal getroffen.

»Können Sie mir irgendwas sagen?« fragte er den Polizisten.

»Nicht viel«, erwiderte Jefferson. »Der Täter trug einen Nylonstrumpf über dem Gesicht. Mittelgroß, von mittlerer Statur. Hat offenbar kein Wort gesagt. Das Mädchen hat Glück gehabt. Der Kerl hatte ein Messer.«

»Was werden Sie unternehmen?« fragte Harris.

Jefferson zuckte die Schulter. »Das Übliche«, meinte er. »Wir werden einen Bericht schreiben und hören, was der Sergeant meint. So oder so wird sich irgendein Ermittlungsteam weiter um die Sache kümmern. Wer weiß, was die dann machen.« Jefferson senkte die Stimme. »Keine Körperverletzung. Kein Raub. Es ist ziemlich unwahrscheinlich, daß der Fall mit oberster Priorität behandelt wird. Wenn er sie abgemurkst hätte, wäre das natürlich was ganz anderes.«

Harris nickte. Er bedankte sich bei den Beamten und

betrat das Schlafzimmer. Janet war dabei, eine Tasche zu packen. Sean war im Bad und sammelte ihre Toilettenartikel ein.

»Im Namen des Forbes-Zentrums möchte ich Ihnen sagen, wie schrecklich leid mir die Sache tut«, sagte Harris.

»Danke«, erwiderte Janet.

»Wir haben eine Sicherheitsüberwachung der Residenz bisher nicht für notwendig gehalten«, fügte Harris hinzu.

»Das verstehe ich«, sagte Janet. »Es hätte überall passieren können. Ich habe die Balkontür offengelassen.«

»Die Polizei hat mir erzählt, daß Sie den Kerl nur sehr vage beschreiben können«, sagte Harris.

»Er hatte einen Strumpf über dem Kopf«, sagte Janet. »Und es ging alles so schnell.«

»Ist es möglich, daß Sie den Täter vorher schon einmal gesehen haben?« fragte Harris.

»Ich glaube nicht«, antwortete Janet. »Aber das kann ich unmöglich mit Sicherheit sagen.«

»Ich möchte Ihnen noch eine weitere Frage stellen«, sagte Harris. »Und ich möchte, daß Sie einen Moment nachdenken, bevor Sie sie beantworten. Ist Ihnen heute im Forbes-Zentrum etwas Ungewöhnliches passiert?«

Janets Mund wurde plötzlich ganz trocken.

Sean, der das Gespräch mit verfolgt hatte, ahnte sofort, was in Janets Kopf vor sich ging: Sie dachte an den Einbruch in das Aktenlager.

»Janet hat ein sehr aufwühlendes Erlebnis hinter sich«, sagte er und kam aus dem Bad ins Schlafzimmer.

Harris drehte sich um. »Mit Ihnen habe ich nicht geredet, Freundchen«, sagte er drohend.

»Nun hören Sie mir mal gut zu, Sie Vierkant-Schädel«, sagte Sean. »Wir haben nicht die Army zur Hilfe geholt. Janet hat vielmehr die Polizei gerufen. Sie können sich Ihre Informationen ja von denen besorgen. Sie ist nicht verpflichtet, Ihre Fragen zu beantworten, und ich glaube, sie hat heute abend schon genug durchgemacht. Das letzte, was sie jetzt brauchen kann, sind Ihre Belästigungen.«

Die beiden Männer standen sich drohend gegenüber und sahen sich direkt in die Augen.

»Bitte!« rief Janet. Neue Tränen schossen ihr in die Augen. »Noch mehr Aggression kann ich jetzt wirklich nicht ertragen«, erklärte sie beiden.

Sean setzte sich aufs Bett, legte seinen Arm um sie und lehnte seine Stirn an ihre.

»Tut mir leid, Miss Reardon«, sagte Harris. »Ich habe volles Verständnis. Aber für mich ist es wichtig, zu erfahren, ob Sie heute bei der Arbeit etwas Ungewöhnliches bemerkt haben. Ich weiß, daß heute Ihr erster Tag war.«

Janet schüttelte den Kopf. Sean blickte zu Harris auf und bedeutete ihm zu gehen.

Nur mit Mühe konnte Harris den Impuls unterdrücken, dem Jungen ein paar Ohrfeigen zu verpassen. Er stellte sich sogar genußvoll vor, wie er auf ihm hockte und ihm den Schädel rasierte. Statt dessen drehte er sich um und ging.

Je mehr die Nacht der Dämmerung wich, desto größer wurde Tom Widdicombs Angst. Er saß zusammengekauert auf dem Boden neben der Kühltruhe in der Vorratskammer. Er hatte die Knie hochgezogen und seine Arme darum geschlungen, als wäre ihm kalt. Manchmal zitterte er sogar, während die katastrophalen Ereignisse in der Forbes-Residenz wieder und wieder qualvoll vor seinem inneren Auge abspulten.

Er war ein totaler Versager. Es war ihm nicht nur nicht gelungen, Gloria D'Amataglio einzuschläfern, er hatte es auch nicht geschafft, die Krankenschwester loszuwerden, die ihn davon abgehalten hatte. Und sie war ihm so nahe gewesen, daß sie ihn trotz des Nylonstrumpfes, den er über dem Kopf getragen hatte, möglicherweise wiedererkennen würde. Mehr als alles andere quälte Tom sein Fehler, einen blöden Fön für eine Waffe gehalten zu haben.

Weil er sich so idiotisch angestellt hatte, sprach Alice nicht mehr mit ihm. Er hatte versucht, mit ihr zu reden, aber sie wollte nicht einmal zuhören. Er hatte sie enttäuscht. Er war nicht mehr »ihr kleiner Mann«. Tom hatte versucht, sie umzustimmen, hatte versprochen, Gloria noch an diesem Vormittag zu helfen und sie auch so bald wie möglich von dieser neugierigen Krankenschwester zu befreien. Aber all seine Versprechungen und Tränen hatten nichts bewirkt. Alice konnte sehr stur sein.

Steifbeinig stand Tom auf und dehnte seine verspannten Muskeln. Er hatte stundenlang regungslos in der Ecke gekauert und gehofft, daß seine Mutter irgendwann Mitleid mit ihm haben würde. Doch es hatte nicht funktioniert. Sie hatte ihn ignoriert. Also wollte er jetzt mit ihr direkt reden.

Er ging zur Kühltruhe, ließ das Schloß aufschnappen und klappte den Deckel auf. In die feuchtwarme Luft von Miami stieg ein feiner Eisnebel auf. Als sich die Schwaden verzogen hatten, tauchte das vertrocknete Gesicht von Alice Widdicomb aus dem Nebel. Ihr rot gefärbtes Haar war in zerzausten Strähnen gefroren, die Gesichtshaut eingefallen, fleckig und blau. An ihren Wimpern klebten winzige Kristalle. Die Augäpfel waren leicht zusammengezogen, die Oberfläche der Hornhaut ein wenig gekräuselt und trübe wie von winterlichem Frost. Ihre Mundwinkel waren zurückgezogen, und sie bleckte ihre gelblichen Zähne zu einem grausigen Grinsen.

Da Tom und seine Mutter sehr zurückgezogen gelebt hatten, gab es kaum Probleme, nachdem er sie eingeschläfert hatte. Sein einziger Fehler war, nicht früh genug an die

Kühltruhe gedacht zu haben, so daß sie nach ein paar Tagen angefangen hatte zu stinken. Einer der wenigen Nachbarn, mit denen sie gelegentlich ein paar Worte wechselten, hatte sogar eine Bemerkung deswegen gemacht, die Tom in helle Panik versetzt hatte. Dann war ihm die Kühltruhe eingefallen.

Seither hatte sich nichts geändert. Sogar Alices Rente kam weiter pünktlich. Nur einmal, als der Kompressor der Gefriertruhe an einem heißen Freitagabend seinen Geist aufgegeben hatte, war es eng geworden. Erst am darauffolgenden Montag konnte ein Monteur vorbeikommen, um die Sache in Ordnung zu bringen, und Tom hatte die ganze Zeit Angst, daß er die Truhe öffnen würde. Doch das tat er nicht. Er meinte nur, Tom solle einmal nachsehen, ob ihm nicht irgendwelches Fleisch schlecht geworden sei.

Tom hielt den Deckel der Truhe fest und betrachtete seine Mutter. Doch sie weigerte sich noch immer, auch nur ein Wort mit ihm zu sprechen. Sie hatte verständlicherweise Angst.

»Heute werde ich es tun«, sagte Tom flehend. »Gloria bekommt bestimmt noch immer ihre Infusion. Und wenn nicht, denk ich mir was anderes aus. Und was die Schwester angeht, die werden wir schon los. Alles überhaupt kein Problem, alles wird gut. Niemand wird dich mir wegnehmen. Bei mir bist du sicher. Bitte!«

Alice Widdicomb schwieg.

Langsam klappte Tom den Deckel wieder zu. Er wartete noch einen Moment, ob sie es sich vielleicht doch noch anders überlegte, aber das tat sie nicht. Widerwillig ließ er sie allein und ging durch die Küche ins Schlafzimmer, das sie so lange geteilt hatten. Er zog die Schublade des Nachtschränkchens auf und nahm Alices Pistole heraus. Ursprünglich hatte sie seinem Vater gehört, doch nach seinem Tod war sie in Alices Besitz übergegangen. Sie hatte sie Tom oft gezeigt und gesagt, daß sie sie benutzen würde, wenn irgendwer je versuchen sollte, sich zwischen sie zu drängen. Tom hatte besonders den Perlmuttgriff gemocht.

»Niemand wird uns je trennen, Alice«, sagte Tom. Bisher hatte er die Waffe nur einmal benutzt, und das war, als sich die kleine Arnold einmischen wollte, als sie ihm erzählt hatte, daß sie beobachtet hatte, wie er ein Medikament vom Anästhesiewagen genommen hatte. Jetzt würde er die Pistole wieder benutzen müssen – bevor diese Janet Reardon noch mehr Unheil stiftete, als sie es ohnehin schon getan hatte.

»Ich werde dir beweisen, daß ich dein kleiner Mann bin«, sagte Tom. Er ließ die kalte Waffe in seine Tasche gleiten und ging ins Bad, um sich zu rasieren.

6

Freitag, 5. März, 6.30 Uhr

Als Janet über den General Douglas McArthur-Damm zur Arbeit fuhr, versuchte sie sich mit dem eindrucksvollen Blick über die Biscayne Bay abzulenken. Sie malte sich sogar aus, mit Sean eine Kreuzfahrt auf einer der strahlend weißen Yachten zu unternehmen, die im Hafen von Dodge Island vor Anker lagen. Aber es wollte ihr nicht gelingen, die Gedanken an den gestrigen Abend zu vertreiben.

Nach der Begegnung mit dem Eindringling in ihrem Badezimmer war Janet nicht zu bewegen gewesen, noch eine weitere Nacht in Nr. 207 zu verbringen. Selbst Seans Apartment war ihr nicht sicher genug erschienen. Statt dessen hatte sie darauf bestanden, noch in der Nacht in die Wohnung umzuziehen, die sie in Miami Beach gemietet hatte. Weil sie unter keinen Umständen allein sein wollte, hatte sie Sean gebeten, die Nacht bei ihr zu verbringen, und war froh, als er einwilligte und sogar anbot, auf der Couch zu schlafen. Aber als sie erst einmal dort waren, blieben Janets gute Vorsätze rasch auf der Strecke. Sie schliefen zusammen in Janets Bett, allerdings »platonisch«, wie Sean es nannte. Sie liebten sich nicht, doch Janet mußte zugeben, daß es schön war, seine Nähe zu spüren.

Die abendliche Eskapade mit Sean beschäftigte sie dabei fast so sehr wie die Begegnung mit dem unheimlichen Eindringling, vor allem der Zwischenfall im Verwaltungsbüro machte ihr schwer zu schaffen. Sie mußte immer wieder daran denken, was geschehen wäre, wenn sie erwischt worden wären. Außerdem hatte sie angefangen, sich zu fragen, was für ein Mensch Sean eigentlich war. Sicher, er war intelligent und witzig. Aber nach seinen jüngsten Enthüllungen über seine kriminelle Vergangenheit hatte sie erhebliche Zweifel an seinen moralischen Werten.

Alles in allem war Janet reichlich durcheinander, und um alles noch schlimmer zu machen, lag vor ihr der Tag, an dem sie heimlich eine Probe eines Medikaments besorgen sollte, dessen Ausgabe strikt kontrolliert wurde. Wenn ihr das nicht gelang, bestand nach wie vor die Gefahr, daß Sean seine Sachen packte und aus Miami abreiste. Als sie sich der Klinik näherte, ertappte sich Janet dabei, daß sie sehnsüchtig an den kommenden Sonntag dachte, ihren ersten freien Tag. Die Tatsache, daß sie schon vor Beginn ihres zweiten Arbeitstages an Ferien dachte, war ein Zeichen dafür, wie gestreßt sie war.

Die betriebsame Atmosphäre auf der Station erwies sich als wahrer Segen für Janets sorgengeplagten Verstand. Wenige Minuten nach ihrer Ankunft hatte die allgemeine Hektik sie bereits völlig aufgesogen. Die Übergabe vermittelte der Tagesschicht eine Ahnung dessen, was an Arbeit vor ihnen lag. Zwischen diagnostischen Tests, therapeutischen Anwendungen und komplizierten Medikationen würde wenig freie Zeit bleiben. Die alarmierendste Nachricht aber war, daß Helen Cabots Zustand sich nicht, wie die Ärzte gehofft hatten, verbessert hatte. Im Gegenteil, die Nachtschwester, die sich um sie gekümmert hatte, hatte vielmehr den Eindruck, daß sie an Boden verlor, da sie gegen vier Uhr morgens sogar einen kleinen Anfall erlitten hatte. Bei diesem Teil der Besprechung hörte Janet besonders aufmerksam zu, weil sie sich an diesem Tag für die Betreuung von Helen Cabot hatte einteilen lassen.

Wegen der kontrollierten Medikamente hatte sie sich einen Plan zurechtgelegt. Nachdem sie die Behälter gesehen hatte, in denen das Medikament auf die Station geliefert wurde, hatte sie sich ähnlich aussehende, leere Gefäße besorgt. Jetzt brauchte sie nur noch einen ungestörten Moment, in dem sie allein mit der Medizin war.

Nach der Übergabe stürzte Janet sich in die Arbeit. Zunächst mußte sie Gloria D'Amataglios Infusion vorbereiten und starten. Für Gloria war es der letzte Tag des aktuellen chemotherapeutischen Behandlungszyklus, das heißt, ihr letzter Tag am Tropf. Da Janet gleich am ersten Tag besonderes Talent beim Punktieren von Venen gezeigt hatte, war sie sehr gefragt. Bei der Übergabe hatte sie angeboten, Gloria den Zugang zu legen, da es zuvor offenbar immer wieder Probleme damit gegeben hatte. Die Schwester, die für die Betreuung von Gloria eingeteilt war, hatte das Angebot bereitwillig angenommen.

Ausgerüstet mit den notwendigen Utensilien ging Janet in Glorias Zimmer. Gloria saß auf ihrem Bett gegen eine Reihe von Kissen gelehnt und fühlte sich sichtlich besser als am Vortag. Während sie voller Nostalgie über den idyllischen Teich auf dem Campus des Wellesley College und die romantischen Wochenend-Parties, die an seinen Ufern stattfanden, plauderten, legte Janet den Zugang und startete die Infusion.

»Das habe ich kaum gespürt«, sagte Gloria bewundernd.

»Freut mich, daß ich Ihnen helfen konnte«, erwiderte Janet.

Als sie Glorias Zimmer wieder verließ, spürte Janet, wie sich ihr Magen zusammenzog, als sie an ihre nächste Aufgabe dachte, die Beschaffung des Medikaments. Sie mußte mehreren Rollbetten ausweichen und einen seitlichen Ausfallschritt machen, um nicht über den Mann vom Reinigungsdienst mit seinem Eimer zu stolpern.

Am Schwesterntresen nahm sie sich Helen Cabots Krankenblatt und studierte die Medikationsanweisung. Sie besagte, daß Helen um acht Uhr zum ersten Mal MB300C und MB303C bekommen sollte. Zunächst besorgte sich Janet eine Infusionsflasche und Kanülen, dann kramte sie die leeren Behälter hervor, die sie beiseite gelegt hatte. Schließlich fragte sie Marjorie nach dem Medikament.

»Sekunde«, sagte Marjorie. Sie rannte den Flur hinunter zu den Aufzügen, um einem Pfleger, der gerade einen Patienten zum Röntgen brachte, das entsprechende Formular mitzugeben.

»Das vergißt der Typ aber auch jedesmal«, meinte Tim kopfschüttelnd.

Im Dauerlauf kehrte Marjorie zum Schwesterntresen zurück, den Schlüssel für den Tresor mit den Spezialmedikamenten bereits in der Hand.

»Was für ein Tag!« sagte sie zu Janet. »Und wenn man bedenkt, daß er erst anfängt!« Der typische Ansturm zu Beginn eines Arbeitstages auf der Station nahm sie offenbar völlig in Anspruch. Sie öffnete den kleinen, aber massiv gebauten Kühlschrank und entnahm zwei Fläschchen mit Helen Cabots Medikament. Sie konsultierte ein Hauptbuch, das ebenfalls im Kühlschrank aufbewahrt wurde, und erklärte Janet, daß sie zwei Kubikzentimeter aus der größeren und einen halben aus der kleineren Flasche nehmen sollten. Dann zeigte sie ihr noch, wo sie in einer Liste die Austeilung des Medikaments durch Eintrag ihrer Initialen bestätigen mußte, bevor Marjorie das Ganze noch einmal abzeichnete.

»Marjorie, ich habe hier Dr. Larsen für dich in der Leitung«, rief Tim und unterbrach ihr Gespräch.

Nachdem sie die Fläschchen mit der klaren Flüssigkeit in Empfang genommen hatte, zog Janet sich in die Medikamentenkammer zurück. Zunächst drehte sie das heiße Wasser am Waschbecken an. Nachdem sie sich vergewissert hatte, daß niemand sie beobachtete, hielt sie die beiden MB-Fläschchen unter heißes Wasser. Als die Etiketten sich lösten, zog Janet sie ganz ab und klebte sie auf die leeren Phiolen. Die jetzt unbeschrifteten Fläschchen mit dem Medikament verstaute sie in einer Schublade inmitten eines Durcheinanders aus Plastikmeßbechern, Bleistiften, Blöcken und Gummibändern.

Nachdem sie sich vorsichtshalber erneut zum betriebsamen Schwesterntresen umgedreht hatte, hielt Janet die beiden leeren Fläschchen hoch und ließ sie zu Boden fallen. Nachdem sie ein paar Tropfen Wasser über die Scherben geträufelt hatte, verließ sie die Medikamentenkammer.

Marjorie war noch immer am Telefon, und Janet mußte warten, bis sie fertig war. Als sie aufgelegt hatte, legte Janet sofort ihre Hand auf Marjories Arm.

»Mir ist ein Unglück passiert«, sagte sie. Sie versuchte, aufgeregt und bestürzt zu klingen, was ihr in Anbetracht ihrer Nervosität nicht schwerfiel.

»Was ist geschehen?« fragte Marjorie und riß alarmierend die Augen auf.

»Ich habe die beiden Fläschchen fallen lassen«, sagte Janet. »Sie sind mir aus der Hand geglitten und zerbrochen.«

»Schon gut, schon gut!« sagte Marjorie, die sich selbst ebenso beruhigte wie Janet. »Kein Grund zur Panik. Unfälle passieren eben, vor allem in der Hektik. Lassen Sie mal sehen.«

Janet führte sie ins Medikamentenzimmer und wies auf die Überreste der beiden Fläschchen. Marjorie bückte sich und sammelte behutsam die Scherben mit den beiden Etiketten auf.

»Tut mir wirklich schrecklich leid«, sagte Janet.

»Das macht doch nichts«, sagte Marjorie. »Wie gesagt, Unfälle passieren. Wir müssen Ms. Richmond anrufen.«

Janet folgte Marjorie zurück zum Schwesterntresen, von wo aus Marjorie die leitende Oberschwester anrief. Nachdem sie erklärt hatte, was vorgefallen war, mußte sie das Hauptbuch aus dem Kühlschrank holen. Dabei sah Janet auch die Fläschchen der anderen Patienten.

»In der größeren Flasche waren noch sechs Kubikzentimeter, in der kleineren vier«, sagte Marjorie ins Telefon. Dann hörte sie zu, bestätigte einige Anweisungen und legte auf.

»Kein Problem«, sagte sie zu Janet. Sie schrieb etwas in das Buch und gab Janet den Stift. »Setzen Sie einfach Ihre Initialen hinter meinen Eintrag über den Verlust«, sagte sie.

»Und jetzt gehen Sie zu Ms. Richmonds Büro im siebten Stock des Forschungsgebäudes und nehmen diese Etiketten mit«, sagte Marjorie. Sie tat die Scherben mit den Etiketten in einen Umschlag und gab ihn Janet. »Sie wird Ihnen ein paar neue Fläschchen mitgeben, okay?«

Janet nickte und entschuldigte sich noch einmal.

»Ist wirklich nicht so schlimm«, versicherte Marjorie ihr. Dann bat sie Tim, Tom Widdicomb auszurufen, damit er kurz durch die Medikamentenkammer wischte.

Mit klopfendem Herzen und hochrotem Kopf ging Janet so ruhig, wie sie konnte, zum Fahrstuhl. Ihr Trick hatte funktioniert, aber sie empfand trotzdem keine Genugtuung. Sie hatte vielmehr das Gefühl, Marjories Vertrauen und Gutmütigkeit mißbraucht zu haben. Außerdem machte sie sich Sorgen, irgend jemand könne die unbeschrifteten Fläschchen in der Schublade entdecken. Janet hätte sie gerne herausgenommen, wollte das Risiko jedoch erst eingehen, wenn sie sie direkt anschließend Sean übergeben konnte.

Obwohl sie in Gedanken völlig mit Helens Medikamenten beschäftigt war, bemerkte sie im Vorbeigehen, daß

Glorias Zimmertür geschlossen war. Nachdem sie Glorias Infusion eben erst gestartet hatte, kam Janet das merkwürdig vor. Außer bei ihrer ersten Begegnung war Glorias Tür immer angelehnt gewesen. Gloria selbst hatte sogar darum gebeten, damit sie etwas von dem Leben auf der Station mitbekam.

Verwirrt blieb Janet stehen, starrte auf die Tür und überlegte, was sie tun sollte. Sie war schon jetzt mit ihrem Pensum im Rückstand und sollte sich auf direktestem Weg in Ms. Richmonds Büro begeben. Doch die geschlossene Tür beschäftigte sie. Aus Sorge, es könne Gloria schlechtgehen, trat Janet näher und klopfte. Als niemand antwortete, klopfte sie noch einmal lauter. Als sich drinnen noch immer nichts rührte, machte Janet die Tür auf und blickte ins Zimmer. Gloria lag flach auf dem Bett. Ein Bein baumelte in einer völlig unnatürlichen Schlafposition über den Matratzenrand.

»Gloria?« rief sie.

Gloria antwortete nicht.

Janet stieß die Tür ganz auf und näherte sich dem Bett. Den Putzeimer und den Mob, die an der Wand standen, sah sie nicht, weil sie beim Näherkommen entsetzt feststellte, daß Glorias Gesicht zyanotisch dunkelblau angelaufen war!

»Notfall in Zimmer 409!« rief Janet der Telefonistin ins Ohr, nachdem sie sich den Hörer geschnappt hatte. Den Umschlag mit den Glasscherben warf sie auf das Nachtschränkchen.

Danach riß sie Glorias Kopf zurück, überprüfte, daß ihr Mund leer war, und begann eine Mund-zu-Mund-Beatmung. Mit der rechten Hand hielt sie Glorias Nase zu, während sie durch den Mund mehrmals kraftvoll Luft in die Lungen blies. Die Leichtigkeit, mit der ihr das gelang, machte sie zuversichtlich, daß die Atemwege nicht blokkiert waren. Mit der linken Hand fühlte sie nach Glorias Puls. Sie fand ihn, doch er ging nur sehr schwach.

Wenig später kamen bereits die ersten Kolleginnen ins Zimmer gestürzt. Marjorie war die erste, aber bald folgten weitere. Als Janet bei ihren Beatmungsversuchen abgelöst wurde, hielten sich mindestens zehn Personen im Zimmer auf, die zu helfen versuchten. Die schnelle Reaktion beeindruckte Janet, sogar der Mann vom Reinigungsdienst war da.

Zur allgemeinen Erleichterung nahm Glorias Gesicht bald wieder eine halbwegs natürliche Färbung an. Nach weiteren drei Minuten trafen mehrere Ärzte und Ärztinnen aus dem zweiten Stock ein, darunter ein Anästhesist. Inzwischen hatte man auch einen Monitor installiert, der einen langsamen, aber ansonsten normalen Herzschlag anzeigte. Routiniert plazierte der Anästhesist einen endotrachealen Tubus und beatmete Glorias Lungen mit einem Ambubeutel. Das war weit effektiver als die Mund-zu-Mund-Beatmung, und Glorias Gesichtsfarbe besserte sich weiter.

Aber es gab auch negative Zeichen. Als der Anästhesist mit einer Stablampe die Pupillen überprüfte, waren sie weit und reaktionslos. Eine Ärztin versuchte, Muskeleigenreflexe auszulösen, was jedoch nicht gelang.

Nach zwanzig Minuten bemühte sich Gloria erstmals wieder, selbst zu atmen. Nach weiteren drei Minuten atmete sie aus eigener Kraft stabil. Auch ihre Reflexe kehrten zurück, allerdings in einer Art, die nichts Gutes verhieß. Ihre Extremitäten zeigten Streck- und Beugesynergismen.

»Hmm«, sagte der Anästhesist. »Sieht nach Enthirnungsstarre aus. Das ist übel.«

Janet wollte es nicht hören.

Der Anästhesist schüttelte den Kopf. »Das Gehirn war zu lange ohne Sauerstoffzufuhr.«

»Das überrascht mich«, sagte eine Ärztin. Sie neigte die Infusionsflasche, um das verabreichte Medikament zu überprüfen. »Ich wußte gar nicht, daß Atemlähmung eine Komplikation dieses Therapieschemas ist.«

»Chemo kann ganz unerwartete Reaktionen auslösen«, sagte der Anästhesist. »Möglicherweise hat es mit einem vaskulären zerebralen Zwischenfall begonnen. Ich glaube, wir sollten besser Randolph informieren.«

Nachdem Janet ihren Umschlag geborgen hatte, taumelte sie aus dem Zimmer. Sie wußte, daß Szenen wie diese zum Alltag eines Krankenhauses gehörten, aber das machte es ihr auch nicht leichter, sie zu ertragen.

Marjorie kam aus dem Zimmer, sah Janet und kam zu ihr herüber. Sie schüttelte den Kopf. »Mit unseren Brustkrebspatientinnen im fortgeschrittenen Stadium haben wir wenig Glück«, sagte sie. »Vielleicht sollten die Verantwortlichen die Therapiemaßnahmen noch mal überprüfen.«

Janet nickte, sagte jedoch nichts.

»Die erste am Ort des Geschehens zu sein ist immer schlimm«, sagte sie. »Sie haben getan, was Sie konnten.«

Janet nickte noch einmal. »Danke.«

»Und jetzt laufen Sie und holen die Medizin für Helen Cabot, bevor noch etwas passiert«, sagte Marjorie und gab Janet einen schwesterlichen Klaps auf die Schulter.

Janet nickte, lief die Treppe bis zum zweiten Stock hinunter und ging über die Brücke ins Forschungsgebäude. Dort nahm sie den Fahrstuhl in den siebten Stock und fragte sich zu Ms. Richmonds Büro durch.

Die leitende Oberschwester erwartete sie bereits und nahm den Umschlag entgegen. Sie öffnete ihn und schüttete seinen Inhalt auf die Schreibtischunterlage. Dann schob sie die Scherben mit dem Zeigefinger zurecht, bis sie die Etiketten lesen konnte.

Janet blieb stehen. Ms. Richmonds Schweigen ließ sie befürchten, daß die Frau aus irgendeinem Grund wußte, was sie getan hatte. Janet begann zu schwitzen.

»Hat es deswegen irgendwelche Probleme gegeben?« fragte Ms. Richmond schließlich mit erstaunlich sanfter Stimme.

»Wie meinen Sie das?« fragte Janet.

»Als Sie diese Fläschchen zerbrochen haben«, sagte Ms. Richmond, »haben Sie sich da an den Scherben geschnitten?«

»Nein«, erwiderte Janet erleichtert. »Ich hab sie auf den Boden fallen lassen. Mir selbst habe ich nicht weh getan.«

»Nun, es war nicht das erste Mal und ganz bestimmt auch nicht das letzte«, sagte Ms. Richmond. »Ich bin froh, daß Sie sich nicht verletzt haben.«

Mit einer für ihre Größe erstaunlichen Behendigkeit sprang sie hinter ihrem Schreibtisch auf und ging zu einem Wandschrank, der vom Boden bis zur Decke reichte und einen großen, verschlossenen Kühlschrank verdeckte. Sie entriegelte und öffnete die Kühlschranktür und nahm zwei Fläschchen heraus, wie die, die Janet zerbrochen hatte. Dann klebte sie die entsprechenden Etiketten darauf. Sie war noch nicht ganz fertig, da klingelte das Telefon.

Ms. Richmond nahm ab, ohne ihre Arbeit zu unterbrechen. Sie klemmte den Hörer zwischen Hals und Schulter und beschäftigte sich weiter mit den Fläschchen. Doch bald nahm der Anruf ihre ganze Aufmerksamkeit in Anspruch.

»Was?« rief sie. Ihre eben noch so sanfte Stimme wurde schneidend, und ihr Gesicht lief rot an.

»Wo?« wollte sie wissen. »Im vierten Stock!« sagte sie nach einer Pause. »Das ist fast noch schlimmer! Verdammt!«

Ms. Richmond knallte den Hörer auf die Gabel und starrte ein paar Sekunden lang stur geradeaus. Dann bemerkte sie überrascht, daß Janet immer noch da war, stand auf und gab ihr die Fläschchen. »Ich muß jetzt weg«, sagte sie drängend. »Aber seien Sie vorsichtig mit dem Medikament.«

Janet nickte und wollte etwas antworten, doch Ms. Richmond war schon halb aus der Tür.

Auf der Schwelle zu ihrem Büro blieb Janet stehen und beobachtete, wie Ms. Richmond davonstürmte. Sie sah sich noch einmal um und betrachtete den Wandschrank mit dem darin versteckten Kühlschrank. Irgend etwas stimmte hier nicht, aber sie war sich nicht sicher, was. Es passierte einfach zu viel.

Randolph Mason bewunderte Sterling Rombauer. Er hatte eine vage Vorstellung von dessen Reichtum und seinem schon legendären Geschäftssinn, aber er hatte keine Ahnung, was den Mann antrieb. Im Auftrag fremder Menschen durchs Land zu hetzen, war nicht das Leben, das Mason leben würde, wenn er über solche Mittel verfügt hätte. Trotzdem war er dankbar, daß sich Sterling gerade für diesen Beruf entschieden hatte. Denn jedesmal, wenn er den Mann engagierte, lieferte er Ergebnisse.

»Ich glaube nicht, daß Sie sich Sorgen machen müssen, bis der Sushita-Jet hier in Miami landet«, sagte Sterling. »Ursprünglich hat die Maschine in Boston auf Tanaka gewartet und sollte von dort direkt nach Miami fliegen, aber dann ging es doch ohne ihn zuerst nach New York und dann nach Washington. Tanaka mußte einen Linienflug nehmen.«

»Und Sie werden erfahren, ob und wann der Jet hier landet?« fragte Mason.

Sterling nickte.

Man hörte ein Knacken aus Dr. Masons Gegensprechanlage. »Tut mir leid, Sie zu stören, Dr. Mason«, sagte Patty, seine Sekretärin. »Aber Sie haben mir doch gesagt, ich solle Sie vor Ms. Richmond warnen. Sie ist auf dem Weg zu Ihnen und macht einen sehr aufgewühlten Eindruck.«

Dr. Mason schluckte schwer. Es gab nur eins, was Margaret derartig aufbrachte. Er entschuldigte sich bei Sterling und verließ sein Büro, um die leitende Oberschwester abzufangen. Er erwischte sie vor Pattys Schreibtisch und zog sie beiseite.

»Wieder ein Todesfall?« fragte er.

»Noch nicht ganz«, erwiderte Ms. Richmond. »Es ist fast noch schlimmer, vor allem, wenn die Medien Wind von der Sache bekommen. Die Patientin ist in einem stabilen Zustand, hat aber offensichtlich Gehirnschäden erlitten.«

»Gütiger Gott«, rief Dr. Mason aus. »Du hast recht; das könnte wirklich noch schlimmer sein, vor allem, wenn die Familie erst anfängt, Fragen zu stellen.«

»Natürlich werden sie Fragen stellen«, sagte Ms. Richmond. »Ich muß dich noch einmal daran erinnern, daß diese Vorfälle alles zerstören könnten, wofür wir gearbeitet haben.«

»Das brauchst du mir nicht zu sagen«, erwiderte Dr. Mason.

»Und, was willst du jetzt unternehmen?«

»Ich weiß nicht, was ich noch unternehmen soll«, gestand Dr. Mason. »Laß uns Harris hochrufen.«

Dr. Mason bat Patty, Robert Harris zu rufen und Bescheid zu sagen, sobald er eingetroffen war. »In meinem Büro sitzt Sterling Rombauer«, erklärte er Ms. Richmond. »Vielleicht solltest du dir auch anhören, was er über diesen Medizinstudenten zu erzählen hat, der bei uns ein Praktikum macht.«

»Dieser Flegel!« rief Ms. Richmond. »Als ich ihn drüben in der Klinik erwischt habe, wie er Helen Cabots Krankenblatt durchgelesen hat, hätte ich ihn erwürgen können.«

»Nun beruhige dich doch, komm mit und hör es dir an«, sagte Dr. Mason.

Widerwillig ließ sich Ms. Richmond von Dr. Mason in sein Büro führen. Sterling erhob sich, und Ms. Richmond meinte, daß er ihretwegen doch nicht aufzustehen brauche.

Dr. Mason bat alle Anwesenden, Platz zu nehmen, und forderte Sterling dann auf, Ms. Richmond auf den neuesten Stand zu bringen.

»Sean Murphy ist ein interessanter und vielschichtiger Charakter«, sagte Sterling und schlug beiläufig die Beine übereinander. »Er hat früher fast so etwas wie ein Doppelleben gelebt. Als er dann in Harvard angenommen wurde, hat sich das zwar nachhaltig verändert, aber er klammert sich noch immer an seine Wurzeln in der irischstämmigen Arbeiterschicht. Außerdem ist er sehr erfolgreich. Zur Zeit bereiten er und seine Freunde die Gründung einer Firma vor, die sie Onkogen nennen wollen. Ziel ist der Verkauf diagnostischer und therapeutischer Mittel auf der Basis der Onkogen-Technologie.«

»Dann ist es doch völlig klar, was wir tun müssen«, sagte Ms. Richmond. »Vor allem in Anbetracht der Tatsache, daß der Kerl geradezu unerträglich arrogant und dreist ist.«

»Laß Sterling doch erst mal zu Ende reden«, sagte Dr. Mason.

»Auf dem Feld der Biotechnologie ist er überaus versiert«, sagte Sterling. »Ich glaube, man muß sagen, er ist tatsächlich begabt. Sein einziges wirklich ernsthaftes Problem liegt, wie Sie vermutlich schon geahnt haben, eher im sozialen Bereich. Er kennt nur sehr wenig Respekt vor Autoritäten, und es gelingt ihm immer wieder, eine Menge Leute zu verärgern. Trotzdem war er bereits an der Gründung einer erfolgreichen Firma beteiligt, die von der Genotech aufgekauft wurde. Und er hat offenbar auch keine größeren Schwierigkeiten, die Finanzierung für sein zweites Unternehmen zusammenzubekommen.«

»Es klingt mehr und mehr nach Ärger«, meinte Ms. Richmond.

»Aber nicht so, wie Sie denken«, entgegnete Sterling. »Das Problem ist, daß Sushita in etwa genauso viel weiß wie ich. Meiner Einschätzung nach wird man dort annehmen, daß Sean Murphy eine Bedrohung für die Investition in das Forbes-Zentrum darstellt. Und wenn sie das erst einmal tun, werden sie sich auch zum Handeln gezwungen sehen. Ich bin mir nicht sicher, ob ein Umzug nach Tokio bei Mr. Murphy funktionieren würde. Wenn er jedoch bleibt, werden sich die Japaner meines Erachtens überlegen, ihre Zusage weiterer finanzieller Unterstützung zurückzuziehen.«

»Ich verstehe immer noch nicht, warum wir ihn nicht einfach nach Boston zurückschicken«, sagte Ms. Richmond. »Dann ist die Sache gegessen. Warum sollen wir das Risiko eingehen, unsere Beziehung mit Sushita aufs Spiel zu setzen?«

Sterling sah Dr. Mason an.

Dr. Mason räusperte sich. »Meines Erachtens«, sagte er, »sollten wir nichts überstürzen. Der Junge ist wirklich gut. Heute morgen habe ich mal bei ihm im Labor vorbeigeschaut. Er hat schon eine ganze Mäusegeneration dazu gebracht, das Glykoprotein zu akzeptieren. Außerdem hat er mir einige vielversprechende Kristalle gezeigt, die er in den letzten Tagen entwickeln konnte, und er ist sicher, in einer Woche noch bessere zu haben. Niemand vor ihm ist je so weit gekommen. Mein Problem ist jetzt, zwischen zwei Übeln wählen zu müssen. Die Tatsache, daß wir bisher noch kein einziges patentierbares Produkt geliefert haben, stellt nämlich eine sehr viel ernstere und akutere Bedrohung unserer Weiterfinanzierung durch Sushita dar. Sie haben längst mit einem marktfähigen Produkt gerechnet.«

»Mit anderen Worten, wir brauchen den Flegel, selbst wenn es riskant ist«, sagte Ms. Richmond.

»So würde ich das nicht ausdrücken«, erwiderte Dr. Mason.

»Warum rufst du dann nicht einfach Sushita an und erklärst ihnen, was Sache ist?« fragte Ms. Richmond.

»Das wäre wenig ratsam«, schaltete sich Sterling ein. »Die Japaner ziehen die indirekte Kommunikation vor, um Konfrontationen zu vermeiden. Eine derart direkte Vorgehensweise würden sie nicht verstehen. Das würde ihre Sorgen nicht zerstreuen, sondern sie erst recht alarmieren.«

»Außerdem habe ich diesbezüglich Sushita gegenüber bereits einige Andeutungen gemacht«, sagte Dr. Mason. »Und sie haben trotzdem eigene Ermittlungen über Mr. Murphy in die Wege geleitet.«

»Der japanische Geschäftsmann hat große Probleme mit Unwägbarkeiten«, fügte Sterling hinzu.

»Und wie schätzen Sie den Jungen ein?« fragte Ms. Richmond. »Ist er ein Spion? Ist das der Grund, warum er hier ist?«

»Nein«, antwortete Sterling. »Er ist kein Spion im herkömmlichen Sinn. Er interessiert sich natürlich für Ihren Erfolg bei der Behandlung von Medulloblastomen, aber mehr unter akademischen als unter kommerziellen Gesichtspunkten.«

»Er hat aus seinem Interesse für das Medulloblastom-Projekt keinen Hehl gemacht«, sagte Dr. Mason. »Bei unserer ersten Begegnung war er sichtlich enttäuscht, als ich ihm sagte, daß er nicht an dem Projekt mitarbeiten dürfe. Wäre er ein Spion, hätte er sich doch bestimmt weniger auffällig benommen, anstatt Wind zu machen und eine genauere Überprüfung seiner Person zu riskieren.«

»Ganz meine Meinung«, erklärte Sterling. »Er ist ein junger Mann, der noch immer von Idealismus und Altruismus beseelt ist. Er ist noch nicht angesteckt von der neuen Kommerzialisierung der Wissenschaft im allgemeinen und der der medizinischen Forschung im besonderen.«

»Trotzdem hat er schon eine eigene Firma gegründet«, warf Ms. Richmond ein. »Das klingt für mich ziemlich kommerziell.«

»Aber im Grunde haben er und seine Partner ihre Produkte mit Verlust verkauft«, erwiderte Sterling. »Der Profit hat erst eine Rolle gespielt, als die Firma verkauft wurde.«

»Und was machen wir jetzt mit ihm?« fragte Ms. Richmond.

»Sterling wird die Situation weiter beobachten«, sagte Dr. Mason. »Er wird uns täglich auf den neuesten Stand bringen. Und er wird Mr. Murphy vor den Japanern schützen, solange er uns nützlich ist. Wenn Sterling zu der Ansicht kommt, daß er doch ein Spion ist, wird er uns das wissen lassen. Dann schicken wir den Jungen zurück nach Boston.«

»Ein ziemlich teurer Babysitter«, meinte Ms. Richmond.

Sterling lächelte und nickte zustimmend. »Miami im März ist sehr angenehm«, sagte er. »Vor allem im Grand Bay Hotel.«

Aus der Gegensprechanlage ertönte Pattys Stimme: »Mr. Harris ist jetzt hier.«

Dr. Mason bedankte sich bei Sterling, und das Treffen war beendet. Während er seinen Gast aus dem Büro begleitete, konnte Dr. Mason nicht umhin, Ms. Richmonds Einschätzung zuzustimmen: Sterling war in der Tat ein teurer Babysitter. Doch Dr. Mason war sich sicher, daß das

Geld gut angelegt und dank Howard Pace auch kurzfristig verfügbar war.

Harris wartete vor Pattys Schreibtisch, und Dr. Mason stellte ihn Sterling höflichkeitshalber vor. Dabei konnte er sich des Eindrucks nicht erwehren, daß jeder der beiden Männer das absolute Gegenteil des anderen war.

Nachdem er Harris in sein Büro geschickt hatte, bedankte sich Dr. Mason bei Sterling für alles, was er getan hatte, und bat, weiter auf dem laufenden gehalten zu werden. Sterling versprach es und verabschiedete sich, während Dr. Mason in sein Büro zurückkehrte, um sich der nächsten akuten Krise zu widmen.

Er schloß die Tür hinter sich und bemerkte, daß Harris steif in der Mitte des Zimmers stand, die lederne Schirmmütze mit dem Goldrand fest unter seinen Arm geklemmt.

»Machen Sie sich's bequem«, sagte Dr. Mason, ging um seinen Schreibtisch herum und setzte sich.

»Jawohl, Sir«, sagte Harris schneidig, rührte sich jedoch nicht.

»Setzen Sie sich um Himmels willen hin!« sagte Dr. Mason, als er bemerkte, daß Harris immer noch stand.

Harris nahm Platz, hielt seine Mütze jedoch weiter unter den Arm geklemmt.

»Sie haben vermutlich gehört, daß eine weitere Brustkrebspatientin gestorben ist«, sagte Dr. Mason. »Zumindest so gut wie.«

»Jawohl, Sir«, sagte Harris knapp.

Verärgert musterte Dr. Mason den Leiter des Sicherheitsdienstes. Einerseits wußte er die Professionalität des Mannes zu schätzen, andererseits störte ihn dessen ewiges militärisches Gehabe. Es paßte einfach nicht zu einer Gesundheitseinrichtung. Aber er hatte sich nie deswegen beschwert, weil es bis zu diesen Todesfällen unter den Brustkrebspatientinnen nie Sicherheitsprobleme gegeben hatte.

»Wie ich Ihnen bereits erklärt habe«, sagte Dr. Mason, »vermuten wir, daß es die Tat eines irregeleiteten Wahnsinnigen ist. Dieser Zustand ist unhaltbar und muß sofort abgestellt werden. Ich hatte Sie gebeten, die Sache mit oberster Priorität zu behandeln. Haben Sie schon irgend etwas herausgefunden?«

»Ich versichere Ihnen, daß ich mich dem Problem mit höchster Aufmerksamkeit widme«, sagte Harris. »Auf Ihren Rat hin habe ich den persönlichen Hintergrund des gesamten medizinischen Personals gründlich durchleuchtet. In Hunderten von Anrufen habe ich die Referenzen der einzelnen Mitarbeiter überprüft. Bisher haben sich keine Unstimmigkeiten ergeben. Jetzt werde ich diese Überprüfung auch auf das nichtmedizinische Personal ausdehnen, soweit es Zugang zu den Patienten hat. Wir haben auch versucht, einige Brustkrebspatientinnen zu überwachen, aber es sind einfach zu viele, um sie rund um die Uhr im Blick zu halten. Vielleicht sollten wir auch in den Zimmern Überwachungskameras installieren.« Seinen Verdacht, daß es zwischen diesen Fällen, dem Tod einer Krankenschwester und dem versuchten Überfall auf eine weitere möglicherweise einen Zusammenhang gab, erwähnte er nicht. Es war schließlich nur eine Ahnung.

»Vielleicht sollten wir zumindest im Zimmer jeder Brustkrebspatientin eine Kamera installieren«, meinte Ms. Richmond.

»Das wäre ziemlich teuer«, warnte Harris sie. »Wir müßten nicht nur die Kamera und deren Installation bezahlen, sondern auch zusätzliches Personal für die Überwachung der Monitore.«

»Die Kostenfrage sollte ein eher theoretisches Problem sein«, sagte Ms. Richmond. »Wenn wir das Problem nicht in den Griff bekommen und die Presse davon erfährt, haben wir vielleicht bald überhaupt keine Klinik mehr.«

»Ich werde mich darum kümmern«, versprach Harris.

»Wenn Sie zusätzliche Mitarbeiter brauchen, lassen Sie es uns wissen«, sagte Dr. Mason. »Diese Sache muß aufhören.«

»Ich verstehe, Sir«, sagte Harris. Doch er wollte keine Hilfe. Er wollte es alleine schaffen. Mittlerweile war das für ihn eine Frage der persönlichen Ehre geworden. Ein durchgeknallter Psychopath würde ihn nicht an der Nase herumführen.

»Und was ist mit dem Überfall auf die Residenz gestern abend?« fragte Ms. Richmond. »Es ist ohnehin schwer genug, qualifizierte Krankenschwestern zu bekommen. Wir können es uns nicht leisten, daß sie in den Apartments, die wir ihnen als vorübergehende Unterkunft anbieten, überfallen werden.«

»Das war das erste Mal, daß es in der Residenz zu Problemen gekommen ist«, sagte Harris.

»Vielleicht sollten wir überlegen, in den Abendstunden dort ebenfalls Wachpersonal abzustellen«, schlug Ms. Richmond vor.

»Ich kann Ihnen gerne eine Kostenanalyse erstellen«, erwiderte Harris.

»Ich glaube, die andere Sache ist jetzt wichtiger«, wandte Dr. Mason ein. »Sie sollten Ihre Bemühungen fürs erste darauf konzentrieren.«

»Jawohl, Sir«, sagte Harris.

Dr. Mason sah Ms. Richmond an. »Sonst noch was?«

Ms. Richmond schüttelte den Kopf.

Dr. Mason blickte wieder zu Harris. »Wir verlassen uns auf Sie«, sagte er.

»Jawohl, Sir«, sagte Harris und stand auf. Er wollte instinktiv salutieren, konnte sich jedoch gerade noch zurückhalten.

»Sehr beeindruckend!« sagte Sean laut. Er saß allein in dem Glaskasten in der Mitte seines riesigen Labors an einem leeren Metallschreibtisch und hatte die Kopien der achtunddreißig Krankenakten vor sich ausgebreitet. Er hatte sich für den Glaskasten entschieden, damit er, falls plötzlich jemand kam, Zeit genug haben würde, die Akten in einer der leeren Schubladen verschwinden zu lassen und das Notizbuch hervorzuziehen, in dem er protokolliert hatte, wie es ihm gelungen war, die Mäuse mit dem Forbes-Glykoprotein zu immunisieren.

Was Sean so beeindruckte, waren die Statistiken über die Medulloblastom-Fälle. Das Forbes-Krebszentrum hatte in den letzten zwei Jahren tatsächlich eine Remissionsrate von einhundert Prozent erzielt, die im krassen Gegensatz zu der hundertprozentigen Therapieversagerquote stand, die man in den acht Jahren davor gehabt hatte. Kernspintomographische Aufnahmen zeigten, daß selbst große Tumore nach einer erfolgreichen Therapie vollständig verschwunden waren. Sean hatte noch nie zuvor von derart konsistenten Ergebnissen bei der Behandlung von Krebs gehört, mit Ausnahme von Tumoren *in situ,* also winzigen lokalisierten Neoplasien, die man komplett herausschneiden oder anderweitig eliminieren konnte.

Zum ersten Mal seit seiner Ankunft hatte Sean einen halbwegs angenehmen Vormittag hinter sich. Niemand hatte ihn belästigt, und er hatte weder Hiroshi noch die anderen Forscher zu Gesicht bekommen. Er hatte den Tag mit dem Spritzen von Mäusen begonnen, was ihm Gelegenheit geboten hatte, die kopierten Krankenakten in sein Büro zu schaffen. Dann hatte er sich ein wenig mit dem Kristallisierungsproblem beschäftigt, und es waren ein paar Kristalle entstanden, die Dr. Mason für etwa eine Woche bei Laune halten würden. Er hatte den Direktor sogar ins Labor gebeten, um ihm einige der Kristalle zu zeigen. Sean wußte, daß er beeindruckt sein würde. Danach war er einigermaßen zuversichtlich, nicht mehr gestört zu werden, und hatte sich mit den Krankenakten in den Glaskasten zurückgezogen.

Zunächst hatte er sämtliche Akten durchgelesen, um einen allgemeinen Eindruck zu bekommen. Dann war er alle noch einmal durchgegangen, wobei er sich auf die epidemologischen Aspekte konzentrierte. Ihm war aufgefallen, daß die Patienten beiderlei Geschlechts eine große Bandbreite verschiedener Altersstufen und Rassen repräsentierten, bei einer Dominanz von weißen Männern im mittleren Alter, an sich nicht das typische Segment für Medulloblastom-Patienten. Sean vermutete, daß die Statistik durch ökonomische Aspekte verzerrt war. Die Forbes-Klinik war kein billiges Krankenhaus. Man brauchte eine leistungsstarke Krankenversicherung oder beträchtliche Ersparnisse, um als Patient aufgenommen zu werden. Ihm fiel ebenfalls auf, daß die Patienten alle aus größeren Städten aus dem gesamten Land stammten.

Wie als Beweis dafür, wie gefährlich Verallgemeinerungen waren, entdeckte er jedoch plötzlich einen Fall aus einer kleinen Stadt im Südwesten von Florida: Naples. Sean erinnerte sich, daß er den Ort auf der Landkarte gelesen hatte. Es war die südlichste Stadt an der Westküste Floridas, direkt nördlich der Everglades. Der Name des Patienten war Malcolm Betancourt, seit Beginn seiner Therapie waren fast zwei Jahre vergangen. Sean notierte sich Adresse und Telefonnummer des Mannes, weil er irgendwann später möglicherweise Kontakt mit ihm aufnehmen wollte.

Was die Tumore selbst betraf, bemerkte Sean, daß sie eher multifokal als unilokulär waren. Deshalb hatten die behandelnden Ärzte in den meisten Fällen zunächst auch vermutet, daß sie es mit Metastasen zu tun hatten, die von einem Primärtumor aus einem anderen Organ wie beispielsweise der Lunge, der Niere oder dem Dickdarm ins Gehirn gestreut hatten. In allen Fällen hatten die Ärzte in ihren Berichten ihrer Überraschung darüber Ausdruck verliehen, daß es sich um primäre Gehirntumore handelte, die sich aus primitiven neuralen Strukturen entwickelt hatten. Sean sah auch, daß die Tumore besonders aggressiv und bösartig waren, so daß sie zweifelsohne zu einem schnellen Tod geführt hätten, wäre nicht mit der Therapie begonnen worden.

Die Therapie an sich war immer die gleiche. Die Dosierung und Anwendungsfrequenz des codierten Medikaments war bei allen Patienten dieselbe und wurde nur an das jeweilige Körpergewicht angepaßt. Alle Patienten waren etwa eine Woche stationär behandelt worden. Nach ihrer Entlassung kamen sie in Abständen von zwei und vier Wochen, dann von zwei, sechs und schließlich zwölf Monaten zur ambulanten Nachbehandlung. Dreizehn von dreiunddreißig Patienten hatten das Stadium erreicht, in dem sie nur noch einmal jährlich zur Nachbehandlung kommen mußten. Die Folgeschäden der Krankheit waren minimal und wurden schwachen neurologischen Fehlfunktionen zugeschrieben, eine Nebenwirkung der tumoralen Wucherungen vor Beginn der eigentlichen Therapie.

Auch die Krankenakten selbst beeindruckten Sean. Er wußte, daß er eine solche Fülle an Material vor sich hatte, daß er wahrscheinlich mindestens eine Woche brauchen würde, um es zu verdauen.

Sean war in derart tiefe Konzentration versunken, daß er regelrecht zusammenfuhr, als das Telefon auf seinem Schreibtisch klingelte. Es war das erste Mal, daß es überhaupt klingelte. Er nahm ab und vermutete, jemand hätte falsch gewählt, doch zu seiner Überraschung war es Janet.

»Ich habe das Medikament«, sagte sie knapp.

»Super!« antwortete Sean.

»Kannst du mich in der Kantine treffen?« fragte sie.

»Aber sicher«, sagte Sean. Er konnte hören, daß irgend etwas nicht stimmte. Ihre Stimme klang angespannt. »Was ist denn los?«

»Alles«, sagte Janet. »Das erzähl ich dir, wenn wir uns sehen. Kannst du sofort kommen?«

»In fünf Minuten bin ich da«, sagte Sean.

Nachdem er die kopierten Akten versteckt hatte, nahm er den Aufzug und überquerte die Brücke zur Klinik. Er vermutete, daß er via Kamera beobachtet wurde, und hätte seinen Bewachern am liebsten zugewunken, doch er widerstand der Versuchung.

Als er die Kantine betrat, war Janet bereits da. Sie saß an einem Tisch vor einer Tasse Kaffee und sah gar nicht glücklich aus.

Sean ließ sich auf den gegenüberliegenden Stuhl fallen. »Was ist los?« fragte er.

»Eine meiner Patientinnen liegt im Koma«, antwortete Janet. »Ich hatte gerade ihre Infusion gestartet. In einem Moment ging es ihr noch prächtig, und im nächsten hatte ihre Atmung ausgesetzt.«

»Das tut mir leid«, sagte Sean. Er hatte seine eigenen Erfahrungen mit den traumatischen Erlebnissen des Krankenhausalltags, so daß er ihren Zustand sehr gut nachfühlen konnte.

»Zumindest habe ich das Medikament bekommen«, sagte sie.

»War es schwierig?« fragte Sean.

»Es war mehr der mentale Streß als wirklich konkrete Probleme«, sagte sie.

»Und wo ist es?«

»In meiner Handtasche«, sagte sie und sah sich um, um

sicherzugehen, daß sie niemand beobachtete. »Ich werde dir die Fläschchen unter dem Tisch geben.«

»Du mußt es nicht so melodramatisch machen«, sagte Sean. »Heimlichkeiten erregen viel mehr Aufmerksamkeit, als wenn du dich einfach ganz normal verhältst und mir die Dinger gibst.«

»Laß mich doch«, sagte Janet und begann, in ihrer Handtasche zu kramen.

Als Sean ihre Hand an seinem Knie spürte, streckte er seine unter dem Tisch aus und schloß sie, nachdem Janet die beiden Fläschchen hatte hineinfallen lassen. Mit Rücksicht auf ihre Empfindlichkeit ließ er sie links und rechts in seine Taschen gleiten. Dann schob er den Stuhl zurück und stand auf.

»Sean!« beschwerte sich Janet.

»Was?« fragte er.

»Mußt du dich so auffällig benehmen? Kannst du nicht fünf Minuten sitzen bleiben und so tun, als ob wir uns unterhalten?«

Er setzte sich wieder. »Die Leute beobachten uns nicht«, sagte er. »Wann begreifst du das endlich?«

»Wie kannst du dir so sicher sein?« fragte sie.

Sean wollte etwas sagen, besann sich jedoch eines Besseren.

»Können wir zur Abwechslung nicht mal über was Lustiges reden?« fragte Janet. »Ich bin total gestreßt.«

»Worüber willst du denn reden?«

»Was wir am nächsten Sonntag machen«, erwiderte Janet. »Ich muß unbedingt raus aus diesem Krankenhaus und der permanenten Anspannung. Ich möchte irgendwas Erholsames machen und mich einfach nur amüsieren.«

»Okay«, versprach Sean. »Aber jetzt will ich mit dieser Medizin unbedingt zurück ins Labor. Wäre es immer noch zu auffällig, wenn ich dich jetzt allein lasse?«

»Hau schon ab!« sagte Janet. »Du bist wirklich unmöglich.«

»Ich seh dich dann in deinem Apartment«, verabschiedete er sich und machte, daß er wegkam, bevor Janet irgend etwas in der Art sagen konnte, daß er nicht eingeladen wäre. Als er die Kantine verließ, drehte er sich noch einmal um und winkte ihr zu.

Beide Hände um die Fläschchen in seinen Taschen geballt, eilte er zurück über die Brücke zwischen den beiden Gebäuden. Er konnte es kaum erwarten anzufangen. Dank Janet verspürte er zum ersten Mal seit seiner Ankunft etwas von der Abenteuerlust und Begeisterung eines Forschers, wie er sie sich ausgemalt hatte, als er beschlossen hatte, an das Forbes-Krebszentrum zu gehen.

Robert Harris schleppte den Pappkarton mit den Personalakten in sein fensterloses Büro und stellte ihn neben seinen Schreibtisch. Er setzte sich, machte den Karton auf und entnahm die erste Akte.

Nach dem Gespräch mit Dr. Mason und Ms. Richmond war er direkt in die Personalabteilung gegangen. Mit Hilfe von Henry Falworth, dem Personalchef, hatte er eine Liste der nichtmedizinischen Angestellten zusammengestellt, die Zugang zu den Patienten hatten. Die Liste umfaßte das Küchenpersonal, das Essen auf die Stationen brachte und Bestellungen entgegennahm, auf den Zimmern servierte und die Tabletts einsammelte. Ebenfalls auf der Liste standen sämtliche Mitarbeiter, die im Hausmeisterdienst oder für kleinere Reparaturarbeiten auf den Zimmern angestellt waren. Zu guter Letzt waren die Mitglieder des Reinigungspersonals aufgeführt, die Zimmer, Flure und Aufenthaltsräume der Klinik saubermachten.

Alles in allem kam eine beträchtliche Zahl zusammen. Leider hatte Harris sonst keine Ideen, die er weiterverfolgen konnte, mit Ausnahme der Kamerüberwachung auf den Zimmern, obwohl er schon jetzt wußte, daß sich diese Maßnahme als zu kostspielig erweisen würde. Er würde zwar entsprechende Angebote einholen und einen Kostenvoranschlag zusammenstellen, doch er wußte, daß Dr. Mason den Preis unakzeptabel finden würde.

Als nächstes plante Harris, die gut fünfzehn Akten durchzugehen, um zu sehen, ob ihm irgendeine Unstimmigkeit oder Merkwürdigkeit auffiel. Wenn er auf etwas Fragwürdiges stoßen würde, wollte er die betreffende Akte in die Gruppe der zuerst zu überprüfenden Personen sortieren. Harris war genausowenig Psychologe wie Arzt, aber er glaubte, daß die Akte eines Menschen, der verrückt genug war, Patientinnen zu ermorden, irgendeine Besonderheit aufweisen müßte.

Die erste Akte, die er sich vornahm, war die von Ramon Concepcion, einem Angestellten des Küchenbedienungspersonals. Concepcion war fünfunddreißig Jahre alt und hatte seit seinem sechzehnten Lebensjahr für eine Reihe von Hotels und Restaurants gearbeitet. Harris las sich das Bewerbungsschreiben und die Referenzen durch, studierte sogar die Unterlagen der Krankenversicherung, aber nichts fiel ihm ins Auge. Er warf die Akte auf den Boden.

Eine Akte nach der anderen arbeitete er sich durch den Karton. Er bemerkte keine Auffälligkeiten, bis er zu Gary Wanamaker kam, einem weiteren Mitglied des Service-Personals. Unter der Rubrik *Frühere Beschäftigungsverhältnisse* hatte Gary auch seine fünfjährige Tätigkeit in der Küche des Rikers-Island-Gefängnis von New York angegeben. Auf dem Bewerbungsphoto hatte der Mann braunes Haar. Harris legte die Akte auf die Ecke seines Schreibtisches.

Nur fünf Akten später stieß Harris erneut auf etwas Auffälliges. Tom Widdicomb arbeitete im Reinigungsdienst.

Was Harris' Aufmerksamkeit erregte, war die Tatsache, daß der Mann als Rettungssanitäter ausgebildet war. Obwohl er nach seiner Ausbildung eine Reihe von Putzjobs angenommen hatte, darunter eine Anstellung im Miami General Hospital, fand Harris es merkwürdig, daß ein ausgebildeter Rettungssanitäter sich als Putzhilfe verdingte. Er betrachtete das Bewerbungsphoto. Der Mann hatte braunes Haar. Harris legte Widdicombs Akte auf Wanamakers.

Wieder ein paar Akten später stieß er auf eine weitere Person, die seine Neugier erregte. Ralph Seaver arbeitete im Hausmeisterdienst. Der Mann hatte in Indiana eine Haftstrafe wegen Vergewaltigung verbüßt. Es stand direkt hier in der Akte! Sogar die Telefonnummer seines ehemaligen Bewährungshelfers in Indiana war angegeben. Harris schüttelte den Kopf. Er hatte nicht erwartet, derart fruchtbares Material zu finden. Im Vergleich dazu waren die Personalakten des medizinischen Personals direkt langweilig gewesen. Bis auf ein paar Betäubungsmitteldelikte und eine Anklage wegen Kindesmißhandlung hatte er nichts gefunden, während er bei dieser Gruppe erst ein Viertel der Akten überprüft und schon drei Kandidaten aussortiert hatte, bei denen sich genaueres Hinsehen bestimmt lohnen würde.

Anstatt in ihrer Nachmittagspause in Ruhe eine Tasse Kaffee zu trinken, nahm Janet den Aufzug in den zweiten Stock und besuchte die Intensivstation. Sie hatte großen Respekt vor den Schwestern, die hier Dienst taten. Nach Abschluß ihrer Ausbildung hatte auch sie eine Zeitlang probeweise auf einer Intensivstation gearbeitet. Sie fand die Arbeit zwar sehr anspruchsvoll, hatte aber nach ein paar Wochen entschieden, daß es nichts für sie war. Die Anspannung, die dort herrschte, war ihr viel zu groß, und es gab zu wenig persönlichen Kontakt mit den Patienten. Die meisten von ihnen waren nicht in der Lage, überhaupt zu kommunizieren, etliche waren ohne Bewußtsein.

Janet ging zu Glorias Bett und betrachtete sie. Sie lag noch immer im Koma, und ihr Zustand hatte sich nicht gebessert, obwohl sie weiterhin ohne mechanische Hilfe atmete. Ihre weit dilatierten Pupillen hatten sich nicht verengt und reagierten auch weiterhin nicht auf Lichtimpulse. Am alarmierendsten jedoch war die Tatsache, daß das EEG nur sehr geringe Hirntätigkeit verzeichnete.

Eine Besucherin strich sanft über Glorias Stirn. Sie war etwa dreißig Jahre alt und hatte ähnliche Gesichtszüge wie Gloria. Als Janet aufsah, begegneten sich ihre Blicke.

»Sind Sie eine von Glorias Krankenschwestern?« fragte die Besucherin.

Janet nickte. Sie sah, daß die Frau geweint hatte.

»Ich bin Marie«, stellte sie sich vor. »Glorias ältere Schwester.«

»Es tut mir leid, daß das passiert ist«, sagte Janet.

»Ach«, meinte Marie seufzend, »vielleicht ist es das Beste so. So muß sie wenigstens nicht leiden.«

Janet stimmte Marie aus Rücksicht zu, obwohl sie selbst anders empfand. Gloria hatte noch immer eine Chance gehabt, ihren Brustkrebs zu besiegen, vor allem mit ihrer positiven, optimistischen Haltung. Janet hatte schon Patienten in die Remission gehen sehen, deren Krankheit viel weiter fortgeschritten war.

Janet kämpfte mit den Tränen, als sie in den vierten Stock zurückkehrte. Wieder stürzte sie sich in die Arbeit, weil sie so am ehesten die Gedanken zu vertreiben hoffte, an deren Ende sie doch wieder nur die Ungerechtigkeit der Welt verfluchen würde. Leider funktionierte diese Ablenkung nur zum Teil; immer wieder sah sie Glorias Gesicht vor sich, wie sie sich bei ihr bedankte. Doch dann brauchte

Janet keine Ablenkung mehr, weil sich eine neue Tragödie ereignete, die sie völlig überwältigte.

Kurz nach zwei gab sie einem Patienten in einem Zimmer am Ende des Flurs eine intramuskuläre Injektion. Auf dem Rückweg zum Schwesterntresen beschloß sie, kurz bei Helen Cabot vorbeizuschauen.

Etwa eine Stunde, nachdem Janet am Vormittag das codierte Medikament zu Helens Infusionslösung gegeben und die Tropfgeschwindigkeit eingestellt hatte, hatte Helen über Kopfschmerzen geklagt. Besorgt über ihren Zustand, hatte Janet Dr. Mason über diese Entwicklung informiert. Er hatte geraten, die Beschwerden mit möglichst schwachen Schmerzmitteln zu behandeln, und darum gebeten, sofort benachrichtigt zu werden, falls eine weitere Verschlechterung eintrat.

Nach Verabreichung einer Schmerztablette waren die Kopfschmerzen zwar nicht abgeklungen, hatten sich jedoch auch nicht weiter verschlimmert. Trotzdem hatte Janet anfangs häufig nach Helen gesehen. Da die Kopfschmerzen unverändert geblieben und auch sämtliche Lebenszeichen und ihr Bewußtseinszustand normal waren, hatte sich Janets Besorgnis etwas gelegt.

Als sie jetzt gegen Viertel nach zwei durch die Tür kam, stellte sie entsetzt fest, daß Helens Kopf zur Seite gerollt war. Als sie sich dem Bett näherte, fiel ihr etwas noch weit Beunruhigenderes auf: Die Atmung der Patientin ging unregelmäßig, und zwar auf eine Art, die eine ernsthafte neurologische Dysfunktion nahelegte. Janet rief den Schwesterntresen an und erklärte Tim, daß sie unverzüglich mit Dr. Mason sprechen müsse.

»Helen Cabot zeigt Cheyne-Stockes-Atmung«, erklärte Janet, als Marjorie in der Leitung war.

»Oh, nein!« rief Marjorie. »Ich alarmiere den Neurologen und Dr. Mason.«

Janet zog das Kissen weg und bettete Helens Kopf eben. Dann nahm sie die kleine Taschenlampe, die sie stets bei sich trug, und leuchtete damit in Helens Pupillen. Sie waren ungleich. Die eine war geweitet und reagierte nicht auf das Licht. Janet schauderte. Sie hatte über derartige Symptome gelesen und vermutete, daß der Druck in Helens Schädel so stark angestiegen war, daß Gehirnteile aus dem oberen Kompartment ins untere gepreßt wurden, eine lebensgefährliche Entwicklung.

Janet richtete sich auf und verlangsamte Helens Infusion auf die kleinste Stufe. Für den Augenblick war das alles, was sie tun konnte.

Bald trafen weitere Helfer ein. Als erste kamen Marjorie und zwei Schwestern, dann der Neurologe, Dr. Burt Atherton, und der Anästhesist, Dr. Carl Seibert. Die Ärzte begannen, Befehle zu bellen, und versuchten, den Druck in Helens Schädel abzusenken. Schließlich traf auch Dr. Mason ein, außer Atem von seinem langen Weg aus dem Forschungsgebäude.

Janet hatte zwar schon mit dem Direktor der Klinik telefoniert, ihn jedoch noch nie persönlich getroffen. Er war nominell verantwortlich für Helens Fall, doch in dieser akuten neurologischen Krise überließ er Dr. Atherton das Kommando.

Leider war keine der Notfallmaßnahmen erfolgreich, Helens Zustand verschlechterte sich weiter, so daß nach Ansicht der Ärzte eine Notoperation unumgänglich war. Zu Janets Entsetzen wurden Vorkehrungen getroffen, Helen ins Miami General Hospital zu überführen.

»Warum wird sie verlegt?« fragte sie Marjorie, als beide einen Moment zur Ruhe kamen.

»Wir sind eine Spezialklinik«, erklärte Marjorie. »Wir haben keine neurochirurgischen Einrichtungen.«

Janet war schockiert. Helens Notoperation mußte

schnell durchgeführt werden. Dafür brauchte man keine komplette neurochirurgische Ausstattung, sondern bloß einen OP-Saal und jemanden, der wußte, wie man ein Loch in einen Schädel bohrte. Bei all den Biopsien, die hier vorgenommen wurden, mußte doch irgendein Arzt der Forbes-Klinik dazu in der Lage sein.

Hektisch wurde Helens Abtransport vorbereitet. Sie wurde von ihrem Bett auf eine fahrbare Trage gelegt. Janet packte sie an den Füßen mit an und lief dann, die Infusionsflasche haltend, nebenher, als die Trage im Eiltempo zum Aufzug geschoben wurde.

Im Fahrstuhl verschlechterte sich Helens Zustand weiter dramatisch. Ihre Atmung, die zuvor noch unregelmäßig gegangen war, als Janet ihr Zimmer betreten hatte, setzte ganz aus. Helens blasses Gesicht lief rasch blau an.

Zum zweiten Mal an diesem Tag begann Janet mit einer Mund-zu-Mund-Beatmung, während der Anästhesist brüllte, jemand solle einen endotrachealen Tubus und einen Ambubeutel besorgen, sobald sie das Erdgeschoß erreichten.

Als der Aufzug anhielt, rannte eine der Schwestern los, während die andere die Tür blockierte. Janet setzte ihre Beatmungsversuche fort, bis Dr. Seibert sie zur Seite drängte und den endotrachealen Schlauch plazierte. Als er ihn an den Ambubeutel angeschlossen hatte, begann er, Sauerstoff in Helens Lungen zu pumpen. Der blaue Schatten auf ihrem Gesicht nahm einen durchscheinenden Alabasterton an.

»Okay, auf geht's«, rief der Arzt.

Sie schoben Helen auf die Rampe für die Krankenwagen und klappten das Rädergestell ein, bevor Janet und Dr. Seibert die Trage in den wartenden Wagen hievten, wo sich der Arzt weiter um Helens Atmung kümmerte. Die Türen wurden zugeworfen und gesichert.

Mit Blaulicht und Martinshorn schoß der Krankenwagen aus der Parkbucht und verschwand hinter dem Gebäude.

Janet drehte sich zu Marjorie um, die neben Dr. Mason stand und ihm tröstend die Hand auf die Schulter legte.

»Ich kann es einfach nicht glauben«, sagte Dr. Mason mit stockender Stimme. »Vermutlich hätte ich innerlich darauf vorbereitet sein müssen. Aber unsere Medulloblastom-Therapie war in letzter Zeit so erfolgreich. Mit jedem neuen Erfolg hatte ich mehr daran geglaubt, derartige Tragödien in Zukunft vermeiden zu können.«

»Das ist die Schuld der Leute in Boston«, sagte Ms. Richmond. Sie war kurz vor der Abfahrt des Krankenwagens aufgetaucht. »Die wollten nicht auf uns hören. Sie haben sie zu lange dortbehalten.«

»Wir hätten sie auf die Intensivstation legen sollen«, sagte Dr. Mason. »Aber ihr Zustand war so stabil.«

»Vielleicht können sie sie im Miami General Hospital retten«, sagte Marjorie angestrengt optimistisch.

»Das wäre ein Wunder«, meinte Dr. Atherton. »Sie hat ganz offensichtlich eine Herniation des Uncus in den Tentoriumschlitz, wodurch die Medulla oblongata komprimiert wird.«

Janet unterdrückte den Impuls, dem Mann zu sagen, er solle seine Meinung für sich behalten. Sie haßte die Art, wie manche Ärzte sich hinter ihrem Fachjargon versteckten.

Plötzlich und wie auf ein geheimes Stichwort drehte sich die gesamte Gruppe um und verschwand durch die Schwingtüren der Krankentransportrampe. Janet blieb allein draußen stehen und war froh, einen Moment für sich zu sein. Der Rasen vor dem Gebäude mit dem riesigen Banyan-Baum wirkte auf einmal ganz friedlich. Hinter der bengalischen Feige stand ein Baum in Blüte, wie ihn Janet noch nie zuvor gesehen hatte. Eine warme, fast tropische

Brise strich über ihr Gesicht. Doch die Idylle wurde zerstört durch das Geheul des sich entfernenden Martinshorns. In Janets Ohren klang es wie eine Totenglocke für Helen Cabot.

Abwechselnd weinend und fluchend, lief Tom Widdicomb durch die Zimmer des Ranch-Hauses seiner Mutter. Er war so aufgewühlt, daß er nicht stillsitzen konnte. In einer Minute war ihm heiß, in der nächsten fror er erbärmlich. Er fühlte sich krank.

Er hatte sich sogar so krank gefühlt, daß er zu einem seiner Vorgesetzten gegangen war, um ihm genau das zu sagen. Der Mann hatte ihn nach Hause geschickt und gemeint, Tom sähe blaß aus. Er hatte sogar bemerkt, daß Tom zitterte.

»Sie haben das ganze Wochenende«, hatte er gesagt. »Legen Sie sich ins Bett und schlafen Sie sich gesund. Es ist wahrscheinlich eine leichte Grippe.«

Also war Tom nach Hause gegangen, hatte jedoch keine Ruhe gefunden. Das Problem war Janet Reardon. Sein Herz wäre fast stillgestanden, als er sie, kurz nachdem er Gloria eingeschläfert hatte, an deren Zimmertür klopfen hörte. Völlig panisch hatte er sich ins Bad geflüchtet, fest überzeugt, in die Enge getrieben zu sein. Er war so verzweifelt, daß er seine Waffe gezückt hatte.

Aber der allgemeine Aufruhr im Zimmer hatte ihm dann doch noch die Gelegenheit geboten zu entkommen. Niemand hatte ihn bemerkt, als er das Badezimmer verließ, und es war ihm gelungen, mit seinem Eimer ungesehen in den Flur zu gelangen.

Das Problem war, daß Gloria noch lebte. Janet Reardon hatte sie gerettet, und Gloria mußte weiter leiden, nur daß sie jetzt außerhalb seiner Reichweite lag. Sie war auf der Intensivstation, die Tom nicht betreten durfte.

Deswegen redete Alice nach wie vor nicht mit ihm. Tom hatte gebettelt und gefleht, aber ohne Erfolg. Alice wußte, daß Tom nicht an Gloria herankam, bis sie wieder von der Intensivstation auf ein Privatzimmer verlegt wurde.

Blieb immer noch Janet Reardon. Tom erschien sie wie eine Teufelin, die geschickt worden war, das Leben zu zerstören, das er und seine Mutter sich aufgebaut hatten. Er wußte, daß er sie loswerden mußte. Er wußte nur nicht, wo sie wohnte. Ihr Name war von dem Plan mit den Bewohnern der Residenz, der in der Verwaltung hing, entfernt worden. Sie war ausgezogen.

Tom sah auf seine Uhr. Er wußte, daß ihre Schicht zur selben Zeit endete, zu der auch seine geendet hätte: um drei Uhr. Aber er wußte auch, daß Krankenschwestern wegen des Übergabeprotokolls immer länger blieben. Er mußte auf dem Parkplatz sein, wenn sie herauskam. Dann konnte er sie bis nach Hause verfolgen und erschießen. Er war recht zuversichtlich, daß Alice, wenn ihm das gelang, ihr trotziges Schweigen brechen und wieder mit ihm sprechen würde.

»Helen Cabot ist tot!« wiederholte Janet und brach erneut in Tränen aus. Es war untypisch für sie, daß sie als Krankenschwester über den Tod einer Patientin weinte, aber heute war sie empfindlich, weil der Tag von gleich zwei Tragödien überschattet war. Außerdem fand sie Seans Reaktion frustrierend. Er schien sich mehr für den Aufenthaltsort der Leiche zu interessieren als für Helens Tod.

»Ich habe schon begriffen, daß sie tot ist«, sagte Sean tröstend. »Ich möchte auch nicht gefühllos klingen. Meine Reaktion ist eben auch eine Art, meinen Schmerz zu verbergen. Sie war ein wunderbarer Mensch. Es ist eine Schande. Und wenn man bedenkt, daß ihr Vater eine der größten Software-Firmen der Welt leitet.«

»Welchen Unterschied macht das schon?« fuhr Janet ihn an. Sie wischte sich die Tränen aus den Augen.

»Keinen großen«, gab Sean zu. »So ist das eben, der Tod ist ein großer Gleichmacher. Alles Geld der Welt kann einem nicht helfen.«

»In dir steckt ja ein kleiner Philosoph«, sagte Janet schnippisch.

»Alle Iren sind Philosophen«, erwiderte Sean. »So ertragen wir die Tragik unseres Lebens.«

Sie saßen in der Kantine. Sean hatte sich sofort bereit erklärt zu kommen, als Janet ihn angerufen hatte. Sie hatte nach dem Übergabeprotokoll nicht gleich nach Hause fahren wollen und ihm erklärt, daß sie mit jemandem reden müsse.

»Ich wollte dich nicht aufregen«, fuhr Sean fort. »Aber es interessiert mich wirklich, wo ihre Leiche aufbewahrt wird. Ist sie hier?«

Janet verdrehte die Augen. »Nein, sie ist nicht hier«, sagte sie. »Ich weiß, ehrlich gesagt, nicht, wo sie genau ist. Aber ich vermute, im Miami General Hospital.«

»Warum denn das?« fragte Sean und beugte sich vor.

Janet erzählte ihm, was vorgefallen war, wobei sie sich erneut darüber empörte, daß das Forbes-Zentrum nicht in der Lage gewesen war, eine simple Kraniotomie durchzuführen.

»Sie hat in akuter Lebensgefahr geschwebt«, sagte Janet. »Man hätte sie nie transportieren dürfen. Sie haben es nicht mal mehr in den OP geschafft. Wir haben gehört, daß sie noch in der Notaufnahme gestorben ist.«

»Wie wär's, wenn wir beide dort mal vorbeifahren?« schlug Sean vor. »Ich würde sie gern finden.«

Einen Moment lang dachte Janet, er würde einen Scherz machen. Sie verdrehte erneut die Augen, weil sie annahm, er würde wieder einen seiner makabren Witze reißen.

»Das ist mein Ernst«, sagte er. »Möglicherweise machen sie dort eine Autopsie. Ich hätte liebend gern eine Probe ihres Tumors. Und natürlich auch eine Blut- und eine Liquor-Probe, wenn wir schon mal dabei sind.«

Janet schüttelte sich vor Ekel.

»Komm schon«, sagte Sean. »Denk daran, daß wir das hier gemeinsam durchstehen wollten. Es tut mir auch leid, daß sie gestorben ist, wirklich – und das weißt du auch. Aber jetzt, wo sie tot ist, sollten wir uns auf die Wissenschaft konzentrieren. Du in deiner Schwesterntracht und ich in meinem weißen Kittel, wir können in dem Krankenhaus wahrscheinlich machen, was wir wollen. Wir sollten vielleicht für den Fall eines Falles ein paar Spritzen mitnehmen.«

»Für welchen Fall?« fragte Janet.

»Für den Fall, daß wir sie brauchen«, erwiderte Sean und zwinkerte verschwörerisch. »Man sollte immer auf alles vorbereitet sein«, fügte er noch hinzu.

Entweder war Sean der weltbeste Verkäufer, oder sie war so fertig, daß sie keinen Widerstand mehr aufbrachte. Fünfzehn Minuten später kletterte sie jedenfalls auf den Beifahrersitz seines Jeeps, um mit ihm zu einem Krankenhaus zu fahren, in dem sie noch nie gewesen war, in der Hoffnung, dort Hirngewebe einer Patientin zu entnehmen, die gerade gestorben war.

»Das ist er.« Durch die Windschutzscheibe seines Wagens zeigte er Wayne Edwards Sean Murphy. Wayne war ein imposanter Afroamerikaner, dessen Dienste Sterling gelegentlich in Anspruch nahm, wenn er geschäftlich im Süden von Florida zu tun hatte.

Wayne war ein Ex-Sergeant der Armee, Ex-Polizist und ehemaliger Kleinunternehmer, der sich in der Sicherheitsbranche selbständig gemacht hatte. Die Reihe seiner ehemaligen Beschäftigungen war ähnlich eindrucksvoll wie die Sterlings, und er machte sich seine breite Erfahrung jetzt in gleicher Weise nutzbar. Wayne war Privatdetektiv, und obwohl er sich auf Familienstreitigkeiten spezialisiert hatte, war er auch auf anderen Gebieten talentiert und erfolgreich. Sterling hatte ihn vor einigen Jahren kennengelernt, als sie beide für einen einflußreichen Geschäftsmann aus Miami gearbeitet hatten.

»Sieht aus wie ein harter Bursche«, meinte Wayne, der sich auf seine Menschenkenntnis einiges einbildete.

»Ich glaube schon«, sagte Sterling. »In Harvard war er Eishockey-Crack in der ersten Mannschaft. Hätte Profi werden können, wenn er gewollt hätte.«

»Und wer ist die Schnalle?«

»Offenbar eine der Schwestern«, sagte Sterling. »Über seine Frauengeschichten weiß ich nichts.«

»Sieht klasse aus«, fand Wayne. »Was ist mit Tanaka Yagamuchi? Haben Sie ihn in letzter Zeit gesehen?«

»Nein«, erwiderte Sterling. »Aber das wird sich bald ändern. Mein Kontaktmann bei der Luftfahrtbehörde hat mir berichtet, daß der Sushita-Jet soeben einen Flug nach Miami angemeldet hat.«

»Klingt nach Action«, meinte Wayne.

»In gewisser Weise schon, will ich hoffen«, sagte Sterling. »Das würde uns Gelegenheit bieten, das Problem zu lösen.«

Wayne ließ seinen dunkelgrünen Mercedes 420 SEL an. Die Scheiben waren dunkel getönt. Von draußen konnte man nur mit Mühe hineinsehen, vor allem bei hellem Sonnenlicht. Er ließ den Wagen aus seiner Parklücke gleiten und steuerte die Ausfahrt an. Da die Frühschicht erst vor einer halben Stunde zu Ende gegangen war, verließen immer noch etliche Wagen den Parkplatz. Wayne ließ einige Fahrzeuge zwischen sich und Seans Wagen einscheren. Als sie dann auf der 12th Avenue waren, ging es in nördlicher Richtung über den Miami River.

»In der Kühlbox auf dem Rücksitz sind Sandwiches und Getränke«, sagte Wayne und wies hinter sich.

»Gute Planung«, sagte Sterling. Das war eines der Dinge, die er an Wayne mochte. Der Mann dachte voraus.

»Nanu«, sagte Wayne, »das ist aber ein kurzer Ausflug. Sie biegen schon wieder ab.«

»Ist das nicht auch ein Krankenhaus?« fragte Sterling. Er beugte sich vor, um das Gebäude, das Sean ansteuerte, zu begutachten.

»Die ganze Gegend besteht nur aus Krankenhäusern, Mann«, sagte Wayne. »Man kann keine halbe Meile fahren, ohne auf eins zu stoßen. Aber sie fahren in die große Mama-Klinik. Das ist das Miami General Hospital.«

»Ist ja merkwürdig«, sagte Sterling. »Vielleicht arbeitet die Schwester hier.«

»Hoppla«, sagte Wayne. »Ich glaube, wir haben Gesellschaft.«

»Wie meinen Sie das?« fragte Sterling.

»Sehen Sie den grünen Caddy hinter uns?« fragte Wayne.

»Der ist ja wohl kaum zu übersehen«, erwiderte Sterling.

»Ich beobachte ihn schon, seit wir den Miami River überquert haben«, sagte Wayne. »Ich habe den starken Eindruck, daß er unserem Mr. Murphy folgt. Er wäre mir wahrscheinlich gar nicht aufgefallen, aber ich hatte als junger Mann auch mal so 'ne Karre. Meine war burgunderrot. Prima Auto, aber Einparken war jedesmal die Hölle.«

Sterling und Wayne beobachteten, wie Sean und seine Begleiterin das Krankenhaus durch den Eingang der Notaufnahme betraten. Der Mann aus dem hellgrünen Cadillac folgte ihnen auf dem Fuß.

»Ich glaube, mein erster Eindruck war zutreffend«, sagte Wayne. »Sieht aus, als ob ihnen der Typ noch dichter auf den Fersen ist als wir.«

»Das gefällt mir gar nicht«, sagte Sterling. Er öffnete die Beifahrertür, stieg aus und warf einen Blick auf den unförmigen Cadillac. Dann beugte er sich zu Wayne herunter. »Das ist zwar nicht Tanakas Stil, aber ich kann kein Risiko eingehen. Ich werde ihnen nachgehen. Wenn Murphy wieder rauskommt, folgen Sie ihm. Wenn der Mann mit dem Cadillac zuerst kommt, heften Sie sich an seine Fersen. Ich melde mich dann telefonisch.«

Sterling nahm sein tragbares Telefon und eilte Tom Widdicomb nach, der gerade die Stufen neben der Rampe für die Krankenwagen hinauflief und die Notaufnahme des Miami General Hospital betrat.

Nachdem ihnen ein gestreßter Mitarbeiter der Notaufnahme den Weg beschrieben hatte, brauchten Sean und Janet nicht lange, um die pathologische Abteilung zu finden. Dort wandte Sean sich an einen weiteren Mitarbeiter. Er hatte Janet erklärt, daß man nur das Hauspersonal und die Schwestern fragen mußte, wenn man wissen wollte, was in einem Krankenhaus vor sich ging.

»Ich bin diesen Monat nicht für die Autopsien zuständig«, sagte der Mann und wollte davoneilen.

Sean versperrte ihm den Weg. »Und wie finde ich heraus, ob ein Patient zur Autopsie vorgesehen ist?« fragte er.

»Haben Sie die Nummer des Krankenblatts?« fragte der Mitarbeiter.

»Ich habe nur den Namen«, sagte Sean. »Sie ist in der Notaufnahme gestorben.«

»Dann werden wir wahrscheinlich gar keine Autopsie machen«, sagte der Mann. »Todesfälle in der Notaufnahme bekommt meistens der Gerichtsmediziner.«

»Und wie erfahre ich das mit Gewißheit?« bohrte Sean weiter.

»Wie ist der Name?«

»Helen Cabot«, erwiderte Sean.

Würdevoll schritt der Mann zu einem Wandtelefon in der Nähe und wählte eine Nummer. In weniger als zwei Minuten hatte er herausbekommen, daß Helen Cabot nicht zur Autopsie angemeldet war.

»Und wohin kommen die Leichen?« fragte Sean.

»In die Leichenhalle«, sagte der Mann. »Die ist im Keller. Nehmen Sie den zentralen Lift bis zur Ebene B1 und folgen Sie den roten Pfeilen.«

Nachdem der Mann weg war, sah Sean Janet an. »Bist du dabei?« fragte er sie. »Wenn wir sie finden, wissen wir ganz genau, was mit ihr war. Vielleicht gelingt es uns ja sogar, ein wenig Körperflüssigkeit zu entnehmen.«

»Wenn ich schon bis hierher gekommen bin«, seufzte Janet resigniert.

Tom fühlte sich so ruhig wie den ganzen Tag über noch nicht. Zuerst war er entsetzt gewesen, Janet in Begleitung eines jungen Mannes in einem weißen Kittel zu sehen, aber dann hatten die Dinge eine Wendung zum Besseren genommen, als die beiden direkt zum Miami General Hospital gefahren waren. Weil er dort früher einmal gearbeitet hatte, kannte er den Laden in- und auswendig. Er wußte auch, daß es um diese Tageszeit brechend voll sein würde, weil die offizielle Besuchszeit gerade begonnen hatte. Und Menschenmassen bedeuteten Chaos. Vielleicht ergab sich eine Gelegenheit, Janet gleich hier zu erwischen, dann mußte er ihr nicht mehr bis nach Hause folgen. Und wenn er den Burschen in dem weißen Kittel auch erschießen mußte, Pech!

Dem Paar durch das Krankenhaus zu folgen war nicht

leicht gewesen, vor allem, als sie in der Pathologie waren. Tom hatte schon geglaubt, sie verloren zu haben, und wollte gerade zum Parkplatz zurückkehren, um den Jeep im Auge zu behalten, als die beiden plötzlich wieder auftauchten. Janet kam so nah an ihn heran, daß er sicher war, sie müsse ihn erkennen. Er war in Panik geraten, hatte sich aber glücklicherweise nicht gerührt. Aus Angst, Janet würde schreien wie in der Forbes-Residenz, hatte er die Pistole in seiner Tasche fest umklammert. Wenn sie geschrien hätte, hätte er sie an Ort und Stelle kaltmachen müssen.

Aber Janet wandte den Blick ab, ohne zu schreien. Offenbar hatte sie ihn nicht wiedererkannt. Das machte ihn sicherer, und er folgte ihnen jetzt dichter. Er nahm sogar denselben Aufzug wie sie, etwas, was er noch nicht gewagt hatte, als sie in die Pathologie hochgefahren waren.

Janets Begleiter drückte auf den Knopf für B 1, und Tom wurde regelrecht ekstatisch. Von allen Räumlichkeiten des Miami General Hospital mochte er das Untergeschoß am liebsten. Als er noch hier gearbeitet hatte, hatte er sich oft nach unten geschlichen, um die Leichenhalle zu besuchen oder in Ruhe die Zeitung zu lesen. Er kannte das Tunnellabyrinth wie seine Westentasche.

Toms Sorge, Janet könnte ihn erkennen, kehrte zurück, als alle Passagiere bis auf einen Arzt und einen uniformierten Angestellten des Hauspersonals den Fahrstuhl verließen. Aber selbst, als praktisch niemand mehr anwesend war, hinter dem er sich verstecken konnte, bemerkte Janet nichts.

Sobald der Lift im Untergeschoß hielt, bogen der Mitarbeiter des Hauspersonals und der Arzt rechts ab und waren rasch verschwunden. Janet und ihr Begleiter blieben kurz stehen und sahen sich in alle Richtungen um. Dann wandten sie sich nach links.

Tom wartete im Fahrstuhl, bis die Türen fast wieder zugeglitten waren, bevor er sie mit dem Arm aufstieß, in den Flur trat und dem Paar in einem Abstand von etwa fünfzig Metern folgte. Er ließ die Hand in seine Tasche gleiten und umfaßte die Pistole. Er legte sogar den Finger an den Abzug.

Je weiter sich das Paar vom Aufzug entfernte, desto besser gefiel es Tom. Dies war der perfekte Ort für das, was er tun mußte. Er konnte sein Glück kaum fassen. Sie betraten einen Bereich des Untergeschosses, in dem nur sehr wenige Menschen zu tun hatten. Die einzigen Geräusche waren ihre Schritte und das leise Zischen der Rohre.

»So ähnlich muß es sich auch im Hades anfühlen«, sagte Sean. »Ich frage mich, ob wir uns verirrt haben.«

»Seit dem letzten Pfeil habe ich keinen Abzweig mehr gesehen«, sagte Janet. »Ich glaube, wir sind richtig.«

»Warum sind Leichenhallen immer so gottverlassene Orte?« fragte sich Sean. »Selbst die Beleuchtung wird schwächer.«

»Sie befindet sich wahrscheinlich in der Nähe einer Laderampe«, meinte Janet. Dann wies sie auf ein Schild. »Das ist wieder ein Hinweis. Wir sind auf dem richtigen Weg.«

»Ich glaube, die wollen ihre Kunstfehler so gründlich wie möglich verstecken«, gab Sean zurück. »Wäre ja auch eine schlechte Reklame, die Leichenhalle direkt neben dem Haupteingang unterzubringen.«

»Ich hab ganz vergessen zu fragen, wie du mit dem Medikament zurechtgekommen bist, das ich dir besorgt habe.«

»Ich bin noch nicht sehr weit«, gab Sean zu. »Aber ich habe schon eine Trägerelektrophorese gestartet.«

»Das sagt mir alles«, erwiderte Janet sarkastisch.

»Es ist eigentlich ganz einfach«, sagte Sean. »Ich vermute, daß das Mittel aus Proteinen besteht, weil sie irgendeine Form von Immuntherapie anwenden müssen. Da alle Proteine elektrisch geladen sind, bewegen sie sich in einem elektromagnetischen Feld. Wenn man sie in ein bestimmtes Gel tut, das sie mit einer einheitlichen Spannung umgibt, bewegen sie sich nur noch entsprechend ihrer Größe. Ich möchte herausfinden, mit wie vielen Proteinen ich es zu tun habe und was ihr ungefähres Molekulargewicht ist. Das ist ein erster Schritt.«

»Paß bloß auf, daß du auch genug herausfindest, um die Mühen zu rechtfertigen, die ich bei der Beschaffung hatte.«

»Ich hoffe, du denkst nicht, daß du mit dieser einen Probe aus dem Schneider bist«, sagte Sean. »Das nächste Mal will ich etwas von Louis Martins Medikament.«

»Ich glaube nicht, daß ich es noch einmal schaffe«, sagte Janet. »Ich kann nicht noch mehr Fläschchen zerbrechen, sonst schöpfen die noch Verdacht.«

»Dann probier es mit einer anderen Methode«, schlug Sean vor. »Außerdem brauche ich gar nicht soviel.«

»Ich dachte, mit einem ganzen Fläschchen hättest du reichlich«, sagte Janet.

»Ich möchte die Medikamente verschiedener Patienten vergleichen«, sagte Sean. »Ich möchte herausfinden, worin sie sich unterscheiden.«

»Ich bin mir nicht sicher, daß sie sich überhaupt unterscheiden«, erwiderte Janet. »Als ich in Ms. Richmonds Büro war, um neue Fläschchen zu holen, hat sie sie einfach aus einem großen Kühlschrank genommen. Ich hatte den Eindruck, daß alle Patienten mit den gleichen beiden Mitteln behandelt werden.«

»Das kann ich mir nicht vorstellen«, sagte Sean. »Jeder einzelne Tumor hat eine spezifische Antigenität, auch wenn es sich um zwei artgleiche Tumore handelt. Ein kleinzelliges Bronchialkarzinom eines Patienten unterscheidet sich in seiner Antigenität von dem eines anderen. Selbst wenn es als neuer Tumor bei ein und derselben Person wuchert, wird es sich antigenetisch von bereits existierenden Tumoren unterscheiden.«

»Vielleicht benutzen sie so lange dasselbe Medikament, bis sie den Tumor biopsiert haben«, überlegte Janet.

Sean betrachtete sie mit neuer Hochachtung. »Das ist eine Idee«, sagte er.

Sie bogen um eine Ecke und fanden sich schließlich vor einer großen Brandschutztür wieder. Auf einem Metallschild in Brusthöhe stand: *Leichenhalle. Zutritt für Unbefugte verboten.* Neben der Tür befanden sich eine Reihe von Lichtschaltern.

»Hmm«, meinte Sean. »Offenbar hat man uns erwartet. Die Verriegelung sieht recht imposant aus, und ich hab meine Werkzeuge nicht dabei.«

Janet rüttelte an der Tür, und sie ging auf.

»Ich nehme alles zurück«, sagte Sean. »Man hat uns wohl doch nicht erwartet. Jedenfalls nicht heute.«

Ein kühler Lufthauch schlug ihnen entgegen und umschmeichelte ihre Beine. Sean knipste das Licht an. Den Bruchteil einer Sekunde lang tat sich nichts. Dann erstrahlte die Leichenhalle in grellem Neonlicht.

»Nach Ihnen«, sagte Sean galant.

»Das Ganze war schließlich deine Idee«, erwiderte Janet. »Du zuerst.«

Sean betrat den Raum, und Janet folgte dicht hinter ihm. Etliche breite Betonpfeiler verdeckten die Sicht auf die gesamte Fläche, doch der Raum war offensichtlich sehr groß. Wahllos standen Rollbetten mit zugedeckten Leichen herum. Ein Thermometer an der Tür gab die Temperatur mit 8 Grad an.

Janet zitterte. »Mir gefällt es hier nicht.«

»Das ist ja riesig groß hier«, meinte Sean. »Entweder hatten die Architekten eine geringe Meinung von den Fähigkeiten des medizinischen Personals, oder sie haben die Halle für den Fall einer nationalen Katastrophe geplant.«

»Laß es uns hinter uns bringen«, sagte Janet und schlang die Arme um ihren Körper. Die kalte Luft war feucht und durchdringend. Es roch wie in einem feucht-muffigen Keller, der seit Jahren nicht gelüftet worden war.

Sean zog ein Laken zur Seite. »Oh, hallo«, sagte er. Das blutige Gesicht eines Bauarbeiters starrte ihm entgegen. Er trug noch seine Arbeitskleidung. Sean deckte den Mann wieder zu und ging zum nächsten Wagen.

Trotz ihres Ekels tat Janet das gleiche und marschierte in der entgegengesetzten Richtung los.

»Zu dumm, daß sie nicht alphabetisch geordnet liegen«, meinte Sean. »Das müssen mindestens fünfzig Leichen sein. Das wäre mal ein Bild, das so gar nicht in die Image-Kampagne von Miami passen würde.«

»Sean!« rief Janet aus einiger Entfernung. »Ich finde deine Witze makaber.«

Sie arbeiteten sich in entgegengesetzter Richtung entlang der Betonpfeiler vor.

»Komm schon, Helen«, rief Sean in einem kindischen Singsang. »Komm raus, wo immer du steckst.«

»Das ist nun echt geschmacklos«, sagte Janet.

Tom Widdicomb war von angespannter Erwartung erfüllt. Sogar seine Mutter hatte beschlossen, ihr langes Schweigen zu brechen, um ihm zu bestätigen, wie raffiniert es gewesen war, Janet und ihrem Freund zum Miami General Hospital zu folgen. Tom kannte sich in der Leichenhalle gut aus. Für sein Vorhaben hätte er keinen geeigneteren Ort finden können.

Tom ging auf den Eingang der Leichenhalle zu und zog seine Waffe. Die Pistole in der rechten Hand haltend, zog er die schwere Tür auf und spähte hinein. Da er weder Janet noch ihren Begleiter sah, trat er ein und schloß die Tür behutsam hinter sich. Er konnte das Pärchen zwar nicht sehen, doch er konnte sie hören. Er bekam ganz genau mit, wie Janet zu dem Mann sagte, er solle den Mund halten.

Tom packte den Metallknauf des schweren Türschlosses und drehte ihn langsam. Geräuschlos rastete der Bolzen ein. Als Tom noch im Miami General Hospital gearbeitet hatte, war das Schloß nie benutzt worden. Er bezweifelte, daß es einen Schlüssel gab. Indem er die Tür von innen verriegelte, ging er sicher, nicht gestört zu werden.

»Du bist ein cleverer Bursche«, flüsterte Alice.

»Danke, Mom«, erwiderte Tom ebenfalls flüsternd.

Er umfaßte die Waffe mit beiden Händen, hielt sie vor sich, wie er es im Fernsehen gesehen hatte, und bewegte sich lautlos zum nächsten Pfeiler. An den Stimmen von Janet und ihrem Begleiter erkannte er, daß sie direkt dahinter standen.

»Ein paar von denen liegen schon eine ganze Weile hier«, sagte Sean. »Die sind wahrscheinlich vergessen worden.«

»Das habe ich auch gerade gedacht«, sagte Janet. »Ich glaube nicht, daß Helen Cabots Leiche hier ist. Sie hätte doch in der Nähe der Tür stehen müssen. Schließlich ist sie erst vor ein paar Stunden gestorben.«

Sean wollte ihr gerade zustimmen, als das Licht ausging. Ohne Fenster und mit einer schweren Brandschutztür war es nicht einfach nur dunkel, es war stockfinster wie im tiefsten Grund eines schwarzen Loches.

In dem Moment, als das Licht ausging, ertönte gleichzeitig ein durchdringender Schrei, gefolgt von hysterischem Schluchzen. Zuerst dachte Sean, es sei Janet, aber da er noch wußte, wo sie gestanden hatte, als es stockfinster war, erkannte er, daß die Geräusche von der anderen Seite des Pfeilers nahe der Tür kamen.

Es war also nicht Janet, dachte er, aber wer war es dann?

Das Grauen war ansteckend. Normalerweise hätte nicht einmal die plötzliche Finsternis Sean besonders gestört, aber in Verbindung mit dem erschütternden Geheul trieb sie ihn an den Rand der Panik. Was ihn daran hinderte, die Kontrolle über sich zu verlieren, war seine Sorge um Janet.

»Ich hasse die Dunkelheit«, rief die Stimme plötzlich unter Schluchzen. »So hilf mir doch irgend jemand!«

Sean wußte nicht, was er tun sollte. Aus der Richtung des Geheuls drangen jetzt auch Laute hektischen Herumtappens. Rollwagen stießen gegeneinander, Leichen stürzten zu Boden.

»Hilfe!« schrie die Stimme.

Sean dachte daran, laut zu rufen, um das gequälte Individuum zu beruhigen, war sich jedoch nicht sicher, ob das eine gute Idee war. Unentschlossen schwieg er.

Nachdem weitere Rollwagen ineinandergerasselt waren, hörte man einen dumpfen Knall, als ob jemand gegen die Tür gekracht wäre. Danach ein metallisches Klicken.

Einen Moment lang fiel ein wenig Licht in den Raum. Sean erblickte Janet, die beide Hände auf den Mund gepreßt hielt. Sie stand nicht einmal zehn Meter von ihm entfernt. Dann senkte sich die Dunkelheit erneut wie eine schwere Decke, diesmal begleitet von völliger Stille.

»Janet?« rief Sean leise. »Alles in Ordnung?«

»Ja«, antwortete sie. »Was um alles in der Welt war das?«

»Komm zu mir«, sagte Sean. »Ich werde auf dich zugehen.«

»Okay«, sagte Janet.

»Dieser Laden ist völlig irre«, sagte Sean in dem Bemühen weiterzureden, während sie sich aufeinander zutasteten. »Ich dachte ja, das Forbes-Zentrum wäre schon bizarr, aber das hier schlägt alles andere um Längen. Erinnere mich daran, daß ich hier auf gar keinen Fall mein praktisches Jahr mache.«

Schließlich berührten sich ihre suchenden Hände. Aneinandergeklammert bahnten sie sich zwischen den Rollwagen einen Weg in Richtung Tür. Dabei stieß Sean mit dem Fuß gegen eine am Boden liegende Leiche. Er warnte Janet, damit sie darübersteigen konnte.

»Ich werde bis an mein Lebensende Alpträume davon haben«, sagte Janet.

»Das ist schlimmer als Stephen King«, bestätigte Sean.

Dann stieß er gegen die Wand und tastete sich von dort zur Tür vor. Er drückte sie auf, und beide stolperten, ins Licht blinzelnd, in den verlassenen Flur.

Sean legte seine Hände um Janets Kopf. »Es tut mir leid«, sagte er.

»Mit dir ist das Leben zumindest nie langweilig«, gab sie zurück. »Es war ja nicht deine Schuld, und außerdem haben wir's überlebt. Laß uns sehen, daß wir hier rauskommen.«

Sean küßte sie auf die Nasenspitze. »Absolut meine Meinung«, sagte er.

Die verhaltene Sorge, sie würden den Weg zurück zu den Fahrstühlen möglicherweise nicht finden, erwies sich als unbegründet. Wenige Minuten später stiegen sie in Seans Jeep und steuerten die Ausfahrt des Parkplatzes an.

»Mein Gott, bin ich erleichtert«, sagte Janet. »Hast du eine Ahnung, was da los war?«

»Nicht im geringsten«, erwiderte Sean. »Es war alles so seltsam. Als ob es inszeniert gewesen wäre, nur um uns zu Tode zu erschrecken. Vielleicht lebt in dem Keller ein Troll, der jedem Besucher diesen Streich spielt.«

Als sie den Parkplatz gerade verlassen wollten, bremste Sean so plötzlich, daß Janet sich am Armaturenbrett abstützen mußte.

»Was ist jetzt wieder?« fragte sie.

Sean zeigte mit dem Finger auf ein Gebäude. »Schau mal, was wir da haben. Wie günstig«, meinte er. »Dieser Ziegelbau ist das Büro des Gerichtsmediziners. Ich hatte keine Ahnung, daß es so nah ist. Das muß das Schicksal sein, das uns sagt, daß Helens Leiche dort liegt. Was meinst du?«

»Versessen bin ich nicht auf die Idee«, gestand Janet. »Aber wo wir schon mal hier sind...«

»Das ist die richtige Einstellung«, lobte Sean.

Er parkte auf dem Besucherparkplatz, und sie betraten das moderne Gebäude und gingen auf einen Informationsschalter zu. Eine freundliche schwarze Frau fragte, ob sie ihnen behilflich sein könnte.

Sean erklärte, daß er Medizinstudent sei und Janet Krankenschwester, und bat, einen der Gerichtsmediziner zu sprechen.

»Welchen?« fragte die Empfangssekretärin.

»Wie wär's mit dem Direktor?« schlug Sean vor.

»Der Chef ist nicht da«, sagte die Frau. »Wie wär's mit seinem Stellvertreter?«

»Perfekt«, erwiderte Sean.

Nach kurzem Warten wurden sie durch eine Glastür gelassen und zu einem Eckbüro gewiesen, in dem der stellvertretende Direktor Dr. John Stasin residierte. Er war etwa so groß wie Sean, jedoch deutlich schmächtiger. Er schien aufrichtig erfreut, Sean und Janet zu sehen.

»Die Lehre ist eine unserer wichtigsten Tätigkeiten«, erklärte er stolz. »Und wir ermutigen sämtliche Mediziner und Mitarbeiter des Pflegepersonals, ein aktives Interesse an unserer Arbeit zu zeigen.«

»Wir sind an einer ganz bestimmten Patientin interessiert«, sagte Sean. »Ihr Name ist Helen Cabot. Sie ist heute nachmittag in der Notaufnahme des Miami General Hospital gestorben.«

»Der Name sagt mir nichts«, erklärte Dr. Stasin. »Einen Moment bitte, ich werde rasch unten nachfragen.« Er nahm den Hörer ab, erklärte, worum es ging, und nannte Helens Namen, dann nickte er und sagte ein paarmal »Ja«, bevor er wieder auflegte. Das Ganze ging unglaublich schnell vonstatten. Offensichtlich kam es nicht vor, daß in Dr. Stasins Verantwortungsbereich irgend etwas Schimmel ansetzte.

»Sie ist vor ein paar Stunden eingetroffen«, erklärte er. »Aber wir werden sie nicht obduzieren.«

»Warum nicht?« fragte Sean.

»Aus zwei Gründen«, erwiderte Dr. Stasin. »Erstens hatte sie erwiesenermaßen einen Hirntumor, was auch ihr behandelnder Arzt zu bestätigen bereit ist. Zweitens hat ihre Familie den dringenden Wunsch geäußert, von einer Obduktion abzusehen. Unter diesen Umständen halten wir es für besser, es seinzulassen. Entgegen landläufiger Meinung gehen wir nach Möglichkeit auf die Wünsche der Familie ein, es sei denn, es liegen Indizien für ein Gewaltverbrechen oder Anhaltspunkte dafür vor, daß dem öffentlichen Wohl mit einer Autopsie gedient wäre.«

»Besteht die Möglichkeit, wenigstens Gewebeproben zu entnehmen?« fragte Sean.

»Wenn wir keine Autopsie machen, nicht«, antwortete Dr. Stasin. »Andernfalls dürfen wir über das entnommene Gewebe nach Gutdünken verfügen. Da wir die Leiche jedoch nicht obduzieren, verbleibt das Recht an dem Körper bei der Familie. Außerdem ist die Leiche bereits vom Bestattungsinstitut Emerson abgeholt worden und soll im Laufe des morgigen Tages nach Boston geflogen werden.«

Sean bedankte sich bei Dr. Stasin.

»Keine Ursache«, sagte der. »Wir sind jeden Tag für Sie da. Rufen Sie uns an, wenn wir Ihnen helfen können.«

Sean und Janet gingen zurück zum Wagen. Die Sonne ging gerade unter, und die Rush-hour war in vollem Gange.

»Überraschend hilfsbereiter Mensch«, sagte Janet.

Sean zuckte nur mit den Schultern und legte dann seine Stirn auf das Lenkrad.

»Es ist wirklich deprimierend«, sagte er. »Nichts läuft so, wie wir es gern hätten.«

»Wenn hier irgend jemand das Recht hat, melancholisch zu werden, dann ich«, sagte Janet, die bemerkt hatte, wie bedrückt er auf einmal war.

»Melancholie ist eine irische Nationaleigenschaft«, sagte Sean. »Also sprich sie mir nicht ab. Vielleicht wollen all diese Schwierigkeiten mir etwas sagen, wie zum Beispiel, daß ich zurück nach Boston fahren sollte, um etwas Vernünftiges zu tun. Ich hätte nie hierherkommen dürfen.«

»Laß uns was essen gehen«, schlug Janet vor, bemüht, das Thema zu wechseln. »Wir könnten doch wieder in das kubanische Restaurant unten am Strand gehen.«

»Ich hab keinen Hunger«, sagte Sean.

»Ein bißchen *arroz con pollo,* und die Welt sieht gleich ganz anders aus«, meinte Janet. »Glaub mir.«

Tom Widdicomb hatte alle Lichter im Haus angemacht, obwohl es draußen noch gar nicht dunkel war. Aber er wußte, daß es bald dunkel werden würde, und der Gedanke machte ihm furchtbare Angst. Obwohl die schreckliche Episode im Miami General Hospital schon Stunden zurücklag, zitterte er noch immer am ganzen Körper. Als er ein kleiner Junge von sechs Jahren gewesen war, hatte seine Mutter ihm einmal etwas Ähnliches angetan. Er war wütend auf sie gewesen, weil sie ihm verboten hatte, noch mehr Eis zu essen, und er hatte gedroht, seiner Lehrerin in der Schule zu erzählen, daß sie zusammen schliefen, wenn sie ihm nicht noch etwas geben würde. Daraufhin hatte sie ihn über Nacht in die Kleiderkammer gesperrt. Es war die schlimmste Erfahrung in Toms ganzem Leben gewesen. Seither fürchtete er sich sowohl vor Kleiderkammern als auch vor der Dunkelheit.

Er hatte keine Ahnung, warum das Licht in der Leichenhalle ausgegangen war, außer daß er bei seiner panischen Flucht vor der Tür praktisch mit einem Mann in Anzug und Krawatte zusammengestoßen war. Da Tom noch immer die Waffe in der Hand hielt, war der Mann zurückgewichen und hatte Tom die Chance gegeben, den Flur hinunterzurennen. Der Mann hatte ihm nachgesetzt, doch in dem Labyrinth aus Gängen, Tunneln und Durchgangszimmern hatte er ihn schnell abgeschüttelt. Als er das Krankenhaus durch eine abgelegene Kellertür verließ, von der eine Treppe direkt zum Parkplatz führte, war der Fremde nirgends in Sicht.

Noch immer völlig panisch war Tom zu seinem Wagen gerannt und Richtung Parkplatzausfahrt gefahren. Weil er Angst hatte, daß wer immer ihn in dem Keller verfolgt hatte, das Krankenhaus möglicherweise vor ihm verlassen hatte, hatte Tom vorsichtig Ausschau nach anderen Wagen gehalten. Auf dem Parkplatz herrschte um diese Zeit wenig Verkehr, und er hatte den grünen Mercedes sofort gesehen.

Tom war an seiner üblichen Ausfahrt vorbeigefahren und hatte eine kaum benutzte andere genommen. Als auch der grüne Mercedes diesen Weg nahm, war Tom sich sicher, daß er verfolgt wurde. Also hatte er versucht, den fremden Wagen im Berufsverkehr abzuhängen, was ihm dank einer Ampel und einigen Wagen, die sich zwischen sie gesetzt hatten, auch gelungen war. Anschließend war Tom noch eine halbe Stunde ziellos durch die Gegend gekurvt, um sicherzugehen, daß er nicht mehr verfolgt wurde, bevor er nach Hause fuhr.

»Du hättest nie ins Miami General Hospital gehen dürfen«, schimpfte Tom mit sich selbst, um seiner Mutter zu gefallen. »Du hättest draußen bleiben, warten und sie bis zu ihrer Wohnung verfolgen sollen.«

Tom hatte noch immer keine Ahnung, wo Janet wohnte.

»Rede mit mir, Alice!« brüllte er. Aber Alice sagte kein Wort.

Tom konnte nur warten, bis Janet am Samstag Feierabend hatte. Dann würde er sie verfolgen, und dieses Mal würde er vorsichtiger sein. Dann würde er sie erschießen.

»Du wirst schon sehen, Mom«, sagte er zu der Gefriertruhe. »Du wirst schon sehen.«

Janet hatte recht gehabt, obwohl Sean das nicht zugeben wollte. Vor allem die winzigen Tassen kubanischen Kaffees hatten ihn wieder munter gemacht. Er hatte sogar versucht, sie so zu trinken wie die Leute am Nachbartisch, in einem Schluck wie kleine Schnäpse, damit die starke, süße Flüssigkeit wie ein Koffeinklumpen in seinen Magen plumpste. Der Geschmack war sehr intensiv, und fast sofort hatte sich eine milde Euphorie eingestellt.

Zum anderen war es Janets positive Einstellung gewesen, die ihn aus seiner Trübsinnigkeit gerissen hatte. Trotz ihres schweren Tages und dem Zwischenfall im Miami General Hospital hatte sie noch die Kraft, gut gelaunt zu bleiben. Sie erinnerte Sean daran, daß sie in zwei Tagen schon ziemlich weit gekommen waren. Sie hatten dreiunddreißig Krankenakten ehemaliger Medulloblastom-Patienten, und es war ihr gelungen, zwei Fläschchen des Geheimmedikaments zu beschaffen. »Ich finde, daß das ziemlich gute Fortschritte sind«, sagte Janet. »Wenn wir so weitermachen, kommen wir dem Geheimnis der erfolgreichen Forbes-Therapie bestimmt auf den Grund. Komm schon, mach nicht so ein Gesicht! Wir können es schaffen!«

Janets Begeisterung und das Koffein überzeugten Sean schließlich.

»Wir sollten herausfinden, wo dieses Bestattungsinstitut Emerson liegt«, sagte er.

»Warum?« fragte Janet, deren Mißtrauen sofort wieder erwachte.

»Wir können doch einfach mal vorbeifahren«, sagte Sean. »Vielleicht arbeiten sie noch spät, und wir bekommen dort unsere Proben.«

Das Bestattungsinstitut lag an der North Miami Avenue unweit des städtischen Friedhofs und des Biscayne Parks. Es war ein gut erhaltenes, zweistöckiges, viktorianisches Schindelhaus mit Mansardenfenstern. Es war weiß gestrichen, hatte ein graues Schieferdach und war auf drei Seiten von einer breiten Rasenfläche umgeben. Es sah aus, als sei es früher einmal ein Privathaus gewesen.

Die übrige Nachbarschaft war weniger einladend. Die unmittelbar angrenzenden Gebäude waren schmucklose Betonkästen, auf der einen Seite ein Schnapsladen, auf der anderen ein Sanitärbedarfshandel. Sean parkte direkt vor dem Haus in einer Ladezone.

»Ich glaube nicht, daß die noch geöffnet haben«, sagte Janet und betrachtete das Gebäude.

»Brennt doch fast überall Licht«, sagte Sean. Mit Ausnahme der Außenbeleuchtung waren im Erdgeschoß sämtliche Lichter an, während der erste Stock in völliger Dunkelheit lag. »Ich glaube, ich werd es mal versuchen.«

Sean stieg aus dem Wagen und die Treppe hoch und klingelte. Als niemand öffnete, spähte er durch die Fenster. Er ging sogar ums Haus herum und warf einen Blick durch die Seitenfenster, bevor er zum Wagen zurückkehrte, einstieg und den Motor anließ.

»Wohin fahren wir jetzt?« fragte Janet.

»Zurück zu dem Home-Depot-Laden«, sagte Sean. »Ich brauche weitere Werkzeuge.«

»Das gefällt mir aber gar nicht«, sagte Janet.

»Ich kann dich bei deiner Wohnung absetzen«, schlug Sean vor.

Janet sagte nichts. Zunächst fuhr Sean zu der Wohnung in Miami Beach. Dort angekommen hielt er am Straßenrand. Er und Janet hatten die ganze Fahrt über kein Wort gewechselt.

»Was genau hast du vor?« fragte sie schließlich.

»Ich werde meine Suche nach Helen Cabot fortsetzen«, erwiderte Sean. »Es wird nicht lange dauern.«

»Hast du etwa vor, in dieses Bestattungsinstitut einzubrechen?« fragte Janet.

»Ich werde kurz mal reinschauen«, sagte Sean, »das hört sich besser an. Ich will bloß ein paar Proben. Und im schlimmsten Fall ist es auch nicht so schlimm, oder? Sie ist schließlich schon tot.«

Janet zögerte. Sie hatte die Tür schon geöffnet und stand mit einem Fuß auf dem Gehsteig. So verrückt Seans Plan auch war, bis zu einem gewissen Punkt fühlte sie sich verantwortlich. Wie Sean bereits des öfteren betont hatte, war das ganze Unternehmen ursprünglich ihre Idee gewesen. Außerdem hatte sie das Gefühl, sie würde verrückt werden, wenn sie allein in ihrem Apartment saß und auf seine Rückkehr wartete. Sie zog den Fuß zurück in den Wagen und erklärte Sean, daß sie ihre Meinung geändert hätte und mitkommen wollte.

»Als deine Stimme der Vernunft«, sagte sie.

»Von mir aus«, sagte Sean gleichmütig.

In dem Home-Depot-Laden kaufte er einen Glasschneider, einen Sauggriff zum Anheben von Glasscheiben, ein Sheet-Rock-Messer, eine kleine Handkreissäge und eine Kühltasche. Danach hielt er noch bei einem 24-Stunden-Supermarkt, wo er Eis für die Kühlbox und ein paar kalte Getränke kaufte. Dann fuhr er zurück zum Bestattungsinstitut Emerson, wo er den Wagen wieder in der Ladezone parkte.

»Ich glaube, ich werde hier warten«, sagte Janet. »Meiner Ansicht nach bist du übrigens völlig verrückt.«

»Jeder hat das Recht auf eine eigene Meinung«, meinte Sean. »Ich für meinen Teil würde es Entschlossenheit nennen.«

»Eine Kühlbox mit kalten Getränken«, bemerkte Janet. »Als würdest du zu einem Picknick aufbrechen.«

»Ich bin nur gerne auf alles vorbereitet«, sagte Sean. Er nahm Werkzeug und Kühltasche und betrat den Rasen vor dem Bestattungsinstitut.

Janet sah, wie er die Fenster überprüfte. Auf der Straße kamen mehrere Autos vorbei. Seine Seelenruhe verblüffte sie. Es war, als würde er sich für unsichtbar halten. Sie beobachtete, wie er zu einem Fenster ging, das zur Seite hinaus lag, und seine Tasche abstellte. Dann bückte er sich und entnahm ihr einige Werkzeuge.

»Verfluchter Mist!« sagte Janet. Ärgerlich öffnete sie die Tür, marschierte die Treppe zum Bestattungsinstitut hoch und ging weiter zu dem Fenster, an dem Sean sich zu schaffen machte. Er hatte den Sauggriff auf die Scheibe gesetzt.

»Hast du deine Meinung geändert?« fragte er, ohne sie anzusehen, während er den Glasschneider geübt am Fensterrahmen entlanggleiten ließ.

»Du bist so verrückt, daß es mich umhaut«, sagte Janet. »Ich kann einfach nicht glauben, daß du es wirklich tust.«

»Erinnert mich an gute, alte Zeiten«, sagte Sean. Mit einem entschlossenen Ruck zog er ein großes Stück Glas aus dem Rahmen und lehnte es behutsam gegen das Geländer der Veranda. Er steckte den Kopf durch die Lücke und erklärte Janet, daß die Alarmanlage, wie er bereits vermutet hätte, nur aus einem primitiven Stolperdraht bestand.

Er hob Werkzeug und Kühlbox durch das Loch und stellte sie drinnen auf den Boden. Nachdem er selbst durchgestiegen war, lehnte er sich heraus.

»Wenn du nicht mit reinkommst, solltest du besser im Wagen warten«, sagte er. »Eine schöne Frau, die um diese Tageszeit auf der Veranda eines Bestattungsinstituts herumlungert, könnte Aufmerksamkeit erregen. Ich brauche vielleicht ein paar Minuten, bis ich Helens Leiche gefunden habe.«

»Hilf mir mal!« sagte Janet impulsiv und versuchte genauso elegant wie Sean durch das Fenster zu steigen.

»Vorsicht an den Kanten!« warnte er sie. »Sie sind rasierklingenscharf.«

Als sie drinnen war, drückte er ihr die Kühlbox in den Arm und nahm selbst die Werkzeuge.

»Nett, daß sie uns das Licht angelassen haben«, sagte er.

Die beiden großen, nach vorne liegenden Zimmer waren Ausstellungsräume. Auch in dem Zimmer, in das sie eingestiegen waren, waren acht Särge mit aufgeklapptem Deckel ausgestellt. Am anderen Ende eines schmalen Flurs befand sich das Büro. Nach hinten erstreckte sich über die gesamte Breite des Hauses der Balsamierraum. Die Fenster waren mit schweren Vorhängen verhängt.

In dem Raum standen vier Balsamiertische aus Stahl. Auf zweien von ihnen lagen mit Tüchern verdeckte Leichen. Die erste war eine schwergewichtige Frau, die so lebendig aussah, daß man denken konnte, sie würde nur schlafen, wenn da nicht der große Y-förmige und nur grob vernähte Schnitt an der Vorderseite ihres Körpers gewesen wäre. Sie war obduziert worden.

Sean ging zu dem zweiten Tisch und schlug das Tuch zur Seite.

»Endlich«, sagte er. »Hier ist sie.«

Janet trat neben ihn und wappnete sich innerlich gegen den Anblick. Er war weniger schockierend als erwartet. Wie die andere Frau sah auch Helen aus, als schliefe sie friedlich. Ihre Gesichtsfarbe sah gesünder aus als zu Lebzeiten. Während der letzten Tage war sie schrecklich blaß gewesen.

»So ein Pech«, sagte Sean. »Sie ist bereits einbalsamiert worden. Auf die Blutprobe werde ich wohl verzichten müssen.«

»Sie wirkt so natürlich«, sagte Janet.

»Die Einbalsamierer hier müssen richtig gut sein«, sagte Sean. Dann zeigte er auf einen Metallschrank mit Glastüren. »Guck mal, ob du ein paar Nadeln und ein Skalpell findest.«

»Wie groß?«

»Da bin ich nicht wählerisch«, erwiderte Sean. »Je länger die Nadel, desto besser.«

Er stöpselte die Handkreissäge ein, die, als er sie kurz ausprobierte, einen grauenhaften Lärm machte. Janet fand eine Sammlung von Spritzen, Nadeln und sogar Material zum Vernähen und Gummihandschuhe. Aber kein Skalpell. Sie brachte die Sachen zu dem Tisch.

»Zuerst wollen wir versuchen, etwas Liquor zu bekommen«, sagte Sean und streifte sich die Handschuhe über.

Janet half ihm, Helen auf die Seite zu drehen, so daß er die Nadel in den Zwischenraum zwischen zwei Lendenwirbeldornfortsätzen einführen konnte.

»Es wird nur einen Moment weh tun«, sagte Sean und tätschelte Helens Hüfte.

»Bitte«, sagte Janet. »Laß deine blöden Witze. Du machst mich nur noch nervöser, als ich sowieso schon bin.«

Zu Seans eigener Überraschung gelang es ihm, den Liquor gleich im ersten Versuch zu entnehmen. Er hatte die Prozedur bisher nur bei einigen lebenden Patienten vorgenommen. Er füllte eine Spritze, verschloß die Ampulle und legte sie auf das Eis in der Kühlbox. Janet ließ die Leiche in die Rückenlage zurückrollen.

»Jetzt kommt der schwierige Teil«, sagte Sean und kehrte zu dem Balsamiertisch zurück. »Ich darf annehmen, daß du schon einmal eine Autopsie gesehen hast?«

Janet nickte. Sie hatte schon einmal eine gesehen, aber es zählte nicht zu ihren angenehmsten Erfahrungen. Während Sean sich fertigmachte, biß sie die Zähne aufeinander.

»Kein Skalpell?« fragte er.

Sie schüttelte den Kopf.

»Gut, daß ich dieses Sheet-Rock-Messer gekauft habe«, meinte Sean. Er nahm es und klappte die Klinge auf. Dann führte er es entlang Helens Nacken von einem Ohr zum anderen, bevor er die obere Schnittkante faßte und kräftig daran zog. Mit einem reißenden Geräusch, als würde man Unkraut mit der Wurzel aus der Erde zerren, löste sich die Kopfschwarte vom Schädel. Sean zog sie bis über Helens Gesicht herunter.

Er ertastete die Kraniotomieöffnung auf der linken Seite von Helens Schädel, die im Boston Memorial Hospital gemacht worden war, bevor er rechts nach der entsprechenden Öffnung aus dem Forbes-Zentrum suchte.

»Das ist ja merkwürdig«, meinte er. »Wo, zum Teufel, ist die zweite Kraniotomieöffnung?«

»Laß uns keine Zeit verschwenden«, sagte Janet. Sie war schon nervös gewesen, als sie in das Haus eingedrungen waren, und ihre Unruhe wuchs mit jeder Minute.

Sean suchte weiter nach der zweiten Kraniotomieöffnung, bevor er es schließlich aufgab.

Er griff nach der Handkreissäge und sah Janet an. »Geh ein bißchen zurück. Vielleicht willst du lieber nicht zusehen. Es wird bestimmt kein besonders hübscher Anblick.«

»Mach einfach voran«, sagte Janet.

Sean drückte das Blatt der Kreissäge in die Kraniotomieöffnung, die er gefunden hatte, und schaltete die Säge ein. Sie fraß sich in den Knochen und wurde ihm fast aus der Hand gerissen. Der Job würde wohl doch nicht ganz so leicht werden, wie er sich das vorgestellt hatte.

»Du mußt den Kopf festhalten«, erklärte er Janet.

Sie packte Helens Kopf mit beiden Händen und versuchte vergeblich, ihn still zu halten, während Sean mit der widerspenstigen Kreissäge kämpfte. Unter großen Schwierigkeiten gelang es ihm, eine Kappe aus dem Schädelknochen zu sägen. Er hatte versucht, den Schnitt genau an der Schädeldecke anzusetzen, aber es war unmöglich. An einigen Stellen war das Sägeblatt in das Gehirn eingedrungen und hatte die Oberfläche zerfetzt.

»Das ist ja ekelhaft«, sagte Janet, während sie sich aufrichtete und ihre Hand am Kittel abwischte.

»Es ist nun mal keine Knochensäge«, sagte Sean. »Wir müssen eben improvisieren.«

Der nächste Teil war fast genauso schwierig. Das Sheet-Rock-Messer war wesentlich größer als ein Skalpell, so daß Sean Probleme hatte, die Klinge unter das Gehirn zu schieben, um das Rückenmark und die Hirnnerven abzutrennen. Er tat sein Bestes. Dann schob er seine Hände in den Schädel, packte das Gehirn und riß es heraus.

Nachdem er die kalten Getränke aus der Kühlbox genommen hatte, legte Sean das Gehirn auf Eis. Dann riß er die Lasche von einer der Dosen und hielt sie Janet hin. Schweißperlen standen auf seiner Stirn.

Janet lehnte ab. Sie sah zu, wie er einen tiefen Schluck nahm, und schüttelte verwundert den Kopf. »Manchmal bist du wirklich unglaublich«, sagte sie.

Plötzlich hörten beide ein Martinshorn. Janet geriet in Panik und wollte zurück in den Ausstellungsraum, aber Sean hielt sie zurück.

»Wir müssen hier raus«, flüsterte sie drängend.

»Nein«, sagte Sean. »Die würden bestimmt nicht mit Sirenengeheul vorfahren. Es muß etwas anderes sein.«

Das Sirenengeheul wurde lauter. Janet spürte, wie ihr Herz schneller und schneller schlug. Als es sich anhörte, als würde ein Streifenwagen direkt durch das Haus fahren, veränderte sich plötzlich die Tonhöhe der Sirene.

»Dopplereffekt«, meinte Sean. »Eine perfekte Demonstration.«

»Bitte!« flehte Janet. »Laß uns hier abhauen. Wir haben doch, was wir wollten.«

»Wir müssen erst noch saubermachen«, sagte Sean und stellte seine Dose ab. »Das ist schließlich eine verdeckte Operation. Guck mal, ob du irgendwo einen Besen oder Mob findest. Ich werde Helen wieder so zusammenflicken, daß niemand etwas sieht.«

Trotz ihrer Aufregung befolgte Janet Seans Anweisungen. Sie arbeitete fieberhaft. Als sie fertig war, war Sean immer noch dabei, die Kopfschwarte mit Subkutanstichen möglichst unauffällig wieder anzunähen. Zuletzt zupfte er Helens Haar über den Schnitt. Janet war beeindruckt. Die Leiche von Helen Cabot sah aus, als sei sie nie angerührt worden.

Sie trugen die Werkzeuge und die Kühlbox zurück in den Ausstellungsraum mit den Särgen.

»Ich klettere zuerst raus, und du gibst mir den Kram an«, sagte Sean. Er duckte sich und stieg aus dem Fenster. Janet reichte ihm die Sachen an.

»Soll ich dir helfen?« fragte Sean.

»Ich glaube, das ist nicht nötig«, erwiderte Janet. Das Einsteigen war schließlich auch nicht so schwierig gewesen.

Sean machte sich mit dem Bündel auf den Weg zum Wagen.

Aus Versehen griff Janet in die Glaskante, bevor sie hindurchstieg. In ihrer Hektik hatte sie Seans vorherige Warnung vergessen. Sie spürte, wie die rasiermesserscharfe Kante sich in vier ihrer Finger, schnitt und zuckte vor Schmerz zusammen. Sie betrachtete ihre Hand und sah eine Blutspur daran herabrinnen. Sie umfaßte schützend ihre Hand und fluchte leise.

Da sie jetzt von drinnen nach draußen wollte, entschied sie, daß es sehr viel unkomplizierter und weniger gefährlich wäre, einfach das Fenster zu öffnen. Es bestand kein Grund, eine weitere Schnittwunde zu riskieren. Ohne weiter nachzudenken, entriegelte sie das Fenster und stieß es auf. Sofort ertönte der Alarm.

Hastig kletterte Janet aus dem Fenster und rannte Sean hinterher. Sie erreichte den Wagen, als er die Kühlbox gerade auf den Boden unter dem Rücksitz abgestellt hatte. Sie sprangen gleichzeitig in den Wagen, und Sean ließ den Motor an.

»Was ist passiert?« fragte er im Anfahren.

»Ich hab die Alarmanlage vergessen«, gestand Janet. »Ich hab das Fenster aufgemacht. Tut mir leid. Ich hab dir ja gesagt, daß ich nicht gut bin in so was.«

»Ach, das macht nichts«, sagte Sean und bog an der ersten Kreuzung rechts ab. »Bevor irgend jemand reagiert, sind wir längst über alle Berge.«

Den alten Mann, der aus dem Schnapsladen gekommen war, hatte er nicht gesehen. Er war unmittelbar nach dem Alarm auf die Straße gestürzt und hatte beobachtet, wie

Sean und Janet in den Jeep gestiegen waren. Auch das Nummernschild hatte er lesen können. Er kehrte in den Laden zurück und notierte das Kennzeichen, bevor er die Polizei alarmierte.

Sean fuhr zurück zum Forbes-Zentrum, damit Janet ihren Wagen mitnehmen konnte. Als sie den Parkplatz erreichten, hatte sich Janet wieder einigermaßen beruhigt. Sean hielt direkt neben ihrem Mietwagen. Sie öffnete die Tür und wollte aussteigen.

»Kommst du direkt zu meinem Apartment?« fragte sie.

»Ich will noch kurz hoch in mein Labor«, sagte Sean. »Willst du mitkommen?«

»Ich muß morgen arbeiten«, erinnerte Janet ihn. »Und es war ein harter Tag. Ich bin völlig erschöpft. Aber ich habe Angst, dich aus den Augen zu lassen.«

»Ich brauch nicht lange«, sagte Sean. »Komm schon. Ich will nur noch ein paar Kleinigkeiten erledigen. Außerdem ist morgen Samstag, und wir brechen zu dem Wochenendurlaub auf, den ich dir versprochen habe. Wir fahren direkt, wenn du mit der Arbeit fertig bist.«

»Klingt, als hättest du schon entschieden, wohin wir fahren«, sagte Janet.

»Das habe ich auch«, erwiderte Sean. »Wir fahren durch die Everglades nach Naples. Ich habe gehört, es soll ein sehr netter Ort sein.«

»Okay, abgemacht«, sagte Janet und zog die Tür wieder zu. »Aber heute abend mußt du mich bis spätestens Mitternacht nach Hause gebracht haben.«

»Kein Problem«, sagte Sean und fuhr zu dem Teil des Parkplatzes weiter, der beim Forschungsgebäude lag.

»Wenigstens hat der Sushita-Jet Washington noch nicht verlassen«, sagte Sterling. Er saß in Dr. Masons Büro. Wayne Edwards war auch da, ebenso Dr. Mason und Margaret Richmond. »Ich glaube nicht, daß Tanaka etwas unternehmen wird, bevor der Jet hier eintrifft und zu seiner Verfügung steht«, fügte er noch hinzu.

»Aber Sie sagten doch, daß man Mr. Murphy verfolgt hat«, sagte Dr. Mason. »Wer war es dann?«

»Ich hatte gehofft, daß Sie uns da weiterhelfen könnten«, sagte Sterling. »Haben Sie eine Ahnung, warum jemand Mr. Murphy verfolgen sollte? Wayne hat den Verfolger bemerkt, als wir den Miami River überquert haben.«

Dr. Mason blickte zu Ms. Richmond, die mit den Schultern zuckte. Dann sah er wieder Sterling an. »Könnte dieser geheimnisvolle Unbekannte für Tanaka arbeiten?«

»Das wage ich zu bezweifeln«, antwortete Sterling. »Das ist nicht sein Stil. Wenn Tanaka erst mal aktiv wird, wird Mr. Murphy verschwinden. Es wird keine Vorwarnungen geben. Alles wird glatt und professionell ablaufen. Die Person, die Mr. Murphy gefolgt ist, machte hingegen einen desorganisierten, fast verstörten Eindruck. Er trug ein bekleckertes braunes Hemd mit offenem Kragen und benahm sich bestimmt nicht wie ein von Tanaka engagierter Profi.«

»Erzählen Sie mir genau, was vorgefallen ist«, verlangte Dr. Mason.

»Wir sind Mr. Murphy und einer jungen Schwester gegen vier vom Parkplatz des Forbes-Zentrum gefolgt«, sagte Sterling.

»Die Schwester war wahrscheinlich Janet Reardon«, warf Ms. Richmond ein. »Die beiden kennen sich aus Boston.«

Sterling nickte und machte Wayne ein Zeichen, den Namen zu notieren. »Wir werden sie ebenfalls durchleuchten, um die Möglichkeit auszuschließen, daß die beiden als Team arbeiten.«

Sterling beschrieb, wie er Sean zum Miami General Hospital gefolgt war und Wayne angewiesen hatte, den Unbekannten zu verfolgen, falls er zuerst herauskommen würde.

Dr. Mason war überrascht zu hören, daß Sean Murphy und die Krankenschwester zur Leichenhalle gegangen waren. »Was um alles in der Welt hatten sie denn da zu suchen?«

»Das war noch etwas, von dem ich gehofft hatte, daß Sie es uns sagen könnten«, meinte Sterling.

»Ich habe keine Ahnung«, sagte Dr. Mason kopfschüttelnd. Wieder blickte er zu Ms. Richmond, die ebenfalls den Kopf schüttelte.

»Als der geheimnisvolle Unbekannte Sean Murphy und Janet Reardon in die Leichenhalle folgte«, fuhr Sterling fort, »habe ich ihn nur kurz sehen können. Doch ich hatte den deutlichen Eindruck, daß er eine Waffe trug, was sich übrigens später bestätigte. Ich habe mir jedenfalls Sorgen um Mr. Murphys Sicherheit gemacht und bin zur Tür der Leichenhalle gerannt, die jedoch verschlossen war.«

»Wie schrecklich«, sagte Ms. Richmond.

»Mir blieb nur eine Möglichkeit«, sagte Sterling. »Ich habe das Licht ausgeschaltet.«

»Eine wirklich elegante Lösung«, fand Dr. Mason. »Sehr clever.«

»Ich hatte die Hoffnung, daß die Menschen drinnen sich nicht gegenseitig weh tun würden, bis ich überlegt hatte, wie ich die Tür aufbekommen sollte«, sagte Sterling. »Aber das war gar nicht mehr nötig. Der Mann in Braun hatte offensichtlich eine starke Phobie vor der Dunkelheit. Wenig später stürzte er sichtbar verschreckt aus dem Raum. Ich bin ihm nachgelaufen, aber meine Ledersohlen haben mich gegenüber seinen Turnschuhen deutlich ins Hintertreffen gebracht. Außerdem schien er sich in dem Gebäude bestens auszukennen. Als klar wurde, daß ich ihn verloren hatte, bin ich zur Leichenhalle zurückgekehrt, doch Mr. Murphy und Miss Reardon waren bereits gegangen.«

»Und Wayne ist dem Mann in Braun gefolgt?« fragte Dr. Mason.

»Er hat es versucht«, erwiderte Sterling.

»Ich hab ihn verloren«, gestand Wayne. »Es war Rushhour, und ich hatte Pech.«

»Wir haben also nicht die leiseste Ahnung, wo Mr. Murphy sich zur Zeit aufhält«, stöhnte Dr. Mason. »Und mit dem unbekannten Angreifer haben wir noch eine Sorge mehr.«

»Wir lassen die Forbes-Residenz von einem Kollegen von Mr. Edwards beobachten, bis Mr. Murphy zurückkehrt«, sagte Sterling. »Wir müssen ihn unbedingt finden.«

Das Telefon auf dem Schreibtisch klingelte. Dr. Mason nahm ab.

»Dr. Mason, hier ist Juan Suarez vom Sicherheitsdienst«, erklärte die Stimme am anderen Ende. »Sie hatten mich doch gebeten anzurufen, falls Mr. Sean Murphy auftaucht. Also, er und eine Krankenschwester sind soeben eingetroffen und in den fünften Stock gefahren.«

»Danke Ihnen, Juan«, sagte Dr. Mason erleichtert und legte auf. »Sean Murphy ist in Sicherheit«, berichtete er der Runde. »Er hat soeben das Gebäude betreten, wahrscheinlich, um weitere Mäuse zu injizieren. Was für eine Hingabe! Ich sag Ihnen, der Junge ist ein absoluter Trumpf und alle Mühen wert.«

Es war kurz nach zehn Uhr abends, als Robert Harris die Wohnung von Ralph Seaver verließ. Der Mann war nicht besonders kooperativ gewesen. Er hatte sich daran gestört, daß Harris seine Verurteilung wegen Vergewaltigung in

Indiana zur Sprache gebracht hatte, seiner Ansicht nach eine »uralte Geschichte«. Harris hielt nicht viel von Seavers Rechtfertigungen, aber im Geiste hatte er ihn trotzdem von der Liste der Verdächtigen gestrichen, sobald er ihn zum ersten Mal leibhaftig gesehen hatte. Der Angreifer war als mittelgroß beschrieben worden, während Seaver knapp zwei Meter groß und mindestens zweihundert Pfund schwer war.

Harris stieg in seine dunkelblaue Ford-Limousine und nahm die letzte Akte aus der Gruppe der vordringlich Verdächtigen zur Hand. Tom Widdicomb wohnte in Hialeah, nicht allzu weit entfernt von Harris' jetzigem Standpunkt. Trotz der fortgeschrittenen Stunde beschloß Harris, beim Haus des Mannes vorbeizufahren. Wenn das Licht brannte, würde er klingeln. Wenn nicht, würde er bis morgen warten.

Harris hatte bereits einige Anrufe in Sachen Tom Widdicomb getätigt. Er hatte herausgefunden, daß der Mann einen Kurs als Rettungssanitäter belegt und erfolgreich abgeschlossen hatte. Ein Anruf bei einem Krankentransport-Unternehmen hatte nicht viel gebracht. Der Besitzer der Firma weigerte sich, irgend etwas zu sagen, und erklärte nur, daß man ihm, das letzte Mal, als er Auskunft über einen früheren Angestellten erteilt habe, hinterher die Reifen von zweien seiner Krankenwagen zerstochen hatte.

Ein Anruf beim Miami General Hospital war nur unwesentlich ergiebiger gewesen. Ein Mitarbeiter der Personalabteilung sagte, daß Mr. Widdicomb und das Krankenhaus sich in gegenseitigem Einvernehmen getrennt hatten. Der Mann gab allerdings zu, Mr. Widdicomb nie persönlich getroffen zu haben, sondern lediglich aus seiner Personalakte zu zitieren.

Harris hatte sich auch bei Glen, dem Chef des Hauspersonals der Forbes-Klinik, nach Widdicomb erkundigt.

Glen sagte, daß Tom seiner Ansicht nach ein verläßlicher Arbeiter sei, der jedoch häufig Streit mit Kollegen hatte. Er meinte, daß er besser allein arbeitete.

Als letztes hatte Harris versucht, einen Tierarzt namens Maurice Springborn zu erreichen. Die Nummer war jedoch nicht mehr gültig, und die Auskunft hatte ihm auch keine neue nennen können. Alles in allem hatte Harris also nichts Belastendes gegen Tom Widdicomb zutage fördern können. Als er jetzt auf der Suche nach der Palmetto Lane 18 durch Hialeah fuhr, war er nicht sehr zuversichtlich.

»Na ja, wenigstens brennt noch Licht«, sagte er sich, als er vor einem ziemlich heruntergekommenen, ranchartigen Haus am Straßenrand hielt. Im Gegensatz zu den anderen bescheidenen Häuschen der Nachbarschaft war Tom Widdicombs Heim erleuchtet wie der Times Square in der Silvesternacht. Jedes Licht in und am Haus strahlte hell.

Harris stieg aus seinem Wagen und starrte die Auffahrt hoch. Es war erstaunlich, wieviel Licht ein einzelnes Haus verbreiten konnte. Buschwerk warf harte Schatten auf die Fassade. Als er die Auffahrt hochging, bemerkte er, daß der Name am Briefkasten Alice Widdicomb lautete. Er fragte sich, wer sie war und in welcher Beziehung sie zu Tom stand.

Harris ging die Stufen zur Haustür hoch und klingelte. Wartend musterte er das Haus. Es war schlicht und in verblassenden Pastelltönen gehalten und brauchte dringend einen neuen Anstrich.

Als niemand aufmachte, klingelte Harris noch einmal, während er sein Ohr an die Tür hielt, um sicherzugehen, daß die Klingel funktionierte. Er konnte sie deutlich hören. Kaum vorstellbar, daß bei dieser Festbeleuchtung niemand zu Hause war.

Nach dem dritten Klingeln gab Harris auf und kehrte zu seinem Wagen zurück. Statt direkt loszufahren, starrte er weiter auf das Haus und fragte sich, was Menschen bewegen konnte, ihr Haus dermaßen zu beleuchten. Er wollte gerade den Motor anlassen, als er durch das Wohnzimmerfenster eine Bewegung wahrnahm. Dann sah er es wieder. Jemand im Haus hatte ohne Zweifel eine Gardine bewegt. Wer immer es war versuchte ganz offensichtlich, einen verstohlenen Blick auf den späten Besucher zu werfen.

Ohne einen Moment zu zögern, stieg Harris aus seinem Wagen und ging zur Haustür zurück. Er lehnte sich gegen die Klingel und ließ sie schrill und ausdauernd ertönen. Doch noch immer machte niemand auf.

Ärgerlich kehrte Harris zu seinem Wagen zurück und rief vom Autotelefon aus Glen an, um zu fragen, ob Tom Widdicomb am nächsten Tag arbeiten mußte.

»Nein, Sir«, antwortete Glen mit seinem Südstaatenakzent. »Er hat bis Montag frei, und das ist wohl auch gut so. Es hat ihn heute ziemlich erwischt. Er sah schrecklich aus. Ich habe ihn früher nach Hause geschickt.«

Harris bedankte sich bei Glen und legte auf. Wenn Widdicomb sich nicht wohl fühlte und zu Hause im Bett lag, warum brannten dann alle Lichter? Ging es ihm so schlecht, daß er nicht einmal an die Tür kommen konnte? Und wo war diese Alice, wer immer sie sein mochte?

Als Harris Hialeah verließ, fragte er sich, was er tun sollte. Bei den Widdicombs ging irgend etwas Seltsames vor. Er konnte natürlich jederzeit umkehren und das Haus beobachten, aber das schien ihm übertrieben. Er konnte bis Montag warten, wenn Tom wieder zur Arbeit erschien, aber was in der Zwischenzeit machen? Statt dessen beschloß er, am nächsten Morgen zurückzukommen, um zu sehen, ob er diesen Tom Widdicomb nicht doch einmal zu Gesicht bekam. Glen hatte gesagt, er sei mittelgroß mit braunem Haar.

Harris seufzte. Vor Tom Widdicombs Haus herumzuhängen war nicht seine Idealvorstellung von einem tollen Samstag, aber er war verzweifelt. Er hatte das Gefühl, daß er, was die toten Brustkrebspatientinnen anbetraf, bald Erfolge vorweisen mußte, wenn ihm an einer Weiterbeschäftigung an der Forbes-Klinik lag.

Sean pfiff bei der Arbeit leise vor sich hin, ein Bild zufriedener Konzentration. Janet saß wie er auf einem hohen Hocker an dem Labortisch und sah ihm zu. Vor sich hatte er eine Ansammlung von Glasbehältern und -gefäßen aufgebaut.

Gerade in ruhigen Momenten wie diesem fand Janet Sean ungeheuer attraktiv. Sein nach unten gewandtes Gesicht wurde von sanften, fast femininen, dunklen Locken gerahmt, die einen scharfen Kontrast zu seinen harten, männlichen Gesichtszügen bildeten. Von seiner schmalen Nasenwurzel ausgehend wölbten sich dunkle buschige Augenbrauen. Die Nase selbst war gerade und nur an der Spitze ein wenig nach oben gebogen, bevor sie in den Schwung seiner vollen Lippen überging. Seine dunkelblauen Augen waren starr auf ein durchsichtiges Plastiktablett gerichtet, das er in seinen kräftigen, aber feingliedrigen Fingern hielt.

Er blickte auf und sah Janet direkt an. Seine Augen strahlten und leuchteten. Sie sah, daß er aufgeregt war. Und in diesem Moment war sie so unmäßig verliebt in ihn, daß sogar die Episode in dem Bestattungsinstitut für einen Augenblick vergessen war. Sie wünschte, er würde sie in die Arme nehmen und ihr sagen, daß er sie liebte und den Rest seines Lebens mit ihr verbringen wollte.

»Diese Elektrophorese-Gele sind faszinierend«, sagte er und riß Janet aus ihrer Phantasie. »Komm und sieh dir das an!«

Sie erhob sich von ihrem Hocker. Im Moment interessierte sie sich herzlich wenig für Elektrophorese-Gele, hatte jedoch das Gefühl, kaum eine andere Wahl zu haben, wenn sie nicht riskieren wollte, seine Begeisterung zu dämpfen. Trotzdem war sie enttäuscht, daß er ihre zärtlichen Gefühle nicht spürte.

»Das ist eine Probe aus dem größeren Fläschchen«, erläuterte Sean. »Das Gel ist ein nicht reduzierendes Gel, so daß man ablesen kann, daß das Medikament nur aus einer Komponente besteht und ein Molekulargewicht von etwa 150000 Dalton hat.«

Janet nickte.

Sean nahm das andere Gel zur Hand und zeigte es ihr. »Bei diesem Medikament in dem kleinen Fläschchen ist das etwas anderes. Man kann deutlich drei Säulen erkennen, was bedeutet, daß wir es mit drei unterschiedlichen Komponenten zu tun haben. Alle drei haben ein deutlich geringeres Molekulargewicht. Ich vermute, daß das große Fläschchen ein Immunglobulin enthält, einen Antikörper also, das kleine aller Wahrscheinlichkeit nach Zytokinine.«

»Was sind Zytokinine?« fragte Janet.

»Das ist ein Oberbegriff«, erklärte Sean und stieg von seinem Hocker. »Komm mit«, sagte er. »Ich muß ein paar Reagenzien holen.«

Sie nahmen die Treppe. Unterwegs erklärte Sean weiter. »Zytokinine sind Proteine, die von den Zellen des Immunsystems produziert werden und wichtig für die Übermittlung von Informationen von Zelle zu Zelle sind. Sie senden Signale aus, wann eine Zelle wachsen, wann sie ihre Arbeit aufnehmen und sich gegen eine Invasion von Viren, Bakterien und sogar Tumorzellen wappnen soll. Das National Institute of Health hat die Lymphozyten von Tumorpatienten mit einem Zytokinin namens Interleukin-2 inkubiert und in *vitro* gezüchtet. Dann hat man den

Patienten die Zellen reinfundiert. In einigen Fällen haben sie damit sehr gute Ergebnisse erzielt.«

»Aber nicht so gute wie das Forbes-Zentrum mit seinen Medulloblastom-Fällen.«

»Auf gar keinen Fall«, sagte Sean.

Er bepackte Janet und sich mit Reagenzien aus dem Vorratsraum, und sie machten sich auf den Weg zurück ins Labor.

»Dies sind aufregende Zeiten für die Biologie«, sagte Sean. »Das neunzehnte Jahrhundert war das Jahrhundert der Chemie, das zwanzigste das der Physik. Aber das einundzwanzigste Jahrhundert gehört der Molekularbiologie; alle drei Disziplinen – die Chemie, die Physik und die Biologie – verschmelzen. Die Ergebnisse werden erstaunlich sein, als ob Science-fiction Realität würde. Einiges davon ist schon jetzt Wirklichkeit.«

Als sie das Labor erreicht hatten, war Janets Interesse trotz der traumatischen Ereignisse des Tages und trotz ihrer Müdigkeit geweckt. Seans Enthusiasmus war ansteckend.

»Und was passiert jetzt als nächstes mit den Medikamenten?« fragte sie.

»Ich weiß es nicht genau«, gestand Sean. »Vielleicht sollten wir sehen, wie der unbekannte Antikörper in dem großen Fläschchen auf Helens Tumor reagiert.«

Er bat Janet, ihm aus einer Schublade, vor der sie stand, Schere und Skalpell zu reichen. Dann trug er die Kühlbox zum Waschbecken, streifte sich Gummihandschuhe über, hob das Gehirn aus der Box und spülte es ab. Anschließend zog er unter dem Becken ein Schnittbrett hervor und legte das Gehirn darauf.

»Ich hoffe, ich finde den Tumor«, meinte er. »Ich habe so etwas noch nie vorher gemacht. Nach der Kernspintomographie zu urteilen, die wir in Boston gemacht haben, liegt ihr größter Tumor im linken Schläfenlappen. Den haben sie zumindest dort biopsiert. Ich sollte wohl versuchen, ihn zu finden.« Sean richtete das Gehirn so aus, daß er Vorder- und Rückseite unterscheiden konnte, bevor er mehrere Schnitte in den Schläfenlappen machte.

»Ich verspüre einen fast unwiderstehlichen Drang, über das, was ich hier tue, Witze zu machen«, sagte er.

»Bitte nicht«, erwiderte Janet, der die Vorstellung, daß es sich um das Gehirn eines Menschen handelte, mit dem sie noch vor kurzem zu tun gehabt hatte, auch ohne Seans Kommentare erhebliche Probleme bereitete.

»Das sieht ja recht vielversprechend aus«, meinte Sean. Er zog die Kanten seines letzten Schnittes auseinander. Man konnte vergleichsweise dichtes und gelblicher erscheinendes Gewebe mit winzigen, aber deutlich sichtbaren Hohlräumen erkennen. »Ich vermute, daß dies Bereiche sind, wo der Tumor sich seine eigene Blutversorgung abgeschnitten hat.«

Sean bat Janet, ihm zu helfen. Sie zog ebenfalls Handschuhe über und hielt dann die Schnittkante auseinander, während er mit einer Schere eine Probe des Tumors entnahm.

»Jetzt müssen wir die Zellen trennen«, erklärte er, während er die Probe in ein Kulturmedium bettete und Enzyme hinzufügte. Schließlich stellte er das Glas in den Inkubator, damit die Enzyme ihre Wirkung entfalten konnten.

»Als nächstes müssen wir dieses Immunglobulin identifizieren«, sagte er und hielt das größere der beiden Fläschchen mit den unbekannten Medikamenten hoch. »Und dafür müssen wir einen Test durchführen, der sich ELISA nennt und bei dem man kommerziell hergestellte Antikörper benutzt, um bestimmte Typen von Immunglobulin zu identifizieren.« Er stellte das große Fläschchen auf die Arbeitsfläche und nahm eine Plastikschale mit sechsundneunzig kreisrunden Vertiefungen. Er gab jeweils einen der bekannten Antikörper hinzu, die in diesen Mulden gebunden wurden. Dann blockierte er die verbleibenden Bindungsstellen in den Vertiefungen mit Albumin aus Rinderserum, bevor er eine definierte Menge des unbekannten Medikaments in jede der Mulden gab.

»Jetzt muß ich herausfinden, welcher Antikörper auf das unbekannte Mittel reagiert hat«, sagte er und wusch sämtliche Vertiefungen aus, um sie von allen Resten des unbekannten Immunglobulins zu reinigen, die nicht reagiert hatten. »Das erreichen wir, indem wir in jede Vertiefung noch einmal den gleichen Antikörper hinzugeben, der sich schon vorher darin befand, nur diesmal mit einem Marker versehen, der enzymatisch einen Farbumschlag hervorruft.« In diesem Fall hatte der Marker die Eigenschaft, im Falle einer Reaktion lavendelblau zu erscheinen.

Die ganze Zeit erklärte Sean Janet, was er gerade tat. Sie hatte schon von derartigen Tests gehört, jedoch noch nie bei einem zugesehen.

»Treffer!« rief Sean, als sich eine der zahlreichen Vertiefungen so verfärbte, daß der Farbton dem in den Kontrollmulden entsprach, die Sean in den Vertiefungen am Ende einer Reihe angelegt hatte. »Das unbekannte Medikament ist nicht mehr unbekannt. Es ist ein menschliches Immunglobulin namens IgG 1.«

»Wie hat das Forbes-Zentrum es hergestellt?« fragte Janet.

»Das ist eine gute Frage«, sagte Sean. »Vermutlich mit Hilfe eines monoklonalen Antikörpers. Obwohl es auch nicht völlig ausgeschlossen ist, IgG 1 durch die Rekombination von DNA zu erlangen. Das Problem ist, daß es ein sehr großes Molekül ist.«

Janet hatte immerhin eine vage Ahnung, wovon Sean

sprach, und ihr Interesse an dem Prozeß zur Identifikation des unbekannten Medikaments war definitiv erwacht, aber plötzlich ließ sich ihre physische Erschöpfung nicht länger ignorieren. Sie warf einen Blick auf ihre Uhr und wußte sofort warum. Es war fast Mitternacht.

Einerseits wollte sie Seans Begeisterung, die sie selbst unter so großen Mühen angefacht hatte, nicht wieder dämpfen, andererseits war sie wirklich todmüde. Sie faßte sanft seinen Arm. In der Hand hielt er eine Pasteur-Pipette. Er hatte eine zweite ELISA-Plakette für das andere unbekannte Medikament vorbereitet.

»Hast du eine Ahnung, wie spät es ist?« frage Janet ihn.

Sean warf einen Blick auf seine Uhr. »Sag ich doch, wenn man sich amüsiert, vergeht die Zeit wie im Flug.«

»Ich muß morgen arbeiten«, sagte sie. »Ich muß ein paar Stunden Schlaf kriegen. Aber ich kann auch allein zu meiner Wohnung zurückfahren.«

»Nicht um diese Uhrzeit«, sagte Sean. »Laß mich das hier noch eben fertigmachen, dann will ich schnell einen Immunfluoreszenz-Test durchlaufen lassen, um zu sehen, wie intensiv das IgG 1 mit Helens Tumorzellen reagiert. Die Verdünnung läuft automatisch. Ich brauche nur ein paar Minuten.«

Widerwillig gab Janet nach, auch wenn sie kaum noch aufrecht auf ihrem Hocker sitzen konnte. Statt dessen holte sie sich einen Sessel aus dem Glaskasten-Büro. Knapp eine halbe Stunde später wurde Sean regelrecht euphorisch. Der ELISA der zweiten Unbekannten hatte drei Zytokinine identifiziert: Interleukin-2, ein T-Lymphozytenwachstumsfaktor, wie er Janet erklärte, Gewebenekrosefaktor-Alpha, der bestimmte Zellen stimulierte, körperfremde Zellen wie beispielsweise Tumorzellen zu zerstören, sowie Interferon-Gamma, eine Substanz, die offenbar das gesamte Immunsystem stimulierte.

»Sind diese T-Zellen nicht die, die bei AIDS zerstört werden?« fragte Janet, die zunehmend Schwierigkeiten hatte, sich wach zu halten.

»Genau«, sagte Sean. Er hielt jetzt eine Reihe von Objektträgern, auf denen er Immunfluoreszenz-Tests in verschiedenen Verdünnungen des unbekannten Immunglobulins hatte durchlaufen lassen. Er nahm einen Objektträger mit hoher Verdünnung, schob ihn unter das Objektiv des Fluoreszenzmikroskops und blickte hindurch.

»Wow!« rief er. »Die Intensität der Reaktion ist unvorstellbar. Selbst in einer Verdünnung von eins zu zehntausend ist die Reaktion dieses IgG 1-Antikörpers mit dem Tumor vierfach positiv. Janet, komm her und sieh dir das an!«

Als Janet nicht reagierte, blickte Sean von seinem Binokularmikroskop auf. Janet saß zusammengesunken in dem Sessel und war eingeschlafen.

Als Sean sie so sah, erfaßte ihn ein drängendes Schuldgefühl. Er hatte keinen Moment daran gedacht, wie erschöpft sie sein mußte. Er stand auf und streckte seine müden Arme. Dabei ging er zu Janet herüber und betrachtete sie. In dieser Haltung wirkte sie besonders engelhaft. Ihr feines blondes Haar rahmte ihr Gesicht. Sean hätte sie sehr gerne geküßt. Statt dessen rüttelte er sanft an ihrer Schulter.

»Komm«, flüsterte er. »Laß uns zusehen, daß wir dich ins Bett bringen.«

Janet saß schon angeschnallt in seinem Wagen, als ihr schläfriges Gehirn sich daran erinnerte, daß sie am Morgen mit dem eigenen Wagen hergekommen war, was sie jetzt auch Sean erklärte.

»Kannst du denn noch fahren?« fragte er.

Sie nickte. »Ich will mein Auto«, sagte sie in einem Ton, der keinen Widerspruch duldete.

Sean fuhr herüber zum Parkplatz der Klinik und ließ sie

aussteigen. Er wartete, bis sie den Wagen angelassen hatte, und ließ sie vorfahren. Als sie auf die Straße bogen, war er viel zu sehr auf Janet konzentriert, um den dunkelgrünen Mercedes zu bemerken, der ihnen ohne Licht langsam folgte.

7

Samstag, 6. März, 4.45 Uhr

Als Sean die Augen aufschlug, war er sofort hellwach. Er konnte es kaum erwarten, dem Geheimnis der Medulloblastom-Therapie weiter auf den Grund zu gehen. Die wenigen Tests, die er am Abend zuvor hatte durchführen können, hatten seinen Appetit erst richtig geweckt. Trotz der frühen Stunde schlüpfte er leise aus dem Bett, duschte und zog sich an.

Als er bereit war, zum Forschungszentrum aufzubrechen, schlich er auf Zehenspitzen in das verdunkelte Schlafzimmer und stupste Janet sanft an die Schulter. Er wußte, daß sie gerne so lange wie möglich schlief, doch er wollte ihr noch etwas sagen.

Janet wälzte sich im Bett und stöhnte: »Ist es schon Zeit zum Aufstehen?«

»Nein«, flüsterte Sean. »Ich fahre jetzt ins Labor. Du kannst noch ein paar Minuten weiterschlafen. Ich wollte dich nur daran erinnern, ein paar Sachen für unseren Wochenendausflug nach Naples einzupacken. Ich möchte heute nachmittag direkt nach deinem Feierabend aufbrechen.«

»Warum werde ich bloß das Gefühl nicht los, daß du irgendwelche Hintergedanken bei der Sache hast?« fragte Janet und rieb sich die Augen. »Was ist in Naples?«

»Das erzähle ich dir unterwegs«, sagte Sean. »Wenn wir direkt vom Forbes-Zentrum losfahren, vermeiden wir den Wochenendverkehr aus Miami in Richtung Süden. Du brauchst nicht viel einzupacken. Nur etwas, das du zum

Abendessen tragen kannst, einen Badeanzug und Jeans. Und noch was«, fügte Sean hinzu und beugte sich über sie.

Janet sah ihm in die Augen.

»Ich möchte, daß du heute morgen eine Probe von Louis Martins Medikament besorgst«, sagte er.

Janet richtete sich auf. »Toll!« rief sie sarkastisch. »Und wie soll ich das anstellen? Ich hab dir doch erzählt, daß es schon schwierig war, Helens Medikamentenproben zu beschaffen.«

»Nun beruhige dich doch«, sagte Sean. »Versuch es einfach. Es könnte wichtig sein. Du hast doch gesagt, daß du glaubst, daß alle Medikamente aus ein und demselben Vorrat stammen. Ich brauch nicht viel, und auch nur aus der größeren Flasche. Ein paar Tropfen würden völlig reichen.«

»Die Ausgabe dieser Medikamente wird strenger kontrolliert als die der Narkotika«, entgegnete Janet.

»Wie wär's, wenn du es mit einer Salzlösung verlängerst?« schlug Sean vor. »Du weißt schon, der alte Trick, Wasser in die Schnapsflaschen der Eltern zu füllen. Es fällt bestimmt nicht auf, daß die Konzentration sich verändert hat.«

Janet dachte darüber nach. »Meinst du, es könnte dem Patienten schaden?«

»Ich wüßte nicht, wie«, sagte Sean. »Höchstwahrscheinlich gibt es ohnehin einen breiten Sicherheitsspielraum.«

»Na gut, ich werde es versuchen«, sagte Janet, immer noch widerwillig. Sie haßte es, Marjorie zu betrügen. »Mehr verlange ich ja gar nicht«, sagte Sean und küßte sie auf die Stirn.

»Jetzt kann ich bestimmt nicht mehr einschlafen«, nörgelte sie, als er sich anschickte zu gehen.

»Am Wochenende können wir jede Menge Schlaf nachholen«, versprach er.

Als Sean zu seinem Jeep ging, dämmerte von Osten das erste Morgengrau heran. Nach Westen hin funkelten noch immer Sterne am Himmel, als wäre es tiefe Nacht.

Als er losfuhr, waren seine Gedanken schon bei der vor ihm liegenden Laborarbeit, so daß er seine Umgebung gar nicht richtig wahrnahm. Wieder bemerkte er den dunkelgrünen Mercedes nicht, der sich etliche Wagen hinter ihm in den fließenden Verkehr einfädelte.

In dem Mercedes wählte Wayne Edwards von seinem Autotelefon die Nummer von Sterling Rombauer im Grand Bay Hotel in Coconut Grove.

Nach dem dritten Klingeln nahm ein schläfriger Sterling ab.

»Er hat den Bau verlassen und fährt Richtung Westen«, sagte Wayne. »Vermutlich zum Forbes-Zentrum.«

»Okay«, sagte Sterling. »Bleiben Sie dran. Vor einer halben Stunde hat mich die Information erreicht, daß sich der Sushita-Jet in diesem Augenblick gen Süden in die Lüfte erhebt.«

»Hört sich an, als ob es richtig losgeht«, meinte Wayne.

»Das vermute ich auch«, sagte Sterling.

Anne Murphy war wieder deprimiert. Charles war zwar nach Hause gekommen, jedoch nur eine Nacht geblieben. Und jetzt wirkte die Wohnung einsam. Es war so angenehm, mit ihm zusammenzusein, er war so ruhig und so nahe bei Gott. Sie lag noch immer im Bett, und als es klingelte, fragte sie sich, ob sie aufstehen sollte.

Schließlich zog sie sich ihren karierten Morgenmantel über und ging in die Küche. Sie erwartete niemanden, aber andererseits hatte sie auch die beiden Besucher, die neulich wegen Sean gekommen waren, nicht erwartet. Sie erinnerte sich an ihr Versprechen, gegenüber Fremden weder über Sean noch Onkogen zu sprechen.

»Wer ist da?« fragte sie über die Gegensprechanlage.

»Die Bostoner Polizei«, erwiderte eine weibliche Stimme.

Ein kalter Schauer lief über Annes Rücken, und sie drückte die Tür auf. Sie war sicher, daß der Besuch nur bedeuten konnte, daß Sean wieder seinen alten Lastern verfallen war. Nachdem sie sich kurz die Haare gebürstet hatte, ging sie an die Tür. Draußen standen ein Mann und eine Frau in den Uniformen der Bostoner Polizei. Anne hatte keinen von beiden je gesehen.

»Entschuldigen Sie die Störung, Madam«, sagte die Beamtin und hielt ihren Ausweis hoch. »Ich bin Officer Hallihan, und das ist Officer Mercer.«

Anne hielt das Revers ihres Morgenmantels umklammert und zog ihn enger um sich. Als Sean noch ein Teenager war, hatte die Polizei des öfteren vor der Tür gestanden. Dieser Besuch weckte schlimme Erinnerungen.

»Wo liegt das Problem?« fragte Anne.

»Sind Sie Anne Murphy, die Mutter von Sean Murphy?« fragte Officer Hallihan.

Anne nickte.

»Wir kommen wegen eines Amtshilfeersuchens der Polizei von Miami zu Ihnen«, erklärte Officer Mercer. »Wissen Sie, wo sich Ihr Sohn Sean zur Zeit aufhält?«

»Er ist am Forbes-Krebsforschungszentrum in Miami«, antwortete Anne. »Was ist passiert?«

»Das wissen wir nicht«, sagte Officer Hallihan.

»Steckt er in Schwierigkeiten?« fragte Anne und fürchtete sich schon vor der Antwort.

»Wir haben wirklich keinerlei Informationen«, erwiderte Hallihan. »Haben Sie seine Adresse in Miami?«

Anne ging zu dem Telefontischchen im Flur, schrieb die Adresse der Forbes-Residenz auf einen Zettel und gab ihn den Polizisten.

»Vielen Dank, Madam«, sagte Hallihan. »Wir wissen Ihre Mitarbeit zu schätzen.«

Anne schloß die Tür und lehnte sich dagegen. Tief in ihrem Herzen wußte sie, daß ihre schlimmsten Befürchtungen wahr geworden waren: Miami war ein böser Einfluß gewesen, wie sie erwartet hatte. Sean steckte wieder in Schwierigkeiten.

Sobald sie sich einigermaßen gefaßt hatte, rief sie Brian an.

»Sean hat wieder Probleme«, platzte sie los, als ihr ältester Sohn abnahm. Tränen schossen ihr in die Augen, sobald sie die Worte herausgebracht hatte.

»Nun reiß dich doch zusammen, Mom«, sagte Brian.

»Du mußt etwas unternehmen«, sagte Anne unter Schluchzen.

Brian brachte seine Mutter dazu, sich so weit zu beruhigen, daß sie ihm erzählen konnte, was vorgefallen war und was die Polizei gesagt hatte.

»Es geht wahrscheinlich um irgendein Verkehrsdelikt«, sagte Brian. »Vermutlich ist er über eine Rasenfläche gefahren oder so.«

»Ich glaube, es ist schlimmer«, sagte Anne schniefend. »Ich weiß es. Ich kann es fühlen. Der Junge wird noch mal mein Tod sein.«

»Wir wär's, wenn ich kurz vorbeikomme?« sagte Brian. »Vorher mache ich noch ein paar Anrufe, um zu klären, was eigentlich los ist. Ich wette, es ist irgendeine Lappalie.«

»Hoffentlich«, sagte Anne und putzte sich die Nase.

Während sie darauf wartete, daß Brian von der Marlborough Street herübergefahren kam, zog sie sich an und begann, ihr Haar hochzustecken. Brian lebte auf der anderen Seite des Charles River in Back Bay, und da am Samstag kaum Verkehr herrschte, war er innerhalb einer halben

Stunde bei ihr. Als er unten klingelte, bevor er die Treppen hochgelaufen kam, steckte sie gerade ihre letzte Haarnadel zurecht.

»Ich habe einen Anwaltskollegen aus Miami angerufen, bevor ich von zu Hause los bin. Sein Name ist Kevin Porter«, erklärte Brian seiner Mutter. »Er arbeitet für eine Firma, mit der ich in der Gegend von Miami geschäftlich zu tun habe. Ich habe ihm erzählt, was vorgefallen ist, und er meinte, er hätte einen guten Draht zur Polizei von Miami und würde schon rausbekommen, was los ist.«

»Ich weiß, es ist etwas Schlimmes«, sagte Anne.

»Du weißt gar nichts!« sagte Brian. »Nun mach dich doch nicht selbst verrückt. Denk an das letzte Mal, als du im Krankenhaus gelandet bist.«

Wenige Minuten nach Brians Eintreffen rief Kevin Porter an.

»Ich fürchte, ich habe keine besonders guten Nachrichten für Sie«, sagte Porter. »Der Besitzer eines Spirituosenladens hat die Autonummer Ihres Bruders notiert, als der sich vom Schauplatz eines Einbruchs entfernte.«

Brian seufzte und sah seine Mutter an. Sie saß auf der äußersten Kante eines Stuhls mit gerader Lehne und hatte die Hände im Schoß gefaltet. Brian war wütend auf Sean. Dachte er eigentlich nie daran, was er mit seinen Eskapaden ihrer armen Mutter antat?

»Es ist eine reichlich bizarre Geschichte«, fuhr Porter fort. »Offenbar ist eine Leiche verstümmelt worden und – wollen Sie es wirklich hören...?«

»Erzählen Sie mir alles«, sagte Brian.

»Irgend jemand hat ein Gehirn aus einer Leiche gestohlen,« sagte Porter. »Und zwar nicht aus der Leiche irgendeines Penners. Die Verstorbene war eine junge Frau, deren Vater irgendein Geschäftsmogul aus Ihrer Gegend ist.«

»Hier aus Boston?«

»Ja, und hier unten gibt es einen Riesenaufstand, weil der Typ seine Beziehungen spielen läßt«, sagte Porter. »Die Polizei wird unter Druck gesetzt, etwas zu unternehmen. Der leitende Staatsanwalt des Staates Florida hat eine Liste mit Tatvorwürfen zusammengestellt, die etwa eine Meile lang ist. Der Gerichtsmediziner, der die Leiche begutachtet hat, meinte, ihr Schädel sei wahrscheinlich mit einer Handkreissäge geöffnet worden.«

»Und man hat gesehen, wie Seans Jeep den Tatort verließ?« fragte Brian. Er überlegte bereits eine Verteidigung.

»Ich fürchte, ja«, erwiderte Porter. »Außerdem hat einer der Gerichtsmediziner ausgesagt, daß Ihr Bruder zusammen mit einer Krankenschwester nur wenige Stunden vor der Tat im Büro des Gerichtsmediziners war und nach eben dieser Leiche gefragt hat. Offenbar wollten sie Gewebeproben entnehmen. Sieht so aus, als hätten sie sie bekommen. Natürlich fahndet die Polizei nach Ihrem Bruder und der Krankenschwester zur Vernehmung und einer möglichen Verhaftung.«

»Vielen Dank, Kevin«, sagte Brian. »Und lassen Sie mich wissen, wo ich Sie im weiteren Verlauf des Tages erreichen kann. Möglicherweise brauche ich Sie noch, vor allem wenn Sean verhaftet wird.«

»Sie können mich das ganze Wochenende über zu Hause erreichen«, erwiderte Kevin. »Ich werde eine Nachricht auf der Wache hinterlassen, daß man mich benachrichtigen soll, wenn man Ihren Bruder gefunden hat.«

Brian legte den Hörer langsam auf die Gabel und sah seine Mutter an. Er wußte, daß sie nicht auf diese Wendung der Ereignisse vorbereitet war, zumal sie glaubte, Sean sei allein in Sodom und Gomorrah.

»Hast du zufällig Seans Telefonnummer zur Hand?« fragte er und bemühte sich, die Besorgnis in seiner Stimme zu überdecken.

Anne holte sie ihm wortlos.

Zunächst rief Brian die Residenz an. Er ließ es ein dutzendmal klingeln, bevor er aufgab. Dann versuchte er es beim Forschungsgebäude des Forbes-Zentrums. Leider erreichte er nur eine automatische Ansage, die ihn darüber informierte, daß die Zentrale montags bis freitags von acht bis siebzehn Uhr besetzt war.

Schließlich nahm er erneut entschlossen den Hörer zur Hand und rief Delta Airlines an, um einen Platz auf dem Mittagsflug nach Miami zu buchen. Irgend etwas Seltsames ging vor, und er glaubte, daß es besser war, wenn er vor Ort nach dem Rechten sah.

»Ich hatte recht, nicht wahr?« sagte Anne. »Es ist schlimm.«

»Ich bin sicher, das Ganze ist ein Mißverständnis«, sagte Brian. »Deswegen ist es wohl das beste, wenn ich runterfliege und die Sache kläre.«

»Was habe ich bloß falsch gemacht«, sagte Anne.

»Mutter«, erwiderte Brian. »Es ist nicht deine Schuld.«

Hiroshi Gyuhamas Magen machte ihm Sorgen. Seine Nerven waren zum Zerreißen gespannt. Seit Sean ihn im Treppenhaus überrascht und erschreckt hatte, mochte er dem Mann nicht mehr selbst nachspionieren. Er hatte Seans Anwesenheit kurz kontrolliert, als er den Jeep schon so früh auf dem Parkplatz bemerkt hatte. Nachdem er gesehen hatte, daß Sean fieberhaft in seinem Labor arbeitete, war er in sein Büro zurückgekehrt.

Seit Tanaka Yagamuchi in der Stadt war, war Hiroshi doppelt nervös. Er hatte den Mann vor zwei Tagen am Flugplatz abgeholt und ihn zum Doral Country Club gefahren, wo er zu wohnen und Golf zu spielen gedachte, bis Sushita eine endgültige Entscheidung getroffen hatte.

Die endgültige Entscheidung war am späten Freitagabend gefallen. Nach eingehender Erörterung von Tanakas letztem Memorandum hatte der Aufsichtsrat von Sushita beschlossen, daß Sean Murphy eine Bedrohung ihrer Investition in das Forbes-Zentrum darstellte. Sushita wollte ihn unverzüglich in Tokio haben, wo man »vernünftig« mit ihm reden wollte.

Hiroshi fühlte sich in der Gegenwart Tanakas überhaupt nicht wohl. Seit er von dessen Verbindungen zur Yakuza wußte, war ihm der Mann unheimlich. Außerdem ließ er Hiroshi durch subtile Gesten wissen, daß er ihn nicht respektierte. Er hatte sich zwar verbeugt, als sie sich getroffen hatten, aber nicht besonders tief oder lang. Ihr Gespräch auf dem Weg zum Hotel hatte sich auf Belanglosigkeiten beschränkt. Sean Murphy hatte Tanaka mit keinem Wort erwähnt. Und sobald sie im Hotel angekommen waren, hatte er Hiroshi komplett ignoriert. Schlimmer noch, er hatte ihn nicht einmal eingeladen, mit ihm Golf zu spielen.

All diese Kränkungen waren Hiroshi schmerzhaft bewußt, und die Implikationen waren klar.

Hiroshi wählte die Nummer des Doral Country Clubs und bat, Mr. Yagamuchi zu sprechen. Man verband ihn mit dem Clubhaus, da Mr. Yagamuchi in exakt zwanzig Minuten einen Abschlag vom ersten Loch gebucht hatte.

Tanaka meldete sich. Als er hörte, daß es Hiroshi war, war er besonders kurz angebunden. In einem Schwall von hektischem Japanisch kam Hiroshi direkt zur Sache.

»Mr. Sean Murphy hält sich jetzt hier im Forschungsgebäude auf«, sagte er.

»Danke«, sagte Tanaka. »Das Flugzeug ist unterwegs. Alles läuft nach Plan. Wir werden heute nachmittag im Forbes-Zentrum sein.«

Sean hatte den Vormittag bester Laune begonnen. Nachdem er das Immunglobulin und die drei Zytokinine so leicht identifiziert hatte, hatte er genauso schnelle Fortschritte bei der Bestimmung erwartet, auf genau welches Antigen das Immunglobulin reagierte. Da es so heftig mit der Tumorzellen-Suspension reagiert hatte, schloß er, daß das Antigen membranständig sein mußte. Mit anderen Worten, es mußte sich auf der Oberfläche der Krebszellen befinden.

Um diese Vermutung sowie seine Annahme zu bestätigen, daß das Antigen zumindest teilweise ein Peptid war, hatte Sean intakte Zellen von Helens Tumor mit Trypsin behandelt. Als er jetzt probierte, ob die derart behandelten Zellen mit dem Immunglobulin reagierten, stellte er rasch fest, daß das nicht der Fall war.

Und von da an gab es nur noch Schwierigkeiten. Er konnte das membranständige Antigen nicht bestimmen. Er testete zahllose bekannte Antigene auf eine Reaktion mit der Antigenbindungsstelle des unbekannten Immunglobulins, ohne Erfolg. Er verwendete Hunderte von Zellreihen, die in Gewebekulturen gewachsen waren, und verbrachte Stunden damit, die kleinen Mulden zu füllen, ohne eine Reaktion hervorzurufen, wobei ihn besonders die in neuralem Gewebe gezüchteten Zellreihen interessierten. Er versuchte es mit normalen sowie mit transformierten oder neoplastischen Zellen. Er versuchte, alle Zellen durch Detergenzien in immer höherer Konzentration aufzuschlüsseln, zunächst, um die Zellmembran zu öffnen und die zytoplasmatischen Antigene zu exponieren, dann, um den Zellkern freizulegen, um auch die nukleären Antigene zu erfassen. Doch es wollte ihm nicht gelingen, eine Reaktion hervorzurufen. In keiner der Hunderten von Vertiefungen war eine Immunfluoreszenz zu beobachten.

Sean konnte nicht glauben, daß es so schwierig sein

sollte, ein Antigen zu finden, auf das das geheimnisvolle Immunglobulin reagierte. Bisher hatte er nicht einmal eine Teilreaktion. Als er gerade im Begriff war, die Geduld zu verlieren, klingelte das Telefon. Er ging zu einem Nebenanschluß, der an der Wand des Labors montiert war, und nahm ab. Es war Janet.

»Und, wie läuft's, Einstein?« fragte sie fröhlich.

»Beschissen«, antwortete Sean. »Ich komme überhaupt nicht weiter.«

»Das tut mir leid für dich«, sagte Janet. »Aber ich habe etwas, was deine Laune möglicherweise bessert.«

»Was?« fragte Sean. Im Moment konnte er an nichts anderes denken als an das gesuchte Antigen. Und das konnte ihm Janet ganz bestimmt nicht liefern.

»Ich habe eine Probe von Louis Martins Medikament aus dem großen Fläschchen«, sagte Janet. »Ich habe es so gemacht, wie du gesagt hast.«

»Toll«, sagte Sean wenig enthusiastisch.

»Was ist los?« wollte Janet wissen. »Ich dachte, du würdest dich freuen.«

»Ich freue mich auch«, sagte er. »Aber ich bin auch frustriert, weil ich nicht weiterkomme. Ich bin wirklich ratlos.«

»Laß uns uns treffen, damit ich dir die Ampulle geben kann«, sagte Janet. »Vielleicht brauchst du einfach eine Pause.«

Sie trafen sich wie üblich in der Kantine. Sean nutzte die Gelegenheit, um etwas zu essen. Wie beim letzten Mal, reichte Janet ihm die Ampulle unter dem Tisch an, und er ließ sie in seiner Tasche verschwinden.

»Ich habe eine kleine Reisetasche gepackt, wie du gesagt hast«, erzählte sie, in der Hoffnung, ihn aufzumuntern.

Doch er nickte nur und kaute lustlos auf seinem Sandwich herum.

»Die Aussicht auf unseren Wochenendausflug scheint dich deutlich weniger zu begeistern als noch heute morgen«, bemerkte Janet.

»Ich bin mit meinen Gedanken ganz einfach woanders«, sagte Sean. »Ich hätte nie geglaubt, daß ich das Antigen nicht finde, auf das dieses geheimnisvolle Immunglobulin reagiert.«

»Mein Tag war auch ziemlich mies«, sagte Janet. »Glorias Zustand ist unverändert, wenn überhaupt, eher ein wenig schlechter. Ich weiß ja nicht, wie es dir geht, aber ich freue mich wirklich darauf, hier mal wegzukommen. Ich glaube, es wird uns beiden guttun. Mit ein bißchen Abstand zu deinem Labor kommst du vielleicht auf neue Ideen.«

»Das wäre schön«, sagte Sean matt.

»Ich habe so gegen halb vier Schluß«, sagte Janet. »Wo sollen wir uns treffen?«

»Komm rüber ins Forschungsgebäude«, erwiderte Sean. »Ich treff dich unten im Foyer. Wenn wir auf dieser Seite rausgehen, vermeiden wir das Gedränge des Klinik-Schichtwechsels.«

»Ich werde dich sehnsüchtig erwarten«, erklärte Janet fröhlich grinsend.

Sterling beugte sich über den Sitz nach hinten und stupste Wayne an, der auf der Rückbank eingeschlafen war, sich jetzt jedoch rasch aufrichtete.

»Das sieht vielversprechend aus.« Er wies durch die Scheibe auf eine überlange, schwarze Lincoln-Limousine, die genau zwischen Klinik- und Forschungsgebäude am Straßenrand hielt. Sobald der Wagen stehengeblieben war, stieg hinten ein Japaner aus und musterte die beiden Gebäude.

»Das ist Tanaka Yagamuchi«, sagte Sterling. »Können

Sie mit Ihrem Fernglas sehen, wie viele Personen im Wagen sitzen?«

»Wegen der getönten Scheiben ist es schwer zu erkennen«, sagte Wayne und blickte durch seinen kleinen Feldstecher. »Hinten sitzt noch ein zweiter Mann. Sekunde. Die Vordertür geht auch auf. Ich kann zwei weitere Personen erkennen. Sie sind insgesamt zu viert.«

»Das hatte ich vermutet«, sagte Sterling. Er sah, daß ein zweiter Mann aus der Limousine stieg, im Vergleich zu Tanaka ein Baum von einem Mann. »Lassen Sie mich mal durch den Feldstecher gucken«, sagte Sterling. Wayne reichte ihm das kleine Fernglas. Sterling korrigierte den Fokus und betrachtete die beiden Asiaten. Den zweiten Mann erkannte er nicht.

»Warum gehen wir nicht rüber und machen uns bekannt«, schlug Wayne vor. »Dann wissen sie gleich, daß es eine riskante Operation ist. Vielleicht geben sie den Plan sogar auf.«

»Das würde sie nur alarmieren«, sagte Sterling. »So ist es besser. Wenn wir sie zu früh wissen lassen, daß wir hier sind, werden sie ihre weiteren Aktionen nur noch heimlicher durchführen. Wir müssen sie auf frischer Tat erwischen, damit wir etwas gegen sie in der Hand haben, das wir als Verhandlungsmasse benutzen können.«

»Kommt einem vor wie das reinste Katz-und-Maus-Spiel«, sagte Wayne.

»Da haben Sie völlig recht«, stimmte Sterling ihm zu.

Seit dem frühen Morgen hatte Robert Harris ein paar Häuser entfernt von Tom Widdicombs Haus in der Palmetto Lane in Hialeah in seinem Wagen gesessen. Obwohl er jetzt seit vier Stunden hier hockte, hatte er kein Anzeichen von Leben entdecken können. Nur die Lichter waren jetzt aus. Einmal meinte er, gesehen zu haben, daß sich die Gardinen wie am Abend zuvor bewegt hatten, doch er war sich nicht sicher. Vielleicht spielte auch nur die Langeweile seinen Augen einen Streich.

Etliche Male war er kurz davor gewesen aufzugeben. Er verschwendete wertvolle Zeit an eine Person, die nur wegen ihres eigenartigen beruflichen Werdegangs und der Tatsache verdächtig war, daß sie alle Lichter brennen ließ und die Tür nicht aufmachte. Doch der Verdacht, daß es möglicherweise einen Zusammenhang gab zwischen den Überfällen auf die beiden Krankenschwestern und dem Tod der Brustkrebspatientinnen, nagte an ihm. Und da es ihm ohnehin an anderen Ideen oder Spuren mangelte, blieb er, wo er war.

Es war kurz nach vierzehn Uhr, Harris wollte gerade losfahren, um seinen Hunger und ein dringendes Bedürfnis zu stillen, als er Tom Widdicomb zum ersten Mal sah. Das Garagentor ging auf, und da stand er und blinzelte ins helle Sonnenlicht.

Äußerlich paßte die Beschreibung auf ihn. Er war mittelgroß, von durchschnittlichem Körperbau und hatte braunes Haar. Seine Kleidung wirkte leicht unordentlich, Hemd und Hosen waren ungebügelt. Ein Ärmel seines Hemds war bis zum Ellenbogen aufgerollt, der andere ganz heruntergelassen, aber nicht zugeknöpft. Dazu trug er alte, leichte Jogging-Schuhe.

In der Garage standen zwei Wagen: ein uraltes hellgrünes Cadillac-Cabriolet und ein grauer Ford Escort. Tom brachte den Ford mit einigen Schwierigkeiten zum Laufen. Nachdem der Motor endlich angesprungen war, spuckte der Auspuff schwarzen Qualm, als sei der Wagen geraume Zeit nicht gefahren worden. Tom setzte rückwärts aus der Garage, schloß das Tor und stieg wieder in den Escort. Nachdem er die Ausfahrt verlassen hatte, ließ Harris ihm einen Vorsprung, bevor er die Verfolgung aufnahm.

Er hatte sich keinen Plan zurechtgelegt. Als er Tom am Garagentor gesehen hatte, hatte er kurz erwogen, auszusteigen und ein wenig mit dem Mann zu plaudern. Aber er hatte es gelassen und war ihm statt dessen ohne einen speziellen Grund gefolgt. Doch bald wurde offensichtlich, wohin der Mann fuhr, und Harris wurde zunehmend interessierter. Tom Widdicomb fuhr zum Forbes-Krebszentrum.

Als er in die Einfahrt zum Parkplatz bog, folgte ihm Harris weiter, nahm jedoch mit Absicht die entgegengesetzte Richtung, damit Tom ihn nicht bemerkte. Dann hielt er an, öffnete die Tür, stieg auf das Trittbrett und beobachtete, wie Tom langsam über den Parkplatz kurvte, bis er schließlich in der Nähe des Klinikeingangs zum Stehen kam.

Harris stieg wieder in seinen Wagen und arbeitete sich auf einen freien Platz etwa fünfzig Meter von dem Escort entfernt vor. Was ihn beschäftigte, war die Möglichkeit, daß Tom Widdicomb der zweiten überfallenen Krankenschwester, Janet Reardon, nachstellte. Wenn dem so war, war er vielleicht der Angreifer, und wenn er der Angreifer war, war er möglicherweise auch der Mörder der Brustkrebspatientinnen.

Harris schüttelte den Kopf. Das alles waren bloße Vermutungen, und all die »wenns« entsprachen so gar nicht seiner bevorzugten Art, zu denken und zu handeln. Er mochte Fakten, keine vagen Annahmen. Aber im Moment war es alles, was er hatte, und dieser Tom Widdicomb benahm sich in der Tat seltsam: verkroch sich zu Hause und machte alle Lichter an, versteckte sich fast den ganzen Tag über und lümmelte jetzt an seinem freien Tag auf dem Klinikparkplatz herum, wo er doch eigentlich krank zu Hause im Bett liegen sollte. So lächerlich das Ganze von einem rein rationalen Standpunkt aus betrachtet auch klingen mochte, es reichte, daß Harris in seinem Wagen hocken blieb und sich wünschte, er hätte die Voraussicht gehabt, Sandwiches und etwas zu trinken einzupacken.

Als Sean nach seinem Treffen mit Janet ins Labor zurückkehrte, änderte er die Stoßrichtung seiner Experimente. Anstatt wieder zu versuchen, die spezifische Antigenität von Helen Cabots Medikament zu bestimmen, beschloß er, herauszufinden, wie es sich im einzelnen von Louis Martins Medikament unterschied. Eine rasche Elektrophorese der beiden ergab, daß sie in etwa das gleiche Molekulargewicht hatten, was er nicht anders erwartet hatte. Ein ebenso schneller ELISA-Test mit dem Antikörper Immunglobulin IgG 1 bestätigte, daß es aus derselben Klasse von Immunglobulinen war wie Helens. Auch das hatte er erwartet.

Aber dann stieß er auf etwas Unerwartetes. Er machte einen Immunfluoreszenz-Test mit Louis Martins Medikament und Helens Tumor und erhielt eine ebenso starke positive Reaktion wie mit Helens Medikament! Obwohl Janet vermutet hatte, daß die Medikamente aus einer Quelle stammten, glaubte Sean nicht, daß sie identisch sein könnten. Nach allem, was er über die spezifische Antigenität von Krebsarten und ihren Antikörpern wußte, war das extrem unwahrscheinlich. Trotzdem sah er sich jetzt mit der Tatsache konfrontiert, daß Louis' Medikament auf Helens Tumor reagierte. Wie gern wäre er in diesem Moment an eine Biopsie von Louis Martins Tumor gekommen, damit er dessen Reaktion auf Helens Medikament testen und seine verblüffende Erkenntnis bestätigen konnte.

Er saß an seinem Arbeitstisch und überlegte, was er als nächstes tun könnte. Er konnte Louis Martins Medikament der gleichen Batterie von Antigenen aussetzen, die er bei Helens Medikament getestet hatte, aber das wäre vermutlich zwecklos. Statt dessen beschloß er, die Antigenbindungsbereiche der beiden Immunglobuline zu charakterisieren, um ihre Aminosäurensequenzen direkt vergleichen zu können.

Zunächst mußte er jedes der Immunglobuline mit einem Enzym namens Papain inkubieren, um gezielt jene Fragmente abzuspalten, an die das Antigen gebunden wird. Danach isolierte er diese Fragmente und »entfaltete« die Moleküle. Zuletzt mußte er diese Aufbereitungen in ein automatisches Peptidanalysegerät geben, das die komplizierte Aufgabe übernahm, die Aminosäuresequenzen zu bestimmen. Das Gerät stand im sechsten Stock.

Sean ging hinauf und bereitete die automatisch gesteuerten Apparate vor. Außer ihm arbeiteten an diesem Samstagvormittag noch einige andere Forscher, doch Sean war viel zu sehr in seine Arbeit vertieft, um ein Gespräch anzuknüpfen.

Nachdem die Analysiergeräte vorbereitet und gestartet waren, kehrte Sean in sein Labor zurück. Da er von Helens Medikament mehr hatte als von Louis', benutzte er ihres, um weiter nach einem Reagens für seinen Antigenbindungsbereich zu suchen. Er überlegte, welche Art von Oberflächen-Antigen sich auf ihren Tumorzellen befinden könnte, und kam zu dem Schluß, daß es sich aller Wahrscheinlichkeit nach um ein Glykoprotein handelte, das eine zelluläre Bindungsstelle bildete.

Und in diesem Moment fiel ihm das Forbes-Glykoprotein ein, das er zu kristallisieren versucht hatte.

Wie er es schon mit zahlreichen anderen möglichen Antigenen getan hatte, untersuchte er mit Hilfe eines Immunfluoreszenz-Tests die Reaktivität des Forbes-Glykoproteins mit Helens Medikament. Als er gerade die Schale auf Anzeichen irgendwelcher Reaktionen begutachtete, die er nicht feststellen konnte, ließ ihn eine rauhe weibliche Stimme zusammenfahren.

»Was genau machen Sie da eigentlich?«

Sean fuhr herum. Direkt hinter ihm stand Dr. Deborah Levy. Ihre Augen funkelten ihn durchdringend an.

Sean war völlig überrumpelt. Er hatte sich nicht einmal vorsichtshalber eine überzeugende Ausrede für all seine immunologischen Tests zurechtgelegt. Er hatte nicht erwartet, am Samstagvormittag gestört zu werden, am allerwenigsten von Dr. Deborah Levy, die er außerhalb der Stadt vermutete.

»Ich habe Ihnen eine einfache Frage gestellt«, sagte sie. »Und ich erwarte eine Antwort.«

Sean wandte den Blick ab und ließ ihn über das Durcheinander von Reagenzien, die Ansammlung von Zellkulturgläschen und das allgemeine Chaos auf dem Labortisch wandern. Stotternd suchte er nach einer halbwegs plausiblen Erklärung. Aber außer den Kristallisierungsversuchen, an denen er eigentlich arbeiten sollte, fiel ihm nichts ein, und die hatten leider rein gar nichts mit Immunologie zu tun.

»Ich versuche, Kristalle zu erzeugen«, sagte Sean.

»Und wo sind sie?« fragte Dr. Levy gelassen und in einem Tonfall, der andeutete, daß einige Überzeugungsarbeit vonnöten sein würde.

Sean sagte einen Moment lang gar nichts.

»Ich warte auf eine Antwort«, sagte Dr. Levy.

»Ich weiß nicht genau«, erwiderte Sean und kam sich vor wie ein Idiot.

»Ich habe Ihnen doch gesagt, daß ich hier ein strenges Regiment führe«, sagte Dr. Levy. »Ich habe den Eindruck, daß Sie mich nicht ganz ernst genommen haben.«

»O doch«, beeilte Sean sich zu sagen. »Ich meine, ich habe Sie sehr ernst genommen.«

»Roger Calvet sagt, daß Sie seit geraumer Zeit keine Mäuse mehr injiziert haben«, fuhr Dr. Levy fort.

»Ja, also...« stotterte Sean.

»Und Mr. Harris hat mir erzählt, daß er Sie in unserem Hochsicherheitstrakt erwischt hat«, unterbrach Dr. Levy ihn, »obwohl Claire Barington Ihnen ausdrücklich erklärt hat, daß der Zutritt streng verboten ist.«

»Ich dachte nur...« setzte Sean an.

»Ich habe von Anfang an deutlich gemacht, daß ich gegen Ihre Anwesenheit an unserem Institut war«, sagte Dr. Levy. »Ihr bisheriges Verhalten hat meine Bedenken nur bestätigt. Ich will wissen, was Sie mit all diesen Geräten und teuren Reagenzien machen. Um Kristalle zu produzieren, braucht man kein immunologisches Material.«

»Ach, ich experimentiere nur so rum«, entschuldigte sich Sean lahm. Er wollte auf keinen Fall zugeben, daß er an den Medulloblastomen arbeitete, vor allem, nachdem ihm das ausdrücklich verboten worden war.

»Sie experimentieren nur so rum!« wiederholte Dr. Levy verächtlich. »Was glauben Sie, was das hier ist? Ihr Privatspielplatz?« Trotz ihrer dunklen Hautfarbe lief ihr Gesicht rot an. »Hier arbeitet niemand an irgend etwas, ohne vorher einen förmlichen Antrag bei mir eingereicht zu haben. Ich bin für die Forschungsabteilung verantwortlich. Sie arbeiten an dem Projekt kolonischer Glykoproteine und an sonst gar nichts. Habe ich mich deutlich genug ausgedrückt? Spätestens nächste Woche will ich defraktierbare Kristalle sehen.«

»Okay«, sagte Sean, während er dem Blick der Frau weiter auswich.

Dr. Levy blieb noch eine weitere Minute, als wolle sie sich vergewissern, daß ihre Worte gesackt waren. Sean kam sich vor wie ein kleiner Junge, der mit hochroten Ohren bei einer Unartigkeit erwischt worden war. Sein gewohntes Talent für witzige Widerworte hatte ihn für den Augenblick verlassen.

Endlich stolzierte Dr. Levy aus dem Labor, und Stille kehrte wieder ein.

Ein paar Minuten lang starrte Sean regungslos auf das Durcheinander vor ihm. Er hatte noch immer keine Ahnung, wo sich die Ergebnisse seiner Kristallisierungsbemühungen befanden. Irgendwo mußten sie sein, aber er machte keinerlei Anstalten, sie zu suchen. Er schüttelte einfach nur den Kopf. Was für eine lächerliche Situation. Das Gefühl allgemeiner Frustration kehrte zurück. Er hatte von den Faxen des Forbes-Zentrums die Nase gestrichen voll. Er hätte nie herkommen sollen – und das wäre er auch nicht, wenn er die Bedingungen vorher gekannt hätte. Außerdem hätte er unter Protest wieder abreisen sollen, sobald man ihn darüber informiert hatte. Diese Gedanken waren alles, was ihn mit Mühe davon abhielt, sämtliche Glasgefäße, Pipetten und immunologischen Reagenzien von seinem Arbeitsplatz zu fegen und auf dem Boden zerschellen zu lassen.

Sean warf einen Blick auf die Uhr. Es war kurz nach zwei. »Zum Teufel damit«, dachte er. Er sammelte die unbekannten Immunglobuline und verstaute sie neben Helen Cabots Gehirn und der Probe ihres Liquors ganz hinten im Kühlschrank.

Dann schnappte er sich seine Jeansjacke und machte sich auf den Weg zu den Aufzügen, ohne sich weiter um das Chaos zu kümmern, das er zurückließ.

Er trat in das helle warme Sonnenlicht Miamis und fühlte sich sofort ein wenig erleichtert. Er warf die Jacke auf den Rücksitz seines Jeeps und setzte sich hinters Steuer. Der Motor sprang röhrend an. Mit demonstrativ quietschenden Reifen verließ er den Parkplatz und raste in Richtung Forbes-Residenz. Er war so in Gedanken, daß er die überlange Limousine, deren Chassis bei dem verzweifelten Versuch, ihm zu folgen, hart auf eine Bodenwelle aufschlug, genausowenig bemerkte wie den grünen Mercedes, der der Limousine folgte.

Bei der Residenz angekommen, warf Sean die Wagentür mit Wucht zu und trat die Eingangstür der Residenz auf. Er war wirklich übel gelaunt.

Als er sein Apartment betrat, hörte er, wie die Tür gegenüber aufging. Es war Gary Engels, der wie gewöhnlich eine Jeans und kein Hemd trug.

»Hey, Mann«, sagte Gary beiläufig und lehnte sich gegen den Türpfosten. »Du hattest eben Besuch.«

»Was für Besuch?« fragte Sean.

»Die Polizei«, erwiderte Gary. »Zwei große, kräftige Bullen waren da, haben überall rumgeschnüffelt und neugierige Fragen über dich und deinen Wagen gestellt.«

»Wann?« fragte Sean.

»Vor ein paar Minuten«, sagte Gary. »Mit ein bißchen Glück hättest du ihnen auf dem Parkplatz noch begegnen können.«

»Danke«, sagte Sean. Er ging in sein Apartment und schloß die Tür hinter sich, ärgerlich über dieses weitere Problem. Es gab nur eine Erklärung für den Besuch der Polizei: Irgend jemand hatte sich seine Autonummer notiert, als die Alarmanlage des Beerdigungsinstituts losgegangen war.

Das letzte, was er jetzt gebrauchen konnte, war eine Auseinandersetzung mit den Bullen. Er schnappte sich einen kleinen Koffer, packte seinen Kulturbeutel, Unterwäsche, eine Badehose und Schuhe ein. In seinem Kleidersack verstaute er ein Hemd, eine Krawatte und ein Jackett. In weniger als drei Minuten war er wieder im Treppenhaus.

Bevor er das Gebäude verließ, hielt er nach Streifenwagen oder Zivilfahrzeugen der Polizei Ausschau. Der einzige Wagen, der fehl am Platz wirkte, war eine Limousine.

Sean war sich relativ sicher, daß die Bullen nicht in einer Limousine vorfahren würden, und rannte zu seinem Jeep. Auf dem Weg zurück zum Forbes-Zentrum machte er an einer Telefonzelle halt.

Die Vorstellung, daß die Polizei nach ihm suchte, machte Sean schwer zu schaffen. Es rief ungute Erinnerungen an seine wilde Jugend wach. Ein Teil seiner kurzen Karriere als Kleinkrimineller war durchaus aufregend gewesen, aber seine Zusammenstöße mit der Justiz waren lediglich lästig und entmutigend gewesen. Nie wieder wollte er in diesen bürokratischen Sumpf geraten.

Der erste Mensch, den Sean anrufen wollte, nachdem er von dem Besuch der Polizei erfahren hatte, war sein Bruder Brian. Bevor er mit irgendeinem Polizeibeamten sprach, wollte er mit dem besten Anwalt reden, den er kannte. Er hoffte, daß sein Bruder, wie meistens samstags nachmittags, zu Hause sein würde. Doch er erreichte nur Brians Anrufbeantworter mit seiner schwachsinnigen Ansage und der Fahrstuhlmusik im Hintergrund. Manchmal fragte er sich, wie es sein konnte, daß sie in dem selben Haus aufgewachsen waren.

Sean hinterließ eine Nachricht, daß er Brian dringend sprechen müsse, jedoch keine Nummer hinterlassen könne und später noch einmal anrufen würde. Er wollte es aus Naples noch einmal versuchen.

Dann stieg er wieder in seinen Wagen und raste zurück zum Forbes-Zentrum, weil er unbedingt am verabredeten Treffpunkt sein wollte, wenn Janet Feierabend hatte.

8

Samstag, 6. März, 15.20 Uhr

Um zwanzig nach drei, als gerade die letzten Einzelheiten der Übergabe vorgetragen wurden, war Janet eingeschlafen. Als Sean sie an diesem Morgen geweckt hatte, hatte sie sich zerschlagen gefühlt, aber nach dem Duschen und einer Tasse Kaffee waren ihre Lebensgeister halbwegs zurückgekehrt. Sie hatte am späten Vormittag und dann noch einmal im Laufe des Nachmittags weiteren Kaffee gebraucht, sich jedoch tapfer gehalten, bis sie sich zur Übergabe hingesetzt hatte. Sie hatte jedoch kaum Platz genommen, als sie auch schon von ihrer Erschöpfung übermannt worden und peinlicherweise eingenickt war, so daß Marjorie ihr einen kleinen Stups in die Rippen geben mußte.

»Sie sehen ja schwer angeschlagen aus«, meinte sie.

Janet lächelte bloß. Selbst wenn sie Marjorie hätte erzählen können, was sie am Nachmittag und Abend zuvor so alles getrieben hatte, bezweifelte sie, daß jene ihr geglaubt hätte. Sie war sich nicht einmal sicher, ob sie es selbst glaubte.

Sobald die Übergabe beendet war, suchte Janet ihre Sachen zusammen und ging hinüber in das Forschungsgebäude des Forbes-Zentrums. Sean saß im Foyer und blätterte in einer Zeitschrift. Er strahlte, als er sie sah, und sie war froh, daß sich seine Laune seit ihrem Treffen in der Kantine gebessert hatte.

»Startklar für unseren kleinen Ausflug?« fragte er und erhob sich.

»Ich kann es kaum erwarten«, sagte Janet. »Obwohl ich

vorher noch gerne diese Uniform ausziehen und duschen würde.«

»Das mit der Uniform läßt sich regeln«, sagte Sean. »Gleich hier in der Halle gibt es eine Damentoilette, wo du dich umziehen kannst. Die Dusche muß, fürchte ich, warten, aber dem Wochenendverkehr zu entgehen ist dieses Opfer allemal wert. Wir müssen direkt am Flugplatz vorbei, und da ist bestimmt jeden Nachmittag die Hölle los.«

»Das mit dem Duschen war doch nur Spaß«, sagte Janet. »Aber umziehen will ich mich noch.«

»Tun Sie sich keinen Zwang an«, sagte Sean und wies auf die Tür der Damentoilette.

Tom Widdicomb umklammerte den Perlmutt-Griff seines *Saturday Night Special*-Revolvers in der Hosentasche. Er hatte ein wenig abseits des Klinikeingangs gestanden und darauf gewartet, daß Janet Reardon herauskam. Er hoffte auf eine Chance, sie zu erschießen, wenn sie in ihren Wagen stieg. Er malte sich aus, wie er von hinten an sie herantreten würde, wenn sie sich gerade hinters Steuer gesetzt hatte. Er würde sie in den Hinterkopf schießen und weitergehen. Bei all dem Gedränge und Gewusel von Menschen und Autos und dem Lärm der startenden Motoren würde ein Schuß völlig untergehen.

Doch es gab ein Problem. Janet war nicht erschienen. Tom hatte andere bekannte Gesichter gesehen, darunter auch Schwestern aus dem vierten Stock, so daß es nicht daran liegen konnte, daß sich die Übergabe in die Länge zog.

Tom blickte auf seine Uhr. Es war bereits sieben Minuten nach halb vier, und der Massenexodus der Tagesschicht war auf ein paar vereinzelte Nachzügler zusammengeschmolzen. Inzwischen waren die meisten gegangen, und Tom war verwirrt und hektisch; er mußte sie finden. Er hatte extra nachgeprüft, ob sie heute arbeitete, aber wo war sie?

Tom stieß sich von der Wand ab, an der er gelehnt hatte, und ging um das Krankenhaus in Richtung Forschungsgebäude. Er sah die Brücke zwischen den beiden Gebäuden und fragte sich, ob sie vielleicht auf der anderen Seite herausgegangen war.

Er befand sich genau zwischen beiden Gebäuden, als ihn der Anblick einer langen schwarzen Limousine innehalten ließ. Tom dachte, daß wahrscheinlich irgendein Prominenter zur ambulanten Behandlung in der Klinik war. So etwas kam öfter vor.

Während er seinen Blick in einem langen Schwenk über den Parkplatz wandern ließ, überlegte Tom nervös, was er tun sollte. Er wünschte, er wüßte, was für einen Wagen Janet fuhr, weil er dann auch wissen würde, ob sie ihm entwischt war. Wenn ja, gab es ein Riesenproblem. Er wußte, daß sie am nächsten Tag freihatte, und falls er nicht doch noch herausfand, wo sie wohnte, würde sie für den Rest des Wochenendes unerreichbar bleiben. Und das war ein Problem. Der Gedanke, ohne eine definitive Information in das stille Haus zurückzukehren, war ihm schrecklich. Alice hatte die ganze Nacht nicht mit ihm geredet.

Tom überlegte immer noch, was er tun sollte, als er den schwarzen Jeep sah, dem er am Vortag gefolgt war. Er wollte sich den Wagen gerade etwas genauer ansehen, als sie plötzlich auftauchte! Janet war eben aus dem Eingang des Forschungsgebäudes gekommen.

Tom war erleichtert, sie zu sehen, aber zu seinem Kummer war sie nicht allein. Sie wurde von demselben Mann begleitet, mit dem sie gestern nachmittag zusammengewesen war. Tom beobachtete, wie sie zu dem Jeep gingen. Sie trug eine kleine Reisetasche. Tom wollte gerade zu seinem Wagen zurückrennen, als er sah, daß sie nicht in den Isuzu stiegen, sondern lediglich einen weiteren Koffer sowie einen Kleidersack herausholten.

Tom wußte, daß es jetzt, nachdem die Tagesschicht weitgehend gegangen war, nicht mehr in Frage kam, Janet auf dem Parkplatz zu erschießen. Und da sie nicht allein war, müßte er sie beide erschießen, wenn er keinen Zeugen zurücklassen wollte.

Tom ging zu seinem Wagen zurück, wobei er das Paar die ganze Zeit im Auge behielt. Als er bei seinem Escort angekommen war, blieben Janet und ihr Begleiter vor einem roten Pontiac-Mietwagen stehen. Tom stieg in seinen Wagen und ließ den Motor an, während er beobachtete, wie die beiden ihr Gepäck im Kofferraum des Pontiac verstauten.

Robert Harris hatte jede Bewegung vom Tom Widdicomb genau beobachtet. Er hatte Sean und Janet vor Tom gesehen, und als jener zunächst nicht reagierte, befürchtet, daß sein ganzes schönes theoretisches Kartenhaus in sich zusammengefallen war. Aber dann hatte auch Tom die beiden entdeckt und war zurück zu seinem Escort geeilt. Daraufhin hatte Harris seinen Wagen angelassen und den Parkplatz in der Hoffnung verlassen, daß Tom Janet folgen würde. An der Ecke der Zwölften Straße hatte er am Straßenrand gehalten. Wenn er recht hatte, würde Tom den Parkplatz in Kürze verlassen und Harris' Verdacht würde sich signifikant erhärten.

Eben fuhren Sean und Janet vorbei und bogen Richtung Norden zur Brücke über den Miami River ab. Dann kam, wie Harris erwartet hatte, Tom Widdicomb und nahm denselben Weg. Nur eine schwarze Limousine hatte sich zwischen Tom und sein offenkundiges Opfer geschoben.

»Das wird ja immer interessanter«, sagte Harris und wollte auf die Straße ausscheren. Hinter ihm ertönte eine

Hupe, und Harris stieg in die Bremsen. Ein großer grüner Mercedes verpaßte seinen Kotflügel nur um Zentimeter.

»Verdammt!« knurrte Harris. Er wollte Tom Widdicomb nicht verlieren und mußte schwer aufs Gaspedal treten, um ihn einzuholen. Er war wild entschlossen, dem Mann auf den Fersen zu bleiben und zu beobachten, ob er irgendwelche offenen Drohgebärden gegenüber Janet Reardon unternahm. Und wenn er das tat, würde Harris ihn festnageln.

Er registrierte zufrieden, daß Tom sich am East-West-Expressway 836 in westlicher statt in östlicher Richtung einordnete. Als sie den Flughafen von Miami passierten und weiter auf die Mautautobahn Richtung Süden fuhren, dämmerte ihm, daß dies eine weit längere Fahrt werden würde, als er vermutet hatte.

»Das gefällt mir nicht«, sagte Sterling Rombauer, als sie die Autobahn an der Route 41 wieder verließen. »Wo fahren die bloß hin? Ich hatte mir gewünscht, daß sie nach Hause fahren oder sich in größeren Menschenmengen aufhalten.«

»Wenn sie an der nächsten Kreuzung in westlicher Richtung weiterfahren, sind sie unterwegs in die Everglades«, sagte Wayne, der am Steuer saß. »Entweder das oder sie wollen an die Westküste. Die Route 41 führt von Miami quer durch die Everglades an die Golfküste.«

»Was gibt es denn an der Golfküste?« fragte Sterling.

»Soweit ich weiß, nicht viel«, erwiderte Wayne. »Schöne Strände und gutes Wetter, aber sehr ruhig. Naples ist die erste richtige Stadt. Außerdem gibt es noch eine Reihe von Inseln wie Marco oder Sanibel. In der Hauptsache ein Eigentumswohnungsparadies für Rentner, schlicht, aber teuer. Für eine Eigentumswohnung in Naples muß man schon ein paar Millionen hinblättern.«

»Sieht aus, als würden sie nach Westen weiterfahren«, sagte Sterling mit Blick auf die Limousine vor ihnen. Sie folgten Tanaka und nicht Sean, weil sie annahmen, daß Tanaka Sean schon im Blick behalten würde.

»Und was liegt zwischen hier und Naples?« fragte Sterling.

»Nicht viel«, erwiderte Wayne. »Bloß Alligatoren, Riedgras und Sumpfzypressen.«

»Das gefällt mir überhaupt nicht«, sagte Sterling. »Sie spielen Tanaka direkt in die Hände. Wir können nur hoffen, daß sie nicht auch noch an irgendeinem entlegenen Parkplatz Rast machen.«

Sterling warf einen Blick nach rechts. Er mußte zweimal hingucken. In dem blauen Wagen neben ihnen erkannte er ein vertrautes Gesicht. Es war Robert Harris, der Sicherheitschef des Forbes-Zentrums. Der Mann war ihm gestern erst vorgestellt worden.

Sterling machte Wayne auf Harris aufmerksam und erklärte, wer er war. »Das irritiert mich«, sagte er. »Warum sollte Mr. Harris Sean Murphy folgen? Er wird die ganze Situation nur unnötig komplizieren.«

»Ob er von Tanaka weiß?« fragte Wayne.

»Das kann ich mir nicht vorstellen«, erwiderte Sterling. »So dumm würde Dr. Mason nicht sein.«

»Vielleicht fährt er auf die Schnalle ab«, schlug Wayne vor. »Vielleicht folgt er der Reardon und nicht Murphy.«

Sterling seufzte. »Es ist wirklich irritierend, wie schnell eine Operation schieflaufen kann. Noch vor einer Minute war ich zuversichtlich, den Lauf der Ereignisse unter Kontrolle zu haben, weil wir den Informationsvorsprung besitzen. Unglücklicherweise kann man davon nicht mehr länger ausgehen. Mich beschleicht das unangenehme Gefühl, daß der Zufall zu einem entscheidenden Faktor werden könnte. Es gibt auf einmal zu viele Variable.«

Brian hatte kein Gepäck aufgegeben, sondern trug lediglich eine Umhängetasche und seinen Aktenkoffer bei sich. Nachdem er das Flugzeug verlassen hatte, begab er sich direkt zum Hertz-Schalter. Nach einer kurzen Fahrt mit dem Hertz-Pendelbus fand er seinen Mietwagen auf dem Parkplatz der Autoverleihfirma, einen cremefarbenen Lincoln.

Ausgerüstet mit einem detaillierten Stadtplan von Miami, fuhr Brian zunächst zur Forbes-Residenz. Er hatte mehrmals erfolglos versucht, Sean vom Flughafen in Boston aus zu erreichen. Besorgt hatte er aus dem Flugzeug Kevin angerufen, der ihm jedoch versichert hatte, daß die Polizei seinen Bruder noch nicht aufgegriffen hatte.

In der Forbes-Residenz klopfte Brian an Seans Tür, doch niemand öffnete. In der Hoffnung, daß Sean bald zurückkommen würde, hinterließ Brian eine Nachricht, daß er in der Stadt sei und im Colonnade Hotel wohnte, dessen Telefonnummer er ebenfalls notierte. Als er den Zettel gerade unter Seans Tür hindurchschob, ging die Tür gegenüber auf.

»Suchen Sie Sean Murphy?« fragte ein junger Mann in Jeans und mit nacktem Oberkörper.

»Ja«, erwiderte Brian und stellte sich als Seans Bruder vor.

Auch Gary Engels stellte sich vor. »Sean war heute nachmittag gegen halb drei hier«, sagte er. »Ich habe ihm erzählt, daß die Polizei nach ihm gesucht hat, und da ist er nicht lange geblieben.«

»Hat er gesagt, wo er hinwollte?« fragte Brian.

»Nein«, sagte Gary. »Aber er hatte einen Koffer und einen Kleidersack bei sich, als er ging.«

Brian bedankte sich bei Gary und kehrte zu seinem Mietwagen zurück. Die Tatsache, daß Sean mit Gepäck aufgebrochen war, klang wenig vielversprechend. Brian hoffte nur, daß sein Bruder nicht so dumm war, sich einer möglichen Verhaftung durch Flucht entziehen zu wollen, obwohl man bei Sean leider mit allem rechnen mußte.

Brian machte sich auf den Weg zum Forbes-Zentrum. Obwohl die Telefonzentrale nicht besetzt war, ging er davon aus, daß das Gebäude nicht verschlossen sein würde, was auch nicht der Fall war. Er betrat das Foyer.

»Ich suche Sean Murphy«, erklärte er dem Wachmann. »Mein Name ist Brian Murphy. Ich bin Seans Bruder aus Boston.«

»Er ist nicht hier«, sagte der Wachmann mit einem schweren spanischen Akzent. Er warf einen Blick in eine dicke Kladde, die vor ihm auf dem Tisch lag. »Er ist um vierzehn Uhr zwanzig gegangen und um fünfzehn Uhr fünf zurückgekommen. Dann ist er um fünfzehn Uhr fünfzig wieder gegangen.«

»Haben Sie eine Ahnung, wie ich ihn erreichen kann?« fragte Brian.

Der Wachmann schlug in einem anderen Verzeichnis nach. »Er wohnt in der Forbes-Residenz. Wollen Sie seine Adresse?«

Brian erklärte dem Wachmann, daß er die bereits habe, und bedankte sich. Er verließ das Gebäude, stieg in seinen Wagen und überlegte, was er jetzt tun sollte. Er begann leise Zweifel zu hegen, ob es klug gewesen war, nach Miami zu kommen, ohne vorher mit Sean gesprochen zu haben, und er fragte sich, wo sein Bruder stecken konnte.

Schließlich entschied Brian, zunächst sein Hotelzimmer zu beziehen. Er ließ den Wagen an und wendete, um den Parkplatz zu verlassen. Dabei entdeckte er einen schwarzen Isuzu, der verdächtig so aussah wie Seans. Er fuhr zu dem Jeep hinüber und sah die Nummernschilder aus Massachusetts. Daraufhin stellte er den Lincoln ab, stieg aus und warf einen Blick in den geparkten Isuzu. Es war in der Tat Seans Wagen. Drinnen türmten sich wie üblich leere

Hamburger-Schachteln, Pommes-Tüten und Plastikbecher.

Daß Sean seinen Wagen auf dem Klinik-Parkplatz hatte stehen lassen, kam Brian merkwürdig vor. Er ging zurück ins Gebäude und fragte den Wachmann, ob er eine Erklärung dafür hatte. Doch der Mann zuckte bloß mit den Schultern.

»Gibt es eine Möglichkeit, wie ich den Direktor des Zentrums noch vor Montag erreichen kann?« fragte Brian.

Der Wachmann schüttelte den Kopf.

»Wenn ich meinen Namen und die Telefonnummer meines Hotels hinterlasse«, sagte Brian, »könnten Sie dann vielleicht Ihren Vorgesetzten anrufen und ihn bitten, sie an den Direktor des Zentrums weiterzuleiten?«

Der Wachmann nickte wohlwollend und kramte sogar Stift und Papier hervor, damit Brian die Informationen notieren konnte. Der gab ihm den Zettel zusammen mit einem Fünfdollarschein zurück. Der Wachmann strahlte übers ganze Gesicht.

Brian ging zu seinem Wagen, fuhr zum Hotel und bezog sein Zimmer. Von dort rief er als erstes Kevin an, um seine Hotelnummer zu hinterlassen. Kevin versicherte ihm, daß es nach wie vor keine Verhaftung gegeben hatte.

Danach rief er seine Mutter an, um ihr zu sagen, daß er sicher in Miami angekommen war. Er mußte zugeben, noch nicht mit Sean gesprochen zu haben, erklärte jedoch, daß er erwarte, ihn in Kürze zu erreichen. Zuletzt gab er auch Anne seine Nummer und legte auf.

Nach dem Telefonat mit seiner Mutter streifte er die Schuhe ab und klappte seinen Aktenkoffer auf. Wenn er schon in einem Hotelzimmer festsaß, konnte er wenigstens ein bißchen arbeiten.

»So hatte ich mir die Landschaft im Süden von Florida schon eher vorgestellt«, sagte Sean. Sie hatten die Zivilisation endlich hinter sich gelassen. Der vierspurige Highway mit seinen zahllosen Einkaufszentren und Apartment-Blocks war einer zweispurigen Straße gewichen, die direkt durch die Everglades an die Golfküste führte.

»Das ist atemberaubend, wirklich wunderschön«, sagte Janet. »Es sieht beinahe prähistorisch aus, als ob sich aus einem dieser Seen jeden Moment ein Brontosaurus erheben könnte«, fügte sie lachend hinzu.

Sie fuhren durch ein Meer von Riedgras mit kleinen Inseln von Pinien, Palmen und Zypressen. Überall sah man exotische Vögel, einige gespenstisch weiß, andere von einem leuchtenden Hellblau.

Auf der Fahrt hatte sich Janet einigermaßen beruhigt und entspannt. Sie war froh, Miami, die Klinik und ihre Patienten für einen Tag hinter sich lassen zu können. Sean saß am Steuer, und sie hatte die Schuhe ausgezogen und ihre nackten Füße hochgelegt. Sie trug ihre bequemsten Jeans und eine schlichte, weiße Baumwollbluse. Für die Arbeit hatte sie ihr Haar nach hinten gebunden, aber sobald sie den Parkplatz des Forbes-Zentrums verlassen hatten, hatte sie es gelöst und ließ es jetzt bei offenem Fenster im Wind flattern.

Das einzige Problem war die Sonne. Da sie nach Westen fuhren, knallte sie direkt durch die Windschutzscheibe. Sowohl Sean als auch Janet trugen Sonnenbrillen und hatten die Blenden heruntergeklappt, um ihr Gesicht vor den sengenden Strahlen zu schützen.

»Ich glaube, ich fange an zu begreifen, was die Menschen an Florida finden«, sagte Janet, ungeachtet der Sonne.

»Im Vergleich dazu kommt einem der Bostoner Winter besonders brutal vor«, meinte Sean.

»Wieso wolltest du eigentlich nicht mit deinem Isuzu fahren?« fragte Janet.

»Es gibt da ein kleines Problem mit meinem Wagen«, erwiderte Sean.

»Was für ein Problem?« wollte Janet wissen.

»Die Polizei möchte den Halter des Fahrzeugs sprechen.«

Janet nahm ihre Füße vom Armaturenbrett. »Ich glaube, was ich da höre, gefällt mir gar nicht«, sagte sie. »Was ist mit der Polizei?«

»Die Polizei war in der Forbes-Residenz«, erzählte Sean. »Gary Engels hat mit ihnen gesprochen. Ich glaube, irgend jemand hat sich die Autonummer notiert, als die Alarmanlage in dem Beerdigungsinstitut losgegangen ist.«

»Oh, nein!« rief Janet. »Wir werden von der Polizei gesucht.«

»Nein«, sagte Sean. »Ich werde von der Polizei gesucht.«

»Oh, mein Gott!« sagte Janet. »Wenn irgend jemand das Nummernschild gesehen hat, dann hat er auch uns beide gesehen.« Sie schloß die Augen. Genau diese Art Alptraum hatte sie befürchtet.

»Die haben schließlich nur eine Autonummer«, beruhigte Sean sie. »Das beweist gar nichts.«

»Aber sie können unsere Fingerabdrücke nehmen«, entgegnete Janet.

Sean sah sie spöttisch herablassend an. »Das glaubst du doch selbst nicht«, meinte er. »Die werden wegen eines zerbrochenen Fensters und einer Leiche mit fehlendem Gehirn bestimmt kein Ermittlungsteam losgeschickt haben, um den Tatort kriminaltechnisch zu untersuchen.«

»Woher willst du das wissen?« fuhr Janet ihn an. »Du bist schließlich kein Ermittlungsexperte. Ich finde, wir sollten uns stellen und alles erklären.«

Sean stieß ein verächtliches Lachen aus. »Ich bitte dich! Wir geben uns doch nicht selbst auf. Das ist völlig lächerlich. Und denk dran, die suchen mich. Die wollen mit mir reden. Wenn es zum Schlimmsten kommt, nehme ich die Sache auf mich. Aber so weit wird es nicht kommen. Ich werde Brian anrufen. Er kennt Leute in Miami. Der wird das schon regeln.«

»Hast du schon mit Brian geredet?« fragte Janet.

»Nein«, mußte Sean zugeben. »Aber ich habe ihm eine Nachricht auf den Anrufbeantworter gesprochen. Vom Hotel aus versuche ich es noch mal und hinterlasse ihm unsere Nummer, falls er wieder nicht da ist. Ach übrigens, hast du deine Kreditkarte dabei?«

»Natürlich habe ich meine Kreditkarte dabei«, sagte Janet.

»Dem Himmel sei Dank für deine stillen Reserven«, sagte Sean und gab ihr einen spielerischen Klaps auf das Knie. »Ich habe uns ein Zimmer im Ritz-Carlton reserviert. Das Quality Inn war ausgebucht.«

Janet starrte aus dem Seitenfenster und fragte sich, was sie mit ihrem Leben machte. Es ging ihr gar nicht um das Kreditkarten-Thema. Sie hatte nichts dagegen, hin und wieder die Rechnung zu bezahlen. Wenn Sean Geld hatte, war er genauso großzügig, und sie hatte mehr als genug. Was ihr Sorgen machte, war die Tatsache, daß sie von der Polizei gesucht wurden. Es war ritterlich von Sean, die Schuld allein auf sich nehmen zu wollen, aber das konnte sie nicht zulassen, selbst wenn die Polizei ihm seine Geschichte abkaufte, was unwahrscheinlich war. Denn wer immer das Nummernschild gesehen hatte, hatte auch sie gesehen. Sich in Sean zu verlieben hatte ihr nichts als Kummer gebracht, erst emotional und jetzt möglicherweise auch noch beruflich. Sie war sich nicht sicher, wie die Forbes-Klinik darauf reagieren würde, daß eine ihrer

Krankenschwestern des Einbruchs in ein Beerdigungsinstitut in Tateinheit mit weiß der Himmel was sonst noch bezichtigt wurde. Und ihr fielen auch nicht allzu viele Arbeitgeber ein, die einen entsprechenden Vermerk in ihrer Akte als Empfehlung betrachten würden.

Janet befand sich am Rande der Panik, doch Sean war die Ruhe selbst und großspurig wie eh und je. Er schien sich regelrecht zu amüsieren. Wie er so cool und gefaßt bleiben konnte, obwohl er wußte, daß die Polizei von Miami nach ihm fahndete, war ihr absolut unbegreiflich. Sie fragte sich, ob sie ihn je wirklich verstehen würde.

»Und was ist nun in Naples, Florida?« fragte Janet, die entschieden hatte, daß es das beste war, das Thema zu wechseln. »Du hast doch gesagt, du wolltest es mir unterwegs erzählen.«

»Ganz einfach«, sagte Sean. »Einer der dreiunddreißig geheilten Medulloblastom-Patienten lebt in Naples. Sein Name ist Malcolm Betancourt. Er war einer der ersten, die überhaupt mit der neuen Therapie behandelt worden sind. Er ist seit fast zwei Jahren in der Remission.«

»Und was hast du vor?«

»Ihn anzurufen.«

»Und was willst du sagen?«

»Das weiß ich noch nicht so genau«, sagte Sean. »Ich werde einfach improvisieren müssen. Ich glaube, es könnte sehr interessant sein, etwas über die Forbes-Therapie aus Sicht eines Patienten zu erfahren. Ich bin vor allem neugierig, was man ihm erzählt hat. Irgendwas müssen sie ihm ja gesagt haben, damit er die entsprechenden Einwilligungsformulare unterschrieben hat.«

»Wie kommst du darauf, daß er mit dir reden wird?« fragte Janet.

»Wie sollte er meinem irischen Charme widerstehen?« gab Sean zurück.

»Mal im Ernst«, sagte Janet. »Die Leute reden nicht gern über ihre Gebrechen.«

»Über ihre Gebrechen vielleicht nicht«, sagte Sean. »Aber die Genesung von einer normalerweise tödlichen Krankheit ist etwas völlig anderes. Die Leute lieben es, darüber zu reden, genauso wie von dem weltberühmten Arzt, der dieses Wunder ermöglicht hat. Ist dir nie aufgefallen, daß die Menschen gern glauben, ihr Arzt sei weltberühmt, selbst wenn er in einem Kaff wie Malden oder Revere praktiziert?«

»Du glaubst wohl, daß du mit deiner Dreistigkeit immer durchkommst«, entgegnete Janet. Sie war keineswegs überzeugt, daß sich Malcolm Betancourt Seans Anruf gegenüber so aufgeschlossen zeigen würde, aber sie wußte auch, daß sie nichts tun konnte, um Sean davon abzuhalten, es zu versuchen. Und von der neuen Sorge wegen der Polizei einmal abgesehen, war ein Wochenende fernab der Klinik noch immer eine wunderbare Vorstellung, selbst wenn Sean bei ihrem Ausflug Hintergedanken gehabt hatte. Sie dachte, daß sie und er vielleicht sogar die Zeit finden würden, über ihre Zukunft zu reden. Schließlich würde sie Sean mit Ausnahme von Malcolm Betancourt zwei Tage ungestört für sich haben.

»Wie bist du mit der Probe von Louis Martins Medikament zurechtgekommen?« fragte Janet, die sich vorgenommen hatte, bis zum Abendessen keine schwierigen Themen mehr anzusprechen. Sie stellte sich ein Dinner bei Kerzenschein auf einer Terrasse mit Blick aufs Meer vor. Dann würde sie über Liebe, Verpflichtung und Treue reden.

Sean warf ihr einen genervten Blick zu. »Die charmante Direktorin der Forschungsabteilung hat mich gestört«, sagte er. »Sie hat mir die Leviten gelesen und mich wieder zurück an die schwachsinnige Forbes-Glykoprotein-Front beordert. Sie hat mich echt kalt erwischt; dieses eine Mal wußte ich wirklich nicht, was ich sagen sollte.«

»Das tut mir leid«, sagte Janet.

»Na ja, früher oder später mußte das wohl passieren«, sagte Sean. »Aber schon bevor die alte Hexe aufgetaucht ist, lief es nicht so toll. Bisher ist es mir nicht gelungen, eine Reaktion zwischen Helens Medikament und irgendeinem zellulären, viralen oder bakteriellen Antigen hervorzurufen. Aber du hattest wohl recht mit deiner Vermutung, daß alle Medikamente aus einem Vorrat stammen. Ich habe eine Probe von Louis' Medikament an Helens Tumor getestet, und es hat bei demselben Lösungsverhältnis genauso heftig darauf reagiert wie ihr eigenes Medikament.«

»Also ist es dasselbe Medikament«, sagte Janet. »Was ist daran so spektakulär? Wenn Leute mit Antibiotika behandelt werden, bekommen auch alle dasselbe Medikament. Das persönliche Etikett für jeden Patienten ist wahrscheinlich nur zur Kontrolle.«

»Aber eine Immuntherapie gegen Krebs kann man nicht mit Antibiotika vergleichen«, entgegnete Sean. »Wie bereits gesagt, sind Tumore antigenetisch spezifisch, selbst wenn es sich um die gleiche Krebsart handelt.«

»Ich dachte, ein Axiom wissenschaftlicher Logik bezieht sich auf die Ausnahmen«, sagte Janet. »Wenn man zu einer Hypothese eine Ausnahme findet, muß man die Ausgangsvermutung überdenken.«

»Ja, aber...«, sagte Sean, bevor er innehielt. Was Janet sagte, war durchaus vernünftig. Tatsache war, daß das Forbes-Zentrum mit einem offensichtlich nicht individualisierten Medikament eine Remissionsrate von einhundert Prozent erzielte. Sean hatte den Erfolg in dreiunddreißig Fällen dokumentiert gesehen. Deshalb mußte er mit seinem Beharren auf der immunologischen Spezifität von Krebszellen einem Irrtum unterliegen.

»Du mußt doch zugeben, daß da was dran ist«, bohrte Janet nach.

»Okay«, sagte Sean, »aber ich glaube, etwas an der Sache ist trotzdem komisch. Irgendwas fehlt mir noch.«

»Natürlich«, sagte Janet. »Du weißt nicht, mit welchem Antigen das Immunglobulin reagiert. Das fehlt dir. Wenn du das herausbekommen hast, wird sich alles andere klären. Laß uns einfach mal sehen, wie sich ein entspanntes Wochenende auf deine Kreativität auswirkt. Vielleicht hast du ja am Montag eine zündende Idee, wie du deine offensichtliche Blockade überwindest.«

Nachdem sie das Herz der Everglades durchquert hatten, sahen Sean und Janet jetzt wieder erste Zeichen der Zivilisation. Zunächst waren es nur vereinzelte, einsam gelegene Feriensiedlungen, dann wurde die Straße wieder vierspurig. Bald wich das Riedgras Einkaufszentren, Tankstellen, Supermärkten und Minigolf-Plätzen, die genauso häßlich waren wie die auf der anderen Seite.

»Ich habe gehört, Naples soll ziemlich nobel sein«, sagte Janet. »Aber das hier sieht nun kein bißchen schick aus.«

»Laß uns mit unserem endgültigen Urteil warten, bis wir an der Golfküste sind«, meinte Sean.

Die Straße machte unvermittelt eine Biegung nach Norden, und das heillose Durcheinander von wildwuchernden Schildern und Gewerbegebieten setzte sich fort.

»Ich frage mich wirklich, wie so viele Einkaufszentren auf einem Haufen überleben können«, meinte Janet.

»Das ist eines der Rätsel der amerikanischen Kultur«, erwiderte Sean.

Mit der Landkarte in der Hand gab Janet die Anweisungen. Als sie links zur Küste abbiegen mußten, warnte sie ihn schon Hunderte von Metern vorher.

»Das sieht doch schon ein wenig vielversprechender aus«, meinte Sean.

Nach etwa einer Meile und weiteren landschaftlich reizvollen Ausblicken erhob sich zur Linken der Straße das im mediterranen Stil gehaltene Ritz-Carlton zwischen Mangroven-Bäumen. Die üppig wuchernden, tropischen Palmen und exotischen Pflanzen waren atemberaubend.

»Endlich daheim!« sagte Sean, als sie vor dem Hotel zum Stehen kamen.

Ein Mann in blauer Livrée und schwarzem Zylinder öffnete ihnen die Wagentüren. »Willkommen im Ritz-Carlton«, sagte er.

Sie betraten das Hotel durch die überdimensionale Glastür und fanden sich in einem Traum aus poliertem hellrosa Marmor, edlen Orientteppichen und Kristalleuchtern wieder. Auf kleinen Podien unter den riesigen Bogenfenstern wurde eben der Tee serviert. Ein befrackter Pianist spielte verhaltene Weisen auf einem ein wenig abseits stehenden Flügel.

Sean legte seinen Arm um Janet und schlenderte zur Rezeption. »Ich glaube, hier wird es mir gefallen«, meinte er.

Auf der zweistündigen Verfolgungsfahrt hatte Tom Widdicomb ein wahres Wechselbad der Gefühle durchgemacht. Zunächst hatte es ihn irritiert, daß Janet und ihr Begleiter Miami in Richtung Everglades verlassen hatten. Dann hatte er beschlossen, daß das eine günstige Wendung der Ereignisse war. Falls sie eine Art Wochenendurlaub planten, würden sie unbedacht und unaufmerksam sein. In der Stadt waren die Menschen immer argwöhnisch und auf der Hut. Aber als aus einer Stunde zwei geworden waren, hatte Tom immer öfter ängstlich auf seine Tankanzeige geschaut und war regelrecht wütend geworden. Diese Frau hatte ihm schon so viel Ärger gemacht, daß er sich wünschte, sie würden einfach am Straßenrand halten, um eine Pause zu machen, damit er ebenfalls anhalten, die beiden abknallen und der Sache endlich ein Ende bereiten konnte.

Beim Einbiegen in die Einfahrt des Ritz-Carlton fragte er sich, ob er noch einen Tropfen Benzin im Tank hatte. Seit gut fünf Meilen zeigte die Tankuhr auf leer.

Tom mied den Vordereingang und parkte seinen Wagen auf einem großen Parkplatz neben den Tennisplätzen. Er stieg aus und lief die Auffahrt hinauf, bis er den roten Pontiac vor dem Vordereingang stehen sah. Er verlangsamte seine Schritte, umklammerte den Griff des Revolvers in seiner Tasche, ging um den Wagen herum und mischte sich unter eine Gruppe von Gästen, die gerade das Hotel betrat. Er hatte Angst, jemand könne versuchen, ihn aufzuhalten, aber niemand kümmerte sich um ihn. Nervös ließ er seinen Blick durch das luxuriöse Foyer wandern, bis er Janet und ihren Begleiter an der Rezeption stehen sah.

Seine Wut machte ihn mutig, und er ging direkt auf den Tresen zu und stellte sich neben den Mann. Janet stand direkt neben ihm. Ihr so nahe zu sein jagte einen kalten Schauer über seinen Rücken.

»Die Nichtraucher-Zimmer mit Meerblick sind zur Zeit leider alle belegt«, erklärte die Concierge gerade. Sie war eine kleine Frau mit großen Augen, goldblondem Haar und einem Teint, der jedem Dermatologen Kopfschmerzen bereitet hätte.

Sean sah Janet an und hob fragend die Augenbrauen. »Was meinst du?«

»Wir können ja mal sehen, wie schlimm ein Raucherzimmer ist«, schlug sie vor.

Sean wandte sich wieder der Concierge zu. »In welchem Stock liegt das Zimmer mit Meerblick?« fragte er.

»Im fünften«, erwiderte die Frau. »Zimmer 501. Es ist ein wunderschöner Raum.«

»Okay«, sagte Sean. »Wir werden es mal versuchen.«

Tom stahl sich leise davon und sagte tonlos »Zimmer 501« vor sich hin, während er zu den Aufzügen ging. Er bemerkte einen schwergewichtigen Mann im Anzug mit einem kleinen Kopfhörer im Ohr. Tom wich ihm aus. Die ganze Zeit über hielt er weiter den Revolver in seiner Tasche umklammert.

Robert Harris stand neben dem Flügel und wußte nicht, was er tun sollte. Wie Tom war er zu Beginn der Verfolgungsfahrt fast euphorisch gewesen. Die Tatsache, daß Tom Janet offensichtlich verfolgte, schien seine anfangs noch vage Theorie zu bestätigen. Aber als die Prozession Miami verlassen hatte, wurde er langsam nervös, vor allem, weil auch er fürchtete, das Benzin könne ihm ausgehen. Außerdem war er halb verhungert. Er hatte am frühen Morgen zum letzten Mal etwas gegessen. Nachdem sie jetzt nach ihrer Fahrt quer durch die Everglades an der Golfküste angekommen waren, begann er an dem Sinn dieser Reise zu zweifeln. Es war bestimmt kein Verbrechen, nach Naples zu fahren, und Tom konnte immer behaupten, niemanden verfolgt zu haben. Niedergeschlagen mußte Harris sich eingestehen, daß er bis jetzt noch keine zwingenden Beweise in der Hand hatte. Es gab bestenfalls eine schwache Verbindung zwischen Tom und dem Überfall auf Janet sowie dem Tod der Brustkrebspatientinnen. Bisher hatte er nur eine Theorie und Vermutungen.

Harris wußte, daß er warten mußte, bis Tom sich zu einer offenen Aggression gegen Janet hinreißen ließ, und er hoffte, daß jener das auch tun würde. Schließlich ließ sich das offenkundige Interesse Toms an der Krankenschwester auch als spinnerte Obsession abtun. Die Frau war nicht übel. Genaugenommen war sie sogar ziemlich attraktiv und sexy, was auch Harris nicht entgangen war.

In seinen Shorts und dem T-Shirt kam er sich reichlich

fehl am Platz vor, als er sich jetzt am Flügel entlangdrückte, um Tom Widdicomb zu folgen, der an der Rezeption vorbei in einem Flur außer Sichtweite verschwunden war. Schnellen Schritts passierte auch Harris Janet und Sean, die noch immer mit der Anmeldung beschäftigt waren.

Er sah gerade noch, wie Tom um eine Ecke verschwand. Harris wollte ihm gerade nachsetzen, als er spürte, wie eine Hand seinen Arm packte. Er drehte sich um und sah einen kräftigen Mann mit Kopfhörer im Ohr. Er trug einen schwarzen Anzug, vermutlich, um unter den Gästen nicht aufzufallen. Er selbst war allerdings kein Gast, sondern gehörte zum Sicherheitsdienst des Hotels.

»Verzeihung«, sagte er, »kann ich Ihnen helfen?«

Harris warf einen raschen Blick in die Richtung, in der Tom verschwunden war, bevor er wieder den Wachmann des Hotels ansah, der noch immer seinen Arm gepackt hielt. Er wußte, daß er sich verdammt schnell etwas einfallen lassen mußte…

»Was sollen wir machen?« fragte Wayne. Er saß über das Steuer des grünen Mercedes gebeugt, der unweit des Haupteingangs vom Ritz-Carlton am Straßenrand parkte. Vor ihnen, auf der anderen Seite der Auffahrt, stand die Limousine. Niemand war ausgestiegen, obwohl der livrierte Türsteher mit dem Fahrer gesprochen hatte, der ihm vermutlich einen größeren Schein durch das Fenster gereicht hatte.

»Ich weiß es, ehrlich gesagt, auch nicht«, erwiderte Sterling. »Mein Instinkt sagt mir, daß wir uns an Tanaka halten sollten, aber die Tatsache, daß Mr. Harris das Hotel betreten hat, macht mir Sorgen. Ich habe keine Ahnung, was er vorhat.«

»Oha!« stieß Wayne hervor. »Noch mehr Komplikationen.« Die Beifahrertür der Limousine war aufgegangen, und ein makellos gekleideter junger Japaner war ausgestiegen. Er legte ein tragbares Telefon auf dem Wagendach ab und rückte seine dunkle Krawatte zurecht, bevor er das Hotel betrat.

»Glauben Sie, daß die möglicherweise vorhaben, Murphy umzubringen?« fragte Wayne. »Der Kerl sieht mir schwer nach einem Profikiller aus.«

»Das würde mich sehr überraschen«, sagte Sterling. »Das ist so gar nicht die japanische Art. Andererseits ist Tanaka auch kein typischer Japaner, vor allem mit seinen Verbindungen zur Yakuza. Und Biotechnologie ist ein extrem lukratives Geschäft geworden. Ich beginne langsam das Vertrauen in meine Fähigkeiten, seine Intentionen zu erahnen, zu verlieren. Vielleicht sollten Sie dem Japaner, der ins Hotel gegangen ist, lieber folgen. Was immer Sie auch tun, sorgen Sie dafür, daß Mr. Murphy keinen Schaden nimmt.«

Wayne war froh, den Wagen verlassen zu können, und er betrat ohne Umschweife das Hotel.

Nachdem er durch den Vordereingang verschwunden war, wanderte Sterlings Blick wieder zu der Limousine. Er versuchte sich vorzustellen, was Tanaka als nächstes plante. Dabei fiel ihm auf einmal der Sushita-Jet ein.

Er nahm das Autotelefon und rief seinen Kontaktmann bei der Luftfahrtbehörde an. Der Mann bat ihn, einen Moment zu warten, und gab die Anfrage in seinen Computer ein. Kurz darauf war er wieder in der Leitung.

»Dein Vogel hat den Hühnerstall verlassen«, sagte er.

»Wann?« fragte Sterling. Das hatte er nicht hören wollen. Wenn das Flugzeug weg war, hatte Wayne vielleicht recht. Tanaka hatte jedenfalls bestimmt nicht vor, Sean nach Japan zu bringen, wenn ihm der Sushita-Jet gar nicht mehr zur Verfügung stand.

»Er ist vor kurzem abgeflogen«, sagte sein Kontaktmann.

»Fliegt er die Küste hoch nach Norden?« fragte Sterling.

»Nein«, sagte der Mann. »Er fliegt nach Naples in Florida, falls Ihnen das etwas sagt.«

»Das tut es«, erwiderte Sterling erleichtert.

»Von da geht es weiter nach Mexiko«, sagte der Kontaktmann. »Damit ist er Ihrer Gerichtsbarkeit bis auf weiteres entzogen.«

»Sie haben mir sehr geholfen«, sagte Sterling.

Er legte auf und war im nachhinein froh, angerufen zu haben. Jetzt war er sicher, daß niemand vorhatte, Sean Murphy zu töten. Statt dessen wollte man ihm einen Freiflug über den Pazifik anbieten.

»Ich kann keinen Zigarettenqualm riechen«, sagte Janet, während sie schnuppernd in dem geräumigen Zimmer umherging. Dann öffnete sie die Balkontür und trat auf die Terrasse. »Sean, komm mal hier raus!« rief sie. »Das ist fantastisch.«

Sean saß auf der Bettkante und studierte die Anweisungen zur Benutzung des Telefons. Er stand auf und folgte Janet auf die Terrasse.

Die Aussicht war atemberaubend. Eine Bucht in Form eines Krummschwerts mit einem breiten Strand erstreckte sich in einem breiten Bogen bis zur Insel Sanibel im Norden. Direkt unterhalb ihrer Terrasse wucherte das üppige Grün eines Mangrovensumpfes. Nach Süden verlief der Strand gerade, bis er schließlich hinter einer Reihe von Apartmenthochhäusern verschwand. Im Westen stand die Sonne tief hinter einem Schleier blutroter Wolken. Der Golf selbst war ruhig und dunkelgrün. Die bunten Segel der Surfer tupften kleine Farbkleckse auf die Wasseroberfläche.

»Laß uns unten am Strand schwimmen gehen«, schlug Janet mit leuchtenden Augen vor.

»Abgemacht«, sagte Sean. »Ich will nur noch kurz Brian und Mr. Betancourt anrufen.«

»Viel Glück«, rief Janet ihm zu. Sie war schon auf dem Weg nach drinnen, um sich umzuziehen.

Während Janet im Bad ihren Badeanzug anzog, wählte Sean Brians Nummer. Es war schon nach sechs, und er ging fast davon aus, daß sein Bruder zu Hause sein würde. Deshalb war er doppelt enttäuscht, als er wieder nur den verdammten Anrufbeantworter anspringen hörte und ein weiteres Mal Brians Botschaft über sich ergehen lassen mußte. Nach dem Piepton hinterließ Sean die Nummer des Ritz sowie ihre Zimmernummer und bat seinen Bruder anzurufen. Dann fügte er noch hinzu, daß es wichtig sei.

Als nächstes wählte er die Nummer von Malcolm Betancourt. Nach dem zweiten Klingeln nahm Mr. Betancourt persönlich ab.

Sean improvisierte drauflos. Er erklärte, er sei Medizinstudent aus Harvard, der ein Praktikum an der Forbes-Klinik absolvieren würde. Er sagte, er habe die Krankenakten der Patienten studiert, die mit so großem Erfolg an der Medulloblastom-Therapie teilgenommen hatten. Nachdem er nun schon Gelegenheit gehabt habe, Mr. Betancourts Akte zu lesen, hätte er gerne auch noch einmal persönlich mit ihm gesprochen, wenn sich das einrichten ließe.

»Nennen Sie mich Malcolm«, sagte Mr. Betancourt. »Von wo rufen Sie an, Miami?«

»Nein, ich bin in Naples«, erwiderte Sean. »Meine Freundin und ich sind übers Wochenende an die Golfküste gefahren.«

»Großartig. Dann sind Sie ja ganz in der Nähe. Und Sie sind also Harvardstudent. Nur zur Promotion oder schon seit dem Grundstudium?«

Sean erklärte, daß er sein jetziges Praktikum im Rahmen des naturwissenschaftlich-philosophischen Doktorandenprogramms leisten würde, jedoch auch sein Grundstudium in Harvard absolviert hätte.

»Ich bin selbst auch Harvardianer«, sagte Malcolm. »Jahrgang 1950. Ich wette, das klingt für Sie wie aus dem vorigen Jahrhundert. Waren Sie in einem der Uni-Teams?«

Sean war ein wenig überrascht von der Wendung des Gesprächs, aber er beschloß mitzuspielen und erzählte Malcolm, daß er Mitglied der Eishockey-Mannschaft gewesen sei.

»Ich war in der Rudermannschaft«, sagte Malcolm. »Aber Sie interessieren sich nicht für die glorreichen Tage meiner Jugend, sondern für meine Zeit als Patient der Forbes-Klinik. Wie lange bleiben Sie in Naples, sagten Sie?«

»Nur übers Wochenende.«

»Einen Moment mal, junger Freund«, sagte Malcolm. Nach etwa einer Minute war er wieder in der Leitung. »Wie wär's, wenn Sie heute zum Abendessen vorbeikommen?« fragte er.

»Das ist wirklich sehr freundlich«, sagte Sean. »Aber ich möchte mich ganz bestimmt nicht aufdrängen.«

»Papperlapapp, ich habe schon alles mit der Chefin besprochen«, sagte Malcolm fröhlich. »Harriet freut sich schon darauf, mal wieder junge Leute um sich zu haben. Wie wär's mit halb neun? Legere Kleidung.«

»Wunderbar«, sagte Sean. »Wenn Sie mir noch erklären, wie ich zu Ihnen komme.«

Malcolm erklärte ihm, daß er in einer Straße namens Galleon Drive in Port Royal lebte, einem Viertel direkt im Süden der Altstadt von Naples. Dann beschrieb er den genauen Weg, den Sean auf einem Zettel notierte.

Er hatte kaum aufgelegt, als es klopfte. Auf dem Weg

zur Tür überflog Sean noch einmal die Wegbeschreibung. Abwesend öffnete er die Tür, ohne zu fragen, wer dort war, oder durch den Spion zu sehen. Er sah auch nicht, daß Janet die Sicherheitskette vorgelegt hatte, so daß sich die Tür, als er sie aufriß, nach ein paar Zentimetern verhakte.

Durch den Spalt sah Sean kurz etwas Metallisches in der Hand des Klopfers aufblitzen, ohne sich dessen Bedeutung bewußt zu werden. Es war ihm viel zu peinlich, die Tür nicht aufbekommen zu haben, als daß er sich darauf hätte konzentrieren können. Nachdem er die Tür schließlich ordnungsgemäß geöffnet hatte, entschuldigte er sich bei dem Mann, der draußen stand.

Der Mann trug eine Hoteluniform. Er lächelte und erklärte, daß es absolut keinen Anlaß gäbe, sich zu entschuldigen. Vielmehr müsse er sich für die Störung entschuldigen, doch das Hotelmanagement erlaube sich, ihnen eine Schale mit Früchten sowie eine Flasche Champagner mit den besten Empfehlungen und als kleine Entschädigung dafür zu übersenden, daß man ihnen kein Nichtraucherzimmer mit Meerblick habe anbieten können.

Sean bedankte sich, gab dem Mann ein Trinkgeld und begleitete ihn zur Tür, bevor er Janet rief. Dann goß er zwei Gläser Champagner ein.

Janet erschien auf der Schwelle in einem schwarzen einteiligen Badeanzug, der an den Hüften hoch und am Rükken tief ausgeschnitten war. Sean mußte heftig schlucken.

»Du siehst umwerfend aus«, stammelte er.

»Gefällt er dir?« fragte Janet, während sie Pirouetten durch den Raum drehte.

»Ich bin ganz hin und weg«, sagte Sean. Wie schon oft bewunderte er ihre Figur, die ihm als erstes an ihr aufgefallen war, als er sie von dem Tresen hatte klettern sehen.

Sean reichte ihr ein Glas Champagner und erklärte das großzügige Geschenk der Hotelleitung.

»Auf unser Wochenende auf der Flucht«, sagte Janet und hielt Sean ihr Glas hin.

»Hört, hört!« sagte Sean und stieß mit ihr an.

»Und auf unsere Gespräche«, sagte Janet und streckte den Arm erneut aus.

Sean stieß wieder mit ihr an, setzte jedoch eine fragende Miene auf. »Was für Gespräche?« fragte er.

»Irgendwann im Laufe der nächsten vierundzwanzig Stunden möchte ich mit dir über unsere Beziehung reden«, erklärte Janet.

»Muß das sein?« stöhnte Sean.

»Mach nicht so ein Gesicht«, sagte Janet. »Trink aus und zieh dir deine Badehose an. Sonst ist die Sonne weg, bevor wir am Strand sind.«

Notgedrungen mußte Seans Turnhose als Badehose herhalten, weil er beim besten Willen keine hatte finden können, als er in Boston gepackt hatte. Das hatte ihn nicht weiter beunruhigt, weil er nicht vorgehabt hatte, sich viel am Strand aufzuhalten, und wenn, dann nur, um spazierenzugehen und den Mädchen nachzuschauen. Wirklich ins Wasser zu gehen war jedenfalls eigentlich nicht vorgesehen.

Nachdem sie beide ein Glas Champagner getrunken hatten, zogen sie die hoteleigenen Frottébademäntel über. Im Aufzug nach unten erzählte Sean Janet von Malcolm Betancourts Einladung. Janet war überrascht und auch ein wenig enttäuscht. Sie hatte sich schon auf ein romantisches Dinner zu zweit gefreut.

Der Weg zum Strand führte am Hotelpool vorbei, dessen Form vage an die eines Kleeblattes erinnerte. Im Wasser planschte ein halbes Dutzend Menschen, vor allem Kinder. Ein Holzsteg über einen schmalen Streifen Mangrovensumpf führte sie direkt an den Strand des Golfes von Mexiko.

Selbst zu dieser späten Stunde blendete die Sonne noch. Der Sand war weiß und mit zahllosen ausgebleichten Muschelsplittern durchsetzt. Direkt vor dem Hotel zierten Strandmöbel aus Redwood und blaue Sonnenschirme den Strand, und nach Norden hockten einzelne Sonnenanbeter im Sand. Doch nach Süden hin war der Strand völlig leer.

Sie entschieden sich für die Abgeschiedenheit und stapften durch den trockenen Sand bis ans Wasser, um sich die Ausläufer der Wellen um die Füße spülen zu lassen. Sean hatte erwartet, daß das Wasser in etwa so warm sein würde wie am Cape Cod im Sommer, doch er wurde angenehm überrascht. Das Wasser war zwar kühl, aber bestimmt nicht kalt.

Hand in Hand liefen sie über den feuchten, festen Sand an der Flutkante entlang. Die Sonne neigte sich dem Horizont zu und warf ein golden glitzerndes Lichtband auf die Wasseroberfläche. Ein Schwarm Pelikane glitt lautlos am Himmel vorbei, und aus den Tiefen der endlosen Mangrovensümpfe drangen die Schreie tropischer Vögel.

Als sie den Apartmentkomplex am Strand direkt südlich des Ritz-Carlton hinter sich gelassen hatten, hörten die Baugrundstücke auf, und eine lange Reihe australischer Kiefern, unterbrochen von Meerträubchen und einigen Palmen, säumte den Strand. Das Meer verfärbte sich von dunkelgrün nach silber, als die Sonne hinter den Horizont versank.

»Hast du mich eigentlich wirklich gern?« fragte Janet plötzlich unvermittelt. Da sie beim Abendessen keine Gelegenheit finden würde, ernsthaft mit Sean zu reden, hatte sie beschlossen, daß es keinen besseren Zeitpunkt gab als jetzt, ihr klärendes Gespräch wenigstens zu eröffnen. Was konnte es schließlich Romantischeres geben als einen Spaziergang bei Sonnenuntergang am Meer?

»Natürlich hab ich dich gern«, erwiderte Sean.

»Warum sagst du mir das dann nie?«

»Tue ich das nicht?« fragte Sean überrascht.

»Nein, das tust du nicht.«

»Aber ich denke es die ganze Zeit«, sagte Sean.

»Würdest du sagen, daß du mich sehr gern hast?«

»Ja, sicher«, sagte Sean.

»Liebst du mich, Sean?« fragte Janet.

»Ja«, erwiderte er.

»Ja, was?« fragte Janet.

»Na ja, was du gesagt hast«, erwiderte Sean. Er blickte auf den Punkt am Horizont, wo eben die Sonne untergegangen war und der noch immer wie von einem riesigen Feuer erleuchtet war.

»Sieh mich an, Sean«, sagte Janet.

Widerwillig blickte Sean ihr in die Augen.

»Warum kannst du mir nicht sagen, daß du mich liebst?« fragte sie.

»Das habe ich doch gerade«, erwiderte er.

»Aber du bringst die eigentlichen Worte nicht über die Lippen«, entgegnete sie. »Warum nicht?«

»Ich bin eben Ire«, sagte Sean in dem Versuch, der Situation etwas von ihrem Ernst zu nehmen. »Die Iren sind nicht besonders gut darin, über ihre Gefühle zu reden.«

»Na, wenigstens gibst du es zu«, meinte Janet. »Aber ob du mich ernsthaft magst oder nicht, ist schließlich ein wichtiges Thema. Ein Gespräch, wie ich es mit dir führen möchte, wäre völlig sinnlos, wenn die grundsätzlichen Gefühle nicht da sind.«

»Die Gefühle sind aber da«, beharrte Sean.

»Okay, dann will ich dich für den Augenblick nicht länger zappeln lassen«, sagte Janet und blieb stehen. »Obwohl ich gestehen muß, daß es mir ein großes Rätsel ist, wie du in jeder Lebenslage so überaus wortgewandt sein kannst und plötzlich so unbeholfen wirst, wenn es um uns beide geht. Aber darüber können wir später noch reden. Wie wär's jetzt mit einem Bad?«

»Du willst tatsächlich ins Wasser gehen?« fragte er. Auf ihn machte das Meer einen eher finsteren Eindruck.

»Ja, natürlich«, erwiderte Janet. »Was denn sonst?«

»Schon gut, schon gut«, sagte Sean. »Aber ich habe eigentlich gar keine richtige Badehose.« Er befürchtete, daß er, wenn seine Shorts erst einmal naß waren, genausogut nackt herumlaufen konnte.

Janet konnte nicht fassen, daß er nach dem langen Weg bis ans Wasser jetzt wegen seiner Turnhose kneifen wollte.

»Wenn es Schwierigkeiten gibt«, meinte sie, »warum ziehst du sie dann nicht einfach aus?«

»Hört, hört!« sagte Sean spöttisch. »Miss Proper lädt zum Nacktbaden ein. Von mir aus gern, wenn du mitmachst.«

Er starrte Janet wütend an. Ein Teil von ihm genoß es, sie in diese peinliche Situation zu bringen. Hatte sie ihn nicht gerade wegen seiner Unfähigkeit, seine Gefühle zu artikulieren, hilflos zappeln lassen? Er war sich nicht sicher, ob sie die Herausforderung annehmen würde, aber Janet hatte ihn, seit sie ihm unerwartet nach Florida gefolgt war, schon des öfteren überrascht.

»Wer zuerst?« fragte sie.

»Beide gleichzeitig«, sagte er.

Nach kurzem Zögern legten beide ihre Bademäntel ab, schlüpften aus ihren Badeanzügen und hüpften nackt in die leichte Dünung. Während die Dämmerung langsam der Dunkelheit wich, tollten sie im flachen Wasser umher und ließen die kleinen Wellen über ihre nackten Körper brechen. Nach dem eisigen Bostoner Winter war ein Bad im Meer der reinste Luxus, und zu ihrer eigenen Überraschung genoß vor allem Janet das Gefühl des Wassers auf ihrer Haut in völliger Selbstvergessenheit.

Eine Viertelstunde später kamen sie außer Atem aus dem Wasser und rannten wie kicherige Teenager den Strand hoch, um ihre Kleider einzusammeln. Janet wollte sofort wieder ihren Badeanzug anziehen, aber Sean hatte andere Vorstellungen. Er faßte ihre Hand und zog sie in den Schatten einer australischen Kiefer. Nachdem er ihre Bademäntel über den von Kiefernnadeln übersäten Sand gebreitet hatte, sanken sie in einer innigen Umarmung zu Boden.

Aber es dauerte nicht lange.

Janet spürte als erste, daß etwas nicht stimmte. Sie hob den Kopf und blickte angestrengt auf die leuchtend weiße Linie des Strandes.

»Hast du das gehört?« fragte sie.

»Ich glaube nicht«, erwiderte Sean, ohne hinzuhören.

»Ganz im Ernst«, sagte Janet und richtete sich auf. »Ich hab was gehört.«

Bevor einer von ihnen eine weitere Bewegung machen konnte, trat eine Gestalt aus dem Kiefernwäldchen. Das Gesicht des Fremden blieb im Schatten. Nur die auf sie gerichtete Waffe mit dem Perlmuttgriff konnten beide deutlich erkennen.

»Wenn das Ihr Grundstück ist, gehen wir einfach«, sagte Sean und richtete sich jetzt ebenfalls auf.

»Halt's Maul!« zischte Tom. Er konnte seinen Blick nicht von Janets Blöße losreißen. Er hatte vorgehabt, aus dem Dunkel zu treten und beide auf der Stelle zu erschießen, aber jetzt zögerte er. Obwohl er im Halbdunkel nicht viel erkennen konnte, war das wenige, was er sah, absolut faszinierend. Er fand es schwer, einen klaren Gedanken zu fassen.

Janet spürte Toms durchdringenden Blick, griff nach ihrem Badeanzug und drückte ihn an ihre Brust. Aber diesen Anblick wollte sich Tom nicht nehmen lassen. Mit der freien Hand riß er das Kleidungsstück weg und ließ es in den Sand fallen.

»Sie hätten sich nie einmischen dürfen«, fuhr er sie an.

»Wovon reden Sie überhaupt?« fragte Janet, ohne ihren Blick von seiner Waffe zu wenden.

»Alice hat mich immer vor Mädchen wie Ihnen gewarnt«, sagte Tom.

»Wer ist Alice?« fragte Sean.

»Halt's Maul!« fuhr Tom ihn erneut an und richtete die Waffe auf ihn. Er fand, daß es höchste Zeit war, den Kerl loszuwerden. Er streckte den Arm aus, spannte seinen Finger am Abzug, bis sich der Schuß löste. Aber die Kugel verfehlte ihr Ziel. Im selben Moment, in dem Tom den Abzug drückte, warf sich eine schattenhafte Gestalt aus dem Dunkel auf ihn und riß ihn einige Meter seitwärts zu Boden.

Die Wucht des Aufpralls schleuderte Tom den Revolver aus der Hand. Er fiel direkt vor Seans Fuß zu Boden. Den Knall noch immer im Ohr starrte Sean ihn entgeistert an. Er konnte es nicht fassen; jemand hatte auf ihn geschossen.

»Nehmen Sie die Waffe!« brachte Harris, der sich mit Tom am Boden wälzte, grunzend hervor. Sie rollten gegen einen Baumstamm, und Tom konnte sich losreißen. Er rannte auf den Strand zu, aber nach fünfzig Metern riß Harris ihn erneut zu Boden.

Sean und Janet hatten ihren Schock im selben Moment überwunden und reagierten gleichzeitig. Janet griff nach den Bademänteln, ihrem Badeanzug und Seans Turnhose. Sean hob die Waffe auf. Sie sahen, wie Tom und Harris sich am Rand des Wassers im Sand wälzten.

»Laß uns hier abhauen!« drängte Sean.

»Aber wer hat uns gerettet?« fragte Janet. »Sollten wir dem Mann nicht helfen?«

»Nein«, erwiderte Sean. »Ich habe ihn erkannt. Der braucht keine Hilfe. Wir machen uns aus dem Staub.«

Er packte ihre Hand und zog sie hinter sich her. Bald rannten beide aus dem Schatten des Kiefernwäldchens auf den offenen Strand und weiter nach Norden in Richtung Hotel. Janet sah sich einige Male um, aber jedesmal drängte Sean sie weiter. Erst als sie das Hotel fast erreicht hatten, blieben sie stehen und zogen ihre Bademäntel über.

»Wer war der Mann, der uns gerettet hat?« keuchte Janet.

»Der Sicherheitschef des Forbes-Zentrums«, sagte Sean, ebenso außer Atem. »Sein Name ist Robert Harris. Der wird schon klarkommen. Wir sollten uns lieber Sorgen um dieses andere Früchtchen machen.«

»Wer war er?« fragte Janet.

»Ich habe nicht die leiseste Ahnung«, erwiderte Sean.

»Und was wollen wir der Polizei sagen?« fragte Janet.

»Gar nichts«, sagte Sean. »Wir gehen nicht zur Polizei. Ich kann nicht. Ich werde gesucht. Ich kann nicht, bevor ich nicht mit Brian geredet habe.«

Sie liefen am Pool vorbei ins Hotel.

»Der Mann mit dem Revolver muß auch irgendwas mit dem Forbes-Zentrum zu tun haben«, sagte Janet. »Sonst wäre der Sicherheitschef nicht hier.«

»Wahrscheinlich hast du recht«, meinte Sean. »Es sei denn, Harris ist genauso hinter mir her wie die Polizei. Vielleicht spielt er den Kopfgeldjäger. Ich bin sicher, er würde mich lieber jetzt als gleich loswerden.«

»Das gefällt mir alles überhaupt nicht«, gestand Janet, als sie im Fahrstuhl nach oben fuhren.

»Mir auch nicht«, sagte Sean. »Irgend etwas Seltsames geht hier vor, und ich habe nicht den leisesten Schimmer, was.«

»Und was wollen wir jetzt machen?« fragte Janet. »Ich finde immer noch, wir sollten zur Polizei gehen.«

»Als erstes werden wir das Hotel wechseln«, sagte Sean. »Der Gedanke, daß Harris weiß, wo ich mich aufhalte, behagt mir gar nicht. Es ist schon schlimm genug, daß er weiß, daß wir in Naples sind.«

Im Zimmer packten sie rasch ihre wenigen Sachen zusammen. Dabei versuchte Janet erneut, Sean zu überreden, zur Polizei zu gehen, doch er weigerte sich.

»Das ist der Plan«, sagte er. »Ich nehme unser Gepäck und gehe zum Pool. Dann schleiche ich hinten bei den Tennisplätzen raus. Du verläßt das Hotel durch den Haupteingang, holst den Wagen und liest mich dann auf.«

»Wovon redest du?« wollte Janet wissen. »Was soll die Heimlichtuerei?«

»Wir müssen davon ausgehen, daß uns zumindest Harris bis hierher gefolgt ist«, sagte Sean. »Und ich will, daß alle denken, wir wären immer noch hier.«

Janet entschied sich, gute Miene zum bösen Spiel zu machen. Sie erkannte, daß er nicht zum Diskutieren aufgelegt war. Außerdem war seine Paranoia möglicherweise berechtigt.

Sean ging als erster mit den Taschen.

Wayne Edwards lief zu dem Mercedes und stieg auf der Beifahrerseite ein. Sterling war hinters Steuer gerutscht.

Auch der Japaner war wieder eingestiegen.

»Was ist los?« fragte Sterling.

»Ich weiß nicht genau«, erwiderte Wayne. »Der Japse hat bloß im Foyer gesessen und Zeitschriften gelesen. Dann tauchte auf einmal das Mädchen alleine auf. Sie steht jetzt oben an der Auffahrt und wartet auf ihren Wagen. Keine Spur von Sean Murphy. Ich wette, die Typen in dem Schlitten sind genauso ratlos wie wir.«

Ein Parkplatzwächter fuhr in einem roten Pontiac an ihnen vorbei.

Die Limousine wurde angelassen, eine schwarze Rauchwolke stieg aus dem Auspuff.

Sterling startete den Mercedes. Er erzählte Wayne, daß der Sushita-Jet unterwegs nach Naples war.

»Dann wird die Aktion wohl bald steigen«, meinte Wayne.

»Und zwar heute nacht, da bin ich mir sicher«, sagte Sterling. »Wir müssen vorbereitet sein.«

Wieder kam der rote Pontiac vorbei, diesmal mit Janet Reardon am Steuer, dahinter die Limousine. Sterling wendete.

Am Ende der Auffahrt bog der Pontiac rechts ab, und die Limousine folgte.

»Da ist irgendwas faul«, sagte Wayne. »Irgendwas stimmt da nicht. Um zur Straße zu kommen, muß man links abbiegen. Der Rechtsabbieger ist eine Sackgasse.«

Sterling bog trotzdem rechts ab und folgte den anderen. Wayne hatte recht; es war eine Sackgasse. Kurz vor dem Wendepunkt kamen sie an der Einfahrt zu dem großen Parkplatz vorbei, der teilweise von Buschwerk verdeckt war. Sterling bog ab und blieb nach ein paar Metern stehen.

»Da ist die Limousine«, sagte Wayne und wies nach rechts.

»Und da ist auch der Pontiac«, sagte Sterling und zeigte in Richtung Tennisplätze. »Und da hinten ist Mr. Murphy und lädt das Gepäck in den Kofferraum. Das ist eine recht unorthodoxe Abreise.«

»Wahrscheinlich halten sie sich für riesig clever«, bemerkte Wayne kopfschüttelnd.

»Vielleicht hat die Aktion etwas mit Robert Harris zu tun«, schlug Sterling vor.

Sie beobachteten, wie der rote Pontiac an ihnen vorbeifuhr und auf die Straße bog. Die Limousine folgte. Nach kurzem Warten reihte sich Sterling in den Korso ein.

»Halten Sie nach Harris' blauem Ford Ausschau«, mahnte er.

Wayne nickte. »Das tue ich schon die ganze Zeit«, versicherte er ihm.

Sie fuhren vier oder fünf Meilen in südlicher Richtung, bevor sie sich nach Westen Richtung Küste wandten. Schließlich landeten sie auf dem Gulf Shore Boulevard.

»Die Gegend ist jedenfalls deutlich dichter besiedelt«, bemerkte Wayne. Die Straße wurde auf beiden Seiten von Apartmenthochhäusern mit gepflegten Vorgärten gesäumt.

Sie fuhren noch ein Stück weiter, bis sie bemerkten, wie der Pontiac in die höher gelegene Einfahrt des Edgewater Beach Hotels bog. Die Limousine hielt am Straßenrand und bog dann in eine Zufahrt ein, die unter das Gebäude führte. Auch Sterling parkte den Wagen schräg gegenüber der Auffahrt und schaltete den Motor aus. Sie konnten beobachten, wie Sean auf der Auffahrt den Abtransport des Gepäcks aus dem Kofferraum des Pontiac dirigierte.

»Ein nettes kleines Hotel«, bemerkte Wayne. »Nicht ganz so protzig.«

»Lassen Sie sich nicht von der Fassade täuschen«, sagte Sterling. »Durch meine Verbindungen in Bankierskreisen weiß ich, daß der Laden von einem liebenswürdigen Schweizer gekauft worden ist, der eine gewisse europäische Eleganz eingeführt hat.«

»Glauben Sie, daß Tanaka hier zuschlagen wird?« fragte Wayne.

»Ich vermute, er hofft, daß Sean und seine Begleiterin ausgehen, damit er sie in einem einsamen Winkel in die Enge treiben kann.«

»Wenn ich mit der Biene unterwegs wäre, würde ich die Tür verriegeln und den Zimmer-Service bestellen.«

Sterling griff zum Autotelefon. »Wo wir gerade von Mr. Murphys Begleiterin sprechen, mal sehen, was meine Kontaktleute in Boston über sie in Erfahrung gebracht haben.«

9

Samstag, 6. März, 19.50 Uhr

»Das Zimmer ist wirklich traumhaft,« sagte Janet, während sie die großen Fensterläden aus Tropenholz öffnete.

»Fast wie ein Ausläufer des Strands«, meinte Sean, der sich neben sie gestellt hatte. Sie befanden sich im dritten Stock. Der Strand war bis ans Wasser beleuchtet, und direkt unter ihnen parkte eine Reihe Strandbuggies.

Beide versuchten, das verstörende Erlebnis mit dem verrückten Angreifer am Strand zu verdrängen. Zunächst hatte Janet darauf bestanden, nach Miami zurückzufahren, aber Sean hatte sie überredet zu bleiben. Was immer die Erklärung für die seltsame Episode sein mochte, hatte er gemeint, sie läge nun hinter ihnen, weswegen sie, nachdem sie die lange Fahrt nach Naples gemacht hatten, ihr Wochenende auch ein wenig genießen sollten.

»Laß uns in die Gänge kommen«, mahnte er sie. »Malcolm Betancourt erwartet uns in vierzig Minuten.«

Während Janet duschte, versuchte Sean erneut, Brian zu erreichen, und mußte fluchend ein weiteres Mal mit dem Anrufbeantworter vorliebnehmen. Wieder hinterließ er eine Nachricht für seinen Bruder, in der er ihm erklärte, er könne die zuvor angegebene Telefonnummer vergessen. Statt dessen nannte er die Nummer des Edgewater Beach Hotels sowie ihre Zimmernummer und fügte noch hinzu, daß er und Janet jetzt zum Essen ausgehen würden, Brian ihn aber später, egal zu welcher Uhrzeit, auf jeden Fall noch anrufen solle, weil er ihn unbedingt sprechen müßte.

Dann rief er bei den Betancourts an, um zu sagen, daß sie sich möglicherweise ein paar Minuten verspäten würden. Mr. Betancourt versicherte ihm, daß das kein Problem sei, und bedankte sich für den Anruf.

Janet war noch immer im Bad, als Sean sich auf die Bettkante setzte und den Revolver hervorzog, die er am Strand aufgehoben hatte. Er ließ den Zylinder aufschnappen und schüttelte den Sand heraus. Es war eine uralte 38er Smith and Wesson – Detective Special, geladen mit vier Patronen. Sean schüttelte den Kopf bei dem Gedanken, wie knapp er dem Tod entronnen war. Auch die Ironie, von jemandem gerettet worden zu sein, den er seit ihrer ersten Begegnung nicht ausstehen konnte, entging ihm nicht.

Er ließ den Zylinder des Revolvers wieder zuklappen und steckte die Waffe unter sein Hemd. In den letzten Stunden hatte es zu viele Beinahe-Katastrophen gegeben, als daß er sich die Chance entgehen lassen wollte, sich zu bewaffnen. Sean spürte, daß etwas Seltsames im Gange war, und wie jeder gute medizinische Diagnostiker versuchte er alle Symptome auf eine einzige Ursache zu beziehen. Sein Instinkt sagte ihm, daß er die Waffe für alle Fälle behalten sollte. Innerlich zitterte er noch immer bei dem Gedanken an das Gefühl völliger Hilflosigkeit, das er, kurz bevor die Waffe losgegangen war, empfunden hatte.

Nachdem Janet im Bad fertig war, duschte auch Sean kurz. Janet war nach wie vor nicht damit einverstanden, daß sie den Mann mit dem Revolver nicht bei der Polizei angezeigt hatten, und sagte das auch noch einmal, während sie sich schminkte. Aber Sean blieb unbeirrt und meinte nur, daß Robert Harris die Situation bestimmt auch ohne fremde Hilfe im Griff hätte.

»Wird das nicht einen ziemlich verdächtigen Eindruck machen, wenn wir im nachhinein erklären müssen, warum wir nicht zur Polizei gegangen sind?« beharrte Janet.

»Wahrscheinlich«, räumte Sean ein, »aber darum wird sich Brian dann auch kümmern müssen. Laß uns einfach eine Weile nicht mehr darüber nachdenken und versuchen, das Wochenende zu genießen.«

»Nur noch eine Frage«, sagte Janet. »Der Mann sagte etwas davon, daß ich mich nicht einmischen sollte. Was meinst du, was er damit gemeint hat?«

Sean warf verzweifelt die Hände in die Luft. »Woher soll ich das wissen?«

»Schon gut«, sagte Janet. »Ganz ruhig. Hast du es noch einmal bei Brian versucht?«

Sean nickte. »Der Penner ist immer noch nicht zu Hause«, sagte er. »Aber ich habe unsere Nummer hinterlassen. Wahrscheinlich ruft er an, wenn wir beim Essen sind.«

Als sie fertig waren, verständigte Sean den Parkplatzwächter, um den Wagen vorfahren zu lassen. Beim Verlassen des Zimmers ließ er die Smith and Wesson, von Janet unbemerkt, in seine Tasche gleiten.

Auf der Fahrt über den Gulf Shore Boulevard Richtung Süden wurde Janet endlich ein wenig ruhiger. Sie hatte sogar wieder Augen für ihre Umgebung und bewunderte die blühenden Bäume am Straßenrand. Außerdem fiel ihr auf, daß es weder Müll noch Graffiti noch Anzeichen von Obdachlosigkeit gab. Die Probleme des großstädtischen Amerikas schienen in Naples, Florida, sehr weit weg zu sein.

Als sie versuchte, Sean auf einen Baum hinzuweisen, der besonders malerisch in Blüte stand, bemerkte sie, daß er ungebührlich oft in den Rückspiegel schaute.

»Was ist denn?« fragte sie.

»Ich halte nach Robert Harris Ausschau«, erklärte Sean.

Janet drehte sich um, bevor sie wieder ihn ansah.

»Hast du ihn gesehen?« fragte sie alarmiert.

Sean schüttelte den Kopf. »Nein«, sagte er. »Aber ich glaube, wir werden trotzdem verfolgt.«

»Na, super!« meinte Janet. Das Wochenende verlief überhaupt nicht so, wie sie es sich ausgemalt hatte.

Völlig unvermittelt wendete Sean plötzlich mitten auf der Straße. Ehe sie sich versahen, fuhren sie wieder zurück nach Norden, von wo sie gekommen waren.

»Es ist der zweite Wagen«, sagte Sean. »Guck mal, ob du die Marke erkennen kannst oder den Fahrer.«

Zwei Wagen kamen ihnen entgegen, ihre Scheinwerfer schnitten Lichtbahnen in die Dunkelheit. Nachdem der erste an ihnen vorbeigefahren war, bremste Sean, bis auch das zweite Fahrzeug sie passiert hatte.

»Es ist eine Limousine«, sagte Janet erstaunt.

»Na, daran sieht man, wie paranoid ich schon bin«, sagte Sean mit einem leicht bekümmerten Unterton. »Das ist jedenfalls bestimmt nicht die Art Wagen, die Robert Harris fahren würde.«

Ohne jede Vorwarnung wendete Sean erneut, und sie fuhren wieder in ihrer ursprünglichen Richtung.

»Könntest du mir vielleicht vorher Bescheid sagen, wenn du das nächste Mal eins deiner Kamikaze-Manöver planst?« beschwerte sich Janet, während sie sich wieder richtig hinsetzte.

»Tut mir leid«, sagte Sean.

Als sie sich der Altstadt näherten, bemerkten sie, daß die Häuser nach und nach größer und imposanter wurden. In Port Royal selber wurden sie sogar noch luxuriöser, und als sie in die von brennenden Fackeln gesäumte Auffahrt zu Malcolm Betancourts Villa einbogen, verschlug es ihnen vor Ehrfurcht fast die Sprache. Sie parkten den Wagen auf einer Abstellfläche, die als Besucherparkplatz ausgewiesen war und mindestens dreißig Meter vom Haus entfernt lag.

»Das sieht eher aus wie ein nach Florida verpflanztes französisches Chateau«, sagte Janet. »Es ist riesig. Was macht der Mann beruflich?«

»Er ist Manager einer großen kommerziellen Gesellschaft, die Krankenhäuser betreibt«, erwiderte Sean, stieg aus dem Wagen und öffnete Janet die Tür.

»Ich wußte gar nicht, daß man in der kommerziellen Medizin so viel Geld machen kann«, meinte Janet.

Die Betancourts waren überaus liebenswürdige Gastgeber. Sie empfingen Sean und Janet wie alte Freunde und neckten sie sogar, weil sie ihren Wagen auf dem Platz für Lieferanten und Handelsvertreter abgestellt hatten.

Ausgestattet mit einem Glas edelsten Champagners, verfeinert mit einem Tropfen Cassis, wurden Sean und Janet durch die riesige Villa und über das Grundstück geführt, auf dem es zwei Swimmingpools gab, die durch einen kleinen Wasserfall miteinander verbunden waren, und einen stattlichen Landungspier für die vierzig Meter lange Segelyacht aus Teakholz.

»Es gibt Leute, die sagen, das Haus wäre ein wenig zu groß für uns beide«, sagte Malcolm, als sie schließlich im Wohnzimmer saßen. »Aber Harriet und ich sind eine Menge Platz gewohnt. Unser Haus in Connecticut ist sogar noch ein wenig größer.«

»Außerdem empfangen wir regelmäßig Gäste«, fügte Harriet hinzu. Sie läutete mit einem kleinen, silbernen Glöckchen, und ein Hausangestellter trug den ersten Gang auf, während ein zweiter trockenen Weißwein ausschenkte.

»Sie studieren also am Forbes-Zentrum?« sagte Malcolm zu Sean. »Sie dürfen sich glücklich schätzen, junger Mann. Es ist eine großartige Klinik. Ich nehme an, Sie haben Dr. Mason bereits kennengelernt?«

»Sowohl Dr. Mason als auch Dr. Levy«, bestätigte Sean.

»Die beiden leisten Bedeutendes«, erklärte Malcolm. »Aber das muß ich Ihnen ja nicht erzählen. Wie Sie wissen, bin ich der lebende Beweis.«

»Dafür sind Sie sicherlich sehr dankbar«, sagte Sean. »Aber –«

»Das ist eine Untertreibung«, unterbrach Malcolm ihn. »Sie haben mir ein zweites Leben geschenkt, und wir sind mehr als dankbar.«

»Unsere Stiftung hat der Klinik fünf Millionen Dollar gespendet«, sagte Harriet. »Die Regierung sollte ihre finanziellen Mittel auch auf die wirklich erfolgreichen Kliniken konzentrieren, anstatt in zahllosen kommunalen Einrichtungen Wahlgeschenke zu verteilen.«

»Was die Frage der Forschungsgelder angeht, reagiert Harriet ziemlich empfindlich«, erklärte Malcolm.

»Da hat sie auch völlig recht«, stimmte Sean ihr zu. »Aber, Mr. Betancourt, als Medizinstudent bin ich natürlich vordringlich an Ihren Erfahrungen als Patient interessiert, an Ihren persönlichen Schilderungen. Wie haben Sie die Therapie, der Sie sich unterzogen haben, gesehen? Bei Ihrem Beruf haben Sie doch bestimmt ein aktives Interesse daran gezeigt?«

»Meinen Sie die Qualität der Behandlung oder die Therapie an sich?«

»Die Therapie an sich«, erwiderte Sean.

»Ich bin Geschäftsmann, kein Arzt«, sagte Malcolm. »Aber ich halte mich für einen informierten Laien. Als ich in die Forbes-Klinik eingeliefert wurde, begann man sofort, eine Immuntherapie mit einem Antikörper durchzuführen. Am ersten Tag wurde der Tumor biopsiert, und mir wurden weiße Blutkörperchen entnommen. Dann wurden die weißen Blutkörperchen mit dem Tumor inkubiert, um sie zu sensibilisieren und so zu ›Killerzellen‹ zu machen. Anschließend hat man mir meine eigenen sensibilisierten

Zellen reinjiziert. Soweit ich es verstanden habe, haben die Antikörper die Krebszellen mit einer Hülle überzogen, und dann sind die Killerzellen gekommen und haben sie aufgefressen.«

Malcolm zuckte die Schultern und blickte zu Harriet, um zu sehen, ob sie noch etwas hinzufügen wollte.

»Genau so war's«, bestätigte sie. »Diese kleinen Killerzellen sind los und haben den Tumoren ordentlich eingeheizt!«

»Zuerst sind die Symptome ein wenig schlimmer geworden«, sagte Malcolm. »Aber dann ging es Tag für Tag besser. Wir haben die Fortschritte mit einem Kernspintomographen beobachtet. Die Tumore sind einfach weggeschmolzen. Und heute fühle ich mich prächtig«, fügte er noch hinzu und klopfte sich zur Bekräftigung mit der Faust auf die Brust.

»Und werden Sie zur Zeit noch ambulant behandelt?« fragte Sean.

»Genau«, sagte Malcolm. »Im Augenblick muß ich noch alle sechs Monate in die Klinik. Aber Dr. Mason ist fest davon überzeugt, daß ich geheilt bin, so daß ich demnächst wohl nur noch einmal im Jahr hinmuß. Ich bekomme jedesmal eine Dosis Antikörper gespritzt, nur zur Sicherheit.«

»Und die Symptome sind völlig abgeklungen?« fragte Sean.

»Absolut«, erwiderte Malcolm. »Ich bin fit wie ein Turnschuh.«

Die Teller des ersten Gangs wurden abgetragen. Zum Hauptgang gab es einen leichten Rotwein. Trotz des Zwischenfalls am Strand fühlte sich Sean völlig entspannt. Hin und wieder warf er einen Blick auf Janet, die mit Harriet in ein Gespräch unter Frauen vertieft war; wie sich herausgestellt hatte, hatten ihre Familie und die Betancourts gemeinsame Freunde. Janet erwiderte Seans Lächeln, als sie seinen Blick bemerkte. Offensichtlich amüsierte auch sie sich bestens.

Malcolm nippte mit prüfender Miene an dem Wein. »Nicht schlecht für einen 86er Napa Valley«, meinte er. Dann stellte er das Glas ab und sah Sean direkt an. »Ich leide nicht nur nicht mehr an den Symptomen meines Hirntumors, ich fühle mich überhaupt großartig. So gut wie seit Jahren nicht mehr. Wahrscheinlich vergleiche ich es immer mit der Zeit vor der Immuntherapie, und die war die reinste Hölle. Viel mehr hätte wirklich nicht schiefgehen können. Zuerst hatte ich eine Knieoperation, die auch kein Spaß war. Dann bekam ich eine Gehirnentzündung und zuletzt den Hirntumor. Dieses Jahr geht es mir prächtig. Nicht mal eine Erkältung.«

»Sie hatten eine Enzephalitis?« fragte Sean, und seine Gabel blieb in der Luft stehen.

»Ja«, erwiderte Malcolm. »Ich war ein medizinisches Wunder. Als Patient hätte ich allein für ein ganzes Medizinstudium gereicht. Ich hatte heftige Kopfschmerzattakken, Fieber und habe mich allgemein beschissen gefühlt, und...« Malcolm beugte sich vor und sprach hinter vorgehaltener Hand. »Außerdem hatte ich beim Pissen immer so ein Brennen in meinem Schwanz.« Er warf den Frauen einen kurzen Blick zu, um sicherzugehen, daß diese ihn nicht gehört hatten.

»Woher wußten Sie, daß es eine Enzephalitis war?« fragte Sean und legte die volle Gabel wieder auf den Teller.

»Nun, die Kopfschmerzen waren das schlimmste«, sagte Malcolm. »Ich bin zu meinem Internisten gegangen, der mich ins Columbia Presbyterian Hospital überwiesen hat, weil die auf seltene exotische und tropische Krankheiten spezialisiert sind. Dort wurde ich von irgendwelchen Kapazitäten untersucht, die dann auch als erste den Verdacht hatten, es könne sich um eine Enzephalitis handeln, was die dann mit irgendeiner neuen Methode namens Polymerase irgendwas bewiesen haben.«

»Polymerase-Kettenreaktion«, sagte Sean wie in Trance. »Was für eine Art Enzephalitis war es denn?«

»Sie haben es immer SLE genannt«, antwortete Malcolm. »Das ist die Abkürzung für St.-Louis-Enzephalitis. Die Ärzte waren ziemlich überrascht und meinten, diese Krankheit wäre in unseren Breiten praktisch ausgerottet. Aber ich war viel auf Reisen. Wie dem auch sei, es war eine milde Enzephalitis, und nach ein paar Tagen Bettruhe fühlte ich mich wieder kerngesund. Und dann zwei Monate später, peng! bekam ich einen Hirntumor. Ich dachte, das war's. Und meine Ärzte oben im Norden haben das auch gedacht. Zuerst hatten sie angenommen, daß ein Tumor von einem anderen Organ wie dem Dickdarm oder der Prostata gestreut hätte. Aber als die sich als völlig gesund entpuppten, hat man den Hirntumor biopsiert, und der Rest ist Geschichte.«

Malcolm nahm einen weiteren Happen, kaute und schluckte, nippte an seinem Wein und sah dann wieder Sean an. Der hatte sich nicht bewegt. Er saß da wie vom Donner gerührt. Malcolm beugte sich über den Tisch und sah ihm direkt in die Augen. »Alles in Ordnung, junger Freund?«

Sean blinzelte, als würde er aus einer Hypnose erwachen. »Mir geht es gut«, stammelte er und entschuldigte sich dann eilig, daß er so abgelenkt gewirkt habe, was er mit Malcolms unglaublicher Geschichte zu erklären suchte. Er bedankte sich überschwenglich für dessen Bereitschaft, sie ihm zu erzählen.

»Aber mit dem größten Vergnügen«, sagte Malcolm. »Wenn ich zur Ausbildung von Medizinstudenten beitragen kann, gibt mir das das Gefühl, ein wenig von dem, was ich Ihrer Zunft schulde, zurückzugeben. Ohne Ihren Mentor Dr. Mason und seine Kollegin Dr. Levy würde ich heute nicht hier sitzen.«

Dann widmete sich Malcolm den Damen, und während alle außer Sean ihren Teller leer aßen, wandte sich das Gespräch der Stadt Naples zu und der Frage, warum die Betancourts sich entschieden hatten, gerade hier zu bauen.

»Wie wär's, wenn wir das Dessert auf der Terrasse über dem Pool servieren lassen«, schlug Harriet vor, nachdem die Teller abgeräumt worden waren.

»Es tut mir leid, aber ich fürchte, den Nachtisch müssen wir auslassen«, sagte Sean, der sich zum ersten Mal nach längerem Schweigen wieder zu Wort meldete. »Janet und ich hatten in letzter Zeit schrecklich viel Arbeit. Ich fürchte, wir müssen zurück ins Hotel, bevor wir im Stehen einschlafen. Stimmt's, Janet?«

Janet nickte und lächelte schüchtern, doch es war bestimmt kein Lächeln freudiger Zustimmung, sondern eher der verzweifelte Versuch, die Peinlichkeit der Situation zu überspielen.

Fünf Minuten später verabschiedeten sie sich in der großen Halle von den Betancourts, wobei Malcolm darauf bestand, daß Sean ihn persönlich anrufen solle, falls er weitere Fragen hätte. Er gab Sean seine Durchwahl.

Als die Tür hinter ihnen ins Schloß fiel und sie die breite Auffahrt hinabgingen, war Janet außer sich. »Das war eine wirklich extrem unhöfliche Art, diesen netten Abend zu beenden«, sagte sie. »Nachdem die beiden so gastfreundlich waren, bist du praktisch mitten in der Mahlzeit aufgestanden.«

»Wir hatten bereits zu Ende gegessen«, erinnerte Sean sie. »Harriet sprach von einem Dessert. Außerdem hätte ich nicht eine Minute länger stillsitzen können. Bei Malcolms Geschichte sind mir einige außergewöhnliche Zusammenhänge aufgegangen. Ich weiß nicht, ob du zugehört hast, als er über seine Krankheit gesprochen hat.«

»Ich habe mit Harriet geredet«, erwiderte Janet gereizt.

»Er hat mir erzählt, daß er erst eine Operation hatte und dann eine Enzephalitis bekam, bevor sein Gehirntumor entdeckt wurde, alles binnen weniger Monate.«

»Und was ist dir dabei aufgegangen?« fragte Janet.

»Mir ist aufgegangen, daß sowohl Helen Cabot als auch Louis Martin die gleiche Krankengeschichte haben«, sagte Sean. »Das weiß ich, weil ich ihre Anamnese und die körperliche Untersuchung selbst durchgeführt habe.«

»Und du glaubst, daß es zwischen diesen Krankheiten irgendeinen Zusammenhang gibt?« fragte sie, schon deutlich weniger ärgerlich.

»Mir ist, als hätte ich eine ähnliche Abfolge in einem vergleichbaren Zeitrahmen in einer ganzen Reihe von den Krankenakten gelesen, die wir kopiert haben«, sagte Sean. »Ich bin mir nicht völlig sicher, weil ich nicht darauf geachtet habe, aber selbst die Wahrscheinlichkeit, daß nur drei solcher Fälle zufällig auftreten, ist ziemlich gering.«

»Was willst du damit sagen?« fragte Janet.

»Das weiß ich noch nicht so genau«, erwiderte Sean. »Ich weiß nur, daß ich unbedingt nach Key West muß. Dort hat das Forbes-Zentrum eine Filiale, ein Diagnoselabor, das die aus Miami eingeschickten Biopsien untersucht. Das ist ein Lieblingstrick aller Krankenhäuser, sich quasi unabhängige Labors zu halten, um die Profite für die Analysen zu maximieren und die Kostendämpfungsbestimmungen zu umgehen.«

»Ich habe nächstes Wochenende frei«, sagte Janet. »Samstag und Sonntag. Ich hätte nichts gegen einen Ausflug nach Key West einzuwenden.«

»So lange will ich aber nicht warten«, sagte Sean. »Ich

will jetzt sofort dorthin fahren. Ich glaube, wir sind da etwas auf der Spur.« Solange er von der Polizei gesucht wurde und seinen Bruder Brian nicht erreichen konnte, wußte er außerdem nicht, ob er sich den Luxus leisten konnte, eine Woche zu warten.

Janet blieb wie angewurzelt stehen und sah auf ihre Uhr. Es war nach zehn. »Du willst doch nicht etwa sagen, daß du da heute nacht noch hinwillst?« fragte sie ungläubig.

»Laß uns erst mal rauskriegen, wie weit es ist«, sagte Sean. »Dann können wir entscheiden.«

Janet ging los und überholte Sean, der ebenfalls stehengeblieben war. »Du wirst von Tag zu Tag verrückter und unbegreiflicher«, sagte sie. »Du rufst Leute auf den letzten Drücker an, sie sind trotzdem so gastfreundlich, dich zum Abendessen einzuladen, und dann stehst du mittendrin auf, weil es dir in den Kopf gekommen ist, nach Key West zu fahren. Ich gebe auf. Aber eins kann ich dir sagen: Ich fahre heute nacht nicht mehr nach Key West. Ich –«

Janets wütender Monolog blieb unvollendet. Als sie um den Pontiac herumging, der im Schatten eines Banyanbaums stand, stieß sie praktisch mit einer Gestalt im dunklen Anzug, weißem Hemd und dunkler Krawatte zusammen. Der Kopf blieb im Schatten.

Janet hielt den Atem an. Wegen des Zwischenfalls am Strand war sie noch immer sehr angespannt, und daß jetzt wieder ein Mann aus dem Dunkel trat, jagte ihr einen furchtbaren Schrecken ein. Sean wollte ihr zur Hilfe eilen, wurde jedoch von einer zweiten schattenhaften Gestalt auf seiner Seite des Wagens daran gehindert.

Trotz der Dunkelheit konnte Sean erkennen, daß der Mann vor ihm Asiate war. Bevor er sich versah, trat ein weiterer Mann hinzu. Einen Moment lang sagte keiner ein Wort. Sean sah sich zu dem Haus um und schätzte, wie lange er für die Strecke bis zur Haustür brauchen würde.

Außerdem überlegte er, was er tun würde, wenn er dort war. Dummerweise hing eine Menge davon ab, wie schnell Malcolm Betancourt reagierte.

»Wenn Sie mir bitte folgen wollen«, sagte der Mann vor ihm ohne die Spur eines Akzentes. »Mr. Yagamuchi würde sich überaus glücklich schätzen, wenn Sie und Ihre Begleiterin einen Moment Zeit für ihn hätten.«

Sean blickte die Männer einen nach dem andern an. Jeder von ihnen strahlte eine absolute Ruhe und Zuversicht aus, die Sean fast provozierend fand. Er konnte das Gewicht des Revolvers in seiner Jackentasche spüren, wagte jedoch nicht, danach zu greifen. Er hatte keinerlei Erfahrung mit Handfeuerwaffen, und er konnte diese Menschen nicht einfach erschießen. Außerdem war er sich nicht sicher, wie sie reagieren würden, wenn er einen Revolver zog.

»Es wäre wirklich bedauerlich, wenn es zu Unannehmlichkeiten kommen würde«, sagte der Mann. »Mr. Yagamuchi wartet in einem Wagen an der Straße.«

»Sean«, rief Janet ihm mit zitternder Stimme über das Wagendach zu, »wer sind diese Menschen?«

»Ich weiß es nicht«, antwortete Sean. Dann wandte er sich wieder dem Mann vor ihm zu und sagte: »Könnten Sie mir vielleicht erklären, wer Mr. Yagamuchi ist und warum er gerade uns sprechen will?«

»Bitte«, wiederholte der Mann. »Das wird Mr. Yagamuchi Ihnen selbst erklären. Bitte, der Wagen ist nur ein paar Schritte entfernt.«

»Nun, weil Sie uns so höflich bitten«, sagte Sean. »Warum nicht? Sagen wir Mr. Yagamuchi hallo.« Sean drehte sich um. Der Mann hinter ihm machte einen Schritt zur Seite. Sean ging um den Wagen und legte seinen Arm um Janet. Gemeinsam gingen sie zur Straße hinunter. Der größere der beiden Japaner, der vor Sean gestanden hatte, schritt voran, die beiden anderen folgten Sean und Janet.

Die Limousine parkte unter einer Reihe von Bäumen und war so dunkel, daß man sie erst aus direkter Nähe erkennen konnte. Der Mann, der vorausgegangen war, öffnete die Tür und machte Sean und Janet ein Zeichen, im Fond des Wagens Platz zu nehmen.

»Kann Mr. Yagamuchi nicht aussteigen?« fragte Sean. Er fragte sich, ob es sich, wie er vermutete, um dieselbe Limousine handelte, die ihnen auf dem Weg zu den Betancourts gefolgt war.

»Bitte«, sagte der große Japaner. »Drinnen ist es viel bequemer.«

Sean machte Janet ein Zeichen einzusteigen und kletterte nach ihr auf den Rücksitz. Sie hatten kaum Platz genommen, als links und rechts neben ihnen ein Japaner einstieg, so daß sie eng zusammenrücken mußten. Der große Japaner setzte sich hinters Steuer und ließ den Motor an.

»Was geht hier vor, Sean?« fragte Janet. Ihr erster Schock wich langsam einem tiefen Entsetzen.

»Mr. Yagamuchi?« fragte Sean. Vorne konnte er nur die Umrisse eines Mannes erkennen, der auf einem der Sitze rechts neben der Mittelkonsole mit einem kleinen eingebauten Fernseher saß.

»Vielen Dank, daß Sie mir Ihre Zeit opfern«, sagte Tanaka mit einer angedeuteten Verbeugung. Sein Akzent war kaum wahrnehmbar. »Ich muß mich für die beengten Platzverhältnisse entschuldigen, aber die Fahrt ist nur kurz.«

Der Wagen fuhr an, und Janet faßte Seans Hand.

»Überaus aufmerksam von Ihnen«, sagte der. »Wir wissen das wirklich zu schätzen. Aber wir wüßten auch ganz gerne, was das alles zu bedeuten hat und wohin wir fahren?«

»Wir laden Sie zu einem Urlaub ein«, erwiderte Tanaka. Seine weißen Zähne blitzten im Dunkel. Als sie eine Laterne passierten, konnte Sean erstmals kurz dessen Gesicht erkennen. Er wirkte ruhig, aber entschlossen und völlig emotionslos.

»Sie sind Gast der Firma Sushita Industries«, fuhr Tanaka fort. »Und ich darf Ihnen versichern, daß man Sie außerordentlich zuvorkommend behandeln wird. Sushita würde sich nicht solche Mühe machen, wenn man nicht den größten Respekt für Sie empfinden würde. Es tut mir leid, daß diese Einladung so verstohlen und unzivilisiert übermittelt werden mußte, aber ich habe meine Anweisungen. Es tut mir ebenfalls leid, daß Ihre Begleiterin in die Sache verwickelt wurde, aber Ihre Gastgeber werden sie genauso respektvoll behandeln wie Ihre Person. In gewisser Hinsicht ist ihre Anwesenheit sogar von Vorteil, da Sie bestimmt nicht wollen, daß Ihrer Freundin etwas zustößt. Also bitte, Mr. Murphy, spielen Sie nicht den Helden. Meine Kollegen sind Profis.«

Janet wollte etwas einwenden, aber Sean drückte ihre Hand, um sie zum Schweigen zu bringen.

»Und wohin geht die Reise?« fragte er.

»Nach Tokio«, antwortete Tanaka, als ob das nie in Frage gestanden hätte.

Es entstand ein angespanntes Schweigen, während die Fahrt in nordöstlicher Richtung weiterging. Sean erwog seine Optionen.

Viele waren es nicht. Die Gewaltandrohung gegenüber Janet hatte ihn schlagartig ernüchtert, und die Waffe in seiner Jacke war auch kein Trost.

Was die Fahrt anging, hatte Tanaka recht. Nach weniger als zwanzig Minuten fuhren sie auf das Gelände des Flughafens von Naples. So spät an einem Samstagabend gab es kaum Anzeichen von Leben, lediglich ein paar Lichter im Hauptgebäude brannten. Sean überlegte, wie er jemanden auf sie aufmerksam machen konnte, aber die Vorstellung, daß ihre Entführer Janet etwas antun könnten, hielt ihn davon ab. Obwohl er bestimmt nicht zwangsweise nach Japan verfrachtet werden wollte, sah er keine Möglichkeit, das zu verhindern.

Die Limousine passierte ein Tor in einem Gitterzaun und fuhr auf das Rollfeld. Vorbei an der Rückseite des Flughafengebäudes steuerte der Wagen auf einen großen Privatjet zu, der ganz offensichtlich bereit war, jeden Moment zu starten. Die Turbinen liefen, die Anti-Kollisions- und Navigationslichter brannten, die Tür stand offen, und die Gangway war ausgefahren.

Keine zwanzig Meter von dem Jet entfernt kam die Limousine zum Stehen. Sean und Janet wurden höflich gebeten, aus dem Wagen zu steigen und die kurze Strecke bis zur Gangway zu laufen. Die Hände gegen den Lärm der dröhnenden Turbinen auf die Ohren gepreßt, setzten sich die beiden zögerlich in Richtung Flugzeug in Bewegung. Erneut erwog Sean seine Chancen, ohne daß ihm eine vielversprechende Möglichkeit eingefallen wäre. Sein Blick kreuzte sich mit Janets. Sie sah verzweifelt aus. Vor den Stufen der Gangway blieben sie stehen.

»Bitte«, brüllte Tanaka, um sich bei dem Lärm verständlich zu machen, und wies auf die Stufen.

Erneut tauschten Sean und Janet Blicke. Sean nickte ihr zu, und sie ging voran. Beim Einsteigen mußten sich beide ducken, aber in der Kabine konnten sie aufrecht stehen. Links von ihnen befand sich die Tür zum Cockpit. Sie war verschlossen.

Die Kabine war schlicht, aber geschmackvoll eingerichtet und ganz in dunklem Mahagoni und schwarzem Leder gehalten. Als Sitzgelegenheiten standen eine Bank und eine Reihe von drehbaren Sesseln mit verstellbarer Rükkenlehne zur Verfügung. Im hinteren Teil der Kabine befand sich eine kleine Kombüse und eine Tür zur Toilette.

Auf dem Tresen in der Kombüse stand eine offene Flasche Wodka neben einer in Scheiben geschnittenen Limone.

Sean und Janet blieben bei der Tür stehen, unsicher, wohin sie sich wenden sollten. In einem der Clubsessel saß ein weißer Mann in einem dunklen Anzug. Wie die Japaner strahlte er ruhiges Selbstvertrauen aus. Er hatte ebenmäßige und attraktive Gesichtszüge, sein Haar war leicht wellig. In der rechten Hand hielt er einen Drink. Sean und Janet konnten die Eiswürfel klirren hören, als er daran nippte.

Tanaka, der direkt nach Sean und Janet eingestiegen war, sah den Mann nur Sekunden nach ihnen. Er wirkte überrascht.

Der große Japaner rempelte ihn von hinten an, weil Tanaka so abrupt stehengeblieben war, worauf jener ihn wütend auf japanisch anfuhr. Der große Japaner wollte etwas antworten, wurde jedoch von dem Weißen in dem Sessel unterbrochen.

»Ich sollte Sie warnen«, sagte er. »Ich spreche fließend Japanisch. Mein Name ist Sterling Rombauer.« Er stellte sein Glas auf einer dafür vorgesehenen Einbuchtung in der Lehne des Sessels ab, erhob sich und zückte eine Visitenkarte, die er Tanaka mit einer höflichen Verbeugung überreichte.

Tanaka nahm die Karte ebenfalls mit einer Verbeugung entgegen und begann nun, trotz der Besorgnis, die ihm die Anwesenheit des Fremden offensichtlich bereitete, die Karte sorgfältig zu studieren, bevor er sich erneut verbeugte. Dann redete er in hektischem Japanisch auf einen der beiden Männer hinter ihm ein.

»Ich glaube, diese Frage kann ich Ihnen beantworten«, sagte Sterling beiläufig, während er wieder Platz nahm und nach seinem Glas griff. »Der Kapitän, der stellvertretende Kapitän und die Kabinenbesatzung sind nicht im

Cockpit. Sie ruhen sich auf der Toilette aus.« Sterling wies hinter sich.

Erneut fuhr Tanaka seine Kohorte hörbar wütend auf japanisch an.

»Verzeihen Sie, daß ich Sie wieder unterbreche«, sagte Sterling. »Aber was Sie von Ihrem Kollegen verlangen, wäre unvernünftig. Ich bin sicher, daß Sie, wenn Sie die Situation sorgfältig analysieren, mit mir einig sein werden, daß es unvernünftig und kontraproduktiv gewesen wäre, allein herzukommen. Wenn Sie steuerbord aus dem Fenster blicken, werden Sie ein Fahrzeug erkennen, in dem ein Kollege von mir mit einem Telefon in der Hand sitzt, das auf eine Blitzleitung zur hiesigen Polizei programmiert ist. In diesem Land gilt die Verschleppung von Menschen als Vergehen oder, um genau zu sein, als Straftat.«

Tanaka studierte erneut Sterlings Visitenkarte, als habe er beim ersten Mal möglicherweise etwas übersehen. »Was wollen Sie?« fragte er dann.

»Ich denke, wir müssen uns unterhalten, Mr. Tanaka Yagamuchi«, sagte Sterling, ließ die Eiswürfel in seinem Glas klimpern und nahm einen letzten Schluck. »Augenblicklich vertrete ich die Interessen des Forbes-Krebsforschungszentrums«, fuhr er fort. »Der Direktor dieser Einrichtung möchte die Beziehungen des Forbes-Zentrums mit Sushita Industries nicht gefährden, aber es gibt gewisse Grenzen. Er hat beispielsweise etwas dagegen, daß Mr. Murphy nach Japan verschleppt wird.«

Tanaka sagte nichts.

»Mr. Murphy«, rief Sterling, Tanaka für den Augenblick nicht weiter beachtend. »Hätten Sie etwas dagegen, Mr. Yagamuchi und mich einen Moment allein zu lassen? Ich schlage vor, daß Sie und Ihre Begleiterin das Flugzeug verlassen und zu meinem Kollegen in den Wagen steigen. Sie können dort auf mich warten; es wird nicht lange dauern.«

Tanaka unternahm keinen Versuch, Sterlings Anweisung zu widersprechen. Sean, dem man das nicht zweimal sagen mußte, faßte Janets Arm. Gemeinsam stießen sie Tanaka und seine Kohorte aus dem Weg, stiegen die wenigen Stufen hinab und rannten auf einen verdunkelten Wagen zu, der im rechten Winkel zu dem Jet stand.

Als sie den Mercedes erreicht hatten, öffnete Sean die hintere Tür auf der Beifahrerseite und ließ Janet einsteigen, bevor er selbst neben ihr Platz nahm. Nach bevor er die Tür hinter sich geschlossen hatte, begrüßte Wayne Edwards sie mit einem freundlichen »Hallo, Leute.« Er drehte sich kurz zu ihnen um, bevor er sich wieder auf das Flugzeug konzentrierte, das durch die Windschutzscheibe deutlich zu erkennen war. »Ich möchte ja nicht unhöflich klingen«, fuhr er fort, »aber vielleicht sollten Sie besser im Terminal warten.«

»Mr. Rombauer sagte, wir sollten zu Ihnen in den Wagen steigen.«

»Hey, ich weiß«, sagte Wayne. »So lautet auch der Plan. Aber ich habe schon weiter gedacht. Wenn irgend etwas schiefläuft und der Jet anrollt, fahre ich meinen Wagen direkt in seine Nase, und die Rücksitze haben keine Airbags.«

»Ich verstehe«, sagte Sean. Er stieg aus und half Janet aus dem Wagen. Zu zweit liefen sie auf das Flughafengebäude zu.

»Das wird ja immer verwirrender«, beschwerte Janet sich. »Mit dir zusammenzusein ist wie ein Leben am Abgrund, Sean Murphy. Was geht hier vor?«

»Ich wünschte, ich wüßte es«, erwiderte Sean. »Vielleicht denken die, daß ich mehr weiß, als ich in Wirklichkeit weiß.«

»Und was soll das nun wieder heißen?«

Sean zuckte die Schultern. »Ich weiß nur, daß wir gerade

mit knapper Not einer ungewollten Japanreise entgangen sind«, sagte er.

»Aber warum Japan?« fragte sie.

»Ich bin mir nicht völlig sicher«, sagte Sean. »Aber dieser Hiroshi vom Forbes-Zentrum hat mich von Anfang an beobachtet, und neulich hat irgendein Japaner meine Mutter besucht und sich nach mir erkundigt. Die einzige Erklärung, die mir einfällt, ist, daß sie aus irgendeinem Grund glauben, daß ich eine Gefahr für ihre Investition bei Forbes bin.«

»Die ganze Situation ist völlig absurd«, sagte Janet. »Wer war der Mann in dem Flugzeug, der uns rausgeholt hat?«

»Ich habe ihn noch nie zuvor gesehen«, sagte Sean. »Das ist ein weiterer Teil des Rätsels. Er hat gesagt, er würde für das Forbes-Zentrum arbeiten.«

Sie erreichten das Flughafengebäude, doch sämtliche Türen waren verriegelt.

»Und was jetzt?« fragte Janet.

»Los, weg!« sagte Sean. »Hier bleiben wir jedenfalls nicht.« Er nahm ihre Hand, und sie gingen an dem zweistöckigen Betonbau entlang und verließen das Rollfeld durch dasselbe Tor, durch das sie mit der Limousine hereingekommen waren. Vor dem Flughafen-Terminal erstreckte sich ein ausgedehnter Parkplatz. Sean begann, von Wagen zu Wagen zu schlendern und Türgriffe auszuprobieren.

»Sag's mir nicht, laß mich raten«, sagte Janet. »Jetzt wirst du zur Krönung des Abends ein Auto klauen!«

»Ausleihen klingt viel angenehmer«, meinte Sean. Er fand einen Chevrolet Celebrity, der nicht verschlossen war, und beugte sich vor, um unter das Armaturenbrett zu fassen, bevor er sich hinters Steuer setzte. »Steig ein«, rief er ihr zu. »Das ist ein Kinderspiel.«

Janet zögerte, weil sie mehr und mehr das Gefühl hatte, in etwas hineingezogen zu werden, mit dem sie nichts zu tun haben wollte. Der Gedanke, in einem gestohlenen Wagen herumzufahren, behagte ihr gar nicht, vor allem in Anbetracht des Schlamassels, in dem sie ohnehin schon steckten.

»Steig ein!« rief Sean wieder.

Janet öffnete die Wagentür und nahm auf dem Beifahrersitz Platz.

Zu ihrem Entsetzen hatte Sean keinerlei Probleme, den Wagen zu starten. »Noch immer ganz der Profi«, bemerkte sie bissig.

»Übung macht den Meister«, gab er zurück.

Als die Zufahrt des Flughafengeländes in eine Landstraße mündete, bog Sean rechts ab. Dann fuhren sie lange schweigend geradeaus.

»Darf ich fragen, wohin die Fahrt geht?« fragte Janet.

»Ich weiß es nicht genau«, antwortete Sean. »Ich würde gern irgendwo anhalten, um den Weg nach Key West zu erfragen. Das Problem ist nur, daß dies offenbar ein ziemlich verschlafenes Nest ist. Dabei ist es erst kurz nach elf, und das an einem Samstagabend.«

»Warum fährst du mich nicht zurück zu den Betancourts«, sagte Janet. »Ich werde meinen Mietwagen nehmen und zurück ins Hotel fahren. Danach kannst du meinetwegen nach Key West aufbrechen, wenn dir danach ist.«

»Ich glaube nicht, daß das eine gute Idee ist«, sagte Sean. »Diese Japaner sind ja schließlich nicht zufällig bei den Betancourts aufgetaucht. Sie waren in der Limousine, die uns gefolgt ist. Vermutlich haben sie unsere Abfahrt vom Edgewater Beach Hotel beobachtet, was bedeutet, daß sie uns auch im Ritz schon auf den Fersen waren oder bereits, noch wahrscheinlicher, als wir vom Forbes-Zentrum losgefahren sind.«

»Aber die beiden anderen Männer sind uns doch auch gefolgt«, sagte Janet.

»Wir müssen eine regelrechte Karawane durch die Everglades gebildet haben«, sagte Sean. »Tatsache ist aber auch, daß wir weder zurück zum Wagen noch zurück zum Hotel können. Jedenfalls nicht, wenn wir nicht das Risiko eingehen wollen, weiter verfolgt zu werden.«

»Und zur Polizei können wir wohl auch nicht«, sagte Janet.

»Natürlich nicht«, fuhr Sean sie an.

»Was ist mit unseren Sachen?« fragte Janet.

»Wir rufen von Miami aus an und lassen sie hochschikken«, sagte Sean. »Und wegen des Wagens rufen wir die Betancourts an. Das ist nicht so wichtig. Entscheidend ist, daß wir nicht mehr verfolgt werden.«

Janet seufzte. Sie war unentschlossen. Sie wollte eigentlich nur schlafen, aber was Sean sagte, ergab einen gewissen Sinn, wenn in dieser völlig absurden Situation überhaupt etwas Sinn ergab. Der Zwischenfall mit den Japanern hatte ihr angst gemacht, in gewisser Weise genauso wie der Überfall am Strand.

»Da sind Leute«, sagte Sean. »Die kann ich fragen.« Vor ihnen stand eine Reihe von Autos vor einem großen Schild, das die »Oase« avisierte, eine Art Nightclub oder Disco. Sean hielt am Straßenrand. Die Schlange für den hauseigenen Parkplatz quälte sich langsam voran. Die Hälfte der Fläche war mit aufgedockten Booten belegt, weil die Oase ihren Parkplatz mit einer Werft teilte.

Sean stieg aus dem Celebrity und bahnte sich einen Weg zwischen den wartenden Wagen hindurch zum Eingang der Disco. Aus der offenen Tür dröhnten Bässe, die seinen ganzen Körper vibrieren ließen. Er wartete auf dem Podium des Parkplatzwächters, bis er Gelegenheit fand, einen Gast anzusprechen und ihn nach dem Weg zum Hafen der Stadt zu fragen. Mit blumigen Gesten beschrieb der solcherart bedrängte junge Mann Sean die Route. Ein paar Minuten später saß Sean wieder im Wagen. Er wiederholte die Wegbeschreibung, damit Janet ihm unterwegs helfen konnte.

»Wieso fahren wir zum Hafen?« wollte Janet wissen. »Oder ist das eine dumme Frage?«

»Hey, nun sei doch nicht so sauer auf mich«, beschwerte sich Sean.

»Auf wen soll ich denn sonst sauer sein?« erwiderte Janet. »Bis jetzt ist dieses Wochenende völlig anders gelaufen, als ich mir das vorgestellt hatte.«

»Warum bist du nicht auf den Verrückten am Strand sauer oder diese paranoiden Japaner?«

»Was ist mit dem Hafen?« fragte Janet.

»Key West liegt irgendwo im Süden von Naples«, sagte Sean. »So viel erinnere ich noch von der Karte. Die Keys erstrecken sich in einem Bogen nach Westen. Mit dem Schiff kommt man wahrscheinlich am bequemsten und schnellsten hin. Wir könnten sogar schlafen. Außerdem bräuchten wir dann diesen ›geliehenen‹ Wagen nicht mehr.«

Janet sagte nichts mehr. Eine nächtliche Schiffsreise wäre der passende Abschluß dieses verrückten Tages.

Sie fanden den Hafen ohne Schwierigkeiten. Er lag am Ende einer Sackgasse, an deren Einfahrt ein großer Flaggenmast stand. Aber der Hafen an sich war eine Enttäuschung. Sean hatte sehr viel mehr Leben erwartet, weil er gehört hatte, daß Sportfischen an der Westküste ein beliebter Sport war. Die einzige Werft mit Yachten war fest verriegelt. An einem Anschlagbrett boten diverse Charterbootfirmen ihre Dienste an, aber sonst gab es nicht viel. Nachdem sie den Wagen abgestellt hatten, schlenderten sie den Pier entlang.

Die großen, kommerziellen Boote lagen völlig dunkel im Wasser.

Sie gingen zum Wagen zurück und hockten sich auf die Kühlerhaube. »Sonst noch irgendwelche brillanten Ideen, Einstein?«

Sean dachte nach. Die Vorstellung, per Schiff nach Key West zu gelangen, gefiel ihm nach wie vor. Es war auf jeden Fall zu spät, einen neuen Wagen zu mieten. Außerdem würden sie dann völlig erschöpft ankommen. Er entdeckte ein Bar-Restaurant mit dem passenden Namen »The Dock«.

»Laß uns da drüben reingehen«, sagte er. »Ich könnte ein Bier vertragen, und vielleicht kennt der Barkeeper ja irgend jemanden, bei dem wir ein Boot chartern können.«

Das Dock war ein rustikaler und einfacher Laden mit Mobiliar aus furniertem Preßspan und abwaschbarem Resopal. Statt richtiger Fenster gab es nur mit Rolläden verschließbare Fliegengitter; Fischernetze, Schwimmer und andere maritime Utensilien dienten als Vorhänge. An der Decke drehten sich träge Ventilatoren. An einer Wand erstreckte sich eine dunkel polierte Bar in Form eines großen J.

Am Tresen standen einige Männer und sahen einem Basketballspiel im Fernseher zu, der oben in einer Ecke beim Eingang montiert war. Es war zwar nicht das Old Scully's zu Hause in Charlestown, aber Sean fand den Laden auf Anhieb gemütlich. Er bekam sogar ein wenig Heimweh.

Sie fanden einen Platz an der Bar mit dem Rücken zum Fernseher. Es gab zwei Barkeeper, einen großen ernsten mit einem Schnurrbart und einen untersetzten mit einem Dauergrinsen im Gesicht. Beide trugen bunt bedruckte T-Shirts mit kurzen Ärmeln und dunkle Shorts. Um die Hüften hatten sie kurze Schürzen gebunden.

Der größere der beiden kam sofort zu Sean und Janet

herüber und warf mit einer geübten Handbewegung zwei Bierdeckel auf den Tresen. »Was darf es sein?« fragte er.

»Wie ich sehe, haben Sie fritierte Schnecken«, sagte Sean mit einem Blick auf eine große Speisekarte an der Wand.

»So ist es«, sagte der Barkeeper.

»Wir nehmen eine Portion«, sagte Sean. »Und für mich dazu ein helles Bier vom Faß.« Er sah Janet an.

»Ich nehme das gleiche«, sagte sie.

Bald standen zwei Biergläser vor ihnen, und sie hatten gerade noch Zeit, eine Bemerkung über die entspannte Atmosphäre des Lokals auszutauschen, bis auch die Schnekken fertig waren.

»Wow!« sagte Sean. »Das ging aber schnell.«

»Gutes Essen braucht eben seine Zeit«, meinte der Barkeeper.

Trotz allem, was ihnen an diesem Abend widerfahren war, mußten Sean und Janet lachen, während der Barkeeper, wie jeder gute Komödiant, nicht mal lächelte.

Sean nutzte die Gelegenheit, um sich nach einem Boot zu erkundigen.

»An was haben Sie gedacht?« fragte der Barkeeper.

Sean zuckte die Schultern. »Ich habe keine Ahnung von Booten«, gestand er. »Wir wollen heute nacht noch nach Key West. Wie lange würde das ungefähr dauern?«

»Kommt darauf an«, sagte der Barkeeper. »Es sind Luftlinie neunzig Meilen. Mit einem guten Boot können Sie es in drei bis vier Stunden schaffen.«

»Haben Sie eine Ahnung, wie wir jemanden finden, der uns dorthin bringt?« fragte Sean.

»Das wird aber nicht billig«, meinte der Barkeeper.

»Wieviel?«

»Fünf-, sechshundert«, sagte der Barkeeper schulterzuckend.

»Nehmen die auch Kreditkarten?« fragte Sean.

Janet wollte etwas einwenden, aber Sean faßte ihr Bein unter dem Tresen. »Ich zahl es dir zurück«, flüsterte er.

Der Barkeeper verschwand um eine Ecke, um zu telefonieren.

Mit einer gewissen Schadenfreude wählte Sterling Randolph Masons Privatnummer. Obwohl er gut bezahlt wurde, gefiel es ihm nicht, um zwei Uhr nachts noch arbeiten zu müssen, und er fand, daß dafür auch Dr. Mason seinen Teil an Unannehmlichkeiten in Kauf nehmen sollte.

Obwohl Dr. Masons Stimme müde und schläfrig klang, schien er erfreut, von Sterling zu hören.

»Ich habe das Tanaka-Sushita-Problem gelöst«, verkündete Sterling. »Wir haben zur Bestätigung sogar ein Fax aus Tokio bekommen. Sie werden Mr. Murphy nicht entführen. Er kann am Forbes-Zentrum bleiben, wenn Sie persönlich dafür garantieren, daß er keinen Zugang zu patentierbaren Geheimnissen hat.«

»Diese Garantie kann ich nicht geben«, sagte Dr. Mason. »Es ist bereits zu spät.«

Sterling war zu überrascht, um zu antworten.

»Es gibt eine neue Entwicklung«, erklärte Dr. Mason. »Sean Murphys Bruder Brian ist hier in Miami aufgetaucht, weil er sich Sorgen um Sean macht. Da er nicht in der Lage war, ihn aufzuspüren, hat er sich mit mir in Verbindung gesetzt und mich darüber informiert, daß Sean Murphy von der Polizei gesucht wird, und zwar im Zusammenhang mit einem Einbruch in ein Bestattungsinstitut und der unerlaubten Entnahme eines Gehirns aus einer der Leichen.«

»Hat dieses gestohlene Gehirn vielleicht irgend etwas mit dem Forbes-Zentrum zu tun?« fragte Sterling.

»Allerdings«, erwiderte Dr. Mason. »Die Verstorbene

war eine Patientin der Forbes-Klinik. Sie war eine unserer Medulloblastom-Patientinnen, der erste Todesfall, wie ich vielleicht hinzufügen sollte. Das Problem ist nun, daß unsere Behandlungsmethode noch nicht patentiert ist.«

»Sie wollen sagen, daß Sean Murphy im Besitz patentierbarer Geheimnisse ist, solange sich dieses Gehirn in seinen Händen befindet?«

»Genau«, sagte Dr. Mason. »Wie üblich haben Sie den Nagel auf den Kopf getroffen. Ich habe den Sicherheitsdienst bereits angewiesen, Mr. Murphy den Zutritt zu unseren Labors zu verwehren. Jetzt möchte ich, daß Sie dafür sorgen, daß er der Obhut der Polizei übergeben wird.«

»Das könnte sich als schwierig erweisen«, sagte Sterling. »Mr. Murphy und Miss Reardon sind verschwunden. Sie haben zwar ihre Sachen im Hotel zurückgelassen, aber ich gehe nicht davon aus, daß sie vorhaben zurückzukommen. Es ist jetzt nach zwei Uhr nachts. Ich fürchte, ich habe die beiden unterschätzt. Nachdem ich sie vor der Verschleppung gerettet hatte, war ich davon ausgegangen, daß sie so erleichtert sein würden, daß sie die weiteren Geschehnisse völlig passiv über sich ergehen lassen würden. Aber ganz im Gegenteil. Ich vermute, sie haben ein Auto requiriert und sind weggefahren.«

»Ich will, daß Sie sie finden«, sagte Dr. Mason.

»Ich weiß Ihr Vertrauen in meine Fähigkeiten zu schätzen«, erwiderte Sterling. »Aber das ist ein neuer Auftrag. Ich denke, Sie täten besser daran, einen gewöhnlichen Privatdetektiv zu engagieren, dessen Honorar beträchtlich geringer sein dürfte als meins.«

»Ich will, daß Sie an der Sache dranbleiben«, sagte Dr. Mason. In seiner Stimme schwang ein Hauch Verzweiflung mit. »Ich will, daß Sean Murphy so schnell wie möglich der Polizei übergeben wird. Wenn ich vorher gewußt hätte, was ich jetzt weiß, wäre es wahrscheinlich sogar besser gewesen, die Japaner hätten ihn mitgenommen. Ich zahle Ihnen das Eineinhalbfache Ihres üblichen Honorars. Aber finden Sie ihn.«

»Das ist überaus großzügig«, sagte Sterling, »aber –«

»Das Doppelte«, unterbrach Dr. Mason ihn. »Es würde zuviel unnütze Zeit verstreichen, wenn ich jetzt noch jemand anderen mit der Sache betrauen würde. Ich will, daß Sean Murphy unverzüglich in Polizeigewahrsam kommt!«

»In Ordnung«, sagte Sterling zögerlich. »Ich bleibe an dem Auftrag dran. Aber ich muß Sie warnen, wenn Miss Reardon nicht ihre Visa-Karte benutzt, sehe ich keine Möglichkeit, ihn aufzuspüren, bis er wieder in Miami auftaucht.«

»Wieso ihre Karte?« fragte Dr. Mason.

»Weil sie damit auch ihre Hotelrechnungen bezahlt haben«, erwiderte Sterling.

»Sie werden mich schon nicht im Stich lassen«, sagte Dr. Mason.

»Ich versuche mein Bestes«, versprach Sterling.

Nachdem er aufgelegt hatte, erklärte er Wayne, daß er noch einen weiteren Anruf zu erledigen hatte. Sie befanden sich in der Lobby des Edgewater Beach Hotels, und Wayne hatte es sich mit einer Zeitschrift auf einem Sofa gemütlich gemacht.

Sterling wählte die Bostoner Nummer eines seiner zahlreichen Kontaktleute im Bankgeschäft. Als er sicher war, daß der Mann am anderen Ende wach genug war, um zu begreifen, worum es ging, erklärte Sterling ihm, was er bisher über Janet Reardon in Erfahrung gebracht hatte, einschließlich der Tatsache, daß sie an diesem Abend in zwei verschiedenen Hotels mit ihrer Visa-Card bezahlt hatte, und bat ihn, ihn unter der Nummer seines Mobil-Telefons anzurufen, falls sie sie noch einmal benutzte.

Dann setzte er sich wieder zu Wayne und informierte

ihn darüber, daß ihr Auftrag noch nicht beendet war, jedoch nun ein neues Ziel verfolgte. Er erklärte ihm, was Dr. Mason gesagt hatte und daß sie dafür sorgen sollten, daß Sean Murphy in polizeilichen Gewahrsam kam. Außerdem fragte er Wayne, ob er irgendwelche Vorschläge zu machen habe.

»Bloß einen«, gab Wayne zurück. »Lassen Sie uns zwei Zimmer mieten und uns ein paar Stunden aufs Ohr hauen.«

Janet hatte das Gefühl, daß sich ihr Magen umdrehte. Es war, als ob das Steak mit der grünen Pfeffersauce, das sie bei den Betancourts gegessen hatte, in ihrem Verdauungstrakt den Rückwärtsgang eingelegt hätte. Sie lag auf einer Koje im Bug eines etwa fünfzehn Meter langen Bootes, das sie nach Key West brachte. Sean schlief fest. Im Halbdunkel sah er völlig friedlich aus. Daß er sich unter diesen Umständen so völlig entspannen konnte, brachte Janet zur Verzweiflung, weil sie ihr eigenes Unwohlsein dadurch um so heftiger empfand.

Obwohl der Golf bei ihrem Abendspaziergang bei Sonnenuntergang noch so ruhig ausgesehen hatte, fühlte er sich jetzt an wie ein aufgewühlter Ozean. Sie fuhren schnurgerade in südlicher Richtung, und die Wellen trafen das Boot in einem Winkel von 45 Grad, so daß es die ganze Zeit zunächst nach rechts geworfen wurde, bevor es rumpelnd wieder nach links schlingerte, ständig untermalt vom tiefen Dröhnen der Dieselmotoren.

Erst gegen Viertel vor drei waren sie losgekommen. Zunächst waren sie durch ruhige See gefahren, während im Mondschein Hunderte von dunklen, Mangroven-bedeckten Inseln zu sehen waren.

Janet war so erschöpft, daß sie sich gleich unter Deck hingelegt hatte, um vom unvermittelt einsetzenden Stampfen des Schiffs durch die Wellen wieder geweckt zu werden. Sie hatte Sean nicht nach unten kommen hören, aber als sie aufwachte, lag er friedlich schlafend da.

Sie richtete sich in ihrer Koje auf und biß die Zähne aufeinander, als das Boot in ein weiteres Wellental stürzte. Sich mit beiden Händen festhaltend, begab sie sich Richtung Achterdeck zu dem Hauptaufenthaltsraum.

Sie wußte, daß sie sich übergeben würde, wenn sie nicht bald frische Luft bekam. Unter Deck trug der leichte Dieselgeruch in der Luft mehr zu ihrer aufwallenden Übelkeit bei.

Als ginge es um ihr Leben, kämpfte sich Janet zum Heck des schlingernden Bootes vor, wo an Deck zwei Drehstühle zum Tiefseeangeln montiert waren. Weil sie Angst hatte, daß die Stühle zu ungeschützt waren, ließ sich Janet auf eine Reihe von Kissen an der Backbordseite fallen, die Steuerbordseite war von Gischt bedeckt.

Der Wind und die frische Luft wirkten Wunder für Janets Magen, aber sie fand trotzdem keine Ruhe. Sie mußte im wahrsten Sinne des Wortes durchhalten. Am Heck war das Röhren der Motoren und das Stampfen des Schiffes noch deutlicher zu spüren, und Janet fragte sich, was manche Leute an hochgezüchteten Rennbooten fanden.

Vor ihr saß unter einer Plane Doug Gardner, der Mann, der bereit gewesen war, eine Nacht Schlaf zu opfern, um sie nach Key West zu bringen – für einen stolzen Preis. Seine Gestalt zeichnete sich vor den Leuchtanzeigen der Meßgeräte ab. Er hatte nicht viel zu tun, weil das Schiff auf Autopilot lief.

Janet blickte zum Sternenhimmel hoch und erinnerte sich, wie sie als Teenager an lauen Sommerabenden das gleiche getan hatte. Sie hatte dort gelegen und von ihrer Zukunft geträumt. Jetzt war die Zukunft da, und eines war sicher: Sie entsprach nicht ganz ihren Vorstellungen.

Vielleicht hatte ihre Mutter recht gehabt, wie Janet sich widerwillig eingestehen mußte. Vielleicht war es dumm gewesen, nach Florida zu kommen, um zu versuchen, mit Sean zu reden. Sie brachte ein trockenes Lächeln zustande. Das einzige Gespräch, das sie bisher hatten führen können, waren die paar Worte, die sie am Vorabend am Strand gewechselt hatten, als Sean lediglich ihre eigenen Liebeserklärungen wiederholt hatte, was alles andere als befriedigend gewesen war.

Janet war mit der Hoffnung nach Florida gekommen, ihr Leben in den Griff zu bekommen, aber statt dessen geriet es mehr und mehr außer Kontrolle, je länger sie mit Sean zusammen war.

Sterling genoß es noch mehr als zuvor, Dr. Mason gegen vier Uhr dreißig erneut anzurufen. Nach dem vierten Klingeln nahm der Arzt ab. Sterling war selbst gerade erst durch einen Anruf seines Kontaktmanns in Boston geweckt worden.

»Ich weiß jetzt, wohin unser berüchtigtes Pärchen unterwegs ist«, sagte Sterling. »Glücklicherweise hat die junge Dame zur Begleichung einer stattlichen Summe erneut ihre Kreditkarte verwendet. Sie hat fünfhundertundfünfzig Dollar bezahlt, um sich per Schiff von Naples nach Key West bringen zu lassen.«

»Das ist keine gute Nachricht«, sagte Dr. Mason.

»Ich dachte, Sie würden sich freuen, daß wir jetzt wissen, wohin die Reise geht«, sagte Sterling. »Ich persönlich finde, daß wir außerordentliches Glück hatten.«

»Das Forbes-Zentrum unterhält eine Einrichtung in Key West«, sagte Dr. Mason. »Sie heißt Basic Diagnostics, und vermutlich ist Mr. Murphy dorthin unterwegs.«

»Warum sollte er zu Basic Diagnostics wollen?« fragte Sterling.

»Wir lassen einen Großteil unserer Laborarbeiten dort erledigen«, sagte Dr. Mason. »Bei den gültigen Laborpreisen für Fremdanalysen arbeitet die Einrichtung sehr effektiv.«

»Und was kümmert es Sie, ob Mr. Murphy das Labor aufsucht?«

»Dort werden auch unsere Medulloblastom-Biopsate untersucht«, erwiderte Dr. Mason. »Ich möchte nicht, daß Mr. Murphy etwas über unsere Methode der Sensibilisierung von patienteneigenen T-Lymphozyten erfährt.«

»Und Mr. Murphy wäre in der Lage, diese Methode durch einen bloßen Besuch in Ihrem Labor zu erschließen?« fragte Sterling.

»Auf dem Gebiet der Biotechnologie ist er außerordentlich begabt«, sagte Dr. Mason. »Ich kann kein Risiko eingehen. Begeben Sie sich so schnell wie möglich dorthin und halten Sie ihn von dem Labor fern. Sorgen Sie dafür, daß er der Polizei übergeben wird.«

»Dr. Mason, es ist halb fünf Uhr morgens«, erinnerte Sterling ihn.

»Chartern Sie ein Flugzeug«, sagte Dr. Mason. »Wir übernehmen die Kosten. Der Name des Direktors ist Kurt Wanamaker. Ich werde ihn direkt im Anschluß an unser Gespräch anrufen und ihm sagen, er soll auf Sie warten.«

Sterling ließ sich Wanamakers Telefonnummer geben und legte auf. Trotz der üppigen Bezahlung behagte ihm der Gedanke, mitten in der Nacht nach Key West aufzubrechen, überhaupt nicht. Er hatte das Gefühl, Dr. Mason übertrieb. Schließlich war heute Sonntag und das Labor aller Wahrscheinlichkeit nicht einmal geöffnet.

Trotzdem stand er auf und ging ins Bad.

10

Sonntag, 7. März, 5.30 Uhr

Seans erstes Bild von Key West waren eine Reihe von flachen Schindelhäuschen, die sich im Licht der anbrechenden Dämmerung in die grüne Landschaft schmiegten. Hier und da ragten höhere Backsteingebäude aus der Skyline, aber selbst die waren maximal fünf Stockwerke hoch. Von Nordwesten her zog sich ein Band aus Yachthäfen und dicht nebeneinander stehenden Hotels die Küste entlang.

»Wo lassen Sie uns am besten raus?« fragte Sean den Schipper.

»Wahrscheinlich am Pier-House-Anlegesteg«, erwiderte Doug und drosselte die Maschinen. »Es liegt direkt am Ende der Duval Street, der Hauptstraße von Key West.«

»Kennen Sie sich in der Gegend aus?« fragte Sean.

»Ich bin gut ein Dutzendmal hiergewesen«, sagte Doug.

»Haben Sie je von einer Einrichtung namens Basic Diagnostics gehört?«

»Kann ich nicht behaupten«, gab Doug zurück.

»Was ist mit Krankenhäusern?« fragte Sean.

»Es gibt zwei«, antwortete Doug. »Eins direkt in Key West, aber das ist sehr klein. Dann gibt es noch ein größeres auf Stock Island. Das ist die Hauptklinik.«

Sean ging unter Deck und weckte Janet. Sie war absolut nicht begeistert, aufstehen zu müssen. Sie erklärte Sean, daß sie sich erst vor einer guten Viertelstunde wieder hingelegt hätte.

»Als ich vor Stunden hier runtergekommen bin, hast du geschlafen wie ein Baby«, sagte Sean.

»Ja, aber sobald wir etwas rauhere See erreicht hatten, mußte ich zurück an Deck. Im Gegensatz zu dir habe ich nicht die ganze Fahrt über geschlafen. Ein echt erholsames Wochenende, muß ich schon sagen.«

Sie legten ohne Komplikationen an, weil das Wasser so früh am Sonntagmorgen noch völlig unbefahren war. Doug winkte ihnen zu und schipperte wieder los, sobald Sean und Janet an Land gesprungen waren.

Als sie den Landungssteg hinaufschlenderten und sich umsahen, hatten sie das seltsame Gefühl, die einzigen lebenden Wesen auf der Insel zu sein. Es gab jede Menge Anzeichen für die wilde Party der vergangenen Nacht; leere Bierflaschen und anderer Müll verstopften die Gullys. Aber sie sahen keinen Menschen. Nicht mal Tiere. Es war wie die Ruhe nach dem Sturm.

Sie folgten der Duval Street mit ihren T-Shirt-Läden, Juwelieren und Souvenierbuden, die verrammelt waren, als erwarteten sie einen Aufstand. Die berühmte Conch-Tour-Eisenbahn stand verlassen neben ihrem knallgelben Kartenhäuschen. Das Ganze war genau die Art Nepp-Paradies, die Sean erwartet hatte, aber es hatte überraschenderweise trotzdem Charme.

Als sie an Sloppy Joe's Bar vorbeikamen, riskierte die Sonne einen ersten verstohlenen Blick über den Horizont und tauchte die Straße in dunstiges Morgenlicht. Einen halben Block weiter stieg ihnen auf einmal ein köstlicher Duft in die Nase.

»Das riecht verdächtig nach...«

»Croissants«, beendete Janet Seans Satz.

Ihrer Nase folgend, landeten sie vor einer französischen Bäckerei mit Café. Der köstliche Geruch strömte aus einem offenen Fenster auf eine kleine Terrasse mit Tischen und Sonnenschirmen. Die Eingangstür war verschlossen, so daß Sean durch das offene Fenster rufen mußte. Eine Frau mit krausem rotem Haar, die ihre Hände an einer Schürze trocknete, kam nach draußen.

»Wir haben noch geschlossen«, sagte sie mit der Spur eines französischen Akzents.

»Wie wär's, wenn Sie uns trotzdem ein paar von Ihren Croissants verkaufen?« schlug Sean vor.

Die Frau neigte den Kopf und dachte darüber nach. »Warum nicht«, sagte sie. »Wenn Sie wollen, können Sie auch etwas von dem Café au lait haben, den ich gerade für mich selbst gemacht habe. Die Espresso-Maschine ist noch nicht in Gang.«

Auf der menschenleeren Terrasse unter einem der Sonnenschirme sitzend, verschlangen Sean und Janet das ofenfrische Gebäck. Und der Kaffee weckte ihre Lebensgeister wieder einigermaßen.

»Wo wir jetzt schon mal hier sind«, sagte Janet, »wie lautet der Plan?«

Sean strich über sein stoppeliges Kinn. »Ich frage mal, ob die hier ein Telefonbuch haben. Dann können wir die Adresse des Labors nachgucken.«

»Während du das tust, gehe ich zur Toilette«, sagte Janet. »Ich fühle mich, als hätte mich eine Katze am Genick gehabt.«

»Eine Katze würde nicht mal in deine Nähe kommen«, sagte Sean und duckte sich, als Janet mit ihrer zerknüllten Serviette nach ihm warf.

Als sie zurückkam, sah sie deutlich frischer aus, und Sean hatte nicht nur die Adresse erfahren, sondern sich von der rothaarigen Frau auch den Weg beschreiben lassen.

»Es ist ziemlich weit«, sagte er. »Zu Fuß kommen wir da nicht hin.«

»Das ist doch kein Problem«, sagte Janet. »Wir können trampen oder eines der vielen Taxis nehmen, die dauernd an uns vorbeifahren.« Seit ihrer Ankunft hatten sie kein einziges Auto gesehen.

»Ich hatte eher an etwas anderes gedacht«, sagte Sean und legte, während er sich erhob, ein großzügiges Trinkgeld auf den Tisch.

Janet sah ihn fragend an, bevor ihr aufging, was er vorhatte. »Oh, nein!« sagte sie. »Wir werden nicht noch ein Auto stehlen.«

»Ausleihen«, verbesserte Sean sie. »Ich hatte ganz vergessen, wie leicht es ist.«

Janet wollte nichts davon wissen, einen Wagen »auszuleihen«, aber Sean ließ sich nicht beirren.

»Ich mache ja nichts kaputt«, sagte er, während er in einer Seitenstraße von Wagen zu Wagen ging und die Türschlösser ausprobierte. Alle waren verschlossen. »Die Leute hier sind offenbar mißtrauischer«, meinte er. Dann entdeckte er etwas auf der anderen Seite der Straße. »Ich hab's mir anders überlegt. Ich will doch kein Auto.«

Er überquerte die Straße und blieb vor einem aufgebockten Motorrad stehen. Er startete die Maschine fast genauso schnell, als hätte er einen Zündschlüssel, bestieg das Motorrad, klappte den Ständer ein und machte Janet ein Zeichen aufzusteigen.

Während er den Motor aufheulen ließ, betrachtete sie sein unrasiertes Gesicht und die zerknitterten Klamotten und fragte sich, wie sie sich je in jemanden wie ihn hatte verlieben können. Widerwillig stieg sie auf und legte ihren Arm um seine Hüfte. Sean legte einen Gang ein, und sie brausten, die morgendliche Stille zerreißend, davon.

Sie folgten der Duval Street zurück zum Hafen, bogen am Ticket-Häuschen der Conch-Eisenbahn in nördlicher Richtung ab und fuhren die Küste entlang, bis sie an einen alten Kai kamen. Basic Diagnostics war in einem zweistökkigen, ansprechend renovierten Lagerhaus aus Backstein untergebracht. Sean fuhr um das Gebäude herum und stellte das Motorrad hinter einem Schuppen ab. Sobald er den Motor abgestellt hatte, hörte man nichts außer dem fernen Geschrei der Möwen. Keine Menschenseele war zu sehen.

»Ich fürchte, wir haben Pech«, sagte Janet. »Sieht so aus, als wäre geschlossen.«

»Laß uns mal nachsehen«, schlug Sean vor.

Sie stiegen eine Hintertreppe hoch und spähten durch die Hintertür. Drinnen war alles dunkel. An der nördlichen Fassade des Gebäudes befand sich eine durchgehende Rampe. Sie versuchten, die Türen entlang dieser Rampe, einschließlich eines großen Rolltores, zu öffnen, aber alle waren fest verriegelt. Am Haupteingang auf der Vorderseite des ehemaligen Lagerhauses befand sich ein Schild, dem zu entnehmen war, daß das Labor an Sonn- und Feiertagen von zwölf bis siebzehn Uhr geöffnet war. Daneben ein Wurfschlitz und ein Kasten aus Metall, in dem man rund um die Uhr Proben deponieren konnte.

»Ich fürchte, wir müssen später noch mal wiederkommen«, sagte Janet.

Sean sagte nichts. Er schirmte seine Augen mit der Hand ab und spähte durch die Glastür. Dann ging er um eine Ecke des Hauses und tat dasselbe bei einem Seitenfenster. Janet folgte ihm, während er sich von Fenster zu Fenster arbeitete, bis sie wieder an ihrem Ausgangspunkt an der Rückfront des Gebäudes angekommen waren.

»Ich hoffe, du brütest nicht wieder eine deiner verrückten Ideen aus«, sagte Janet. »Laß uns einen Platz finden, wo wir ein paar Stunden schlafen können. Wir kommen heute nachmittag noch mal her.«

Sean erwiderte nichts. Statt dessen trat er einen Schritt

von dem letzten Fenster zurück, das er begutachtet hatte. Ohne jede Vorwarnung schlug er mit der Handkante die Scheibe ein. Drinnen fielen Scherben zu Boden. Janet machte einen Satz zurück und sah sich rasch nach möglichen Zeugen um, bevor sie sich wieder Sean zuwandte und sagte: »Bitte nicht. Die Polizei sucht uns doch schon wegen des Einbruchs in Miami.«

Sean war damit beschäftigt, einige größere Scherben aus dem Rahmen zu lösen. »Keine Bruchsicherung«, sagte er.

Er kletterte rasch durch das Fenster und inspizierte den Raum. »Überhaupt keine Alarmanlage«, erklärte er. Er entriegelte das Fenster, öffnete es und hielt Janet die Hand hin.

Sie zögerte. »Ich will damit nichts zu tun haben«, sagte sie.

»Komm schon«, drängte er. »Ich würde doch nicht hier einbrechen, wenn ich nicht glauben würde, daß es wirklich wichtig ist. Irgend etwas Seltsames geht vor, und vielleicht finden wir hier den Schlüssel. Vertrau mir.«

»Und wenn jemand kommt?« fragte Janet und sah sich erneut nervös um.

»Wer sollte denn kommen«, erwiderte Sean. »Es ist halb acht an einem Sonntagmorgen. Außerdem will ich mich nur mal umsehen. In einer Viertelstunde sind wir wieder draußen, versprochen. Und wenn du dich dann besser fühlst, können wir auch einen Zehndollarschein für die Scheibe hinterlegen.«

Nach allem, was sie schon gemeinsam durchgemacht hatten, sah Janet wenig Sinn darin, weiteren Widerstand zu leisten. Sie ließ sich von Sean durch das Fenster helfen.

Sie befanden sich in der Herrentoilette. Der Geruch eines Desinfektionsmittels entströmte den Pissoirs.

»Eine Viertelstunde!« sagte Janet, als sie vorsichtig die Tür zum Flur öffneten.

Der Flur erstreckte sich über die gesamte Länge des Gebäudes. Ein schneller Rundgang ergab, daß sich auf der gegenüberliegenden Seite der Toilette ein großes Labor befand, das sich ebenfalls über die gesamte Länge des Gebäudes erstreckte, auf der anderen Seite noch die Damentoilette, ein Lagerraum, ein Büro und ein Treppenhaus.

Sean öffnete jede Tür und warf einen Blick hinein. Janet hielt sich hinter ihm und lugte über seine Schulter. Schließlich betrat er das Labor und ging, von einer Seite zur anderen blickend, den Mittelgang hinunter. Der Fußboden war aus grauem Vinyl, die Schränke aus etwas heller beschichtetem Preßspan und die Arbeitsflächen strahlend weiß.

»Sieht aus wie ein ganz normales Feld-, Wald- und Wiesen-Labor«, sagte er. »Die übliche Einrichtung.« In der mikrobiologischen Abteilung blieb er stehen und blickte in einen mit Petrischalen gefüllten Inkubator.

»Überrascht dich das?« fragte Janet.

»Nein, aber ich hatte mehr erwartet«, erwiderte Sean. »Außerdem kann ich nirgendwo eine pathologische Abteilung erkennen, in der man Biopsate analysieren könnte. Dabei sollen die doch angeblich hierher geschickt werden.«

Sie gingen in den Flur zurück. Sean betrat das Treppenhaus und stieg die Stufen hoch. Oben versperrte ihm eine verschlossene Metalltür den Weg.

»Oha«, sagte Sean. »Das könnte ein bißchen länger dauern als eine Viertelstunde.«

»Du hast es mir versprochen«, wandte Janet ein.

»Dann hab ich eben gelogen«, erwiderte Sean, während er das Schloß inspizierte. »Wenn ich die passenden Werkzeuge finde, schaffen wir es vielleicht in sechzehn Minuten.«

»Vierzehn sind bereits vorbei«, sagte Janet.

»Komm«, sagte Sean, »laß uns sehen, ob wir irgend etwas finden, was wir als Spannhebel verwenden können, und ein wenig dicken Draht für das Schloß.« Er stieg die Stufen hinab, und Janet folgte ihm.

Um 7.45 Uhr setzte Sterlings gecharterte Sea King mit quietschenden Reifen auf der Rollbahn des Flughafens von Key West auf und rollte in Richtung Flughafengebäude aus. Vor dem Linienterminal nebenan bestiegen gerade die letzten Passagiere einen Shuttle der American Eagle.

Als die Charterfirma Sterling zurückgerufen hatte, war es fast fünf gewesen. Nach Einsatz einiger Überredungskünste einschließlich eines Aufpreises hätte die Maschine dann gegen sechs starten sollen, wurde jedoch durch Probleme beim Betanken bis Viertel vor sieben aufgehalten.

Sowohl Sterling als auch Wayne nutzten diese Verzögerung, um noch ein wenig weiterzuschlafen, zunächst im Edgewater Beach Hotel, dann in der Wartehalle des Flughafens.

Als sie vor dem Flughafengebäude von Key West ausrollten, bemerkte Sterling einen kleinen Mann mit lichtem Haar und einem kurzärmeligen, geblümten Hemd, der aus dem Fenster sah. In der Hand hielt er einen dampfenden Plastikbecher.

Als Sterling und Wayne aus dem Flugzeug stiegen, kam er nach draußen und stellte sich vor. Es war Kurt Wanamaker. Er war ein untersetzter Mann mit einem breiten, gebräunten Gesicht. Seine wenigen verbliebenen Haare waren von der Sonne gebleicht.

»Ich bin so gegen Viertel nach sieben mal beim Labor vorbeigefahren«, sagte Wanamaker auf dem Weg zu seinem Chrysler Cherokee. »Es war alles ruhig. Vermutlich waren Sie schneller als die beiden, wenn sie überhaupt kommen.«

»Ich möchte direkt zum Labor fahren«, sagte Sterling. »Ich würde gerne vor Ort sein, wenn Mr. Murphy einbricht. Dann könnten wir noch mehr tun, als ihn einfach nur bei der Polizei abzuliefern.«

»Das müßte funktionieren«, sagte Sean. Er hatte die Augen fest geschlossen, während er mit zwei Kugelschreiberminen herumfummelte, deren eine er an einem Ende so verbogen hatte, daß sie als Spannungszug funktionierte.

»Was genau machst du da eigentlich?« fragte Janet.

»Das habe ich dir doch schon im Forbes-Zentrum erklärt«, sagte Sean, »als wir in den Aktenlagerraum eingebrochen sind. Man muß die kleinen Stifte ertasten. Es sind insgesamt fünf von den Dingern, die den Zylinder daran hindern, sich zu drehen. Ah, voilà.« Das Schloß schnappte klickend auf, und die Tür öffnete sich nach innen.

Sean betrat den Raum als erster. Da es keine Fenster gab, war es finster wie in einer mondlosen Nacht, nur aus dem Treppenschacht fiel ein wenig Licht herein. Sean tastete an der Wand links neben der Tür entlang, bis er auf eine Reihe von Schaltern traf, die er umlegte. Sofort gingen sämtliche Deckenlampen an.

»Nun schau sich das einer an!« sagte Sean völlig verblüfft. Hier befand sich also das Labor, das er im Forbes-Zentrum erwartet hatte. Es war riesig und nahm das gesamte Stockwerk ein. Außerdem war es durch und durch weiß, mit einem weißen Fußboden, weißen Schränken und weißen Wänden.

Sean ging langsam den Mittelgang hinunter und inspizierte die Einrichtung. »Alles funkelnagelneu«, sagte er bewundernd. Er legte seine Hand auf ein Tischanalysiergerät. »Und alles vom Feinsten. Das hier ist das neueste Modell eines Chemilumineszenz-Spektralphotometers. So was kostet locker dreiundzwanzigtausend. Und da drüben ist ein hochphasiger Flüssigkeitschromatograph. Der kommt so auf zwanzig Riesen. Und hier eine automatische Zellzählkammer. Die kostet mindestens einhundertfünfzigtausend. Und da, oh, mein Gott!«

Sean blieb ehrfürchtig vor einem seltsamen, eiförmigen Apparat stehen. »Komm hier bloß nicht zu nah mit deiner Kreditkarte ran«, sagte er. »Das ist ein NMR-Spektroskop. Hast du eine Ahnung, was das Teil kostet?«

Janet schüttelte den Kopf.

»Versuch es mal mit einer halben Million«, sagte Sean. »Und wenn sie ein NMR-Spektroskop haben, müssen sie auch einen Szintillationsdetektor haben.«

Sean ging weiter bis zu einem mit Glas abgetrennten Teil des Labors. Hinter der Scheibe befand sich die Hochsicherheitsabteilung des Labors. Er erkannte eine Type-III-Abzugshaube sowie Batterien von Brutschränken. Er versuchte, die Glastür zu öffnen. Sie ging nach außen auf, so daß er gegen den Sog kämpfen mußte. Um das Austreten von Organismen zu verhindern, wurde der Luftdruck im virologischen Teil des Labors niedriger gehalten.

Während er selbst den Hochsicherheitsbereich betrat, machte Sean Janet ein Zeichen zu bleiben, wo sie war. Zuerst ging er zu einer auf dem Boden stehenden Kühltruhe und klappte den Deckel auf. Laut einem auf der Innenseite angebrachten Thermometer betrug die Temperatur knapp minus 60 Grad. In der Kühltruhe standen zahlreiche Ständer mit kleinen Phiolen. Jede enthielt eine gefrorene Virenkultur.

Sean klappte die Truhe wieder zu und warf einen Blick in einige der Brutschränke. Sie wurden auf 37 Grad Celsius gehalten, um die normale Körpertemperatur eines Menschen zu imitieren.

Von Tisch zu Tisch gehend, nahm Sean ein paar elektronische Photomikrographien von isometrischen Viren sowie dazugehörige technische Zeichnungen von Viruskapsiden zur Hand. An den Zeichnungen konnte man die ikosaedrische Symmetrie der viralen Außenhülle ablesen, sogar die genauen Maßangaben der Kapsomere waren angegeben. Dieses spezielle virale Partikel hatte, wie Sean bemerkte, einen Gesamtdurchmesser von 43 Nanometern.

Er verließ den Hochsicherheitsbereich wieder und ging weiter in eine Abteilung, in der er sich gleich wie zu Hause fühlte. Offenbar war dieser gesamte Bereich des Labors der Erforschung von Onkogenen gewidmet, also genau dem, womit sich Sean auch in Boston beschäftigte. Nur mit dem Unterschied, daß die Einrichtung in diesem Labor nagelneu war. Sehnsüchtig ließ Sean seinen Blick über die Regale mit den Reagenzien zur Isolation von Onkogenen und ihren Produkten, den Onkoproteinen, schweifen.

»Dieser Laden ist in jeder Beziehung top ausgestattet«, bemerkte er. In der Onkogen-Abteilung gab es weitere Gewebekulturinkabutoren in der Größe von Eintausendflaschenweinkühlern. Er öffnete eine Tür und warf einen Blick auf die Zellreihen.

»Ist es so, wie du erwartet hast?« fragte Janet, die ihm mit Ausnahme des Hochsicherheitsbereichs wie ein Hündchen überallhin gefolgt war.

»Es übertrifft meine Erwartungen«, erwiderte Sean. »Hier muß die Levy arbeiten. Vermutlich stammt ein Teil der Einrichtung aus dem abgeschlossenen Bereich im sechsten Stock des Forbes-Forschungsgebäudes.«

»Und was schließt du daraus?« fragte Janet.

»Daß ich noch ein paar Stunden Zeit im Forbes-Labor brauche«, sagte Sean. »Ich glaube –«

Er kam nicht dazu, den Satz zu beenden. Von der Treppe hörte man Stimmen und Schritte. Janet hielt sich entsetzt den Mund zu. Sean packte sie, während er sich verzweifelt nach einem Versteck umsah. Doch es gab kein Entrinnen.

11

Sonntag, 7. März, 8.05 Uhr

»Hier sind sie!« rief Wayne Edwards. Er hatte gerade die schwere Metalltür eines schmalen Vorratsschranks in der Nähe des durch Glas abgetrennten Hochsicherheitsbereichs geöffnet.

Sean und Janet blinzelten ins Licht.

Sterling trat hinzu. Dicht hinter ihm folgte Kurt Wanamaker.

»Sie sehen vielleicht nicht aus wie flüchtige Straftäter oder Spione«, sagte Sterling. »Aber wir kennen die Wahrheit.«

»Raus aus dem Schrank!« befahl Wayne.

Eine fügsame und reuige Janet und ein trotziger Sean traten ins helle Licht.

»Sie hätten gestern abend nicht vom Flughafen abhauen sollen«, sagte Sterling tadelnd. »Und das bei all den Mühen, die wir auf uns genommen haben, um Ihre Verschleppung zu verhindern. Wie undankbar. Ich frage mich, ob Sie wissen, wieviel Ärger Sie uns gemacht haben.«

»Wieviel Ärger ich Ihnen *immer noch mache*«, verbesserte Sean ihn.

»Ah, Dr. Mason meinte schon, Sie seien ein wenig vorlaut«, sagte Sterling. »Nun, wir werden Ihnen reichlich Gelegenheit bieten, Ihre Impertinenz bei der Polizei von Key West auszuprobieren. Die können sich mit ihren Kollegen aus Miami darüber streiten, wer für Ihren Fall zuständig ist, nachdem Sie nun auch hier eine Straftat begangen haben.«

Er nahm ein Telefon und begann zu wählen.

Sean zog den lange unbenutzten Revolver aus seiner Tasche und richtete ihn auf Sterling. »Stellen Sie das Telefon weg«, befahl er.

Beim Anblick der Waffe hielt Janet den Atem an.

»Sean!« rief sie. »Nein!«

»Halt die Klappe!« fuhr er sie an. Daß die drei Männer in einem großen Bogen um ihn herumstanden, machte ihn nervös, und er wollte um jeden Preis verhindern, daß Janet ihnen eine Chance bot, ihn zu überwältigen.

Nachdem Sterling den Hörer aufgelegt hatte, machte Sean ihnen ein Zeichen, enger zusammenzurücken.

»Das ist äußerst unvernünftig von Ihnen«, bemerkte Sterling. »Einbruch und unbefugtes Betreten mit Waffengewalt ist ein sehr viel schwereres Verbrechen als bloßes Einbrechen und unbefugtes Betreten.«

»In den Schrank!« befahl Sean und wies auf die enge Kammer, die er und Janet gerade verlassen hatten.

»Sean, das geht zu weit!« sagte Janet und machte einen Schritt auf ihn zu.

»Geh mir aus dem Weg!« knurrte Sean und schubste sie roh zur Seite.

Die Waffe in seiner Hand hatte Janet schon genug schockiert, doch diese plötzliche Persönlichkeitsveränderung entsetzte sie noch mehr. Der brutale Unterton in seiner Stimme und der Ausdruck auf seinem Gesicht machten ihr angst.

Sean trieb die drei Männer in den engen Schrank, schloß die Tür hinter ihnen und verriegelte sie. Dann steckte er die Waffe ein und schob einige größere Möbel vor die Tür, darunter einen schweren Aktenschrank.

Zufrieden packte er Janets Hand und zerrte sie in Richtung Treppenhaus. Auf halbem Weg gelang es ihr, sich loszureißen.

»Ich komme nicht mit«, schrie sie.

»Was redest du da?« flüsterte Sean hektisch.

»So wie du eben mit mir gesprochen hast«, sagte sie, »kenne ich dich gar nicht!«

»Bitte!« preßte Sean mit zusammengebissenen Zähnen hervor. »Das war doch nur Show für die anderen. Wenn die Sache nicht so läuft wie geplant, kannst du behaupten, ich hätte dich zum Mitmachen gezwungen. Bei den Arbeiten, die ich noch im Labor des Forbes-Zentrums zu erledigen habe, besteht die Chance, daß alles erst mal noch schlimmer wird, bevor sich die Sache aufklärt.«

»Ich finde, du solltest offen mit mir sein«, sagte Janet. »Hör auf, in Rätseln zu sprechen. Was hast du vor?«

»Das kann ich dir auf die Schnelle nicht in allen Einzelheiten erklären«, sagte Sean. »Erst mal müssen wir hier raus. Ich weiß nicht, wie lange dieser Schrank dem Druck der drei standhalten wird. Und wenn sie rauskommen, ist die Katze aus dem Sack.«

Verwirrter denn je folgte Janet ihm die Treppe hinab durch das Labor im Erdgeschoß und zum Haupteingang auf der Vorderseite. Kurt Wanamakers Cherokee parkte vor dem Gebäude. Sean machte Janet ein Zeichen einzusteigen.

»Sehr aufmerksam, daß sie den Schlüssel für uns stecken gelassen haben«, sagte Sean.

»Als ob das für dich einen Unterschied machen würde«, sagte Janet.

Sean ließ den Wagen an, schaltete den Motor jedoch sofort wieder ab.

»Was ist jetzt wieder?« fragte Janet.

»In der Aufregung habe ich vergessen, daß ich einige Reagenzien aus dem Labor im ersten Stock brauche«, sagte Sean. Er stieg aus und steckte seinen Kopf durch das offene Fenster. »Es dauert keine Minute. Ich bin sofort zurück.«

Janet wollte widersprechen, aber er war schon weg. Nicht, daß er bisher auf ihre Empfindungen besonders viel Rücksicht genommen hätte. Sie stieg aus dem Wagen und begann, nervös auf und ab zu laufen.

Zum Glück kam Sean nach einigen Minuten mit einem großen Pappkarton zurück, den er auf den Rücksitz des Wagens schob. Er setzte sich hinters Steuer und ließ den Motor an. Auch Janet stieg wieder ein, und sie fuhren in nördlicher Richtung los.

»Sieh mal nach, ob im Handschuhfach eine Karte liegt«, sagte er.

Janet suchte und fand eine Straßenkarte. Sie entfaltete sie und gab sie Sean, der versuchte, sich im Fahren zu orientieren. »Wir können uns nicht darauf verlassen, es mit diesem Wagen bis Miami zu schaffen«, sagte er. »Sobald sich die drei aus dem Schrank befreit haben, werden sie den Verlust bemerken. Die Polizei wird danach suchen, und da es nur eine Straße nach Norden gibt, werden sie uns auch ohne große Probleme aufzuspüren.«

»Ich bin eine flüchtige Straftäterin«, staunte Janet. »Genau wie der Mann gesagt hat, als er uns in dem Schrank gefunden hat. Ich kann es einfach nicht glauben. Ich weiß nicht, ob ich lachen oder weinen soll.«

»In Marathon gibt es einen Flughafen«, sagte Sean, ihre Bemerkung ignorierend. »Dort stellen wir den Wagen ab und mieten uns entweder einen anderen oder nehmen ein Flugzeug, wenn eins geht.«

»Ich nehme an, wir wollen zurück nach Miami«, sagte Janet.

»Unbedingt«, erwiderte Sean. »Wir fahren direkt zum Forbes-Zentrum.«

»Was ist in dem Karton?« fragte Janet.

»Jede Menge Reagenzien, die sie in Miami nicht haben«, antwortete Sean.

»Wie was zum Beispiel?« wollte Janet wissen.

»Vor allem DNA-Primer und DNA-Sonden für Onkogene«, erwiderte Sean. »Außerdem habe ich Primer und Sonden für virale Nukleinsäuren gefunden, insbesondere solche, die für die St.-Louis-Enzephalitis benutzt werden.«

»Und du willst mir nicht erzählen, was all das zu bedeuten hat?« fragte Janet.

»Es würde zu grotesk klingen«, gestand Sean. »Ich will erst einen Beweis. Ich muß es mir erst selbst beweisen, bevor ich es irgend jemandem erzählen kann, sogar dir.«

»Dann erklär mir wenigstens in groben Zügen, wofür du die Primer und Sonden brauchst«, sagte Janet.

»DNA-Primer werden benutzt, um bestimmte DNA-Abschnitte zu lokalisieren«, sagte Sean. »Die Primer suchen sich einen ganz bestimmten Abschnitt aus Millionen anderen heraus und reagieren mit ihm. Dann kann dieser Abschnitt mit Hilfe eines Verfahrens, das man Polymerase-Kettenreaktion nennt, billionenfach vergrößert und problemlos durch eine gekennzeichnete DNA-Sonde identifiziert werden.«

»Man könnte also sagen, die Verwendung dieser Primer und Sonden ist, als würde man die sprichwörtliche Nadel im Heuhaufen mit einem starken Magneten suchen.«

»Genau«, sagte Sean, beeindruckt von ihrer raschen Auffassungsgabe. »Ein sehr, sehr starker Magnet. Ich meine, er kann einen ganz bestimmten DNA-Abschnitt aus einer Lösung von Millionen anderen herausfiltern, in gewisser Weise also fast ein Zaubermagnet. Ich finde, der Typ, der das Verfahren entwickelt hat, sollte den Nobel-Preis bekommen.«

»Die Molekularbiologie kommt mit Riesenschritten voran«, sagte Janet schläfrig.

»Es ist unglaublich«, stimmte Sean ihr zu. »Selbst die Spezialisten haben Mühe mitzuhalten.«

Janet kämpfte gegen ihre schweren Lider. Das gedämpfte Surren des Motors und das sanfte Schaukeln des Wagens machten es noch schlimmer. Sie wollte Sean weitere Erklärungen darüber abringen, was in seinem Kopf vor sich ging, und sie glaubte, daß er am ehesten etwas erzählen würde, wenn sie ihn dazu brachte, über Molekularbiologie zu sprechen und über das, was er im Labor des Forbes-Zentrums vorhatte. Aber sie war zu müde.

Autofahren hatte Janet schon immer beruhigt. Nachdem sie auf der nächtlichen Bootsfahrt nur wenig Schlaf bekommen hatte und während der letzten achtundvierzig Stunden in ständiger Hektik gewesen war, dauerte es nicht lange, bis sie eingenickt war. Sie fiel in einen tiefen, dringend benötigten und ungestörten Schlaf, bis Sean die Route 1 verließ und auf das Gelände des Flughafens von Marathon fuhr.

»So weit, so gut«, sagte er, als er bemerkte, daß Janet sich rührte. »Keine Straßensperren, keine Polizei.«

Janet richtete sich auf. Einen Moment lang wußte sie nicht, wo sie war, aber dann stürzte die Realität mit betäubender Kraft auf sie ein. Sie fühlte sich noch mieser als vor ihrem Nickerchen. Sie fuhr sich mit den Händen durchs Haar und mußte an ein Vogelnest denken. Sie wagte nicht, sich vorzustellen, wie sie aussah.

Sean stellte den Wagen in der vollsten Ecke des Parkplatzes ab, weil er glaubte, daß man ihn dort wahrscheinlich nicht gleich entdecken würde, wodurch er Zeit gewinnen würde. Er nahm den Karton vom Rücksitz und trug ihn ins Terminal. Dann schickte er Janet los, sich nach Shuttle-Flügen nach Miami zu erkundigen, während er sich über die Möglichkeiten informieren wollte, einen Wagen zu leihen. Er suchte noch immer nach einem Autoverleih, als Janet zurückkam und erklärte, in zwanzig Minuten würde ein Flug nach Miami gehen.

Die Schalterbeamtin der Fluggesellschaft half Sean, den Karton zuzukleben, nachdem sie ihn mit einem Aufkleber versehen hatte, der seinen Inhalt als zerbrechlich auswies. Sie versicherte Sean, daß der Karton mit größter Vorsicht behandelt werden würde, doch als er wenig später an Bord der kleinen Propellermaschine ging, konnte er beobachten, wie ein Lader ihn achtlos auf einen Gepäckwagen warf. Trotzdem machte er sich keine Sorgen. Er hatte bei Basic Diagnostics wattiertes Packmaterial gefunden und die Reagenzien sorgfältig eingewickelt, so daß er sich relativ sicher war, daß die Primer und Sonden die Reise unbeschadet überstehen würden.

Am Flughafen von Miami mieteten sie sich einen Wagen, wobei sie sich diesmal für Avis entschieden, für den Fall, daß der Hertz-Computer anzeigte, daß Janet Reardon bei derselben Firma bereits einen roten Pontiac geliehen hatte.

Die Primer und Sonden auf dem Rücksitz, fuhren sie direkt zum Forbes-Zentrum. Sean parkte neben seinem Jeep unweit des Eingangs zum Forschungsgebäude und kramte seinen Hausausweis hervor.

»Willst du mit reinkommen oder nicht?« fragte er. Auch ihn hatte mittlerweile die Müdigkeit eingeholt. »Du kannst auch den Wagen nehmen und zurück zu deiner Wohnung fahren.«

»Wo ich jetzt schon so weit gekommen bin«, sagte Janet, »will ich, daß du mir erklärst, was du machst, während du es machst.«

»Von mir aus«, sagte Sean.

Sie stiegen aus dem Wagen und betraten das Gebäude. Sean hatte keinerlei Probleme erwartet und war um so überraschter, als der Wachmann aufstand. Nie zuvor war einer der Wachposten aufgestanden. Es war Alvarez. Sean hatte ihn schon ein paarmal gesehen.

»Mr. Murphy?« fragte er mit seinem unverkennbar spanischen Akzent.

»Ja, hier«, sagte Sean. Er stieß gegen das Drehkreuz, dessen Sperre sich jedoch nicht löste. Sean hielt seinen Ausweis sichtbar in die Höhe. Unter den anderen Arm hatte er den Karton geklemmt. Janet stand direkt hinter ihm.

»Sie dürfen das Gebäude nicht betreten«, sagte Alvarez.

Sean stellte den Karton ab.

»Ich arbeite hier«, sagte er. Er beugte sich vor, um Alvarez seinen Hausausweis direkt unter die Nase zu halten, falls dieser ihn übersehen hatte.

»Anweisung von Dr. Mason«, sagte Alvarez. Er lehnte sich zurück, als fände er Seans Ausweis irgendwie abstoßend. Mit der einen Hand nahm er den Hörer eines der Telefone auf seinem Tisch, während er mit der anderen auf der Suche nach einer Nummer durch sein Rolodex blätterte.

»Legen Sie den Hörer auf«, sagte Sean, bemüht, seine Stimme zu kontrollieren. Nach allem, was er durchgemacht hatte, und erschöpft, wie er war, ging ihm langsam die Geduld aus.

Der Wachmann beachtete ihn nicht. Er fand Dr. Masons Telefonnummer und begann zu wählen.

»Ich habe Sie höflich gebeten: Legen Sie den Hörer auf!« sagte Sean mit deutlich mehr Nachdruck als zuvor.

Der Wachmann hatte fertig gewählt und sah Sean gelassen an, während er auf die Verbindung wartete.

Blitzschnell griff Sean über den Tisch und packte das Telefonkabel an der Stelle, wo es in der Holztäfelung verschwand. Mit einem heftigen Ruck riß er es aus der Wand und hielt es dem überraschten Wachmann unter die Nase, ein verknotetes Durcheinander winziger roter, grüner und gelber Drähte.

»Ihr Telefon ist kaputt«, sagte Sean.

Alvarez' Gesicht lief rot an. Er ließ den Hörer fallen, schnappte sich seinen Schlagstock und kam um den Tisch.

Anstatt zurückzuweichen, wie es auch der Wachmann erwartet hatte, machte Sean einen Satz nach vorn und duckte sich wie bei einem klassischen Bodycheck im Eishockey. Dann ließ er seinen Körper hochschnellen, und sein Ellenbogen krachte in Alvarez' Unterkiefer. Der Wachmann wurde von den Füßen gerissen und gegen die Wand geschleudert, bevor er dazu kam, seinen Schlagstock einzusetzen. Als er aufprallte, konnte Sean deutlich ein Knacken hören, als würde ein Stück Brennholz gebrochen. Außerdem hörte er den Mann stöhnen, als durch die Wucht des Aufpralls die Luft aus seinen Lungen gepreßt wurde. Als Sean sich von dem Körper löste, sank Alvarez steif zu Boden.

»Oh, mein Gott!« rief Janet. »Du hast ihn verletzt.«

»Mein lieber Schwan, was für ein Kiefer«, murmelte Sean und rieb sich seinen Unterarm.

Janet drängte an ihm vorbei, um zu Alvarez zu gelangen, aus dessen Mund Blut sickerte. Einen Moment lang fürchtete sie, er könne tot sein, doch sie stellte schnell fest, daß er lediglich bewußtlos war.

»Wann hat das alles ein Ende?« seufzte sie. »Sean, ich glaube, du hast ihm den Kiefer gebrochen, und er hat sich auf die Zunge gebissen. Du hast ihn k. o. geschlagen.«

»Laß ihn uns rüber zur Klinik schaffen«, sagte Sean.

»Die haben hier keine Einrichtungen zur Trauma-Behandlung«, sagte Janet. »Wir müssen ihn zum Miami General Hospital bringen.«

Sean verdrehte die Augen und seufzte. Gleichzeitig fiel sein Blick auf den Karton mit den Primern und Sonden. Er brauchte nur ein paar Stunden im Labor, vielleicht würden vier reichen. Er sah auf seine Uhr. Es war kurz nach eins.

»Sean!« befahl Janet. »Sofort! Es ist nur drei Minuten von hier. Wir können ja zurückkommen, wenn wir ihn abgeliefert haben, aber wir können ihn hier nicht einfach so liegen lassen.«

Widerwillig verstaute Sean seinen Karton hinter dem Tisch des Wachmanns und half Janet, Alvarez nach draußen zu tragen. Zu zweit hievten sie ihn auf den Rücksitz des Mietwagens.

Sean sah ein, daß es durchaus vernünftig war, Alvarez zur Notaufnahme des Miami General Hospital zu bringen. Es wäre unklug gewesen, einen blutenden und bewußtlosen Mann ohne ärztliche Hilfe zu lassen. Wenn sich sein Zustand verschlechterte, würde er ernsthafte Probleme bekommen, aus denen ihm selbst sein cleverer Bruder nur mit Mühe heraushelfen konnte. Aber Sean hatte auch nicht vor, sich wegen dieser Anwandlung von Gnädigkeit erwischen zu lassen.

Obwohl es Sonntagmittag war, zählte er darauf, daß in der Notaufnahme Hochbetrieb herrschen würde, und er wurde nicht enttäuscht. »Wir laden ihn nur kurz ab!« warnte er Janet. »Rein und sofort wieder raus. Sobald wir ihn in der Notaufnahme abgeliefert haben, verschwinden wir wieder. Das Personal wird schon wissen, was es zu tun hat.«

Janet war zwar nicht völlig einverstanden, doch sie hütete sich zu widersprechen.

Sean ließ den Motor laufen, während er mit Janets Hilfe Alvarez' noch immer steifen Körper auf dem Rücksitz arrangierte. »Wenigstens atmet er noch«, bemerkte er.

Direkt hinter der Tür zur Notaufnahme entdeckte er eine leere Krankenliege. »Wir packen ihn da drauf!« befahl er Janet.

Als Alvarez sicher auf der Liege lag, gab er dem Gefährt einen sanften Stoß. »Polytrauma«, rief er, während die

Liege den Flur hinunterrollte. Dann packte er Janets Arm und sagte: »Komm, laß uns hier verschwinden!«

Während sie zum Wagen zurückhasteten, sagte Janet: »Aber das war doch kein Polytrauma.«

»Ich weiß«, gestand Sean. »Aber mir ist sonst nichts eingefallen, um ein wenig Aufruhr zu verursachen. Du weißt doch, wie das in der Notaufnahme läuft. Alvarez hätte noch Stunden rumliegen können, bevor sich irgend jemand um ihn gekümmert hätte.«

Janet zuckte nur die Schultern. Sean hatte nicht völlig unrecht. Und im Gehen hatte sie bemerkt, daß ein Pfleger die Liege bereits in Empfang genommen hatte.

Auf dem Weg zurück ins Forbes-Zentrum sagten weder Sean noch Janet ein Wort. Beide waren todmüde. Außerdem war Janet noch immer irritiert von Seans Gewaltausbruch.

Währenddessen überlegte Sean, wie er sich ein paar Stunden ungestörten Arbeitens im Labor verschaffen konnte. Nach dem unglücklichen Zwischenfall mit Alvarez und in Anbetracht der Tatsache, daß die Polizei sowieso schon nach ihm fahndete, wußte er, daß er sich etwas wirklich Überzeugendes einfallen lassen mußte, um die Meute noch eine Zeitlang abzuwehren. Plötzlich hatte er eine Idee, radikal, aber wirksam. Der Gedanke ließ ihn trotz seiner Erschöpfung unwillkürlich lächeln. In dem, was er vorhatte, lag eine geradezu poetische Gerechtigkeit, die ihm gefiel.

Zu diesem Zeitpunkt hielt Sean auch den Einsatz extremer Mittel für durchaus gerechtfertigt. Je länger er über seine Theorie zu den Vorgängen am Forbes-Krebszentrum nachdachte, desto überzeugter war er von ihrer Richtigkeit. Doch er brauchte einen Beweis, er brauchte Zeit im Labor. Und um diese Zeit zu gewinnen, mußte er zu drastischen Maßnahmen greifen, je drastischer, desto effektiver.

Als sie in die Einfahrt zum Parkplatz des Forbes-Zentrums einbogen, brach Sean das Schweigen. »An dem Abend, an dem du in Miami angekommen bist, war ich auf einer Party bei Dr. Mason«, sagte er. »Ein Medulloblastom-Patient hat dem Forbes-Zentrum eine großzügige Spende vermacht, richtig dickes Geld. Er war der Aufsichtsratsvorsitzende eines großen Flugzeugherstellers aus St. Louis.«

Janet sagte nichts.

»Louis Martin ist Vorstandsvorsitzender einer Computerfirma im Norden von Boston«, fuhr Sean fort und sah Janet an, während er den Wagen einparkte. Sie erwiderte seinen Blick mit fragender Miene.

»Malcolm Betancourt ist Manager einer riesigen Kette kommerziell arbeitender Kliniken«, setzte Sean nach.

»Und Helen Cabot war Studentin«, erwiderte Janet schließlich.

Sean öffnete die Fahrertür, stieg jedoch nicht aus. »Stimmt, Helen war Studentin, aber ihr Vater ist auch Gründer und Vorstandsvorsitzender eines der weltweit größten Software-Unternehmen.«

»Was willst du damit andeuten?« fragte Janet.

»Ich möchte nur, daß du darüber nachdenkst«, sagte Sean, als er schließlich ausstieg. »Und ich möchte, daß du dir oben die dreiunddreißig Akten, die wir kopiert haben, noch einmal auf die ökonomischen Verhältnisse der Patienten ansiehst und mir sagst, was du entdeckst.«

Erleichtert registrierte Sean, daß noch kein neuer Wachposten Stellung hinter dem Tisch beim Eingang bezogen hatte. Er zog seinen Karton hervor, bevor er und Janet unter dem Drehkreuz durchschlüpften und den Aufzug in den fünften Stock nahmen.

Zunächst überprüfte Sean den Kühlschrank, um sich zu vergewissern, daß Helens Gehirn und die Probe ihres Liquors unangetastet waren. Dann zog er die Krankenakten aus ihrem Versteck und gab sie Janet. Er ließ den Blick über das Durcheinander auf seinem Labortisch schweifen, ohne sich weiter darum zu kümmern.

»Während du die Akten durchgehst«, sagte er beiläufig, »muß ich noch mal kurz weg. Aber ich komme so schnell wie möglich wieder. In spätestens einer Stunde bin ich zurück.«

»Wo willst du hin?« fragte Janet. Wie üblich steckte Sean voller Überraschungen. »Ich dachte, du brauchst Zeit im Labor. Deswegen haben wir uns doch so beeilt herzukommen.«

»Die brauche ich auch«, versicherte Sean ihr. »Aber ich fürchte, daß wir wegen Alvarez und der Gesellschaft, die ich in Key West in den Schrank gesperrt habe, gestört werden könnten. Die dürften sich nämlich mittlerweile befreit und Alarm geschlagen haben. Ich muß Vorkehrungen treffen, die Barbaren in Schach zu halten.«

»Was meinst du mit Vorkehrungen?« fragte Janet besorgt.

»Vielleicht ist es besser, wenn du nichts davon weißt«, sagte Sean. »Ich habe eine fantastische Idee, die garantiert funktionieren wird, aber sie ist vielleicht ein wenig drastisch, und ich glaube, daß es besser ist, wenn du nichts damit zu tun hast.«

»Das klingt ominös und gefällt mir überhaupt nicht«, sagte Janet.

»Wenn in der Zwischenzeit jemand vorbeikommt und nach mir fragt«, sagte Sean und überging ihren Einwand, »sag ihnen, daß du keine Ahnung hast, wo ich bin, was ja auch stimmt.«

»Wer sollte denn kommen?« fragte Janet.

»Ich hoffe, niemand«, sagte Sean. »Aber wenn jemand kommt, dann wahrscheinlich Robert Harris, der Typ, der uns auf unserem romantischen Strandspaziergang gerettet hat. Wenn Alvarez überhaupt irgendwo anruft, dann bei ihm.«

»Und was ist, wenn er fragt, was ich hier mache?«

»Sag ihm die Wahrheit«, erwiderte Sean. »Sag ihm, daß du noch einmal diese Akten durchgegangen bist, um mein bizarres Verhalten zu begreifen.«

»Oh, bitte!« sagte Janet kühl. »Nur mit Hilfe dieser Krankenakten werde ich dein Verhalten nie verstehen. Das ist doch lächerlich.«

»Lies sie einfach und denk dran, was ich dir eben gesagt habe.«

»Du meinst, das mit den ökonomischen Verhältnissen der Patienten?«

»Genau«, sagte Sean. »Jetzt muß ich aber los. Vorher muß ich mir jedoch noch etwas ausleihen. Kann ich das Tränengasspray haben, das du immer in der Handtasche trägst?«

»Das alles gefällt mir ganz und gar nicht«, wiederholte Janet ihre Bedenken, kramte jedoch das Spray hervor und gab es Sean. »Das Ganze macht mich wirklich nervös.«

»Mach dir keine Sorgen«, erwiderte Sean. »Das Tränengas brauche ich nur, falls ich unterwegs Batman treffe.«

»Jetzt ist aber Schluß«, seufzte Janet entnervt.

Sean wußte, daß er nicht viel Zeit hatte. Alvarez würde sein Bewußtsein in Kürze wiedererlangen, wenn er das nicht schon getan hatte. Sean war sich jedenfalls ziemlich sicher, daß der Wachmann früher oder später irgend jemanden alarmieren und melden würde, daß er das Forschungsgebäude des Forbes-Zentrums nicht mehr bewachte und daß Sean Murphy wieder in der Stadt war.

Er nahm den Mietwagen und fuhr zum City-Yachthafen in der Nähe der Stadthalle. Er parkte den Wagen und mietete sich bei einer der Werften ein Boot, eine gut fünf Meter lange Boston Whaler. Er verließ den Yachthafen und steuerte sein Schiff über die Biscayne Bay und am Hafen von Dodge Island vorbei. Weil heute Sonntag war, hatten eine Reihe von Ausflugsschiffen am Dock festgemacht, wo neue Passagiere zu einem »karibischen Abenteuer« an Bord gingen.

Außerdem tummelten sich zahllose Vergnügungsboote auf dem Wasser, von den kleinen Motorbooten der Wasserskiläufer bis zu ozeantauglichen Yachten.

Das Kreuzen der vielbefahrenen Seestraße war wegen der Wellen, die der Wind und andere Boote aufgewühlt hatten, ein nicht ungefährliches Manöver, aber Sean schaffte es bis zu der Brücke, die den McArthur-Damm mit Miami Beach verband. Nachdem er darunter durchgefahren war, konnte er zur Linken sein Ziel erkennen: Star Island.

Er hatte keine Schwierigkeiten, das Haus der Masons zu finden, weil ihre riesige weiße Yacht, die Lady Luck, am Pier hinter der Villa vor Anker lag. Sean machte an einem Schwimmdock dahinter fest, das durch eine Schiffsleiter mit dem Landungssteg verbunden war. Wie Sean erwartet hatte, stand Batman, der Dobermann der Masons, bereits knurrend und seine gewaltigen Zähne fletschend an der Leiter, als Sean das Boot gesichert hatte.

Sean stieg die Leiter hoch, wobei er die ganze Zeit »guter Hund, guter Hund« murmelte. Batman beugte sich, so weit er sich eben traute, über den Landungssteg und erwiderte Seans beruhigende Worte mit einem Blecken der Zähne und einem weiteren drohenden Knurren, das beständig anschwoll, während er wütend seine Hauer präsentierte.

Als Sean sich seinem Gebiß bis knapp dreißig Zentimeter genähert hatte, sprühte er dem Hund eine Ladung von

Janets Tränengas ins Gesicht, die Batman aufheulen und sich in seine Hütte neben der Garage trollen ließ.

Zuversichtlich, daß die Masons nur einen Hund hatten, kletterte Sean auf den Landungssteg und peilte das Gelände. Er mußte schnell handeln, bevor irgend jemand zum Telefon greifen konnte. Die Schiebetür vom Wohnzimmer zur Terrasse stand offen. Von drinnen drangen Opernklänge an Seans Ohr.

Von seinem Standpunkt aus konnte Sean niemanden sehen. Er hatte erwartet, Sarah Mason an einem so schönen Tag in einem der Liegestühle sonnenbadend am Pool anzutreffen. Er sah auch ein Handtuch und Sonnenöl sowie einen Teil der Sonntagszeitung, aber keine Sarah.

Rasch schlich sich Sean um den Pool bis zur Wohnzimmerschiebetür. Fliegengitter versperrten den Blick nach drinnen, aber je näher er kam, desto lauter wurde die Musik.

Als er die Tür erreicht hatte, versuchte er das Fliegengitter beiseite zu schieben. Es war nicht verschlossen und ließ sich lautlos bewegen. Sean betrat den Raum und lauschte auf menschliche Geräusche neben dem plötzlich anschwellenden Operngesang.

Er ging zu der Stereoanlage und ließ seinen Blick über das verwirrende Durcheinander blinkender Anzeigen und Knöpfe gleiten. Als er den Einschaltknopf gefunden hatte, schaltete er die gesamte Anlage ab und tauchte den Raum in unvermittelte Stille. Er ging davon aus, daß diese plötzliche Unterbrechung der Arie der *Aida* die Bewohner des Hauses schon herlocken würde, und so war es auch.

Praktisch unmittelbar danach tauchte Dr. Mason in der Tür seines Arbeitszimmers auf und warf einen fragenden Blick auf die Stereoanlage. Erst als er ein paar Schritte ins Zimmer gekommen war, sah er auch Sean. Er blieb, offensichtlich perplex, wie angewurzelt stehen.

»Guten Tag, Dr. Mason«, sagte Sean mit einer Stimme, die munterer klang, als er sich fühlte. »Ist Ms. Mason zu Hause?«

»Was um alles in der Welt hat diese, diese...?« platzte Dr. Mason los, schien jedoch außerstande, das passende Wort zu finden.

»Störung?« schlug Sean vor.

In diesem Moment tauchte auch Sarah Mason auf, die von der plötzlichen Stille offenbar ebenso überrascht worden war wie ihr Mann. Sie war mit einem glänzenden schwarzen Bikini bekleidet, wenn das die angemessene Bezeichnung war. Der knappe Stoff vermochte ihre üppigen Formen kaum zu bedecken. Darüber trug sie eine fast durchsichtige Jacke mit Knöpfen aus Rheinkieseln, die jedoch kaum zu einer züchtigeren Erscheinung beitrug. Hochhackige, mit Federn verzierte Sandaletten rundeten ihre Ausstattung ab.

»Ich möchte Sie beide ins Labor einladen«, erklärte Sean nüchtern. »Ich schlage vor, daß Sie sich etwas zu lesen mitnehmen. Es könnte ein langer Nachmittag werden.«

Mr. und Ms. Mason tauschten Blicke aus.

»Das Problem ist, daß ich nicht viel Zeit habe«, fügte Sean noch hinzu. »Also lassen Sie uns gleich aufbrechen. Wir nehmen Ihren Wagen, da ich per Schiff hergekommen bin.«

»Ich werde die Polizei anrufen«, verkündete Dr. Mason und wollte sich umdrehen, um in sein Arbeitszimmer zu gehen.

»Ich glaube nicht, daß das in den Spielregeln vorgesehen ist«, sagte Sean, zückte Toms Revolver und hielt ihn hoch, um sicherzugehen, daß beide Masons ihn deutlich sehen konnten.

Ms. Mason stockte der Atem, Dr. Mason erstarrte.

»Ich hatte gehofft, eine bloße Einladung würde ausreichen«, sagte Sean. »Aber für den Notfall habe ich auch noch diese Waffe.«

»Ich glaube, Sie machen da einen großen Fehler, junger Mann«, sagte Dr. Mason.

»Bei allem Respekt«, erwiderte Sean, »wenn sich mein Verdacht bestätigt, sind Sie derjenige, der einen großen Fehler gemacht hat.«

»Damit kommen Sie nicht durch«, warnte Dr. Mason ihn.

»Das habe ich auch nicht vor«, gab Sean zurück.

»Tu doch was!« fuhr Ms. Mason ihren Mann an. In ihren Augen standen Tränen, die ihren Lidschatten ernsthaft bedrohten.

»Ich möchte, daß wir alle ganz ruhig bleiben«, sagte Sean. »Niemandem wird etwas geschehen. Wenn wir jetzt bitte zum Wagen gehen könnten.« Er machte ihnen ein Zeichen mit dem Revolver.

»Nur zu Ihrer Information, wir erwarten Gäste«, sagte Dr. Mason. »Um genau zu sein, erwarten wir Ihren –«

»Um so mehr Grund, hier so schnell wie möglich zu verschwinden«, unterbrach Sean ihn. Dann brüllte er: »Los, Bewegung!« und wies mit der Waffe in den Flur.

Widerstrebend legte Dr. Mason einen Arm um seine Frau und führte sie zur Haustür, die Sean für sie öffnete. Ms. Mason erklärte schluchzend, daß sie so, wie sie angezogen war, nicht aus dem Haus gehen könne.

»Raus!« brüllte Sean, inzwischen erkennbar ungeduldig.

Sie hatten es halb bis zum Wagen der Masons geschafft, als ein anderes Auto vor dem Haus hielt.

Verzweifelt über diese Störung ließ Sean den Revolver in seine Jackentasche gleiten und überlegte, daß er den Gast im Zweifelsfall als weitere Geisel mit ins Labor nehmen mußte. Als er ihn erkannte, mußte er jedoch heftig blinzeln. Es war sein eigener Bruder Brian.

»Sean!« rief der, als er seinen Bruder erkannte. Er kam die Auffahrt hochgelaufen, in seiner Miene spiegelten sich Überraschung und Freude. »Seit vierundzwanzig Stunden bin ich auf der Suche nach dir! Wo bist du gewesen?«

»Und ich habe ständig versucht, dich anzurufen«, sagte Sean. »Was um Gottes willen machst du in Miami?«

»Gut, daß Sie gekommen sind, Brian«, warf Dr. Mason ein. »Ihr Bruder war gerade im Begriff, uns zu entführen.«

»Er hat eine Waffe!« warnte Ms. Mason schniefend.

Brian sah seinen Bruder ungläubig an. »Eine Waffe?« wiederholte er fassungslos. »Was für eine Waffe?«

»Sie steckt in seiner Tasche«, zischte Ms. Mason.

Brian starrte Sean an. »Ist das wahr?«

Sean zuckte die Schultern. »Ich hab ein völlig verrücktes Wochenende hinter mir.«

»Gib mir die Waffe«, sagte Brian und streckte seine Hand aus.

»Nein«, sagte Sean.

»Gib mir die Waffe«, wiederholte Brian mit Nachdruck.

»Brian, hier geht es um mehr, als auf den ersten Blick zu erkennen ist«, sagte Sean. »Funk mir jetzt bitte nicht dazwischen. Es sieht ganz so aus, als ob ich hinterher deine juristischen Talente brauchen würde, also geh nicht weg. Halte einfach noch ein paar Stunden still.«

Brian machte einen weiteren Schritt auf Sean zu. Er war jetzt nur noch eine Armlänge entfernt. »Gib mir die Waffe«, wiederholte er. »Ich werde nicht zulassen, daß du auch noch dieses Verbrechen begehst. Eine Entführung mit einer tödlichen Waffe ist eine schwere Straftat, die auf jeden Fall mit einer Haftstrafe geahndet werden muß.«

»Ich weiß, daß du es nur gut mit mir meinst«, sagte Sean. »Ich weiß, du bist der Ältere und außerdem auch noch Anwalt. Aber ich kann dir das Ganze im Moment nicht erklären. Vertrau mir!«

Brian streckte die Hand aus und langte in die Tasche mit der auffälligen Beule. Seine Finger legten sich um den Revolver, doch Sean packte seine Hand mit eisernem Griff.

»Du bist vielleicht älter«, sagte er, »aber ich bin stärker. Das hatten wir doch schon.«

»Ich werde nicht zulassen, daß du das tust«, sagte Brian.

»Laß die Waffe los«, befahl Sean.

»Ich werde nicht tatenlos zusehen, wie du dein Leben wegwirfst«, entgegnete Brian.

»Zwing mich nicht, das zu tun«, warnte Sean.

Brian versuchte, seine Hand aus Seans Umklammerung zu lösen, während er weiter die Waffe festhielt.

Sean reagierte mit einem linken Haken in Brians Magengrube, dem er blitzschnell einen Schlag auf dessen Nase folgen ließ. Brian sackte in sich zusammen wie ein Beutel Kartoffeln und krümmte sich nach Luft ringend am Boden. Blut sickerte aus seiner Nase.

»Tut mir leid«, sagte Sean.

Mr. und Ms. Mason, die diese Auseinandersetzung schweigend beobachtet hatten, stürzten in Richtung Garage los. Sean setzte ihnen nach und erwischte zuerst Ms. Mason. Mr. Mason, der den anderen Arm seiner Frau hielt, blieb ebenfalls stehen.

Nachdem er gerade seinen Bruder niedergeschlagen hatte, war Sean nicht in der Stimmung für weitere Diskussionen. »In den Wagen«, knurrte er. »Sie fahren.«

Verschüchtert leisteten die Masons seinem Befehl Folge. Sean stieg hinten ein. »Zum Labor, bitte«, sagte er.

Als sie die Einfahrt verließen, warf Sean einen kurzen Blick zurück auf Brian, der sich in eine sitzende Haltung hochgekämpft hatte. Sein Gesichtsausdruck war eine Mischung aus Verwunderung, Verletzung und Wut.

»Das wurde aber auch Zeit«, nörgelte Kurt Wanamaker, als er, Sterling und Wayne aus dem Vorratsschrank stolperten. Sie waren schweißnaß. Trotz der Air-Condition des Labors war die Temperatur in dem ungelüfteten Schrank unerträglich geworden.

»Ich habe Sie gerade erst gehört«, erklärte der Techniker.

»Wir schreien uns schon seit Mittag die Lunge aus dem Hals«, beschwerte sich Wanamaker.

»Unten hört man praktisch nichts«, sagte der Techniker. »Vor allem, wenn die ganzen Geräte laufen. Außerdem kommen wir so gut wie nie hier hoch.«

»Ich verstehe trotzdem nicht, wie Sie unser Rufen nicht hören konnten«, grantelte Wanamaker.

Sterling ging direkt zum nächsten Telefon und rief Dr. Masons Privatnummer an. Er fluchte, als niemand abnahm, und stellte sich vor, daß Dr. Mason einen entspannten Nachmittag in seinem Country Club verbrachte.

Er legte den Hörer wieder auf die Gabel und überlegte, was er als nächstes tun sollte. Entschlossen drängte er Wanamaker und Wayne, er wolle sofort zum Flughafen gebracht werden.

Als sie die Treppe hinabstiegen, brach Wayne das angespannte Schweigen. »Ich hätte nie gedacht, daß ein Typ wie Sean Murphy eine Waffe trägt.«

»Das war unbedingt eine Überraschung«, stimmte Sterling ihm zu. »Meines Erachtens ein weiterer Beleg dafür, daß Sean Murphy eine weit komplexere Persönlichkeit ist, als wir angenommen haben.«

Als sie auf die Straße traten, geriet Kurt Wanamaker in Panik. »Mein Wagen ist weg!« stöhnte er.

»Zweifelsohne das Werk von Mr. Murphy«, meinte Sterling. »Er scheint uns eine lange Nase machen zu wollen.«

»Ich frage mich, wie Murphy und sein Mädchen aus der Stadt hierhergekommen sind«, sagte Wayne.

»Hinter dem Haus steht ein Motorrad, das niemandem gehört, der hier arbeitet«, sagte der Techniker.

»Damit wäre diese Frage wohl auch beantwortet«, bemerkte Sterling. »Rufen Sie die Polizei an und geben Sie die Einzelheiten über Ihren vermißten Wagen durch. Da Mr. Murphy ihn genommen hat, dürfen wir wohl davon ausgehen, daß er die Insel verlassen hat. Vielleicht kann ihn die Polizei aufgreifen.«

»Der Wagen ist ganz neu«, jammerte Wanamaker. »Ich habe ihn erst seit drei Wochen. Das ist ja schrecklich.«

Sterling biß sich auf die Zunge. Er empfand nichts als Verachtung für diesen hektischen und nervtötenden Glatzkopf, mit dem er fünf unbequeme Stunden lang in einen winzigen Wandschrank gesperrt gewesen war. »Vielleicht könnten Sie einen Ihrer Laboranten bitten, uns zum Flughafen zu fahren«, sagte er und tröstete sich mit dem Gedanken, das dies vermutlich die letzten Worte waren, die er mit dem Mann wechseln mußte.

12

Sonntag, 7. März, 14.30 Uhr

Sobald Dr. Mason auf den Parkplatz des Forbes-Zentrums eingebogen war, versuchte Sean, ins Foyer des Forschungsgebäudes zu spähen, um zu sehen, ob sich seit seiner Abfahrt etwas verändert hatte. Doch die Sonne spiegelte sich in den Fenstern, so daß er nichts erkennen konnte, ja nicht einmal wußte, ob am Eingang mittlerweile ein neuer Wachmann Stellung bezogen hatte.

Erst als sie den Wagen abgestellt und das Gebäude, die Masons immer dicht vor ihm, betreten hatten, sah er, daß in der Tat ein neuer Wachposten seinen Dienst angetreten hatte. Auf dem Namensschild an seiner Brust stand »Sanchez«.

»Sagen Sie ihm, wer Sie sind, und verlangen Sie seinen Generalschlüssel«, flüsterte Sean, als das Trio sich dem Drehkreuz näherte.

»Er weiß, wer ich bin«, gab Dr. Mason zurück.

»Erklären Sie ihm, daß Sie nicht wollen, daß jemand das Gebäude betritt, bis Sie wieder nach unten kommen«, sagte Sean. Er wußte, daß man diesen Befehl im weiteren Verlauf des Nachmittages bestimmt übergehen würde, aber er dachte sich, daß es trotzdem einen Versuch wert war.

Dr. Mason tat, wie ihm befohlen. Sobald Sanchez ihm seinen großen Schlüsselbund gegeben hatte, reichte der ihn an Sean weiter. Der Wachmann beäugte sie mißtrauisch, als sie das Drehkreuz passierten. Vollbrüstige Blondinen in schwarzen Bikinis und federgeschmückten Stöckelpantinen gehörten nicht gerade zu den regelmäßigen Besuchern des Forbes-Forschungsgebäudes.

»Ihr Bruder hat recht«, sagte Dr. Mason, nachdem Sean die Eingangstür jenseits des Drehkreuzes von innen verriegelt hatte. »Dies ist eine schwere Straftat. Dafür werden Sie ins Gefängnis wandern. Damit kommen Sie nicht durch.«

»Ich hab Ihnen doch gesagt, daß ich gar nicht vorhabe, damit durchzukommen«, sagte Sean.

Er schloß die Tür zum Treppenhaus ab, im zweiten Stock auch die Brandschutztüren zur Brücke in die Klinik. In der fünften Etage angekommen, blockierte er den Fahrstuhl, rief den zweiten nach oben und blockierte ihn ebenfalls.

Er machte den Masons ein Zeichen, ihm ins Labor zu folgen, und winkte Janet zu. Sie hatte mit den Krankenakten im Glaskasten gesessen und kam jetzt heraus, wobei sie die Masons fragend ansah. Sean stellte sie hastig vor und führte die Masons dann in den Glaskasten, den sie, wie er ihnen erklärte, bevor er die Tür hinter ihnen schloß, bis auf weiteres nicht verlassen dürften.

»Was machen die denn hier?« fragte Janet besorgt. »Und warum trägt Ms. Mason einen Badeanzug? Sie sieht aus, als hätte sie geweint.«

»Sie ist ein bißchen hysterisch«, erklärte Sean. »Zum Umziehen war keine Zeit mehr. Ich habe sie hergebracht, damit ich ungestört arbeiten kann. Außerdem ist Dr. Mason der erste Mensch, der das Ergebnis meiner Analysen erfahren soll.«

»Hast du sie etwa gezwungen herzukommen?« fragte Janet. Trotz allem, was Sean bisher angestellt hatte, mußte es doch auch für ihn Grenzen geben.

»Sie hätten wohl lieber den Schluß von *Aida* gehört«, räumte Sean ein, während er begann, auf seinem Labortisch eine Arbeitsfläche unter der Abzugshaube freizuräumen.

»Hast du wieder die Waffe benutzt, die du mit dir herumträgst?« fragte Janet und wollte die Antwort gar nicht hören.

»Ich mußte sie ihnen zeigen«, gestand Sean.

»Himmel Herrgott hilf uns«, rief Janet, kopfschüttelnd zur Decke blickend.

Sean kramte saubere Glasgefäße hervor, darunter auch einen großen Erlenmeyerkolben. Um Platz zu schaffen, schob er das Durcheinander in der Nähe des Waschbekkens beiseite.

Janet packte seinen Arm. »Diesmal bist du endgültig zu weit gegangen«, sagte sie. »Du hast die Masons entführt! Begreifst du das?«

»Natürlich«, sagte Sean. »Denkst du, ich bin verrückt, oder was?«

»Dazu sage ich lieber nichts«, erwiderte Janet.

»War in der Zwischenzeit jemand hier?« fragte Sean.

»Ja«, sagte Janet. »Robert Harris, wie du vermutet hast.«

»Und?« fragte Sean und blickte von seiner Arbeit auf.

»Ich hab ihm gesagt, was du mir aufgetragen hast«, erwiderte Janet. »Er wollte wissen, ob du zur Forbes-Residenz gefahren bist. Ich habe ihm erklärt, ich wüßte es nicht. Ich glaube, er ist jetzt dorthin gefahren, um dich zu suchen.«

»Perfekt«, sagte Sean. »Vor ihm habe ich am meisten Angst. Der Mann ist ein militaristischer Eiferer. Wenn er zurückkommt, muß alles arrangiert sein.« Und mit diesen Worten setzte er seine Arbeit fort.

Janet wußte nicht, was sie tun sollte. Eine Weile sah sie zu, wie Sean diverse Reagenzien in dem großen Erlenmeyerkolben zu einer farblosen, zähen Flüssigkeit mischte.

»Was machst du da eigentlich?« wollte sie wissen.

»Ich mixe eine Portion Nitroglyzerin zusammen«, sagte er. »Und ein Eisbad, in dem es kühl lagern kann.«

»Das ist nicht dein Ernst«, sagte Janet von neuer Sorge erfüllt.

»Ganz genau«, sagte Sean und senkte die Stimme. »Die Vorstellung kann gleich beginnen. Und alles nur für Dr. Mason und seine bezaubernde Gattin. Als Arzt weiß er gerade genug von Chemie, um mir die Sache zu glauben.«

»Sean, du benimmst dich wirklich merkwürdig«, sagte Janet.

»Vielleicht ein bißchen manisch«, räumte er ein. »Was hat übrigens deine Lektüre der Krankenakten ergeben?«

»Du hattest recht«, sagte Janet. »Es wird zwar nicht in allen Akten auf die wirtschaftliche Situation der Patienten Bezug genommen, aber wenn, waren es durchweg Vorstandsvorsitzende größerer Firmen oder deren Familienangehörige.«

»Vermutlich alle von der Liste der fünfhundert reichsten Amerikaner«, meinte Sean. »Und was hältst du davon?«

»Ich bin zu erschöpft, um noch irgendwelche Schlußfolgerungen zu ziehen«, gab Janet zurück. »Aber es ist schon ein seltsamer Zufall.«

Sean lachte laut auf. »Wie groß, glaubst du, ist die statistische Wahrscheinlichkeit, daß das ein Zufall ist?«

»Ich weiß nicht genug über Statistik, um das zu beantworten«, sagte Janet.

Sean hielt den Erlenmeyerkolben hoch und schwenkte die Lösung. »Damit müßte ich eigentlich durchkommen«, sagte er. »Wollen wir hoffen, daß der gute Dr. Mason noch genug anorganische Chemie drauf hat, um beeindruckt zu sein.«

Janet beobachtete, wie Sean das Gefäß in den Glaskasten trug. Sie fragte sich, ob er den Bezug zur Realität verloren hatte. Man hatte ihn zugegebenermaßen zu immer verzweifelteren Aktionen getrieben, doch die Masons mit vorgehaltener Waffe zu entführen war ein krimineller Quantensprung, der sie schwindelig machte. Die juristischen Konsequenzen einer solchen Tat mußten gravierend sein. Janet kannte sich in Gesetzesfragen nicht gut aus, aber sie wußte, daß sie bis zu einem gewissen Maß tatbeteiligt war. Und sie bezweifelte, daß die von Sean vorgeschlagene Geschichte, er hätte sie zur Teilnahme gezwungen, sie vor strafrechtlichen Konsequenzen schützen würde. Sie wünschte, sie wüßte, was sie tun sollte.

Sie beobachtete, wie Sean den Masons den Inhalt des Erlenmeyerkolbens als gefährlichen Sprengstoff verkaufte. Nach dem Eindruck, den es auf Dr. Mason machte, vermutete sie, daß jener tatsächlich über genügend chemische Grundkenntnisse verfügte, um die Präsentation für plausibel zu halten. Er hatte die Augen weit aufgerissen, während Ms. Mason sich entsetzt den Mund zuhielt. Als Sean den Glaskolben heftig schwenkte, wichen beide zurück. Dann steckte Sean den Kolben in das vorbereitete Eisbad, sammelte die von Janet zurückgelassenen Krankenakten ein und verließ den Glaskasten. Die Akten deponierte er auf einem freien Labortisch.

»Was haben die Masons gesagt?« fragte Janet.

»Sie waren angemessen beeindruckt«, sagte Sean. »Vor allem, als ich ihnen erzählt habe, daß der Gefrierpunkt von Nitroglyzerin bei nur zwölf Grad liegt und der Stoff in fester Form unberechenbar ist. Ich hab ihnen gesagt, sie sollen da drinnen schön vorsichtig sein, weil selbst ein Stoß gegen den Tisch das Zeug hochgehen lassen könnte.«

»Ich finde, wir sollten die ganze Sache abblasen«, sagte Janet. »Du gehst zu weit.«

»Da bin ich anderer Meinung«, erwiderte Sean. »Außerdem bin ich derjenige, der hier etwas tut, nicht du.«

»Aber ich bin beteiligt«, sagte Janet. »Wahrscheinlich macht mich schon meine bloße Anwesenheit zur Komplizin.«

»Wenn alles erledigt ist, wird Brian sich darum kümmern«, sagte Sean. »Vertrau mir.«

Janets Aufmerksamkeit wurde von dem Pärchen in dem Glaskasten abgelenkt. »Du hättest die Masons nicht allein lassen dürfen«, sagte sie. »Dr. Mason macht gerade einen Anruf.«

»Gut«, meinte Sean. »Ich habe fest damit gerechnet, daß er das tut. Ich hoffe sogar, er ruft die Polizei. Ich will hier einen Riesenzirkus, verstehst du.«

Janet starrte ihn an. Zum ersten Mal dachte sie, daß er möglicherweise einen Nervenzusammenbruch hatte. »Sean«, sagte sie sanft, »ich habe das Gefühl, die letzten Tage waren vielleicht ein bißchen viel für dich. Der Druck und alles.«

»Ganz im Ernst«, sagte Sean. »Ich will die reinste Karnevalsstimmung. Dann sind wir viel sicherer. Das letzte, was ich gebrauchen kann, ist irgendein frustriertes Einsatzkommando oder Robert Harris, der mit einem Messer im Mund durch die Luftschächte kriecht, weil er unbedingt ein Held sein will. Das sind die Situationen, in denen Menschen verletzt werden. Ich will, daß Polizei und Feuerwehr sich vor dem Gebäude postieren und sich ratlos den Kopf kratzen, aber ihre Möchtegern-Paladine in Schach halten. Ich möchte, daß sie für mindestens vier Stunden denken, ich sei wahnsinnig.«

»Ich verstehe dich nicht«, sagte Janet.

»Das wirst du schon noch«, versicherte Sean ihr. »In der Zwischenzeit habe ich Arbeit für dich. Du hast mir doch erzählt, daß du dich mit Computern auskennst. Lauf hoch in die Verwaltung im siebten Stock.« Sean gab ihr den Ring mit den Schlüsseln. »Geh zu dem Glaskasten, den wir gesehen haben, als wir die Akten kopiert haben, wo der Computer das Programm mit den neunstelligen Zahlen hat durchlaufen lassen. Ich glaube, diese Zahlen sind Sozialversicherungsnummern. Und dann die Telefonnummern! Ich glaube, das waren die Nummern von Krankenversicherungen. Sieh zu, ob sich das bestätigen läßt. Und dann versuche, in den Forbes-Hauptrechner zu kommen. Ich möchte, daß du dir die Dienstreisen der Klinikmitarbeiter ein wenig genauer ansiehst. Vor allem die von Deborah Levy und Margaret Richmond.«

»Kannst du mir nicht erklären, warum ich das alles tun soll?« fragte Janet.

»Nein«, sagte Sean. »Es ist wie bei einer Zweitstudie zu Kontrollzwecken. Ich möchte, daß du ganz objektiv bist.«

Seans manische Energie war eigenartig faszinierend – und ansteckend. Janet nahm die Schlüssel und ging zum Treppenhaus. Sean winkte ihr nach und zeigte ihr den nach oben gestreckten Daumen. Was immer auch die Lösung dieses wahnwitzigen und gewalttätigen Abenteuers sein würde, in vier bis fünf Stunden würde sie es wissen.

Bevor er sich an die Arbeit machte, nahm Sean das Telefon, wählte Brians Bostoner Nummer und hinterließ eine lange Nachricht. Er entschuldigte sich dafür, ihn geschlagen zu haben. Dann erklärte er ihm für den Fall, daß irgend etwas drastisch schief lief, was seiner Ansicht nach am Forbes-Zentrum vor sich ging. Er brauchte ungefähr fünf Minuten.

Normalerweise verbrachte Lieutenant Hector Salazar vom Police Department in Miami seine Sonntagnachmittage damit, die Berge von Papierkram zu erledigen, die an einem typisch hektischen Samstagabend in Miami so produziert wurden. Sonntage waren in aller Regel ruhig. Ein paar Verkehrsunfälle machten den Großteil der anfallenden Arbeit aus, und die konnten auch die uniformierten Streifenbeamten und ihre Sergeants erledigen. Am frühen Abend, wenn die Football-Spiele vorbei waren, kam es bisweilen zu einem kurzen Aufflackern häuslicher Streitigkeiten, und es ließ sich manchmal nicht vermeiden, daß er als leitender Beamter mit zum Einsatz mußte, also wollte er so viel wie möglich erledigt haben, wenn das Telefon zum ersten Mal klingelte.

Wohl wissend, daß das Spiel der Miami Dolphins noch im Gange war, nahm Hector den Telefonanruf, der um fünfzehn Uhr fünfzehn von der Zentrale durchgestellt wurde, recht gelassen entgegen.

»Sergeant Anderson hier«, sagte eine Stimme. »Ich befinde mich im Klinikgebäude des Forbes-Krebszentrums. Wir haben ein Problem.«

»Worum geht's?« fragte Hector, und sein Stuhl quietschte, als er sich zurücklehnte.

»Wir haben hier einen Typ, der sich mit zwei oder drei Geiseln im Forschungsgebäude gegenüber verschanzt hat«, sagte Anderson. »Er ist bewaffnet. Außerdem ist auch noch von irgendeiner Bombe die Rede.«

»Himmel Herrgott!« rief Hector, während die Vorderbeine seines Stuhls auf den harten Fußboden krachten. Aus Erfahrung wußte er, wieviel Papierkram eine derartige Konstellation bedeuten konnte. »Ist sonst noch jemand in dem Gebäude?«

»Wir glauben nicht«, sagte Anderson. »Zumindest laut Angaben des Wachpostens nicht. Was die Sache noch schlimmer macht, die Geiseln sind VIPs, der Direktor des Zentrums, Dr. Randolph Mason, und seine Frau Sarah.«

»Haben Sie die Umgebung abgesichert?« fragte Hector. Seine Gedanken rasten bereits voraus. Der Einsatz würde ein heißes Eisen werden. Dr. Randolph Mason war in Miami eine bekannte Persönlichkeit.

»Wir sind gerade dabei«, sagte Anderson. »Wir sperren das Gelände um das Gebäude weiträumig ab.«

»Schon irgendwelche Medienfritzen aufgetaucht?« fragte Hector. Manchmal waren die Journalisten schneller am Tatort als die angeforderten Polizeikräfte, weil sie in ihren Redaktionen den Polizeifunk abhörten.

»Noch nicht«, erwiderte Anderson. »Deswegen rufe ich auch über diese Leitung an. Aber wir erwarten ihren Ansturm jede Minute. Der Name des Geiselnehmers ist Sean Murphy. Er ist ein Medizinstudent, der in der Klinik arbeitet. Bei ihm ist eine Krankenschwester namens Janet Reardon. Wir wissen nicht, ob sie eine Komplizin oder eine Geisel ist.«

»Was haben Sie eben mit ›irgendeiner‹ Bombe gemeint?« fragte Hector.

»Er hat eine große Flasche Nitroglyzerin zusammengemixt«, sagte Anderson. »Sie liegt auf Eis in dem Raum, in dem sich die Geiseln befinden. Wenn es gefroren ist, kann sogar eine zuschlagende Tür eine Explosion auslösen. Behauptet zumindest Dr. Mason.«

»Sie haben mit den Geiseln gesprochen?« fragte Hector.

»Oh, ja«, erwiderte Anderson. »Dr. Mason hat mir erzählt, daß er und seine Frau sich zusammen mit dem Nitro in einem Glaskasten befinden. Sie haben furchtbare Angst, sind jedoch bisher unverletzt und haben Zugang zu einem Telefon. Er sagt, er kann den Täter sehen. Aber das Mädchen ist verschwunden. Er weiß nicht, wohin sie gegangen ist.«

»Und was macht Murphy?« fragte Hector. »Hat er schon irgendwelche Forderungen gestellt?«

»Bisher nicht«, sagte Anderson. »Offenbar ist er mit irgendeiner Art Experiment beschäftigt.«

»Ein Experiment? Was soll das heißen?« fragte Hector.

»Keine Ahnung«, erwiderte Anderson. »Ich wiederhole

nur, was Dr. Mason gesagt hat. Es hat den Anschein, als sei Murphy verärgert, weil man ihm die Mitarbeit an einem bestimmten Projekt verwehrt hat. Vielleicht arbeitet er daran. Er ist jedenfalls bewaffnet. Dr. Mason sagt, er hätte vor ihren Augen eine Waffe gezogen, als er in ihr Haus eingedrungen ist.«

»Was für eine Waffe?«

»Nach Dr. Masons Beschreibung klingt es wie eine 38er Detective Special«, sagte Anderson.

»Sorgen Sie dafür, daß das Gebäude abgesichert wird«, sagte Hector. »Ich will, daß niemand rein oder raus kommt. Haben Sie mich verstanden?«

»Jawohl, Sir«, erwiderte Anderson.

Nachdem er Anderson versprochen hatte, in ein paar Minuten am Tatort zu sein, machte Hector noch drei Anrufe. Zuerst alarmierte er ein Team, das besonders für die Verhandlungen mit Geiselnehmern geschult war, und sprach mit dem Leiter, einem gewissen Ronald Hunt. Als nächstes rief er den diensthabenden Kommandanten des mobilen Einsatzkommandos, George Loring, an. Zuletzt benachrichtigte er Phil Darell, den Leiter des Sprengstoff-Kommandos. Allen dreien erklärte er, daß sie ihre Mannschaft zusammentrommeln und am Forbes-Krebszentrum versammeln sollten, wo er sie erwarten würde.

Hector hievte seine zweihundert Pfund Lebendgewicht aus dem Schreibtischstuhl. Er war ein untersetzter Mann und als Twen das reinste Muskelpaket gewesen. Mit Anfang Dreißig hatte sich ein gut Teil dieser Muskeln in Fett verwandelt. Mit seinen fleischigen, schaufelartigen Händen steckte er die üblichen Polizeiutensilien in seinen Gürtel, die er abgelegt hatte, als er sich an seinen Schreibtisch gesetzt hatte. Er wollte gerade seine kugelsichere Weste überstreifen, als das Telefon erneut klingelte. Es war der Chief, Mark Whitman.

»Ich habe gehört, es gibt eine Geiselnahme«, sagte Chief Whitman.

»Ja, Sir«, stotterte Hector. »Ich bin eben informiert worden. Wir haben die nötigen Einsatzkräfte mobilisiert.«

»Fühlen Sie sich der Situation gewachsen?« fragte Chief Whitman.

»Ja, Sir«, erwiderte Hector.

»Sind Sie sicher, daß nicht lieber ein Captain den Einsatz leiten soll?« fragte Whitman.

»Ich denke, es wird keine Probleme geben, Sir«, sagte Hector.

»Okay«, sagte Chief Whitman. »Aber Sie müssen wissen, daß ich bereits einen Anruf vom Bürgermeister hatte. Wir haben es hier mit einer politisch sensiblen Situation zu tun.«

»Ich werde das berücksichtigen«, sagte Hector.

»Ich will, daß dieser Einsatz strikt nach Vorschrift läuft«, sagte Withman.

»Jawohl, Sir«, erwiderte Hector.

Entschlossen machte sich Sean an die Arbeit. Er wußte, daß seine Zeit begrenzt war, also bemühte er sich um größtmögliche Effektivität und versuchte, immer einen Schritt voraus zu denken. Als erstes ging er in den sechsten Stock und kontrollierte das automatische Peptid-Analysiergerät, das er am Samstag gestartet hatte, um die Aminosäuresequenzen zu bestimmen. Er befürchtete, daß man den Arbeitsvorgang möglicherweise unterbrochen hatte, weil Deborah Levy ihm kurz nach Inbetriebnahme des Apparats die Leviten gelesen hatte. Aber weder die Maschine noch seine Probe waren angetastet worden. Er riß den Ausdruck aus dem Drucker.

Als nächstes holte er zwei hitzestabile Mikrotiterplatten vom sechsten in den fünften Stock, die ihn heute nachmittag beschäftigen sollten. Man benutzte sie bei der Durchführung einer Polymerase-Kettenreaktion.

Nachdem er kurz bei den Masons hereingeschaut hatte, die offenbar die meiste Zeit damit verbrachten, sich darüber zu streiten, wessen Schuld es war, daß sie überhaupt als Geiseln genommen worden waren, begann Sean mit der eigentlichen Arbeit.

Zunächst ging er die Ergebnisse der Peptid-Analyse auf dem Computer-Ausdruck durch. Die Resultate waren frappierend. Die Aminosäuresequenzen der Antigen Bindungsstellen von Helen Cabots und Louis Martins Medikament waren identisch. Die Immunglobuline waren identisch, was bedeutete, daß alle Medulloblastom-Patienten zumindest anfangs mit dem gleichen Antikörper behandelt wurden. Diese Information bestätigte Seans Theorie, und er arbeitete noch aufgeregter weiter.

Als nächstes holte er Helens Gehirn und die Ampulle mit dem Liquor aus dem Kühlschrank. Er entnahm eine weitere Probe des Tumorgewebes und deponierte das Organ wieder im Kühlschrank. Nachdem er die Probe in kleine Stückchen geschnitten hatte, gab er diese in Reagenzgläser mit Enzymen, um eine Zellösung der Tumorzellen herzustellen, bevor er die Gefäße in den Inkubator gab.

Während die Enzyme auf das Tumorgewebe einwirkten, begann Sean, kleine Mengen von Helens Liquor in einige der sechsundneunzig Vertiefungen der ersten Mikrotiterplatte zu geben. Dann fügte er ein Enzym namens Reverse Transkriptase hinzu, das man zur Umwandlung von Virus-RNA in DNA benutzt, bevor er in die gleichen Vertiefungen die DNA-Primer-Paare für das St.-Louis-Enzephalitis-Virus gab. Zuletzt fügte er noch die Reagenzien hinzu, die nötig waren, um die Polymerase-Kettenreaktion in Gang zu halten, darunter auch ein hitzestabiles Enzym namens Taq-Polymerase.

Dann wandte er sich wieder der Zellsuspension von Helens Tumor zu und benutzte ein Detergens mit der Bezeichnung NP-40, um Zellen und Zellkerne zu öffnen. Mit aufwendigen Trennverfahren isolierte er anschließend die zellulären Nukleoproteine von den restlichen Zelltrümmern. In einem letzten Schritt trennte er dann DNA von RNA.

Er gab die DNA-Proben in die verbleibenden Vertiefungen der ersten Mikrotiterplatte, bevor er vorsichtig die gepaarten Primer für Onkogene hinzufügte, ein Paar für jede Vertiefung. Danach gab er noch die notwendigen Reagenzien für die Polymerase-Kettenreaktion hinzu und startete den vollbeladenen Apparat.

In jede Vertiefung der zweiten Mikrotiterplatte gab Sean Proben von Helens Tumorzell-DNA. In einem zweiten Durchgang plante er, nach Messenger-RNA von Onkogenen zu suchen. Dafür mußte er eine bestimmte Menge Reverse Transkriptase in jede Vertiefung geben, wie er das schon bei den Proben des Liquors getan hatte. Als er gerade damit beschäftigt war, die Onkogen-Primer-Paare hinzuzufügen, eine überaus mühselige Angelegenheit, klingelte das Telefon.

Zunächst beachtete Sean es gar nicht, weil er annahm, daß Dr. Mason abnehmen würde. Als dieser das jedoch nicht tat, begann das schrille Klingeln ans Seans Nerven zu zerren. Er legte die Pipette aus der Hand und ging zu dem Glaskasten. Ms. Mason saß still vor sich hin brütend auf einem Bürostuhl in der äußersten Ecke. Offenbar hatte sie sich ausgeheult und schniefte jetzt in ihr Papiertaschentuch. Dr. Mason beobachtete nervös den Erlenmeyerkolben in dem Eisbad, besorgt, das Klingeln des Telefons könne eine zu große Erschütterung auslösen.

Sean stieß die Tür auf. »Würden Sie wohl das Telefon abnehmen?« sagte er gereizt. »Wer immer es ist, vergessen

Sie nicht, ihm zu erzählen, daß das Nitroglyzerin kurz vor dem Gefrierpunkt steht.«

Sean schlug die Tür hinter sich zu. Als sie ins Schloß fiel, zuckte Dr. Mason sichtbar zusammen, nahm jedoch gehorsam den Hörer ab. Sean kehrte an seinen Arbeitstisch zurück und pipettierte weiter. Er hatte erst eine weitere Vertiefung gefüllt, als er erneut aus seiner Konzentration gerissen wurde.

»Es ist Lieutenant Hector Salazar von der Polizei«, rief Dr. Mason. »Er möchte mit Ihnen sprechen.«

Sean sah zum Büro. Dr. Mason hatte mit einem Fuß die Tür aufgestoßen und hielt den Hörer in einer, den Apparat in der anderen Hand, wobei er die Telefonschnur hinter sich hergezogen hatte.

»Bestellen Sie ihm, es wird keinerlei Probleme geben, wenn sie noch ein paar Stunden Geduld haben«, sagte Sean.

Dr. Mason sprach leise in den Hörer, bevor er rief: »Er besteht darauf, mit Ihnen persönlich zu sprechen.«

Sean verdrehte die Augen. Er legte die Pipette erneut aus der Hand, ging zu dem Anschluß an der Wand und drückte auf einen blinkenden Knopf.

»Ich bin zur Zeit sehr beschäftigt«, sagte er ohne jede Vorrede.

»Ganz ruhig«, sagte Hector besänftigend. »Ich weiß, Sie sind erregt, aber alles wird gut werden. Neben mir steht jemand, der ein paar Worte mit Ihnen wechseln möchte. Sein Name ist Sergeant Hunt. Wir wollen die Sache nur vernünftig regeln. Das wollen Sie doch bestimmt auch.«

Sean wollte etwas einwenden, kam jedoch nicht dazu. Statt dessen ertönte Sergeant Hunts schroffe Stimme.

»Ich will, daß Sie ganz ruhig bleiben«, sagte er.

»Das dürfte ein bißchen schwierig werden«, erwiderte Sean. »Ich habe sehr viel zu tun und nur sehr wenig Zeit.«

»Niemandem wird etwas geschehen«, sagte Sergeant Hunt. »Wie wär's, wenn Sie runterkommen, damit wir uns unterhalten können.«

»Tut mir leid«, sagte Sean.

»Ich habe gehört, Sie sind wütend, weil Sie nicht an einem bestimmten Projekt mitarbeiten durften«, sagte Sergeant Hunt. »Lassen Sie uns darüber reden. Ich verstehe, daß einen das ziemlich wütend machen kann. Vielleicht wollen Sie sich sogar an den Verantwortlichen rächen. Doch wir sollten auch darüber reden, daß das gewaltsame Festhalten von Menschen gegen ihren Willen eine schwere Straftat ist.«

Sean mußte lächeln, als ihm klar wurde, daß die Polizei annahm, er habe die Masons als Geiseln genommen, weil man ihm die Mitarbeit an dem Medulloblastom-Projekt verwehrt hatte. In gewisser Weise lagen sie damit gar nicht so falsch.

»Ich weiß Ihre Sorge wirklich zu schätzen und freue mich, daß Sie da sind«, sagte Sean. »Aber ich habe jetzt keine Zeit für lange Gespräche. Ich muß zurück an die Arbeit.«

»Sagen Sie uns einfach, was Sie wollen«, sagte Sergeant Hunt.

»Zeit«, erwiderte Sean. »Ich will nur ein bißchen Zeit. Zwei bis drei, maximal vier Stunden.«

Und mit diesen Worten legte er auf, kehrte an seinen Arbeitstisch zurück, nahm die Pipette zur Hand und machte sich wieder an die Arbeit.

Ronald Hunt war ein etwa ein Meter achtzig großer Mann mit roten Haaren. Mit siebenunddreißig Jahren war er bereits seit fünfzehn Jahren im Polizeidienst, seit seinem College-Abschluß. Er hatte im Hauptfach Kriminalistik studiert, jedoch im Nebenfach auch eine Reihe von Kursen in

Psychologie belegt. Als eine entsprechende Stelle frei wurde, hatte er die Gelegenheit ergriffen, Psychologie und Ermittlungsarbeit miteinander zu verbinden, und war Mitglied des Sondereinsatzteams für die Verhandlung mit Geiselnehmern geworden. Obwohl er seine Talente nicht annähernd so oft zum Einsatz bringen konnte, wie er sich das gewünscht hätte, genoß er die Herausforderung des Ernstfalls. Es hatte ihn sogar motiviert, an der Universität von Miami weitere Abendkurse in Psychologie zu belegen.

Sergeant Hunt hatte alle seine bisherigen Einsätze zu einem erfolgreichen Abschluß gebracht und dabei ein gesundes Selbstvertrauen in seine Fähigkeiten entwickelt. Nach der unblutigen Beendigung der letzten Geiselnahme, bei der ein unzufriedener Angestellter einer Limonadenfabrik drei Kolleginnen in seine Gewalt gebracht hatte, hatte Ronald sogar eine offizielle Belobigung für seine Verdienste bekommen. Daß Sean Murphy ihr Gespräch jetzt so rüde unterbrochen hatte, war ein Schlag gegen sein Ego.

»Der Schnösel hat einfach aufgelegt!« empörte er sich.

»Hat er gesagt, was er will?« fragte Hector.

»Zeit«, antwortete Ron.

»Was soll das heißen, Zeit?« fragte Hector. »Will er in die Zeitung oder was?«

»Nein«, sagte Ron. »Einfach nur Zeit. Er hat mir erklärt, er müsse weiterarbeiten. Offenbar ist er mit dem Projekt beschäftigt, an dem er nicht mitarbeiten durfte.«

»Was für ein Projekt?« fragte Hector.

»Ich weiß es nicht«, erwiderte Ron und drückte auf den Wahlwiederholungsknopf seines tragbaren Telefons. »Ich kann nicht mit ihm verhandeln, wenn wir nicht reden.«

Lieutenant Hector Salazar und Sergeant Ronald Hunt standen hinter drei blau-weißen Streifenwagen der Polizei von Miami auf dem Parkplatz direkt gegenüber dem Eingang zum Forbes-Forschungsgebäude. Die Wagen waren in einem U geparkt, dessen offene Seite dem Gebäude abgewandt war. In der Mitte hatte man eine Mini-Kommandozentrale mit Klapptisch, diversen Telefonen und Funkgeräten eingerichtet.

Die Zahl der im Einsatz befindlichen Polizeikräfte war mittlerweile stark angewachsen. Zunächst waren es nur vier Beamte gewesen: die beiden Streifenpolizisten, die nach dem Notruf als erste am Tatort gewesen waren, sowie ihr Sergeant und sein Partner. Jetzt war es eine richtige kleine Menschenansammlung. Neben Dutzenden von uniformierten Beamten, darunter Hector, gab es noch ein zweiköpfiges Verhandlungsteam, fünf Beamte des Sprengstoffkommandos und ein zehn Mann starkes mobiles Einsatzkommando, das sich ein wenig abseits mit gymnastischen Übungen warm hielt.

Neben der Polizei waren als Vertreter des Forbes-Zentrums Deborah Levy, Margaret Richmond und Robert Harris anwesend. Man hatte sie zwar in die Nähe der Einsatzzentrale vorgelassen, sie jedoch gebeten, sich ein wenig abseits zu halten. Jenseits der Absperrung hatte sich eine Menge Schaulustiger, einschließlich Vertreter diverser örtlicher Medien, versammelt. Übertragungswagen von lokalen TV-Stationen parkten mit ausgefahrenen Antennen so nahe wie möglich an der Absperrung. Reporter mit Mikrophonen durchkämmten, gefolgt von Kamerateams, die Menge nach möglichen Interviewpartnern, die irgend etwas zu dem im Innern des Gebäudes ablaufenden Drama sagen konnten.

Während die Menge der Schaulustigen weiter anschwoll, versuchte die Polizei, ihre Arbeit zu machen.

»Dr. Mason sagt, daß Mr. Murphy sich rundweg weigert, noch einmal ans Telefon zu kommen«, sagte Ron, augenscheinlich gekränkt.

»Versuchen Sie es weiter«, riet Hector ihm, bevor er

sich Anderson zuwandte und sagte: »Ich kann mich doch darauf verlassen, daß alle Ein- und Ausgänge bewacht werden.«

»Alles unter Kontrolle«, versicherte Anderson ihm. »Niemand kommt rein oder raus, ohne daß wir davon erfahren. Außerdem haben wir auf dem Dach der Klinik Scharfschützen postiert.«

»Was ist mit der Fußgängerbrücke zwischen den beiden Gebäuden?« fragte Hector.

»Wir haben auf der Klinikseite einen Mann postiert«, sagte Anderson. »Bei diesem Einsatz wird es garantiert keine Überraschungen geben.«

Hector machte Phil Darell ein Zeichen, herüberzukommen. »Was ist jetzt mit dieser Bombe?« fragte er.

»Die Geschichte ist ein wenig unorthodox«, meinte Phil. »Ich habe mit dem Arzt gesprochen. Es handelt sich um einen Glaskolben mit Nitroglyzerin, nach Dr. Masons Schätzung etwa zwei- bis dreihundert Kubikzentimeter. Das Gefäß liegt in einem Eisbad. Offenbar kommt Murphy in regelmäßigen Abständen rein und füllt neues Eis nach. Der Doktor ist jedesmal ganz panisch vor Angst.«

»Ist das ein großes Problem?« fragte Hector.

»Ja, das ist es«, sagte Phil. »Vor allem, solange das Zeug in festem Zustand ist.«

»Könnte das Zuschlagen einer Tür die Explosion auslösen?« wollte Hector wissen.

»Wahrscheinlich nicht«, antwortete Phil. »Aber ein heftiges Schütteln des Kolbens möglicherweise. Und wenn er hinfällt, geht das Zeug garantiert hoch.«

»Aber ihr habt die Lage im Griff?«

»Absolut«, sagte Phil.

Als nächstes winkte Hector Deborah Levy zu sich.

»Soweit ich weiß, sind Sie die verantwortliche Leiterin der Forschungsabteilung hier?«

Dr. Levy nickte.

»Was glauben Sie, was der Bursche da drinnen treibt?« fragte Hector. »Er hat unserem Verhandlungsführer erklärt, er brauche Zeit zum Arbeiten.«

»Arbeiten!« sagte Dr. Levy abfällig. »Wahrscheinlich sabotiert er da oben unsere gesamte Forschungsarbeit. Er ist wütend, weil wir ihm die Mitarbeit an einem unserer therapeutischen Projekte verboten haben. Er hat keinerlei Respekt vor irgendwem oder -was. Ich hatte, offen gestanden, von Anfang an den Eindruck, daß er eine gestörte Persönlichkeit hat.«

»Ist es denkbar, daß er jetzt an diesem speziellen Projekt arbeitet?« fragte Hector.

»Völlig ausgeschlossen«, erklärte Dr. Levy. »Das Projekt ist bereits in der klinischen Erprobungsphase.«

»Sie glauben also, daß er da oben nur Ärger machen will«, sagte Hector.

»Ich weiß, daß er Ärger macht!« sagte Dr. Levy. »Ich finde, Sie sollten da reingehen und ihn rausholen.«

»Die Sicherheit der Geiseln hat für uns oberste Priorität«, erklärte Hector.

Er wollte sich gerade mit George Loring und den Männern vom Einsatzkommando besprechen, als einer der uniformierten Streifenbeamten seine Aufmerksamkeit erregte.

»Dieser Mann besteht darauf, mit Ihnen zu sprechen«, sagte der Polizist. »Er behauptet, der Bruder des Geiselnehmers zu sein.«

Brian stellte sich vor und erklärte, er sei Anwalt aus Boston.

»Haben Sie eine Ahnung, was da drinnen vor sich geht?« fragte Hector.

»Nein, leider nicht«, erwiderte Brian. »Aber ich kenne meinen Bruder. Er ist zwar schon immer recht stur gewesen, aber so etwas würde er nie tun, wenn er nicht einen verdammt guten Grund dafür hätte. Ich will nur sichergehen, daß Ihre Leute keine überstürzten Maßnahmen ergreifen.«

»Eine bewaffnete Geiselnahme und eine Bombendrohung sind mehr als nur stur«, sagte Hector. »Ich würde sagen, sein Verhalten charakterisiert ihn als instabil, unberechenbar und gefährlich. Und davon müssen wir bei all unseren Aktionen ausgehen.«

»Ich gebe zu, sein Verhalten wirkt reichlich verwegen«, räumte Brian ein. »Aber im Grunde genommen ist Sean ein sehr rationaler Mensch. Vielleicht sollte ich mit ihm reden.«

»Meinen Sie, er würde auf Sie hören?« fragte Hector.

»Ich glaube schon«, sagte Brian, obwohl er noch immer die Nachwirkungen der Schläge vor der Mason-Villa spürte.

Hector ließ sich von Ronald Hunt das Telefon geben und überließ es Brian, damit der sein Glück versuchen konnte. Leider nahm niemand ab, nicht einmal Dr. Mason.

»Bis vor ein paar Minuten ist der Doktor noch drangegangen«, sagte Ron.

»Lassen Sie mich reingehen und mit ihm reden«, schlug Brian vor.

Hector schüttelte den Kopf. »Wir haben schon genug Geiseln«, meinte er.

»Lieutenant Salazar«, rief eine Stimme. Hector drehte sich um und sah einen großen, schlanken Weißen mit einem bärtigen, kräftig gebauten Afroamerikaner auf sich zukommen. Der Mann stellte sich als Sterling Rombauer, seinen Begleiter als Wayne Edwards vor. »Ich bin recht gut bekannt mit Ihrem Chief, Mark Whitman«, sagte Sterling, nachdem die Vorstellung beendet war. Dann fügte er noch hinzu: »Wir haben von der Geiselnahme gehört, in die

Sean Murphy verwickelt ist, und sind gekommen, Ihnen unsere Unterstützung anzubieten.«

»Das ist Sache der Polizei«, entgegnete Hector und musterte die Neuankömmlinge argwöhnisch. Er hatte Leute, die ihn einzuschüchtern versuchten, indem sie sich als Busenfreunde seines Chefs ausgaben, noch nie leiden können. Er fragte sich, wie die beiden durch die Absperrung gekommen waren.

»Mein Kollege und ich haben Mr. Murphy einige Tage lang verfolgt«, erklärte Sterling. »Wir sind zur Zeit für das Forbes-Krebszentrum tätig.«

»Haben Sie irgendeine Erklärung für diese Vorfälle?« fragte Hector.

»Wir wissen nur, daß der Typ immer mehr ausgerastet ist«, sagte Wayne.

»Er ist nicht verrückt!« ging Brian dazwischen. »Sean handelt vielleicht manchmal voreilig und unklug, aber er ist nicht verrückt.«

»Wenn jemand am laufenden Band Verrücktheiten begeht«, meinte Wayne, »würde ich sagen, er ist verrückt.«

Im selben Moment duckte sich die gesamte Versammlung, weil ein Hubschrauber, der das Gebäude überflogen hatte, jetzt über dem Parkplatz kreiste. Ohrenbetäubender Lärm erfüllte die Luft, und sie spürten die Vibrationen der dröhnenden Rotorblätter in der Brust. Jedes Staubkorn und alles, was kleiner war als ein Kieselstein, wurde aufgewirbelt, genauso wie einige Papiere auf dem Klapptisch.

George Loring, der Leiter des Einsatzkommandos, kam auf sie zu. »Das ist unser Chopper«, brüllte er Hector ins Ohr. Das Geräusch des Helikopters war ohrenbetäubend. »Ich habe ihn angefordert, damit wir aufs Dach kommen, sobald Sie uns grünes Licht geben.«

Hector hatte Mühe, seine Mütze festzuhalten. »Um

Himmels willen, George«, brüllte er zurück. »Sagen Sie dem verdammten Chopper, er soll verschwinden, bis wir ihn rufen.«

»Jawohl, Sir!« erwiderte George noch immer brüllend. Er zog ein kleines Mikro hervor, das an seine Epauletten geklemmt war, hielt schützend seine Hand darüber und sprach kurz mit dem Piloten. Zur allgemeinen Erleichterung zog der Helikopter eine kurze Schleife, bevor er in Richtung des Hubschrauberlandeplatzes der Klinik abdrehte.

»Wie stellt sich die Lage aus Ihrer Sicht dar?« fragte Hector George, als er sich endlich verständlich machen konnte.

»Ich habe mir die Pläne der einzelnen Stockwerke angesehen«, sagte George. »Der Chef des klinikeigenen Sicherheitsdienstes, übrigens ein überaus kooperativer Mensch, hat sie mir zur Verfügung gestellt«, fügte er noch hinzu und machte Hector auf Robert Harris aufmerksam. »Ich denke, sechs Mann auf dem Dach müßten reichen: drei für jedes Treppenhaus. Der Verdächtige hält sich in einem Labor im fünften Stock auf. Wahrscheinlich würde eine reichen, aber wir würden zur Sicherheit wohl zwei Blendgranaten einsetzen. Das Ganze wäre binnen Sekunden vorbei. Ein Kinderspiel.«

»Was ist mit dem Nitroglyzerin in dem Büro?« fragte Hector.

»Von Nitro hat mir niemand was gesagt«, erwiderte George.

»Es befindet sich in einem Glaskasten«, erklärte Hector.

»Es wäre auf jeden Fall ein unkalkulierbares Risiko«, sagte Phil, der ihr Gespräch mitgehört hatte. »Die Erschütterungen könnten das Nitroglyzerin zur Explosion bringen, wenn es sich in festem Zustand befindet.«

»Scheiß drauf«, meinte George. »Dann machen wir es eben ohne Granaten. Wir können auch so gleichzeitig durch beide Treppenhäuser kommen. Der Terrorist würde nicht mal merken, was ihn trifft.«

»Sean ist kein Terrorist«, sagte Brian, der entsetzt zuhörte.

»Ich würde mich gerne freiwillig für das Einsatzkommando melden«, sagte Harris, der sich jetzt erstmals zu Wort meldete. »Ich kenne das Terrain.«

»Ich bin doch hier nicht der Chef einer Laienspieltruppe«, sagte Hector.

»Ich bin kein Amateur«, erklärte Harris indigniert. »Ich bin in der Armee für Kommandoaktionen ausgebildet und während des Unternehmens Wüstensturm auch mehrfach eingesetzt worden.«

»Ich finde, früher oder später muß etwas geschehen«, sagte Dr. Levy. »Je länger dieser Verrückte da oben zugange ist, desto größer ist der Schaden, den er unseren aktuellen Forschungsprojekten zufügen kann.«

Wieder duckte sich die Runde, als ein weiterer Helikopter eine Schleife über den Parkplatz zog. An seiner Flanke prangte ein »Channel-4-TV«-Aufkleber.

Hector rief Anderson zu, er solle durch die Zentrale bei Channel 4 anrufen lassen, damit die ihren verdammten Helikopter abzogen, bevor er dem Einsatzkommando den Befehl gab, darauf zu schießen.

Trotz des Lärms und allgemeinen Durcheinanders griff Brian sich ein Telefon und drückte auf die Wahlwiederholungstaste. Er betete, daß am anderen Ende jemand abnahm, und seine Gebete wurden erhört. Aber es war nicht Sean. Es war Dr. Mason.

Sean hatte keine Ahnung, wie viele Zyklen er die Proben durchlaufen lassen mußte. Alles, was er brauchte, war eine positive Reaktion in einer der ungefähr einhundertfünfzig Vertiefungen, die er präpariert hatte. Ungeduldig hielt er die erste Maschine nach fünfundzwanzig Umdrehungen an und entnahm die Platte.

Zuerst benutzte er die mit Biotin markierte Sonde und fügte die enzymatischen Reagenzien hinzu, die anzeigten, ob die Sonden in den Vertiefungen mit Helens Liquor reagiert hatten.

Zu Seans Überraschung war bereits die erste Gewebeprobe positiv. Obwohl er davon ausgegangen war, früher oder später eine positive Reaktion zu erzielen, hatte er sie nicht so schnell erwartet. Damit war bewiesen, daß Helen Cabot – genau wie Malcolm Betancourt – sich mitten im Winter mit St.-Louis-Enzephalitis angesteckt hatte, was merkwürdig war, weil die Krankheit üblicherweise von Moskitos übertragen wurde.

Daraufhin wandte Sean seine Aufmerksamkeit den anderen Vertiefungen zu, in denen er die Onkogene nachweisen wollte. Aber bevor er dazu kam, die entsprechenden Sonden hinzuzufügen, wurde er erneut von Dr. Mason gestört. Obwohl das Telefon seit seinem Gespräch mit Sergeant Hunt ununterbrochen geläutet hatte, hatte Sean es ignoriert. Offenbar hatte auch Dr. Mason sich entschlossen, dasselbe zu tun, weil es einige Male schier endlos geklingelt hatte. Schließlich hatte Sean an seinem Anschluß die Klingel abgestellt. Offenbar hatte das Telefon jedoch erneut geläutet, und diesmal hatte Dr. Mason allem Anschein nach auch geantwortet, weil er jetzt die Tür öffnete und Sean zurief, daß sein Bruder am Apparat war.

Obwohl Sean seine Arbeit nur ungern unterbrach, hatte er Brian gegenüber ein so schlechtes Gewissen, daß er das Gespräch entgegennahm. Als erstes entschuldigte er sich dafür, ihn geschlagen zu haben.

»Ich bin bereit, alles zu vergeben und zu vergessen«,

sagte Brian. »Aber du mußt auf der Stelle mit diesem Unsinn aufhören, hier runter kommen und aufgeben.«

»Das kann ich nicht«, sagte Sean. »Ich brauche nur noch eine Stunde, höchstens zwei.«

»Was um Gottes willen machst du da eigentlich?«

»Dir das zu erklären, würde zu lange dauern«, sagte Sean. »Aber es ist eine große Sache.«

»Ich fürchte, du hast keine Vorstellung von dem Spektakel, das du hier verursachst«, sagte Brian. »Mit Ausnahme der Nationalgarde haben sie praktisch alles aufgefahren. Wenn du nicht sofort rauskommst und die Sache beendest, will ich nichts mehr mit dir zu tun haben.«

»Ich brauche nur noch ein bißchen Zeit«, sagte Sean. »Ich verlange ja nicht die Welt.«

»Hier draußen hat sich ein Haufen aktionsgeiler Law-and-Order-Typen versammelt, die es gar nicht erwarten können, das Gebäude zu stürmen«, sagte Brian.

»Dann sorg dafür, daß sie von dem angeblichen Nitroglyzerin erfahren«, sagte Sean. »Das sollte sie von möglichen Heldentaten abhalten.«

»Was meinst du mit ›angebliches Nitroglyzerin‹?« wollte Brian wissen.

»Es ist in der Hauptsache Ethanol mit ein wenig Aceton«, erklärte Sean. »Es sieht aus wie Nitroglyzerin, zumindest genug, um Dr. Mason damit zu täuschen. Du hast doch nicht etwa geglaubt, daß ich ihnen eine Portion echten Sprengstoff zusammengemixt habe, oder doch?«

»Im Moment«, erwiderte Brian, »würde ich dir alles zutrauen.«

»Red ihnen eine Kommandoaktion aus«, sagte Sean. »Verschaff mir noch wenigstens eine Stunde.«

Sean hörte, daß Brian weitere Einwände vorbringen wollte, doch er beachtete ihn nicht. Statt dessen legte er auf und wandte sich wieder der ersten Mikrotiterplatte zu.

Er war noch nicht weit gekommen, als Janet mit einem Packen Computerausdrucke durch die Treppenhaustür kam.

»Die Reisedatei des Forbes-Zentrums aufzuspüren war kein Problem«, sagte sie und drückte Sean den Stapel in die Hand. »Was immer das zu bedeuten hat, Dr. Deborah Levy ist jedenfalls viel unterwegs, allerdings in der Hauptsache zwischen hier und Key West.«

Sean warf einen Blick auf die Ausdrucke. »Ständig auf Achse, die Gute«, meinte er. »Aber guck dir mal all die anderen Städte hier an. Genau, wie ich erwartet hatte. Und was ist mit Margaret Richmond?«

»Keine Reisen nach Key West«, sagte Janet. »Aber dafür durchs ganze restliche Land, wenn auch nur gelegentlich. Sie fliegt etwa einmal im Monat in eine andere Stadt.«

»Und was ist mit dem automatisch durchlaufenden Programm, das wir gesehen haben?« fragte Sean.

»Was das angeht, hattest du recht«, sagte Janet. »Es lief gerade, als ich oben war, also habe ich mir zwei Nummern aufgeschrieben, von denen ich dachte, daß sie Telefonnummern sein könnten. Ich habe versucht, direkt anzurufen, aber es waren die Anschlüsse einer Datenleitung, also habe ich mit Hilfe des Hauptrechners und seines Modems eine Verbindung hergestellt. In beiden Fällen handelt es sich um Krankenversicherungen: Die eine war die Medi-First, die andere die Healthnet.«

»Bingo«, sagte Sean. »Es paßt alles zusammen.«

»Wie wär's, wenn du mich an deiner Erleuchtung teilhaben läßt?« meinte Janet.

»Ich würde wetten, der Computer geht die Kostenvoranschlagsdateien der Krankenversicherungen nach ganz bestimmten Sozialversicherungsnummern durch. In der Woche läuft das Programm immer nur nachts, an Wochenenden auch nachmittags.«

»Du meinst Kostenvoranschläge für Operationen?« fragte Janet.

»Genau das meine ich«, sagte er. »Weil man aus Kostendämpfungsgründen überflüssige operative Eingriffe vermeiden will, verlangen die meisten, wenn nicht alle Krankenversicherer, daß der Arzt oder das Krankenhaus sie im voraus über geplante Operationen informieren. Im Normalfall ist das reine Formsache und wird ziemlich leger gehandhabt. Ich glaube nicht, daß sich die Versicherungen große Sorgen über die Vertraulichkeit der Daten machen. Der Computer da oben druckt die geplanten Wahleingriffe von Patienten mit einer ganz bestimmten Sozialversicherungsnummer aus.«

»Das sind die Nummern, die permanent über den Bildschirm laufen«, sagte Janet.

»Das muß es sein«, erwiderte Sean.

»Aber warum?« fragte Janet.

»Darauf mußt du selbst kommen«, sagte Sean. »Während ich weiter versuchen werde, diese Proben zu hybridisieren, wirst du einen Blick auf die Überweisungsgeschichte der dreiunddreißig Patienten werfen, deren Akten wir kopiert haben. Ich wette, in den meisten wirst du einen Hinweis darauf finden, daß sich der Patient relativ kurz vor der Medulloblastom-Diagnose einem Wahleingriff unterzogen hat. Dann sollst du die Daten der Operationen mit den Reiseplänen von Dr. Levy vergleichen.«

Janet starrte Sean an. Trotz ihrer Erschöpfung begann sie, die Tatsachen mit Seans Augen zu sehen, und begriff langsam, worauf er hinauswollte. Wortlos setzte sie sich mit den Akten und den Computerausdrucken, die sie aus dem siebten Stock mitgebracht hatte, an einen leeren Tisch.

Auch Sean wandte sich wieder seiner Arbeit zu und gab entsprechende Sonden in weitere Vertiefungen. Er war noch nicht weit gekommen, als Dr. Mason ihn erneut unterbrach.

»Meine Frau hat Hunger«, erklärte er.

In seinem Zustand totaler Anspannung lagen Seans Nerven blank. Nach den Ereignissen der letzten achtundvierzig Stunden waren die Masons, vor allem Ms. Mason, einfach zuviel für ihn. Daß sie es wagten, ihn mit ihrem Hunger zu behelligen, ließ Jähzorn in ihm aufwallen. Er legte die Pipette zur Seite und ging entschlossenen Schrittes auf den Glaskasten zu.

Dr. Mason sah ihn kommen und erkannte schnell, in welchem Gemütszustand er sich befand. Er wich zurück.

Sean stieß die Tür zum Glaskasten so heftig auf, daß sie gegen den Türstopper krachte, kam hereingestürmt, schnappte sich den Erlenmeyerkolben aus dem Eisbad und schüttelte ihn. Ein Teil des Inhalts war bereits in festen Zustand übergegangen, und winzige Eisklümpchen klimperten gegen das Glas.

Dr. Mason wurde leichenblaß und zuckte in Erwartung der Explosion unwillkürlich zusammen. Ms. Mason vergrub ihr Gesicht in den Händen.

»Wenn ich noch einen Mucks höre, komme ich und schmeiß den Kolben an die Wand«, brüllte Sean.

Als die erwartete Explosion ausblieb, öffnete Dr. Mason die Augen, und Ms. Mason linste zwischen ihren Fingern hindurch.

»Habt ihr mich verstanden?« fuhr Sean sie an.

Dr. Mason mußte heftig schlucken, bevor er nickte.

Genervt von den Masons und bestürzt über seinen eigenen Wutanfall, machte sich Sean wieder an die Arbeit. Es war nicht leicht, und er mußte sich konzentrieren. Er mußte die richtige Sonde in die richtige Vertiefung geben, und er hatte Primer-Paare und Sonden für mehr als vierzig bekannte Onkogene, eine recht umfangreiche Liste.

Die ersten Proben zeigten keine Reaktion. Sean fragte sich, ob sie nicht genügend Zyklen durchlaufen hatten oder ob sie tatsächlich negativ waren. Als auch die fünfte Probe keine Reaktion zeigte, zeigte er erste Zeichen von Entmutigung. Zum ersten Mal, seit er dieses Drama in Gang gesetzt hatte, begann er, seine eigenen Schlußfolgerungen, die er bisher für absolut unerschütterlich gehalten hatte, ernsthaft anzuzweifeln. Doch dann war die sechste Gewebeprobe positiv. Er hatte ein Onkogen nachgewiesen, das unter der Bezeichnung ERB-2 für Erythroblastosis-Virus bekannt war, ein Virus, dessen natürlicher Wirt Hühner waren.

Bis Janet die Akten ein weiteres Mal durchgegangen war, hatte Sean ein weiteres Onkogen namens V-myc für das Myelocytoma-Virus nachgewiesen, das ebenfalls in Hühnern wächst.

»Das Datum der Operation ist nur bei drei Vierteln der Akten angegeben«, sagte Janet. »Aber in diesen Fällen stimmen sie mit den Daten und Zielorten von Dr. Levys Dienstreisen überein.«

»Halleluja!« rief Sean aus. »Es fügt sich alles zusammen, wie bei einem Puzzle.«

»Ich verstehe nur nicht«, sagte Janet, »was sie in diesen Städten gemacht hat.«

»Praktisch jeder kommt nach einer Operation an den Tropf«, sagte Sean. »Es dient der Flüssigkeitszufuhr, und wenn Komplikationen auftreten, hat man sofort eine Möglichkeit, Medikamente zu verabreichen. Ich vermute, daß Deborah Levy etwas in ihre IV-Lösung injiziert hat.«

»Was?« fragte Janet.

»St.-Louis-Enzephalitis-Virus«, sagte Sean und erklärte Janet, daß er das SLE-Virus in Helen Cabots Liquor nachgewiesen hatte. Außerdem berichtete er, daß Louis Martin ein paar Tage nach seinem Wahleingriff vorübergehend ganz ähnliche neurologische Symptome hatte wie Helen Cabot.

»Und wenn du dir die Akten ansiehst«, fuhr Sean fort, »wirst du vermutlich entdecken, daß die meisten Patienten kurzfristig vergleichbare Beschwerden hatten.«

»Warum haben sie dann keine ausgewachsene Enzephalitis bekommen?« fragte Janet. »Vor allem, wo der Erreger doch durch eine Infusion übertragen wurde?«

»Das ist das wirklich Raffinierte an dem Plan«, erwiderte Sean. »Ich glaube, die Enzephalitis-Viren wurden durch das Einschleusen der Onkogene verändert und in ihrer Virulenz abgeschwächt. Zwei dieser Onkogene habe ich bereits in Helens Tumor entdeckt. Vermutlich werde ich zumindest noch ein weiteres finden. Eine der zur Zeit diskutierten Krebs-Theorien geht davon aus, daß in einer Zelle mindestens drei isolierte Ereignisse auftreten müssen, bevor sie karzinomatös entartet.«

»Wie bist du auf all das gestoßen?« fragte Janet. Das Ganze klang zu kompliziert, zu verwickelt, zu komplex und vor allem zu schrecklich, um wahr zu sein.

»So nach und nach«, sagte Sean. »Leider habe ich viel zu lange gebraucht. Vermutlich war mein Anfangsverdacht zu schwach, an so etwas habe ich wirklich als letztes gedacht. Aber nachdem du mir erzählt hattest, daß sie vom ersten Tag an eine Immuntherapie mit einem ganz bestimmten Mittel durchführen, dachte ich, daß irgend etwas nicht stimmen konnte, weil es allem widersprach, was ich je über spezifische Immuntherapien gelernt habe. Man braucht Zeit, um Antikörper zu entwickeln, und jeder Tumor hat seine einzigartige Antigenität.«

»Aber erst bei den Betancourts hast du dann angefangen, dich völlig merkwürdig aufzuführen«, sagte Janet.

»Weil Malcolm Betancourt die Abfolge so betont hat«, erklärte Sean. »Wahleingriff, neurologische Symptome und dann der Hirntumor. Bei Helen Cabot und Louis Martin war es genau das gleiche. Bis ich Malcolms Geschichte hörte, war mir die Bedeutung dieser Tatsache nicht aufgefallen. Wie einer meiner Professoren immer gesagt hat, wenn man die Anamnese mit größter Sorgfalt erledigt, ist man normalerweise in der Lage, eine Diagnose zu stellen.«

»Du glaubst also, Mitarbeiter des Forbes-Krebszentrums wären in der Weltgeschichte rumgereist und hätten die Leute mit Krebs infiziert«, sagte Janet, wobei sie sich regelrecht zwingen mußte, ihre grausame Befürchtung in Worte zu fassen.

»Eine ganz bestimmte Art von Krebs«, sagte Sean. »Eines der viralen Onkogene, die ich identifiziert habe, codiert ein die Zellmembran durchspannendes Protein. Da es homolog ist zu dem Protein, das den Rezeptor für das Wachstumshormon bildet, funktioniert es, als würde man einen Schalter anknipsen, um das Zellwachstum und die Zellteilung anzuregen. Außerdem ist der Teil, der die Zellmembran überragt, ein Peptid mit wahrscheinlich antigenischen Eigenschaften. Ich vermute, daß das Immunglobulin, das sie den Patienten geben, ein Antikörper für diesen extrazellulären Anteil des ERB-2-Onkoproteins ist.«

»Da komme ich nicht mehr mit«, gestand Janet.

»Versuch es doch mal«, sagte Sean. »Vielleicht kann ich es dir zeigen. Es dauert nur ein paar Minuten, weil ich aus dem Labor in Key West ERB-2-Onkoprotein mitgebracht habe. Wir testen, ob Helen Cabots Medikament darauf reagiert. Erinnerst du dich noch, daß es mir mit keinem natürlichen zellulären Antigen gelungen ist, eine Reaktion auszulösen? Das einzige, worauf es reagiert hat, war ihr Tumor.«

Während Sean schnell einen Immunfluoreszenz-Test vorbereitete, versuchte Janet zu begreifen, was er bisher gesagt hatte.

»Mit anderen Worten«, sagte sie nach einer Weile, »dieser Hirntumor ist deswegen so anders, weil er nicht nur künstlich erzeugt, sondern auch heilbar ist.«

Sean blickte mit erkennbarer Bewunderung von seiner Arbeit auf. »Genau!« sagte er. »Du hast es kapiert. Sie haben einen Krebs mit einem tumorspezifischen Antigen gezüchtet, für das sie bereits einen monoklonalen Antikörper hatten. Dieser Antikörper reagierte mit dem Antigen und übermantelte alle Krebszellen. Dann mußten sie nur noch das Immunsystem *in vivo* und *in vitro* stimulieren, um so viele ›Killerzellen‹ wie möglich zu bekommen. Das einzige kleinere Problem war, daß die Behandlung die Symptome anfangs wegen der unvermeidbaren Entzündung wahrscheinlich verstärkt hat.«

»Und deshalb mußte Helen Cabot sterben«, sagte Janet.

»Das vermute ich zumindest«, sagte Sean. »Die Diagnose in Boston hat sich zu lange hingezogen. Man hätte sie direkt nach Miami überweisen sollen. Das Problem ist nur, daß kein Arzt in Boston glauben kann, daß irgend jemand anders eine bessere Lösung für ein medizinisches Problem haben könnte.«

»Wie konntest du dir all dessen so sicher sein?« fragte Janet. »Zu dem Zeitpunkt, als wir nach Miami zurückgekommen sind, hattest du noch keinen einzigen Beweis. Trotzdem hast du die Masons mit vorgehaltener Waffe hierher verschleppt. Ich würde sagen, du hast verdammt hoch gepokert.«

»Der Groschen ist gefallen, als ich in dem Labor in Key West technische Zeichnungen von Virus-Kapsiden gesehen habe«, erklärte Sean. »Da wußte ich, so mußte es gewesen sein. Dr. Levys Spezialgebiet ist Virologie, mußt du wissen. Die Zeichnungen waren Darstellungen eines spherischen Virus mit ikosaedrischer Symmetrie. Das ist genau die Art von Hülle, die ein SLE-Virus hat. Das aus wissenschaftlicher Sicht wirklich Bemerkenswerte an dieser abgefeimten Verschwörung ist, daß es Deborah Levy offenbar gelungen ist, die Onkogene in die Kapsel des SLE-Virus einzuschleusen. In dem Virus kann es nur Raum für ein Onkogen gegeben haben, weil sie das virale Genom so weit intakt lassen mußte, daß es weiterhin infektiös blieb. Wie sie das gemacht hat, weiß ich nicht. Sie muß zusätzlich zu den Onkogenen auch noch einige retrovirale Gene eingeschleust haben, um die infizierten Zellen dazu zu bringen, die Onkogene in ihre Chromosomen einzubauen. Vermutlich hat sie eine Reihe von Viren durch Onkogene verändert, und nur die Gehirnzellen, die das Pech hatten, alle Onkogene gleichzeitig zu erhalten, wurden zu Krebszellen.«

»Warum ausgerechnet ein Enzephalitis-Virus?« fragte Janet.

»Weil es eine natürliche Affinität zu Nervenzellen hat«, erwiderte Sean. »Wenn sie einen heilbaren Krebs erzeugen wollten, brauchten sie einen Tumor, bei dem sie sich darauf verlassen konnten, daß er sich durch frühe Symptome bemerkbar machen würde. Wie ein Hirntumor. Rein wissenschaftlich ist das Ganze durchaus folgerichtig.«

»Diabolisch wäre wohl die treffendere Bezeichnung«, meinte Janet.

Sie warf einen Blick zum Glaskasten, in dem Dr. Mason nervös auf und ab lief, wobei er sorgfältig darauf achtete, den Tisch mit dem Kolben im Eisbad zu meiden. »Meinst du, daß er Bescheid weiß?« fragte sie.

»Keine Ahnung«, sagte Sean. »Aber wenn ich raten müßte, würde ich sagen, ja. Es wäre schwierig, ein derart ausgetüfteltes Unternehmen ohne Wissen des Direktors durchzuführen. Unterm Strich war die ganze Maßnahme eine besonders perfide Form der Spendenwerbung.«

»Deshalb haben sie sich auch Vorstandsvorsitzende und

deren Familienangehörige als Zielpersonen ausgesucht«, sagte Janet.

»Das ist meine Vermutung«, bestätigte Sean. »Es ist nicht schwer herauszubekommen, mit welcher Krankenversicherung eine große Firma zusammenarbeitet. Außerdem ist es kein Problem, sich die Sozialversicherungsnummer eines Menschen zu beschaffen, vor allem für halb-öffentliche Einrichtungen und deren Mitarbeiter. Und wenn sie erst die Versicherungsnummer des Versicherten haben, ist es ganz leicht, auch an die seiner Familienangehörigen zu kommen.«

»An dem Abend, als wir die Akten kopiert und das Wort Spender aufgeschnappt haben, ging es um Geld.«

Sean nickte. »In dem Moment ist unsere Phantasie einfach mit uns durchgegangen«, sagte er. »Wir haben vergessen, daß Fachkliniken und ihnen angeschlossene Forschungszentren immer verzweifelter nach Finanzierungsmöglichkeiten Ausschau halten, weil es zunehmend schwieriger wird, an Forschungsgelder der nationalen Gesundheitsbehörde zu kommen. Sich eine Gruppe von wohlhabenden und dankbaren Patienten heranzuzüchten, ist eine clevere Methode, das eigene Überleben bis ins nächste Jahrhundert zu sichern.«

In der Zwischenzeit zeigte der Immunfluoreszenz-Test mit dem ERB-2 und Helen Cabots Medikament eine heftige Reaktion, stärker sogar noch als auf die Tumorzellen. »Da hast du den Beweis!« sagte Sean selbstzufrieden. »Das ist die Antigen-Reaktion, nach der ich gesucht habe.«

Sofort wandte er sich wieder seinen Hunderten von Proben auf den beiden Mikrotiterplatten zu.

»Kann ich dir helfen?« fragte Janet.

»Unbedingt«, sagte Sean. Er zeigte ihr, wie man eine Multipipette bediente, und gab ihr eine Reihe von Onkogen-Sonden, die sie in die Vertiefungen geben sollte.

Gemeinsam waren sie fast eine Dreiviertelstunde beschäftigt. Sie waren nicht nur körperlich völlig am Ende, sondern auch psychisch überreizt angesichts des Ausmaßes der von ihnen vermuteten Verschwörung. Nachdem auch die letzte Vertiefung mit Sonden bestückt und auf ihre Lumineszenz analysiert war, hatten sie zwei weitere Onkogene entdeckt: Ha-ras, benannt nach dem Harvey Sarkom-Virus, und SV 40 Large T, ein Virus, das normalerweise in Affennieren vorkommt. Die RNA-Untersuchung in dem zweiten Apparat, in dem Sean eine quantitative Polymerase-Kettenreaktion hatte durchlaufen lassen, ergab, daß alle Onkogene »mega«-exprimiert waren.

»Der reinste Onkogen-Cocktail!« sagte Sean fast ehrfürchtig und streckte seine müden Glieder. »Jede Nervenzelle, in die diese vier eingeschleust werden, wird garantiert karzinomatös. Dr. Levy hat das Risiko auf ein absolutes Minimum reduziert.«

Janet legte ihre Pipette weg und stützte den Kopf auf ihre Hände. Müde und ohne aufzublicken, fragte sie: »Und was jetzt?«

»Jetzt ergeben wir uns, würde ich meinen«, sagte Sean. Während er über ihre nächsten Schritte nachdachte, warf er einen Blick zum Glaskasten, wo die Masons wieder heftig stritten. Zum Glück dämpfte die Verglasung ihre Stimmen erheblich.

»Und wie machen wir das mit dem Aufgeben?« fragte Janet schläfrig.

Sean seufzte. »Ehrlich gesagt habe ich daran noch keinen Gedanken verschwendet. Es könnte recht knifflig werden.«

Janet blickte auf. »Du mußt doch irgendeine vage Idee gehabt haben, als du diesen Plan ausgeheckt hast.«

»Leider nicht«, gestand Sean. »So weit im voraus denke ich nicht.«

Janet stand auf und trat ans Fenster zum Parkplatz. »Den Zirkus, den du wolltest, hast du jedenfalls bekommen«, sagte sie. »Da unten stehen Hunderte von Menschen, darunter auch eine Truppe in schwarzen Uniformen.«

»Genau die machen mich ja so nervös«, gestand Sean. »Vermutlich ist es ein Einsatzkommando.«

»Vielleicht solltest du die Masons zuerst rausschicken, damit sie denen erklären können, daß wir bereit sind aufzugeben.«

»Das ist eine Idee«, sagte Sean. »Aber du gehst mit ihnen.«

»Dann bleibst du ja ganz alleine hier zurück«, sagte Janet. Sie wandte sich vom Fenster ab und setzte sich wieder. »Das gefällt mir nicht. Nicht, solange da draußen die Typen mit den schwarzen Uniformen rumhängen, denen es in den Beinen kribbelt, den Laden endlich zu stürmen.«

»Das größte Problem ist Helen Cabots Gehirn«, sagte Sean.

»Warum?« fragte Janet und tat einen großen, ziemlich verzweifelten Seufzer.

»Es ist unser einziges Beweisstück«, erwiderte Sean. »Wir dürfen nicht zulassen, daß die Forbes-Leute das Gehirn zerstören, was sie zweifelsohne tun würden, wenn sie Gelegenheit dazu hätten. Ich vermute mal, daß ich mir mit dieser ganzen Sache nicht unbedingt viele Freunde gemacht habe. In der allgemeinen Verwirrung, die nach Beendigung der Geiselnahme bestimmt entstehen wird, könnte das Gehirn in die falschen Hände geraten. Ich wage zu bezweifeln, daß sich irgend jemand die Zeit nehmen wird, sich in Ruhe anzuhören, was ich zu sagen habe.«

»Da hast du wohl recht«, meinte Janet.

»Moment mal!« sagte Sean plötzlich mit neuem Enthusiasmus. »Ich glaube, ich habe eine Idee.«

13

Sonntag, 7. März, 16.38 Uhr

Sean brauchte zwanzig Minuten, um Janet davon zu überzeugen, daß es das beste für sie war, mit den Masons im Glaskasten zu warten. Er hoffte, daß die Darstellung, sie sei zur Teilnahme gezwungen worden, glaubwürdiger wirken würde, wenn man sie ebenfalls für eine Geisel hielt. Janet war skeptisch, doch am Ende gab sie nach.

Nachdem diese Frage entschieden war, packte Sean Helen Cabots Gehirn in Eis und legte es in die Kühlbox, mit der er es auch schon ins Labor transportiert hatte. Mit einer Kordel, die er in einem Vorratsschrank gefunden hatte, bündelte er anschließend die dreiunddreißig kopierten Akten und die Computer-Ausdrucke der Dienstreisen-Datei des Forbes-Krebszentrums zu einem großen Paket. Dann steckte er den Generalschlüssel ein, nahm die Kühlbox in eine, die Akten in die andere Hand und stieg die Treppe zur Verwaltungsabteilung im siebten Stock hoch.

Mit Hilfe des Generalschlüssels verschaffte er sich Zutritt zur Finanzabteilung, wo er die Regale aus dem Lastenaufzug baute und sich mit seinen beiden Paketen hineinzwängte, bevor er sieben Stockwerke tiefer in den Keller fuhr, wobei er sich bemühte, die Ellenbogen angewinkelt zu halten, um sie nicht an den Schachtwänden aufzuschürfen.

Der Aktenlagerraum erwies sich als Problem, weil sich der Lichtschalter direkt neben dem Eingang befand, so daß Sean die gesamte Länge des Raumes in völliger Finsternis durchqueren mußte. Da er sich vage an die Anordnung der

Regale erinnerte, tastete er sich einigermaßen selbstbewußt voran, obwohl er einige Male komplett die Orientierung verlor. Schließlich fand er den zweiten Lastenaufzug, und wenig später fuhr er zwei Stockwerke höher ins Archiv im Klinikgebäude.

Als er die Tür des Lastenaufzugs öffnete, war er dankbar, daß Licht brannte, mußte jedoch feststellen, daß irgend jemand mit gedämpfter Stimme diktierte. Bevor er dem engen Gefährt entstieg, lauschte Sean angestrengt, bis er sicher war, daß die Stimme aus einem kleinen abgetrennten Büro kam, das außer Sichtweite lag. So leise wie möglich kletterte er aus dem Lift und schlich sich, die beiden Pakete unter dem Arm, in den Flur.

Draußen konnte er sofort die Spannung in der Luft spüren. Offensichtlich hatte man die klinische Chemie und die Radiologie über die Geiselnahme im Nachbargebäude informiert; die allgemeine Aufregung bereitete der kleinen Besetzung des Wochenenddienstes fast so etwas wie einen Feiertag. Praktisch alle Mitarbeiter standen an den großen, von der Decke bis zum Boden reichenden Fenstern zum Forschungsgebäude. Für Sean interessierte sich niemand.

Die Fahrstühle meidend, nahm Sean die Treppe ins Erdgeschoß. Als er die Eingangshalle betrat, fühlte er sich sofort sicherer. Zum Glück war gerade Besuchszeit, so daß am Eingang zur Klinik reger Betrieb herrschte. Trotz der sperrigen Pakete, seinem Zweitagebart und seiner zerknitterten Kleidung konnte Sean sich unter die Besucher mischen und das Krankenhaus ungehindert verlassen.

Er überquerte den Parkplatz in Richtung des Forschungsgebäudes und sah die Menschenmenge, die sich anläßlich der von ihm inszenierten Geiselnahme um die Handvoll geparkter Autos, darunter auch sein Jeep, versammelt hatte.

Als er an seinem Isuzu vorbeikam, erwog Sean die Idee,

die Akten und das Gehirn dort zu deponieren, doch er entschied, daß er sie besser direkt an Brian aushändigen würde. Sean war sich sicher, daß sein Bruder trotz seiner Drohung, ihn sitzenzulassen, noch immer dort war.

Die Polizei hatte das gesamte Gebäude weiträumig abgesperrt und ließ die Absperrung von uniformierten Beamten sichern. Sean entdeckte die Einsatzzentrale mit dem Klapptisch, geschützt von drei Streifenwagen. Darum hatten sich einige Dutzend Polizeibeamte versammelt, ein wenig abseits wartete das Einsatzkommando in den schwarzen Uniformen. Einige der Männer hielten sich mit gymnastischen Übungen warm, andere überprüften das eindrucksvolle Waffenarsenal.

An dem Absperrungsband blieb Sean stehen und ließ seinen Blick über die Menge wandern. Er entdeckte Brian sofort, weil er der einzige war, der ein weißes Hemd und gemusterte Hosenträger trug. Er stand ein wenig abseits und war in ein angeregtes Gespräch mit einem Mann mit schwarzer Uniform und geschwärztem Gesicht vertieft.

Sean wandte sich an einen der uniformierten Streifenpolizisten, die die Absperrung bewachten. Er mußte winken, um seine Aufmerksamkeit zu erregen, weil der Mann damit beschäftigt war, sich die Fingernägel zu schneiden.

»Tut mir leid, daß ich stören muß«, sagte er. »Ich bin ein Verwandter des Geiselnehmers, und der Mann, der sich da drüben mit dem Beamten des Einsatzkommandos unterhält, ist mein Bruder«, sagte Sean und zeigte auf Brian. »Ich glaube, ich kann helfen, das Dilemma zu lösen.«

Wortlos hob der Polizist das Absperrungsband an und machte Sean ein Zeichen einzutreten, bevor er sich wieder seiner Maniküre zuwandte.

Sean mied Deborah Levy und Robert Harris, die er neben einem der Streifenwagen entdeckte. Zum Glück blickten sie nicht in seine Richtung. Auch dem Mann, den er in

Key West in den Vorratsschrank gesperrt hatte, ging er wohlweislich aus dem Weg. Es war derjenige, der in Naples an Bord des Sushita-Jets gewartet hatte, und jetzt stand er direkt neben dem Klapptisch.

Als Sean sich seinem Bruder von hinten näherte, bekam er Bruchstücke eines Disputs über die Erstürmung oder Nichterstürmung des Gebäudes mit, wobei es hörbar kontroverse Ansichten gab.

Er tippte Brian auf die Schulter, doch der schüttelte die lästige Störung mit einem desinteressierten Schulterzukken ab. Er brachte gerade ein schlagendes Argument vor und hieb zur Bekräftigung mit der Faust in seine offene Hand. Er setzte seinen engagierten Monolog fort, bis er aus den Augenwinkeln Sean zum ersten Mal neben sich wahrnahm, worauf er mitten im Satz abbrach und mit offenem Mund seinen Bruder anstarrte.

George Loring folgte Brians Blick, hielt Sean für einen zufällig vorbeikommenden Penner und sah wieder Brian an. »Kennen Sie den Kerl?« fragte er.

»Wir sind Brüder«, sagte Sean, während er den völlig perplexen Brian beiseite nahm.

»Was zum Teufel...?« rief Brian.

»Mach jetzt bloß keine Szene!« warnte Sean ihn und zog seinen Bruder noch weiter abseits. »Wenn du immer noch sauer auf mich bist, weil ich dir ein paar verpaßt habe, tut es mir leid. Ich wollte dich nicht schlagen, aber du hast mir praktisch keine andere Wahl gelassen. Du bist wirklich im denkbar unpassendsten Augenblick aufgekreuzt.«

Brian warf rasch einen besorgten Blick zur Einsatzzentrale, die gerade mal zehn Meter entfernt lag, bevor er wieder Sean ansah und fragte: »Was machst du hier?«

»Ich möchte, daß du diese Kühlbox an dich nimmst«, sagte Sean und gab sie ihm. »Und diese Akten. Aber die Kühlbox ist das Wichtigste.«

Brian hatte Mühe, die Akten zu halten. »Wie um alles in der Welt bist du da rausgekommen? Man hat mir versichert, das Gebäude sei völlig abgeriegelt worden. Es sei ausgeschlossen, daß irgend jemand rein- oder rauskommt.«

»Das erzähl ich dir gleich«, sagte Sean. »Aber erst mal zu der Kühlbox. Sie enthält ein Gehirn. Kein besonders hübsches, aber ein wichtiges.«

»Ist das das Gehirn, das du gestohlen hast?« fragte Brian. »Wenn ja, handelt es sich nämlich um Diebesgut.«

»Spar dir deinen juristischen Schwachsinn«, sagte Sean.

»Wessen Gehirn ist es?«

»Das einer Patientin«, sagte Sean. »Und wir brauchen es, um Anklage gegen eine Reihe von Mitarbeitern des Forbes-Krebszentrums zu erheben.«

»Du meinst, es handelt sich um Beweismaterial?«

»Es wird jedenfalls ziemlich viele Leute glatt umhauen«, versprach Sean.

»Aber du kannst nicht nachweisen, daß du der rechtmäßige Besitzer bist«, wandte Brian ein.

»Das wird die Staatsanwaltschaft schon regeln«, sagte Sean. »Gib es bloß nicht aus der Hand. Und die Kopien der Akten sind natürlich auch wichtig.«

»Aber als Beweismaterial sind sie wertlos«, sagte Brian. »Es sind keine beglaubigten Kopien.«

»Verdammt noch mal, Brian«, fuhr Sean ihn an. »Wie gedankenlos von mir, nicht so vorausschauend gewesen zu sein, gleich einen Notar mitzunehmen, als ich sie kopiert habe, aber wir können sie einer Jury trotzdem präsentieren. Außerdem zeigen diese Akten uns auf, was wir durch Zeugenaussagen bestätigen lassen müssen, und dienen gleichzeitig als Versicherung, daß die Originale nicht nachträglich noch geändert werden können.« Sean senkte die Stimme. »Und was machen wir jetzt, um diesen Zirkus zu beenden, ohne daß Menschen, vor allem ich, zu Schaden kommen? Dieses gelangweilte Einsatzkommando macht mir echt Schiß.«

Brian sah sich erneut um. »Ich weiß nicht«, sagte er. »Laß mich überlegen. Du bringst mich ständig aus dem Konzept. Dein Bruder zu sein ist ein Full-Time-Job für mehrere Anwälte. Ich wünschte, ich könnte dich gegen eine nette Schwester eintauschen.«

»Als wir unseren Anteil an Immunotherapy verkauft haben, hast du noch ganz anders geredet«, erinnerte Sean ihn.

»Wir könnten natürlich einfach hier verschwinden«, sagte Brian.

»Was immer du für das Beste hältst«, sagte Sean höflich.

»Aber dann könnte man mich der Komplizenschaft im Anschluß an die Tat beschuldigen«, überlegte Brian.

»Was immer du meinst«, sagte Sean. »Aber ich sollte dir vielleicht noch erzählen, daß Janet da oben ist.«

»Ist sie das reiche Mädchen, mit dem du in Boston ausgegangen bist?« fragte Brian.

»Genau die«, erwiderte Sean. »Sie hat mich überrascht und ist am selben Tag wie ich hier angekommen.«

»Vielleicht solltest du dich doch lieber gleich hier stellen«, überlegte Brian. »Das bringt dir vor Gericht bestimmt Pluspunkte ein. Je länger ich darüber nachdenke, desto besser gefällt mir die Idee. Los, komm, ich werde dich Lieutenant Hector Salazar vorstellen. Er hat hier das Kommando und scheint ein ganz vernünftiger Typ zu sein.«

»Von mir aus«, sagte Sean. »Und laß es uns machen, bevor sich einer der Männer in den schwarzen Uniformen des Sondereinsatzkommandos bei seinen Freiübungen die Leiste zerrt und mich wegen Zeugungsunfähigkeit auf Schadensersatz verklagt.«

»Ich hoffe, du hast eine verdammt gute Erklärung für all das«, warnte Brian ihn.

»Es wird dir die Socken ausziehen«, versicherte Sean ihm.

»Garantiert.«

»Laß mich reden«, sagte Brian, als sie auf den Klapptisch zugingen.

»Ich würde nicht im Traum daran denken dazwischenzufunken«, sagte Sean. »Reden ist das einzige, was du wirklich gut kannst.«

Als sie sich der improvisierten Einsatzzentrale näherten, warf Sean einen kurzen Seitenblick auf Sterling Rombauer, Wayne Edwards und Robert Harris, die ein wenig abseits in ein heftiges Streitgespräch verwickelt waren. Er wandte sich ab, damit sie ihn nicht erkannten und eine Panik auslösten. Doch sie waren zu sehr ins Gespräch vertieft, um ihn überhaupt zu bemerken.

Als Brian hinter Hector Salazars massigem Körper stand, räusperte er sich, um die Aufmerksamkeit des Lieutenants zu erregen, was ihm jedoch nicht gelang. Hector hatte mit George Loring da weiterdiskutiert, wo Brian aufgehört hatte. George drängte auf das OK zum Einsatz, während Hector für Abwarten plädierte.

»Lieutenant!« rief Brian.

»Verdammt noch mal, was ist denn jetzt schon wieder?« brüllte Hector. »Anderson, haben Sie unsere Beschwerde wegen dieses Choppers von Channel 4 durchgegeben? Da kommt das Mistding ja schon wieder.«

Alle Gespräche wurden unterbrochen, als der Helikopter von Channel 4 tief über ihren Köpfen hinwegflog und Richtung Parkplatz abdrehte. Hector zeigte dem Piloten seinen ausgestreckten Mittelfinger, was er, als er es sich später wieder und wieder im Fernsehen anschauen mußte, heftig bereute.

Als der Hubschrauber endlich verschwunden war, gelang es Brian, Hector anzusprechen.

»Lieutenant«, sagte er freundlich. »Ich möchte Ihnen meinen Bruder Sean Murphy vorstellen.«

»Noch ein Bruder« sagte Hector, ohne zu begreifen. »Was ist das denn hier, ein Familientreffen?« Zu Sean gewandt fuhr er fort: »Meinen Sie, daß Sie Einfluß auf Ihren verrückten Bruder da oben in dem Labor haben? Wir müssen ihn dazu bewegen, mit unserem Verhandlungsteam zu reden.«

»Dies ist Sean!« sagte Brian. »Er ist derjenige, der dort oben war. Aber jetzt ist er draußen und möchte sich für den ganzen Ärger, den er gemacht hat, entschuldigen.«

Hector ließ seinen Blick zwischen den beiden hin und her wandern, während er langsam die plötzliche und verblüffende Wendung der Ereignisse zu begreifen begann.

Sean streckte seine Hand aus, und Hector ergriff sie automatisch, noch immer zu perplex, einen Ton herauszubringen. Die beiden Männer schüttelten sich die Hand, als habe man sie gerade auf einer Cocktail-Party miteinander bekannt gemacht.

»Hallo!« sagte Sean und schenkte Hector sein strahlendstes Lächeln. »Ich möchte mich persönlich bei Ihnen für Ihre Mühen bedanken. Sie haben den Tag wirklich gerettet.«

14

Montag, 8. März, 11.15 Uhr

Sean ging als erster durch die Schwingtür des Gerichtsgebäudes von Dade County und genoß dankbar warme Sonne und frische Luft, während er darauf wartete, daß Brian hinter ihm ins Freie trat. Sean hatte die Nacht in einer Arrestzelle verbracht, nachdem man ihn am Vorabend bis auf weiteres in Untersuchungshaft genommen hatte.

»Das war ja schlimmer als mein Physikum«, sagte Sean, als er und Brian die breiten, sonnenüberfluteten Stufen des Gerichtsgebäudes hinabgingen.

»Wenn nicht alles absolut glatt läuft, kannst du dich auf eine langjährige Haftstrafe gefaßt machen«, sagte Brian.

Sean blieb stehen. »Das ist doch nicht dein Ernst, oder?« fragte er alarmiert. »Nicht, nach allem, was ich dir über die Machenschaften der Forbes-Klinik erzählt habe.«

»Die Sache liegt jetzt in den Händen der Justiz«, sagte Brian schulterzuckend. »Wenn der Fall vor ein Geschworenengericht kommt, ist es ohnehin eine Lotterie. Und du hast ja gehört, was der Richter bei deiner Voranhörung gesagt hat. Er war nicht gerade begeistert von dir, obwohl du dich ergeben hast und das Nitroglyzerin kein Nitroglyzerin war. Wenn deine Geiseln geglaubt haben, es wäre Nitroglyzerin, ist es völlig belanglos, was es wirklich war. Du solltest mir lieber danken, daß ich so viel Zeit und Mühen darauf verwandt habe, deine Jugendstrafakte endgültig schließen zu lassen, sonst wärst du wahrscheinlich gar nicht auf Kaution freigekommen.«

»Du hättest dafür sorgen können, daß Kevin Porter dem

Richter die mildernden Umstände erläutert«, beschwerte sich Sean.

»Eine Voranhörung ist kein Prozeß«, sagte Brian. »Es geht nur darum, die formelle Anklage zu hören und auf schuldig oder nicht schuldig zu plädieren. Außerdem hat Kevin durchaus auf die mildernden Umstände hingewiesen, als es um die Festsetzung der Kaution ging.«

»Das ist noch so eine Sache!« empörte sich Sean. »Fünfhunderttausend Dollar! Mein Gott! Wär das nicht auch billiger gegangen? Jetzt liegt unser gesamtes Startkapital für Onkogen auf Eis.«

»Du kannst froh sein, daß du überhaupt auf Kaution rausgekommen bist, Punkt!« sagte Brian. »Guck dir doch mal die Liste der dir zur Last gelegten Vergehen an: Verabredung zur Verübung einer Straftat, schwerer Diebstahl, Einbruch, Einbruch mit einer tödlichen Waffe, Freiheitsberaubung, bewaffneter Menschenraub, mutwillige Zerstörung und Verstümmelung einer Leiche. Himmel Herrgott noch mal, Sean, wie kommt es, daß du Vergewaltigung und Mord ausgelassen hast?«

»Was ist mit dem Distriktstaatsanwalt von Dade County?« wollte Sean wissen.

»Hier unten nennt man ihn den Staatsanwalt des Staates Florida«, sagte Brian. »Ich habe mich gestern abend mit ihm und dem Distriktstaatsanwalt der Bundesbehörden getroffen. Während du im Knast gemütlich geschlafen hast, habe ich mir den Arsch abgearbeitet.«

»Und was haben sie gesagt?«

»Natürlich waren beide sehr interessiert«, sagte Brian. »Aber da ich ihnen keine anderen Beweise als Reiseunterlagen und Kopien von Krankenakten vorlegen konnte, haben sie sich weise zurückgehalten.«

»Was ist mit Helen Cabots Gehirn?« fragte Sean. »Das ist doch ein Beweisstück.«

»Noch nicht«, sagte Brian. »Die von dir durchgeführten Tests müssen wiederholt werden.«

»Wo befindet sich das Gehirn jetzt?« fragte Sean.

»Die Polizei hat es beschlagnahmt«, sagte Brian. »Es befindet sich im Gewahrsam des Gerichtsmediziners von Dade County. Du darfst nicht vergessen, daß es sich um Diebesgut handelt, was seine Anerkennung als Beweismittel noch schwieriger macht.«

»Ich hasse Juristen«, sagte Sean.

»Und ich habe das Gefühl, du wirst sie noch weniger leiden können, wenn die ganze Geschichte vorbei ist«, sagte Brian. »Ich habe heute morgen gehört, daß das Forbes-Zentrum sich angesichts deiner unverantwortlichen und verleumderischen Behauptungen der Dienste eines der erfolgreichsten und berühmtesten Anwälte des Landes sowie der größten Kanzlei von Miami versichert hat. Zahlreiche sehr einflußreiche Persönlichkeiten im ganzen Land sind über deine Vorwürfe empört und überschütten das Forbes-Zentrum mit Geldspenden für die bestmögliche juristische Vertretung. Zusätzlich zu den strafrechtlichen Konsequenzen droht dir eine Flut von Zivilklagen.«

»Daß wichtige Wirtschaftsvertreter sich hinter das Forbes-Zentrum stellen, wundert mich nicht«, erklärte Sean. »Aber diese Menschen werden ihre Meinung noch ändern, wenn sie erfahren, daß die Wundertherapie einen Krebs heilt, den die Forbes-Leute selbst geschaffen haben.«

»Ich hoffe nur, daß du damit auch recht hast«, sagte Brian.

»Ich habe recht«, erklärte Sean mit Bestimmtheit. »Der Tumor, den ich untersucht habe, hat vier Virus-Onkogene. Selbst in einem natürlichen Tumor wäre das eine Sensation.«

»Aber das ist nur ein Tumor von achtunddreißig«, gab Brian zu bedenken.

»Mach dir keine Sorgen«, beruhigte ihn Sean. »In dieser Sache liege ich völlig richtig.«

»Das andere Beweismaterial ist bereits in Zweifel gezogen worden«, sagte Brian. »Das Forbes-Zentrum läßt durch seine Anwälte erklären, daß der Aufenthalt von Dr. Deborah Levy in den betreffenden Städten ein paar Tage, nachdem sich spätere Forbes-Patienten dort einem Wahleingriff unterzogen hatten, reiner Zufall sei.«

»Aber sicher doch«, sagte Sean sarkastisch.

»Das ist nicht völlig von der Hand zu weisen«, meinte Brian. »Zum einen hat sich nicht in allen Fällen eine Übereinstimmung mit ihren Reisedaten ergeben.«

»Dann haben sie eben jemand anders geschickt«, sagte Sean. »Margaret Richmond zum Beispiel. Du mußt sämtliche Reiseunterlagen als Beweismaterial anfordern.«

»Es geht noch weiter«, sagte Brian. »Das Forbes-Zentrum behauptet, daß Dr. Levy als Inspektorin der Ärztekammer unterwegs war. Ich habe das bereits überprüft. Es stimmt. Sie reist häufig durchs Land, um die zur weiteren Zulassung notwendigen Inspektionen der klinischen Labors vorzunehmen. Ich habe auch schon einige der von ihr besuchten Krankenhäuser angerufen. Offenbar hat Dr. Levy tatsächlich Inspektionen vorgenommen.«

»Was ist mit dem Computerprogramm, das nachts die Sozialversicherungsnummern durchlaufen läßt?« fragte Sean. »Das ist doch ziemlich belastend.«

»Das hat das Forbes-Zentrum bereits kategorisch dementiert«, sagte Brian. »Sie behaupten, daß es bei dem regelmäßigen Zugriff auf Dateien der Krankenversicherungen lediglich darum geht, finanzielle Forderungen der Klinik zu regeln. Sie sagen, daß sie sich zu keinem Zeitpunkt Zugriff auf die Kostenvoranschlagsdateien bei Wahleingriffen verschafft hätten. Und die Versicherungsgesellschaften behaupten, ihre Dateien seien zugriffssicher.«

»Natürlich behaupten die Versicherungsgesellschaften das«, meinte Sean. »Wahrscheinlich geht ihnen der Arsch auf Grundeis, daß sie in die zivilrechtliche Seite des Falles hineingezogen werden könnten. Aber was das Programm im Forbes-Zentrum angeht, Janet und ich haben es mit eigenen Augen durchlaufen sehen.«

»Aber es wird schwer zu beweisen sein«, sagte Brian. »Wir müßten das Programm selbst vorlegen können, und sie werden es uns bestimmt nicht geben.«

»Verdammter Mist!« knurrte Sean.

»Das Ganze läuft auf eine rein wissenschaftliche Beweisführung hinaus«, sagte Brian. »Und darauf, ob wir die Geschworenen dazu bringen, die Geschichte zu glauben oder auch nur zu begreifen. Und da bin ich mir nicht so sicher. Es ist schließlich eine ziemlich abgehobene Materie.«

»Wo ist Janet?« fragte Sean, während sie weitergingen.

»Sie sitzt in meinem Wagen«, sagte Brian. »Ihre Anhörung war schon früher und nicht so kompliziert, aber sie wollte das Gebäude so schnell wie möglich verlassen. Das kann ich ihr auch nicht übelnehmen. Diese Erfahrung hat sie ganz schön Nerven gekostet. Im Gegensatz zu dir ist sie solchen Ärger nicht gewöhnt.«

»Sehr witzig«, sagte Sean. »Wird man Anklage gegen sie erheben?«

»Natürlich wird man Anklage gegen sie erheben«, gab Brian zurück. »Glaubst du, die Leute hier unten sind völlig verblödet? Mit Ausnahme des Angriffs mit einer tödlichen Waffe und des bewaffneten Menschenraubs war sie eine Komplizin. Zum Glück schien der Richter der Ansicht zu sein, daß ihr größtes Verbrechen darin besteht, sich mit dir abgegeben zu haben. Sie wurde auf die schriftliche Verpflichtung hin, zum angesetzten Prozeßtermin zu erscheinen, auf freien Fuß gesetzt.«

Als sie sich Brians Mietwagen näherten, sah Sean Janet auf dem Beifahrersitz hocken. Sie hatte den Kopf gegen die Kopfstütze gelehnt und schien zu schlafen. Aber als Sean neben dem Wagen stand, schlug sie die Augen auf. Als sie ihn sah, stieg sie aus und umarmte ihn.

Er erwiderte ihre Umarmung, obwohl es ihm peinlich war, daß sein Bruder direkt daneben stand.

»Alles in Ordnung?« fragte sie, sich aus der Umarmung lösend, die Hand jedoch noch immer um Seans Hals gelegt.

»Bestens, und bei dir?«

»Die Nacht im Gefängnis hat mir die Augen geöffnet«, gestand sie. »Zunächst war ich wohl ein bißchen hysterisch. Aber meine Eltern sind mit unserem Familienanwalt hergeflogen, der das Verfahren nach Kräften beschleunigt hat.«

»Wo sind deine Eltern jetzt?« fragte Sean.

»In ihrem Hotel«, erwiderte Janet. »Sie sind stinksauer, daß ich auf dich warten wollte.«

»Das kann ich mir vorstellen«, sagte Sean.

Brian blickte auf seine Uhr. »Hört mal, ihr zwei«, sagte er. »Dr. Mason hat für zwölf Uhr zu einer Pressekonferenz ins Forbes-Zentrum eingeladen. Ich finde, da sollten wir hingehen. Ich hatte befürchtet, daß wir bei Gericht nicht pünktlich fertig werden, aber wir sind noch früh genug dran. Was meint ihr?«

»Was sollen wir da?« fragte Sean.

»Ich mache mir Sorgen wegen dieses Falles, wie ihr seht«, sagte Brian. »Ich mache mir Sorgen, ob wir hier in Miami einen fairen Prozeß kriegen. Mir wäre es lieber, diese Pressekonferenz würde nicht in eine einzige PR-Arie ausarten, wie sich die Forbes-Leute das wohl vorstellen. Deine Anwesenheit wird ihre rhetorische Verve ein wenig bremsen. Außerdem kannst du dich der Öffentlichkeit gleich als verantwortungsbewußtes Individuum präsentieren, das die von ihm erhobenen Vorwürfe sehr ernst nimmt.«

Sean zuckte die Schultern. »Von mir aus«, sagte er. »Außerdem bin ich neugierig, was Dr. Mason sagt.«

»Ich habe auch nichts dagegen«, sagte Janet.

Wegen des dichten Verkehrs dauerte die Fahrt länger, als Brian erwartet hatte, doch sie kamen noch rechtzeitig. Die Pressekonferenz sollte im Auditorium der Klinik stattfinden, und alle Parkplätze in der Nähe des Krankenhauses waren besetzt. Diverse Übertragungswagen standen in der Feuerwehrauffahrt in der Nähe des Klinikeingangs. Brian mußte ganz um das Forschungsgebäude herumfahren, bis er eine Parklücke gefunden hatte.

Auf dem Weg zur Klinik äußerte sich Brian über das Medieninteresse, das die Affäre hervorgerufen hatte. »Ich muß euch warnen, die Sache ist heiß. Es ist genau die Art Fall, die mindestens so sehr in der Presse wie vor Gericht verhandelt wird. Außerdem haben die Forbes-Leute ein Heimspiel. Seid also nicht überrascht, wenn der Empfang mehr als kühl ausfällt.«

Menschenmassen drängten sich durch den Eingang des Krankenhauses, darunter viele Reporter, unter ihnen leider auch einige, die Sean erkannten. Sie umringten ihn, hielten ihm ihre Mikrophone vors Gesicht und riefen ihm alle gleichzeitig feindselige Fragen zu. Blitzlichter blitzten, TV-Scheinwerfer beleuchteten die Szene. Bis Sean, Brian und Janet sich zum Eingang durchgekämpft hatten, war Sean bereits wütend. Brian mußte ihn davon abhalten, auf einige der Fotografen loszugehen.

Drinnen war es auch nicht viel besser. Die Neuigkeit von Seans Ankunft verbreitete sich wie ein Lauffeuer unter der überraschend großen Zuhörerschaft, und als die drei das Auditorium betraten, hörte Sean, wie die anwesenden Mitarbeiter des Forbes-Zentrums Buhrufe anstimmten.

»Jetzt verstehe ich, was du mit einem kühlen Empfang gemeint hast«, sagte Sean, nachdem sie einen Platz gefunden hatten. »Das ist wohl kaum neutraler Boden hier.«

»Wie ein wütender Mob, der Lynchjustiz fordert«, meinte Brian. »Aber das vermittelt dir eine Vorstellung von der allgemeinen Stimmung gegen dich.«

Die Buhrufe und das wütende Zischen verstummten abrupt, und höflicher Beifall hob an, als Dr. Mason aus den Kulissen der kleinen Bühne trat. Entschlossen schritt er zum Rednerpult und legte einen großen Umschlag darauf. Er faßte das Podium mit beiden Händen und legte den Kopf ein wenig zurück. Seine Haltung und Erscheinung waren absolut professionell, sein klassisch angegrautes Haar perfekt frisiert. Er trug einen dunkelblauen Anzug, ein weißes Hemd und eine konservative Krawatte. Der einzige Farbtupfer war ein lavendelfarbenes, seidenes Einstecktuch in seiner Brusttasche.

»Er sieht aus wie die romantische Klischeevorstellung eines Arztes«, flüsterte Janet. »Wie die im Fernsehen.«

Brian nickte. »Er ist die Art Mann, dem Geschworene für gewöhnlich glauben. Das wird ein harter Kampf.«

Dr. Mason räusperte sich und begann zu sprechen. Seine sonore Stimme erfüllte das kleine Auditorium mühelos. Er dankte allen Anwesenden für ihr Kommen und für ihre Unterstützung des Forbes-Zentrums angesichts der jüngsten Anschuldigungen.

»Werden Sie Sean Murphy wegen Verleumdung verklagen?« rief ein Reporter aus der zweiten Reihe. Doch Dr. Mason mußte die Frage nicht beantworten. Die gesamte Zuhörerschaft brach in ein kollektives Zischen und Murren über die Unhöflichkeit des Kollegen aus. Der begriff sofort und entschuldigte sich matt.

Dr. Mason korrigierte die Lage des Umschlags, während er seine Gedanken ordnete.

»Wie Sie wissen, machen Krankenhäuser und Forschungseinrichtungen zur Zeit eine schwierige Phase durch, vor allem Spezialkliniken, die sich sowohl der Betreuung von Patienten als auch der Forschung verschrieben haben. Pläne und Bestimmungen zur Dämpfung von Kosten im klinischen Bereich greifen nicht an Instituten, die wie das Forbes-Zentrum häufig experimentelle Behandlungsmethoden anwenden. Derartige Therapien sind intensiv und daher auch teuer.

Die Frage lautet also: Woher soll das Geld für diese Behandlungsmethoden kommen? Es gibt Menschen, die meinen, daß dafür staatliche Forschungsmittel zur Verfügung gestellt werden sollten, weil diese Institute ihren Teil zur allgemeinen wissenschaftlichen Forschung beitragen. Doch die öffentlichen Mittel für unsere Forschungsprojekte sind kontinuierlich zurückgegangen, so daß wir gezwungen waren, uns nach anderen Finanzierungsmöglichkeiten umzusehen wie etwa Geldern aus der privaten Wirtschaft und in Ausnahmefällen auch von ausländischen Investoren. Doch auch diese Quellen sind begrenzt, vor allem in Zeiten einer globalen Rezession. An wen also sollen wir uns wenden? Wir haben uns auf die älteste Methode der Welt besonnen: Wir haben auf private Wohltätigkeit gesetzt.«

»Ich fasse es nicht«, flüsterte Sean, »der Typ hört sich an wie der Einpeitscher auf einem Wohltätigkeitsbasar.«

Einige Leute bedachten Sean mit wütenden Blicken.

»Ich habe mein Lebenswerk der Linderung von Leiden geweiht«, fuhr Dr. Mason fort. »Medizin und der Kampf gegen den Krebs haben seit dem ersten Tag meines Studiums meinen Weg bestimmt. Dabei war das Wohl der Menschheit stets treibende Kraft und Ziel zugleich.«

»Jetzt klingt er wie ein Politiker«, flüsterte Sean. »Wann kommt er endlich zur Sache?«

»Ruhe«, zischte jemand hinter ihm.

»Als ich das Angebot, Direktor des Forbes-Zentrums zu werden, annahm«, fuhr Dr. Mason fort, »wußte ich von den finanziellen Schwierigkeiten, in denen diese Institution steckte. Die Wiederherstellung einer soliden finanziellen Basis für unsere Einrichtung war daher ein Ziel, das sich im Einklang befand mit meinem Wunsch, zum Wohle der Menschheit zu arbeiten. Dieser Aufgabe habe ich mich mit Herz und Seele gewidmet. Und wenn ich dabei Fehler begangen habe, dann nicht aus eigennützigen Motiven.«

Es gab vereinzelten Applaus, als Dr. Mason innehielt und das Gummiband löste, das den großen Umschlag verschlossen hielt.

»Das ist reine Zeitverschwendung«, flüsterte Sean.

»Reg dich ab«, erwiderte Brian flüsternd, »das war nur die Einleitung. Ich bin sicher, er wird jetzt zum Kern dieser Pressekonferenz kommen.«

»Jetzt möchte ich mich von Ihnen verabschieden«, sagte Dr. Mason. »Mein tief empfundener Dank gilt all denen, die mir in dieser schwierigen Zeit beigestanden haben.«

»War der ganze Sermon etwa nur die Vorrede zu seiner Rücktrittserklärung?« fragte Sean laut. Das Theater kotzte ihn an.

Doch niemand beantwortete seine Frage. Statt dessen hielt das Publikum entsetzt den Atem an, als Dr. Mason in den Umschlag griff und einen vernickelten 357er Magnumrevolver hervorzog.

Das Gemurmel schwoll an, als einige der ganz vorne Sitzenden aufsprangen, unsicher, ob sie auf Dr. Mason zugehen oder die Flucht ergreifen sollten.

»Ich möchte nicht, daß irgend jemand sich aufregt«, sagte Dr. Mason. »Aber ich...«

Er wollte offensichtlich noch etwas sagen, aber zwei Reporter aus der ersten Reihe gingen langsam auf ihn zu. Dr.

Mason machte ihnen ein Zeichen, Abstand zu halten, doch sie kamen trotzdem näher. Dr. Masons panischer Gesichtsausdruck glich dem eines in die Enge getriebenen Wilds. Alle Farbe war aus seinem Gesicht gewichen.

Zum Entsetzen der Anwesenden führte er den Lauf des Revolvers in seinen Mund und drückte ab. Die Kugel durchschlug seinen harten Gaumen, den flüssigen Teil seines Stammhirns und das Kleinhirn und riß ein fünf Zentimeter großes Stück aus seinem Schädel, bevor sie sich tief in die Holztäfelung hinter dem Podium bohrte. Dr. Mason fiel nach hinten, während die Waffe nach vorn geschleudert wurde, auf dem Boden aufschlug und unter den ersten Sitzreihen hindurchschlitterte, so daß die in der Nähe Sitzenden in alle Richtungen davonstoben.

Einige Menschen schrien, andere weinten, den meisten wurde übel. Janet und Brian wandten den Blick ab, als sich der Schuß löste. Als sie wieder hinsahen, herrschte völliges Chaos. Niemand wußte so recht, was zu tun war. Selbst die Ärzte und Schwestern wirkten ratlos. Denn für Dr. Mason kam jede Hilfe ganz offensichtlich zu spät.

Alles, was Sean, Janet und Brian von ihm sehen konnten, waren seine zur Decke gerichteten Schuhe und sein perspektivisch verzerrter Rumpf. Die Wand hinter dem Podium war mit roten Spritzern übersät, als habe jemand eine Handvoll reife Beeren dagegen geworfen.

Seans Mund war völlig ausgetrocknet. Er hatte Mühe zu schlucken.

In Janets Augen standen Tränen.

Brian murmelte: »Heilige Maria, Muttergottes!«

Alle waren fassungslos. Kaum jemand sagte etwas. Ein paar entschlossene Gemüter, unter ihnen auch Sterling Rombauer, wagten sich vor, um einen genaueren Blick auf Dr. Masons Leiche zu werfen. Doch die meisten Anwesenden blieben wie erstarrt auf ihren Plätzen sitzen – bis auf eine Frau, die plötzlich aufgesprungen war und zum Ausgang drängte. Sean sah, wie sie in ihrer Hast hektisch ein paar Zuschauer beiseite drängte. Er erkannte sie sofort.

»Das ist Dr. Levy«, rief er und sprang ebenfalls auf. »Irgend jemand muß sie aufhalten. Ich wette, sie versucht, außer Landes zu fliehen.«

Brian packte ihn am Arm, um ihn daran zu hindern, ihr nachzusetzen. »Dies ist weder die Zeit noch der Ort, dich als Ritter der Gerechtigkeit aufzuspielen. Laß sie laufen.«

Sean beobachtete, wie Dr. Levy einen Ausgang erreichte und verschwand. Er blickte zu Brian herab und sagte: »Langsam beginnt sich die Scharade zu entschlüsseln.«

»Vielleicht«, erwiderte Brian ausweichend. Sein juristisch geschulter Verstand machte sich Sorgen wegen des Mitleids, das dieses schreckliche Ereignis in der Stadt hervorrufen würde.

Nach und nach begann sich die Menge zu zerstreuen. »Komm«, sagte Brian. »Laß uns gehen.«

Brian, Janet und Sean gingen niedergeschlagen und schweigend zum Ausgang und bahnten sich einen Weg durch die gedämpfte Menschenansammlung, die vor dem Klinikeingang stand. Auf dem Weg zu Brians Wagen versuchte jeder von ihnen, die grausame Tragödie, deren Zeugen sie gerade geworden waren, zu verdauen. Sean sprach als erster.

»Ich muß schon sagen, ein reichlich dramatisches Schuldeingeständnis«, sagte er. »Aber ein treffsicherer Schütze, das muß der Neid ihm lassen.«

»Sean, du bist wirklich taktlos«, sagte Brian. »Und ich kann auf deinen makabren Humor gut verzichten.«

»Danke«, sagte Janet zu Brian und dann an Sean gewandt: »Ein Mensch ist tot. Wie kannst du darüber Witze machen?«

»Helen Cabot ist auch tot«, gab Sean zurück. »Und ihr Tod geht mir sehr viel näher.«

»Beide Tode sollten dir nahegehen«, sagte Brian. »Schließlich könnte man Dr. Masons Selbstmord auch auf die schlechte Presse zurückführen, die das Forbes-Zentrum dank deiner Person bekommen hat. Der Mann hatte allen Grund, deprimiert zu sein. Sein Selbstmord war nicht notwendigerweise ein Schuldgeständnis.«

»Einen Moment mal«, sagte Sean und blieb stehen. »Willst du damit etwa sagen, daß du nach dem, was wir gerade mit angesehen haben, noch immer daran zweifelst, daß ich wegen des Medulloblastom-Projekts recht habe?«

»Ich bin Jurist«, sagte Brian. »Ich bin geschult, in eine ganz bestimmte Richtung zu denken. Ich versuche gerade, mir die Argumentationslinie der Verteidigung vorzustellen.«

»Vergiß doch mal eine Sekunde, daß du Anwalt bist«, sagte Sean. »Was denkst du als Mensch?«

»Okay«, räumte Brian ein, »ich muß zugeben, damit hat er sich selbst schwer belastet.«

Epilog

Freitag, 21. Mai, 13.50 Uhr

Der große Delta-Jet flog eine Schleife, bevor er zur Landung auf dem Logan Airport ansetzte. Er nahm die nordwestliche Einflugschneise, so daß Sean von seinem Fensterplatz aus einen guten Blick auf Boston hatte. Neben ihm saß Brian, der seine Nase jedoch in eine juristische Fachzeitschrift steckte. Sie überflogen die Kennedy Library am Columbus Point und die Südspitze von Boston mit seiner von zweistöckigen Schindelhäusern gesäumten Küste.

Als nächstes bot sich Sean ein fantastisches Panorama der Skyline von Downtown Boston mit dem Inner Harbour im Vordergrund. Kurz vor dem Aufsetzen sah er auch noch ein paar Häuser von Charlestown und den Bunker-Hill-Obelisken, der steil in den Nachmittagshimmel ragte.

Sean tat einen Seufzer der Erleichterung. Er war zu Hause.

Weder Brian noch er hatten Gepäck aufgegeben, so daß sie nach Verlassen des Flugzeugs direkt zum Taxistand gingen und in einen wartenden Wagen stiegen. Zuerst fuhren sie zu Brians Büro in der Old City Hall an der School Street. Sean bat den Fahrer zu warten und stieg mit Brian aus. Seit ihrem Abflug aus Miami hatten sie kaum miteinander gesprochen, wegen der großen Anspannung und weil sie in den vorangegangenen drei Tagen ohne Ende geredet hatten. Sie waren nach Miami geflogen, damit Sean vor einem Geschworenengericht in der Sache *Der Staat Florida gegen das Forbes-Krebszentrum* aussagen konnte.

Sean betrachtete seinen Bruder. Trotz ihrer Unterschiedlichkeit und der häufigen Dispute empfand er auf einmal eine große Zuneigung für Brian. Er streckte seine Hand aus. Brian ergriff und schüttelte sie. Aber das war nicht genug. Sean ließ Brians Hand los und umarmte ihn fest und lange. Als sie sich voneinander lösten, waren beide verlegen. Es kam selten vor daß sie ihre Zuneigung auch körperlich zeigten. Normalerweise berührten sie sich nie, von gelegentlichem Schulterknuffen und -klopfen einmal abgesehen.

»Danke für alles, was du für mich getan hast«, sagte Sean.

»Das ist nichts im Vergleich zu dem, was du für unzählige potentielle Opfer des Forbes-Zentrums getan hast«, erwiderte Brian.

»Aber ohne deine juristische Hartnäckigkeit würde die Forbes-Klinik heute noch immer florieren«, sagte Sean.

»Die Sache ist noch nicht ausgestanden«, warnte Brian. »Das war nur der erste Schritt.«

»Wie auch immer«, sagte Sean. »Wir sollten unsere Anstrengungen wieder auf Onkogen konzentrieren. Der Fall des Forbes-Zentrums liegt jetzt in den Händen des Staatsanwalts von Florida und des Distriktstaatsanwalts der Bundesbehörden. Was meinst du, wer von beiden die Anklage führen wird?«

»Vielleicht beide gemeinsam«, sagte Brian. »Bei dem Medienrummel haben natürlich beide ihre politischen Ambitionen im Auge.«

Sean nickte. »Na, bis dann«, sagte er, »ich melde mich«, und stieg wieder in das Taxi.

Brian faßte die Tür, bevor Sean sie zuziehen konnte. »Ich will ja nicht pedantisch klingen«, sagte er, »aber als dein älterer Bruder möchte ich dir einen Rat geben. Du würdest dir das Leben so unendlich viel leichter machen, wenn du diese rebellische Seite deiner Persönlichkeit ein bißchen zügeln könntest. Und ich meine gar nicht, daß du dich von Grund auf ändern sollst. Wenn du nur deine Ghetto-Aggressivität ein wenig ablegen könntest. Du klammerst dich viel zu sehr an die Vergangenheit.«

»Ach, komm schon«, sagte Sean mit einem trockenen Lächeln. »Nun sei doch nicht so ernst.«

»Das ist aber mein Ernst«, erwiderte Brian. »Du machst dir alle Menschen, die weniger intelligent sind als du, zum Feind, was leider der überwiegende Teil der Bevölkerung ist.«

»Das ist so ungefähr das zweifelhafteste Kompliment, das mir je einer gemacht hat«, sagte Sean.

»Es war auch nicht als Kompliment gemeint«, sagte Brian. »Du bist wie ein weiser Tor. So klug du auf manchen Gebieten bist, so zurückgeblieben bist du auf anderen, beispielsweise, was deine Umgangsformen angeht. Entweder du nimmst die Gefühle anderer Menschen nicht wahr, oder sie sind dir egal. Der Effekt ist jedenfalls so oder so derselbe.«

»Du bist ja völlig außer Fassung!« sagte Sean lachend.

»Denk mal drüber nach, Bruderherz«, sagte Brian und knuffte Seans Schulter.

Sean sagte dem Taxifahrer, er solle ihn zum Boston Memorial Hospital fahren. Es war kurz vor drei, und Sean wollte Janet unbedingt noch vor Schichtende erwischen. Er lehnte sich zurück, dachte darüber nach, was Brian gesagt hatte, und mußte lächeln. So liebenswert sein Bruder auch war, so lästig konnte er bisweilen werden.

Im Krankenhaus ging Sean direkt auf Janets Station. Von ihren Kolleginnen erfuhr er, daß sie in Zimmer 503 war, um Ms. Mervin ihre Medikamente zu verabreichen. Sean ging den Flur hinunter zum Zimmer 503. Er konnte es nicht erwarten, ihr die guten Nachrichten zu überbringen.

Sie war gerade dabei, ein Antibiotikum in Ms. Mervins IV-Lösung zu injizieren.

»Hallo, Fremder«, sagte Janet, als sie Sean erblickte. Sie war froh, ihn zu sehen, obwohl sie offensichtlich beschäftigt war. Sie stellte ihn Ms. Mervin vor und erzählte ihr, daß er einer der Medizinstudenten von Harvard sei.

»Ihr Jungs seid einfach süß«, sagte Ms. Mervin. Sie war eine ältere Dame mit weißem Haar, rosigen Wangen und blitzenden Augen. »Sie dürfen mich jederzeit besuchen«, sagte sie kichernd.

Janet zwinkerte Sean zu. »Ms. Mervin geht es schon besser.«

»Das sehe ich«, meinte Sean.

Janet notierte etwas auf einer Karteikarte und steckte sie wieder in ihre Tasche. Sie nahm das Tablett mit den Medikamenten, verabschiedete sich von Ms. Mervin und sagte ihr, sie solle klingeln, wenn sie irgend etwas bräuchte.

Im Flur mußte Sean sich sputen, um mit Janet Schritt zu halten.

»Ich muß unbedingt mit dir reden«, sagte er, als er sie eingeholt hatte. »Für den Fall, daß du dir das nicht sowieso schon gedacht hast.«

»Ich würde mich schrecklich gern mit dir unterhalten«, sagte Janet, »aber im Moment habe ich echt viel zu tun. Gleich kommt die Übergabe, und ich muß vorher noch diese Medikamente austeilen.«

»Die Jury hat der Anklageerhebung gegen das Forbes-Zentrum zugestimmt«, sagte Sean.

Janet blieb stehen und schenkte ihm ein breites, warmherziges Lächeln.

»Das ist ja fantastisch!« rief sie. »Das freut mich. Und ich bin stolz auf dich. Das muß doch ein Triumph für dich sein.«

»Brian sagt, es ist ein erster wichtiger Schritt«, sagte Sean. »Auch gegen Dr. Levy wird Anklage erhoben, obwohl man sie seit der ominösen Pressekonferenz von Dr. Mason weder gesehen noch von ihr gehört hat. Kein Mensch hat eine Ahnung, wo sie steckt. Zwei weitere Ärzte der Klinik und die leitende Oberschwester Margaret Richmond sind ebenfalls angeklagt worden.«

»Es fällt mir noch immer schwer, das alles zu glauben«, sagte Janet.

»Nur, solange man nicht weiß, wie dankbar die Medulloblastom-Patienten der Forbes-Klinik gewesen sind«, sagte Sean. »Bis wir der Sache ein Ende gemacht haben, hatte sie bereits mehr als sechzig Millionen Dollar an praktisch zweckungebundenen Spenden kassiert.«

»Was passiert jetzt mit der Klinik?« fragte Janet und warf einen Blick auf ihre Uhr.

»Das Krankenhaus ist von einem Konkursverwalter übernommen worden«, erwiderte Sean, »das Forschungsinstitut ist geschlossen worden. Und falls es dich interessiert, die Japaner sind bei dem Schwindel genauso reingelegt worden. Sie hatten nichts damit zu tun. Nachdem der Deckel hochgegangen ist, haben sie ihre Verluste abgeschrieben und sich aus dem Staub gemacht.«

»Wegen der Klinik tut es mir leid«, sagte Janet. »Ich finde, daß es ein gutes Krankenhaus ist. Ich hoffe, sie schaffen es.«

»Und noch etwas«, sagte Sean. »Erinnerst du dich noch an den Verrückten, der uns am Strand aufgelauert und uns halb zu Tode erschreckt hat? Er heißt Tom Widdicomb und ist verrückter als der verrückte Hutmacher. Er hatte seine tote Mutter zu Hause in der Kühltruhe liegen. Er sagt, sie hat ihm befohlen, alle Brustkrebspatientinnen im fortgeschrittenen Stadium mit Succinylcholin einzuschläfern. Seine Mutter hatte dieselbe Krankheit.«

»Mein Gott«, sagte Janet. »Das ist es also, was mit Gloria D'Amataglio passiert ist.«

»Sieht ganz so aus«, sagte Sean. »Und mit einer Reihe von weiteren Patientinnen.«

»Ich kann mich sogar an Tom Widdicomb erinnern«, sagte Janet. »Er war der Mann vom Reinigungsdienst.«

»Und du hast ihn genervt«, meinte Sean. »In seinem verdrehten Gehirn war er offenbar fest davon überzeugt, daß du geschickt worden bist, ihn aufzuhalten. Deswegen war er hinter dir her. Man vermutet, daß er auch derjenige war, der dich in deinem Badezimmer in der Forbes-Residenz überfallen hat, und er ist uns ganz bestimmt in die Leichenhalle des Miami General Hospital gefolgt.«

»Gütiger Gott!« rief Janet. Die Vorstellung, daß sie von einem Psychopathen verfolgt worden war, machte ihr auch im nachhinein noch angst und erinnerte sie wieder daran, daß nichts von dem, was in Florida geschehen war, so gewesen war wie in den Träumen, die sie bewogen hatten, Sean dorthin zu folgen.

»Auch Widdicomb wird vor Gericht gestellt«, fuhr Sean fort. »Natürlich plädiert er auf unzurechnungsfähig, und wenn sie seine Mutter aus der Kühltruhe in den Zeugenstand rufen, wird er damit auch durchkommen.« Sean lachte. »Am Ende ist er für den Konkurs des Krankenhauses verantwortlich. Jede Familie, die unter ungeklärten Umständen eine Brustkrebspatientin verloren hat, klagt auf Schadenersatz.«

»Und von den Medulloblastom-Patienten klagt keiner?« fragte Janet.

»Nicht gegen die Klinik«, sagte Sean. »Es gab ja zwei voneinander getrennte Einrichtungen: die Klinik und das Forschungsinstitut. Die Medulloblastom-Patienten müssen das Forschungsinstitut verklagen. In der Klinik wurden sie schließlich geheilt.«

»Alle bis auf Helen Cabot«, meinte Janet.

»Das ist wahr«, pflichtete Sean ihr bei.

Sie sah wieder auf ihre Uhr und schüttelte den Kopf. »Jetzt bin ich wirklich schon viel zu spät dran«, sagte sie. »Ich muß los, Sean. Können wir nicht heute abend darüber reden, vielleicht beim Abendessen oder so?«

»Heute abend nicht«, sagte Sean. »Es ist Freitag.«

»Oh, natürlich« sagte Janet kühl und schlug sich mit der Hand an die Stirn. »Wie konnte ich das nur vergessen? Na denn, wenn sich die Gelegenheit findet, ruf doch mal an.« Und mit diesen Worten drehte sie sich um und ging den Flur hinunter. Nach ein paar Schritten hatte Sean sie eingeholt, packte ihren Arm und hielt sie fest.

»Warte!« sagte er, überrascht vom abrupten Ende ihres Gespräches. »Willst du mich nicht nach der Anklageerhebung gegen dich und mich fragen?«

»Es ist nicht so, daß es mich nicht interessiert«, erwiderte Janet. »Aber du hast mich zu einem wirklich ungünstigen Zeitpunkt erwischt, und heute abend hast du ja schon was vor.«

»Es dauert nur eine Sekunde«, sagte er verzweifelt. »Brian und ich haben gestern fast den ganzen Abend mit dem Staatsanwalt gefeilscht. Er hat uns sein Wort gegeben, daß die Anklage gegen dich in allen Punkten fallengelassen wird. Und was mich angeht, muß ich mich im Gegenzug für meine Zeugenaussage nur wegen Störung der öffentlichen Ordnung und groben Unfugs schuldig bekennen. Was sagst du dazu?«

»Das ist wirklich großartig«, sagte Janet. »Wenn du mich jetzt bitte entschuldigst.« Sie versuchte, sich loszureißen, doch Sean hielt sie fest.

»Da ist noch etwas«, sagte er. »Ich habe eine Menge nachgedacht, nachdem diese Forbes-Geschichte jetzt erledigt ist.« Er wandte den Blick ab und trat verlegen von einem Fuß auf den anderen. »Ich weiß nicht, wie ich es sagen soll, aber weißt du noch, wie du gesagt hast, daß du über unsere Beziehung reden willst, als du nach Florida gekommen bist, über Bindung und Verpflichtung und so? Na ja, ich glaube, das möchte ich auch. Das heißt, wenn du noch immer an das denkst, an das du, glaube ich, damals gedacht hast.«

Verwundert sah Janet direkt in Seans tiefblaue Augen. Er versuchte, den Blick abzuwenden. Janet streckte die Hand aus, faßte sein Kinn und zwang ihn, sie anzusehen. »Soll dieses ambivalente Gestammel vielleicht so etwas wie ein Heiratsantrag sein?«

»Na ja, irgendwie schon«, murmelte Sean ausweichend. Er zog das Kinn weg und sah den Flur hinunter. Er fand es schwierig, sie anzusehen. Er machte ein paar unbeholfene Handbewegungen, als wolle er noch etwas hinzufügen, sagte jedoch nichts weiter.

»Ich verstehe dich nicht«, sagte Janet, und Blut schoß in ihre Wangen. »Wenn ich daran denke, wie oft ich mit dir darüber reden wollte, und jetzt kommst du mir hier und jetzt damit! Dann will ich dir mal was sagen, Sean Murphy. Ich weiß nicht, ob ich eine Beziehung mit dir ertragen könnte, wenn du dich nicht gründlich änderst, und ich bin mir, ehrlich gesagt, nicht sicher, ob du dazu fähig bist. Nach unseren gemeinsamen Erfahrungen in Florida weiß ich nicht mehr, ob du der Mann bist, den ich will. Das heißt nicht, daß ich dich nicht liebe. Es heißt nur, daß ich mit der Art von Beziehung, zu der du imstande wärst, nicht leben könnte.«

Sean war wie vor den Kopf geschlagen. Einen Moment lang war er unfähig, etwas zu sagen. Janets Antwort hatte ihn völlig unvorbereitet getroffen. »Was soll das heißen, mich ändern?« fragte er schließlich. »Was ändern?«

»Wenn du das nicht selber weißt und ich es dir sagen

muß, ist es sowieso zwecklos. Natürlich könnten wir heute abend weiter darüber reden, aber du mußt ja mit den Jungs losziehen.«

»Nerv mich nicht«, sagte Sean. »Bei all dem juristischen Hin und Her habe ich sie seit Wochen nicht gesehen.«

»Das ist unbestreitbar richtig«, sagte Janet. »Amüsier dich gut.« Erneut wandte sie sich zum Gehen, hielt jedoch noch einmal inne. »Für mich hat die Reise nach Florida etwas Unerwartetes gebracht«, sagte sie. »Ich denke ernsthaft darüber nach, Medizin zu studieren. Nicht, daß ich den Schwesternjob nicht lieben würde, und er ist weiß Gott eine Herausforderung, aber all das, was du mir über Molekularbiologie und die von ihr in Gang gesetzte Revolution in der Medizin erzählt hast, hat mich so fasziniert wie kein anderes akademisches oder wissenschaftliches Thema zuvor. Ich glaube, ich möchte daran teilhaben.«

»Ich hoffe, man sieht sich«, fügte sie noch hinzu, während sie schon den Flur hinunterging. »Und mach den Mund zu.«

Sean war so perplex, daß er kein Wort herausbrachte.

Es war kurz nach acht, als Sean Old Scully's Bar betrat. Nach den vielen Wochen erzwungener Abwesenheit war er von freudiger Erwartung erfüllt. In der Bar wimmelte es von alten Freunden und Bekannten, und eine fröhliche Ausgelassenheit lag in der Luft. Einige Gäste waren bereits seit fünf oder sechs Uhr hier und jenseits der Schmerzgrenze. Im Fernsehen lief ein Spiel der Red Sox. Als Sean einen Blick auf den Bildschirm warf, schnitt Roger Clemens gerade Grimassen in die Kamera, während er auf ein Zeichen des Fängers wartete. Vor dem Fernseher hatte sich eine Truppe hartgesottener Fans versammelt, die Anfeuerungsrufe grölten.

Sean blieb bei der Tür stehen und betrachtete die Szenerie. Er sah Jimmy O'Connor und Brady Flanagan, die am Dartboard standen und Tränen lachten. Ein Pfeil hatte nicht nur das Brett, sondern auch die Wand verfehlt und war im Fensterrahmen steckengeblieben. Jimmy und Brady waren offensichtlich voll.

An der Bar waren Molly und Pete damit beschäftigt, Gläser mit Ale und Guiness zu füllen, wobei sie manchmal bis zu fünf Gläser in einer Hand hielten. Immer wieder wurden Schnapsgläser mit irischem Whiskey auf den Tresen gestellt. Ein Kurzer zwischen zwei Bieren, und die Probleme des Alltags gerieten schneller in Vergessenheit.

Sean betrachtete die Jungs an der Bar. Er erkannte Patrick FitzGerald oder Fitzie, wie er genannt wurde. Als sie in der neunten Klasse waren, hatte Fitzie ihm sein Mädchen ausgespannt. Er erinnerte sich daran, als wenn es gestern gewesen wäre. Sean war total in Mary O'Higgins verliebt gewesen, doch die war einfach von einer Party, zu der er sie mitgebracht hatte, verschwunden, um es mit Fitzie auf der Ladefläche von Frank Kildares Pick-up zu treiben.

Aber seit seinem Triumph aus Schultagen hatte Fitzie um die Hüften deutlich zugelegt, und sein Gesicht war aufgedunsen und teigig. Er arbeitete unten am alten Navy Yard, wenn er arbeitete, und war mit Anne Shaughnessy verheiratet, die seit der Geburt ihrer Zwillinge in die Breite gegangen war und gut 90 Kilo wiegen mußte.

Sean machte einen Schritt auf den Tresen zu. Er wollte sich in seine alte Welt hineinziehen lassen. Er wollte, daß ihm jemand auf die Schulter klopfte und ihn damit aufzog, daß sein Bruder Priester geworden war. Er wollte sich an die alten Zeiten erinnern, als er gedacht hatte, die Zukunft sei eine endlose Straße, auf der er mit der ganzen Gang dahinsausen würde. Gemeinsame Erlebnisse, die man in der Erinnerung wieder und wieder genießen konnte, das war Sinn und Freude des Lebens, und mit jedem Wiedererzählen und jeder neuen Ausschmückung wurden die Erlebnisse immer schöner.

Doch irgend etwas hielt Sean zurück. Irritiert, fast schmerzhaft spürte er wieder sein Anderssein, empfand mit geradezu erdrückender Klarheit, daß sein Leben einen anderen Weg genommen hatte als das seiner Freunde. Er kam sich vor wie ein Beobachter seines alten Lebens; er gehörte nicht mehr dazu. Die Ereignisse im Forbes-Zentrum hatten ihn gezwungen, über den engen Horizont seiner alten Freunde in Charlestown hinauszublicken auf andere, weitreichendere Zusammenhänge. Die schützende Geborgenheit, die in der Unkenntnis der Welt lag, war ihm endgültig verlorengegangen. Alle seine alten Freunde halb oder ganz betrunken zu sehen ließ ihn erkennen, wie begrenzt ihre Möglichkeiten waren. Eine undurchschaubare Mischung sozialer und ökonomischer Gründe hielt sie im Netz immer gleicher Fehler gefangen. Sie waren dazu verurteilt, die Vergangenheit zu wiederholen.

Ohne ein einziges Wort mit jemandem gewechselt zu haben, drehte sich Sean abrupt um und stolperte ins Freie. Er beschleunigte seine Schritte, als er eine machtvolle Stimme vernahm, die ihn zurück in die warme Geborgenheit seiner Kindheitsparadiese locken wollte. Doch er hatte sich entschieden. Er würde nicht wie sein Vater enden. Er würde nach vorne schauen, nicht zurück.

Als sie das Klopfen an ihrer Wohnungstür hörte, lag Janet auf ihrer Ottomane und blätterte in einem gewichtigen Buch, das sie im Buchladen der medizinischen Fakultät erworben hatte. Es hieß *Die Molekularbiologie der Zelle*. Sie ging zur Tür, spähte durch den Spion und erschrak, als sie draußen Sean erblickte, der Grimassen schnitt.

Sie fummelte an den Schlössern herum, bis sie die Tür endlich aufbekam.

»Ich hoffe, ich störe dich nicht«, sagte Sean.

»Was ist passiert?« fragte Janet. »Ist deine Lieblingskaschemme abgebrannt?«

»Vielleicht im übertragenen Sinne«, meinte Sean.

»Sind deine alten Freunde alle nicht gekommen?« fragte Janet.

»Sie waren alle da«, antwortete er. »Kann ich reinkommen?«

»Entschuldigung«, sagte Janet. »Natürlich.« Sie machte einen Schritt zur Seite, um ihn hereinzulassen, und schloß dann die Tür. »Ich vergesse sämtliche Manieren, so überrascht bin ich, dich zu sehen. Kann ich dir irgend etwas anbieten? Ein Glas Wein?«

Sean lehnte dankend ab und nahm verlegen auf der Kante des Sofas Platz. »Ich bin wie immer zu Old Scully's Bar gegangen...«, setzte er an.

»Oh, jetzt weiß ich, was passiert ist«, unterbrach Janet ihn. »Das Bier ist ausgegangen.«

»Ich versuche, dir etwas zu erklären«, sagte Sean verzweifelt.

»Okay, tut mir leid«, sagte Janet. »Ich war sarkastisch. Was ist passiert?«

»Alle waren da«, sagte Sean. »Jimmy O'Connor, Brady Flanagan, sogar Patrick FitzGerald. Aber ich habe mit keinem gesprochen. Ich bin nicht weiter als bis zur Tür gekommen.«

»Warum denn nicht?«

»Mir ist plötzlich klargeworden, daß ich mich damit zu einem Leben in der Vergangenheit verdamme«, sagte Sean. »Plötzlich hatte ich eine Ahnung, was du und Brian gemeint habt, als ihr gesagt habt, ich müsse mich ändern. Und weißt du was? Ich will mich ändern. Ich werde bestimmt gelegentlich Rückfälle erleiden, aber ich will nicht mein Leben lang ein Ghettokind bleiben. Und jetzt möchte ich wissen, ob du mir dabei vielleicht ein bißchen helfen willst.«

Janet mußte heftig gegen ihre Tränen anblinzeln. Sie sah in Seans blaue Augen und sagte: »Liebend gern.«

Danksagung

Mein Dank gilt Dr. Matthew Bankowski, der nicht nur meine Fragen zu seinem Fachgebiet geduldig und großzügig beantwortet hat, sondern auch bereit war, das Originalmanuskript von *Unheilbar* zu lesen und zu kommentieren.

Außerdem möchte ich meiner Freundin und Lektorin Phyllis Grann für ihren wertvollen Beitrag zu diesem Buch danken und mich für die möglichen negativen Auswirkungen meiner verspäteten Manuskriptabgabe auf ihre Lebensdauer entschuldigen.

Zu Dank verpflichtet bin ich schließlich auch den Abteilungen für Grundlagenforschung des College of Physicians and Surgeons an der Columbia University, die es mir ermöglicht haben, die schnellebigen Entwicklungen in der Molekularbiologie zu begreifen und zu würdigen.